The Blooming Violet
in the Back Garden

후원에 핀
제비꽃

성혜림 장편소설

II

The Blooming Violet
in the Back Garden

후원에 핀
제비꽃

성혜림 장편소설

D&C
BOOKS

차 례

2부 피어오르는 꽃봉오리

2부

피어오르는 꽃봉오리

1. 귀환

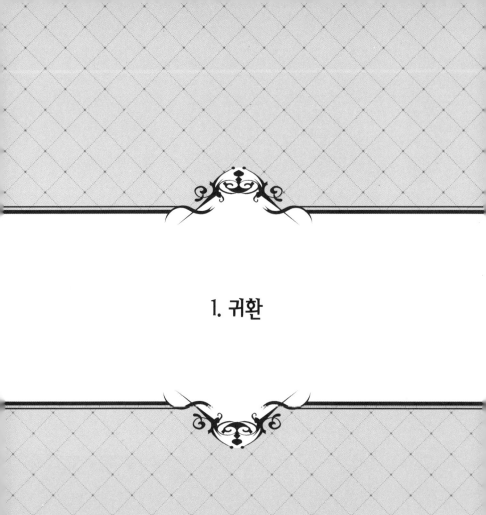

1. 귀환

올해 열한 살이 되는 샤를루스 왕자는 왕실에서도 인정한 얌전한 소년이었다.

얌전하다는 말 한마디로 표현했지만, 사실 그는 숫기가 없었다. 왕비인 어머니는 상냥했지만 아버지가 엄했기 때문에, 샤를은 아버지를 두려워하여 항상 겁에 질려 있었다. 그의 아비는 샤를을 엄격하게 가르쳤으나, 그럴수록 샤를은 위축되었고 국왕은 그런 그에게 호통을 치고는 했다.

어린 샤를도 나름대로 노력은 했지만 마음처럼 쉽게 되지 않았다. 그리하여 샤를은 겁이 많고 늘 주눅 든 소년으로 성장하게 되었다.

오늘은 왕실 사냥 대회 날이었고, 샤를은 그곳에 참여하게 되어 있었다. 그 무섭다는 티게르난 공작도 사냥 대회에 참여한다니 긴장이 되지 않을 리가 없었다. 티게르난 공작은 샤를에게 친절했지만, 아버지는 공작이 그에게 접근하는 것을 무척이나 싫어했다.

어린 샤를에게 사냥 대회는 다소 위험하기에 참여가 허용되지 않았으나, 그는 동경하는 남자들의 용맹한 모습을 보고 싶어 아버지에게 간곡히 청했다. 아버지는 티게르난 공작 때문에 꺼리는 것 같다가도, 다른 기사들을 보면 무엇인가 자극되는 것이 있을 거라며 그의 동행을 허락해 주었다.

왕의 호위인 대장군 에르멘가르트 후작의 아들, 에셀먼드 에르멘가르트 경도 이번 대회에 참가한다고 했다. 어렸을 적 가끔 샤를의 호위를 해 주었던 에셀먼드는 그가 가장 동경하는 기사였고, 특히나 이번 콘차카족과의 전쟁에서 '무패의 기사'라 불리며 승리를 이끄는 데 커다란 기여를 했다고 들어 그 마음은 더욱 커졌다. 3년 만의 만남이었기에 샤를루스는 에셀먼드를 빨리 보고 싶었다.

꽤나 화려한 행진 후에 그들은 가장 가까운 산에 자리를 잡았다. 샤를은 처음으로 보는 풍경에 신이 났다. 물론 오전까지는. 모두다 자리를 잡았을 때 샤를이 향한 곳은 그가 기대했던 사냥터가 아닌 휴식처였다. 샤를은 왕비와 함께 자리에 앉아 여자들의 담소를 듣고 있었다. 그들의 화제는 바로 성녀에 관한 것이었다.

"아이참, 천박하기도 하지요. 세상에, 그 누가 알았겠습니까. 이곳에까지 올 줄이야. 그 무례한 언동 좀 보세요."

"신을 모시는 성녀라니, 믿기지가 않습니다."

"이제 열여섯을 넘겼다고 하던데 신전에서는 데려갈 생각이 없나 보죠?"

"신전에서도 처음에는 눈독을 들이다 이젠 포기한 것 같은데요. 티게르난 공작 각하를 보시지 않으셨습니까. 사제 간이라지요? 그런데 아무런 대화도 하지 않는 걸 보면."

험담을 내뱉는 여자들의 목소리는 악의에 가득 차 있었다. 샤를은 그런 말들이 듣기 싫었다. 왜 이곳까지 와서 굳이 여자들의 험담이나 들어야 하는지 몰랐다. 게다가 성녀라면 아그레시아의 심장이 아니던가! 책에서 보고 또 보던 것이 성녀에 대한 이야기였다. 그런 동화가 실존한다는 것 자체가 샤를의 가슴을 뛰게 했다. 그런데 왜 저들은 저렇게 이 나라의 심장을 미워하는 것인가? 그것은 자신의 얼굴에 침을 뱉는 일이 아닌가?

어머니에게 물어보니 어머니는 샤를에게 조용히 귓속말로 이야기해 주었다.

"그건 성녀님이 천한 신분이라서 그런 거란다."

"천한 신분이요?"

샤를의 목소리가 컸던 것일까. 성녀에 대해 험담을 하고 있던 귀족 부인들이 그 소리를 듣고 깔깔 웃었다. 그것이 보기 못마땅해서 막아 주셨으면 했으나, 어머니는 아무렇지도 않게 보고 있었다. 샤를은 성녀를 모독하지 말라고 직접 이야기하고 싶었다.

"왕자님이 계시는데 아그레시아의 심장에 대한 이야기는 조금 자제해야 하지 않을까요?"

아름다운 얼굴의 여자가 부채를 팔락거리며 이야기했다. 샤를은 그녀가 재상의 아내인 라이셀 백작 부인이라는 것을 잘 알고 있었다. 시종일관 미소를 잃지 않는 여자였다.

"잊으셨나 본데, 성녀님은 제 제자랍니다? 그녀에 대해 험담을 하는 건 제게 욕을 하는 것과 마찬가지로 받아들일 겁니다."

라이셀 백작 부인의 나지막한 경고에 그들은 조용히 입을 다물었다가 다른 이야기를 하기 시작했다.

샤를은 성녀라는 사람에 대해 생각해 보았다. 그가 다섯 살 즈음에 성녀가 발견되었다는 이야기를 들은 적이 있었다. 성녀의 존재를 알게 된 후 성녀를 보고 싶다 졸랐으나, 아버지는 또다시 호통만 쳐 샤를은 입을 다물어야 했다.

아, 생각해 보니 성녀가 에르멘가르트 후작가에 입양이 되었다고 하던데, 에셀먼드 경과 남매가 되는 건가? 하지만 에셀먼드 경은 그에게 아무런 말도 해 주지 않았다. 성녀에 대해서는 단 한마디도.

샤를은 성녀라는 사람이 궁금했다. 듣자 하니 이곳에 왔다는데 여자들끼리 모인 이곳에 있어야 하는 게 아닌가? 고개를 두리번거려도 성녀 같은 사람은 없었다. 하긴 은발에 하늘을 닮은 눈을 가진 성녀가 눈에 띄지 않을 리가 없다. 게다가 당사자 앞에서 무분별하게 험담을 할 리도 없었다. 샤를은 성녀님이 어디 있냐고 물어보고 싶었지만 저 여자들에게 비웃음을 살까 무서워 차마 말하지 못했다. 그저 아버님을 기다릴 뿐이었다.

지루한 시간이 끝나고 나팔 소리가 들려왔다. 사냥감이 왔다는 소리이리라. 이에 모두가 일어났다. 샤를도 일어났다. 아버지가 잡아 온 사냥감이 너무나 궁금해졌다. 아, 에셀먼드 경은 어떤 사냥감을 잡아 왔을까. 샤를은 기대에 찬 나머지 무방비하게 뛰어갔다.

우와아! 사람들은 저마다 환호성을 지르고 있었다. 토끼 한 마리를 가져와 웃음을 산 자도 있었고 아무것도 못 잡아 빈손으로 온 자들도 있었다.

샤를의 시선은 다른 곳으로 향했다. 우와! 그는 환호성을 질렀다. 에셀먼드 경은 수사슴을 사냥해 왔다. 그 수사슴이 어찌나 거대했던지 뿔이 마치 작은 나무 한 그루 같았다.

아버지를 보니 아버지 역시 늑대 굴을 발견한 듯 시종이 은색 늑대를 등에 매달고 있었다. 하지만 사람들의 시선이 왜 아버지나 에셀먼드 경이 아닌 다른 곳으로 향하는지 알 수가 없었다. 그들은 토끼에게도 수사슴이나 여우, 늑대에게도 시선을 주지 않은 채 한 곳만을 바라보고 있었다.

샤를은 사람들 사이에 끼어들었다. 이에 사람들은 불평하려 했지만, 상대가 왕자라는 것을 알고 자리를 비켜 주었다. 그가 무리 앞으로 나와 겨우 그 전리품들을 볼 수 있었을 때, 갑자기 꺄악 하는 비명 소리가 울려 퍼졌다.

"잡아, 잡아!"

남자들의 목소리에 잇따라 여자들의 비명 소리가 들렸다.

뭐지? 왜 저러는 거지? 샤를이 궁금해하며 그쪽을 쳐다보는 순간, 어떤 금빛 물체가 튀어나왔다.

그것은 거대한 황금색 호랑이였다. 그 호랑이는 방금까지 묶여 있었던 듯 목에는 줄이 감겨 있었다. 그렇다면 이 호랑이는 시금 풀려났다는 말이다. 문제는 샤를이 맨 앞에 서 있었다는 것이다. 무엇이 있는지 몰랐기에 샤를은 꽤나 호랑이에게 가까이 다가간 상태였다. 호랑이가 노란 눈으로 그를 노려보았다. 샤를은 오줌이라도 지릴 것 같았다. '누가 제발 도와주세요.'라고 외치고 싶었다. 주변을 둘러보니 모두들 멀찍이 서서 그와 호랑이를 둘러싸고 있었다.

"무엇을 하고 있는 것이냐! 잡아라!"

노호성을 지르는 아버지의 목소리가 들렸다. 하지만 호랑이는 샤를을 주시하고 있었다. 샤를은 겁에 질렸다. 이 거대한 생명체의 발톱이나 이빨은 그를 단 한 번에 죽일 수 있으리라.

이윽고 호랑이가 거대한 울음소리를 내지르며 샤를에게 달려들었다. 샤를은 자신이 죽을 거라 생각했다.

퍽 소리가 나며 길쭉한 무언가가 호랑이의 목을 꿰뚫었다. 어찌나 빠른 속도로 날아왔던지 샤를에게도 날카로운 한 줄기 바람이 스쳤다.

산과 같이 거대한 호랑이가 화살 한 방에 나가떨어졌다. 자세히 보니 그 화살은 샤를이 평소 보던 화살보다 훨씬 두껍고 길었다.

누가 이것을 쏜 거지? 화살이 날아온 쪽을 바라보니 말을 탄 한 여자가 보였다. 샤를은 시선을 뗄 수가 없었다. 여자의 머리 색이 이상했기 때문이다. 언뜻 보기엔 금발 같았는데 자세히 보니 푸른 빛이 감도는 은발이었다.

그 여자가 그에게 다가왔다.

"괜찮으십니까, 왕자님?"

그녀의 목소리는 한마디로 말하자면 샤를이 들은 목소리 중 가장 아름다웠다. 마치 맑은 소리를 가진 종이 울리는 것 같은 느낌이 들었다.

여자는 아름다운 은발이 방해가 되지 않도록 한쪽으로 땋아 내렸는데, 빗어 넘긴 그녀의 고운 이마에는 성흔이 새겨져 있었다. 샤를이 익히 본 신전의 문장이었고 신의 표식이었다. 걱정이 서린 얼굴로 자신을 바라보는 그 눈은 연한 보라색이 섞인 하늘을 닮은 옅은 푸른색이었다.

아, 성녀다.

샤를은 생각했다. 그 천한 신분이라던 성녀가 눈앞에 있었다. 하지만 그녀가 정말로 천한 신분이라고는 생각되지 않았다. 외양도 외양이었지만, 어느 여인도 따라잡지 못할 기품이 있었기 때문이다.

괜찮다는 샤를의 말에 그녀가 옅게 미소를 지었다. 그리고 그를 일으켜 준 후 호랑이가 쓰러진 곳을 향해 다가갔다. 호랑이는 숨이 붙어 있는지 헐떡이고 있었다. 거대한 몸이 들숨과 날숨에 커졌다 작아졌다. 성녀는 호랑이를 조용히 바라보았다. 샤를은 어머니가 자신을 끌어안고 있음에도 성녀의 뒷모습에서 눈을 뗄 수 없었다.

마치 성녀가 아닌 여전사의 얼굴 같지 않은가.

"잠깐, 그건 티게르난 공작이 잡으신 호랑입니다!"

"……."

그 말에 분위기가 싸하게 물들었다. 티게르난 공작이 잡은 호랑이, 그 호랑이가 왕위 계승권자를 해치려고 했다. 그것을 소리친 티게르난 공작의 기사가 아차 싶었는지 입을 다물었다. 티게르난 공작이 물었다.

"왕자님, 괜찮으십니까?"

"네, 네, 괜찮습니다."

티게르난 공작의 금안은 마치 호랑이의 눈 색과 같았다. 금안이 왕실의 혈통을 상징한다고 하지만, 샤를은 금안을 물려받지 못한 채 애매한 호박색 눈동자를 타고났다. 오히려 아버지를 형제처럼 닮은 것은 티게르난 공작이었다. 가끔 가다 아버지가 노하실 때의 눈과 웃고 있는 티게르난 공작의 눈이 비슷했던 것이다. 소란이 조금 진정되는 듯하자 성녀가 물었다.

"이 호랑이는 어떻게 되는 겁니까?"

너무나 의외의 물음에 사람들이 성녀를 보았다. 그녀는 티게르난 공작의 기사에게 호랑이의 처우를 물어보고 있었다. 샤를은 그녀가 엉뚱하다고 생각했다.

"아마…… 숨통이 붙은 채 가죽이 벗겨지고, 그 가죽은 티게르난 공작 각하께 바쳐지지 않을까 생각합니다."

기사가 떨떠름한 말투로 대답했다.

"아, 스승님께 드릴 호랑이 가죽이로군요."

"……."

그 말에 성녀가 생긋 미소를 지었다. 어쩐지 서늘해 보이는 미소였다.

그리고 은빛이 번쩍였다. 순식간에 일어난 일이었다. 성녀는 허리춤에 찬 얇은 검을 꺼내 들어 놀라운 속도로 숨만 헐떡이던 괴물 같은 호랑이의 목을 쳤다. 철퍽 소리와 함께 호랑이의 목과 몸이 분리되었다. 여자들이 꺅 하고 작게 비명을 지르는 소리가 들렸다. 샤를마저 잔인한 광경에 눈을 질끈 감았다.

호랑이의 목을 친 성녀는 그것만으로는 성에 차지 않았는지 몸통을 여러 번 찔렀다. 그러고는 피에 젖은 검을 검집에 집어넣었다. 아직 숨이 붙어 있던 생명을 완전히 죽인 그녀의 깨끗한 옷에는 붉은 핏자국이 튀어 있었다.

"송구합니다, 스승님. 왕족을 시해하려던 호랑입니다. 스승님이 입으시면 혹 변고를 당하실까 그리하였습니다."

비올렛은 아까처럼 서늘한 미소를 지으며 말했다. 티게르난 공작이 잡아 온 호랑이를 죽이다니. 게다가 호랑이 가죽은 무척이나 귀하다. 그럼에도 아무렇지도 않게 망치고 웃는 성녀의 모습에 샤를은 기가 질렸다. 한편으론 아버지도 어찌하지 못하는 티게르난 공작에게 이렇게 한 방 먹이는 사람이 있었구나 하는 생각에 그녀에게서 눈을 뗄 수가 없었다.

"아가씨, 정말 오늘 아름다우시네요."

"고마워."

비올렛은 그렇게 말하며 거울을 보았다.

어린 소녀는 어느새 여자의 모습이 되었다. 그러나 아직은 피어나지 않은 채 그저 봉오리 맺힌 꽃과 같은 수줍은 아름다움으로 피어나기를 기다리고 있었다. 조그맣던 얼굴은 길어지고 목소리 역시 더욱더 부드러워졌다.

비올렛은 손가락을 들어 거울을 보았다. 그리고 거울에 비친, 화장한 자신의 얼굴을 쓰다듬었다. 그 누가 그녀를 천출이라고 생각할 것인가. 거울 속에 있는 여자는 완벽한 귀족 여성이었다.

비올렛은 얌전히 앤의 빗질을 받아들였다. 오늘은 그녀의 성인식이었다. 열여섯, 이제 정말로 다른 사람들에게 본격적으로 모든 것을 드러낼 순간이 온 것이다. 성녀가 움직이지 않기를 원하던 국왕마저 이것을 막을 수는 없었다.

부산스레 이것저것 준비하는 앤을 비올렛은 무표정으로 바라보고 있었다. 설렘도 행복도 없다. 그저 순간순간 다가오는 일들을 그저 무난하게 넘길 뿐. 그녀의 귀에 커다란 진주 귀걸이가 박혀 있었지만 귀가 무거울 뿐이었다.

"정말 많이 자라셨네요."

앤은 감격에 차 말했다. 비올렛은 앤이 울 것 같아도 그저 내버려 두었다. 성년이 지나면 그녀는 신전 소속이 되기 때문에 앤은 이제 이별을 아쉬워하는 것이다.

비올렛은 자신의 몸을 보았다. 또래보다 작았던 키는 어느새 평범한 정도로 자랐고 성장하지 않았던 가슴조차 어느 정도 부풀었다. 작년에는 달거리를 시작했다.

거울에는 아주 어렸을 적 꿈꿔 왔던 공주님의 모습이 보인다. 그녀는 그것을 보며 미소 지었다. 하지만 그것은 그저 입 주위 근육의 움직임에 불과했다.

비올렛은 왕궁으로 출발했다. 몇 년이 지나도 왕궁은 언제나와 같았다. 화려했으나 공작의 성보다는 무엇인가 부족한 곳. 신전 측 세력이 이런저런 빌미를 대어 세금이 왕궁이 아닌 교황과 공작의 손아귀에 들어가니 상대적으로 왕궁이 가난해 보일 법도 했다. 옛 날에는 무척이나 크고 넓어 비올렛의 눈을 어지럽게 했던 왕궁도 이제는 별 감흥을 주지는 못했다.

"도련님들과 같이 가시지 그러셨어요."

비올렛을 따라가던 앤이 말했다. 그녀는 앤을 바라보았다.

"글쎄, 내가 내 성인식을 멋대로 기념하는 파티에 억지로 가야 하는 것도 모자라서, 그들과 손을 잡아야 하나?"

"······적어도 다니엘 도련님이라도."

"다니엘은 아프다잖아. 날 위해 다니엘이 아픈데도 억지로 나와 야 하는 거야?"

비올렛의 말에 앤이 한숨을 쉬었다. 6년 전, 후작가에 들어왔던 작은 소녀는 어느새 성장했다. 하지만 그 성장이 좋은 쪽인지 나쁜 쪽인지 모르겠다. 어렸을 적 해맑게 웃으며 재잘거리던 소녀의 모습은 사라진 지 오래였다. 그리고 그것을 대체하는 것은 언제나 서 늘한 표정으로 불신에 가득 찬 여자의 얼굴이었다.

"첫째 도련님이 조만간 돌아올 거라는 서신을 보내셨다고 해요."

순간 비올렛의 몸이 움찔하고 떨렸다. 그녀는 앤을 차갑게 바라 보다 이내 치맛자락을 걷으며 걸어갔다.

걸음걸이 하나하나마다 기품이 배어 나온다. 그 누가 그녀를 천 하다고 할 수 있을까. 그러한 걸음걸이로 복도에 다다르자 비올렛은 앤을 대기실로 보냈다. 이제부터는 그녀 혼자 걸어가야 했다.

갑자기 신경이 날카로워져 조심스럽게 연회장으로 발걸음을 디뎠을 때, 갑자기 앞에서 익숙한 인영이 튀어나왔다. 덕분에 비올렛은 살짝 중심을 잃었다.

"야, 너는 왜 같이 가자고 하지도 않고 먼저 가니?"

에이든이 달려와 따지듯 물었다. 짙은 푸른색 머리카락의 소년은 많이 성장해 어느새 왕실 기사단 로열 나이츠의 견습 기사로 입단했다. 첫째 에셀먼드보다 다소 미진한 구석은 있지만, 그래도 그역시 그 에르멘가르트 후작가의 피를 이어받아 장래가 촉망되는 기사라고들 말했다.

하지만 에이든은 어렸을 때처럼 변함없이 건들거리며 비올렛에게 장난을 걸었다. 그녀는 그를 지나쳤다. 에이든은 화가 나 떽떽거리며 달려왔다.

"끝까지 날 무시할 거야?"

4년간 에이든은 포기하지 않았다. 예배당에서 넋을 놓고 울다 실신한 비올렛이 며칠 동안 말을 하지 않았어도 예전처럼 그녀가 다시 반응해 줄 거라 생각했다. 물론 비올렛이 그렇다고 아무런 반응을 하지 않은 것은 아니었다. 그녀는 언제나 에이든에게 차갑게 대하거나 무시하거나, 둘 중 하나였다. 어쩌면 그것은 첫째와 후작을 닮은 얼굴 생김새 때문인지도 모른다.

"품위 없게 그렇게 서 있으면 후작님의 명예에 누가 될 텐데?"

"누가 되든 알 게 뭐야. 알아서 하라지. 마지막이 될지도 모르는데."

비올렛의 대답을 들어 신이 난 듯 에이든이 키득거리며 웃었다. 영락없는 소년의 모습 그대로였다. 비올렛은 한숨을 쉬려다 그냥입을 다물었다. 아무리 모질게 대해도 이 거머리 같은 남자는 떨어지지 않는다. 그녀가 혐오와 경멸을 담아 바라보아도 끈덕지게 다가와 포기하지 않는 것이다. 어리석고 멍청한 사람이다. 자신이 진짜 여동생이라도 된다고 착각하는 걸까?

에이든을 무시하듯 걸어가자 그가 그녀의 손을 홱 낚아챘다. 비올렛이 얼굴을 찌푸리며 에이든을 보니 그가 능글맞게 웃으며 말했다.

"주인공이 들어오는데 아무도 에스코트를 안 해 주면 쓰나! 오빠한테 받아야지."

그녀는 잡힌 손을 바라보았다. 그의 얼굴과 거친 손은 꼭 누군가를 떠올리게 해 불쾌했다. 당장이라도 뿌리치고 싶었지만, 혼자서 입장하는 것은 많은 구설수에 오를 위험이 있었다. 하긴 무엇이든 비올렛이 지금부터 하는 것보다 더 구설수에 오르겠냐마는.

그녀가 포기하고 손에 힘을 빼니 에이든이 빙그레 미소를 지었다. 히죽거리며 웃는 그 멍청한 얼굴을 외면한 채로 비올렛은 에이든과 함께 연회장으로 들어갔다.

사실 왕성을 방문한 것은 이번이 세 번째였다. 열 살 때 두 번, 그리고 지금. 국왕은 단 한 번도 이 나이가 될 때까지 그녀를 부른 적이 없었다. 비올렛 역시 그것이 맞다 생각했다. 비올렛은 국왕을 위해 어떠한 일도 할 생각이 없었으며, 국왕 역시 비올렛을 필요로 하지 않았기 때문이다.

시종이 그녀와 에이든을 보고 그들의 방문을 알리자 사람들의 시선이 집중되었다. 에이든으로서는 사실 이번이 처음이었기 때문에 상당히 긴장한 모습이었으나, 비올렛은 그러한 시선을 덤덤히 넘기며 들어갔다. 물론 그렇다고 긴장하지 않은 것은 아니었다. 그저 저치들에게 자신이 긴장했다는 사실을 알리고 싶지 않을 뿐이었다.

많은 사람들이 비올렛을 보고 있었다. 심장이 두근거렸다. 하지만 그녀는 애써 침착하려고 노력했다. 사람들의 시선은, 당연하겠지만 호의적이지 않았다. 그녀는 오로지 그들만이 가지고 있던 특권을 나눠 받으러 온 이방인에 불과했다. 교황, 성녀, 왕. 역사책에서는 이렇게 권력을 세 개로 분류했다. 하지만 천민 출신의 성녀는 그 어느 곳에도 속할 수 없다. 애초에 기반이 없는 것이다.

"비올렛!"

해맑은 여성의 목소리가 들렸다. 비올렛은 그쪽을 바라보았다. 적갈색 머리칼의 소녀가 뛰어나왔다. 아주 아름다운 외모는 아니었지만 그녀는 사랑받는 이 특유의 순수함을 가지고 있었다.

"오랜만이야, 시스."

"오랜만이야, 비올렛. 아, 아니, 오랜만입니다, 성녀님."

사람들의 시선이 자신에게 집중되어 있는 것을 알아차린 시수일레가 다시 성식으로 예를 취했다. 비올렛 역시 살짝 무릎을 굽혔다. 사람들이 웅성거리는 게 느껴졌다. 아마 그들은 비올렛의 예법에 대해 평가하고 재단할 것이다. 다름 아닌 '천민'이 귀족들의 영역에 공식적으로 서 있는 것이니, 그들이 원하는 것은 그 '천민'의 실수였다. 그 때문에 비올렛은 더욱더 완벽하게 행동하려 애썼다. 그들 앞에 재롱을 부리는 원숭이가 되는 것은 사양이었다.

"오랜만이에요, 에이드리언."

시수일레가 옆에 서 있는 에이든을 향해 미소를 지었다. 에이든 역시 어색하게 미소 지으며 인사했다. 검을 좋아하는 그는 이런 곳에 익숙하지 않았다.

비올렛은 여자들이 에이든을 향해 선망의 눈길을 던지는 것을 보았다. 아직 성인식을 거치려면 1년이 남았지만 에이든은 꽤나 매력적인 생김새를 가진 소년이었다. 벌써부터 떡 벌어진 어깨는 뒷모습만 보면 다 자란 청년으로 보일 정도였다.

시수일레는 비올렛에게 무어라 재잘거리려고 했지만, 비올렛이 이어서 다가온 라이셀 백작 부부와 마주했기 때문에 대화가 끊겼다. 뭐, 새삼스러운 일도 아니었다. 비올렛은 미소를 지으며 그들의 인사를 받았다.

"생일 축하드립니다, 성녀님."

"생일 축하드려요."

비올렛은 묘한 미소를 지으며 그들의 인사를 받았다.

"후작께서는 함께하시지 않으셨습니까?"

"아마 폐하와 같이 오실 듯합니다."

비올렛은 그렇게 말하며 대화를 끊었다. 에이든이 그녀를 바라보았지만 비올렛은 그에게 시선 한 번 던지지 않았다. 오늘은 비올렛이 주인공이다. 그러나 그녀는 자신을 위한 파티가 아닌, 다른 사람의 파티에 온 것처럼 행동하고 있었다.

"자, 시스, 저쪽의 데스몬드 백작이 인사를 하자고 하시는구나."

라이셀 백작이 시수일레를 데리고 갔다. 그녀가 백작에게 끌려가며 아쉽다는 표정으로 비올렛에게 손을 흔들었다. 시수일레는 오늘 이후 비올렛이 신전으로 가야 한다는 것을 알고 있을까? 물론 모를 것이다. 알았다면 분명히 이 정도에서 끝나지는 않았겠지.

비올렛은 라이셀 일가 사람들을 보고 있었다.

아무에게도 마음을 열지 않겠다며 세상을 저주하는 어린 여자아이의 결심이 다이아몬드처럼 단단했다면 그것은 거짓일 것이다. 그러나 그 어린아이의 결심이 견고하고 단단해진 것은 주위 사람들 때문이었다. 후작은 가증스럽게도 그날 이후 마음을 닫은 그녀를 염려하는 척했다. 그리하여 백작 부인은 자신의 딸을 데려왔다.

활짝 웃으며 다가온 시수일레를 비올렛은 무척이나 경계했다. 그녀는 시수일레에게 마음을 열지 않았다. 그러나 동갑의 여자아이는 너무나 순수했고, 비올렛은 그녀에게 마음을 열지 못하는 자신에게 죄책감을 느끼고 있었다. 어쩌면 그런 죄책감이 닫힌 마음의 문을 열 신호였을지도 몰랐다.

—시스, 성녀님과는 너무 친하게 지내면 안 돼.

—왜요?

시수일레가 방문했다는 소리를 듣고 산책을 하던 비올렛이 그녀가 기다리고 있다는 접견실로 향했을 때다. 열린 문 사이로 백작 부인과 시수일레의 목소리가 들렸다. 비올렛은 멍하게 선 채로 그녀들의 대화를 엿들었다.

—성녀님은 나중에 폭풍의 중심이 될 거란다. 같이 있는 건 너무나 위험하고, 천민 출신인 그분과 어울린다면 너에 대해 별로 좋지 않은 평판이 나돌 거야. 엄마 말이 무슨 뜻인지 알지?

비올렛은 그 말에 더 듣지 않고 그곳을 벗어났다. 백작 부인 역시도 후작과 별반 다를 바 없는 귀족이었다. 아무리 보드라운 말로 감싸 주더라도 머릿속엔 역시 그녀의 신분이 천하다는 업신여김이 깔려 있는 것이다. 체념하고 증오한다고 해 놓고서도 마음이 갈기갈기 찢어지는 것 같았다. 그날 비올렛은 그 누구도 믿을 수 없다는 것을 절감했다.

아무도 다가오지 않는 연회장에서 에이든과 함께 서 있자, 이윽고 나팔 소리가 울리더니 국왕이 후작과 함께 대연회장으로 들어왔다. 모두가 다 손을 가슴에 얹으며 허리를 숙였지만 비올렛은 체자레에게 배운 대로 그저 살짝 허리만 숙였다. 국왕은 그것을 똑똑히 보았다. 국왕은 혼자 고립되어 서 있는 비올렛에게로 다가왔다.

"이리 오랜만에 보니 반갑소, 신의 대리인이여."

왕이 말했다. 비올렛은 얌전히 고개를 숙이고 있었다.

"오늘은 그대가 성년이 되는 날이지. 그대의 성장은 나라의 축복이오."

"황공합니다."

비올렛은 그 말에 최대한 눈을 내리깔았다.

"앞으로 이 나라를 지켜 주길 바라오. 나는 그대가 그렇게 하리라 믿어 의심치 않소이다."

국왕의 말은 형식적이었으나, 그래도 비올렛을 성인이자 성녀로 인정한다는 것을 드러냈다.

"오늘은 이 나라의 심장인 성녀의 성장을 축하하는 날이오. 성녀의 존재는 이 나라의 홍복이니 마음껏 먹고 즐기길 바라오."

국왕이 잔을 높이 들었다. 비올렛은 그를 보고 속으로 한숨을 내쉬었다.

세 번째에 불과하지만 자신을 싫어하는 사람을 만나는 것은 거북스러웠다. 더군다나 한 나라의 왕이었다. 교황은 자신을 지나치게 사랑하고 국왕은 자신을 지나치게 미워한다. 참으로 공평한 곳이다, 이곳은.

비올렛이 속으로 비아냥거리던 그때, 문이 열리며 한 무리의 사람이 들이닥쳤다. 공작인가 해서 바라보았는데 문으로 다른 이들이 들어왔다. 검은 제복은 연회장과 어울리지 않는 수수한 옷차림이었다. 청년들 중 선두에 서 있던 남자가 비올렛을 스쳐 지나갔다. 코끝에 비릿한 피 냄새가 남았다. 무도회와 어울리지 않는 행색의 사내들은 모두 다 국왕의 앞에 가서 무릎을 꿇었다.

"급히 달려오느라 예를 갖추지 못하고 온 것을 용서하십시오, 폐하."

국왕은 자신의 앞에 서 있는 청년을 내려다보았다.

"승전보를 알려 드리려 지휘관이신 파트라이크 경을 두고 이렇게 달려왔습니다. 콘차카족을 북부 국경에서 완전히 몰아내는 데에 성공했습니다. 그들은 우리 땅을 결코 침범하지 못할 겁니다."

무릎을 꿇은 청년을 바라보는 국왕의 얼굴에 기쁨이 서렸다. 그 옆에 서 있던 후작의 얼굴에도 미소가 지어졌다. 사람들이 수런거렸다. 비올렛의 존재는 방금 들어온 이 남자들로 인해 완전히 잊혔다. 그녀는 국왕의 앞에 무릎을 꿇은 남자를 멍하게 바라보았다.

"신, 에셀먼드 에르멘가르트, 이제야 귀환하였습니다."

3년 만에 보는 에셀먼드의 모습이었다. 성년이 된 에셀먼드는 유목 민족인 콘차카족의 잦은 국경 침략 때문에 파견된 군대의 부지휘관으로 자원했다. 그는 3년 동안 북방에서 국경을 수호하다 지금에야 수도로 돌아온 것이다.

스물한 살이 된 그는 키가 훨씬 더 커졌으며 더욱더 다부진 체격이 되었다. 에이든이 씩씩거리며 연락도 없이 벌써 오냐고 투덜거리는 소리가 들렸다. 그를 닮은 에이든과 비교해 보니 확실히 에셀먼드의 얼굴은 성인의 모습이었다.

그는 3년 전과 다르지 않게 표정 없이 국왕의 찬사가 섞인 칭찬을 들었다. 공을 치하하는 왕과 그것을 담담히 받아들이는 아들을 보며 후작이 빙그레 미소를 지었다. 당연히 그 자식이 자랑스러울 것이다.

비올렛은 자신의 등장이 그들에게 묻혀 다행이라고 생각했다. 티게르난 공작이 오면 묻힐 것을 기대했으나, 공작 대신 적절하게 와 준 에셀먼드 덕에 이 불편한 시선에서 다소 벗어날 수 있었다. 후작이 에셀먼드의 어깨를 두드렸다. 그때였다.

"형에게 인사하러 안 갈 거야?"

"내가?"

비올렛이 반문하자 에이든의 얼굴이 구겨졌다. 그는 한숨을 내쉬더니 에셀먼드에게 다가갔다. 에셀먼드는 오랜만에 보는 막내에게 짧은 포옹을 했다. 후작과 에이든, 에셀먼드가 서 있었다. 완벽한 가족의 모습이었다.

비올렛은 그런 그들의 모습을 보고 조용히 테라스로 나갔다. 그녀의 생일은 겨울이었고, 매해 겨울바람은 그 싸늘한 손으로 비올렛의 얼굴을 감싸며 그녀의 이마에 입을 맞추었다. 숨을 쉬자 냉기가 폐부를 찌른다.

이 지리멸렬함은 언제 끝날 것인가. 테라스 너머로 보이는 왕성의 정원은 앙상했다. 물론 비올렛은 자신이 원한다면 저 정원의 꽃을 다 피울 수 있었다. 어쩌면 그런 기행을 보여 주면 저들이 그녀가 가진 신의 힘을 우러러볼지도 모른다. 하지만 그녀는 그럴 생각이 추호도 없었다.

비올렛은 아까부터 산란한 마음을 진정시키려고 애썼다. 에셀먼드가 돌아왔다. 그 남자가 이곳에. 그녀는 커튼 너머 회장 안에 있을 사람을 생각하며 자조적으로 미소를 지었다.

—너는 검을 쓰기엔 너무 손의 힘이 약해. 만약 쓰려면 활을 사용해.

달달 떨리는 손으로 검을 집어 든 비올렛을 보며 에셀먼드가 말했었다. 비올렛이 후작을 거부하고 시수일레까지도 무시하자 후작 역시 그녀를 철저하게 사무적으로 대했고, 비올렛은 바로 검을 배워야만 했다. 검을 보는 것도 무서워했던 그녀는 검과 친해질 수 없었다. 그리하여 에셀먼드가 지적해 준 대로 활을 주로 쓰게 되었다.

앤이 관리해서 고왔던 손에는 이제 굳은살이 박여 있었다. 비올렛은 손바닥의 그 투쟁의 결과물을 바라보았다. 굳은살이 박였다고 해서 딱히 억울하지는 않았다. 어차피 말룸과 싸우려면 이런 것들은 배워 둬야 했다. 그녀가 천민으로 살아갔어도 마찬가지로 이런 투쟁의 자국이 생겼을 것이다.

비올렛은 꽤나 오랫동안 테라스의 찬 공기를 맞고 서 있었다. 아마 다들 승전보와 더불어 기사들의 귀환으로 들떠 있을 것이다. 이 연회가 성녀의 성년식이라는 사실은 모두 잊고 있을 것이다. 아니, 알아도 별로 신경 쓰고 싶지 않을지도 모른다. 비올렛도 사람들이 자신에게 신경 쓰기를 굳이 바라지는 않았다. 오히려 그들의 노골적이고 천박한 시선에서 빠져나올 기회였으니 이것은 어떻게 보면 자유를 의미했다.

커튼 안의 주홍 불빛이 푸른 밤과 대조되었다. 그 여유를 즐기던 비올렛은 갑작스럽게 이쪽으로 다가온 키 큰 남자를 보며 표정을 굳혔다. 덩치 큰 남자의 실루엣이 달빛에 드러났다. 그가 누구인지는 확인할 것도 없었다. 에셀먼드였다. 몸집은 훨씬 커졌지만 3년이 지나도 그의 무뚝한 얼굴은 그대로였다.

테라스 끄트머리에 살짝 기대 있던 비올렛은 중심을 잡고 꼿꼿이 섰다. 검은 제복과 붉은 망토가 바람에 펄럭였다. 그가 비올렛의 앞에 다가와 무릎을 꿇었다. 그녀는 그 모습을 담담한 얼굴로 바라보았다.

"신, 에셀먼드 에르멘가르트, 성녀님께 인사드립니다."

일어나라고 말해야 했지만 말할 수가 없었다. 에셀먼드가 비올렛의 손을 가져가 입을 맞추었기 때문이다. 찬바람에 비올렛의 손이 차가워졌는지 그의 입술은 더없이 뜨겁게 느껴졌다.

"성년이 되신 걸 축하드립니다."

에셀먼드가 그렇게 말하며 그녀를 올려다보았다. 짙은 푸른 눈이 비올렛을 향해 있었다. 아마 그는 비올렛의 손이 더 이상 곱지 않다는 걸 알았을 것이다. 에셀먼드는 입술을 떼고 알 수 없는 시선으로 그녀를 보고 있었다. 비올렛은 어쩐지 그 시선이 어색했다.

"일어나십시오."

그 말에 에셀먼드가 자리에서 일어나자 그녀는 그대로 시선을 거두고 그를 등졌다.

"변함없이 찬바람을 좋아하는군."

인사가 끝나고 바로 반말이 날아왔지만 비올렛은 신경 쓰지 않았다. 차라리 에셀먼드가 그렇게 말하는 게 오히려 더 자연스러웠다.

"나를 피해서 나온 건가?"

에셀먼드의 말에 비올렛이 결국 뒤를 돌아보았다. 길게 내려뜨린 은발이 반짝이며 밤하늘에 흩어졌다. 비올렛은 흘러내리는 머리카락을 귀 뒤로 넘기며 말했다.

"알고 계시다니 다행이네요."

"……."

"승전 축하드린다고 해야 하나요, 오라버니? 아니면 무사히 돌아와서 다행이라고?"

그녀의 비아냥에 에셀먼드가 입을 열었다.

"그 둘 중 어느 쪽도 진심이 아니라는 걸 아는데 말할 필요는 없다. 나도 별로 듣고 싶지는 않군."

"그럼 다행이군요. 마음에도 없는 말을 하는 건 질색이거든요."

그녀는 코웃음 치며 고개를 숙였다.

"너는 아무런 느낌도 없나?"

"무슨 느낌?"

그 말에 에셀먼드가 말했다.

"너는 오늘 이후로 신전에 소속된다."

"아."

비올렛이 이제 알았다는 듯 짝 하고 박수를 쳤다.

"그래요. 이제 성년이 되었으니 신전에 가겠군요. 그동안 잘 키워 줘서 감사하다고 해야 하나요? 눈물겹도록 행복한 시간을 보냈다고 해야 하나요? 지금 당장 후작님께 달려가 눈물이라도 흘려 드려야 할까요?"

비올렛은 빈정거리다 에셀먼드가 자신의 모습을 뚫어져라 바라보고 있다는 것을 알았다. 그녀는 그 시선이 거북스러웠다.

"이제 와서 감상적이라도 된 건가요? 사랑하는 여동생을 떠나보낸다, 뭐 그런 거?"

그 말에 에셀먼드가 싸늘한 표정으로 그녀를 보았다. 비올렛이 그 얼굴을 보며 미소 지었다.

"난 별로 신전에 갈 생각은 없어요, 오라버니."

"그렇다면 가출이라도 할 생각인가? 아니면 옛날처럼 자살이라도 시도할 거냐? 그렇게 어리석게?"

그 말에 비올렛의 얼굴이 싸늘하게 굳었다. 그녀는 하하 웃었다. 자살. 그래, 자살. 그런 방법도 있긴 했다. 그 사실을 에셀먼드가 알고 있다니. 비틀린 미소가 절로 지어졌다.

"어린 시절의 치기 어린 행동을 지금까지 기억하시다니, 부끄러울 따름입니다. 하지만 이젠 그렇게 몸을 축내는 멍청한 짓은 하지 않기로 했답니다, 오라버니."

비올렛의 비틀린 표정에 비해 에셀먼드의 얼굴은 서늘했다. 그녀는 이 대화가 별로 생산적이지 않다는 것을 알았다. 그다지 유쾌하지 않다는 것도.

"이제 티게르난 공작이 올 시간인가요?"

"……."

"자신이 주인공이라도 되시는 줄 아나. 참 늦으시는군요."

그녀는 투덜거리며 에셀먼드를 남겨 둔 채 회장 안으로 돌아갔다. 그러자 마치 그 순간을 일부러 맞추기라도 한 듯 체자레를 위시한 열 명의 대신관들이 무도회장으로 들어왔다. 신전파 소속 귀족들의 또 하나의 '왕'이 도착한 것이다.

체자레는 오늘도 눈이 부시게 화려한 차림이었다. 그는 하얀색 옷을 입고 있었는데 그것이 추기경의 법복이라는 것을 알 수 있는 것은 신관의 표식 때문이었다. 황금색과 흰색으로 장식되고 가운데에는 다이아몬드가 박힌 이 예복은 국왕이 입은 옷보다 더 화려해서 시선을 끌었다.

체자레는 국왕에게 먼저 인사하지 않고 가운데에 서 있는 비올렛에게 다가왔다. 덕분에 기껏 사그라들었던 관심이 다시 그녀에게 쏟아졌다. 체자레는 여전히 변하지 않는 그 잘생긴 얼굴 그대로였다. 그는 서늘한 미소를 지으며 말했다.

"오랜만입니다, 성녀님."

"오랜만입니다, 스승님."

비올렛은 체자레를 스승으로 예우했다. 그는 기다란 옷깃을 걷어 그녀 앞에 무릎을 꿇었다. 그리고 그녀의 맨손에 입을 맞추었다. 차가운 입술의 감촉에 비올렛은 당장이라도 손을 빼고 싶었다.

"성년이 되신 걸 축하드립니다."

그의 금안이 뜨거운 열기를 머금었다. 체자레는 미소를 짓고 있었는데 아마 그녀를 데려갈 수 있다는 사실에 승리감을 느끼고 있는 것 같았다. 비올렛은 굳이 그것을 방해할 생각은 없었다.

"너무 감사드립니다, 스승님."

체자레는 자리에서 일어나더니 국왕에게 향했다. 신전은 명백히 왕보다 성녀를 우선시한다는 입장을 취했다. 모욕을 당한 왕은 부드러운 미소를 지으며 숙부를 보았다. 그러나 국왕의 금안에 분노가 서린 것은 모두가 눈치채고 있었다.

"오랜만입니다, 폐하."

"오랜만이오, 공작."

"왕자님은 강녕하십니까? 이런 중요한 날에 보이시지 않는군요."

티게르난 공작의 물음은 마치 왜 그를 데려오지 않았냐고 힐난하는 듯했다.

"왕자는 몸이 별로 좋지 않아 쉬라고 해 두었소."

"그렇습니까. 그래도 이 나라 성녀의 성인식인데 아쉽군요."

체자레를 보며 비올렛은 표정을 굳혔다. 왜 그가 이런 행동을 하고 있는지 보였다. 체자레는 일부러 그녀와 왕 사이를 갈라놓으려는 것이다. 자신은 왕자에 대한 어떠한 입장도 표명한 적이 없는데 말이다. 그녀는 왕자의 축하 인사 따윈 필요 없었다.

국왕과 공작 사이에 무언의 시선이 오갔다. 비올렛은 그 둘의 알력 다툼을 그저 조용히 지켜보았다. 체자레는 그 매력적인 얼굴에 미소를 지으며 말했다.

"자, 여러분, 사랑스러운 조국의 심장이 다 자랐습니다. 나라의 안전이 보장되는 이때, 왜 모두들 그런 표정이십니까?"

"……"

"즐기십시오."

그가 '명령을 내리자' 신전파 쪽 귀족들이 방긋 미소를 지었다. 회장을 장악한 것은 왕이 아니라 체자레인 듯했다. 비올렛은 왕이 애써 표정을 감추고 평온을 가장하고 있다는 것을 알았다. 참으로 재미있는 희극이었다. 그러나 한편으로는 저런 수모를 대놓고 당하는 왕이 가엽기도 했다. 신전은 얼마나 오랫동안 이렇게 왕을 짓밟아 온 것일까.

체자레가 그녀를 바라보았다. 과시라도 하는 것일까. 비올렛은 기가 차 서늘한 미소를 지었다. 오만한 공작, 그리고 이기적인 왕. 비올렛은 이 나라가 싫었다.

신전파 측 귀족들이 다가와 비올렛에게 인사를 건넸다. 그러나 그녀는 그들이 자신을 재단하고 판단한다는 것을 알고 있다. 왜냐하면 비올렛은 천민이었기 때문이다. 이 나라에서 신분이라는 우스운 것은 그녀가 완벽하게 귀족의 탈을 쓰고 귀족처럼 행동해도 사라지지 않는 낙인이었고 절대 벗어날 수 없는 족쇄였다.

그 와중에 그들을 본 후작이 다가왔다. 아까까지 에셀먼드를 보며 기뻐하던 후작의 얼굴은 수심에 차 있었다.

"성녀님, 경하드립니다."

"감사합니다."

비올렛이 말했다.

"이제 드디어 신전 쪽에 가시게 되겠습니다."

비올렛은 후작을 보았다. 그는 무뚝뚝한 얼굴로 말하고 있었다.

"후작님께서는 제가 하루라도 빨리 신전엘 가길 원하시나 봐요? 어렵지도 않겠네요. 공작 각하께서 열 명의 신관을 데려오신 것만 봐도 결별 의식 없이 지금 당장이라도 절 데려가고 싶으신 거겠죠."

그에 후작이 그녀를 보며 말했다.

"제가 그걸 바랄 거라 생각하십니까?"

공연한 물음이었다. 비올렛 역시 그저 웃었다. 신전이 비올렛을 손에 넣는다면 무슨 일을 할 것인지는 명백했다. 성녀에게 적대적이었던 국왕과는 달리 신전은 성녀의 재림을 과시하며 신의 이름을 찬양할 것이다. 그리고 무지한 국민들은 성녀의 재림에 환호할 테니 민심은 더욱 신전 쪽으로 기울 것이다. 왕위 계승권자는 어쩌면 이 나라의 왕자가 아니라 추기경이자 공작인 체자레가 될지도 모른다.

비올렛은 그걸 잘 알고 있었다. 아니, 이들 중 어느 누구라도 모르는 이가 없었다.

"아니시겠죠. 후작님께서 충성을 바치는 국왕 폐하가 신전에게 이 이상 모욕을 당하는 것을 원하지는 않으실 테니까요."

비올렛이 무미건조하게 대답했다. 후작은 비올렛의 말에 대답하지 않았다. 그들은 가만히 연회장의 소리를 듣고 있었다.

사람들은 모두 성녀에 대해 이야기했다. 티게르난 공작 때문인지 비올렛이 들으라는 듯 그녀를 찬양하는 자들도 있었다. 그럼에도 비올렛의 표정은 변함이 없었다.

"무언가 생각해 두신 바가 있으신 겁니까?"

후작이 비올렛에게 물었다.

"있다 해도 후작님께는 말씀드리지 않을 겁니다."

후작은 그 말에 한숨을 내쉬었다. 비올렛은 그저 얌전하게 상황을 지켜보았다. 체자레는 후작의 옆에 있는 그녀를 곁눈질로 지켜보았다.

마침내 모두가 파티의 열기에 물들었을 때, 체자레는 열 명의 신관과 함께 비올렛에게 다가왔다. 이제 때가 온 건가. 대신관들이 이곳에 온 이유는 비올렛이 이제 신전 소속이 되었음을 알리려는 것임이 분명했다. 체자레는 그녀를 하루빨리 데려가고 싶어 했다.

"성녀님, 성녀님께서는 이제 그동안 지냈던 세속과는 떨어져 지내셔야 합니다."

아니나 다를까, 대신관 중 한 명이 운을 떼었다. 침묵하던 대신관들이 떼로 움직여 입을 열자 사람들은 자연히 그쪽으로 시선을 집중했다. 심지어 왕조차도.

"언제 신전에 거하실지 말씀하시면 사람을 보내겠습니다."

다른 신관의 말에 비올렛은 그저 무표정으로 듣고 있었다. 체자레는 대신관들이 말하는 것을 지켜보고 있다가 비올렛과 눈을 마주하자 미소를 지었다.

어렸을 적엔 그가 지어 주는 미소가 따스하다고 생각했다. 하지만 이제 비올렛은 이것이 정말로 그녀를 향한 호의라 해도 계산에서 나온 미소와 행동이라는 것 정도는 파악하고 있었다.

"성녀님께서는 이제 신전 소속이 되시는 겁니다. 당신의 성을 버리시고 교황성에서 함께하셔야 합니다."

"……."

"그리하여 성하와 함께 신의 이름을 널리 알리시고 성녀님의 힘으로 모든 이들을 구원하시는 겁니다."

또 다른 대신관의 목소리가 들렸다. 사람들은 비올렛의 얼굴을 주목했다.

국왕이 미미하게 얼굴을 찌푸렸다. 왕의 입장에서는 참으로 무도한 자들이었다. 성녀의 성인식이 내키지 않음에도 궁에서 하는 건 나라의 중대사라 그리한 것이다. 성녀의 나라에서 성녀의 성인식을 축하하지 않는 것은 어불성설이니. 그러나 공식적인 서신으로 요청할 수 있는 사안임에도 열 명의 대신관들과 추기경은 국왕이 주도하는 무도회에서 성녀를 데려가겠노라고 엄포를 놓고 있었다.

여기서 비올렛이 할 수 있는 선택이란 그저 간다고 말하는 것밖에 없었다. 그리고 신전 소속이 된 성녀는 에르멘가르트라는 성을 버리고, 정말로 비올렛이 되어 신전에 들어가는 것이다. 신을 위한 삶을 살아가며 나라를 위해 말룸과 대적한다. 그렇게 짜인 미래를 그 누구도, 심지어는 왕마저 의심하지 않았다. 하지만 비올렛은 웃으며 이렇게 말했다.

"외람되오나, 한 말씀드리고자 합니다."

"무슨 말이옵니까?"

"저는 현재 교황성에 들어갈 자격이 없습니다."

체자레가 비올렛의 얼굴을 지켜보았다. 무슨 행동을 하는지 흥미롭다는 얼굴이었다. 그녀가 아주 안타까운 미소를 지으며 말을 이었다.

"저는 현재 성력을 쓸 수 없습니다."

그러나 그 말은 체자레의 표정도 변하게 할 수밖에 없었다. 사람들 사이에 크게 웅성거림이 일어났다.

"그, 그게 무슨 말입니까! 성력을 쓸 수 없다니!"

"그 말대로입니다. 신의 성흔은 남아 있습니다만 저는 전혀 신의 힘을 발휘하지 못합니다."

"……."

"이러한 제가 성스럽고 성결한 신의 도시, 아우베르트에 감히 들어갈 자격이 되는 것일까요?"

대신관이 이 말도 안 되는 비올렛의 대답에 뭐라 하려고 했다.

대신관들을 대하는 그녀의 얼굴에는 표정의 변화가 없었다.

"무슨 말씀을 하시는 겁니까, 성녀님? 지금 가지 않으시겠다고 거짓을 고하신 것입니까!"

"정 못 믿으시겠다면 대신관께서 제 몸에 성력이 흐르는지 봐 주시겠어요?"

비올렛은 그의 격앙된 목소리와 반대되는 차분한 목소리로 말했다. 하필이면 상대는 성력을 쓰지 못하는 타락한 대신관이었기에 그들의 말문이 막혔다. 성력을 쓸 수 있는 몇몇 대신관들이 비올렛을 에워싼 채 그녀의 성력을 느끼려 눈을 감았다. 그중에는 에스테반 대신관도 끼어 있었다.

한참 비올렛의 성력을 측정하던 그들이 눈을 뜨며 말했다. 그들은 이 엄청난 진실을 믿고 싶지 않아 했다.

"……말도 안 됩니다."

"그 어떤 힘도 느껴지지 않습니다. 분명 어렸을 적 뵈었을 때는 힘이 넘치시는 분이셨는데……."

성력을 가진 대신관들은 모두 비올렛에게 성력이 없다고 증언했다. 그리고 성력이 없는 대신관들도 구색을 맞추기 위해서 그와 같이 증언했다.

결국 열 명의 신관 모두가 현재 비올렛은 성력이 없다고 의견을 모았다. 체자레가 그것을 지켜보고 있었다. 그의 얼굴에 비틀린 미소가 서렸다.

그는 웃음을 터트리더니 비올렛에게 다가가 그녀의 어깨를 잡았다. 비올렛은 체자레의 얼굴이 다가옴에도 미소를 잃지 않았다. 그에게서 짙은 향기가 났다. 꽉 잡힌 어깨에 고통이 일었다.

"……설마 처음부터 이러실 생각으로 그렇게 여유를 부리셨던 겁니까?"

으르렁거리는 듯한 목소리가 그녀의 귀에 울렸다. 비올렛은 자신이 정말로 체자레를 화나게 했다는 것을 알았다. 체자레가 직접 비올렛의 성력을 살펴보았지만, 단 한 점의 성력도 찾아볼 수가 없었다. 그녀는 성녀의 탈을 쓴 일반인이었다.

"그래도 성녀님, 당신은 성녀님이십니다."

"아니요, 추기경 예하."

비올렛이 말했다.

"저는 성력을 잃어버린 일반인입니다. 성력을 잃은 것은 제 천한 신분 때문에 분노하신 신의 변덕이실 수도 있답니다. 신의 분노를 받았을지도 모르는 제가 어찌 감히 교황성엘 들어간답니까."

비올렛의 말에 대신관들이 수군거렸다. 그녀는 자신을 바라보고 있던 왕과 주위를 보았다. 얼이 빠진 표정을 짓고 있는 후작의 모습이 보였다.

"애초에 제 성인식을 축하할 이유는 없었습니다. 저는 그럴 자격이 없으니까요."

"……."

"감히 무도하게 침묵하고 있던 죄, 용서를 구합니다."

비올렛은 태연하게 말하며 우아하게 무릎을 굽혔다.

이렇게까지 말한 이상 신전 측에서는 절대로 비올렛을 데려갈 수가 없다. 신에게 버림받았을지도 모른다고 주장하는 성녀를 억지로라도 데려갔다가는 위신이 크게 상하기 마련이었다.

체자레가 비올렛을 싸늘한 표정으로 노려보다 갑자기 미소를 지었다. 그는 웃음을 터트렸다.

"좋습니다, 성녀님. 아주 좋습니다. 저는 아주 즐겁습니다."

그가 웃음기 어린 목소리로 말했다. 비올렛은 그가 이 상황에도 웃을 줄은 몰라 내심 당황했다.

"성녀님, 하지만 성력을 다시 발휘하시는 날, 당신은 다시 신전 소속이 되시는 겁니다. 아시겠습니까?"

비올렛도 마주 보며 미소를 지었다.

"물론입니다. 신의 분노가 풀리셨다는데 저로선 꺼릴 이유가 없으니까요."

그녀는 처음부터 신전에 들어갈 생각이 없었다. 생각해 보자면 이런 것이다. 비올렛이 태어나고 자랐던 마을을 습격해 부모를 죽였던 산적들이 신관들의 횡포에 땅을 빼앗겼던 사람들이라면? 리스틸 산맥을 넘어오는 콘차카의 침략에 가장 가까운 교황파 쪽 영지에서 병력을 제공하지 않았기 때문에, 그 마을 주변을 경비하던 후작의 병사들이 대거 빠져나갔던 거라면 어떻게 봐야 할 것인가. 그녀에게 있어서 교황도 왕도 같은 평평한 증오의 저울추에 있었다.

혼자인 비올렛에겐 이 막강한 자들을 무너뜨릴 힘이 없었다. 하지만 그녀가 적어도 이용당할 가치를 상실한다면, 그 누구에게도 휘둘리지 않아도 되었다. 혹 마지막에 말룸의 제물이 될지라도 말이다. 따라서 비올렛은 교황에게도 왕에게도 쉽게 이용당할 생각이 없었다.

열두 살의 비올렛은 이제 성력의 활용을 배우고 있었다. 아직 동물의 말을 알아듣고 꽃을 피우는 것밖에는 할 수 없었지만, 그녀는 성력의 다른 활용을 바랐다. 아그레시아나 아나스타샤가 그랬던 것처럼 가뭄을 물러나게 하고, 사람을 치유하는 신의 기적을 행하고 싶었다.

—오늘은 성력에 대해 다시 공부해 봅시다.

준비되어 있는 꽃병을 보며 체자레가 말했다. 이론적인 교리는 거의 다 배웠으니 공작성에 초대되어 그의 실체를 보기 전에, 그들은 성력의 운용에 대해 공부하곤 했었다.

—아직 꽃을 지게 하는 것은 못하시군요.

—네. 사실 그게 너무 어려워요.

비올렛이 말했다. 꽃을 지게 하는 것은 그녀에게는 어려운 일이었다.

—성력이 뭐라고 했죠?

—의지라고 했습니다.

—그 '의지'의 근원은 무엇입니까?

—'사랑'이라고 했습니다.

의지를 가지고 무언가를 하는 것은 굉장히 어려웠다. 사랑하는 마음, 그것이 의지가 된다. 하지만 어떻게 사랑하는 마음을 가지고 꽃을 시들게 할 수 있는가. 비올렛은 체자레의 힌트를 전혀 이해할 수 없었다.

—사랑은 큰 원동력이 됩니다. 남을 사랑하는 마음을 가지면 강력한 의지를 갖게 되죠. 성력을 가지고 태어나는 자들은 그것을 단련해야 합니다. 그것을 단련하지 않으면 성력은 소멸되고 말죠.

사실 그건 이미 한 번 들은 소리였다. 대신관들 중 몇 명에게서 성력이 발견되지 않는 것은 이런 이유 때문일까. 왜 체자레는 그런 대신관들을 방치하는 것일까. 비올렛은 물어보고 싶었다. 하지만 그도 어떤 이유가 있으리라.

그녀는 다시 자신의 성력에 생각이 미쳤다. 만약 단련하지 않고 의지도 없다면 그렇게 되는 걸까? 그러면 자신의 성력도 사라지는 것인가? 비올렛은 불안했다.

—저, 잘할 수 있을까요? 만약 제 성력이 사라져 버리면 어떻게 하죠?

—당신이라면 잘할 수 있습니다. 그리고 성녀의 성력은 사라지지 않습니다. 그렇게 걱정하지는 마십시오.

체자레가 그녀를 안심시켰다. 과연 성력을 자유자재로 쓸 수 있을까. 말룸을 처단하기 위해 성력을 제대로 써야 한다고 하던데. 어린 비올렛은 불안함에 눈을 이리저리 굴렸다.

—걱정할 필요 없습니다.

체자레가 미소를 지었다. 그의 미소는 언제나처럼 다정하고 부드러웠다. 모든 것을 받아 줄 것처럼, 그렇게.

—성녀님, 걱정할 필요 없습니다.

그가 강한 어조로 다시 말했다. 무엇을 걱정할 필요가 없는 걸까. 어린 비올렛은 생각했다. 체자레의 말과는 달리 그녀는 너무도 걱정할 것이 많았다. 그런데 그는 모든 게 괜찮다고 말한다. 너무도 따스하고 다정하게.

체자레는 한 번씩 무한한 애정에 가득 차 어린 그녀의 머리를 쓰다듬었다. 아주 소중한 것을 보는 얼굴로 말이다. 그는 참으로 알 수 없는 사람이었다.

"야, 진짜야?"

비올렛의 상념을 깬 것은 에이든의 목소리였다. 에이든은 믿을 수 없는 듯 그녀에게 계속 물었다. 비올렛은 그것을 무시하며 다시 체자레에 대한 생각에 빠졌다.

확실히 체자레는 그녀에게 유용한 많은 가르침을 주었다. 그러나 한 번씩은 이해할 수 없는 행동을 하고는 했다. 사랑. 그는 아주 이상한 것을 가르쳤다.

비올렛은 체자레를 파악할 수 있었다. 그도 신을 불신한다. 그러나 그는 어째서인지 사랑이라는 고귀한, 그러나 비현실적인 것을 가르쳤다. 체자레의 가르침에서 얻을 것은 단 한 가지, '의지'였다. 그리고 그녀는 강력한 의지를 가지고 있었다.

"진짜냐고!"

"뭐가?"

비올렛이 되묻자 에이든이 답답한 듯 가슴을 펑펑 쳤다. 그녀는 에이든의 말에 전혀 집중하고 있지 않았다.

"너, 정말로 성력을 못 쓰는 거야?"

그 말에 비올렛은 고개를 끄덕였다. 그녀의 옆에 앉아 있던 앤이 굳은 얼굴로 바라보는 게 느껴졌다. 비올렛은 그저 눈썹을 찡그렸다. 참 귀찮기도 하지. 요사이 자꾸 말을 붙이는 에이든을 보며 그녀가 싸늘하게 물었다.

"내 힘에 왜 그렇게 관심이 많아?"

"그럼 관심이 없겠냐?"

에이든의 말에 비올렛이 황당하다는 얼굴을 했다. 그렇게 말하니 사실 그녀로서도 뭐라고 할 말을 찾지 못했다. 오빠를 자청하는 그가 관심을 가지는 건 당연한 일이었다.

에이든은 언제나 저렇게 바보 같았다. 그렇게나 한결같이 혐오하며 그를 거부하는데도 상처받는 것도 그때뿐, 포기하지 않고 온 마음으로 부딪쳐 왔다. 비올렛은 에이든의 그런 점이 싫었다. 그래서 대답하는 대신 침묵을 선택했다. 답답한 듯 비올렛을 쳐다보던 에이든이 하아, 한숨을 내쉬었다.

"다니엘 형이라면 말해 줬겠지?"

"아마도?"

대놓고 하는 차별에 에이든은 더 기가 막힌다는 얼굴을 했다. 이번엔 그도 확실히 기분이 상했다. 그래 봤자 또다시 금세 그녀에게 다가서겠지. 끝까지 포기하지 않을 것이다. 비올렛은 그 사실을 잘 알고 있었다.

홀가분한 마음으로 그녀는 마차 안 등받이 쿠션에 머리를 기댔다. 다니엘이 말하는 대로 언제나 국왕을 짓밟으며 과시하기 좋아하는 체자레의 특성상 그가 열 명의 대신관을 끌고 오는 것은 예상된 일이었다.

많은 사람들 앞에서 무엇인가를 강요하는 것은 그 많은 사람들을 자신의 편으로 끌어들였을 때 가능한 일이었다. 체자레가 간과한 점이 있다면 그 사람들이 결코 그의 의견만을 따르지는 않을 것이라는 점이었다.

많은 자들은 그의 의견에 명분을 준다. 하지만 한 번 명분을 잃으면 그것을 회복하는 건 거의 불가능하다. 체자레는 명분과 위신을 중요시하는 귀족이었다. 그리고 표면적으로는 깨끗해야 하는 신관이기도 했다. 그에 비해 비올렛은 별로 잃을 것이 없었다. 어차피 천민이라는 낙인이 찍힌 이상, 평판이 떨어지더라도 그녀의 생활에 영향은 미치지 않았다. 성력을 못 쓰는 성녀라는 오명을 뒤집어써도 그들이 무엇을 할 수 있겠는가?

어쨌거나 비올렛은 유일무이한 성녀였기에 체자레는 결코 그녀에게 위해를 끼치지 않았다. 우습게도, 어느 귀족도 함부로 대하지 못하는 체자레가 비올렛을 마음대로 할 수 없는 것이다. 그러나 그는 또 무슨 수를 써서 그녀를 신전으로 끌어들이겠지. 어차피 비올렛은 성력을 쓰고 싶은 생각이 없었다. 자신이 성력을 쓸 때는 말룸이 나타날 때뿐이다. 비올렛은 그렇게 생각했다.

"저는 성녀님께서 망설임 없이 신전에 가리라 생각했습니다."

도착하자마자 비올렛은 후작의 부름에 그의 집무실로 향했다. 후작은 머리가 아픈 듯 얼굴을 찌푸리고 있었는데, 요사이 건강에 이상에 생겼는지 어쩌다 한 번씩 방 안에서 약초 냄새가 풍길 때가 있다.

"왜 그렇게 생각하셨나요?"

"신진에 가시는 게 당신에게 더욱더 이롭기 때문입니다. 그들은 당신을 더 대우해 줄 겁니다. 우리와는 다르게."

맞는 말이었다. 우선 4년 전, 체자레의 집에 갔을 때도 그의 사용인들은 그녀를 마치 살아 있는 신으로 여기듯 호들갑을 떨었으니.

"스승님께서는 절 아주 귀하게 대접해 주시겠죠. 아름답고 찬란하게."

그 어린 날에 꿈꾸었던 모습처럼. 체자레는 정말로 비올렛이 원하는 건 무엇이든 해 줄 것이다. 자신을 만나기를 고대한다던 그 늙은 교황도 아마 그러겠지. 신관들도 어쨌든 표면적으로는 그녀를 대우해 줄 것이다. 그리고 비올렛은 아주 행복할지도 모른다.

"그의 방에 장식되어 있던 인형처럼 말이에요."

그러나 철저히 체자레의 취향대로 요리되어 이용당할 것이다. 그 결과가 어떻든 간에, 지하실에는 또 그 일을 방해하는 자들의 고통받는 시신이 쌓여 가리라.

"나는 그들의 손을 들어 주고 싶지 않았어요. 설령 나에게 남은 시간이 없다고 하더라도 말이에요."

그 차분한 대답에 후작은 잠시 동안 아무런 말이 없었다.

"하지만 왜……? 성녀님께서는 우릴 용서하지 못했던 게 아닙니까?"

"용서."

비올렛이 말했다.

"용서는, 살아 있는 사람만이 할 수 있는 거죠. 제가 어떻게 죽은 사람들의 용서를 대신할 수 있겠어요?"

그녀는 대답했다.

"나는 휘둘리지 않으려고 해요. 나를 휘두를 수 없는 곳에 머무르는 게 당연하잖아요?"

"……."

"신전이 나를 데려간다면 그 자체로 이득이지만 이곳은, 글쎄요. 나를 데리고 있는 게 득일지 실일지는 모르죠. 자신에게는 쓸모없는 카드일지언정 남에게는 최고의 카드라면 넘겨주지 않아야 하잖아요?"

그 말에 후작이 입매를 굳혔다. 그것은 비올렛을 데려올 때 라이셀 백작과 국왕, 자신이 했던 대화 중 하나였다. 그들은 성녀를 그렇게 말했다. '카드'라고. 심지어 후작은 이 소녀가 자신의 영지에서 나왔고, 이 소녀가 있던 곳을 파괴했던 게 자신이라는 것조차 제대로 고려하지 않았다.

말 그대로 카드였다면 얼마나 좋았을까. 하지만 비올렛은 너무도 평범한 사람이었고 이렇게 미소 지으며 자신을 카드라 말하고 있었다.

"그래서 무슨 계획이십니까? 이젠 말룸이 나타날 때까지 이곳에 머무르실 겁니까?"

"머무르게 해 주실 건가요?"

비올렛의 물음에 후작은 말했다.

"당신이 원하신다면."

그 말에 비올렛이 미소를 지었다. 그녀는 찻잔에 손을 댔다.

"성녀님께서 진정 원하는 게 무엇인지는 잘 모르겠습니다. 하지만 저는 당신을 이곳에 받아들였고, 당신이 우리 가문의 이름을 가진 이상 당신이 머무를 곳은 여기입니다."

"아, 내가 후작가에 있는 게 호의 덕분이 아니라 강제였단 말이군요."

비올렛이 빈정댔다. 그녀는 별로 기분이 상한 것 같지는 않았다. 여느 때와 같이 똑같은 표정으로 후작을 바라보고 있을 뿐.

"그러나 성녀님께서 신의 선택을 받은 이상은, 당신은 주어진 의무에 따라 주셔야 합니다."

"……."

그녀는 헛웃음을 터트렸다. 뭐, 틀린 말은 아니었다. 후작가에서 벗어나려 한다면 비올렛은 또 신전에 끌려갈 것이다. 후작가에 있으려면 의무 정도는 해 주어야 한다.

"당신에게 폐하의 뜻을 들어 달라 강요하진 않겠습니다. 그저."

"그저?"

"성녀님의 의무를 다하십시오."

비올렛은 후작을 바라보며 다시 미소를 지었다.

그래, 후작은 언제나 이러했다. 언제나 의무를 강요하곤 했다.

개인에 대한 고려 없이, 이렇게. 물론 비올렛은 게으름을 피우려한 것은 아니었다. 그녀가 지키고 싶던 중립은 그럴 만한 힘이 있어야 했다. 비올렛은 아무런 기반이 없었기에 그 기반을 마련해 주는 후작이 말하는 의무를 다해야 했다.

"어떤 의무를 다하라는 말씀이십니까?"

"나라의 얼굴이 되어 주셔야 합니다."

"아."

이 나라는 신성 왕국, 성녀의 나라다. 성녀가 성년이 되었는데도 모습을 드러내지 않는 건 이 나라의 종교를 따르는 타국들의 의혹을 살 것이다. 비올렛으로서는 별로 거리낄 게 없었다. 타국을 접대하는 것은 국왕의 편을 들어 주는 것도 아니고 교황의 편을 들어 주는 것도 아니었으니. 그녀는 그저 고개를 끄덕였다.

이야기를 마무리 짓고 나가려는 비올렛을 향해 후작이 말을 걸었다.

"정말로 성력을 잃어버리신 겁니까?"

그에 비올렛은 대답하지 않고 접시에 있던 사과 하나를 집어 들었다. 은색의 빛이 나더니 붉은 사과에 스며들었다. 비올렛이 쥔 새하얀 사과의 살이 스러지고 초록의 싹이 돋았다. 후작은 멍하게 그 '기적'을 보고 있었다.

"서, 설마…… 정말로…….."

"한낱 신을 섬기는 자들이 어떻게 신의 대리인의 힘을 가늠하겠습니까."

그녀가 서늘하게 미소 지었다.

방에서 나온 비올렛은 방 밖에서 기다리고 있던 에셀먼드와 마주했다. 그가 그녀를 훑어보았다. 노골적인 관찰의 시선이었다. 비올렛은 그 시선이 상당히 거북했다. 마치 그것은 그녀를 힐난하는 것 같기도 했고, 한심하게 여기는 것 같기도 했다.

하지만 에셀먼드는 떠나기 전에도 종종 그러한 시선으로 비올렛을 보았기에, 기분이 상한 것은 아주 잠시뿐이었다. 혹여 대화를 하게 된다면 별로 유쾌하지는 않으리라 생각한 그녀는 에셀먼드를 지나쳤다.

방으로 갈까 했던 비올렛은 다니엘의 방을 향했다. 어쨌거나 이런 방법을 알려 준 것이 다니엘이었으므로 오늘의 일을 알려 줘야 했기 때문이다.

노크를 하니 '들어와'라는 대답이 들렸다. 비올렛은 방문을 열고 방으로 들어갔다. 그의 방에는 촛불이 하나도 밝혀져 있지 않아 그저 흘러 들어오는 달빛만으로 사물을 식별해야 했다. 어둠에 익숙해지기까지 조금 시간이 필요했다.

"다니엘."

비올렛이 가까스로 다니엘이 누워 있는 침대로 다가갔다.

"다니엘, 거기 있어?"

그때 누군가가 그녀를 뒤에서 껴안았다. 비올렛은 깜짝 놀라 발버둥 쳤지만, 금세 누구인지 알아차리고 가만히 그 손을 받아들였다. 뜨거운 숨소리가 귀에 들리며 목덜미에 느껴지는 숨결에 소름이 오소소 돋았다. 비올렛이 몸을 뒤틀며 말했다.

"다니엘, 이거 풀어."

그 말에도 불구하고 다니엘은 그 팔을 풀지 않았다.

"그래, 형은 잘 만나고 왔어?"

"……."

"에드 형을 봐서 기쁘지?"

다니엘은 어딘지 모르게 화가 나 있는 것 같았다. 그의 말에 비올렛이 대답했다.

"내가 어떤 대답을 할지 알면서 왜 물어보는 거야?"

"그야 물론 확인하고 싶어서지."

다니엘이 귀에 대고 부드럽게 속삭였다.

창문으로 쏟아져 오는 어슴푸레한 달빛에 구름이 끼어 방 안은 완벽한 어둠이 되었다. 다니엘은 비올렛의 쇄골 아래 가슴 언저리에 손을 올렸다. 가슴 쪽이 파인 드레스를 입어 다니엘의 손이 그녀의 가슴 위에 닿았다. 비올렛은 갑자기 느껴지는 그 손길에 몸을 움찔했다.

"너 그거 알아?"

"……."

"심장이 빠르게 뛰고 있어."

여전히 다니엘은 심술이 난 것 같았다. 그가 손끝을 세워 그녀의 가슴 언저리를 꾹 눌렀다. 손톱이 여린 살을 파고들자 그녀는 고통의 짧은 비명 소리를 낸 채 짜증스럽게 대답했다.

"심장이 안 뛰면 죽어. 그리고 갑자기 이렇게 뒤에서 안으면 누구라도 이럴 거야. 그러니까 이거 놔."

"싫어."

다니엘이 어리광을 부렸다. 비올렛은 할 수 없이 그가 스스로 팔을 풀기를 기다려야만 했다. 더 늦으면 앤이 걱정할 텐데 따위의 생각을 하면서 말이다.

다니엘이 왜 이러는지 알고 있다. 그 역시 아버지인 후작을 미워했고 친형인 에셀먼드를 미워했다. 아니, 그는 에르멘가르트 사람들 전부를 미워했다.

다니엘은 아주 오랫동안 비올렛을 꼭 안고 있었다. 그리고 긴 구름이 지나가 창문에 다시 달빛이 쏟아져 내려올 때쯤 팔을 풀었다.

"몸은 괜찮아?"

비올렛은 그제야 뒤를 돌아볼 수 있었다. 다니엘이 다정한 미소를 짓고 있었다.

"내 몸 정도는 알지 않아? 처음부터 아프지도 않았던 거."

"아, 그래. 알고 있었어."

비올렛이 답했다. 다니엘의 얼굴에는 비틀린 미소가 서렸다.

"네 성인식 때 누가 손을 잡아 주나 했더니 결국 에이든이 잡았다면서? 어리석어."

"……."

비올렛은 다니엘의 비웃음에 대답하지 않았다. 그가 킥킥거리며 웃었다.

"이 어설픈 가족극에 너무 몰입한 거 아니야, 그 자식? 언제나 생각했지만 참 멍청하네."

그는 자신의 동생에 대해 그렇게 평했다. 언제부터 에이든을 그렇게 멍청하게 생각했는지는 모른다. 처음에 다니엘이 그를 멍청이라고 불렀을 때의 충격은 이미 가신 지 오래였고, 그녀는 그것에 별로 신경 쓰지 않았다. 다니엘은 그녀처럼 비틀린 사람이다.

비올렛은 그의 컵에 물을 떠다 주었다. 다니엘은 침대에 걸터앉아 그녀가 건네준 물을 마셨다. 살짝 풀어 헤친 셔츠의 단추 사이로 보이는 다니엘의 목이 올라갔다 내려갔다. 비올렛이 그를 보고 조용히 말했다.

"아프지 않았다는 것 정도는 알고 있지. 네가 날 에스코트하고 싶지 않아 그런 것도."

"그래."

다니엘은 부정하지 않았다. 그리고 비올렛도 그 태도에 별로 상처받지는 않았다. 너무나 뻔한 일이 아닌가.

"하지만 비올렛, 알잖아. 널 가장 좋아하는 건 나라고. 물론 그것을 대놓고 드러낼 수는 없지만 말이야."

그 말에 비올렛은 대답하지 않고 그를 바라보았다. 다니엘은 그런 말을 하면서도 당당한 태도였다. 그는 언제나 그래 왔다. 언제나 그녀를 좋아한다고 말했지만, 드러내 놓고 모든 이들 앞에서 애정을 주지는 않았다. 열한 살, 그녀가 에르멘가르트 영지에서 아나블라와 다툼이 있었을 적에 아나블라의 손을 들어 주었던 것처럼 말이다. 그의 애정은 떳떳하지 못하고 비밀스러웠다.

"그래, 천출 여자의 손을 잡고 들어가는 건 위신을 떨어트리는 짓이겠지. 이해해, 다니엘."

그녀가 다니엘의 얼굴을 보며 빈정거렸다. 그의 이런 성격을 안 것은 비올렛이 자살 시도를 하고 난 바로 직후였다. 그녀는 커다란 충격을 받았지만, 그때 그의 말에 회복했다. 비올렛은 추악한 진실을 말하는 다니엘을 믿었다. 비올렛의 빈정거림에 다니엘은 웃으며 협탁 위에 컵을 놓았다.

"난 항상 말하잖아. '그럼에도 불구하고.'"

"그럼에도 불구하고?"

"그래, 그럼에도 불구하고 너를 사랑한다는 거."

다니엘이 미소를 지었다. 비올렛이 다니엘과 척을 지지 않는 이유는, 그가 욕망에 아주 솔직했기 때문이다. 처음에는 오빠랍시고 친절했던 다니엘의 변모에 비올렛은 죽을 만큼 절망을 느꼈으나 이내 그가 가진 욕망이 가장 노골적이며 솔직하고 신뢰가 가는 것임을 알았다.

입으로만 사랑한다고 말하는 사람들 사이에서 다니엘만이 자신의 마음을 적나라하게 말했다. 비록 꿈에 그리던 아름다운 애정은 아닐지라도 비올렛은 그가 정말로 자신을 애정한다는 것을 알고 있었다. 왜냐하면 다니엘은 정말로 그녀를 필요로 했다. 절박할 정도로 말이다.

"아, 오늘도 난리가 났겠군. 난 티게르난 공작의 얼굴을 보고 싶었는데. 잘 끝났다고 들었어."

"그래, 난리가 났지."

비올렛이 대답했다. 다니엘은 침대에 앉았다. 푸르스름한 빛이 그의 창백한 얼굴을 비추었다. 푸른 벽안이 달빛을 머금어 서늘하게 빛났다.

나이를 먹어 성년이 지난 다니엘은 에셀먼드나 에이든처럼 무력을 단련하지 않아 호리호리한 체격이었지만, 어딘지 모를 날카로움이 있었다. 그런 그의 얼굴을 여자들이 꽤 좋아한다는 것을 앤에게 들어 알았다.

"형이 네 이런 모습을 제대로 봐야 할 텐데."

"이미 한번 대화를 나누었어."

"어땠어?"

"평소와 똑같았지. 3년 전 그대로."

비올렛이 얼굴을 찌푸리며 말했다. 그녀의 표정을 본 다니엘이 만족스러운 미소를 머금었다.

"그래? 아쉽네. 나는 이런 널 보면 에드 형이 어떤 표정을 지을지 궁금했는데."

"그 인간이 표정이 변할 정도로 나에 대한 커다란 애정이 있을까?"

그녀가 지조적으로 말했다.

"자신감이 없구나, 비올렛."

다니엘이 고개를 절레절레 흔들었다. 그리고 침대에서 일어나 비올렛에게 다가가 그녀의 머리카락을 부드럽게 쓸었다. 긴 머리카락이 허리까지 그의 손에 사르르 미끄러져 내려갔다. 비올렛은 그 손길에 소름이 돋았다.

"너는 이렇게 매력적이고"

"……."

"이렇게 아름다운데."

다니엘의 가늘고 기다란 손이 얼굴을 부드럽게 쓸었다. 칼을 잡지 않은 그의 손은 무척 부드러웠다. 그러나 비올렛은 부드럽기만 한 그 손길이 낯설고, 불쾌했다.

비올렛의 머리카락이 달빛을 받아 은은하게 빛이 났다. 어린 여자아이의 몸은 어느새 꽃봉오리처럼 여물어 피어날 준비를 하고 있었다.

비록 그녀의 얼굴이 빼어나게 아름다운 것은 아니었으나 비올렛은 다른 이들에게서 결코 찾아볼 수 없는, 나름의 청일한 아름다움을 지니고 있었다. 그녀의 목은 백조처럼 우아한 곡선을 그리고 있었으며, 목 아래 반듯한 쇄골과 더불어 어느새 부푼 여자의 상징인 굴곡진 가슴이 달빛에 그림자 져 그림과 같이 매혹적인 자태를 드러내고 있었다.

아찔한 모습을 하고 있는 이 여자는 몇 년만 지나면 눈을 뗄 수 없을 정도로 아름다워질 것이다. 다니엘은 욕망 어린 눈동자로 비올렛을 바라보았다.

"혹시 모르잖아? 형이 새삼 너를 보며 반했을지. 나처럼 말이야."

다니엘이 부드럽게 속삭였다.

비올렛은 지금 벌어진 상황에 얼굴을 찌푸리지 않으려고 노력했다. 참으로 어이가 없는 상황이지 않은가. 2년 만에 한 번씩 열리는 사냥 대회에 초대장을 받는 것까지는 좋았다. 아니, 사실 그녀는 사냥이라는 것을 혐오했다. 하지만 모든 귀족들이 모이는 대회에 이 나라의 성녀가 빠질 수는 없는 법. 결국 그녀는 살육에 변태적으로 흥미를 느끼며 비교질하는, 지극히 유치하고 비생산적인 대회에 가게 되었다.

에르멘가르트 후작령의 낮은 산은 봄이 되어 동물들이 한창 활동하고 있을 시기였고, 지대가 높지 않아 사냥에는 안성맞춤이었다. 막사를 설치하고 귀부인들이 머무를 만한 자리가 마련되었다. 하지만 문제는 그녀가 앉을 자리가 없다는 것이었다.

"……."

라이셀 백작 부인과 시수일레만이 이 사태에 대해 안타깝다는 얼굴로 비올렛을 바라보고 있었다. 교황 쪽의 비호를 제대로 받지 않으니 마치 끈 떨어진 연 취급이 아닌가. 비올렛은 그녀들의 작태에 화가 났다.

"어머, 저흰 성녀님께서도 사냥에 참여하시는 줄 알았답니다."

"후작가에서 무력을 배우셨다기에 저희와 앉아 담소를 나눌 줄은 몰랐답니다."

부채를 흔들며 '설마 네가 우리 자리에 낄 생각이었니?'라고 말하는 여자들을 보며 비올렛은 미소를 지었다. 옆에 성녀님을 호위하는 호위 기사랍시고 붙어 있던 에이든이 어이가 없는 표정으로 비올렛을 보다가 그녀들에게 시선을 돌렸다. 그는 이 상황에 상당히 화가 나 언제나처럼 분별없이 화를 내려고 했다. 비올렛이 그의 팔을 잡았다.

"의자를 하나 더 가져오세요. 왕자가 곧 올 텐데 보기 좋은 모습이 아니군요."

왕비가 딱딱한 어투로 말했다. 그녀로서도 이런 상황은 예상하지 못한 듯했다. 하지만 설령 의지가 하나 더 놓인다고 해도 이 상황이 무마되는 것은 아니었다. 아그레시아에서 가장 높은 여인이 나중에서야 준비한 말단에 앉아 있어야 한다니.

"아니요. 그러실 필요 없습니다."

"어머, 돌아가시게요?"

그중 한 여자가 밉살맞게 물었다.

"오라버니, 남은 여벌의 옷이 있다면 저 좀 빌려 주시겠어요?"

"뭐, 뭐?!"

그 말에 에이든이 펄쩍 뛰었다. 여자들 역시 놀란 표정이었다.

"이 사냥 대회에 참여하는 게 제 의무라면, 가만히 있는 것보다는 뛰어다니는 게 훨씬 생산성 있는 행동이겠지요."

무심한 목소리로 말하던 비올렛이 다시 고개를 돌려 왕비를 바라보았다.

"왕비님, 굳이 시종에게 그런 일을 시키실 필요 없습니다. 제 자리는 누가 만들어 주는 게 아니라 제가 만듭니다."

"푸훗, 쫓겨나는 주제에 입만 살아서는."

누군가의 목소리가 들려 보니 아나블라가 웃으며 그녀를 바라보고 있었다. 비올렛은 그제야 누가 원흉인지 깨달았다. 아나블라, 저 계집애가 벌인 짓이다. 몇 년 만에 만나도 못된 심보는 그대로였다. 자기 어머니를 무릎 꿇게 한 앙금을 아직도 가지고 있는 것이었다.

"아, 하드퍼드 백작 영애께서 자리를 양보해 주신다고 하셨나요?"

"뭐, 뭣?! 저는 아닙니다. 세상에나, 왕비님!"

그녀가 가운데에 앉은 왕비에게 도움의 신호를 보냈다. 왕비는 여전히 난감한 얼굴이었다. 비올렛은 상냥하게 말했다.

"그저 자리를 바꾸는 것뿐입니다. 무슨 문제라도 있나요? 왜 자리를 바꿀 수 없는 거죠? 저 자리가 별로 안 좋은 무언가가 있나 보죠?"

비올렛의 말에 아나블라가 입을 다물었다.

"그럼 저런 안 좋은 자리를 지금 신성 왕국의 신의 대리인에게 앉으라고 한 건 아니겠지요?"

"아니요. 저는 햇볕에 약해서……."

아나블라가 어물어물 변명했다. 그녀는 3년 전 비올렛의 모습만을 기억하고 이를 갈았으리라. 그 어리석을 만치 유약하고 순진한 모습을 생각하며.

"아, 저도 그다지 햇볕을 좋아하지는 않아요. 저와 자리를 바꾸어 주시겠어요?"

"……."

비올렛이 웃으며 묻자 아나블라가 식은땀을 흘리며 그녀를 노려보았다. 그리고 옆에 있는 하녀의 뺨을 내려치는 것이었다.

"너, 너! 어떻게 성녀님께 그런 무례한 말을 할 수가 있어! 성녀님이 지금 노하셨잖아!"

하녀는 금세 어떤 상황인지 파악하고 그저 아나블라에게 빌었다.

"죄송합니다, 아가씨. 아, 죄송합니다, 성녀님. 제가 너무도 오만했습니다. 벌을 달게 받겠습니다."

"너는 내가 크게 혼낼 줄 알아."

아나블라가 소리쳤다. 씩씩거리던 그녀는 비올렛을 보고 다시 비굴한 미소를 지었다. 비올렛 역시 마주 보며 미소를 짓고는 말했다.

"혼낸다고 말씀만 하지 마시고 매질을 하세요. 채찍을 드셔도 상관없고 나무 몽둥이를 드셔도 상관없습니다."

하녀가 비올렛의 말에 '히익' 하며 덜덜 떨었다. 아나블라 역시 놀라서 말했다.

"네…… 네, 그리하도록 하겠습니다."

아나블라는 비올렛의 눈조차 마주칠 수 없었다. 졸지에 하녀에게 누명을 씌운 것도 모자라 매질까지 하다니, 구설수에 오를 것이 뻔했다.

상황이 해결될 기미가 보이지 않자 왕비가 나섰다.

"신의 대리인이시여, 이번 일에 대해선 미안하게 생각합니다."

"아닙니다. 왕비마마."

비올렛이 선량하게 답했다. 왕비도 참으로 현명하지 못했다. 성녀인 비올렛이 참여한 것을 알고 있었으나 자신의 근처에 그녀의 의자가 마련되어야 했음에도 신경 쓰지 않았다. 정말로 몰랐거나, 아니면 천민 출신인 비올렛이 옆자리에 앉는 걸 견딜 수 없어서 방관했거나 둘 중 하나였다.

"성녀께서 원하신다면 제 옆자리에 앉으십시오. 지금이라도 자리를 마련해 보겠습니다."

그에 비올렛이 말했다.

"아닙니다. 저는 남성분들과 사냥 대회에 참여하겠습니다. 왕비님께서 제게 미안해하실 필요는 없습니다."

"하지만 위험합니다."

왕비의 얼굴을 보고 비올렛은 그녀에게 악의가 없다는 것을 깨달았다.

"정말로 괜찮습니다. 이곳까지 발걸음 하여 기껏 한다는 일이 고급스러운 담소가 아니라, 왕비마마를 무시한 채 꾸며 놓은 유치한 자리 싸움이라면 차라리 저곳에서 남자분들과 말을 타는 게 낫습니다."

그 말에 몇몇 영애들이 화가 난 듯 씨근덕거리는 숨소리를 냈다. 그러나 비올렛은 별로 상관하고 싶지 않았다. 어차피 신경 쓸 가치도 없는 이들이다.

치맛자락을 걷은 채로 그녀는 에이든과 막사 밖으로 나왔다. 그들은 화가 난 것처럼 무표정으로 걸었는데, 얼마 안 있어 에이든이 깔깔거리며 웃음을 터트렸다.

"너는 내가 생각해도 정말 대단해."

비올렛은 입을 다물었다.

"야, 그런데 내 옷은 너한테는 좀 클 것 같은데 어떻게 하지? 그리고 내 옷들은 다 무겁다고."

"상관없어. 그냥 바지만 있으면 돼."

"그래그래."

에이든은 아무래도 좋다는 태도였다. 비올렛은 에이든을 바라보았다. 바보 같은 인간. 뭐가 그리 좋은지 실실 웃고 있었다. 멍청하기는. 비올렛은 속으로 투덜거렸다.

"생각해 보니 나도 이득이네. 여기서 몇 시간 동안 저 여자들 자존심 싸움만 구경할 줄 알았더니 나도 졸지에 사냥 대회에 나가는 거잖아?"

그가 신이 나서 말했다.

"아, 신난다. 역시 너는 이 오빠를 위할 줄 안다니까?"

"누가 오빠래?"

비올렛이 쏘아붙였다. 그렇게 그녀의 기준으로는 별로 쓸모없는 대화를 하는 도중 시종이 옷을 들고 왔다. 한눈에 봐도 몸에 맞는 옷은 아니었지만, 그래도 혹시나 해서 그 바지를 입었다. 여지없이 헐렁헐렁했다.

"너 왜 이렇게 큰 거야."

"네가 작은 거야."

비올렛의 말에 에이든이 얼굴을 찡그리며 투덜거렸다. 그렇게 둘이 투닥거리는데 뒤에서 목소리가 들려왔다.

"이게 무슨 아름답지 못한 꼴입니까."

비올렛은 깜짝 놀랐다. 별로 듣고 싶지 않은 목소리였기 때문이다. 그녀는 자신의 복색을 보고 지금이라도 당장 혀를 깨물고 싶었다.

군장을 입은 체자레가 서 있었다. 사냥 대회라 간편한 복장이긴 했지만, 그는 언제나처럼 맵시 있는 옷차림새를 하고 있었다. 에이든이 못마땅한 얼굴로 인사했다. 하지만 체자레는 그 인사를 제대로 받아 주지도 않고 눈썹을 찡그린 채 비올렛의 얼굴을 바라보았다.

"……설마 이 꼴로 사냥을 가시려는 겁니까?"

그전에 이성을 잃으며 분노를 터트렸던 얼굴은 거짓말 같았다. 그는 정말로 비올렛을 걱정하며 다른 의미로 화가 난 얼굴이었다.

"왜 위험하게 사냥을 나가시는 겁니까? 성녀님께서 사냥을 좋아하실 리가 없습니다."

체자레는 그렇게 말하다 여인네들이 모인 막사 쪽을 보다가 '아'라는 깨달음의 목소리를 냈다. 알 만하다는 표정이었다. 그의 얼굴에 불쾌한 기색이 서렸다.

체자레는 언제나 비올렛을 놀리는 듯한 행동을 하며 실제로도 그녀를 농락했지만, 그녀가 누군가에게 멸시를 받거나 피해를 당하는 것을 극도로 싫어했다. 마치 자신의 수집품을 누군가 비난하는 걸 견디지 못하는 사람처럼 말이다. 그 단적이고 대표적인 예가 체자레의 지하실이었다.

"옷을 준비하라 이르겠습니다."

"그러실 필요는 없습니다."

"당신이 신전에 오지 않아도 당신이 성녀라는 것은 잊지 마셔야 합니다. 신전을 웃음거리로 만들지는 마십시오."

그가 단호하게 말하자 비올렛은 할 말이 없었다. 체자레는 옆에 서 있던 그의 시종 한 명을 불렀다. 몇 가지 지시 사항을 들은 시종이 급하게 뛰어갔다. 어차피 이곳은 수도 외곽이었으므로 한 시간 정도 걸리는 거리에 옷가게들이 즐비했다. 따라서 근처의 옷가게에서 여성용 옷을 아무거나 가지고 오면 해결될 문제였다.

사실 거기까지 생각하지 못했던 에이든이 뭐라고 투덜거렸다. 그때 체자레가 그녀의 바로 뒤로 다가왔다. 비올렛이 깜짝 놀라 피하려고 했지만 체자레는 날렵했다.

"다 크신 줄 알았는데 여전히 어리숙합니다."

"……."

"제 눈엔 당신의 발버둥이 보입니다."

체자레의 말에 비올렛은 그를 쏘아보았다. 그가 그녀의 길게 늘어뜨려진 머리를 쓸었다.

"사냥에 나서면 이 아름다운 머리가 풀어 헤쳐질 겁니다. 그다지 아름다운 모습은 아니겠죠."

"자, 잠깐…… 스승님!"

"당신은 최고로 아름다워야 합니다."

체자레가 무척이나 진지한 얼굴이었기 때문에 그녀는 그것을 막을 수 없었다. 그의 손가락이 그녀의 목 뒤로 넘어와 늘어뜨려진 긴 머리카락을 앞으로 흘러내리게 했다. 그리고 그는 아주 세심하게 그녀의 머리를 땋았다.

숨소리가 그녀의 정수리 위에서 느껴져 비올렛은 체자레와 자신의 거리가 지나치게 가깝다고 생각했다. 그의 가느다랗고 긴 손가락 하나하나의 감촉이 느껴져 간지러웠다. 체자레가 언제나 뿌리는 향수 냄새가 났다. 그러자 머리가 약간 아찔해지는 것도 같았다.

그가 비올렛의 앞에서 머리를 땋았기 때문에 땋은 머리는 그녀의 왼쪽 어깨 위로 얹어졌다. 체자레는 한쪽 손으로는 비올렛의 머리를 잡고 다른 한쪽 손으로는 자신의 머리를 묶었던 비단 끈을 풀었다.

붉은 머리카락이 풀렸다. 머리를 푼 그의 모습은 처음 봤지만 나름 잘 어울렸다. 체자레는 비올렛의 머리에 끈을 묶고 예쁘게 매듭까지 지었다. 그리고 그것에 만족한 듯, 그녀의 땋아 내린 머리카락을 한 번 쓰다듬고는 미소를 지었다.

"동생을 지키려는 아름다운 마음은 좋습니다만, 에르멘가르트 영식."

잔머리를 정리해 주며 체자레가 말했다.

"조금 더 세련된 방법으로 도와주십시오. 그저 옆에 서 있는 것만으로는 아무것도 해 줄 수 없을 겁니다."

"무, 무슨!"

에이든이 화를 내려고 하자 비올렛이 입을 열었다.

"스승님, 그에게 말하실 필요 없습니다."

비올렛이 그렇게 말하며 경고하듯 에이든을 보았다.

"저는 이들 중 누구에게도 도움을 청하지 않을 겁니다."

"그렇습니까? 정말 안타깝군요, 에르멘가르트 영식. 별로 쓸모 있는 오빠는 아니었나 봅니다."

체자레가 혀를 차며 말했다. 비올렛은 그가 에이든을 일부러 자극하는 것임을 알았다. 에이든이 표정 관리를 못하고 붉으락푸르락한 얼굴로 체자레를 노려보자 그는 그저 알 수 없는 미소만 지었다.

그리고 얼마 되지 않아 시종이 옷을 들고 왔다. 비올렛은 그 옷을 받아 입었다. 단순한 승마복이리라 생각했던 옷은 사냥용이 분명했다. 그녀의 몸매에 꼭 맞춰진 옷은 늘씬한 몸을 더욱 부각시켰다. 맞춤옷에서나 볼 수 있는 모양새였으므로 비올렛은 너무나 잘 맞는 옷에 내심 놀랐다.

옷을 갈아입고 나서니 체자레와 에이든이 그녀를 기다리고 있었다. 에이든 역시 깜짝 놀랐다.

"뭐야, 딱 맞잖아?"

그녀가 고개를 끄덕였다. 에이든은 일이 빠진 표정이었다. 정말로 어디 작거나 큰 곳 없이 비올렛의 체형에 꼭 맞는 옷이었다. 어떻게 이런 옷을 구한 걸까 생각하며 체자레에게 의문의 시선을 던지자, 그가 어깨를 으쓱하면서 정말로 안타깝다는 듯 말했다.

"너무나 아쉽군요. 아직도 주문된 옷이 만들어지고 있는데 말입니다."

"……그게 무슨 소리입니까?"

"공작 각하, 지금 무슨 소리를……?"

에이든과 비올렛이 동시에 물었다. 체자레가 정말로 슬픈 표정을 지으며 말했다.

"성녀님께서 오실 날만을 기다리며 이렇게 옷을 많이 주문해 놨는데, 입을 사람은 오지 않으니 너무도 슬프군요."

"……하."

비올렛은 손에 든 옷을 던져 버리고 싶었다. 시종이 건넨 옷은 한 벌이 아니라 여러 벌이었다. 옷을 주문하려면 신체 치수도 알아야 하는데, 그것은 또 어떻게 알아냈단 말인가.

소름이 오소소 돋았다. 생각해 보면 공작령에 갔을 때도 성에 마련된 잠옷은 그녀에게 딱 맞았다.

에이든이 속삭였다.

"그 옷 그냥 버리면 안 되냐?"

비올렛은 물론 에이든의 말을 무시했다.

다행히도 왕과 왕자가 도착하지 않았기에 소집 장소에는 귀족들만이 모였을 뿐, 사냥 대회는 시작되지 않았다.

말을 빌려준다는 체자레의 요청을 거절하고 비올렛은 여분의 말을 얻었다. 어차피 왕실 사냥 대회이다. 무기와 활 정도는 얻어 낼 수 있었다. 그러다가 문득 생각이 난 듯 에이든에게 물었다.

"생각해 보니 너 정말 네 마음대로 해도 되는 거야?"

"뭐가?"

"너 날 졸졸 따라다니는데, 견습 기사잖아. 그렇게 해도 돼?"

"그거야 당연하지."

에이든이 대답했다. 그러다 능글맞게 웃으며 말했다.

"너, 나 걱정하는구나?"

"……."

비올렛은 저런 바보에게 대화를 기대한 게 잘못이었다고 투덜거리며 활을 골랐다. 그녀는 조그마한 것보다는 길고 파괴력이 있는 화살을 선호했다. 에이든은 건들거리며 서 있다 물었다.

"항상 생각하는데, 너는 왜 그렇게 길고 무거운 화살을 쓰는 거야? 근력도 별로 좋지 않으면서."

비올렛은 대답하지 않았다. 그저 화살을 메고 막사를 나갔을 뿐이다. 에이든은 '또 무시당했어, 또!'라고 소리치며 그녀를 뒤쫓았다. 두 사람은 가는 도중 에셀먼드와 서 있는 후작을 보았다. 후작은 그녀의 옷차림새를 보며 당황한 듯했다. 후작은 오늘 사냥 대회에 참여하기 위해서가 아니라 이 나라의 대장군으로서 심사위원 자격으로 자리했는데, 그는 비올렛의 차림에 깜짝 놀란 듯했다.

"이게 무슨 일입니까?"

"그냥 저도 사냥에 참여하려 합니다."

비올렛은 그렇게 말하며 자신의 말을 쓰다듬었다. 후작은 뭐라고 더 말하려고 했지만 입을 다물었다. 어차피 그녀가 원하면 무엇이든 할 수 있었다. 성녀의 의사는 그 무엇보다 존중받아야 했으므로.

"어차피 표면적으로만 참여할 생각이니까 걱정하실 필요 없습니다."

혹시나 해서 말하자 역시나 에셀먼드가 나섰다.

"제가 호위하겠습니다."

역시나 기대를 저버리지 않는 남자다. 비올렛은 에셀먼드를 바라보았다. 그는 언제나처럼 읽을 수 없는 얼굴로 그녀를 바라보고 있었다.

"제게 호위는 필요하지 않습니다. 누가 감히 제 목숨을 노리겠습니까. 에이든 오라버니만으로도 충분합니다."

비올렛이 딱 잘라 말했다. 에셀먼드가 서늘한 눈으로 그녀를 바라보았다. 힐난하는 것 같은 얼굴에 그녀는 시선을 돌렸다. 에이든은 뭐가 그렇게 신이 나는지 밝게 외쳤다.

"봐, 형! 나도 할 수 있다니까. 우리 성녀님이 나만으로 충분하다고 하시잖아!"

어깨를 으쓱하는 그를 보며 후작이 낮은 목소리로 꾸짖었다.

"널 믿어서 곁에 두는 것이 아니라는 것만 알아 둬라, 에이든."

비올렛은 무미건조한 표정으로 에이든이 혼나는 것을 지켜보다가 그 소란스러움에 자신을 향하는 시선들을 느꼈다. 그녀는 불쾌감을 느끼며 그들의 시야가 닿지 않는 구석으로 자리를 피했다.

이윽고 왕이 도착했다. 비올렛은 자신이 뭔가를 해야 하는 건 아닌지 걱정했으나, 다행히 왕의 손수건은 왕비가 전달했다. 사냥 대회의 풍습이 있다면 집안의 여자들이 남자들에게 손수건을 건네며 승리를 기원한다는 것이었다. 또한 호감을 가지는 이성에게 역시 손수건을 주며 마음을 표현하기도 했다.

그러나 에르멘가르트 가문의 유일한 여자는 지금 같이 사냥복을 입고 사냥 대회에 나가기로 했다. 물론 그녀가 사냥복을 입지 않는다고 해서 그들에게 손수건을 줄 리는 없었다. 에이드리언이나 에셀먼드에게 손수건을 주고 싶어 머뭇거리는 여자들은 많았으나, 그들은 그것에는 관심이 없었다.

비올렛은 그러한 의식을 아무 생각 없이 지켜보고 있다가 자신에게 손을 흔드는 여자를 보고 다가갔다. 생글생글 웃고 있는 소녀는 시수일레였다. 그녀는 이 초록의 숲과는 대비되는 매혹적인 장밋빛 드레스를 입고 있었는데, 그것이 시수일레의 피부색과 잘 어울렸다.

"비올렛! 다치지 말고, 많이많이 잡아 와야 해?"

"……."

"아까 정말 멋있었어. 나중엔 나도 데리고 나가야 한다?"

"그래."

"우리 아버지는 이런 데에 약하셔서 참여하지도 못해. 누구에게 줘야 하나 걱정했는데, 그래도 너한테 줄 수 있어 너무 기뻐."

시수일레가 비올렛에게 비단 손수건을 쥐여 주었다. 손수건에는 시수일레의 이름과 그녀 가문의 표식인 백합과 뿔이 달린 도약하는 말이 삐뚤빼뚤 수놓아져 있었다.

비올렛은 서투른 솜씨가 역력한 손수건을 물끄러미 바라보았다. 혹여 시수일레가 비웃음을 당할지도 모른다는 생각에 다시 주변을 살펴보자 여자들은 비올렛을 보는 대신 늠름한 남자들에게 시선을 고정하고 있었다. 당연하겠지만 사람들은 매력적인 외모의 티게르난 공작이나 늠름한 에셀먼드에게 정신이 팔린 듯했다.

뭐, 그들로서는 그녀에게 신경을 쓰며 비난하는 것보다 신랑감이나 잘생긴 남자를 보는 게 더욱 효율적이긴 했다. 어쨌거나 그 덕분에 시수일레가 하는 행동은 전혀 주목받지 않았다.

"비올렛! 토끼 한 마리만 잡아 와! 아니다, 조그마한 아기 참새 한 마리만 집어 줘! 아니다, 랑이처럼 귀여운 고양이도 있으면 잡아 줄래?!"

시수일레가 순수한 얼굴로 말했다. 성년이 지났음에도 그녀는 마치 열한 살의 소녀 같았다.

비올렛은 그저 미소를 지었다. 토끼가 제 발로 그녀를 따라올 리도 없거니와 아기 참새는 엄마 참새와 같이 있어야 살 수 있다. 또 산고양이는 자유로워서 누군가를 따르는 걸 극도로 싫어했다. 아니, 그런 걸 떠나서 산고양이, 즉 살쾡이는 애완용으로 기르기에 적합하지 않은 '맹수'였다. 비올렛은 이런 유의 반박을 하고 싶었지만, 철없는 귀족 아가씨의 말이니 적당히 넘겨듣는 게 편하다는 것을 알고 있었다.

시수일레가 활짝 웃으며 손을 흔들었다. 철없는 시수일레는 비올렛이 사냥 대회에 참여하는 게 무척이나 자랑스러운 듯했다.

비올렛은 숲속으로 말을 몰았다. 후작은 왕의 곁에 가 있었고, 에셀먼드는 자신의 종자와 함께 있었다. 비올렛과 에이든은 처음부터 사냥을 할 생각이 없었으므로 따로 종자가 필요하지 않았다. 에셀먼드는 마지막으로 그 둘을 보더니 숲속 깊은 곳으로 들어가 버렸다. 에이든은 처음으로 참여하는 사냥 대회에 상당히 신이 난 모양이었지만, 그녀는 그저 이 숲에 유람 온 기분으로 말과 함께 천천히 걸었다.

"아, 세상에. 형도 나도 아무것도 못 받았는데 손수건을 받은 건 우리 집 여동생이라니."

에이든이 투덜거렸지만 그녀는 그 말을 무시했다.

"저쪽에 가면 화살을 맞을지도 몰라. 이쪽으로 가자."

비올렛이 데려온 말이 다른 말들이 간 깊은 숲속으로 향하려 하자 그녀가 다정하게 속삭이며 말을 달랬다. 이 순한 말은 그대로 그녀의 의견을 따랐다. 에이든이 못마땅한 얼굴로 말했다.

"야, 너는 내가 말보다 못하지?"

"무슨 소리야?"

"나한테도 그렇게 말해 봐라. 내가 말이 돼서 널 업고 다닐 테니."

또 무슨 멍청한 소리래? 그녀는 그 말을 무시하고 그대로 말을 몰았다. 몰이꾼들이 동물들을 몰아갔기 때문에 상대적으로 숲 가장자리는 한산하고 조용했다.

"아, 나도 활 쏘고 싶다. 동물 잡고 싶다. 사냥하고 싶다."

"시끄러."

비올렛이 짜증스럽게 대답했다. 그러고는 새소리를 들으며 개울가 근처 바위에 걸터앉았다.

"그래, 공작의 말대로 네가 사냥을 싫어한다는 건 잘 알겠다. 그래도 사냥 대회에 참가했는데 명색이 성녀가 뭐 하나라도 잡아야 하지 않겠냐?"

"명색이 성녀라고?"

"왜, 뭐가 잘못됐냐?"

"내가 만약 동물 한 마리라도 잡아 오면 저 사람들은 신이 잉태한 모든 생물에 자애로워야 할 성녀가 유희거리로 살생을 했다고 나를 물어뜯을걸."

"와, 너무해."

"사실이야."

비올렛은 그렇게 말하며 부츠를 벗고 맨발을 물에 담갔다. 저 멀리서 나팔 소리와 함성 소리가 들렸다. 에이든이 지루한지 그쪽으로 시선을 힐끔힐끔 주었다.

"아, 심심하다. 나 잠깐 뭐 하고 있는지 보고 와도 돼?"

"네 맘대로."

비올렛이 에이든을 쳐다보지도 않고 말하자 그가 말했다.

"삼십 분만이야. 모르는 사람 따라가면 안 된다."

"하루 종일 거기 있어도 돼."

그 말에 에이든이 입술을 삐죽였다. 하여튼 정 없는 계집애, 라고 말하는 걸 똑똑히 들었으나 비올렛은 그 말조차 대꾸하지 않았다. 결국 잔뜩 골이 난 에이든은 말을 타고 사냥터 쪽으로 가 버렸다.

비올렛은 숲속에서 휴식을 즐겼다. 그녀에겐 더없이 평화로웠지만 숲속의 다른 동물들에게는 그렇지 않을 터였다. 그렇게 생각하며 비올렛이 졸졸 흐르는 시냇물을 멍하게 보고 있었다. 발바닥에 차갑게 감기는 물이 시원했다.

그때 어디선가 첨벙 소리와 함께 인기척이 들렸다. 뭐지? 비올렛은 맨발인 채로 그쪽으로 향했다. 걸어가면서 그녀는 허리춤에 찬 검 손잡이를 쥐었다. 어차피 사냥 대회 한복판에서 그녀에게 위해를 끼칠 수 있는 간 큰 사람은 아무도 없었다. 그렇게 생각하며 조용히 발소리를 죽이고 수풀 사이로 들어간 순간……

"왁!"

"꺅!"

비올렛은 자신도 모르게 비명을 질렀다. 그녀가 뒤로 넘어가려 하자 손이 튀어나와 손을 잡았다. 뭐야, 이건 또. 비올렛이 화를 내려고 소리가 들리는 쪽을 보았다. 생글생글 웃고 있는 소년의 얼굴이 보였다. 햇빛 아래에 붉은빛을 머금은 은발이 반짝거렸다.

"너, 너."

"와, 정말 보고 싶었어. 왜 이렇게 얼굴 보기 힘드니."

비올렛이 얼굴을 찌푸리며 소년을 보았다. 은발에 금안을 가진 소년이 해맑게 웃으며 그녀를 바라보고 있었다. 숲이라 더러워질 법도 하건만 옷은 새하얗고 깨끗한 신관복이었다. 그녀는 혀를 찼다. 이제는 대충 이 소년의 정체도 파악했다.

"너 티게르난 공작을 따라다니는 신관이지?"

"우와, 이젠 바로 알아차리네?"

비올렛의 말에 소년이 신기하다는 듯 금색 눈을 깜빡깜빡거렸다.

그녀의 생일에 이 소년이 후작가를 방문한 적이 있다. 에셀먼드에게 검으로 위협을 당했을 때, 그는 체자레의 이름을 대며 위기에서 벗어났다. 그리고 그 다음날에 공작이 방문했다.

후작령에서 두 번째로 소년을 만났던 날, 체자레가 후작 성을 방문해서 토미를 데려갔다 했다. 같은 시기에 비올렛의 곁을 맴도는 금안을 가진 두 명의 신관들. 서로 연관이 있는 게 분명했다. 떠보듯이 던져본 물음이었으나, 소년은 의외로 솔직하게 대답해 주었다.

소년은 거의 자라지 않은 것 같았는데, 자세히 얼굴을 보니 그래도 약간은 성장한 것 같았다. 쑥 커 버린 비올렛에 비하면 아주 소소한 변화였지만.

"너 정말 많이 자랐다. 키도 많이 컸는데?"

그는 따스한 금색 눈으로 비올렛을 훑어보며 감탄했다. 그리고 그녀 주변을 한 바퀴 돌며 다 자란 그녀의 모습을 감상했다. 불쾌하기보다는 비올렛으로서는 황당했다. 네 쪽이 성장이 느린 거라고 말하고 싶었지만, 그렇게 말했다간 기분이 상할 것 같아서 입을 다물었다. 대신 그녀는 거슬렸던 점을 지적했다.

"그런데 말이야, 너."

그녀의 심각한 얼굴에 신관 소년의 얼굴이 덩달아 굳었다. 소년은 비올렛의 굳어진 얼굴을 바라보며 다음에 나올 말을 기다렸다. 그들 사이에 알 수 없는 긴장감이 가득 찼다.

"왜 나한테 반말이니?"

그 순간 신관 소년의 얼굴에 물음표가 띄워지더니 '푸핫' 하고 웃음을 터트렸다. 그는 거의 배를 잡고 웃었는데, 비올렛은 얼굴을 찡그리며 그 모습을 지켜보았다.

"그러게요, 성녀님. 제가 왜 반말을 했을까요."

그러면서도 깔깔대는 모습이 보기 싫지는 않았다. 순전히 즐거워 웃는 모습이 햇살과 어우러져 상당히 아름다웠다.

"나는 네게 존댓말하기 싫어. 우리가 그 정도로 먼 사이는 아니잖아?"

소년은 당당한 태도였다.

"너 정말 정체가 뭐야?"

비올렛이 물었다. 소년은 빙그레 미소를 지었다.

"예전에는 몰랐지만 이젠 알아. 너 눈이 금색인 거, 그거 왕족이라는 뜻 아니야?"

비올렛의 물음에 소년이 눈을 동그랗게 뜨더니 애매한 미소를 지었다.

"글쎄, 나는 왕이 아버지였던 적이 한 번도 없어서 말이야."

그가 노래를 부르듯 말했다. 비올렛은 입을 다물고 그가 하는 양을 지켜보았다. 분명 나이를 먹었을 텐데 별로 자라지도 않은 채 아직도 나이 어린 소년처럼 걸어 다닌다. 그가 손을 뻗자 새들이 날아왔다. 마치 한 폭의 그림과 같은 모습이었다. 비올렛은 마치 진짜 성녀를 본다면 저런 모습이 아닐까 생각했다. 그녀에게는 저런 아름다움과 여유로움이 없었다.

소년이 비올렛을 보며 미소 지었다.

"봐, 비올렛. 새들이 네가 좋다잖아."

"……."

"사람은 속일 수 있을지언정 동물은 속일 수 없다니깐. 사람들보다 예민하단 말이야."

"……."

"'여전히' 너는 사랑받고 있어."

그 말에 비올렛의 표정이 굳었다. 순간 그의 몸에서 알 수 없는 힘이 느껴져 그녀는 뒷걸음질 쳤다. 앞에 있는 이에게 무엇인가를 경고하는 듯한 몸짓이었다. 소년이 한 발자국 다가왔다. 그리고 그녀의 머리에 매여진 청색 리본을 바라보았다.

"티게르난 추기경님이 매어 주셨구나."

그가 손을 들어 그녀의 땋은 머리를 쓰다듬었다.

"치사해. 나도 못 만져 본 머리카락인데."

그는 심통이 난 듯했다. 꼭 질투하는 어린아이의 태도다. 그 말에 어이가 없어진 비올렛이 물었다.

"너 이러는 거 추기경께서도 알고 계시니?"

그 말을 듣자 신관 소년이 얼굴을 일그러뜨렸다.

"아니, 전혀 모르시지."

"큰 벌을 받게 될 거야."

"아냐. 추기경님은 다정하다고. 날 죽이진 않으실 거야."

여기 또 체자레에게 농락당한 영혼이 있다. 철이 안 든 건가, 아니면 멍청한 걸까. 비올렛은 속으로 혀를 차며 이 순진한 신관을 보았다. 얼굴은 순수했지만 의미심장한 말이 마음에 걸렸다. 무슨 말을 한 것일까. 동물들은 속일 수 없다니.

비올렛은 그것을 물어보고 싶었다. 하지만 왠지 어마어마한 대답이 나올 것 같아 입을 다물었다. 소년이 물었다.

"아직도 날 따라오지 않을 거야?"

"아직이라니. 영원히 따라가지 않을 거야."

"그래? 그렇구나."

소년은 슬픈 듯 미소를 지었다.

"어쩔 수 없지. 하지만 나는 괜찮아. 얼마든지 기다릴 수 있으니까."

"……."

소년이 말했다. 비올렛은 소년에게 존대를 하라고 말하는 것도 포기했다. 마치 친구처럼 격 없이 대하는 그에게 자신이 신의 대리인이고 대우받아야 한다고 말하고 싶지는 않았던 탓이다. 그리고 사실 그녀가 신의 대리인이라는 것을 알면서도 이 신관 소년은 그러했으니.

"그렇지만 나는 네가 가끔 너무도 보고 싶어."

"나를 왜?"

"그야 나는 널 정말 사랑하고 있거든."

"뭐?"

어이가 없어진 비올렛이 물었다. 비올렛과 키가 비등비등한 소년이 그녀의 손을 잡았다. 그리고 그녀의 뺨에 입술을 내리 눌렀다. 보드랍고 말캉한 입술의 그 감촉에 화가 난 비올렛이 뭐라고 말하려 하자 소년이 생글생글 웃었다.

"미안. 봐주라, 봐줘! 어쩔 수 없잖아. 널 자주 볼 수는 없으니 말이야. 네 잘못이야."

"너, 정말!"

"내가 말 안 했구나, 너 정말 예쁘다는 거. 볼에 뽀뽀라도 하지 않으면 안 됐다고."

"……."

"사랑하는데 예쁘기까지 해서 더욱더 사랑하게 되어 버렸잖아. 이런 것도 거부당하다니 난 정말 불행해."

소년이 어린아이처럼 보챘다. 이상한 호감이다. 무슨 저런 놈이 다 있담. 체자레에게 말해서 주의라도 주고 싶었으나, 혹여나 지하실에라도 끌려가게 될까 말할 수조차 없다. 이럴 줄 알고 이 짓을 저질렀다면 천하에 나쁜 놈이다.

"추기경님한테 말하면 안 된다! 나 갈게. 안녀어엉!"

비올렛의 표정이 변해 가자 그가 배실배실 웃으며 손을 흔들었다. 뭐지, 이 소년은?

"잠깐만!"

비올렛이 그를 다급히 불러 세우려고 하자 그는 장난스러운 미소를 지으며 사라졌다. 정말 뭐란 말인가, 저 인간은. 머리 색도 눈 색도 어느 것 하나 수상하지 않은 점이 없었다. 공작에게 물어볼까 했지만, 그럴 수가 없었다.

"아!"

생각해 보니 이름을 묻는 것도 깜빡했다. 다음번에는 꼭 물어보리라. 그리고 저 신관 소년에게 주의를 주는 것도 잊지 말아야겠다. 그럼에도 자신을 진심으로 반가워하던 소년의 얼굴을 잊을 수가 없다고 생각하며 비올렛은 맨발로 걸어 다니느라 흙이 묻은 발을 씻고 있었다. 그때 말소리가 들렸다.

"오빠 왔다! 잘 있었냐?"

"……."

아마 저 소리를 듣고 그 소년이 사라졌지 싶다.

"왜 이렇게 빨리 왔어?"

노골적으로 싫어하는 기색에 에이든이 말했다.

"형이 다시 안 돌아가면 내 머리를 활로 쏴 맞혀 버리겠대."

"그럼 돌아오지 말고 계속 거기 있지 그랬어."

"야!"

에이든이 소리치자 비올렛은 얼굴을 찡그렸다.

"아, 맞다. 형이 수사슴을 잡았어! 엄청 큰 놈이야."

"수사슴?"

"응, 수사슴."

불쌍한 사슴 같으니라고. 비올렛은 생각했다. 어쩌다가 그런 남자를 만나서 붙잡힌 걸까. 부디 한 번에 목숨이 끊어지길 진심으로 바랐다. 예전, 검술 수련 때문에 어쩔 수 없이 토끼를 죽였을 때가 떠올랐다. 손을 덜덜 떠느라 명줄을 제대로 못 끊어서 토끼는 고통에 비명을 질렀다. 비올렛에게 그것은 악몽 중의 하나였다. 그리고…….

"왕께서는 여우 굴을 발견하신 모양이야. 티게르난 공작은 뭘 하는지 보이지도 않고. 그냥 참새나 잡아라."

에이든이 투덜거리며 저주 아닌 저주를 내렸다. 그런 뒤 다시 털썩 주저앉았다.

"지루하면 가라니까?"

"싫어. 머리에 구멍 뚫리는 건 사양이야."

그는 자연스럽게 비올렛의 옆에 앉았다.

"그래도 정말 오랜만이네."

"뭐가."

"너랑 이렇게 단둘이 있는 거."

"……."

에이든의 말에 그녀는 입을 다물었다. 비올렛은 다시 졸졸졸 흐르는 시냇가를 바라보고 있었다.

"검술 수련 이외에는 항상 다니엘 형이랑 붙어 있었잖아. 그리고 공부, 공부, 또 공부."

"……."

그녀는 대답하지 않았다. 에이든 역시 딱히 대답을 바라고 한 말은 아니었다.

"나는 네가 성인식 다음 날 떠나는 줄 알고 걱정했어. 정말로 그럴 줄 알았어."

에이든은 진지한 모습이었다. 바람이 부는 소리와 함께 나무가 흔들렸다. 물이 흐르는 소리만이 그들의 귀에 들렸다. 비올렛은 갑자기 분위기를 잡는 에이든이 불편했다. 그 일이 있고 나서 그녀는 언제나 혼자 밥을 먹었고 검술 수련 역시도 따로 했기 때문에 만날 일은 없었다. 덩치가 큰 멍청이라고만 생각했더니 저런 진지한 구석도 존재하는 모양이었다.

"나는 신에게 감사해."

"……."

"아무리 그래도 기회가 생긴 거잖아? 오빠로서 널 지킬 기회, 곁에 있어 줄 기회, 그리고 우리가 용서받을 기회."

그녀는 에이든을 노려보았다. 용서란 존재하지 않는다. 신에게 감사한다라. 비올렛은 날카롭게 웃음을 터트렸다.

"에이든, 너는 항상 멍청해. 그래서 난 네가 싫어."

비올렛이 말했다.

"내가 오빠라고 가끔 부른다고 정말 오빠라도 된 듯 착각하는 게 정말 혐오스러워."

에이든이 깊고 푸른 눈으로 비올렛을 바라보았다. 그 두 눈은 다른 사람을 연상하게 해서 그녀의 불쾌감은 배가되었다. 에이든은 언제나처럼 상처받은 얼굴이었다. 비올렛은 자신의 얼굴에 서린 혐오와 경멸을 숨기지 않았다.

"왜 이렇게 되어 버린 걸까."

에이든이 씁쓸한 얼굴로 말했다. 하지만 비올렛의 표정은 변하지 않았다.

어렸을 적, 비올렛이 그가 내민 손을 뿌리치고 욕설을 퍼부었을 때, 그때 만약 그녀를 끌어안아 주었다면 그 마음속에 있던 분노와 증오도 어느 정도 사라졌을까. 그때의 그는 어리고 유치한 마음에 똑같이 화를 냈고 천민이라 어쩔 수 없다며 빈정대면서 그녀를 비난했다.

비올렛이 창에서 떨어졌던 것은 그녀가 열네 살이 되던 해의 여름이었다. 첫째 형이 떠나고 에이든과 비올렛이 서로 무시한 지는 오래되었고, 아버지는 모든 것을 거부하는 비올렛에게 더욱더 잔인한 배움을 강요했다.

에이든은 열두 살 이후로 검을 잡기 시작했던 비올렛을 알고 있었다. 그녀는 혼자서 훌쩍이던 일이 많았다. 검을 무서워하고 피 역시 두려워했다. 하지만 그것은 검을 배워야 할 이에게 필요치 않은 것이었다. 세월이 지난 그녀는 더 이상 훌쩍이지도, 눈물 흘리지도 않았다. 그저 기계적으로 살아가는 것으로 보였다.

그 당시 에이든은 기사 수행으로 인해 집을 몇 번 비우기도 했으며, 가끔씩 집에 올 때면 다니엘과 비올렛이 항상 붙어 다니는 것만 보고 못마땅하게 여겼다. 이런 날이 계속될 거라 생각했던 여름, 비올렛이 창에서 뛰어내렸다.

아침은 앤의 비명 소리로 시작되었다. 그리고 비올렛의 작은 몸은 지상 위에 허망하게 누워 있었다. 에이든은 아직도 그 장면을 기억한다. 소녀는 잠든 것처럼 얌전한 자세로 누워 있었다. 머리를 부딪힌 듯 풀어 헤쳐진 은발의 머리가 붉게 적셔져 있었다. 새하얗고 헐렁한 잠옷 역시 피로 물들었다.

잠든 듯 보이는 얼굴과 대조되는 잔혹한 장면. 그러나 더욱더 음산한 것은 그녀가 떨어진 자리에서만 풀들이 비정상적으로 길게 자란 광경이었다. 그녀의 피가 퍼지자 다른 풀들이 싹을 틔우더니 이름 모를 꽃들이 서서히 피기 시작했다. 짙은 초록 속에 파묻힌 하양, 그리고 그것을 물들여 가는 붉음, 그 붉음 속에 피어나는 다른 색깔의 꽃들. 섬뜩할 정도로 아름다운 광경이었다.

아버지는 당황해서 의원을 불렀다. 죽을 거라 생각되었던 비올렛은 일주일 후에 일어났다. 상처를 모두 회복한 채 흉터 하나 없이.

에이든은 비올렛이 누워 있는 침대 가까이 간 적이 있었다. 힘없이 누워 있는 작고 여린 존재를 보며 그는 처음으로 깨달았다. 자신들은, 이 가문은 그녀에게 씻을 수 없는 죄를 지었다는 것을.

―이게 뭔데?

―아기 새야! 내가 잡았지롱! 에드 형도 도와줬어. 네가 좋아할 거라는데?

―어서 빨리 놓아주지 못해? 엄마를 찾잖아! 불쌍해!

―저, 정말?

―진짜야!

그때 창문 너머로 날아온 어미 새가 에이든의 머리를 사정없이 쪼았다. 에이든이 그것에 아파 손을 놓자 조그마한 아기 새가 호로롱 날아가 버렸다. 정말이었어. 에이든이 비올렛을 신기하다는 얼굴로 보자 그녀가 깔깔 웃었다.

―오빠 머리 좀 봐. 진짜 새집이 되었어. 새들이 여기서 잠을 잘 수도 있겠다!

처음 후작가에 들어왔을 때 어두웠던 소녀는 어느 순간부터 에이든을 오빠라고 스스럼없이 부르며 웃음을 터트렸다. 비올렛의 웃음은 멈추지 않았다. 그때 에이든은 화를 내다가 거울을 보며 자신도 웃음을 터트렸다. 왜 그렇게 오래도록 웃었는지는 모른다. 그저 그 순간이 좋았다.

그래서 에이든은 비올렛을 벗어날 수가 없었다. 아주 짧은 어린 시절 분명히 서로는 서로를 가족으로 인식하고 있던 때가 있었다. 아무 일 없이 웃음 짓던 때가 있었다. 천민도 성녀도 아닌 그저 동생으로서, 그리고 비올렛에게도 증오스러운 에르멘가르트 후작가의 아들이 아닌, 그저 오빠이자 친구로서 자신이 존재할 때가 있었다.

에이든의 말에 비올렛은 아무런 대꾸도 하지 않는다. 언뜻 보이는 경멸, 그리고 무관심, 외면, 단절. 비올렛의 얼굴은 인형처럼 굳어 있다. 언젠가 다시 웃어 줄 수 있을까. 언젠가 그를 용서할 수 있을까. 행복해질 수 있을까.

비올렛, 너는 언제쯤 다시 웃을까.

나팔 소리가 들리자 비올렛은 지체 없이 말에 올라탔다. 에이든이 갑자기 진지해져 버려 영 편치 않은 분위기에 잘되었다 싶었다. 조금 가라앉은 얼굴로 에이든이 따라왔다. 비올렛은 그를 기다리지 않고 나갔다.

뜨거웠던 해가 산에 걸리고 있었다. 사냥 대회 참가자들은 저마다 잡은 동물들을 말에 매달았다. 사람들의 얼굴은 모두 하얗게 질려 있었는데, 비올렛은 사냥감들을 모아 두는 공터를 보고 그 이유를 알았다. 티게르난 공작이 호랑이를 잡아 왔던 것이다. 그녀도 그림으로나 봤지, 실제 호랑이는 처음 보았다. 어떻게 잡았는지 산 채로 잡힌 호랑이는 밧줄에 꽁꽁 묶인 채 으르렁거리고 있었다. 비올렛은 그 호랑이가 살기 어린 목소리로 인간들에게 저주를 퍼붓는 것을 들었다.

"와, 저것 좀 봐."

에이든이 말했다. 그 역시도 호랑이는 처음 본 듯했다.

"저렇게 큰 동물이 존재하다니, 정말 몰랐어. 어떻게 호랑이가 있을 수 있지?"

비올렛 역시 그런 동물은 처음이었다. 그러나 분명 산을 지배하는 왕이었을 그 동물이 묶인 채 저주를 퍼붓는 것은 어딘지 모르게 서글펐다. 비올렛은 그것을 잡은 체자레를 보았다. 그는 아무것도 못 느끼는 것일까, 아니면 그 잔혹함으로 알면서 무시하는 것일까.

아마 우승자는 말할 것도 없이 체자레일 것이다. 그러나 그는 그 것을 뽐내지 않았다. 그리고 사람들이 자신을 찬양하기를 원하지도 않았다. 그저 그는 그것을 미소를 지은 채 당연한 사실로 받아들이고 있었다. 그는 이미 왕의 위에 올라선 자였다. 산을 지배하는 짐승들의 제왕을 눌렀듯, 이 나라의 국왕 역시 그의 아래였다.

백마를 탄 체자레는 명화 속에나 나올 법한 영웅의 모습이었다. 다른 이들에 비해 호리호리한 체격이었지만, 그조차도 그의 매력적인 외양 중 하나였다. 이 영원불멸할 것 같은 지배자는 황금의 눈에 미소를 띠고 사람들을 바라보았다. 그리고 그 눈이 비올렛을 찾았다. 그가 미소를 지었다.

그 특유의 장난스러운 미소에 비올렛이 이상함을 느끼는 찰나였다. 그리고 갑자기 호랑이를 묶은 줄이 풀린 것은 순간이었다. 호랑이의 포효 소리가 들리며 사람들의 비명이 뒤따랐다. 비올렛은 깜짝 놀랐다. 설마 사람들 한복판에 저 짐승을 풀어 둔 것인가?

그녀는 체자레가 자신을 시험하는 것임을 알았다. 이건 그러니까 그녀의 능력을 보려는 것이었다. 하지만 비올렛은 응할 생각이 없었다. 그는 성력이라도 써서 호랑이를 멈추길 바라는 모양이었지만 비올렛은 아무것도 할 생각이 없었다. 호랑이가 저치들에게 상처를 주고 목숨을 앗아 갈지언정, 그들은 이 동물의 분노를 받는다 해도 무방한 이들이었다. 그래야 공평하지 않겠는가.

비올렛은 무표정으로 체자레를 보았다.

"와, 왕자님!"

하지만 비올렛의 시선이 놀라 비명을 지르는 사람들에게 향했을 때, 그리고 그 거대한 동물 앞에 선 아주 작은 소년을 보았을 때 그녀의 눈동자가 흔들렸다.

호랑이는 자신 앞에 있는 어린 생명에게 분노를 터트리고 있었다. 그 생물체는 자신이 죽을 것임을 알고 있었다. 그리고 저 어린 생명이 상당히 중요한 인물이라는 것도 알아차리고 있었다. 호랑이는 저 소년을 길동무 삼을 계획이었다.

겁에 질린 소년의 얼굴이 눈에 들어왔다. 그리고 호랑이가 뛰어오르는 순간, 비올렛은 자신도 모르게 호랑이의 목에 화살을 쏘았다. 하지만 화살은 빗나가 호랑이의 목덜미에 꽂혔다.

그녀는 체자레 쪽을 차갑게 쏘아보고 걸어갔다. 얼이 빠진 멍청한 사람들은 비올렛에게 아무 제재도 가하지 않았다.

"괜찮으십니까, 왕자님?"

비올렛은 소년을 바라보며 물었다. 주근깨가 가득한 어린 소년의 눈에는 눈물이 고여 있는 듯했다. 겁에 질린 상태로 괜찮다고 고개를 끄덕이는 그에게 비올렛은 안도의 한숨을 내쉬며 웃어 주었다.

그리고 가장 큰 관심사였던 호랑이에게 다가갔다. 목덜미가 꿰뚫렸음에도 이 거대한 생명체는 피를 흘린 채 숨을 헐떡이고 있었다. 한 번에 죽이지 못했다. 고통이라도 없앴어야 하는데. 비올렛은 자신을 자책했다.

그녀의 머릿속에 토끼의 비명이 떠올랐다. 처음으로 살생을 했을 때였다. 그 토끼는 아프다고 비명을 질렀다. 그것은 그녀만이 들을 수 있는 비명이었다. 그 여린 생명체는 살려 달라는 말조차 하지 않았다. 죽일 거면 차라리 아프지 않게 죽여 달라고 말했다. 그러나 비올렛은 그 연약한 생명체를 죽일 수 없었다. 하지만 죽여야만 했다. 처음으로 살생을 저질렀던 날, 그녀는 울었다. 밤새도록 그렇게.

"이 호랑이는 어떻게 되는 겁니까?"

그 물음에 기사가 귀찮다는 듯 대꾸했다.

"아마…… 숨통이 붙은 채 가죽이 벗겨지고 그 가죽은 티게르난 공작 각하께 바쳐지지 않을까 생각합니다."

"아, 스승님께 드릴 호랑이 가죽이로군요."

비올렛은 서늘한 미소를 지었다. 그것은 죽음마저도 평화롭게 해 주지 않는 인간의 잔인함에 대한 조소였다. 산의 제왕이던 그 호랑이가 죽는다. 귀하디귀한 가죽을 얻기 위해 저렇게 숨통이 붙어 있는 채로 가죽을 벗겨 낸다. 잡혀 버린 저 고강한 동물이 얼마나 고통에 몸부림칠지는 생각해 보지도 않는 것이다.

호랑이의 금안이 비올렛을 향한다. 다시 잡혀 버린 제왕은 볼품없는 모양새로 입을 벌린 채 그녀를 바라본다. 그리고 마치 약속이나 한 듯, 비올렛이 죽였던 그 가여운 토끼처럼 말했다.

—나를 죽여 줘.

자신을 이렇게 만든 인간에게 증오조차 내보이지 않은 채 그저 부탁한다. 신에게 사랑받아 얻게 된 능력 때문일까. 그녀만이 알아들을 수 있는 이 자그마한 울림에 비올렛은 칼을 꺼내 들었다.

미안해. 두 번 다시는 이런 실수 하지 않을게.

비올렛의 칼이 예기를 뿜었다. 그리고 짐승의 목을 망설임 없이 베어 냈다. 그 거대한 동물의 목을 한 번에 베는 것은 그녀에게도 무척이나 힘든 일이었다. 차오르는 숨을 애써 참은 채 비올렛은 혹여나 이 동물이 죽어서도 가죽이 벗겨지는 수모를 당할까 봐 여러 번 몸통을 찔렀다. 그녀는 하늘색 눈을 빛내며 체자레를 똑바로 보고 말했다.

"송구합니다, 스승님. 왕족을 시해하려던 호랑입니다. 스승님이 입으시면 혹 변고를 당하실까 그리하였습니다."

그것은 체자레에게 보내는 경고였다. 두 번 다시, 이런 식으로 자신을 시험하는 것은 용납하지 않겠다는. 체자레는 비올렛의 무력을 예상하지 못했던 게 분명했다. 피가 튄, 아름답지 못한 얼굴로 바라보자 그는 잠시 굳었다가 이내 미소를 지었다.

"아닙니다. 내 제자가 이리도 절 생각해 주시다니 기쁘기 그지없군요."

체자레는 그렇게 다정하게 말하며 말에서 내려왔다. 그러자 어디선가 목소리가 들려왔다.

"세상에, 신의 대리인이시라는 분이 어떻게 말 못하는 피조물인 호랑이를 그렇게 잔인하게 죽이실 수 있답니까?"

노란 드레스를 입은 여인이 말했다. 보아하니 아나블라의 옆에 앉아 비올렛을 비웃던 멍청한 귀족 아가씨 중 하나였다. 참으로 바보 같은 말이 아닌가. 해석에 따라서는 왕족인 왕자를 살린 것을 비난하는 말도 되었다.

비올렛은 참혹하게 죽은 호랑이의 시신을 내려다보았다. 그리고 싸늘한 빛을 머금은 체자레의 얼굴로 시선을 옮겼다. 그는 이 상황을 재미있어 하면서도 상당히 분노하고 있었다.

비올렛은 부디 그녀가 좋은 가문이기를 빌었다. 만약 한미한 가문이라면 이스킨데르 자작 일가처럼 소리 소문 없이 사라질 수도 있으니 말이다.

"부끄럽지도 않으세요?"

아나블라가 노래하듯 물었다. 그녀는 비올렛을 몰아가려고 작정이라도 한 듯싶었는데, 비올렛은 그녀의 얼굴을 마주 보기보다는 옆에 있는 하녀를 보았다. 정말로 비올렛의 말을 실행한 것인지 아나블라가 죄를 뒤집어씌워 뺨을 맞은 하녀의 얼굴에는 멍이 들어 있었다. 참으로 우습지 않은가. 비올렛은 그 하녀를 보며 말했다.

"주인 아가씨께 매질을 당했니?"

갑작스러운 물음에 하녀가 깜짝 놀라 비올렛을 바라보았다. 하녀는 혹시라도 그녀가 무엇인가 더 지시할까 봐 고개를 푹 숙였다. 하녀의 눈에는 눈물이 맺혔다. 그러나 또 대답을 안 하면 혼이 날까 억지로 대답했다.

"네, 네에. 아가씨께선 성녀님의 말씀대로 하셨습니다."

비올렛은 싸늘한 미소를 머금었다. 그리고 하녀의 얼굴에서 눈을 떼지 않은 채로 말했다.

"같은 말을 쓰는 인간도 없는 죄로 때리는데, 하물며 말도 못하고 인간도 아닌 것을 왕자님을 시해하려 한 죄로 처단하였는데 그것이 잘못된 일입니까, 영애?"

그 말에 아나블라가 입술을 깨물었다. 그녀는 표독스러운 얼굴을 하고 비올렛을 노려봤다.

비올렛은 이 말싸움이 피곤했다. 아나블라가 뭐라고 하려고 할 때, 그것을 용인하지 않으려는지 체자레가 결국 말에서 내렸다. 그리고 비올렛의 옆에 섰다.

"영애, 영애의 말은 왕자님을 구하려 했던 성녀님을 비난하는 걸로 받아들여도 되는 걸까요?"

"아, 아니······."

"아니면 호랑이를 잡아 온 제가 잘못이라는 것이군요. 저도 신을 모시는 자의 입장에서 피조물을 죽여 왔으니 말입니다."

체자레가 온화한 미소를 머금었다. 비올렛은 그 미소가 의미하는 것이 경고라는 것을 알았다. 공작까지 나서자 아나블라 패거리들이 당황했다.

"아, 아닙니다, 공작 각하. 그저 저는 동물이 불쌍하여 말한 것입니다. 제가 생각이 짧았습니다. 의도를 곡해하지 마옵소서."

사람들이 주목하고 있었다. 비올렛은 그 시선에서 떠나고 싶었는데 그 순간 볼에 무엇인가가 닿았다. 몸을 움찔하자 체자레가 손으로 그녀의 볼에 묻은 피를 닦아 주고 있었다.

"피가 묻었습니다, 성녀님."

그는 시종에게 물수건을 가져오라고 시켰다. 그 체자레가 비올렛의 얼굴에 묻은 피를 손수 닦아 주었다. 그의 행동은 비올렛이 신전에게 버림받았을 거라는 사람들의 예상에 어긋나는 행동이었다. 비올렛은 체자레를 뿌리치려고 했지만, 그가 강하게 어깨를 잡는 통에 손길에서 벗어날 수 없었다. 체자레가 속삭였다.

"미안합니다."

그가 무엇을 사과하는지 눈치챈 비올렛은 울컥해서 그를 바라보았다. 그는 언제나처럼 온화한 미소를 띠고 있었지만, 진심으로 미안해 보이는 얼굴이었다. 체자레는 알 수 없는 사람이었다. 정말로.

상황이 정리되자 왕은 비올렛에게 감사를 표했다. 하지만 그녀는 진심이 아닌, 의례적으로 한 사과를 대충 들어 넘기며 사냥 대회가 끝나길 바랐다.

우승자야 본디 말할 것도 없이 체자레였다지만, 불미스러운 일이 있어 거대한 하얀색 수사슴을 잡아 온 에셀먼드가 우승을 차지했다. 모두가 이 나라 대장군의 아들의 무위를 칭송했다. 사람들 사이에서 에셀먼드가 전쟁 시 어떤 공을 세웠는지가 줄줄이 나열되었다. 귀족가의 공자들이나 기사들이 눈을 반짝거리며 에셀먼드 쪽을 바라보았다. 에셀먼드는 기사들의 우상이었다. 그러나 정작 그의 표정은 변함없이 무뚝뚝했다. 비올렛은 그 장면을 멍하게 바라보았다. 에셀먼드가 상을 받든 받지 않든 그녀의 정신은 다른 곳을 향해 있었다.

아마 그들은 사냥감들을 성에 옮기고 해산할 것이다. 귀부인들은 전부 다 돌아갈 것이고 무법자들에게 침략된 이 산에도 다시 평화가 찾아올 것이다. 말을 타고 돌아가던 일행들 사이에 있던 비올렛은 말을 돌렸다. 에이든은 친우를 만나 이야기를 나누고 있어서 그녀가 어딜 가는지 눈치채지 못했다. 비올렛은 다시 말을 달려 숲속으로 돌아가 막사가 있던 곳에 다가갔다.

그녀는 조심스럽게 발걸음을 옮겼다. 체자레가 일부러 호랑이 사체를 가져가지 않은 것을 알았다. 체자레는 그녀를 아주 잘 알고 있으므로 비올렛이 돌아오리라는 사실 또한 예상했을 것이다.

숨을 내쉬던 비올렛은 공터 위에 있는 그 불쌍한 죽은 생명을 보았다. 인간들의 유희거리에 희생되어 버린 몰락한 숲의 제왕. 죽여 달라고 말하던 그 금색 눈동자가 보였다.

예전 토끼를 죽였을 때도 그랬다. 비올렛은 자신의 손에 있는 날붙이가 작은 생명을 끊었다는 것이 너무나 무서웠다. 그리고 토끼에게 미안했다. 생존을 위해 그것을 사냥한다는 것은 안다. 하지만 죽이기 위한 살생은 과연 정당한 것인가.

그래서 어린 비올렛은 토끼의 시체를 찾아냈다. 그것은 들짐승이 물어 가길 바라는 듯 구석에 아무렇게나 버려져 있었다. 어린 비올렛은 그 토끼를 들어 훌쩍거리며 땅을 팠다.

그리고…… 비올렛은 커다란 호랑이의 머리를 끌어안았다.

눈물이 새어 나왔다. 그녀는 자신의 모순이 싫었다. 이렇게 동물을 가엽게 여기면서도 자신은 철저히 인간을 위해 움직인다. 이 동물의 마지막 발악이 왕자를 죽이는 것이었다면 그대로 두었어야만

했다. 하지만 비올렛은 눈앞에서 소년이 살해당하는 것을 볼 수가 없었다.

한 번에 명줄을 꿰뚫었어야 했다. 하지만 그러지도 못한 채 호랑이에게 죽여 달라는 말이 나오게 했다. 차라리 분노라도 하면 좋을 텐데, 동물들은 인간들을 절대 원망하지 않는다. 그저 죽음에 두려움을 느끼고 그것에 결국 순응하는 것이다. 마치 인간이 목숨을 거두러 온 '사신'을 원망하지 않듯, 그렇게. 그것이 너무나 서글펐다.

비올렛은 호랑이의 머리를 옆에 두고 손으로 땅을 파헤쳤다. 몸통은 너무 무거우니 머리라도 묻어 주고 싶었다. 그녀는 머리를 내려 두고 훌쩍거리는 채로 부지런히 손을 놀렸다. 그때 누군가가 말했다.

"그렇게 손으로 파면 다칠 거다."

비올렛은 그 목소리에 잠시 동안 자신이 과거로 온 것은 아닌가 생각했다. 토끼의 무덤을 만들며 훌쩍이던 때, 그녀의 손을 잡아 준 것은 에셀먼드였다. 그리고 지금 눈앞에 있는 것은 그때와 똑같이 비올렛의 손을 잡은 그였다.

그녀는 그의 팔을 뿌리치려 했지만 그는 꼭 잡은 손을 놓아주지 않았다. 어둑해진 숲에 그림자 진 에셀먼드의 얼굴은 잘 보이지 않았다.

"다니엘이 네가 변했다고 했다."

"……."

"그런데 내 눈엔 하나도 달라진 게 없군."

그 말에 울컥한 비올렛이 그를 노려보았다.

"여전히 나약해."

그는 그렇게 말하며 꽉 쥔 비올렛의 손목을 풀었다. 그녀는 뒤로 물러나 그를 바라보았다. 에셀먼드는 그녀를 붙잡지 않았다.

"그럼요. 제가 어떻게 오라버니처럼 되겠나요?"

비올렛이 빈정대며 말했다. 그녀의 두 눈에는 아직도 눈물이 맺혀 있었다. 그 앞에서 우는 모습을 들켰다는 것이 수치스러운 동시에 너무도 끔찍했다.

"저쪽에 구덩이가 있다. 막사 기둥을 고정시키기 위해 파 놓은 거라 충분히 깊을 거다."

에셀먼드가 손으로 가리켰다. 비올렛은 그가 가리키는 손가락 대신 그를 차갑게 바라보았다.

"손으로 파도 상관없다. 어찌 되든 기다리겠다."

그 말에 비올렛은 정말로 화가 났다. 저 사람은 어떻게 그대로일까.

"오라버니야말로 정말 한결같으시네요. 변하지 않으셨어요."

비올렛의 말에 에셀먼드가 대답했다. 그는 무표정한 얼굴로 비올렛의 얼굴을 뚫어져라 바라보았다.

"그래. 변할 거라 생각했는데 변하지 않았지."

그는 비올렛의 말을 부정하지 않으며 팔짱을 낀 채 나무에 기댔다. 어떻게 하는지 끝까지 보겠다는 것이다. 그 앞에서 손으로 구덩이를 팔 수는 없었다. 그래서 그녀는 에셀먼드의 충고에 따라야만 했다.

그의 말대로 막사의 기둥을 고정시키기 위한 구덩이가 있었다. 비올렛은 그곳에 호랑이의 머리를 들고 가 떨어트렸다. 그리고 주변의 흙과 돌을 이용해 그것을 묻었다. 그녀는 손을 모아 기도했다. 그것은 저주스러운 신을 향한 것이 아닌, 가여운 한 생명체를 향한 기도였다.

그때, 토끼를 묻으러 나온 어린 비올렛을 멈추고 에셀먼드는 손수 땅을 파 주었다. 조그마한 그녀의 손보다 그의 커다란 손이 능숙하고 빠르게 땅을 팠다. 비올렛은 에셀먼드의 호의를 뿌리치고 싶었지만, 그의 얼굴은 진지했다. 그때 그는 그녀가 어떤 감정을 느끼는지 알고 있는 것 같았다. 물론 비올렛은 저리 가라며 화를 냈다. 그렇지만 에셀먼드는 고집스런 비올렛의 말에도 그저 그녀의 옆에 서 있었다. 결국 포기한 비올렛이 토끼를 묻고 미안하다 기도하던 그 순간까지 그렇게 계속.

그리고 지금도 에셀먼드는 기도가 끝날 때까지 그녀를 기다리고 있었다. 비올렛은 그를 바라보았다. 그녀는 자신이 변했다고 생각했다. 하지만 에셀먼드는 그녀가 변하지 않았다고 말했다. 그리고 비올렛이 보는 에셀먼드 역시 단 하나도 변하지 않았다.

해가 지고 서늘한 밤바람이 불었다.

"가자."

그가 말했다. 비올렛은 말에 올랐다. 먼저 산길을 내려가는 에셀먼드는 그녀가 잘 따라오고 있는지 이따금 뒤를 돌아보며 확인했다. 말을 타고 내려가던 비올렛은 옛날이 떠올랐다.

토끼를 파묻고 애도를 끝낸 그녀는 재촉에 일어났다. 그가 손을 내밀었으나 어린 비올렛은 두 번 다시 에셀먼드의 손을 잡지 않았다. 그리하여 그는 먼저 앞으로 향했고, 그녀가 뒤에서 걸었다. 에셀먼드는 후작가로 돌아갈 때까지 이따금 뒤를 돌아보며 그녀가 제대로 오고 있는지 확인했다. 그 모습과 지금의 모습이 겹쳤다.

그도 그녀도 정말로 변하지 않았다. 증오스러울 정도로.

사냥 대회가 끝이 나고 일주일이 지난 어느 날이었다. 비올렛은

언제나처럼 조용히 방에 머물며 책만 읽었다. 다니엘 역시 성년이 되고 본격적으로 행정부 쪽 관료가 되었기 때문에, 그녀는 특별한 일 없이 후작가 안에 혼자 있는 게 일상이었다. 그러던 중 누군가 가 그녀를 방문했다.

"비올렛, 나 왔어!"

문이 열리자마자 시수일레가 비올렛의 방에 돌진하다시피 했다. 시수일레는 어렸을 적 후작가를 여러 번 방문했지만, 백작 부인과 의 '그' 대화를 들은 이후 비올렛은 일부러 검술 수업을 핑계로 그 녀를 피해서 방문이 거의 없었다. 아마 시수일레는 이제 성년이 되 었다고 백작 부인의 만류에도 이렇게 찾아오는 듯했다.

만물이 다시 재생하는 봄의 꽃잎과 같은 옷을 입은 시수일레는 방에 들어오자마자 비올렛의 건너편에 앉았다. 성인식 때나 사냥 대회 때는 제대로 볼 수 없었지만, 이 어린 소녀는 성장까지는 아 니더라도 생장은 한 것 같았다. 비올렛은 내심 당황스러웠지만 차 를 내오라고 시켰다.

"무슨 일이야?"

"무슨 일이긴, 친구 사이에."

비올렛은 그 말에 눈썹을 살포시 찡그렸다. 진짜로 친구라고 믿 는 걸까, 아니면 무슨 의도라도 있는 것일까. 하지만 비올렛은 시 수일레의 해맑은 표정을 보며 계산하는 것을 멈추었다. 시수일레 는 에이든과 비슷한 종류의 인간이었다. 한마디로, 생각하면 머리 만 더 아파지는.

"나 사실 사냥 대회 다음 날 널 보러 오려고 했는데 어머니, 아버 지가 말렸어. 그래서 일주일이나 기다렸어."

"그러니?"

비올렛의 대답에 시수일레가 웃었다. 시수일레는 두 손을 모으고 눈을 반짝거렸다.

"정말, 너무 멋있었어. 세상에, 왕자님을 구하기 위해서 활을 쓰는 여자라니, 얼마나 멋지니!"

"보통은 그 반대겠지."

"그건 그래. 하지만 나는 이쪽이 훨씬 더 멋진걸?"

시수일레가 헤헤 웃었다. 별로 좋은 장면도, 좋은 기억도 아니었으나 시수일레는 그저 그녀가 멋있었다는 말을 할 뿐이었다.

"다른 영애들도 네가 멋있다고 했어. 한번 보고 싶다더라."

"그러니?"

아, 그래서 이곳에 온 거였구나. 비올렛이 냉소적으로 생각했다. 시수일레는 비올렛을 다른 이들에게 소개시켜 주고 싶은 것이다. 마치 특수한 인형과 드레스를 자랑하는 것처럼.

"미안. 나는 그런 곳에 갈 만한 사람이 아니야."

비올렛의 대답에 시수일레가 말했다.

"아니야. 성녀님인 네가 못 갈 곳이 어디 있어?"

"내가 거기 가 봤자 너한테 피해만 줄걸."

"왜?"

비올렛은 얘가 정말로 몰라서 묻는 건가 생각했다. 어쩔 때 보면 시수일레는 답답했다. 그녀는 너무나 순진하고 어리숙했다. 마치 어린 비올렛처럼.

하지만 세상은 시수일레의 순수함을 사랑스러움이라 받아들였고, 비올렛의 순수함은 어리석음이라 칭하며 허락하지 않았다. 비올렛은 그녀의 얼굴을 볼 때면 기분이 가라앉았다. 그리고 굳이 자신이 이런 말을 꺼내야 하는 것이 무척이나 싫었다.

"내가 천민이니까."

"……."

"정확히는 천민이었지만 신에게 선택받아 성녀가 되었잖아. 하지만 내가 천민과 뭐가 다르니?"

그렇게 말하며 비올렛은 씁쓸하게 미소 지었다. 그렇다고 아무것도 모르는 순진한 여자아이에게 화를 낼 수는 없었다. 가라앉은 분위기를 눈치챈 것인지 시수일레가 비올렛의 눈치를 힐끔 보았다.

"아무튼 나도 검을 배우고 싶은데, 아버지가 가르쳐 주시지 않아."

"……."

검이라는 말에 비올렛의 입매가 굳었다. 시수일레는 언제나 악의 없이 말하지만, 그 점이 비올렛을 자극했다. 아니, 비올렛은 시수일레의 존재 자체가 싫었을 수도 있다.

배우고 싶었던 게 아니다, 날붙이를 휘두르는 일 따윈. 그러나 눈앞의 철부지 영애는 그것이 얼마나 고된 줄도 모른 채 그저 멋있다는 이유로 배우고 싶다고 한다.

"에르멘가르트 영식들께 말해 볼까? 나 좀 가르쳐 달라고."

시수일레가 까르르 웃었다. 비올렛은 애써 침착하게 말했다.

"오라버니들은 바쁘셔서 가르쳐 주시지 않을 거야."

"그러니? 흠, 그거 아쉽네. 그래도 혹시 모르니 물어봐야겠다. 에셀먼드 경께서는 사냥 대회에서 우승하시지 않았니! 만약 가르침을 받는다면 에이든 경보다 에셀먼드 경께 받을 거야."

"……."

"비올렛은 좋겠다. 나도 멋진 오라버니들이 있었으면 좋겠는데 말이야. 에셀먼드 경은 정말 누가 봐도 멋진 분이시고, 다니엘 영식께서는 언제나 친절하시고, 음, 에이든 경은 조금 그렇지만, 그래도 나름 장점은 있지 않겠니?"

"글쎄."

비올렛은 냉소적으로 대답했다. 이번엔 그녀의 표정에서 너무 표가 난 것일까. 시수일레의 얼굴이 굳었다.

"너 이런 대화 싫어하는구나?"

"좋아하진 않아."

비올렛이 말했다. 쌀쌀한 말투에 시수일레가 상처받은 얼굴을 했다. 어쩌면 이렇게 말해 두는 게 나을지도 모른다.

"미안. 내가 또 널 상처 준 거니?"

"……."

그 말에 비올렛은 더 이상 참지 않았다. 그녀가 얼굴을 찌푸리며 시무룩한 얼굴의 시수일레에게 말했다.

"난 별로 상처받지 않았어. 너는 왜 내가 상처받을 거라 생각하는 거야?"

"아니, 나는……."

"너는 내 신분 따윈 아무렇지도 않다는 듯 말하는데, 이런 태도가 항상 내 신분을 자각하게 만든다는 거 알고 있어? 언제나 무슨 말을 하면 상처받을 걸 전제로 생각하잖아. 나는 상처받은 게 아니야. 그냥 기분이 나쁜 거란 말이야."

"비올렛, 나는……."

비올렛은 그저 얼굴을 찡그리며 차를 기울였다. 그 행동이 의미하는 것은 단절이었고, 시수일레는 자신이 비올렛의 기분을 상하게 했다는 것을 깨달았다.

"알았어, 비올렛. 미안해."

시수일레가 풀이 죽어 대답하자 비올렛은 한숨을 쉬었다. 그리고 그녀가 앉아 있는 쪽을 바라보자, 섭섭해하거나 울고 있으리라는 생각과는 달리 시수일레는 생글생글 웃고 있었다.

"그래도 비올렛, 이젠 나한테 화도 내 주네."

"……."

저건 무슨 생명체이지? 순간 비올렛은 그런 생각을 했다. 차라리 어린 에이든처럼 똑같이 쏘아붙이고 다시는 상종하지 않으면 될 일이었다. 일단 비올렛은 비틀린 성격을 가지고 있으며, 신분상으로도 결코 도움이 되지 않는 사람이었다.

"다음부턴 안 그러면 되지, 그렇지?"

시수일레의 목소리가 떨렸다. 그녀는 비올렛이 다시 화를 낼까 봐 무서워하고 있었다. 그것을 눈치챈 비올렛은 눈을 크게 뜨며 그 모습을 바라보았다. 시수일레에게 비올렛은 화를 내는 것을 두려워할 만한 대상이 아니었다. 비올렛이 '건방지게' 화를 내면 시수일레는 화를 내고, 그녀를 모욕하며 버리면 될 일이었다.

"비올렛, 나도 이제 성년이 지났어. 어머니, 아버지는 내가 어딜 가든 막지 못하시지. 난 이제 마음 내키는 대로 할 거야. 설령 부모님이 말리더라도 네 곁에 있을 거라고."

"……."

"나는, 그러니까, 네가 사냥 대회에서처럼 그런 모욕을 당하지 않았으면 좋겠어."

시수일레가 말했다.

"아무 말도 못하고 친구 편을 들어 주지 못하는 것도 싫어. 아나블라 그 계집애가 설치는 꼴도 싫고, 넌 내 친구니까 그런 게 다 싫어."

"……."

"손수건 받아 줘서 너무 기뻤어. 나는 네가 멋지고, 닮고 싶고 그래. 나는 네가 어떤 귀족 여자들보다 기품 있고 아름다운 걸 알고 있어. 넌 내가 자랑하고 싶은 친구야."

시수일레가 손을 꼼지락거리며 수줍게 말을 뱉어 냈다. 비올렛은 그녀를 멍하게 바라보았다.

"너 정말 철없구나."

"그래, 항상 듣는 말이야. 그런 소리를 너한테 듣는다고 상처받진 않아."

비올렛이 한숨처럼 내뱉는 말에 시수일레가 고집스럽게 대답했다. 뭐라고 더 쏘아붙여 줄까 했지만, 저 결연한 표정은 '네가 무슨 말을 해도 난 상처받지 않아. 상처받지 않을 거야.'라는 얼굴이었다. 어쩌다 저런 애가 옆에 있는지 알 수 없다. 비올렛은 말을 할 의욕을 잃었다. 그저 한숨을 쉬며 '마음대로 해.'라고 말하자 그녀가 활짝 웃었다.

"아, 맞아! 너 왕자 전하의 신학 교사가 되었다면서?"

"무슨 소리야?"

비올렛이 물었다. 자신에 대한 일인데 정작 자신은 처음 들었다.

"후작께서 말해 주시지 않았니? 나는 그것 때문에 달려온 거였다고. 생각해 보니 그러네. 나도 참 바보 같다."

그런 중요한 게 있으면 빨리 말해. 비올렛은 뭐라고 말하려다 또 저 여자애가 울음을 터트릴지도 몰라서 입만 뻐끔거렸다.

"아버지가 그러는데, 네가 신학 교사로 지정이 되었다는데? 왕자 전하도 강하게 원하셨대. 생각해 보니 그렇구나! 전하가 네게 반하셨나 봐!"

"……나는 그 말을 들은 적이 없어."

비올렛은 쓸모없는 뒷말은 무시한 채로 앞말에 대하서만 답했다.

왜 이 중요한 걸 시수일레에게 들어야 하는 걸까. 비올렛은 화라도 내고 싶었다. 정말일까. 아니야, 시수일레가 말하는 정보가 사실일 리가 없어. 왕자의 신학 교사는 아무리 그래도 중급 사제 이상은 되어야 한다. 비올렛은 비록 성녀지만 천민 출신이라는 꼬리표가 붙었고, 신의 분노를 사서 성력을 잃었을지도 모른다는 소문마저 돌고 있었다. 상식적으로도 품격을 중시하는 왕실에서 그런 비올렛을 교사로 임명할 일은 없었다. 그녀는 혼란스러웠다.

하지만 결과적으로 시수일레의 말은 맞았다. 그래서 그녀는 궁정 안의 알현실에서 왕과 단둘이 마주보고 있었다. 하지만 '왕자 전하가 비올렛에게 반해서 그녀를 스승으로 해 달라 주장했다.'라는 시수일레의 사심과 환상이 들어간 주장과는 다르게 궁 안의 분위기는 살벌하기 그지없었다. 후작에게 들어 알고 있었지만 왕은 비올렛의 앞에서조차 표정 관리를 하지 않을 정도로 불쾌해하고 있었다.

"폐하를 뵙습니다."

"신의 대리인이여, 어서 오게."

그가 딱딱한 어투로 대답했다. 그럴 만도 한 것이, 이는 모두가 다 체자레가 뒤에서 꾸민 일이었다. 왕자가 열 살이 넘으니 이 나라의 기본 소양인 신학을 배워야 한다고 주장하며 체자레는 왕자의 신학 교사로 비올렛이 가장 적합하다고 말한 것이다. 그리고 고위 신관들은 모두 다 성녀님이 계시는데 본인이 왕자의 교사가 되는 것은 지당하지 않다며 그 자리를 거절했다.

비올렛은 체자레가 자신과 왕 사이를 이간질하려는 것임을 눈치챘다. 반강제로 천민 출신의 여자를 장차 이 나라의 왕이 될 왕자의 교사로 삼는 모욕을 받은 왕이 비올렛에게 좋은 태도를 취할 리가 없었다. 게다가 왕은 신전을 극도로 싫어하니 그 화풀이가 그녀에게 갈 공산이 컸다.

"이야기는 후작에게 들었을 테지."

"네, 들었습니다."

비올렛은 그의 심기를 거스르지 않으려 고개를 숙였다. '천민'이라는 단어로 비올렛이 차별을 당하는 것을 싫어하는 체자레였지만, 그는 그것을 너무나 잘 이용했다. 귀족들도 취급하지 않는 천민 출신의 성녀를 왕자의 스승으로 삼는 것은 일종의 굴욕이었다. 왕은 적개심 어린 눈으로 그녀를 바라보았다.

"나는 그대가 왕자를 잘 가르치리라 믿고 싶네."

"……."

누가 들어도 전혀 믿지 않겠다는 말투였다.

"사냥 대회의 일로 왕자는 그대에 대해 무척이나 궁금해한다네. 그렇지만 신의 대리인이여, 무가치하고 무분별한 가르침은 삼가야 하네."

사실 비올렛으로서도 이 일이 별로 마음에 안 드는 차였다. 아무리 그녀가 이 일을 억지로 떠안았다지만 이런 취급을 받아서는 안 되었다.

"실례지만 폐하, 무가치하고 무분별한 가르침이란 무엇을 말씀하신 것입니까?"

비올렛은 여태껏 공손하게 숙였던 고개를 들어 왕의 얼굴을 바라보았다. 기본적으로 왕과 성녀는 동등하다. 그러나 비올렛은 그가 나라의 왕이라는 것을 생각해서, 또한 공작에게마저 무시당하는 그를 생각해 언제나 예를 다했다. 체자레가 성녀인 자신에게 그러한 것처럼.

왕은 갑작스럽게 눈을 마주쳐 오는 비올렛을 보고 불쾌한 듯 인상을 찌푸렸다. 그러나 그것이 법도상으로는 문제가 없기 때문에 뭐라 지적할 수는 없는 노릇이었다. 비올렛의 물음에 왕은 입을 열었다.

"그대가 잘 아리라 믿네."

"천민의 생각, 천민의 가르침, 천민스러운 행동거지를 말하신 것입니까?"

비올렛의 물음에 왕의 미간이 꿈틀거렸다.

"그대마저도 나를 업신여기는 것인가."

그의 목소리에 은은한 분노가 배어 있었지만 비올렛은 그 시선을 피하지 않았다. 그녀는 체자레를 닮은 그의 금색 눈동자를 바라보았다. 당당하게 눈을 마주쳐 오는 비올렛이 불쾌한지 왕이 말했다.

"처음에 보았던 그대와 지금의 그대는 다르군. 너무나 오만하다. 후작은 그대에게 무엇을 가르친 것인가?"

"후작은 제게 제 위치에 맞는 삶을 가르쳤습니다."

비올렛이 왕의 얼굴을 똑바로 바라보며 대답했다. 왕이 그녀를 싫어하는 것은 안다. 그녀 역시 어찌 보면 신전의 사람이었기 때문이다. 하지만 성녀라는 존재는 국가와 종교를 초월한 존재였다. 무작정 적대시해서는 안 되었다.

"제가 처음 폐하를 뵈었던 때처럼 비굴하게 엎드리며 눈조차 마주하지 못한 채 벌벌 떠는 것, 그것이 바로 천민의 행동거지입니다."

그에 왕은 대답할 말을 찾지 못한 듯 입을 다물었다.

"폐하, 저는 티게르난 공작이 아닙니다. 그리고 그의 손을 들어주지 않습니다."

무분별하게 적개심을 가지고 대하는 왕과 무분별한 애정을 가지고 그녀를 대하는 체자레. 비올렛은 중도를 원한다. 일방적인 한쪽의 거부에 떠밀려 신전으로 떨어지고 싶지는 않았다. 그녀는 국왕을 바라보았다.

"제가 당돌하고 맹랑하다 생각하십니까?"

그 물음에 국왕이 말했다.

"그래, 그대는 당돌하고 맹랑하다. 그러나 그대를 벌할 수 있는 방법이 없어 안타깝군."

"그렇습니다. 이제 제가 당돌하고 맹랑해도 그것을 존중해 주셔야 할 것입니다."

"……."

"그게 티게르난 공작에게 받은 수모를 되받아칠 유일한 방법이니까요."

국왕은 그녀를 바라보았다. 비올렛은 그 두 눈을 피하지 않았다. 국왕이 왕좌에서 내려왔다. 비올렛은 왕이 내려와 그녀의 앞에 설 때까지 미동도 하지 않은 채 그의 적개심, 분노, 증오 어린 시선을 묵묵히 받아들였다.

그녀는 자신이 국왕의 심기를 건드렸다는 것을 알았다. 예전이라면 그걸 두려워했을 것이다. 하지만 이젠 어떻게 되든 상관없었다. 어차피 국왕은 그녀를 죽이지 못하고, 자신의 검인 에르멘가르트 가문에 불이익을 주지도 못한다. 비올렛은 무서울 게 없었다. 체자레는 그것을 알아차리고 물러났다. 하지만 국왕은 그것을 모르고 있었다. 모른다면 알아차리게 하면 되는 것이다.

"그렇군."

비올렛의 눈에서 무엇을 읽어 낸 것인지는 모르지만. 국왕이 고개를 끄덕였다. 비올렛은 국왕이 그녀의 의도를 파악했다는 것을 알았다. 그가 할 수 있는 것은, 자신이 할 수 있는 모든 방안을 활용해 비올렛의 가치를 드높이는 것뿐이었다. 그러나 고개를 끄덕이는 국왕의 얼굴에는 여전히 비올렛을 향한 혐오가 자리해 있었다.

사냥 대회에서는 호랑이에 정신이 팔려 제대로 보지 못했지만 다시 본 열한 살의 샤를 왕자의 인상을 표현하자면, 그는 너무도 평범했다.

샤를은 체자레처럼 선명한 붉은색이 아닌 노을 색과 같은 머리빛에, 눈동자 색 역시 왕족의 상징인 금안이 아니라 다른 빛이 섞인 호박색이었다.

그의 조부인 데메트리우스 왕이나 선대왕 아스토르가, 그리고 현왕이 젊었을 당시 붉은 머리카락에 금안을 가진 미남이었다고 들었건만 이 소년은 모든 것을 물려받은 체자레와는 다르게 어느 것하나 물려받지 못했던 것이다. 그것도 모자라 어딘지 모르게 의기소침해 보이는 두 뺨에는 주근깨가 가득했다. 비올렛은 어린 시절 보았던 에셀먼드를 왕자로 대우했던 것이 더 이상 부끄럽지 않았다. 만약 에셀먼드와 저 왕자를 세워 뒀더라도 에셀먼드가 왕자라고 생각했을 것이다.

"왕자 전하를 뵙습니다."

실례되는 생각을 하며 그녀가 살짝 무릎을 꿇자 왕자는 당황한 듯 허둥지둥 허리를 숙였다. 그가 자신에게 허리를 숙일 줄은 몰랐기에 비올렛은 당황했다. 그러지 왕자는 더 난처해했다.

"제, 제가 틀렸습니까? 성녀님께서는 분명히 아바마마와 같은 위치에 계신다고 들었는데……."

"……예, 그렇습니다."

비올렛이 대답했다. 체자레나 국왕보다는 흐리멍덩한 인상을 주었지만, 어딘지 모르게 왕자의 두 눈만은 맑았다. 그리고 그 호박색 눈동자는 비올렛에 대한 호의로 가득 차 있었다.

"성녀님을 뵙게 되어 너, 너무나 영광입니다."

왕자가 말을 더듬으며 말했다. 왕자는 정말로 그 나이의 어린아이 같은 어리숙한 모습이었다. 비올렛도 그런 모습이었을까.

그들은 테이블에 앉았다. 소년은 아직도 무슨 할 말이 남았는지 그녀의 눈치를 보고 있었다. 비올렛은 저 반짝거리는 소년의 눈동자를 외면할 수가 없었다.

"무슨 궁금하신 점이 있으십니까?"

"아, 저……."

"말씀하십시오."

비올렛이 살짝 미소를 지었다.

"스, 스승님, 아, 제가 스승님이라 불러도 되는 거죠?"

비올렛은 잠시 동안 체자레를 마주했던 어린 자신의 모습이 떠올랐다. 어색한 얼굴로 겁에 질려 그를 보았을 때, 체자레는 빙그레 미소를 지었다. 다시 생각했을 때 체자레가 한 행동을 가식이라 여겼지만, 지금 소년의 모습에 정말로 웃음이 나오는 걸 보면 완전히 가식은 아니었던 듯싶다.

"물론입니다."

그 말에 샤를의 얼굴에 미소가 서렸다. 자신감을 얻은 것 같은 소년이 물었다.

"그렇다면 스승님의 존함은 어떻게 되십니까?"

비올렛은 자신의 이름을 대놓고 물어보는 데 조금 충격을 받았다. 생각해 보니 주위에 있는 사람들은 모두 그녀의 이름을 알고 있었다. 아니면 이름을 알 필요가 없다고 생각하거나. 그랬기 때문에 남에게 이름을 제대로 말해 본 적이 없었다.

"비올렛, 비올렛입니다."

"성은 없는 것입니까? 에르멘가르트 후작가에 거하신다는 이야기는 들었습니다만……."

왕자가 자신 있게 말하다 말끝을 흐리며 그녀의 눈치를 보았다.

"가문이나 가족을 나타내는 단위인 성은 제게 없습니다. 저는 엄밀히 말하면 그 가문 사람이 아니니까요."

비올렛이 단호하게 말했다. 쌀쌀맞아진 비올렛의 말투에 샤를이 부쩍 긴장했다.

"에이든 경이 예쁜 여동생이라 하시던데……."

"……"

그 멍청한 녀석. 비올렛은 얼굴을 찡그렸다. 나이 차이도 한 살밖에 나지 않는 주제에 오빠랍시고 여러 사람에게 여동생이라 말하고 다닌다. 차라리 다니엘처럼 진중해질 수는 없는 건가. 아니면 에셀먼드처럼 조용히나 있든지.

"그를 자주 보십니까?"

"아, 제 검술 스승이 에르멘가르트 경이라 자주 뵙니다."

하긴 이 나라의 왕자씩이나 되는 사람의 스승은 대장군이 되어야 맞았다. 대장군인 그가 첫째인 에셀먼드보다는 아직 견습인 에이든을 부르는 경우가 많을 것이다. 비올렛은 고개를 끄덕였다.

"그러고 보니 신기하군요. 제 신학 스승도 에르멘가르트 쪽이고, 검술 스승도 에르멘가르드라뇨."

"신기하십니까?"

"네."

그가 무방비한 얼굴로 웃었다. 왕비와 비슷한 선한 인상은 흐릿했지만 웃으니 귀여운 매력이 있었다. 그러나 이 어린 왕자도 자라면 왕이나 후작, 에셀먼드 같은 사람이 될 것이다. 비올렛은 씁쓸함을 느꼈다.

"스승님."

처음에 배울 것에 대해 어느 정도 일러 주던 비올렛은 돌연 왕자의 질문에 말을 멈추었다. 생각해 보니 이 어린 왕자는 그녀에 대해 호기심이 많아 보였다.

"말씀하십시오, 전하. 대신 이번에 궁금하신 점은 모두 물어보셔야 합니다."

"네, 네."

그 엄한 말에 샤를이 머뭇거렸다.

"스승님께서는 말룸을 처단하신다고 들었습니다. 정확히 그 시기가 언제입니까?"

그의 눈빛이 초롱초롱 빛나고 있었다. 마치 말로만 듣던 영웅을 앞에 둔 소년과 같은 얼굴이라 비올렛은 난감한 표정을 지었다.

"그것은 저도 잘 모릅니다."

"정말이요?"

"네, 알 수 없습니다. 그러나 제가 성년이 되었으니 이젠 얼마 남지 않았겠군요."

비올렛은 창 너머 하늘을 보며 대답했다. 하늘은 새파랬다.

"성년이 꼭 지나야 나타나는 겁니까?"

"역사서의 기록들을 보면 말룸은 모두 성녀의 성년이 지나고 나서 나타났다고 합니다. 빠르면 1년, 늦으면 10년. 전대 성녀인 아나스타샤가 말룸을 격퇴한 것은 스무 살 때였습니다. 그보다 더 3대를 거슬러가 성녀 아스테리아는 스물여섯일 때고요. 그렇게 보면 10년이나 남았을 수도 있겠습니다."

왕자는 고개를 끄덕였다. 구체적인 시간을 듣자 그는 겁을 먹은 듯했다.

"저, 정말 말룸이 나타나나요? 그게 정말 실존하는 겁니까?"

"실존한다더군요. 저 역시 실제로 보지는 못하였습니다."

정말로 봤다면 그건 그대로 큰일이 아닐까. 태평해 보이는 비올렛의 대답에 샤를은 당황한 듯했다. 반대로 비올렛은 겁에 질린 왕자를 바라보며 생각에 잠겼다. 자신도 어린 날 이 이야기를 듣고 겁에 질렸던 적이 있었다. 그리고 성녀가 되어 말룸과 싸워야 한다는 동화의 주인공이 되었을 때 저런 반응을 보였다.

"그, 그렇다면 갑자기 나타나면 어떻게 하죠? 만약 왕성에 나타나거나……."

"괜찮습니다. 말룸이 나타나면 눈으로 볼 수 있는 징조가 생긴다고 하더군요. 가뭄이 들거나, 병충해가 들거나, 이형의 것들이 생긴다거나, 하늘이 하루 종일 핏빛으로 물든다는 그런 징조요. 특히나 말룸이 생길 저주받은 땅은 그 징조가 나타난다 하니 염려하지 않으셔도 될 것 같습니다."

비올렛의 그 말이 샤를에게는 더 무시무시하게 느껴졌다. 샤를은 바로 앞에 있는 그녀를 보며 물었다.

"스승님은 이길 수 있습니까?"

"글쎄요. 아직 한 번도 보지 않아 모르겠습니다."

체자레에게 그 말을 들었을 때도 비올렛은 물었다. 나는 이길 수 있을까요? 그 말에 체자레가 대답했다. 이기는 것은 당연히 해야 할 일입니다. 그때 체자레의 얼굴은 평소와는 달랐다.

"하지만 그걸 위해 제가 존재하는 게 아니겠습니까. 모든 성녀들이 다 해 왔던 일입니다. 모두 다 승리했고요. 저라고 못할 법은 없습니다."

그녀의 그 말에 샤를은 안심한 듯 미소를 지었다. 비올렛은 다시 차분하게 수업을 시작하려 했다. 그때 야옹, 고양이 울음소리가 들렸다.

"어?"

비올렛이 놀라서 고개를 들었다. 왕자 역시 그 소리를 눈치챈 듯했다.

"아! 루비가 왔나 봅니다. 제가 기르는 고양이예요."

꼬리를 빳빳이 세운 고양이가 이쪽으로 걸어왔다. 넌 누구냥? 하고 묻는 얼굴에 비올렛의 얼굴이 애매하게 변했다. 한눈에 봐도 어디서 본 듯한 고양이였다. 왕자의 머리 색과 비슷한 털과 샛노란 눈을 하고 있는 고양이는 그녀가 기르는 시끄러운 고양이와 비슷한 생김새였다. 비올렛이 손을 내밀자 고양이가 야옹 하더니 그녀의 손에 얼굴을 문질렀다.

"루비는 처음 본 사람을 경계하는데. 드문 일입니다, 스승님! 정말 동물의 말을 알아들으실 수 있으십니까?"

그가 초롱초롱한 얼굴로 비올렛을 바라보았다. 아직 그녀는 공식적으로는 성력을 쓰지 못한다. 그래서 고개를 저었다.

"예전에는요."

—거짓말하지 마라, 잉간. 나는 다 알고 있지. 너 모르는 척하는 거지? 너에게서 냄새가 난다냥.

"······."

아, 저 시끄러운 고양이. 그녀는 얼굴을 찌푸리지 않으려고 노력했다.

"진짜요?"

—거짓말이다냥, 하인. 저 여자는 내 말을 전부 다 알아듣고 있어.

하인······. 어떻게 한 나라의 왕자한테······. 비올렛은 표정이 이상하게 지어지지 않게 노력했다. 그녀는 왕자의 스승이다. 고양이 때문에 와그작 구겨진 표정을 지어서는 품위가 훼손될 것이다. 저 냉소적이고 안하무인의 말투가 마치 자신의 집에 있는, 자신을 맹수라 주장하는 모 고양이와 닮아 있었다.

"이건 어디서 난 고양이입니까? 보아하니 혈통이 없는 것 같은데······."

"스승님도 혈통을 언급하십니까?"

갑자기 움칵해서 소리치는 샤를의 목소리에 비올렛은 깜짝 놀랐다. 샤를의 얼굴에는 실망이 가득 담겨 있었다. 지금 자신을 하인 취급하는 고양이를 옹호해? 비올렛이 어이가 없다는 표정으로 샤를을 바라보자 그는 더욱더 오해를 한 듯했다. 자신이 완전히 무시당했다고 생각하는 게 틀림없었다. 눈에는 눈물마저 고여 있었다. 비올렛은 마치 자신이 그에게 심한 소리라도 한 것 같았다.

"외람되오나, 스승님께서는 이런 것에 편견이 없으실 줄 알았습니다. 비록 혈통은 없지만 어미 잃은 고양이라 하여 손수 정성 들여 길렀습니다. 아버님도 어머님도 모두 다 천박한 고양이라 버리라고 하셨는데, 스승님마저······."

일단 비올렛은 버리라고 말한 적은 없었다.

—봐, 내 하인이 거짓말하지 말라고 그러잖냥. 내 하인 좀 높은

신분이다, 잉간.

"……."

슬프게 훌쩍거리는 샤를과 그의 말을 제대로 알아듣지 못한 채 눈을 게슴츠레 뜨고 그녀를 비웃는 고양이의 모습이 정말 희극이 따로 없었다. 그때 똑똑 노크 소리가 들렸다.

"에르멘가르트 경이 너무 늦어진다고, 이곳에 와 기다리고 계십니다."

설상가상이다. 첫날부터 왕자를 울리다니, 후작이 뭐라 할 것이 틀림없었다. 그러나 문이 열리고 들어온 것은 대장군이 아니라 청년이었다.

"경!"

"……."

비올렛은 표정을 싸늘하게 굳히며 자리에 앉은 채 문 앞에 서 있는 남자를 바라보았다. 샤를은 그 남자에게 달려가 무릎을 끌어안았다.

"이럴 순 없습니다, 경! 제 루비가 또 무시를 당했습니다."

"……."

"성녀님이시니 모든 것을 평등하게 보실 줄 알았습니다. 그런데 혈통 있는 고양이가 아니라고 이렇게 무시를 하십니다."

거기까진 말하지 않았어. 비올렛은 억울해서 화를 내고 싶었다. 하지만 상대는 왕자였고, 또 들어온 이 역시 만만치 않았으므로 입을 다물고 한숨을 내쉬었다. 검을 찬 남자는 왕자를 바라보다 비올렛에게 시선을 돌렸다. 에셀먼드의 푸른 눈이 그녀를 보고 있었다.

"괜찮습니다. 고양이 같은 미물에게 혈통은 중요하지 않습니다, 전하."

에셀먼드가 다시 고개를 돌려 샤를의 눈높이에 맞추어 무뚝뚝한 말투로 말했다. 이런 일로 서러움을 많이 당했나. 에셀먼드가 달래 주있는데도 왕자는 아직도 억울한 표정이었다. 고양이가 야옹거리 며 비올렛의 어깨 위에 올라탔다.

―봐, 네가 거짓말을 해서 하인이 하인의 하인을 불렀잖느냥.

할 수만 있다면 비올렛은 지금 당장 이 고양이를 던져 버리고 싶 었다. 하지만 저 심약한 왕자가 기절할지도 모르므로 차분히 인내 하며 말했다.

"전하의 검술 스승이 후작이신 줄 알았는데, 에르멘가르트 경이 셨군요."

"……."

무시당했다. 에셀먼드는 비올렛의 말을 듣고도 무시한 채로 왕 자의 어깨를 툭툭 두드리며 달랬다. 어느 정도 왕자가 진정이 되자 그가 그녀를 보면서 말했다.

"첫 수업부터 전하를 울리다니, 참 대단하군."

왕자 앞에서 존대를 쓰지 않다니. 비올렛은 기가 막혀서 '하' 하 고 숨을 들이켰다. 그는 비웃지도 않은 채 한심하다는 듯 비올렛을 보았다. 그녀야말로 황당했다. 아니, 나는, 그게 아니라……. 변명 이라도 하고 싶었지만 그녀는 입을 다물었다.

"하물며 에르멘가르트 경께서도 인정해 주시는 고양이를 스승님 께서 무시하시다니요. 흑, 루비가 얼마나 상처받기 쉬운 여자아인 데……."

"남자아입니다."

비올렛이 차갑게 말했다. 샤를이 당황해서 그녀의 얼굴을 보며 말했다.

"아니, 생김새가 여자 같은……."

"남. 자. 입니다."

"에르멘가르트 경이 데려올 때 여자애라고……."

"수. 컷. 입니다."

비올렛이 다시 한 번 웃으며 싸늘하게 말했다. 샤를이 충격을 받은 듯 에셀먼드를 바라보았다. 그는 세상에 배신당하여 상처받은 가련한 소년의 얼굴을 하고 있었다. 비올렛이 그 모습을 보며 말했다.

"전하, 혈통으로 고양이를 차별하는 저는 이만 가 보겠습니다. 고양이 성별도 구분하지 못하는 고양이 평등주의자인 에르멘가르트 경과 즐거운 수업 되시길 바랍니다. 그리고 하인의 하인님, 경께서도 부디 왕자님께 좋은 가르침을 주십시오."

비올렛은 그렇게 쏘아붙이며 바깥으로 나섰다. 그러면서도 그녀는 한참 동안 씩씩거렸다. 아니, 내가 뭘 어쨌다고! 잘못 걸렸다. 하필이면 왕자의 검술 스승이 에셀먼드일 줄은 몰랐다. 어쩌다 보니 교습 시간도 붙어 있는 것 같은데, 마주치는 일이 많을 거라 생각하니 머리가 아팠다.

"스승님."

샤를은 힐끔힐끔 비올렛의 눈치를 보았다. 그녀는 예의 그 화사한 미소를 지었다. 한없이 다정하며 인자한 미소였지만 샤를은 한기를 느꼈다. 그가 우물쭈물하며 안색을 살펴도 여전히 깡깡 언 얼음 같은 단단한 미소만이 되돌아왔다. 그때 고양이가 야옹 하며 다가왔다. 비올렛이 웃으며 고양이에게 시선을 던지자 고양이가 '하악' 소리를 내며 갑자기 털을 세우더니 재빨리 그의 다리 뒤로 피신했다. 루비는 겁에 질린 것 같았다.

"스, 스승님."

"무슨 일이신데 자꾸 저를 부르십니까?"

비올렛의 미소에 샤를은 우물쭈물했다. 미소라는 게 저렇게 무서울 수 있다는 걸 처음 알았다.

"어제 에르멘가르트 경과 이야기를 했습니다."

"아직도 경께선 고양이가 여자애라고 주장하십니까?"

"아, 아니요."

무섭다. 샤를은 진심으로 두려움을 느꼈다. 어제는 무표정이라 몰랐는데 지금 보니 알겠다. 비올렛은 에셀먼드를 싫어했다. 그것도 매우 격렬하게. 그래도 에셀먼드 경은 비올렛을 그렇게 싫어하는 걸로 보이지는 않았는데…….

"……경은 동물에 대해서라면 성녀님의 말이 맞다고 하셨습니다."

"그래요?"

그 말에도 비올렛의 표정은 변함이 없었다. 아마 스승님은 자신 역시 싫어하는 게 분명하다며 샤를은 자신감을 잃어버렸다.

"죄송합니다."

소심한 그가 고개를 푹 수그리자 비올렛의 얼굴에 서린 한기가 조금이나마 가셨다. 그녀는 왕자가 너무도 쉽게 고개를 숙여 내심 당황했다. 자신이 너무 감정을 드러낸 것은 아닌지 반성했다.

"전하께서 무엇이 죄송하단 말씀이십니까?"

"아, 저, 에르멘가르트 경, 그러니까, 에드 경께서 고양이를 두 마리 주웠는데, 그중 한 마리가 제게 와 있고, 나머지 한 마리가 성녀님께 가 있다는 것을 들었습니다. 둘이 형제 고양이라고……."

"……."

"그래서 고양이에 대해 물어보셨을 거라고 에셀먼드 경이 해명하셨습니다."

"그걸 알고 있으면서도……."

"네?"

"아니, 아닙니다. 전하께선 전혀 신경 쓰실 필요가 없습니다. 전하의 마음을 헤아렸어야 하는데, 모두 제가 부족한 탓입니다."

"아, 아닙니다!"

샤를이 황급히 부정했다.

어제 비올렛이 냉기를 날리며 떠난 방에는 남자 둘만이 남았다. 샤를이 에셀먼드를 바라보자 그는 흠흠 하며 헛기침을 했다. 그리고 그녀가 간 곳에 계속 시선을 주었다. 제대로 된 자초지종을 들은 에셀먼드가 말했다. 그녀의 말이 맞다고. 혈통을 물었던 건 그가 주었던 고양이와 닮았기 때문에 그리 물어본 것일 거라고. 샤를은 비올렛을 크게 오해했다는 것을 깨달았다.

—경께서 스승님께 고양이를 선물했다는 말입니까?

—그저 나머지 한 마리를 드렸을 뿐입니다.

—그렇군요. 그래서 성녀님은 어떻게 행동하셨나요? 고양이를 싫어하시진 않으셨나요?

—아니요.

에셀먼드는 잠시 동안 말을 멈추었다. 그리고 정적의 끝에 그가 말했다.

—활짝 웃었습니다.

샤를은 에셀먼드의 얼굴을 한참 동안이나 바라보았다. 성녀의 미소를 떠올리는 듯한 그의 얼굴은 어딘지 모르게 미묘했다. 성녀는 분명 샤를에게 친절했지만, 그것은 그저 틀에 박힌 미소에 불과했다. 사람이 사람을 대하는 데 불편함이 없도록 하는 윤활유 같은. 스승이 활짝 웃는 모습은 어떤 얼굴일까.

─스승님께서 웃는 것은 어떤 모습인가요? 태양처럼 반짝반짝 빛이 나나요? 달처럼 곱나요?

그의 물음에 에셀먼드가 말했다.

─아니요, 평범합니다.

─평범하다뇨?

─그저 평범한 소녀의 미소입니다. 조금 사랑스러운.

에셀먼드는 그렇게 말하고 입을 다물었다. 평범한 소녀의 미소라는 것은 어떤 것일까. 그리고 사랑스럽게 웃었다니, 에셀먼드의 입에서 나온 보기 드문 칭찬이었다. 샤를은 그 '사랑스럽다'는 미소를 상상했다. 하지만 언제나 조용히 미소 짓는 성녀와 활짝 웃어 사랑스러운 비올렛은 겹쳐지지 않았다.

그렇게 어제의 일을 떠올린 샤를은 그 대화를 비올렛에게 말하고 싶었다. 정말로 활짝 웃으셨냐고. 하지만 에셀먼드를 싫어하는 그녀에게 이런 이야기를 했다간 화를 풀지 않을지도 모른다. 왕자는 비올렛에게 미안함을 느꼈다.

생각해 보면 에셀먼드 경이 들어오지 않았다면 그의 말대로 첫 수업부터 자신을 올린 그녀의 입장이 상당히 곤란해질 수도 있었다. 샤를은 언제나 생각 없이 일을 저질러 아바마마와 어마마마에게 꾸중을 듣곤 했다.

"스승님도 그 고양이를 좋아하십니까?"

갑자기 튀어나온 그 말에 비올렛의 얼굴이 의아함으로 물들었다. 만약 고양이를 싫어한다고 한다면 에셀먼드 경이 거짓을 말한 게 된다. 하지만 대답은 의외였다.

"네. 조금 시끄러운 구석이 있습니다만, 좋아하는 편입니다."

그렇게 말하며 그녀는 자신의 고양이를 떠올리는 듯했다.

"와아! 저도 제 고양이가 하는 말을 듣고 싶어요. 루비는 언제나 조용하거든요."

그 '조용'하다는 말에 비올렛의 얼굴이 미묘하게 일그러졌지만 샤를은 신경 쓰지 못했다.

"저도 지금은 듣지 못합니다. 하지만 한 가지 분명한 건, 듣는 게 정신 건강에 별로 좋지는 않을 겁니다."

"네?"

"세상에는 몰라도 될 일들이 많습니다. 정말로요."

비올렛이 미소를 지었다. 그것을 보아하니 완전히 화가 풀린 것 같았다. 샤를은 그에 안심하여 같이 마주 보며 웃었다.

비올렛은 다시 수업을 시작했다. 샤를은 그녀의 목소리에 귀를 기울였다. 비올렛의 말투는 차분하고 조용했다. 천민이라고 했지만 억양 역시 고급스러워 마치 왕족처럼 보이기도 했다. 고운 목소리를 가진 비올렛이 말하는 것을 보노라면, 외모가 출중한 사람들을 많이 봐 왔던 샤를이지만 그녀가 자신이 만난 사람 중에 가장 특별하고 아름답다는 생각이 들었다.

열여섯이면 성년이 지나고 혼인을 할 나이라고 했다. 그는 몇 번 망설이다 물었다.

"스승님."

"네, 전하."

"스승님은 애인이 있으십니까?"

"네?"

이번에 그녀는 정말로 황당하다는 얼굴이었다.

"열여섯이 아닙니까? 보통은 약혼을 하고 혼인을 할 나이라고 들었습니다."

샤를의 말은 전혀 악의가 없는 것이었다. 비올렛은 한참 동안이나 혼란스러운 듯 그를 바라보다 말했다.

"성직자는 혼인이 허용되지 않습니다."

"저, 정말입니까?"

"정확히 말한다면, 혼인을 하려면 성직을 포기하면 됩니다."

비올렛의 말에 샤를이 물었다.

"그렇다면 스승님이 결혼을 하고 싶으시다면 어떻게 해야 하는 겁니까?"

"글쎄요, 어디에도 성녀가 혼인을 했다는 기록은 없는지라……. 생각해 보니 이상하군요. 성녀는 성직자로 분류됩니다만, 혼인이 금지되지는 않습니다. 어쨌든 성직에 몸담은 몸이니 혼인을 하는 것은 도의적으로 금지가 되는 것 같습니다."

그녀가 애매한 얼굴로 미소를 지었다.

"정말입니까? 하지만 어떻게 여인이 혼인을 하지 않고 살아갈 수 있답니까? 그럴 수도 있는 것입니까?"

"여인이라고 해서 꼭 혼인을 해야 하는 것은 아닙니다. 살아가는 데 조금 불편할 뿐이지요."

그 말에 샤를이 고개를 끄덕였다. 아아, 그렇게 생각하는 법도 있구나.

"하지만 스승님께서 결혼을 하는 게 금지된다면, 사랑하는 이가 생겨도 결혼하지 못한다는 것 아닙니까. 그렇게 태어나고 싶어서 태어난 것도 아닌데 조금 이상합니다."

그 말에 비올렛의 얼굴이 굳었다. 샤를은 조금 납득이 가지 않았다. 성직이 스스로 선택하는 것이라면 성녀가 되는 것은 스스로 선택하는 것이 아니었다. 그럼에도 사랑하는 이가 생겨도 혼인하지 못한다는 건 너무 가혹한 일이 아닌가. 샤를이 느끼는 불합리함에 비해 비올렛은 평온한 얼굴이었다. 그녀는 얼굴에 살짝 미소까지 띠었다.

"어차피 천민인 저와 혼인하고 싶어 하는 이는 없습니다."

"……."

체념과는 조금 다른 무언가, 그것은 단정이었다. 누군가를 사랑해도 그 사람이 자신과 혼인하고 싶어 할 리가 없다. 그녀는 그것에 불합리함을 느끼는 것조차 할 수 없는 것이다. 물론 샤를에게 그것은 너무도 어렵게 느껴졌다.

"전하, 공부에 집중하시는 게 어떠십니까?"

샤를은 비올렛의 지적에 깜짝 놀라 다시 책에 시선을 돌렸다. 그러나 머릿속은 복잡한 생각이 가득 차 있었다. 아바마마는 언제나 다른 사람들을 행복하게 하기 위해 정치를 한다고 했다. 하지만 행복해질 사람 중에 천민은 포함되지 않는 것인가? 만약 그렇다면 천민이 아닌 성녀는 당연히 행복해져야 하는 것이 아닌가? 천민이어서 행복해질 수 없다면 신은 자신의 대리인을 왜 천민으로 태어나게 한 건가?

샤를은 비올렛의 얼굴을 보았다. 단정한 눈썹이 보이며 동그란 이마에 푸른 신의 표식이 보였다. 신은 왜 성녀를 만들었을까. 모든 이들을 사랑하고 신에게 사랑받는 이가 성녀라는데, 왜 사람들에게 손가락질받게 한 걸까.

"전하?"

"아니, 아닙니다."

샤를은 고개를 푹 숙였다. 글자가 눈에 들어오지 않았다. 신의 가르침을 공부하는 것임에도 신에게 불신이 생기고 있었다. 하지만 동시에 이 어린 누나 같은 스승이 참으로 색달라 보였다. 천민이되 비굴하지 않고, 성녀라고 자신을 높이지 않는다. 성녀라고 신전에 붙지 아니하며, 그렇다고 아버지인 왕을 멀리하지도 않는다. 샤를은 한가운데에 있는 그녀가 정말로 신기했다.

한편, 비올렛은 샤를의 질문에 상당히 당황했다. 이 왕자님은 도대체 얼마나 궁금한 점이 많을까. 열한 살이라 그 질문에 악의가 없다는 것을 알고 있지만, 민감한 질문만을 쏙쏙 골라 하고 있었다. 순진무구한 얼굴로 저렇게 말하는데 혹여나 말실수를 했다간 또 문제가 생길지도 모르기 때문에 되도록 솔직히 대답했다. 하지만 그대로 납득하리라 생각했던 왕자는 전혀 다른 생각을 말했다.

―그렇게 태어나고 싶어서 태어난 거 아닌데.

비올렛은 이 나라의 왕자에게 그런 소리를 들을 줄은 몰랐다. 왕족들은 귀족들보다 더 거만하고 더 혈통 위주인 사람들일 거라 생각했다. 실제로 왕이 그러했으니 틀린 생각은 아니었다. 물론 체자레도 왕족이긴 했지만 그는 왕과 대척한다는 점에서 다른 개념으로 생각되었다.

비올렛은 이 왕자가 낯설었다. 아니, 왕자는 그녀와 똑같았다. 소심한 것도, 자신감이 없는 것도, 그리고 생각이 많은 것도 비슷했다. 조금 더 온실 속 화초 같은 느낌이라는 게 다른 점이라고 할까. 또 다른 차이점이 있다면 왕자는 자신의 의문을 물어보는 데 기본적으로 거리낌이 없다는 것이었다. 비올렛이 그녀의 사정에 대해 대답하자 샤를은 오히려 자신이 더 상처받은 얼굴을 하며 곰곰이 생각에 잠겼다. 그리고 그녀를 힐끔힐끔 바라보는 게 무슨 다른 생각이라도 하는 것 같았다.

왜? 그는 태어날 때부터 당연한 왕자가 아닌가. 왜 에셀먼드나 다니엘, 에이든처럼 당당하지 못한 것이지? 그가 눈치를 보는 게 아니라 오히려 비올렛 쪽이 그의 눈치를 보는 게 당연할진대.

이 샤를루스라는 왕자는 여러 생각을 하더니 한참 후에 말했다.

"죄송합니다, 스승님."

"네?"

"저는 아무것도 모르고 있었습니다."

"……"

"혹 스승님의 기분이 상하실 만한 질문을 한 거라면, 너무도 죄송합니다."

게다가 사과도 아무렇지 않게 한다. 죄송하다는 말을 많이 했던 어린 그녀처럼. 어쩐지 기분이 가라앉았다.

"아닙니다. 누구나 다 호기심은 가지기 마련이고, 그 질문의 대상이 제가 되었다니 기쁩니다."

비올렛이 틀에 박힌 말을 하자 샤를이 조금 서운한 듯 그녀를 바라보았다. 샤를은 어린아이치고 소심했고, 소심한 만큼 예민한 편이었다. 소년은 비올렛이 건성으로 대답하고 있다는 것을 바로 눈치챘다.

"스승님은 제가 싫으십니까?"

"아니요. 제가 전하를 싫어할 이유가 있습니까?"

"저는 스승님이 좋습니다."

"네?"

비올렛이 되물었다. 그러나 샤를은 호박색 눈동자를 똑바로 마주

치며 말했다.

"저는 스승님이 존경스럽고, 자랑스럽습니다. 스승님이 나라의 심장이라는 게 좋습니다. 언제나 만나길 기대했습니다."

"……."

"그러니 스승님도 저를 좋아해 주십시오. 스승님이 천민이라는 것 따윈 저는 모릅니다. 천민이어도 스승님이 아그레시아의 심장이라는 것은 변함이 없습니다."

비올렛은 자신과 가까이 하면 안 된다는 사실을 알리고 싶었지만, 만약 그런 말을 했다간 왕자가 또 울음을 터트릴지도 모른다는 생각이 들었다. 시수일레도 그렇고 에이든도 그렇고 이 왕자님도 그렇고, 왜 이렇게 감정을 드러내지 못해서 안달인가. 복잡한 마음에 비올렛은 조용히 한숨을 쉬고 고개를 끄덕였다.

"네, 노력해 보겠습니다."

어차피 좋아한다고 말해도 이 섬세하고 예민한 소년은 믿지 않을 것이다. 그렇다면 진실을 말하는 게 옳았다. 그러자 왕자가 기분 좋게 미소를 지었다.

똑똑똑, 노크 소리가 들렸다. 벌써 끝낼 시간인가. 설마 또 에셀먼드가 서 있는 것은 아니겠지? 문이 열리고 들어온 것은 에셀먼드가 아니라 다른 인간이었다.

"전하! 수업은 잘 들으셨습니까!"

"……."

비올렛은 방으로 뛰어든 소년 뒤로 에셀먼드가 무뚝뚝한 표정으로 문가에 서 있는 것을 보았다. 왕자의 방 안에 들어온 소년이 뭐라 말하자 샤를이 기쁜 듯 뛰어갔다.

"에이든 경!"

둘째 날은 형제 둘인가. 그다음 날은 다니엘까지 끼어 있겠네?
비올렛은 냉소적으로 생각했다.

"어제 우리 성녀님이 울렸다고 들었습니다. 괜찮으십니까?"

"괜찮습니다."

"제 여동생이 조금 미숙합니다. 막 눈을 세모꼴로 뜨고 전하를
노려보지는 않았습니까?"

"아니, 전혀 그러지 않았습니다."

"아니면 생글생글 웃으며 뭐라 나쁜 말은 하시지 않았고요?"

"성녀님이 그런 성격이십니까?"

비올렛은 기가 막혀 에이든을 바라보았다. 형제들이 쌍으로 자신
을 놀리려 드는 것인가. 사실 왕자의 방은 왕자의 것이 아니라 후
작가의 것이라도 된단 말인가.

"여긴 왜 오셨습니까, 견습 기사님?"

비올렛이 웃으며 묻자 에이든이 말했다.

"보세요, 저런 거 말입니다, 저런 거. 지금 견습 기사 주제에 왜
꺼지지 않고 여기 와서 고귀한 자기 심기를 어지럽히느냐고 묻지
않습니까?"

그렇게 제대로 해석했다면, 해석한 대로 부디 나가 줬으면 좋겠
다고 비올렛은 생각했다.

"전혀 그러시지 않으셨습니다. 아, 처음에는 조금 그랬지만."

"역시!"

에이든이 소리쳤다.

"어쩌다 저런 피도 눈물도 없는 교사에게 걸려 이런 고초를 겪으
십니까."

그녀는 왕자도 얄밉기 그지없었다. 좋아해 달라고 했으면 좋아할

만할 짓을 좀 했으면 좋겠다. 에이든 역시도 그랬다. 옛날처럼 돌아가는 것을 원하면서도 저런 태도는 뭐란 말인가. 아, 그래. 그는 옛날에도 이랬다.

비올렛은 문 앞에 서 있는 에셀먼드를 노려보았다. 왜 저 녀석을 달고 왔냐고 따지고 싶었지만, 그는 언제나와 같은 무표정이었다.

"그래서 여긴 무슨 일이십니까? 제가 두 번 물어야겠습니까, 견습 기사이신 에이든 경?"

"그야 제가 이번에 전하의 호위 담당이니까요. 하핫. 겸사겸사 여동생의 얼굴도 보러 들어왔습니다."

일개 견습 기사 따위가 왜 왕자의 호위를 맡는단 말인가. 에이든이야 사실 기사 시험을 아직 못 치러서 그렇지, 정식 기사급의 검술 실력을 가졌다는 것을 알고 있었지만 못마땅했다. 게다가 에이든은 마치 이곳에 왕자의 유일한 이해자는 자신이라는 듯 뻐기며 비올렛을 비난하고 있었다.

아, 정말 싫다. 비올렛은 생각했다. 그러나 저런 바보 같은 말에 동요한다면 에이든의 수작에 넘어가게 된다.

"야, 어디 가?"

"왕자 전하의 앞입니다. 격식을 차리시는 게 어떠신지요?"

"우리 전하는 그런 거 상관 안 합니다, 성녀님. 그렇지 않습니까, 전하?"

"네. 남매 사이가 아주 보기 좋습니다."

왕자가 웃으며 대답했다. 도대체 어디가. 비올렛이 생각했다. 에이든은 고개를 끄덕이며 자꾸 그녀를 불렀다.

"나 오늘 전하의 호위를 마치면 일이 끝나. 같이 가자."

"싫습니다."

"아니, 왜? 내가 맛있는 거 사 줄게. 너 바깥에도 잘 못 돌아다니잖아. 나랑 같이 있으면……."

"너라서 싫습니다."

비올렛의 말에 에이든은 또다시 상처받은 얼굴로 변했다. 그것을 지켜보던 왕자가 웃음을 터트렸다. 언제나 심각해 보이던 그 얼굴에 미소가 서리자 왕자의 얼굴이 크게 달라보였다. 그는 눈이 접히고 볼우물이 패어 상당히 귀여운 얼굴이었다.

"에이든 경, 스승님을 그만 괴롭히십시오."

"왕자님, 그사이 성녀님께 매수된 것입니까?"

"아니요. 정말로 싫어하시지 않습니까?"

"……진짜요?"

에이든이 진지하게 물었다. 그는 충격을 받은 표정이었다. 이 바보 같은 대화를 더 이상 참을 수 없었던 듯 문 앞에 서 있던 에셀먼드가 말했다.

"에이든 에르멘가르트 경, 제가 지금 지체된 시간을 알려야 합니까?"

"아, 아닙니다."

비올렛에게와 다르게 에이든은 에셀먼드에겐 깍듯했다. 그의 얼굴이 사색이 되더니 재빨리 방을 빠져나갔다. 비올렛은 왕자를 바라보았다. 그녀를 어려워하면서도 스승이라는 이유로 누구보다 친근하게 여긴다. 비올렛은 이 왕자를 어떻게 대해야 할지 몰랐다.

왕자는 따스한 황금빛 눈에 신뢰를 가득 담아 비올렛을 보았다. 별로 좋은 스승은 아니다. 학식이 뛰어나지도 않으며 좋은 신분도 아니다. 그저 그녀가 내세울 것은 신에게 선택받았다는 것밖에 없다. 그것도 신의 실수일지 모르는. 하지만 이 소심하고 여린 소년은 어린 비올렛을 보는 것 같았다. 그래서 마음이 쓰였다.

혼자서 퇴궁하던 비올렛은 궁을 돌아보았다. 참으로 평온했다. 저렇게 에르멘가르트가의 사람들이 속만 긁지 않는다면 이런 생활도 견딜 만했다. 성력이 있다는 게 들통날 때까지는 시간이 있다. 이렇게 이곳에서 서 있을 시간.

비올렛은 에이든과 에셀먼드, 그리고 왕자가 향한 연무장 쪽으로 고개를 돌렸다. 에이든은 그녀에게 기다리라고 했지만 언제나 비올렛은 그의 말을 무시했다. 아마 돌아온 에이든은 무척이나 허탈한 얼굴을 하겠지.

시원한 바람이 불어왔다. 바야흐로 여름의 시작이었다.

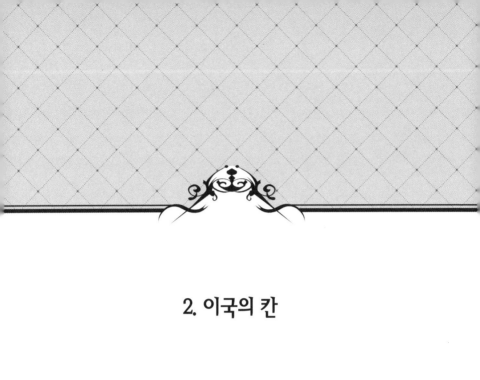

2. 이국의 칸

2. 이국의 칸

비올렛은 성년식 때문에 각국의 사신을 몇 번씩 마주했다. 사실 접대를 하는 것은 외교관이 하는 일이었기 때문에 그녀는 가만히 있으면 되었다. 그저 나라의 얼굴이라는 역할에 충실했다. 방문하는 국가들은 모두 같은 종교를 가졌고, 그에 별다른 문제는 없었다. 한 번씩 그녀를 살아 있는 신 취급하며 눈물을 흘리는 자들도 있었고, 천민이라는 출신 성분을 알고 그녀를 관찰하는 사람들도 있었다.

왕자의 신학 교사를 하면서도 비올렛은 틈틈이 그들을 보았다. 왕은 그녀의 뜻대로 최고의 예우를 해 주었고, 그녀 역시 그에 맞추어 행동했다. 왕은 이제 비올렛을 무시할 수가 없었다. 그녀를 무시하게 된다면 그는 정말로 굴욕을 당한 것이 되어 버리기 때문이었다.

그날은 초여름에서 한여름으로 넘어가는 꿉꿉한 날씨가 계속되

던 날이었다. 태양은 내일이 없는 것처럼 붉게 타올랐고, 비올렛은
시원한 궁중에서도 더위를 느꼈다. 왕자의 수업이 끝나면 언제나
에셀먼드를 마주해야 했다. 제아무리 수업을 빨리 끝내려 해도 그
를 마주쳤기에 그녀는 어쩔 수 없이 그것에 길들여져 가고 있었다.
그를 마주하는 것 이외에 크게 신경 쓸 일은 없었다.

하지만 조용히 살고 싶다던 그녀의 의지와는 반하는 일이 일어
났다. 이것은 대이변 중 하나였기에 왕실은 발칵 뒤집어지고야 말
았다. 군나르족이 통치하는 구자르트에서 서한이 날아왔다. 그들
은 성녀의 성년을 축하하며, 말룸의 신화를 공부하기 위해 구자르
트 카칸의 여덟 번째 아들을 이곳에 파견하니 가르침을 청한다고
했다. 이 신앙이 그들의 입장에서 납득될 만한 것이고 성녀가 진짜
라면, 그들 나라의 온 소수민족이 모두 '개종'하겠다는 문서를 보내
온 것이다.

현 구자르트는 '제국'이라고 불릴 만큼 비대해졌으며, 소수민족
들을 모두 흡수해 나라라는 개념을 이루었다. 그들의 백성은 하나
하나가 무력을 지닌 강인한 전사였으며 피를 좋아하는 잔혹한 민
족이었으므로 이 대국大國은 내륙으로도, 해양으로도 인접한 아그
레시아엔 커다란 위협이었다.

'개종'이라는 카드는 너무나 강력하고 매력적인 제안이었다. 교
황으로서는 구자르트를 종교적으로 지배하에 두는 것이었고, 왕으
로서도 아그레시아 근처에 위치한 이 위협적인 나라와 적대 관계
가 되는 것을 피할 수 있는 기회였다. 따라서 그들은 카칸의 여덟
번째 자식인 칸을 초대했다.

비올렛은 그들을 맞이하기로 되어 있었다. 그러나 그녀는 군나르
족과 마주하는 것이 별로 내키지 않았다. 열 살 때 후작의 영지에

서 납치되어 구자르트로 팔려 갈 뻔했던 적이 있었던 탓이다. 두렵게 느껴졌던 그들의 이질적인 갈색 피부를 생각하며 비올렛은 숨을 가다듬었다. 이내 시종이 문을 열어 주었다. 그녀는 허리를 곧게 편 채 최대한 오만한 얼굴로 그곳으로 들어갔다.

이국의 사람들이 그녀를 바라보고 있었다. 그중에 가장 키가 큰 남자가 눈에 띄었다. 그가 자신을 뚫어져라 쳐다보고 있는 것을 알았으나 비올렛은 호기심이겠거니 생각하며 실례가 되지 않은 선에서 다른 이들도 훑어보았다. 역시나 생김새가 약간 다른 이들의 강렬한 눈빛은 부담스러웠다. 그러다 비올렛은 다시 키 큰 남자 쪽으로 시선을 돌렸다. 아무래도 그가 칸인 것 같아서였다.

그는 가장 화려한 상아색 옷을 입고 있었다. 제복과 비슷한 복식이었으나 단추가 동그란 아그레시아의 복색과 달리 세로로 길었다. 커프스 없이 접혀져 말려 올라간 외투 아래 검은색의 통이 큰 시원한 재질의 옷이 보였는데, 비올렛도 처음 보는 화려한 문양이 검은색과 대비되는 금실로 수놓아져 있었다. 그녀는 이 남자가 칸이라고 확신했다.

"환영합니다, 이국의 이들이여."

비올렛이 조용하게 말했다. 군나르족 언어는 서투르게나마 배워두긴 했지만, 외교라는 것은 다른 나라 언어를 안다고 해서 그 나라의 언어를 함부로 써도 되는 단순한 일이 아니었다.

남자가 성큼 다가왔다. 그 남자는 키뿐만이 아니라 덩치도 컸는데, 걸음걸이마저도 어딘지 모르게 야성적이라 위협적으로까지 느껴졌다. 그가 팔을 들어 고개를 숙였다.

"너를 봐서 기쁘다."

분명 군나르족은 자신들의 언어를 쓸 것이라고 생각했다. 하지만 그는 의외로 서투르지만 아그레시아 공통어를 썼다. 그가 고개를 들었다. 갈색 피부 아래 선명한 초록색 눈이 보였다. 비올렛은 그 눈을 어디서 본 것 같다 생각했다. 남자가 화려한 모자를 벗자 소박해 보이는 짧은 밀빛 머리카락이 드러났다. 남자는 여전히 강렬한 시선으로 그녀를 바라보고 있었는데, 비올렛은 그 시선의 연유를 알 수 없었다.

"너의 이름은 무엇인가."

그의 목소리는 굉장히 낮았다. 그저 평범하게 이름을 묻고 있었으며 크게 소리치고 있지 않았지만, 힘 있는 목소리는 큰 울림을 주어 가슴을 뛰게 했다.

그러나 비올렛은 이 서투른 외국어를 하는 외국인을 어떻게 대해야 할지 몰랐다. 만약 외국인이 아니라면 그의 어투가 무척이나 고압적이고 무례하다고 받아들였겠지만, 그가 외국인이고 이 어려운 언어를 배웠다는 것을 참작해야만 했다. 군나르족과는 변경의 상인들을 제외하고는 공식적인 교류가 없었으므로 그들이 이런 서투른 말을 쓸 경우를 대비했어야 했다.

곧 왕이 올 텐데 왕에게는 저 무례한 말투에 대해 어떻게 설명해야 할까. 거만한 국왕은 분명 불쾌해 할 게 틀림없었다. 비올렛은 걱정에 잠겼다. 그러다 다시 남자에게 시선이 가자 그가 그녀의 얼굴을 빤히 바라보며 대답을 기다리고 있었다. 아, 그래. 이름을 물어봤지?

"비올렛."

"비올렛?"

그녀의 이름이 그의 입에서 낮은 울림이 되어 울려 퍼졌다. 그는 몇 번이고 서투른 발음으로 그녀의 이름을 되뇌었다. 외국인에게 자신의 나라를 가르치는 느낌이었다. 비올렛은 참을성 있게 그 남자를 기다렸다.

"너는 내게 꽃으로 불리길 바라는 것인가?"

"무슨 소리를 하십니까?"

"너는 꽃의 이름을 말하고 있다."

비올렛은 이 남자가 자신의 이름을 꽃에서 따왔다는 말을 이해하지 못했다는 것을 알았다.

"제 이름은 꽃의 이름에서 따왔습니다. 제 이름은 비올렛입니다."

"그렇군. 너는 우리 식대로 말하면 '피아케Iyake, 제비꽃'다."

"피아케?"

그곳에도 제비꽃이 있나 보다. 비올렛이 '피아케'라고 중얼거리자 그가 다시 그녀의 얼굴을 찬찬히 바라보았다. 이번에는 그 딱딱해 보이는 얼굴에 살짝 미소가 어려 있었다. 왜 이렇게 자신을 쳐다보는 것일까.

남자는 오만한 자세로 앉아 비올렛을 똑바로 보았다. 잠시 동안 그들은 말없이 서로를 응시했는데, 그 정적 이후 그가 불쾌하다는 듯 말을 꺼냈다.

"너는 나의 이름이 궁금하지 않은가, 피아케?"

"……."

아, 너무 시선이 강렬하다 보니 이름을 묻는 기본적인 예절조차 잊고 있었다. 아마 그것을 왕이 보았다면 못마땅해했으리라. 비올렛이 살짝 당황하여 남자를 보자 그는 그녀를 향해 미소 짓고 있었다.

"아, 실례했습니다. 당신의 성함을 알려 주십시오, 칸."

"나는 카칸 그라함의 여덟 번째 아들 아슈카바드의 칸인 이자카다."

이자카. 낯선 이국의 이름을 몇 번이고 되뇌었다.

"알겠습니다, 칸."

비올렛이 말했다. 하지만 그는 얼굴을 찌푸리며 아주 불쾌한 듯
말했다.

"나는 칸이 아니라 이자카다. 너는 내게 이자카라 불러야 한다."

그녀는 의아한 표정을 지었다. 아그레시아나 신성 국가의 신앙을
따르는 국가들처럼 저 나라에서도 호칭은 무척이나 중요하다. 칸이
라는 것은 왕자라는 뜻도 되었으며, 아슈카바드의 칸이라는 것은
카칸국 아래의 아슈카바드라는 곳을 지배하는 지배자라는 뜻이다.
고로 그의 호칭은 칸으로 불려야 하며, 그녀가 읽은 군나르족 책에
서는 그를 칸이라고 부르는 것이 맞다고 되어 있었다. 이름을 부르
도록 허락된 자는 친한 친우이거나, 아니면 연인, 아내뿐이었다.

자신이 그에게 호감을 주었을 리는 없다. 하지만 그의 강력한 요
청이 있었기 때문에 그녀는 고개를 끄덕였다. 어차피 관련 문헌을
작성한 자가 군나르족 문화를 완벽하게 제대로 조사했을 리가 없
으므로 그사이에 풍습이 바뀌었을 가능성도 있었다.

"알겠습니다, 이자카."

그렇게 말하자 그가 빙그레 미소를 지었다. 만족스러워 보이는
미소에 비올렛은 역시 자신이 뭔가 호감 살 일을 했나 보다 생각했
다. 아니면 저 남자가 험상궂은 표정과는 달리 상당히 다정한 사람
이거나.

그때 옆에서 빠른 언어로 누군가가 말했다. 전부 다 알아들을 수
는 없었지만 주의를 주는 듯한 말이었다. 남자가 거친 어투로 대답
했다.

"issib dak!"

나의 것? 이번에는 확실히 알아들을 수 있었다. 그러나 그의 목소리가 어찌나 컸던지 비올렛은 자신도 모르게 귀를 막을 뻔했다.

그들의 대화를 전부 알아들을 수는 없었다. 그들은 심각한 표정으로 대화를 나누었다. 이내 뭐라 말하던 청년이 이자카를 달래는 듯하더니 비올렛을 바라보았다.

"뵙게 되어 영광입니다, 성녀여. 저는 이자카 님의 종인 라이니그입니다. 저희의 왕이신 이자카님의 무례를 사과드립니다."

아, 이제야 제대로 된 말을 하는 사람이 보였다. 어쩐지 못마땅해 보이는 이자카는 여전히 그녀를 보고 있었다.

"아닙니다. 마음에 담아 둔 바 없으니 심려치 마십시오."

그 말에 이자카가 흠, 숨을 내뱉었다. 알 수 없었지만, 무언가 불쾌해 하는 것 같았다. 아마 이자카는 그녀의 말을 알아듣는 듯했다.

"그대의 명성은 조국까지 들려 알고 있습니다. 120년 만에 나타난 당신들의 절대신이 보내 주었다는 존재라는 것. 그리고 그대가 악, 디아볼로스_diávolos_가 보낸 자를 퇴치할 존재라는 것도."

"……."

"그리고 120년 전, 우리 군나르족을 저지한 빛의 여인 아나스타샤의 후계자라는 것도."

비올렛은 그 말을 듣고 표정을 굳혔다. 군나르족은 아그레시아를 침략하려다가 아나스타샤의 힘에 의해 그들이 살던 척박한 땅으로 되돌아갔다고 했다. 이들은 성녀에 대해 아무런 감정이 없는 것일까? 비올렛이 사절단의 표정을 살펴보았으나 딱히 이상한 점은 없어 보였다.

그때 문이 열리며 국왕이 들어왔다. 그리고 그의 옆에 서 있는 체자레가 보였다. 오랜만에 보는 체자레는 여름을 맞아 다소 시원한 차림을 하고 있었다. 이자카는 거만하게 앉아 그들을 지켜보았다. 라이니그가 뭐라 말하자 이자카는 못마땅한 듯 자리에서 일어났다. 왕은 그들을 환대해 주었다. 비올렛의 걱정과는 다르게 통역사인 라이니그가 예의 바르게 대답했기 때문에, 그녀가 걱정하던일은 일어나지 않았다.

체자레 역시 언제나처럼 잘생긴 얼굴에 미소를 지었다. 그가 가진 화려함과 이자카의 화려함은 어딘지 모르게 상반된 느낌이었다. 조금 부드럽게 분위기를 이끌어 가던 왕과는 달리 체자레는 처음부터 대뜸 물었다.

"개종을 하겠다는 연유는 무엇입니까, 칸?"

어찌나 부드러운 말씨였는지, 비올렛은 차가 맛있다고 말하는 것처럼 그 말이 대수롭지 않게 들렸다. 갑작스럽게 찌른 정곡에 이자카가 미소를 지었다. 그는 왕보다는 체자레에게 흥미가 동한 것 같았다. 비올렛은 걱정스럽게 체자레를 바라보았지만 체자레는 이자카의 강렬한 시선에도 개의치 않고 말했다.

"우리나라가 몇천 년 동안 이 신앙을 가졌듯, 당신들의 나라도 마찬가지일 겁니다. 몇천 년의 신앙을 왜 바꾸려는 건지 납득할 수 있게 설명해 주셔야 될 것입니다."

"공작."

왕이 체자레에게 주의를 주었다. 하지만 그는 언제나처럼 알 수 없는 미소를 지으며 말했다.

"폐하, 저는 이 자리에 교황을 대리해서 온 것입니다. 저는 추기경입니다."

그 말에 왕이 얼굴을 굳혔다. 보통 국왕의 말을 정정해 주는 사람은 없을 것이다. 아마 그것은 구자르트도 마찬가지리라. 민감한 질문과 더불어 붉거진 왕과 공작의 기세 싸움에 싸늘한 정적이 흘렀다. 비올렛은 그 둘을 걱정스럽게 바라보았다. 문득 그녀를 돌아본 체자레가 안심하라는 듯 미소 지었다.

"신앙이라는 것은 절대적인 믿음의 기반입니다. 세월이 짧다고 무시할 만한 것은 아니지만, 그 시간이 길다면 더더욱 우습게 볼 것이 아니지요. 이 나라의 신앙을 알고 싶다면 납득할 만한 이유를 가르쳐 주셔야 할 것입니다. 성하께서는 그 이유를 알아 오라 명하셨습니다."

그 말에 더더욱 분위기가 싸하게 굳었다. 저들을 믿을 수 없다고 대놓고 말하는 것에 비올렛은 기가 질렸다. 왕도 그녀와 비슷한 감정을 느끼는 것 같았다. 도대체 무슨 이유 때문에 저렇게 말한단 말인가. 구자르트 쪽에서도 그 말을 알아듣고 얼굴이 굳었다.

그때 이자카가 벌떡 일어났다. 그리고 성큼성큼 체자레에게 다가갔다. 라이니그를 비롯한 몇몇의 표정이 하얗게 질렸다.

"네가 그 교황인가?"

"아닙니다. 저는 교황의 대리입니다."

"그렇다면 나는 널 납득시킬 의무가 없다."

"……."

위압적인 말투에도 체자레의 표정은 변화가 없었다. 그러나 이자카의 단호한 태도는 그로서도 생경할 것이다. 비올렛은 자신 이외에 체자레를 저렇게 대할 수 있는 사람이 또 나타났다는 것에 놀랐다. 왕 역시 이자카의 태도에 놀란 것 같았으나 그저 침착한 표정을 지었다.

"실례했습니다, 칸. 저는 단지 당신들이 왜 신앙을 바꾸려는지에 대해 이해가 가지 않았습니다. 제가 무례했다면 부디 노여움을 푸십시오."

체자레는 아주 정중하게 사과했다. 그러나 이자카의 험상궂은 얼굴은 변하지 않았다. 그는 다시 의자에 털썩 주저앉아 오만한 자세로 말했다.

"그렇다면 이렇게 말하는 게 어떤가. 카칸 그라함은 나라를 통일했으나, 절대신을 믿는 신앙 국가들이 많아 교류가 원활하지 않았다. 우리는 이교도에 오랑캐 취급을 받으며 배척당했다."

"······."

"우리는 우리의 나라가 풍요로워지길 원한다. 따라서 우리는 신앙에 답이 있다는 결론을 내렸다."

그것을 말하는 이자카의 얼굴은 진지했다.

"우린 우리의 판단을 믿을 것이다. 우리가 직접 절대신을 믿는 자들의 나라에 방문해서, 빛의 여인 아나스타샤와 같은 여인이 있다면 그 신앙이 믿을 법하다는 결론을 내릴 것이다. 같은 신앙을 믿는 나라를 신성 왕국이 외면할 리는 없을 것이다."

아나스타샤라는 말에 체자레의 눈이 가늘어졌다. 그는 미소를 지으며 말했다.

"유감입니다만, 우리 성녀님께서는 지금 신의 힘을 잃어버린 상태이십니다."

그 말에 비올렛도 왕도 깜짝 놀라 체자레를 바라보았다. 그것은 숨겨야 할 일이었다. 성녀를 보고 개종을 결정하려는 민족에게 성녀가 성력이 없다고 말한다면 어떻게 한단 말인가. 비올렛은 당황했다. 이자카 측도 당황한 듯했다. 왕은 최대한 평정을 유지하려고 했지만 그역시 당황한 모습이었다. 이자카가 눈썹을 찡그리며 말했다.

"힘을 드러내는 것은 성녀의 자유다. 그대는 그 힘을 우리에게 알리고 싶지 않은 건가?"

"아닙니다."

"나는 그 말을 믿지 않는다. 위대한 정령도, 정령의 계시를 받은 무녀도 이곳에 답이 있다고 말하였다."

"호오, 그 '위대한 정령'께서 그런 신탁을 내리셨답니까?"

"'신탁'이 아니라 '계시'다."

이자카가 말했다. 그의 강렬한 시선이 비올렛에게 향했다.

"나는 그것을 믿는다. 신앙을 바꾸라는 것 역시 '위대한 정령'의 계시라면 그것을 따를 것이다."

체자레가 웃으며 말했다.

"그렇군요, 그것도 그 '계시'가 있기 때문에 바꾸는 것이군요. 훨씬 납득할 만합니다."

비올렛은 체자레가 도대체 왜 그러는지 몰랐다. 하지만 이자카는 자신이 체자레의 의도에 따라 말했다는 것을 깨달은 듯했다. 그는 체자레를 죽일 듯이 노려보았다.

"그래. 하여 우리는 가르침을 청하는 것이다. 우리는 이곳의 신앙을 배울 것이다. 그리고 어엿한 나라로서 구자르트를 세운 전사들에게 풍요로운 땅을 물려줄 것이다."

그의 말에 체자레가 미소를 지었다 그는 왼쪽 가슴에 손을 얹는 신관식 인사를 하며 정중히 말했다.

"이 체자레, 최선을 다하여 도울 것을 약속드립니다."

"아니."

이자카 딱 잘라 대답했다.

"나를 도와줄 것은 피아케다."

이자카가 비올렛을 뚫어져라 쳐다보았다.

"이 나라 신앙의 근원이 성녀라면, 그 성녀가 직접 내게 알려 주어야 한다. 저 여인이 힘이 없더라도 상관없다."

그리고 다시 확인하듯 말했다.

"그러니 피아케가 나를 돕는다. 반드시 그래야 한다."

이자카의 눈에는 비올렛을 향한 강한 열망이 깃들어 있었다.

비올렛은 한숨을 쉬었다. 한참 동안이나 쟁쟁한 사람들의 위압감이 가득 찬 현장에 있었더니 다리가 후들후들 떨렸다. 확실히 성녀가 할 일은 만만치 않은 것 같았다.

그녀는 체자레의 태도를 생각했다. 언제나처럼 웃고 있었지만 분명히 호의적인 태도는 아니었다. 종교가 달라서 그럴까. 체자레는 이자카를 탐탁지 않게 생각하고 있었다. 이자카도 만만치 않아 통역인 라이니그를 두고 자신이 직접 말했다.

결국 어찌 되었든 간에 그녀에게 이자카를 개종시킬 의무가 생겼는데, 체자레가 비올렛이 성력을 잃었다 말해 버린 시점에서 그것이 수월할까? 그리고 이자카는 정확히 자신을 바라보며 도우라고 말했다. 성력이 없다는 것을 체자레가 미리 말해서 망정이지, 아니었으면 그녀는 꼼짝없이 '없는 척하는 것'을 '있는 척'하는 위태롭기 짝이 없는 이중 거짓말을 할 뻔했다.

"잠깐 저 좀 보시겠습니까?"

체자레가 다가왔다. 회의가 끝나고도 그의 부름을 받으니 어쩐지 긴장이 되었다. 저 멀리서 이자카 무리들이 자신들을 보고 있었다. 체자레가 그녀의 시선을 좇아 이자카를 응시했다. 그리고 비올렛을 바라보며 언제나처럼 잘생긴 얼굴에 미소를 지으며 사랑스럽다는 듯 그녀의 기다란 머리를 만지작거렸다.

"머리를 땋은 것도 아름다웠습니다만, 역시 저는 이렇게 아름답게 늘어뜨린 게 좋군요."

"스승님?"

비올렛이 물었다. 체자레는 미소를 지으며 그녀의 머리를 쓰다듬었다.

"갑시다."

체자레가 그녀의 팔을 낚아채듯 잡았다. 비올렛은 그의 손을 잡은 적이 처음이었다. 깜짝 놀라 손을 빼내고 싶었지만 뜻대로 할 수 없었다. 이걸 왕이 보면 별로 좋은 꼴은 못 볼 텐데, 걱정하며 왕이 있었던 쪽을 바라보니 그는 벌써 집무실로 간 듯 자리에 없었다.

에셀먼드와는 달리 체자레는 느슨하게, 그녀가 원한다면 언제든 놓아줄 것처럼 손을 잡았다. 손을 잡는 방법도 이렇게 다르구나. 그녀가 멍하게 생각할 때 체자레가 궁 바깥으로 나섰다.

여름의 초록이 가득 들어찬 정원에서 따가운 햇살을 피해 체자레가 나무 그늘이 많은 쪽으로 향했다. 그는 비올렛의 얼굴을 바라보더니 진지하게 말했다.

"솔직하게 말씀하십시오."

"네, 스승님."

비올렛이 대답했다. 체자레가 황금색 눈으로 그녀를 관찰하듯 바라보았다.

"칸을 만난 적이 있습니까?"

비올렛은 고개를 저었다. 그녀가 군나르족 칸을 만났을 리가 없었다. 사실 군나르족은 딱 한 번 본 적이 있지만 그때는 배신과 납치를 당해 경황이 없었고, 또 그 뒤로 벌어진 일 때문에도 그저 갈색 피부의 사람들이라는 기억 이외에는 남아 있지 않았다.

"그렇군요."

체자레가 그녀의 얼굴에서 거짓을 찾을 수 없자 이내 의심을 풀었다.

"무슨 일이십니까? 혹 무슨 연유가 있는지요."

"아닙니다."

체자레가 말했다.

"아름다운 것을 좋아하는 건 저뿐만이 아니니까요."

"……."

"그래도 참으로 재밌군요. 저렇게 대놓고 드러내다니 말입니다. 과연 아슈카바드의 칸답습니다. 카칸의 자리를 노릴 만합니다."

"스승님?"

비올렛이 묻자 체자레가 다시 미소를 지었다. 그리고 나직하게 말하는 것이었다.

"당신은 저들의 말을 믿습니까?"

"……."

비올렛이 고개를 갸웃하자 체자레의 눈빛이 사뭇 진지해졌다.

"아까도 말했다시피 몇천 년간 이어져 내려온 신앙을 바꾸는 일은 없다고 봐야 합니다. 성하나 폐하께서는 그것에 단순히 호의적인 반응을 보여 주고 계시나, 저는 생각이 다릅니다."

체자레가 조용히 이야기했다.

"그렇다면 저들에게 다른 목적이 있을 거라는 이야깁니까?"

비올렛의 말에 체자레가 고개를 끄덕였다.

"개종하려는 게 아닙니다."

"스승님?"

비올렛이 물었다.

"그들은 당신의 안내를 받고 싶어 합니다. 성력이 없다 해도 말입니다. 개종을 원하는 자들이 성녀의 힘을 볼 필요가 없다고 하는 것은 확실히 이상한 일입니다."

'성력이 없다'라고 말할 때 체자레의 한쪽 입꼬리가 올라갔지만 그녀는 그것을 못 본 척했다.

"그 이유를 찾아내시는 게 좋을 겁니다."

비올렛이 굳은 얼굴로 체자레를 보았다.

"스승님은 찾지 않으실 겁니까?"

"나는 찾을 필요가 없습니다. 어찌 되어도 사실 상관없는 일이니까요. 정말 개종을 원한다면 우리에게 이득일 것이며, 무엇인가를 꾸며도 우리는 그저 방관하면 그만입니다."

그 말에 비올렛의 얼굴이 미묘하게 변했다. 그의 경고에 걱정이 되는 비올렛과는 달리 체자레는 평온한 얼굴이었다. 어쩐지 억울해졌다. 사실 개종을 하든 안 하든 그녀에게도 그다지 상관없는 일이었다. 오히려 절실해야 할 쪽은 교황 쪽이 아닌가?

"저도 별로 상관은 없습니다만?"

"그렇습니까? 그렇다면 가만히 두십시오. 알아내지 마십시오."

"……."

"저는 그저 비올렛이 연관되어 있는 것 같아서 말한 겁니다."

"……."

"물론 저는 당신에게 해악을 끼친다면 절대로 용서하지 않을 겁니다. 하지만 그렇게 되기 전에 막는 게 가장 이상적이겠지요."

"그건 이상합니다. 그렇다면 저를 그렇게 생각해 주시는 스승님께서 그들이 제게 해악을 끼치기 전에 막는 게 좋은 것 아닙니까?"

"글쎄요. 저는 제자를 강하게 키우는지라……."

그가 미묘한 표정으로 부드럽게 미소 지었다.

"제게 거짓말하는 얄미운 제자를 도와줄 수는 없지 않겠습니까."

비올렛은 그를 바라보았다. 분명히 알고 있음에도 일부러 눈감아 주고 있었다. 그리고 알고 있다는 것을 굳이 숨기지 않는다. 그러나 그녀 역시 그것을 눈치채지 못한 척, 순진한 척 웃고 만다. 그 가식이 허물어지는 순간 체자레의 손아귀에 들어가게 되므로.

"저는 언제나 스승님께 진실하답니다."

비올렛이 싱긋 웃으면서 말했다.

"그러십니까."

체자레가 마주 보며 웃었다.

체자레를 보낸 후 왕자의 신학 수업을 할 예정으로 비올렛은 회랑을 걷고 있었다. 이자카가 회랑의 기둥에 기대 서 있었다. 그와 눈이 마주쳤다.

기다린 건가?

그에게 다가가자마자 갑작스러운 힘에 의해 그녀의 몸이 앞으로 쏠렸다. 그에 비올렛이 그의 품 안으로 떨어졌다. 갑작스러운 포옹에 그를 밀어내려고 했지만, 이자카는 그녀를 꽉 껴안은 채 놓아주지 않았다. 강제적인 포옹에 상반신이 그의 단단한 몸에 밀착되었다.

"피아케."

'제비꽃'이라고 부르는 그의 목소리가 들렸다. 그리고 이자카가 비올렛의 키에 맞춰 허리를 숙였다. 덕분에 그녀의 허리가 뒤로 살

짝 꺾어졌다. 그가 으르렁거리듯이 귀에 대고 말했다. 씩씩대는 듯
한 숨에 소름이 오소소 돋았다.

"i li se jmorru biex issib dak tieg ℏ i, zhar."

비올렛은 그 말을 알아들을 수 있었다. 천천히 느릿느릿하게 하
는 말이었으므로 이해할 수 있었다.

'나는 나의 것을 찾으러 간다, 반드시.'

익숙한 단어의 울림이었다. 비올렛이 그를 올려다보니 이자카의
초록 눈은 짙은 감정을 내비치고 있었다. 그는 분노한 듯했다.

"왜 나를 모르는 척하는 건가, 피아케?"

"이게 무슨 무례한 짓입니까?"

비올렛이 그를 다시 밀쳤다. 갑작스럽게 허리를 휘감은 사내의
팔이 너무도 단단해서 허리가 아플 지경이었다. 저 남자가 정말 제
대로 팔에 힘을 주었다면 그대로 으스러졌을지도 모른다고 생각될
정도였다. 그가 우악스럽게 턱을 잡아 그녀의 얼굴을 들어 올렸다.
한 팔이 풀렸는데도 도저히 달아날 수 없었다.

"분명 너다."

그는 그렇게 말했다. 갑작스럽게 달려드는 남자를 어떻게 막을
도리가 없었다. 검이라도 있었으면 좋겠지만, 검이 있다고 해도 이
자카를 이기기는 힘들 거라 생각하니 정신이 아득해졌다.

"무슨 짓입니까!"

에이든의 목소리가 들렸다. 뒤를 돌아보니 에이든과 견습 기사들
이 서 있었다. 아마 순찰 구역 이동을 하다 우연히 맞닥뜨린 듯했
다. 이자카는 나지막이 욕설을 내뱉으며 팔을 풀었다. 꽉 감싸였던
허리가 아팠다.

"괜찮아, 비올렛?"

에이든이 다가왔다. 보통 때라면 그의 부축 따윈 뿌리쳤겠지만 지금은 그럴 수 없었다. 온몸에 힘이 빠져 덜덜 떨렸다.

"괜찮으십니까, 성녀님?"

견습 기사 몇몇이 비올렛을 에워싸며 앞에 서 있는 이자카를 노려보았다. 하지만 이자카의 키가 산처럼 컸기 때문에, 비올렛이 보기에 그들은 상대적으로 새파란 애송이처럼 보였다.

"이게 무슨 무례한 짓입니까!"

에이든이 날카롭게 소리쳤다.

이자카는 에이든의 어깨를 짚고 서 있는 비올렛의 손에 시선이 닿자 그를 노려보았는데, 그 시선에 서린 위압감이 상당했다. 하지만 에이든 역시 그 시선을 피하지 않았다. 이자카는 그 이글이글한 시선을 거두고 어떤 말도 없이 뒤돌아 성큼성큼 걸어가 버렸다.

"야, 이게 어떻게 된 일이야?"

"모르겠어. 갑자기 날 껴안았어."

"저 자식 순 변태 아니야!"

에이든이 소리쳤다. 비올렛은 그의 목소리가 너무 크다고 생각했다. 견습기사들 역시도 난감해하며 서로 눈빛을 교환했다. 비올렛은 자신이 에이든에게 거의 안겨 있다는 것을 깨닫고 품에서 떨어졌다. 그리고 표정을 갈무리한 후 말했다.

"아마 군나르족의 문화는 뭔가가 다른 모양입니다. 너무 개의치 마시고 혹여나 헛된 소문이 나지 않도록 주의 부탁드립니다."

이런 소문이 나 봤자 좋은 소리는 못 들을 게 분명했다. 특히나 꽃의 거리 출신인 그녀는 남자와 추문이 나면 더욱더 더러운 소문이 퍼질 것이다.

"그 부분은 걱정 마십시오."

기사들이 놀랄 일을 당한 비올렛을 안심시켰다. 그들은 정말로 이야기할 생각이 없어 보였기에 그녀는 안심했다. 중심을 잡기 힘들어 하는 비올렛을 부축한 에이든이 답지 않게 다정하게 왕자의 방으로 데려다주었다. 그는 정말로 심각한 얼굴이었는데, 그 못된 놈을 다시 보게 될지도 모르니 자신을 꼭 대동하라며 엄포를 놓았다. 비올렛은 머리가 복잡해졌다.

왕자의 방 앞에서 놀란 표정으로 그녀를 보는 시종에게 대충 몸이 불편해서 부축을 받았다 변명한 비올렛은 다시 자세를 갈무리한 뒤 방으로 들어갔다. 테이블에 앉아 있는 왕자와 그 맞은편에 자리한 에셀먼드가 보였다. 아니, 왜 모두 다 이렇게 모여 있단 말인가. 게다가 에이든은 왜 또 방 안으로 들어왔단 말인가.

"무슨 일이십니까?"

샤를이 물었다. 최대한 태연하게 행동하려 했으나, 이 섬세한 왕자는 비올렛이 이상하다는 것을 바로 알아차렸다. 사실 아직도 미약하게 몸이 떨리고 있었다.

"아무것도."

"아무래도 이번에 방문한 군나르족의 칸이 좀 이상합니다."

"네?"

내가 그렇게 소문을 내지 말라 했건만! 이래서 비올렛은 에이든이 싫었다. 에이든은 자신을 더욱더 비호감으로 만드는 재주가 있었다.

"성녀님을 억지로 끌어안고 있지 뭡니까. 제가 왔을 때는 성녀님의 얼굴을 틀어쥐고 있었습니다."

"네에에?!"

샤를의 얼굴이 삽시간에 굳었다. 비올렛은 한숨을 내쉬었다.

"별일 아닙니다. 아마 문화적 차이가 있는 듯하여……."

"군나르족의 문화에는 처음 보는 사람들끼리의 포옹 같은 건 없습니다."

에셀먼드가 차갑게 말했다. 비올렛이 얼굴을 찌푸렸다. 눈치가 없나. 이런 걸 굳이 문젯거리로 삼을 이유가 뭐가 있단 말인가. 일단 저기 있는 왕자가 벌써 심각한 얼굴이 되지 않았나.

"특히나 남자가 여자를 억지로 끌어안는 법은 없습니다. 이성에 대한 포옹은 그들이 소유한 여자에게나 하는 행동입니다."

"그건 무례한 일 아닙니까!"

'이거 완전 나쁜 놈 아니야!'라고 말하는 듯한 샤를의 얼굴이 보였다.

"괜찮습니다. 누구와 착각한 듯하여……."

"성녀님을 감히 누구와 착각을 한답니까."

에셀먼드가 말했다. 에이든 역시 에셀먼드의 설명을 듣자 얼굴이 심각하게 변했다. 비올렛은 자신을 둘러싼 세 남자가 저런 얼굴을 하자 짜증이 났다. 아까의 상황을 퍼트린 에이든을 죽이고 싶었다.

"정말로 괜찮으십니까?"

"네, 괜찮습니다. 팔 힘이 세서 몸이 조금 아플 뿐입니다. 그분도 오해라는 것을 아셨을 테니 심려하진 마십시오."

"네에."

비올렛의 말에 왕자가 못마땅한 얼굴로 대답했다.

"형은 왜 여기 있는 거야?"

"적국의 사람들이 왔는데 전하에 대한 호위가 더 강화되는 건 필수적인 일입니다. 그리고 에이든, 몇 번을 말해야겠습니까? 전하의 앞이더라도 예를 차리십시오."

"넵, 알겠습니다."

에이든이 군기가 바짝 들어서 대답했다.

"볼일이 끝났으면 나가 보십시오. 전하의 방은 경이 함부로 드나드는 곳이 아닙니다."

"네, 시정하겠습니다."

자신에게도 저러면 얼마나 좋을까. 비올렛은 그렇게 생각했다. 멍하게 에이든이 나가는 것을 지켜보다 다시 정면을 바라보자 에셀먼드가 자신을 응시하고 있었다. 무슨 생각을 하는지 모르겠다. 이자카 못지않은 강렬한 시선에 그녀는 어쩐지 부담스러워졌다.

아침부터 비올렛은 굳은 얼굴이었다. 앤은 그녀가 잠을 거의 자지 못한 것을 눈치채고 어떻게 하냐면서 호들갑을 떨었다. 비올렛은 그저 괜찮다고 말하며 최대한 생기 있어 보이게 입술에 색을 입혔다.

체자레의 의미심장한 말도 있었고, 이자카의 비정상적인 행동도 있었기에 비올렛은 잠을 제대로 자지 못했다. 게다가 왕자를 비롯한 에셀먼드나 에이든의 시선도 불편한 데에 한몫했다. 게다가 다니엘 역시 에이든에게 들었는지 새벽에 찾아왔다. 다니엘은 이런 일이 벌어지면 비올렛이 잠을 제대로 못 자는 것을 잘 알고 있었다.

─너 아주 재밌는 놈에게 걸렸더라?

다짜고짜 다니엘은 그런 소리를 했다. 침대에 누워 있던 비올렛은 퀭한 눈으로 그를 바라보았다. 다니엘은 침대에 걸터앉아 누워 있던 그녀의 머리를 귀 뒤로 다정히 넘겨 주었다. 비올렛이 그 손길을 받아들이며 대답했다.

―그건 오해일 거야.

―오해?

다니엘이 웃었다.

―글쎄, 꽃의 거리 출신은 뭔가 다른 느낌이 들었을지도 모르지. 남자를 꾀는 데 능력이 있을지도 모르잖아?

그 비아냥거림에 비올렛은 침대에서 일어나 다니엘을 마주했다.

―나는 아무 짓도 하지 않았어.

―아니, 나는 네 매력에 대해 이야기한 거야.

다니엘과 그녀의 얼굴이 아주 가까웠다. 따뜻한 숨결이 느껴졌다. 비올렛은 그를 노려보았다. 하지만 다니엘은 부드러운 표정을 짓고 있었다.

―이런, 화가 났니?

―…….

―하지만 동생아, 언제나 말하지만 너는 매력적이야. 알잖아?

―장난치지 마.

비올렛이 단호하게 말했다. 다니엘이 손으로 비올렛의 턱을 쓸어내리다가 문득 그녀의 턱 아래께에 시선이 닿더니 얼굴을 굳혔다.

―가슴 가려.

다니엘은 차갑게 말했다. 비올렛은 큰 잠옷을 입은 채 허리를 살짝 숙이고 있었다. 통이 큰 잠옷은 그녀의 가슴을 여과 없이 보여주고 있었다.

―날 유혹하는 거니?

그 말에 비올렛이 허리를 세우며 옷차림을 정돈했다. 다니엘은 느른한 눈으로 그 모습을 지켜보았다.

─네 그 행실 하나하나에 웃고 우는 사람들이 생길걸.

─…….

─그 야만인 자식은 나처럼 이렇게 신사적으로 말하지 않고 바로 침대로 널 끌고 갈지도 몰라. 네 위에 올라타서 앙앙대며 반항하는 네 목소리를 음악 삼아 제 욕망을 마음껏 채우겠지.

─그만해!

듣다 못한 비올렛이 소리쳤다. 하지만 그는 개의치 않았다.

─나는 네게 주의를 준 것뿐이야. 야만인이 왜 야만인이겠어?

─…….

─자기가 매력적이라는 것을 아는 여자는 다른 남자들을 적당히 조종할 줄 알지만, 자신의 매력도 모른 채 함부로 행동하는 여자는 남자들을 고삐 풀린 미친 말처럼 날뛰게 만들지.

다니엘이 손을 들어 그녀의 목 언저리를 쓰다듬었다.

─만약 그 녀석이 무슨 행동을 한다면 말해. 아니, 그 전에 널 끔찍이 아끼는 티게르난 공작이나 우리 아버지, 아니면 형이 처리하겠지만.

─…….

다니엘이 자리에서 일어났다. 서늘한 푸른 눈이 비올렛을 바라보았다.

─널 제일 사랑하는 건 나잖아, 비올렛. 그러니 널 다른 사람에게 빼앗기고 싶지 않을 뿐이야. 네가 이해해 줘야 해.

그는 언제나처럼 천사의 미소를 지었다.

다니엘이 방 밖으로 나가자 그녀는 더욱더 잠들 수가 없었다. 그리하여 밤은 다 지나갔고 비올렛은 서서히 해가 뜨는 것을 바라보았다. 옷을 차려입은 후 밖으로 나가자 에셀먼드가 문 앞에 서 있었다.

"무슨 일이죠?"

그녀가 묻자 에셀먼드가 말했다.

"같이 가지."

"……싫어요."

"왜?"

"그 얼굴, 마주하고 싶지 않아요."

비올렛의 단호한 말에 에셀먼드의 눈썹이 올라갔다.

"어리광 부리지 마. 일단 네가 이 나라의 중요한 사람이라는 걸 자각해."

"차라리 에이든을 불러 줘요. 기다릴게요."

그녀의 요구에도 에셀먼드는 꿈쩍도 하지 않았다.

"싫어도 너는 지금 해야 할 일이 있을 텐데? 어린 건 하나도 안 변했군."

"그렇게 도발해도 싫은 건 싫어요."

"그럼 나는 말을 타고 동행하겠다."

왜 저렇게 고집일까. 비올렛은 생각했다. 그래도 저렇게까지 말하는데 거절한다면 진짜로 어리광을 부리게 되는 것이다. 결국 비올렛은 혼자 마차에 탔고 에셀먼드는 말에 올랐다. 덜컹거리는 마차 안에서 그녀는 생각에 잠겼다. 만약에 이자카가 또 그런다면 어떻게 해야 하는 건가. 정말로 다니엘의 말처럼 야만인처럼 대하면 어떻게 해야 하는가.

잠을 설쳐서인지 졸음이 쏟아졌다. 만약 에셀먼드가 같이 있었으면 잠도 못 잤겠지. 비올렛은 나른한 표정으로 생각했다. 왕궁까지는 약 한 시간 정도 남았다. 아직도 해야 할 건 산더미처럼 많았다.

군나르족뿐만 아니라 다른 나라에서 대사가 방문할 것이고, 또 가을이 되면 10년 만에 열리는 레기우스 살바나_{Regius-salvana, 신성 왕국에서 열리는 일종의 무투 대회}가 열린다. 그녀는 눈을 감았다.

누군가가 자신을 흔드는 느낌에 비올렛은 눈을 떴다. 아직도 졸렸다. 살짝 눈을 뜨니 에셀먼드가 눈에 들어왔다. 깜짝 놀라 눈을 번쩍 떴다. 비올렛은 지금 당장이라도 자신의 허벅지를 꼬집고 싶었다. 어떻게 이렇게 깊이 잠들었단 말인가.

"먼저 가지 그랬어요."

비올렛이 당황해서 어물어물 말하자 에셀먼드는 그녀를 깨우는 것이 자신의 소임이었다는 듯 좁은 마차 안에서 바깥으로 나갔다. 비올렛 역시 자리에서 일어났다. 제대로 잠을 자지 못해 여전히 어지러웠다.

마차에서 내리는데 머리가 핑 돌며 다리가 꼬였다. 넘어지려는 순간 에셀먼드가 그녀의 허리를 잡아 살짝 들어 올렸다. 비올렛은 깜짝 놀라 손을 뻗어 에셀먼드의 어깨에 얹었다. 그가 조심스럽게 그녀를 땅에 내려 주었다.

"너, 네 몸이 너 혼자만의 것이라고 생각하는 건 아니겠지."

"……."

에셀먼드가 대놓고 쓴소리를 했다. 그의 말은 옳았다. 군나르족들 앞에서 이런 행동을 하면 큰일이었고, 다른 귀족들 앞에서도 이런 행동을 했다간 손가락질을 받을 만한 일이었다. 비올렛은 정신을 차리려 노력했다.

에셀먼드가 팔을 뻗어 그녀의 손을 잡았다. 비올렛이 잡아 빼려 했지만 그의 시선이 차가웠다. 잠을 깨려고 하는데 피곤함이 가시지 않았다. 아무래도 달거리 시기가 다가와서 그런 걸지도 모르겠다. 가끔씩은 이런 경우가 있으니. 비올렛은 멍하게 생각했다.

오랜만에 잡은 손이 신경 쓰였다. 그저 남자가 여자를 에스코트해 주는 것이었고 옛날처럼 정다운 느낌은 아니었다. 에셀먼드는 비올렛의 손을 힘주어 잡고 있었는데, 아마 그녀가 쓰러질 것을 염려해서 그런 듯싶었다. 그녀는 속으로 자신을 자책했다. 아무리 잠이 와도 정신은 차렸어야 했다.

궁 안으로 들어가서 에셀먼드의 손을 놓으려고 했지만, 그는 여전히 비올렛의 손을 잡은 상태였다.

"오라버니, 저는 접견실로 가 봐야 합니다. 오라버니께서는 단장실로 가 보셔야 하는 게 아닌가요?"

에셀먼드는 3개의 왕실 기사단에서 제1기사단의 부단장을 맡고 있었다. 당연하겠지만 그가 해야 할 업무는 비올렛이 하는 업무보다 배는 많을 것이다.

"내 업무가 너라는 걸 내가 말하지 않았던가?"

"……그런가요?"

"대장군의 명이시다."

"결국 후작님의 귀에까지 들어갔군요."

다니엘이 들었으니 당연히 후작도 들었을 것이다. 비올렛은 다음에 만나면 에이든의 입을 꿰매야겠다고 생각했다. 지금 해야 할 일은 에셀먼드에게 잡힌 손을 빼내는 것이다. 그저 손을 잡은 것만으로 온 신경이 그곳에 쏠렸으니. 손에 힘을 주려던 때였다.

"피아케."

그 목소리에 비올렛의 몸이 움찔하고 떨렸다. 아니, 저 남자는 왜 들어가 있지 않고 나와 있단 말인가. 뒤에 부하들을 달고 다닐 거라 여겼던 이자카는 팔짱을 끼고 홀로 그녀를 기다리고 있었다.

얼굴을 찡그리고 있어 지나가는 사람들에게 의도치 않게 겁을 주던 이자카는 시야에 비올렛의 은색 머리카락이 들어오자마자 표정을 풀었으나 이내 더욱 험악하게 일그러뜨렸다.

그녀의 뒤에는 훤칠한 남자가 서 있었고 둘이 손까지 잡고 있었다. 군나르족은 외간 남녀끼리는 절대 손을 잡지 않았다. 손을 잡는 것은 연인을 의미하거나 한쪽이 다른 쪽을 소유했다는 걸 뜻한다. 이자카는 얼굴을 찡그린 채 짙은 푸른색의 머리카락을 가진 남자를 바라보았다.

한편으로는 이자카를 마주하는 비올렛 역시 조금 당황했는데, 그의 얼굴이 아직도 화가 난 것으로 보였기 때문이다. 그는 불쾌한 기색을 숨기지 않으며 그녀 뒤에 서 있는 에셀먼드를 쏘아보았는데, 뒤를 돌아보니 에셀먼드 역시 그 짙은 푸른 눈으로 이자카를 바라보고 있었다.

그들은 한참 동안이나 서로를 마주 보았다. 그저 눈을 마주쳤을 뿐인데 비올렛은 신경이 곤두서는 느낌이 들었다. 그것은 조국이 다른 기사와 왕자가 서로를 보는 게 아니라 맞수를 보는 것 같아서였다. 미묘한 탐색 끝에 이자카의 얼굴에 서늘한 미소가 서렸다.

무형의 기운이 부딪치는 게 비올렛에게까지 느껴졌다. 에셀먼드는 언제나처럼 냉정한 얼굴이었지만 비올렛은 그가 앞에 서 있는 남자를 상당히 경계한다는 것을 눈치챌 수 있었다. 그러나 그녀의 온 신경이 곤두설 정도로 기운을 뿜어내는 것과는 달리 평온한 얼굴로 에셀먼드가 말했다.

"구자르트의 칸을 뵙습니다."

"······."

이자카는 에셀먼드를 노려보다 그 말에 대답하지 않은 채 비올렛의 손을 뺏어 들었다. 비올렛은 갑자기 잡힌 손에 필요 이상으로 깜짝 놀라 몸을 경직시키며 자신도 모르게 에셀먼드 뒤쪽으로 발걸음을 옮겼다. 대놓고 드러낸 반응에 이자카가 그것을 눈치채고 손을 놓았다. 비올렛은 이자카의 행동이 부담스러웠다. 다짜고짜 에셀먼드와 기 싸움을 벌인 데다가 다니엘의 경고가 아직도 기억에 남았기에 더 그러했다.

"저 남자는 누군가?"

"이 나라의 기사입니다."

"분명 검을 쓰겠지? 그런데 왜 너와 붙어 있는 건가?"

"이분은 제 오라비이시니까요."

"오라비?"

"쿼다스qardaş, 오라비요."

비올렛은 '오라비'라는 단어를 그가 이해하지 못한 것 같아 구자르트어로 말했지만 이자카는 여전히 의심스럽다는 얼굴로 에셀먼드를 보았다.

"저 남자가 네 오라비라고?"

에셀먼드가 앞에 서 있는데도 이자카는 그에게 말조차 건네지 않고 다시 비올렛에게 확인하듯 물었다.

"네, 그렇습니다."

자신이 무슨 이상한 소리를 한 걸까? 이자카는 다시 한 번 둘을 번갈아 보더니 하, 헛웃음을 흘렸다. 그리고 에셀먼드를 보며 말했다.

"정말로 네가 피아케의 오라버니인가?"

피아케가 제비꽃이라는 것을 알아듣고 에셀먼드가 그렇다고 대답하자 이자카는 그것이 우스운 듯 낮은 웃음을 터트렸다.

"너는 사내의 눈을 가지고 있다."

"……."

그 말에도 에셀먼드의 시선은 변하지 않았다. 그게 무슨 뜻인지 비올렛은 곰곰이 생각했다. 그사이 다시 그들이 맞부딪치는 기색이 흉흉해졌다.

"검을 든 사내, 너의 이름은 무엇인가?"

"에셀먼드 에르멘가르트."

에셀먼드가 자신의 이름을 짧게 끊어서 말했다. 왜 그가 공손하게 말하지 않는 것인가. 이해가 안 갔지만, 그 말에 군나르족 남자는 만족하며 미소를 띠었다. 왠지 이상한 분위기에 비올렛은 어서 이 이상하고 바보 같은 대치를 해결해야 한다고 생각했다.

"이자카, 왜 바깥에 나와 있었어요?"

비올렛이 물어보자 험상궂은 이자카의 얼굴이 부드럽게 풀리며 그가 미소를 지었다. 위압적인 얼굴이었지만 빙그레 미소를 짓자 잘생긴 외모가 두드러져 보여 어느 정도 부담감이 가셨다. 그런데 그의 시선은 비올렛을 향하다 다시 에셀먼드에게 향했다. 마치 그는 우쭐함을 느끼는 듯했다.

"너를 기다렸다."

이자카의 말에 비올렛은 긴장했다. 다니엘의 말이 떠올랐다. 그녀로서는 그에 대해 편견을 가지지 않는 게 최선이었지만, 우선 군나르족에게 받은 첫 인상도 그렇고, 그의 무례한 행동도 그렇고, 다소 나쁜 쪽으로 오해할 만했다. 지금 그나마 다행인 것은 에셀먼드가 있다는 것이다. 정말로 인정하기는 싫었지만.

"그런데 네 오라비는 언제까지 있을 건가?"

"네? 그는 저와 이자카를 호위할 겁니다. 가지 않을 거예요."

비올렛이 굳은 얼굴로 말했다.

"누구로부터?"

차마 '너로부터'라고 말할 수 없던 비올렛은 혹여나 모를 상황에 대비한다고 말했다. 이자카는 불쾌한 듯했다.

"나는 내 몸을 지킬 수 있다. 그리고 난 너 역시 지킨다."

"저는 그런 뜻이 아니라⋯⋯."

"네 오라비가 강한가? 하지만 나는 더 강하다."

그 말에 비올렛은 난감함을 느끼고 에셀먼드 쪽을 봤으나 그는 별로 신경 쓰지 않는 것 같았다.

"너희는 우리를 믿지 못하는 건가?"

"아, 아니⋯⋯."

정확히는 어제의 일 때문에 이렇게 된 것이지만 비올렛은 당혹스러운 표정을 지었다. 이런 문제를 정면으로 따지고 드는 사람은 처음이었기 때문이다.

"네 오라비를 돌려보내라."

다소 난감한 요구에 비올렛은 당황했다. 에셀먼드를 보니 그는 무표정인 게 어찌 돼도 상관없는 듯했다. 그녀가 뜸을 들이자 이자카의 얼굴이 더욱 사나워졌다.

"너는 왜 고집을 부리는가?"

그가 답답한 듯 다시 물었다. 그녀가 할 말을 찾지 못하자 가만히 있던 에셀먼드가 드디어 입을 열었다.

"칸이 나라의 소중한 존재이듯 성녀 역시 우리나라의 대체할 수 없는 보물입니다. 그 성녀님을 보호하라는 대장군의 명이 있었습니다."

에셀먼드가 입을 열자 이자카의 얼굴이 험악하게 일그러졌다. 그리고 소리치는 것이었다.

"너희는 우리를 무엇으로 보는가! 지금 너희는 나에게서 이 여자를 보호하는 것 같군."

비올렛은 소리치는 이자카의 기세가 마치 맹수 같다는 느낌이 들었다. 그는 화가 난 듯 씩씩거리다 난감한 얼굴의 비올렛을 보더니 잠시 동안 생각에 잠겼다. 그러다 그는 무언가 깨달았는지 흠 하고 작은 한숨 소리를 내며 조금 진정한 듯 에셀먼드에게 물었다.

"어제의 일 때문에 그런 건가?"

"그렇습니다."

아니라고 말하려던 비올렛은 대답하는 에셀먼드를 보고 깜짝 놀랐다. 이자카의 시선에도 에셀먼드는 표정 하나 변하지 않았다. 비올렛을 대할 때도 그러하였듯이 그는 이 거대한 야수 같은 남자 앞에서도 똑같이 반응했다. 문득 비올렛은 이자카가 당황했다는 느낌을 받았다. 고개를 돌려 그녀를 본 이자카는 비올렛이 에셀먼드 뒤로 마치 보호받듯이 서 있다는 것을 깨달은 듯했다. 이자카가 비올렛에게 말했다.

"너는 내가 무섭군. 너는 나를 두려워해."

"그렇지 않습니다, 이자카."

혹여나 대단한 결례가 될 것 같아 그녀가 황급히 부정했지만, 이자카는 그것에 별다른 불쾌함을 느끼고 있는 것 같지 않았다. 그저 흉흉한 기세를 누그러뜨렸을 뿐이다.

"사과한다. 마음대로 해라."

"네?"

그는 그렇게 말하며 성큼성큼 걸어갔다. 아, 물러나 준 건가. 비올렛은 생각했다. 그나마 산 하나는 넘었다. 그녀는 안도의 한숨을 내쉬었다.

"저분이 성녀 아그레시아입니다."

비올렛이 석상을 가리켰다. 궁에 마련된 예배당 안에 있는 거대하고 하얀 석상을 보며 이방인들이 저마다 감탄했다. 옷의 섬세한 주름 하나하나까지 잡아낸 아그레시아 석상은 마치 금방이라도 살아 움직일 것 같은 온기까지 느끼게 했다.

"이분이 신에게 선택을 받았고, 아그레시아 님께서 말룸을 퇴치하셔서 인간은 악마가 내린 재앙에서 벗어날 수 있었습니다."

이자카는 아그레시아의 얼굴을 보았다. 비올렛의 이마에 새겨진 것과 똑같은 성흔. 구형의 오브와 긴 로드를 들고 있는 여자. 비올렛은 열두 살, 체자레에게 모든 진실을 듣고 예배당에서 신을 저주한 이후 단 한 번도 이곳에 발걸음을 하지 않아 어쩐지 낯설었다.

"놀랍군요. 하지만 저 여자는 검을 들고 있지 않습니다. 그녀는 무엇으로 악마의 자식과 싸운 겁니까? 설마 저 구형 물체와 막대기는 아니겠지요?"

라이니그가 그것을 보며 물었다.

"아니요. 저 오브와 로드는 신의 권능을 상징합니다. 성녀는 무기로 싸우지 않았습니다. 신의 힘으로 싸운 거지요."

"그 신의 힘이란 '성력'이라는 것을 이르는 말입니까?"

라이니그의 물음에 비올렛은 고개를 끄덕였다.

"하지만 만약 신이 선택을 하려 했다면 검을 든 자들, 예를 들어 저 에셀먼드 경을 선택하는 게 낫지 않았을까요? 왜 신은 하필이면 이 여인을 선택한 것일까요?"

라이니그는 비올렛의 뒤에 서 있던 에셀먼드를 가리켰다. 에셀먼드는 갑작스럽게 지목을 받았음에도 그저 비올렛의 뒤에 묵묵히 서 있을 뿐이었다.

"신이 보여 주고 싶었던 것은 무력과 지혜, 지략이 인간의 전부가 아니라는 것이었을지도 모릅니다."

비올렛이 체자레가 알려 주었던 것을 그대로 말했다. 그녀 역시 검술을 배웠지만 그것이 주가 아니라는 것은 안다. 말룸은 성녀의 성력으로만 처단할 수 있었다. 그렇기에 성녀가 따로 무예를 배웠다는 기록이 없었던 것이다.

"구자르트의 위대한 정령의 의지를 가늠할 수 없듯, 저희 역시 신의 의지를 짐작만 할 뿐이죠. 인간이 신의 뜻을 짐작할 수 있다면 그 순간 인간은 인간이 아니라 신이 될 것입니다."

그 설명을 듣고 있던 이자카가 심각한 얼굴로 아그레시아를 바라보았다. 그리고 비올렛을 빤히 보는 것이다. 비올렛은 갑자기 자신의 얼굴을 바라보는 이자카의 행동에 당황했다. 아름다운 초대 성녀와 자신을 비교하느라 그런 것일까. 딱 봐도 그녀에게는 아그레시아와 같은 기품과 성결함이 없었다. 타 종교를 가진 나라의 사람이 신의 상징인 성녀를 어떻게 평가할까. 그녀는 이자카의 말에 긴장했다.

"네가 더 예쁘다."

"……."

비올렛은 할 말을 잃었다. 그리고 다른 이들 역시 마찬가지였다. 라이니그가 이자카에게 뭐라고 말했다. 이젠 비올렛도 알 수 있었다. 저건 꾸중하는 것이었다. 이자카가 뭐라 반항하기라도 할라치면 그의 가신들이 또 뭐라고 말했다. 재빠른 대답에 비올렛은 완벽하게 알아들을 순 없지만 '대충 체통 좀 지키십시오, 칸', '내가 뭐 어쨌다고' 정도로 해석했다.

"제가 사과드립니다."

라이니그가 또다시 얼굴을 일그러트리며 사과했다. 저런 걸 보면 사실 야만인이라는 것은 군나르족이 아니라 이자카를 뜻하는 게 아닌가 싶다. 다른 사람들은 비올렛에게 아주 정중했으니 말이다.

"그런데 언제까지 저 여자를 보고 있을 건가."

"네?"

"서른세 명의 여자들이 있다던데, 내가 그 여자들의 동상을 봐야 한다는 건 아니겠지?"

"칸!"

더 이상 참지 못한 라이니그가 소리쳤다. 너무나 솔직하고 아이 같은 반응에 비올렛의 얼굴에 살포시 미소가 서렸다.

"아쉽게도 그 서른세 명의 여자들의 동상은 이곳에 없고 교황성에 있습니다."

이곳에도 있었다고 했는데 선왕 아스토르가의 광기로 인해 모든 게 불타 없어졌다고 했다. 하지만 자세한 사정을 이들에게 말할 수는 없었다.

"너희는 이 여자의 석상 아래서 기원하는가? 멍청하게 이곳의 여자만 바라보며?"

"칸!"

그 물음에 비올렛은 빙그레 웃었다. 그녀는 처음으로 이자카가 한 말이 마음에 들었다. 그 미소에 이자카는 그녀의 얼굴에 집중했다. 의외로 그는 비올렛의 미소에 당황하고 있었다. 그녀는 입을 열어 대답했다.

"네, 그렇습니다."

"그렇다면 너희는 성녀를 섬기는가, 아니면 '신'을 섬기는가?"

"당연히 신을 섬깁니다."

"나는 너희들이 신보다는 신의 기적을 보여 주는 대상을 섬기는 것 같다."

이자카가 말했다.

"우린 위대한 정령을 섬긴다. 그 위대한 정령의 무녀 역시 존중하나, 숭배하지 않는다."

이자카는 다시 비올렛을 바라보며 말했다.

"섬김과 숭배는 오로지 그것을 받을 만한 존재에게 하는 것이다. 인간에게 하는 게 아니다."

"……."

이자카의 매를 닮은 눈동자는 진지했다. 그는 그녀가 그렇게 숭배받을 만한 대상이 아니라고 말하고 있었다.

"맞지 않는 대상에게 숭배와 섬김을 한다면 그 사람은 억지로 신이 되어야 하는 것이다. 그것은 이상하다. 살아 있는 인간이 그렇게 우상이 되는 것이 가능한가?"

'칸, 제발 그만하십시오.'라는 가신들의 목소리가 들려왔다. 비올렛은 그가 다르게 보였다. 그녀의 말을 대충 들을 거라는 생각과는 다르게 이자카는 꽤나 진지하게 설명을 듣고 나름의 생각을 정립하고 있었던 것이다. 비록 정면으로 그네들의 종교를 비판하고 있었지만, 적어도 그것은 그가 비올렛의 말을 듣고 이해하려 노력하고 있다는 증거였다.

"또한 저 여자가 그 악마의 자식을 없앴다고 하더라도 그것이 지금까지 숭배를 받을 만한 일인가? 나라를 지키려는 것은 당연한 일이다. 그것이 왜 숭배를 받는 것인가? 그저 여자 뒤에 숨어서 살아남은 것을 자랑스럽게 여기기라도 하는 것인가?"

"칸!"

이 말에는 비올렛 역시 살짝 놀랐다. 그녀는 에셀먼드를 바라보았다. 그 역시도 조금은 놀란 듯 보였다. 군나르족은 한 사람, 한 사람이 모두 강건한 전사라고 했다. 여자들도 예외가 없었고, 나라를 지키려 희생하는 것은 그들에게 아주 당연한 일이었다. 그렇지만 아그레시아는 성녀의 뒤에 숨어서 살아남았다. 이자카는 그것을 지적하고 있었다.

"너희의 나라는 이상하다."

그가 말했다.

"그저 여자 한 명에게 신의 대리자라는 이름을 붙이며 모든 책임을 떠맡기는 것이 아닌가."

그 말에 비올렛의 머릿속엔 어쩐지 체자레의 모습이 스쳐 지나갔다.

―비올렛의 뒤에 숨고 싶었던 겁니다. 세상을 멸하는 악이라니, 이 얼마나 무서운 존재입니까.

체자레도 비슷한 뉘앙스의 말을 어린 비올렛에게 했었던 것이다. 만약 그라면 이자카의 말에 뭐라고 대답했을까. 그것은 당연한 일이라고 했을까. 아니면 신화 속의 백성들 역시 그것에 대항해 싸웠지만 이길 수 없었기에 어쩔 수 없었던 것이라 대답할까. 그도 아니면 아그레시아는 그럴 만한 존재라고 대답할까.

"우리는 위대한 정령을 숭배하지만, 그렇다고 무녀에게 모든 책임을 떠맡기지 않는다. 설령 무녀가 마법을 쓸 수 있는 전사라도 그렇다."

그 말에 비올렛은 이자카의 얼굴을 바라보았다. 그녀가 조용하게 응시하자 그는 갑자기 정신을 차린 듯 표정이 일그러졌다. 마치 자신의 실수를 깨달은 어린아이 같은 표정이었다.

"아, 그렇지만 너는 예쁘다. 숭배받을 만하다."

갑자기 변한 그의 태도에 비올렛이 얼굴을 갸웃했다. 왜 갑자기 또 저런 뜬금없는 말을 한단 말인가? 그녀는 석상을 보며 말했다.

"아그레시아가 숭배를 받았던 것은 그녀가 강하기 때문이 아니고, 단순한 신의 대리인이라서도 아니에요."

와 닿지 않는 이야기를 해야 한다는 것은 참 고된 일이다. 그러나 비올렛은 신앙적으로 그들을 납득시켜야 할 의무가 있었다.

"사람들은 모두 자신들을 사랑해 주는 '신'이라는 존재의 유무에 대해 고민하고, 그것을 확인받고 싶어 합니다. 그리고 성녀 아그레시아의 존재는 신의 사랑을 상징했습니다."

"……."

"아그레시아는 단순한 여자가 아닙니다. 신의 사명을 받고 그것을 완수하기 위해 나타난 사람입니다. 누군가를 지키기 위해 희생을 결심하는 것은 당연한 게 아닙니다. 당신들의 백성 모두가 나라를 지키기 위해 전사가 되어 목숨을 바치는 것도 당연한 게 아니듯이요."

비올렛이 이자카를 똑바로 보며 말했다. 그녀는 아까 이자카가 했던 말에 거부감을 느꼈다. 그는 자신들의 백성에 대해 자부심을 가지고 있었다. 그것은 지배자의 태도였다. 그리고 비올렛은 그것을 싫어했다.

"어린 여자의 몸으로서 신탁을 받고, 거대한 말룸과 싸울 때의 두려움, 공포와 싸우며 끔찍하고 무서운 괴물을 처단했습니다. 그 용기와 희생은 사람들을 사랑하지 않고는 나올 수 없을 겁니다."

"······."

"그리고 그 용기를 가지는 것을 당연하게 여기면 안 된다고 생각합니다."

만약 비올렛이라면 어떨까. 내일이라도 말룸이 나타나면 맞서 싸울 수 있을까. 그녀는 고민했다.

"용기와 희생 때문이 아닙니다. 신의 사랑을 대변하고, 넘치는 사랑을 받았기 때문에 사랑을 준 존재를 영원히 기억하는 겁니다. 우리는 단순히 그녀가 말룸을 무찔렀기 때문에 숭배하는 게 아닙니다."

비올렛은 그렇게 말하며 이자카를 보았다. 그녀의 말을 듣고 라이니그를 비롯한 가신들은 깨달음을 얻은 듯한 표정으로 생각에 잠겨 있었고, 이자카는 굳은 얼굴로 비올렛을 보았다. 새하얀 조각상이 햇빛을 반사해 비올렛의 얼굴을 더욱더 하얗게 빛나 보이게 했다. 결 좋은 은발이 그녀의 작은 움직임마다 찰랑거리며 은은한 빛을 머금었다. 순간이지만 그녀는 아그레시아처럼 신성한 어떤 존재로 보였다.

비올렛은 자신이 너무 이자카의 말에 정면으로 반박했나 생각했다. 은근슬쩍 자신들의 강건함을 자랑하던 이자카의 태도를 지적하기까지 했으니 조금 심했나 후회했다.

"사람들에게는 신의 추상적인 사랑보다는 아그레시아의 희생적 사랑이 더 와 닿는 법이니까, 아무래도 성녀를 숭배하는 것으로 보일지도 모르겠습니다. 구자르트로서는 이해하시기 힘들지도 모르겠습니다."

난감한 얼굴로 비올렛이 자신이 했던 말들을 수습하자 이자카가 조용히 말했다.

"아니."

"네?"

"방금 이해했다."

그는 그렇게 말하며 한결 기가 죽은 태도로 비올렛을 바라보았다. 이자카는 다시 고개를 들어 아그레시아를 보다가 비올렛에게 시선을 돌렸다.

"너희의 신앙을 무시해서 미안하다."

비올렛은 생각보다 이자카가 사과를 잘하는 사람이라는 것을 알았다. 권위적이라고 생각했던 모습과는 다르게, 그는 깨끗이 다름을 받아들이고 잘못을 인정할 수 있는 사람이었다. 그러나 조금 수그러졌을 거라고 생각했던 그의 시선은 어쩐지 더욱더 열기를 띠고 있었다. 안 그래도 강한 인상이라 부담스러운데 저렇게 자신만 뚫어져라 바라보는 것은 그를 더 무섭다고 느끼게 했다.

"요사이 피곤하십니까?"

왕자의 물음에 비올렛은 애써 미소를 지으려고 했다. 그렇게나 표가 났나. 왕자는 섬세한 편이었으므로 그녀는 언제나 주의를 기울여야 했다.

"그 칸이라는 자가 아직도 스승님을 괴롭힙니까?"

"괴롭히는 건 아닙니다."

그래, 괴롭히는 건 아니었다. 그저 그녀의 옆에 꼭 붙어 있으려고 해서 문제였지. 그가 옆에 있으면 조금 힘들었다. 그녀는 성녀이자 나라의 대표였다.

"괴롭히는 '건' 아니라는 말은 비슷한 건 하고 있다는 말입니까?"

비올렛은 자신이 실수했다는 것을 알았다. 샤를의 얼굴에 걱정의 기색이 서렸다. 그녀는 이 자그마한 소년에게 미소를 지었다.

"전하는 참 다정하시군요."

비올렛의 갑작스러운 말에 오히려 샤를의 얼굴이 붉게 달아올랐다. 샤를은 어버버하더니 말했다.

"아니, 저는 스승님이 걱정되어 그런 겁니다. 그게 어째서 다정한 게 되는 겁니까?"

"사실 걱정을 드러내서 하는 사람들이 생각보다는 많지 않습니다."

그 말에 샤를이 볼을 긁적였다. 비올렛의 입에서 드물게 나온 칭찬에 그가 어색한 표정으로 눈을 굴리다 이내 결심한 듯 말했다.

"저는 사실 스승님을 칸에게 빼앗긴 것 같아서 싫습니다."

"네?"

비올렛이 눈을 동그랗게 떴다. 이자카 때문에 샤를과의 수업 시간도 조금 짧아졌고, 상대적으로 그에게 신경을 덜 쓰게 되긴 했다.

"아슈카바드의 칸은 매력적인 젊은 남자라고 들었습니다. 무력과 지략 모두 뛰어나다지요? 게다가 통솔력이 뛰어나 부족들을 통합시킬 때 모두가 한마음으로 그를 따랐다고 합니다."

"……."

"아버님은 아마 그런 남자가 아들이었기를 원했을 겁니다."

샤를의 침울한 얼굴을 보니 갑자기 다니엘이 떠올랐다. 비올렛은 다니엘이 어떤 이유에서 그렇게 되었는지는 모른다. 그러나 그는 에셀먼드를 강하게 질투하고 있었다. 머지않아 이 소년도 그렇게 되어 버릴까. 한참을 고민하던 비올렛이 말했다.

"하지만 전 전하가 더 좋습니다."

"정말이십니까?"

샤를의 얼굴에 화색이 돌았다. 간절한 호박색 눈동자가 보였다. 누구에게서라도 어떻게 해서든 존재의 가치를 찾으려는 그 절박함에, 그리고 하필 그 대상이 겨우 자신이라는 사실에 비올렛은 속으로 한숨을 내쉬며 이 가여운 왕자에게 미소를 지었다.

"저는 왕자님의 다정함과 사려 깊음이 좋습니다."

"……."

"무력은 생명을 해치기 위한 힘입니다. 무력이 높다면 용맹하다 말할 순 있겠지만, 저는 그것을 좋아하지 않습니다."

"스승님."

"부족들을 통합한 영웅이라 하셨지요? 그러기 위해 얼마나 많은 자들이 피를 흘리며 쓰러졌을까요?"

샤를은 비올렛의 눈에서 진심을 읽을 수 있었다. 처음 만났을 때 비올렛은 검을 들었다. 그리고 호랑이의 목을 망설임 없이 베어 버렸다. 그런 일이 가능할 정도로 검을 배운 그녀가 검에 대해 부정적으로 말하고 있었다.

"하지만 무력은 나라를 지키는 데에 필요한 힘입니다."

비올렛이 자신을 드높여 주었음에도 샤를은 어쩐지 계속 그녀에게 확인받고 싶어 그렇게 말했다.

"그렇게까지 전하의 가치를 낮추고 싶다면 계속 그러십시오."

그러나 비올렛의 차가운 말에 샤를이 울컥했다. 하지만 그것이 또 자신을 위하는 말이라 화를 낼 수는 없었다.

"전하, 피를 안 흘리는 게 제일입니다. 피를 흘리는 걸 당연하게 여겨서는 안 됩니다. 유혈은 가장 강력한 힘이나, 사람들을 가장 빠르게 병들게 합니다."

샤를은 비올렛의 얼굴이 씁쓸해 보인다는 것을 알았다. 그리고 자신이 필요 이상으로 예민하게 굴어 그녀를 귀찮게 했다는 것을 깨달았다. 자신은 이래서 문제였다. 샤를은 반성하며 다른 이야기를 꺼냈다. 그러나 화제를 돌리려고 꺼낸 이야기가 별로 좋은 내용이 아니라는 게 문제였다.

"그래서 스승님은 에셀먼드 경을 별로 좋아하시지 않는 것입니까?"

"글쎄요."

비올렛은 그저 애매하게 미소 지었다. 샤를은 아차 하고 자신의 혀를 깨물고 싶었다. 항상 궁금해하던 거라 너무 불쑥 물어보고 말았다. 다행히 비올렛은 그다지 기분 나빠하는 기색은 아니었다. 그는 후, 한숨을 쉬었다.

샤를에게 있어서 비올렛은 언제나 알 수 없는 사람이었다. 그럼에도 가끔씩 느껴지는 다정함이 의아했다. 샤를에게 거리를 두는 듯 냉정해 보였으나, 가끔 얼핏얼핏 보이는 따스함 때문에 샤를은 그녀를 좋아할 수밖에 없었다.

샤를과의 소소한 대화를 마친 비올렛은 여느 때와 같이 수업을 시작했다. 열린 창문으로 선선하고 기분 좋은 바람이 들어왔다. 샤를은 비올렛이 망설임 없이 했던 말을 떠올렸다. 그녀가 자신이 더 좋다고 말한 것은 진심이었다. 샤를은 헤헤 행복하게 웃었다.

비올렛은 왠지 그녀를 칸에게 빼앗긴 것 같다는 샤를의 말을 신경 쓰고 있는 것인지 마지막에 칸보다 훨씬 이해력이 좋다고 칭찬했다. 그것만으로도 샤를은 뿌듯해서 날아갈 것 같았다.

수업이 끝난 후, 샤를이 문을 열자 언제나 마중 나와 있던 에셀먼드가 없었다. 그저 몇몇의 제1기사단과 제2기사단 소속의 기사들만이 서 있었는데, 에셀먼드가 보이지 않자 샤를은 조금 허탈한 기분이 되었다.

"항상 절 호위하느라 밀린 일이 좀 많았나 봅니다."

그의 옆에 있던 비올렛으로서도 언제나 시간에 맞추어 귀신같이 와 있던 에셀먼드가 없어서 조금 허전함을 느꼈다. 그녀는 그런 감정을 느끼는 자신에게 놀라며 그것을 애써 부정했다.

왕자의 수업을 마지막으로 퇴궁할까 했지만, 비올렛은 자신이 며칠 동안 샤를에게 상당히 사무적으로 대했다는 것을 알았다. 샤를이 말했던 빼앗긴 기분이라는 게 그런 것을 의미하겠지. 샤를은 외로움을 많이 타는 소년이었고, 가끔 가다 예전의 자신을 보는 기분이 들었다. 아까 조금 냉정하게 대한 것을 후회하며 비올렛이 조심스럽게 샤를에게 말을 건넸다.

"연무장까지 같이 가요, 전하."

그 말에 샤를이 기뻐하며 활짝 웃었다. 그에 비올렛의 마음 역시 따스하게 물들었다. 샤를과 궁 안을 거니는 것은 처음 있는 일이었다. 호위 기사를 뒤로하고 그 둘은 특별한 이야기 없이 조용히 거리를 걸었다. 해는 길었으나 몇 시간 후면 떨어질 것이다. 쓰르라미의 시원한 소리가 들렸다. 날은 더웠지만 걸어가자 기분 좋을 정도로 선선한 바람이 불어왔다.

"스승님의 머리 색은 참 신기합니다."

"뭐가요?"

"해가 물들면 금색으로 반짝거립니다. 그땐 은발이 아닌 것 같아요."

비올렛이 빙그레 웃었다. 샤를은 확실히 기분이 좋은 것 같았다. 바람에 나무 잎사귀가 서로 부딪히는 시원한 소리가 들렸다. 그림 같은 왕궁의 풍경 가운데 갑자기 들린 새의 날카로운 울음소리에 비올렛은 왕자를 감쌌다. 그와 동시에 화살이 그녀의 어깨를 스치고 바닥에 내리꽂혔다.

"스승님!"

샤를이 소리치자 호위 기사들이 재빨리 달려왔다. 활을 겨눈 살수들이 모습을 드러냈다.

"호위!"

호위 기사 중 한 명이 소리쳤으나 소리를 채 내기도 전에 목이 꿰뚫렸다. 그 장면을 샤를이 볼까 봐 비올렛은 그의 머리를 끌어안았다. 호위 기사 몇몇이 난전을 벌이고 있었다. 어떻게 일곱여 명 정도나 되는 암살자들이 궁 안에 들어온 것인가. 아, 혹시. 비올렛은 생각했다. 교황이 보낸 것은 아닐까. 비올렛이 성력을 쓸 건지 안쓸 건지 판단해 보기 위해 일부러 보낸……. 왕자가 죽으면 체자레가 왕위 계승자가 된다는 사실이 머릿속을 스쳤다.

다시 한 번 화살이 비올렛을 스쳐 지나갔다. 그녀는 샤를을 안고 재빨리 땅바닥을 굴렀다. 샤를이 깜짝 놀란 듯 숨을 헐떡이는 걸 달래며 그녀는 목이 꿰뚫린 죽은 호위 기사 곁에 엉금엉금 기어가 팔을 뻗어 검을 뽑아 들고 일어섰다.

그때 기사 하나를 더 처리한 암살자가 그녀에게 다가왔다. 검은 복면 아래의 눈이 휘어 있는 것을 보아 검을 든 그녀를 우습게 보는 게 분명했다. 하지만 비올렛이 검을 든 자세를 보고 그의 눈빛이 가늘어졌다.

"몸을 피하십시오, 전하!"

비올렛이 암살자와 눈을 마주하며 어디 있는지 모르는 샤를을 향해 소리쳤다. 그 순간 캉 소리와 함께 엄청난 힘이 느껴졌다. 남자가 든 것은 휘어진 모양의 대도였다. 그것을 받아 낸 비올렛의 팔이 바들바들 떨렸다.

"스승님!"

"성녀님!"

샤를의 목소리와 함께 호위 기사 몇몇이 소리쳤다. 하지만 그들도 비올렛을 도와줄 여력은 되지 않았다. 팔이 바들바들 떨림에도 비올렛은 이를 악물면서 악착같이 그것을 견디며 흘려보내고 다시 검을 횡으로 휘둘렀다. 그녀의 검이 암살자의 허리를 베었다. 비올렛은 후작이 왜 동물을 죽이라 시켰는지 잘 알고 있다. 검으로 살을 베어 내는 감촉은 언제나 끔찍했다. 후작이 시켰던 것은, 그것에 익숙해지라는 의도에서였다.

비록 그녀의 검격이 암살자에게 먹혔다지만 긁힌 상처 정도밖에 되지 않는 듯했다. 비올렛이 다시 자리를 잡자 그가 이번에는 봐주지 않겠다는 듯 검을 내려쳤는데, 그 힘이 어찌나 셌는지 그녀가 쥐고 있던 검이 허공으로 날아갔다. 비올렛은 순식간에 아무것도 들고 있지 않은 상태가 되었다.

암살자는 상당히 약이 오른 듯 비올렛을 걷어찼다. 땅바닥을 구른 그녀는 콜록 기침을 하며 누운 채 다가오는 암살자를 보고 있었다. 주변에 검이 있나 봤지만 검은 없었다. 분명 칼은 비올렛을 무자비하게 찌를 것이고 큰 고통을 줄 것이다. 만약 저 검으로 죽을 수 있다면 더할 나위 없지만 목숨을 끊는 것은 그녀의 선택이어야 하지, 이렇게 타의로 이루어지는 것은 사절이었다. 검에 찔려 거동하지 못하면 일단 샤를이 죽는다.

누워 있던 비올렛은 두 손을 모았다. 그녀는 성력을 쓸 작정이었다. 왕자나 호위 기사들이 보지 않는 틈을 타 성력을 쓰면 될 테지만, 성력을 감지할 수 있는 사람이 왕궁 내에 있을 경우 꼼짝없이 들키게 되어 강제로 신전으로 가야 할지도 몰랐다. 비올렛은 마음의 준비를 했다.

하지만 검을 든 암살자는 그녀가 힘을 쓰기도 전에 앞으로 푹 고꾸라졌다.

"괜찮나, 피아케?"

고꾸라진 암살자 뒤에 이자카가 서 있었다. 그의 손에는 곡선으로 휘어진 피 묻은 칼이 들려 있었다. 덜덜 떨리는 팔을 들어 몸을 일으켜 우선 왕자부터 찾자, 샤를은 구석에 웅크려 있었다. 그녀는 얼른 샤를에게 다가갔다. 이자카의 가신들이라도 있으면 좋겠지만 아쉽게도 이자카는 혼자였다.

"괜찮습니다. 감사…… 윽!"

그녀가 윽 소리를 내며 어깨를 감싸자 이자카가 인상을 찡그렸다. 샤를이 '스승님' 하고 소리쳤다. 그때 새가 다시 위협적인 울음소리를 냈다. 그것은 경고음이었다.

"위험해요!"

비올렛의 말과 동시에 다른 살수들이 나타나 이자카의 등을 벨 뻔했다. 다행히 그녀의 경고와 동시에 이자카는 몸을 틀어 갑작스럽게 공격해 들어온 암살자들의 허리를 베었다.

"어떻게 이렇게 많이…….'"

비올렛이 중얼거렸다. 암살자들 몇몇이 달려들자 이자카가 검을 휘둘렀다. 공기를 가르는 소리가 들리며 그들의 목이 날아갔다. 그 끔찍한 장면을 샤를에게 보여 주고 싶지 않아 비올렛은 재빨리 다시 샤를의 머리를 감쌌다. 샤를은 매우 놀란 모양인지 바들바들 떨며 그녀의 팔을 꼭 쥐고 있었다.

"전하!"

익숙한 남자의 목소리가 들렸다. 곧 에셀먼드의 얼굴이 보였다.

그의 뒤에는 기사들이 서 있었다. 에셀먼드가 은빛의 검을 꺼내 들었다. 기사들 역시 검을 뽑아 잔당들을 처리하기 시작했다. 화살이 날아다녔다. 비올렛은 그저 그 아수라장에서 샤를을 끌어안고 있었다.

고함 소리, 쇠붙이 소리가 들려오지 않자 그녀는 고개를 들었다. 제일 먼저 느껴진 것은 짙은 피비린내였다. 시체들이 바닥에 널려 있었고, 어떤 자들은 팔이 잘리고 재갈이 물린 채 포박되어 이동되고 있었다.

비올렛은 어깨에서 피가 흘러내리고 있다는 것을 깨달았다. 암살자를 받아 내서 팔이 덜덜 떨렸지만 샤를의 충격보다는 덜할 것이다. 샤를은 보기 애처로울 정도로 오들오들 떨고 있었다.

이자카가 그녀에게 다가왔다. 다행히 그는 상처 입은 모습은 아니었다. 그가 비올렛을 일으키려 손을 뻗었지만 그녀를 일으켜 세운 것은 에셀먼드였다. 몸을 경직시켰던 비올렛은 에셀먼드에게 기댔다.

"괜찮으십니까."

"저보다는 전하가 먼저이지 않습니까."

"단장님이 계십니다."

기사단장인 브라운슈바이크 경이 샤를의 안위를 묻고 있었다. 마음이 진정되자 비올렛은 혼자 설 수 있었는데, 자신의 옆에 서 있는 에셀먼드의 옷에 붉게 튄 핏자국을 보았다. 비올렛은 깜짝 놀라 그를 바라보았다. 그의 검은 제복이 군데군데 찢어져 있었으며, 특히나 팔 쪽은 찢어져 상처 입은 맨살이 보였다. 검은 제복 안으로 보이는 하얀 셔츠가 붉게 물들어 있었다.

에셀먼드가 다쳤다. 멍했던 정신이 돌아오는 기분이었다. 그는 비올렛에게 있어서 절대적으로 강한 사람이었다. 사람들이 대장군 다음으로 무예가 뛰어나다며 칭송하지 않았던가? 그가 상처 입는 것, 즉 이렇게 심하게 다치는 일은 있을 수 없는 일이었다.

"오라버……."

비올렛이 놀라 팔의 상처를 보자 에셀먼드가 얼굴을 찌푸리더니 팔을 재빨리 내려 그녀의 시야에서 상처를 감춰 버렸다. 에셀먼드는 순간 얼음장처럼 서늘한 얼굴을 했는데 비올렛이 그 상처에 대해 말하는 것이 내키지 않은 듯했다.

"조금만 늦었어도 큰일 날 뻔했다."

이자카가 말했다. 에셀먼드에 비해 이자카는 그보다 일찍 와서 다수를 상대했음에도 상대적으로 멀쩡했다.

"칸 덕분에 큰일이 일어나지 않았습니다. 감사드립니다."

에셀먼드가 예를 갖춰 말했다. 비올렛은 에셀먼드의 팔에 자꾸만 시선이 향했다. 찢어져 있는 옷가지 사이로 깊게 패인 상처가 보였다. 팔을 타고 흘러내린 피가 에셀먼드의 손가락에 맺혀 있었다.

"단장님!"

브라운슈바이크 경이 시체를 보고 있던 기사의 부름에 그쪽으로 움직였다. 에셀먼드도 기사가 살피고 있는 시체 쪽으로 향했다. 웅성거리는 소리에 비올렛 역시 그쪽으로 걸음 했다. 시신의 얼굴을 들어 보니 갈색 피부가 보였다. 게다가 검 역시도 이자카의 것과 비슷한 휘어진 검삼시르(Shamshir), 활 모양으로 구부러지고 바깥쪽 테두리가 칼날로 되어 있는 칼을 쓰고 있었다. 그것이 가리키는 것은 너무도 명백했다.

암살자들은 모두 군나르족이었다. 순식간에 사람들의 이자카를 보는 시선이 달라졌다. 그에 비해 이자카는 이것을 예상한 듯 평온한 표정이었다.

기사들이 저마다 긴장한 얼굴로 이자카를 보았다. 칼만 겨누지 않았다 뿐이지, 그들의 손은 이미 칼 손잡이에 있었다. 기사들은 이자카를 경계하고 있었다. 비올렛 역시 긴장하기는 마찬가지였다. 왜 군나르족이 자신들을 습격한 것일까. 정말로 이자카의 소행일까? 이자카는 쏟아지는 의심과 경계의 시선에도 아랑곳하지 않고 성큼성큼 시신에 다가가 웃통을 벗겼다. 시신의 가슴팍 위에 날카로운 초승달이 겹쳐진 듯한 'χ'자 모양이 새겨져 있었다. 그가 말했다.

"하쉬샤신이다."

그 말에 기사들이 경악의 소리를 흘렸다. 하쉬샤신? 기사들은 그 이름에 대해 잘 알고 있는 듯했다. 저 뒤에서 '역시'라는 소리도 들렸다. 이자카는 시체의 가슴을 발로 툭 차며 말했다.

"이들은 우리의 전사가 아니다. 암살 단체다. 가슴의 이것은 마법으로 새긴 문양이고, 함부로 지울 수 없는 저주의 낙인이다. 암살이 실패하면 이 마법이 그 심장을 터트린다. 아마 너희들이 끌고 간 자들 모두 죽었을 거다."

그의 말이 끝나기가 무섭게 살아남은 암살자들을 호송한 기사들이 뛰어와 이자카의 말과 같이 그들이 모두 갑자기 발작을 일으켜 죽었다고 말했다. 그러나 이자카의 말이 맞다고 해도 혐의를 풀기에는 근거가 다소 부족했다.

"증명하라면 증명하겠다. 나는 그 낙인을 가지고 있지 않다."

그는 자신의 샴쉬르를 던지더니 다짜고짜 웃옷을 벗었다. 비올렛은 갑작스러운 상황에 깜짝 놀랐다. 떡 벌어진 어깨와 조각처럼 자리 잡은 근육들이 그의 자그마한 움직임에 꿈틀거렸다. 그러나 비올렛을 놀라게 한 것은 이자카라는 남자가 가진 육체의 완벽함이 아니라 그의 등과 허리, 가슴 모두에 자리한 작거나 큰 흉터들이었다. 그 몸 위에는 하쉬샤신과 같은 검은 낙인은 존재하지 않았다. 기사들은 당황한 얼굴로 이자카의 몸을 보았다.

"나는 그 낙인이 없다. 혹여 아래까지도 원한다면 지금 이 자리에서 보여 줄 수도 있다."

그 말에 비올렛이 얼굴을 붉혔다. 이자카는 자신을 아주 명쾌하게 증명했다. 그는 아주 간단한 방법으로 낙인이 없다는 것을 밝혔다. 그러나 이것은 이자카가 하쉬샤신이 아니라는 것을 증명했지, 하쉬샤신과 관계가 없다는 것을 증명해 줄 수는 없었다.

그 와중에 비올렛은 이자카에게 쏟아지는 의심의 시선에서 이방인에 대한 적대를 느꼈다. 사람들은 너무도 자연스럽게 이자카를 의심하고 그가 범인이라는 것을 기정사실화하고 있었다. 물론 이자카는 하쉬샤신과 자신이 관계가 없다는 것을 증명하지 못했다. 그러나 만약 암살자들을 구자르트가 보냈다면 그가 달려와서 혼자 검을 들고 싸운 것이 더 이상한 일이 아닌가? 비올렛은 그러한 시선에 불편함을 느꼈다. 일단 어찌 되었든 간에 이자카는 샤를과 그녀를 구해 준 은인이었다.

"그만하십시오. 이게 무슨 무례입니까. 타국에 방문하신 대사이십니다. 칸이 계시지 않았다면 저와 전하는 이미 죽은 목숨입니다."

비올렛의 말에 그들이 아차 하고 정신을 차렸다. 그 차별적 시선에 조금 날카롭게 응대한 비올렛보다 오히려 이자카가 더 침착해 보였다.

"나는 너희의 의심을 알고 있다. 하지만 내가 너희 왕의 아들을 노릴 이유가 없다는 걸 기억하라."

이자카는 의외로 담담한 표정이라 비올렛은 그에 놀랐다.

"그리고 다시 말하지만 하쉬샤신은 우리의 전사도 아니고 백성도 아니다. 만약 우리나라에 얼굴 흰 암살자들이 쳐들어온다면 나는 너희를 쳐야 하는가? 너희도 하쉬샤신의 이름은 알고 있을 것이다."

그 말에 브라운슈바이크 경이 고개를 끄덕였다. 비올렛은 하쉬샤신이라는 것에 대해 정확히는 몰랐으나, 유명한 암살 단체임이 틀림없다고 생각했다. 일단 모두가 의심은 거두었다. 그가 암살을 의뢰한 진범이거나 암살단이었으면 계획이 성공적으로 이뤄지고 있는 와중에 굳이 달려와 샤를과 비올렛을 구하는 번거로운 짓은 하지 않았을 것이다.

이자카는 구자르트의 아슈카바드를 지배하는 칸이었다. 아그레시아와 연결되어 있는 서남쪽을 관리하는 자였기 때문에 이런 식으로 소홀히 대우해서는 안 되었다. 혹여나 전쟁의 불씨가 커진다면 바다와 대륙으로 연결된 아그레시아부터 불바다가 될 것이 뻔했다.

암살자가 군나르족이라는 사실을 배제한다면, 오히려 이자카 측에서 궁의 보안에 항의할 수도 있는 노릇이었다. 암살자가 들어오는 궁이 어떻게 안전할 수 있겠는가. 브라운슈바이크 경이 이자카의 말에 고개를 끄덕였다. 그리고 그 역시 마지막으로 확인차 질문했다.

"그런데 칸께서는 왜 혼자서 궁을 돌아다니셨던 겁니까?"

그 말에 이자카는 머뭇거리다 비올렛을 바라보았다. 그 당황한 얼굴을 보니 누가 봐도 비올렛이 목적이라는 것이 표가 났다. 이러다 뜬소문이라도 나면 어떻게 하려고 저런단 말인가. 지나치게 알기 쉬운 표정에 브라운슈바이크 경이 허, 한숨을 쉬었다. 브라운슈바이크 경 역시도 아마 암암리에 이자카가 비올렛에게 개인적으

로 가지는 관심이 지대하다는 것을 들어 알고 있을 터였다. 그래서
부단장인 에셸먼드가 그녀를 호위했을 테고. 브라운슈바이크 경이
비올렛에게 무엇을 말하려는 바로 그때였다.

"우선 이 암살자들이 어느 경로로 유입되었는지 살펴봐야 합니다."

에셸먼드가 앞으로의 대책에 대해 말했다. 비올렛은 다행이라고
생각했다. 브라운슈바이크 경이 대놓고 무슨 사이냐고 물었다면
그것은 그것대로 추문이 되었을 것이다. 비올렛은 에셸먼드를 보
았다. 아직도 그의 팔에는 피가 흘러내리고 있었다. 이자카가 얼굴
을 찡그렸다.

"너, 어서 치료받아라. 하쉬샤신의 칼에는 독이 발라져 있다."

그 말에 비올렛과 이자카를 보던 브라운슈바이크 경이 뒤를 돌아
보았다. 그는 깜짝 놀란 것 같았다.

"에셸먼드 경, 경이 부상을 입었나?"

에셸먼드를 절대적이라 평가했던 것은 비올렛뿐만이 아니었는지
브라운슈바이크 경도 에셸먼드의 상처에 꽤나 놀란 듯했다. 기사
들 역시 수군거리며 그의 상처를 보았다.

"제가 아직 수련이 부족하여 방심했나 봅니다."

"알겠네. 빨리 치료하시게."

비올렛을 대하던 것과는 달리 에셸먼드는 그의 상관에게는 깍듯
했다. 심지어 동료 기사들의 시선에도 그는 담담한 표정이었다.

비올렛은 에셸먼드를 바라보았다. 계속해서 그의 팔이 신경 쓰였
다. 어떻게 에셸먼드가 다칠 수 있을까. 그는 뛰어난 기사가 아닌
가? 불안해하는 그녀를 보며 이자카가 말을 건넸다.

"신경 쓰지 마라. 검을 든 사내는 강하다."

"……."

"걱정이 되는가?"

비올렛은 그 말에 자신이 에셀먼드를 걱정하고 있다는 것을 깨달았다. 이자카는 '그렇군' 하고 조용하게 중얼거렸다. 그리고 허리를 숙이며 나지막이 속삭였다.

"너, 피 흘리고 있다."

비올렛은 에셀먼드보다는 미미한 상처였지만 자신의 어깨에도 피가 흐르고 있다는 것을 알았다. 피가 팔꿈치 사이에 고여 흘러내리고 있었다.

"네 피, 중요한 거 아닌가?"

비올렛은 땅바닥을 보았다. 성력을 쓰려고 했기 때문에 제어를 풀어 피에 다시 성력이 스며들었다. 똑, 똑 떨어지는 피에 풀들이 자라나고 있었다. 그녀는 이자카를 바라보았다. 어떻게 그녀의 피에 힘이 있다는 것을 알았단 말인가. 비올렛이 힘을 갈무리하자 이자카는 눈에 보이지 않게 커다란 발로 자라난 풀을 비볐다.

"칸, 모시러 왔습니다."

소식을 듣고 나타난 이자카의 가신들이 그에게 다가갔다. 이자카가 묘한 눈길로 비올렛을 바라보았다.

"피아케, 이야기할 게 있다."

비올렛은 고개를 끄덕였다. 그녀가 이자카와 함께 이동하려 하자 고맙게도 현장에 있던 칼츠 경과 기사 몇몇이 자진해서 그녀와 동행해 주었다. 이자카의 방에 도착한 비올렛은 기사들을 문 밖에 세워 두었다. 이자카 역시 자신의 가신들을 바깥으로 물리고 소파에 편안한 자세로 앉았다.

"이자카, 옷 좀 입어야 하지 않을까요?"

그녀의 말에 이자카가 얼굴을 찡그리며 말했다.

"덥다."

이자카는 이 반라의 몸이 무척이나 자연스러워 보였다. 그가 숨 쉴 때마다 낯선 직선으로 이루어진 조각과 같은 근육이 튀어나왔 다 사라졌다. 비올렛은 자신이 지나치게 그것에 집중하고 있다는 것을 깨닫고 얼굴을 살짝 붉히며 고개를 돌렸다.

"아슈카바드에서는 항상 이러고 살았다. 이 나라는 참 피곤하다."

이자카가 한 손으로 턱을 괴며 그녀의 얼굴을 바라보았다. 할 말 이 무엇인데 지금 이렇게 뜸을 들이고 있는 건가. 분위기가 답답해 지려 할 때 그의 시선이 그녀의 어깨에 닿았다. 그리고 얼굴을 찡 그렸다.

"너 치료받아야 하는 거 아닌가?"

"이 정도는 괜찮습니다. 겨우 화살이 스친걸요."

"그 화살에 독이 발라져 있을지도 모른다."

그가 말했다. 하지만 비올렛은 고개를 저었다. 잠시나마 피가 성 력을 머금었기에 독이 통할 리가 없었다. 신은 그녀가 목숨을 유지 하기를 원했다. 죽음을 시도했을 때도 그러했으니 말이다.

그렇지만 이자카는 그것을 몰랐다. 그는 일어나 성큼성큼 다가 오더니 그녀의 옆에 앉았다. 상처라도 자세히 보려고 그러나? 비올 렛이 그렇게 생각하며 바라보자 이자카는 다짜고짜 그녀의 손목을 잡아 자기 쪽으로 끌어당겼다. 도망치려 하자 별안간 뒤에서 팔이 튀어나와 비올렛이 도망가지 못하도록 허리를 꽉 안았다.

"무슨!"

예상치 못한 스킨십에 비올렛이 깜짝 놀랐다. 이자카는 피가 맺 혀 있는 그녀의 어깨에 입을 맞추었다. 다른 사람들보다 체열이 높 은 것인지 뜨거운 입술의 느낌과 함께 무언가가 빨아들여지는 느

낌이 났다. 그 느낌에 깜짝 놀라 자신도 모르게 발버둥 치자, 남자
의 힘이 비올렛의 허리를 단단히 잡아 쥐었다. 간질간질한 감촉에
그녀는 자신도 모르게 비음을 흘렸다.

"읏!"

"이상한 소리 내지 마라. 너, 안고 싶다."

그가 낮게 가라앉은 목소리로 속삭였다. 너무나 직설적인 말에
비올렛은 정신이 아득해졌다. 그녀는 이자카가 웃옷을 벗고 있다
는 사실을 상기했다. 그는 한참 동안 그녀 어깨의 상처에서 피를
마셨다. 왜인지 모르게 그 부분만 뜨거워지는 것 같았다. 한참 후
에야 이자카가 고개를 들어 입맛을 다시며 말했다.

"그래, 독은 확실히 없군."

"······."

"달다."

그의 입술이 그녀의 피로 살짝 붉게 물들었다. 이자카의 얼굴이
가까이 보였다. 눈매가 날카로워 무서운 얼굴이라 생각했지만 자
세히 보니 그의 얼굴은 조각처럼 날렵하고 곧은 곡선을 가지고 있
었다. 달다는 말이 무엇을 뜻하는지 해석하지 못하다가 그가 입에
머금은 그녀의 피를 말하는 것을 알자 비올렛의 얼굴이 새빨갛게
달아올랐다. 늦지 않았으니 칼츠 경이라도 불러야 하나, 생각할 때
이자카는 다시 맞은편 의자에 앉아 비올렛을 뚫어져라 쳐다보았
다. 그녀는 그 시선을 외면했다.

"화내지 마라, 피아케."

그가 달래듯 말했다.

"정말 독을 확인한 거다."

하지만 그 말을 도저히 믿을 수가 없었다. 목소리가 아직도 낮게

가라앉은 그는 강렬한 시선으로 비올렛을 바라보고 있었다. 무언가 억울했지만, 독을 확인해 봤다고 말하니 딱히 뭐라 할 수가 없었다. 풍습과 문화가 다르다는 것은 참으로 적응하기 어렵다고 생각할 뿐이었다.

"그 암살자, 정말로 우리가 보낸 게 아니다."

갑자기 무슨 소리를 하는 건가 싶어 이자카를 바라보니 그의 얼굴은 진지했다. 비올렛도 짐작이 가는 바가 있었다. 브라운슈바이크 경이 이자카에게 의심을 풀었던 것도 아마 비올렛과 같은 짐작을 했기 때문일 것이다.

"그건 우리도 알고 있는 사실입니다."

"정말이냐?"

"네."

암살자를 보낸 것은 아마 교황 측일 것이다. 우선 이자카는 비올렛 쪽을 선택했고, 비올렛은 아직 국왕파인 에르멘가르트가에 소속되어 있기 때문에 교황 측에서는 이자카가 국왕파라고 생각했을 수도 있다. 그렇게 가정하면 교황 측의 인사들이 국왕파와 이자카 사이의 분란을 위해 군나르족인 하쉬샤신을 고용해 왕궁을 습격했을 가능성이 충분했다.

"이자카가 우릴 구했잖아요. 저는 이자카를 믿어요."

비올렛의 진심이 담긴 그 말에 이자카가 씨익 웃었다. 다소 험악하고 날카로운 인상이었지만, 그가 미소를 지을 때는 험상궂은 얼굴보다는 얼굴의 잘생김이 두각을 드러냈다. 비올렛은 그 미소에 부담을 느껴 고개를 돌려 그의 시선을 피했다. 믿는다는 말에 기분이 좋아 보이는 이자에게는 미안했지만, 그 믿음이 감정적인 이유가 아닌 합리적인 이유에서 기인한 것임을 알려 주고 싶었다.

"암살자들이 궁에 대해 잘 알고 있었는데, 이자카는 이곳이 처음이잖아요. 아마 그렇게 할 수는 없었을 거예요."

"뭐?"

이자카의 얼굴이 굳었다. 그녀는 오히려 자신의 말에 놀라는 이자카를 보고 의아했다. 이자카가 말했다.

"그래, 여기는 다르다. 그걸 간과했군."

"……?"

"너희는 누가 시켰는지 짐작하고 있나?"

그가 심각한 표정으로 물었다. 비올렛은 갑자기 진지해진 이자카의 태도에 깜짝 놀랐다.

"네가 말할 수 없는 문제인가?"

그 물음에 비올렛은 고민했다. 나라 내부의 사정을 알려도 되는 것일까. 이자카는 믿을 만한 사람인가? 그러나 그녀는 입을 다무는 게 현명하다는 것을 알았다.

"나는 네 대답을 안다. 너희는 교황을 생각하고 있을 것이다."

대답하지 않아도 이자카는 이미 짐작하고 있었다. 하긴 이웃 나라의 유명한 내부 사정을 모를 리가 없었다. 반목하는 교황과 왕. 왕위 계승권자인 티게르난 공작과 샤를 왕자. 샤를 왕자가 죽을 뻔했다면 답은 명확한 게 아닌가.

"너희 나라의 사정은 이미 대강은 알고 있다. 네가 말한 게 아니다. 나는 그저 혼자 짐작한 것을 말하는 거다."

굳은 표정의 비올렛을 보며 이자카는 그녀를 안심시켰다.

"나는 그라함의 두 번째 아들이자 케스투니스의 칸인 타르크가 시킨 거라 생각했다."

"……."

"왜냐하면 그 하쉬샤신 녀석들은 너도 노렸기 때문이다."

이자카는 얼굴을 찌푸리며 말했다.

"너희 나라 사람들은 결코 너를 죽여서는 안 된다. 하지만 분명히 그 남자는 널 죽이려 했다."

비올렛은 아주 당연한 사실을 까맣게 잊고 있었다. 이 나라 그 누구도 그녀의 죽음을 바라지 않았다. 신전에 기거해 가디언 Guardian, 성녀의 수호 기사이 따라붙기 전인데 그녀에게 호위 기사가 따로 배정되지 않았던 것은 그런 이유에서였다. 그녀는 말룸을 죽여야 하는 사명이 있었다. 그렇기 때문에 비올렛은 그 누구에게도 노려지지 않았다. 그것을 그녀도 알고 있었다. 그러나 하쉬샤신의 암살자는 그때 정말로 비올렛을 죽이려 했다. 이교도는 성녀의 존재를 믿지 않는다.

"타르크는 나를 싫어한다. 나도 타르크를 싫어한다."

분명 이자카는 '형제'라는 뜻을 알고 있을 것이다. 그럼에도 두 번째 아들이라 하며 이름을 지칭한 것을 보면 그들의 사이가 좋지 않다는 것을 알 수 있었다.

"나는 카칸의 그라함에게 명을 받아 이곳으로 왔다. 하지만 타르크는 그것을 싫어했다."

저쪽도 계승이 문제가 되어 반목하고 있는 모양이었다. 이자카가 말을 계속 이어 나갔다.

"나는 그래서 타르크가 보냈을 거라 생각했다. 하지만 타르크는 궁 내부 구조를 모른다."

"……."

비올렛은 '아'라고 감탄사를 내뱉었다. 교황 측에서는 비올렛을 죽이려 하지 않는다, 절대로. 어쩌면 목숨을 노리려 했던 것은 비

올렛이 성력을 쓰는지 시험하기 위한 것인지도 모른다. 그러나 그
녀는 체자레가 절대 그것을 용인할 성격이 아니라는 것을 알고 있
었다. 정말로 슬픈 말이지만, 체자레는 그녀를 아꼈으므로. 그는
비올렛이 자발적으로 성력을 쓰기를 원했을 것이다. 신학 스승을
선택할 때 비올렛이 체자레의 함정에 빠졌던 것처럼. 그렇다면 암
살을 사주한 자들이 확실하지 않았다.

"그런데 이자카, 어떻게 제 피가 힘이 있다는 걸 아셨어요? 그걸
아는 사람들은 아그레시아에서도 별로 없는데, 구자르트에서 이미
알고 있었나요?"

결론이 나지 않자 비올렛이 맨 먼저 물은 것은 가장 찜찜했던 것
이었다. 이자카는 비올렛의 피에 힘이 있다는 것을 알고 있었다.

"아니."

이자카는 미소 지었다.

"직접 보았다."

"무슨 말이에요?"

"기억 못하는 사람에게 알려 주는 것은 싫다."

그의 말에 비올렛이 얼굴을 찡그렸다. 그를 보았던 적은 정말로
없는데 어디서 듣고 와서 저러는 게 아닐까. 아니면 방금 보았던
것으로 허세를 부리거나. 비올렛의 표정에 그가 또다시 미소를 지
었다.

"힘을 못 쓴다고 했지만, 네 피에 힘이 있다는 건 모두에게 알리
지 마라. 타르크가 널 노릴 수도 있다."

왜 힘을 쓸 수 있다는 걸 들키면 타르크가 자신을 노리는지 의아
했으나, 성녀의 힘이 타르크에게 위협이 된다는 것 정도로 이해하
고 비올렛은 고개를 끄덕였다.

"저야말로 부탁드리고 싶어요. 아무에게도 말하지 말아 주세요."

그에 이자카가 물었다.

"왜?"

"그거야…….'"

비올렛은 얼굴을 찡그렸다.

"그러면 그 붉은 녀석에게 끌려가는 건가?"

"……."

비올렛은 이자카가 생각보다 내부 사정을 잘 알고 있다는 것을 알았다. 그는 정확히 교황이 아닌 '체자레'를 짚어 말했다. 그가 고개를 끄덕였다.

"그 붉은 녀석은 불길하다. 그 녀석이 널 데려가는 건 싫다."

"불길하다뇨?"

"나는 그 녀석이 싫다. 나이를 먹지 않는 것은 괴물이다."

하지만 체자레는 그것에 대해 씁쓸한 표정을 지었다. 나이를 먹지 않는 것. 그 외 다른 이유들을 포함하여 비올렛은 체자레가 괴물 같다고 생각했지만, 그가 진짜 괴물이라고는 생각하지 않았다.

―아니요, 저는 괴물이 맞습니다.

그렇게 말하며 비올렛을 끌어안은 체자레의 온기가 기억에 남았다. 어쩐지 씁쓸했다. 괴물이라 불리는 것에 서글픈 듯 웃는 이가 이교도에게도 괴물이라 불리고 있었던 것이다.

"그리고 그 녀석은 빛의 여인의 아들이라 싫다."

"네?!"

비올렛으로서는 이자카가 그렇게 알고 있다는 게 충격이었다. 167대 왕 데메트리우스가 아나스타샤를 사랑했다는 것은 라이셀 백작 부인에게 들어서 알고 있었다. 비올렛도 체자레에 대해 아주 얇은 정보만 알고 있었는데, 체자레는 노예 제도가 허용되어 있는 노틸레스에서 데려온 노예 출신의 모친에게서 태어났다고 들었다.

"이자카, 티게르난 공작은 아나스타샤 성녀 태생이 아니에요."

체자레가 태어나기 한참 전에 이미 아나스타샤는 사라진 뒤였다. 비올렛도 그가 데메트리우스 왕과 아나스타샤의 아들이라는 소문이 돌았다는 것은 잘 알고 있었다. 그 오해를 산 이유가, 그 여자 노예가 아나스타샤를 너무도 닮은 외모였기 때문이라는 것도.

"정말인가?"

"네. 아나스타샤를 닮은 여자에게서 태어나서 그런 거예요."

군나르족은 아나스타샤를 지나치게 경외했다. 빛의 여인이라고 부르는 것도 비슷한 이유에서였다. 그러니 아나스타샤가 들어간 그 소문을 무조건 믿어 버린 것일지도 모른다. 이자카는 체자레를 별로 안 좋아하는 건가. 비올렛은 생각에 잠겼다.

"그렇군. 잘못된 정보였군. 알려 줘서 감사하다."

그는 딱딱하게 대답하며 고개를 끄덕였다. 그러곤 체자레의 일 따윈 아무것도 아니라는 듯이 물었다.

"우린 비밀을 공유한 건가?"

"비밀이라니요?"

"네 피."

그 말에 비올렛의 얼굴이 찌푸려졌다. 이걸 가지고 협박이라도 할 생각인가. 조금 곤란하게 되었다고 생각할 때 이자카가 말했다.

"난 의리 있는 남자다."

"네?"

"나는 그것 가지고 널 협박하지 않는다."

비올렛은 이자카가 조금 다르게 느껴졌다. 외모가 저렇게 사나워 보여도 이런 의리가 있어서 사람들이 잘 따르는구나. 왜 그가 군나르족을 통일한 주역인지 알 수 있었다. 그의 인간성에 조금 감탄할 때였다.

"하지만 네가 조금 더 같이 있었으면 좋겠다."

"네?"

"진짜다. 타르크가 널 노리면 어떻게 하는가. 그리고 난 너와 더 같이 있고 싶다."

비올렛은 음, 신음 소리를 흘렸다. 명백한 호감에 그녀는 오히려 기가 질렸다. 왜냐고 물어보고 싶었지만 '좋아서 그렇다.'라는 뻔뻔한 대답이 나올 것 같았다.

"협박 안 하신다면서요."

"더 같이 있고 싶다는 게 협박인가?"

"……."

비올렛은 대답할 수 없었다.

이상한 대화를 끝내고 방 밖으로 나오자 칼츠 경 일행은 돌아갔는지 보이지 않고 에셀먼드가 비올렛을 기다리고 있었다. 찢어진 제복을 갈아입었는지 그는 다시 언제나처럼 정갈한 모습이었는데, 마치 상처를 입지 않은 것처럼 보였다. 괜찮은 것일까. 비올렛이 상처가 난 부분을 바라보자 에셀먼드가 말했다.

"퇴궁하셔야 합니다."

그 말에 그녀가 이자카를 바라보았다. 이자카는 에셀먼드를 노려보기보다는 여유로운 미소를 짓고 있었는데, 비올렛은 왜 갑자기 짐승 같던 이자카가 저런 모습인지 잘 이해가 가지 않았다.

"내일 보자, 피아케."

"……."

"그리고 약속은 지켜야 한다."

"알았어요, 이자카."

비올렛이 대답했다. 그리고 에셀먼드 쪽으로 다가가 그와 나란히 걸었다. 걸어가던 에셀먼드가 다치지 않은 손을 내밀자 그녀가 머뭇거렸다.

"이번엔 잡기 싫어서 어리광을 부리는 게 아니라, 오라버니가 다쳐서 잡지 않는 거예요."

비올렛이 조용히 말했다. 갑자기 에셀먼드의 표정이 찡그려졌다. 그녀는 눈을 크게 떴다. 미약한 근육의 움직임이었지만, 그가 화를 내는 것으로 보였기 때문이다. 에셀먼드는 빠른 걸음으로 앞서 갔는데, 그녀는 그 뒤를 쫓아갈까 하다가 그가 일정 거리 이상으로는 앞서 나가지 않는다는 것을 알고 조용히 뒤를 따라갔다.

비올렛이 마차에 올라타자 에셀먼드는 말 위에 오르려고 했다. 그녀가 같이 있는 게 싫다고 했기 때문에 신경 써서 그러는 것을 눈치챈 비올렛이 에셀먼드의 팔을 잡았다.

"마차에 같이 타요."

에셀먼드의 시선이 어째서인지 험악하기 그지없었으나, 그는 말없이 비올렛의 손에 이끌려 그녀의 맞은편에 앉았다. 마부의 채찍질 소리가 나더니 마차 바퀴가 도르륵 굴러가는 소리가 들렸다.

비올렛은 그를 바라보았다. 팔은 괜찮은가. 언제나 팔짱을 끼고 있었는데 못 낄 정도면 아마 무척이나 아파서 그런 것일 터이다. 비올렛은 고통이 얼마나 끔찍한 기분을 느끼게 하는지 알고 있었다.

"너는 내가 다쳐야 인간으로 대해 주는군."

한참 후에 에셀먼드가 꺼낸 말이었다. 그 미묘한 말에 비올렛이 대답했다.

"배려해 주는 것뿐이에요. 전 여전히 오라버니 얼굴을 보는 건
불편해요."

잠시 싸늘한 침묵 끝에 에셀먼드가 물었다.

"무엇을 약속했지?"

"네?"

"칸과 무엇을 약속한 거냐."

비올렛이 말했다.

"별거 없어요. 왕자님의 수업이 끝나고 나서 한 시간 정도만 말
벗이 되어 달라고 해서 알겠다고 했어요."

그 말에 에셀먼드의 표정이 다시 찡그려졌다.

"너, 그가 완벽히 혐의를 벗지 못했다는 것은 알고 그러는 건가?"

"물론 알고 있어요. 하지만 이자카의 짓이 아니라는 건 알아요."

비올렛의 대답에 에셀먼드가 차갑게 말했다.

"퍽도 신뢰하는군."

"비꼬지 마세요."

비올렛이 응수했다. 에셀먼드는 그녀에게 화를 내고 있었다. 그
에게선 거의 짜증까지 느껴지는 지경이라 조금 새로웠으나, 자신
을 멍청이 취급하는 것 같아 기분이 나빴다. 물론 피를 흘렸던 것
은 그녀의 실수였고, 그것을 눈감아 주는 대가로 한 시간을 지불한
것이라 그런 대우를 받아도 싸긴 했다. 한참 후에 에셀먼드가 그녀
의 어깨를 보며 말했다.

"네 어깨의 상처는 그대로 둘 생각인가? 독이 있을지도 모른다."

"나는 괜찮아요."

비올렛이 말했다. 정말로 스치기만 한 상처라 이젠 피도 멈춘 상

태였다. 그대로 두면 성력에 의해 회복될 것이나, 비올렛은 일부러 그것을 억제해 두었다. 그래도 옅은 상처라 집에 가서 붕대만 감으면 며칠 후면 딱지가 져 금방 나을 것이다.

"네가 얼마나 중요한 인물인지 내가 말해 줘야 하나?"

"아니요, 아주 잘 알고 있어요."

비올렛이 그 말에 얼굴을 찡그리며 대답했다. 왠지 자신이 방만 하다고 탓하는 것 같아서 그녀는 말을 덧붙였다.

"그리고 독이 없다는 걸 이자카가 확인해 줬어요."

"……."

그 말에 에셀먼드가 물었다.

"어떻게?"

순간 비올렛은 할 말이 턱 막혔다. 아까 그 방 안에서 있었던 일이 떠올랐기 때문이다. 뜨거운 입술이 상처 난 어깨에 닿았다. 아직도 그 생경한 감촉이 생생하게 남아 있었다. 그녀를 지켜보는 에셀먼드의 짙은 눈썹이 모아졌다.

"너……."

비올렛이 에셀먼드의 말에 그의 얼굴을 보았으나 에셀먼드는 더 말하지 않고 그녀를 노려보고 있을 뿐이었다. 고통은 사람을 짜증 스럽게 만드는 법이고, 비올렛은 그것을 잘 알고 있으므로 에셀먼드의 짜증을 참기로 했다. 그가 저런 어린애 같은 구석이 있다는 것은 의외였지만 말이다. 싸늘한 그의 얼굴에 비올렛이 말했다.

"아파요?"

갑작스러운 질문에 에셀먼드가 그녀를 바라보았다. 한눈에 봐도 그리 좋지 않아 보이는 얼굴이었지만 비올렛이 말했다.

"치료해 줄게요. 팔 줘요."

그녀가 좁은 마차에서 일어나 에셀먼드에게 팔을 뻗자 그가 비올렛의 손목을 꽉 잡았다. 순간 마차가 쿵 흔들리며 그녀가 중심을 잃었다. 비올렛은 졸지에 앞으로 고꾸라져 의자에 손을 짚은 채 에셀먼드의 품에 안기는 꼴이 되고 말았다. 깜짝 놀라 몸을 떼려 하니 에셀먼드가 다친 팔로 그녀가 일어나지 못하도록 허리를 잡고 있었다. 얼굴이 지나치게 가까웠다. 비올렛은 그의 시선을 피하지 않으려 노력하며 말했다.

"다친 팔로 그러지 말고 어서."

"성력을 쓸 수 있다는 걸 숨기고 있는 것 아니었나? 조금 현명하게 구는 게 좋을 것 같은데."

"……."

그가 가라앉은 목소리로 조용히 속삭였다. 짙은 푸른 눈이 더없이 서늘한 빛을 머금은 채 비올렛을 바라보았다. 갑자기 온몸의 피가 식는 듯한 느낌이 들며 심장박동이 빨라졌다. 오늘은 이상한 날이다. 비올렛은 에셀먼드가 왠지 모르게 지나치게 화가 나 있다는 느낌을 받았다. 그녀는 그의 팔에서 벗어나 다시 앉으며 말했다.

"그렇군요. 제가 잠시 멍청하게 굴었어요. 그 대단한 무패의 기사님도 아프면 짜증을 내는 종류의 사람이라는 것은 미처 몰랐군요. 한 번도 아픈 걸 보지 못해서."

비아냥에 에셀먼드가 그녀를 노려보았다. 비올렛 역시도 그 눈을 피하지 않고 그를 마주 보았는데, 그녀도 짜증이 난 상태였다. 이런 소리까지 들을 줄은 몰랐다. 비올렛은 결국 고개를 돌렸다. 둘 사이엔 침묵이 감돌았다. 후작가에 도착할 때까지 그들은 한마디도 하지 않았다.

"미안합니다, 스승님."

방으로 들어선 비올렛을 맞이한 것은 식은땀을 흘린 채 누워 있는 샤를이었다. 그녀는 걱정스럽게 소년을 바라보았다. 비올렛이 에르멘가르트 후작령의 성에서 에셀먼드가 사람들의 목을 자르는 것을 보았을 때 큰 충격을 받았던 것처럼, 그 역시 충격으로 인해 휴식을 취하고 있었다.

안 그래도 새하얀 얼굴이 더욱더 창백해졌다. 핏기를 잃은 입술이 보였다. 비올렛이 걱정 어린 얼굴로 그의 머리를 쓰다듬자 샤를이 부끄러운 듯 눈을 아래로 깔았다. 아파서 그런 것인지 그는 힘이 없어 보였다.

"스승님은 괜찮으십니까? 그땐 제가 경황이 없어 스승님을 미처 살피지 못했습니다."

아직 열한 살이다. 열한 살 때 비올렛은 어떻게 했던가. 그녀는 그때 죽고 싶다며 울기만 했다. 물론 경우는 달랐지만, 분명 힘든 상황임에도 오히려 그녀에게 미안함을 느끼는 샤를이 안쓰럽고 그만큼 대단하게 느껴졌다.

"저는 괜찮습니다."

"그때 상처 입지는 않으셨습니까?"

"네, 정말 괜찮습니다. 그래서 이렇게 오지 않았습니까?"

그 말에 샤를이 안심한 듯 미소를 지었다.

"에셀먼드 경은 괜찮나요? 그때 팔을 다친 걸 보았는데⋯⋯."

그 말에 비올렛이 차갑게 대답했다.

"아주 괜찮답니다. 짜증도 내실 만큼요."

"경이 짜증을요? 말도 안 됩니다."

샤를이 눈을 크게 떴다. 그에 비올렛이 얼굴을 찌푸렸다.

"전하의 앞이라 그러는 것뿐입니다. 에르멘가르트 경은 생각보다 유치합니다."

어쩐지 툴툴거리는 말투에 샤를이 웃음을 터트렸다.

"가끔 스승님이 말하시는 걸 보면 두 분은 무척 친하신 것 같습니다."

"전혀요."

비올렛이 딱딱하게 대답했다.

"하지만 에셀먼드 경이 짜증을 내는 건 상상도 가지 않는 걸요. 언제나 그는 똑같은 표정만 지어 줍니다. 검술을 가르쳐 줄 때도 제가 잘하든 못하든 말이에요."

"그렇군요."

비올렛이 건성으로 말했다. 그가 샤를에게 짜증을 내지 않는 것은 당연했다. 샤를은 이 나라의 왕자였기 때문이다.

"스승님."

샤를이 그녀를 불렀다. 따스한 호박색 눈동자가 미소를 지었다. 그러나 비올렛은 어쩐지 샤를이 침울해 보인다고 생각했다.

"혹 동화책을 읽어 주실 수 있으십니까?"

"동화책이요?"

샤를이 수줍게 웃으며 고개를 끄덕였다. 생각해 보면 그는 소년답기보다 어딘지 모르게 소녀스러운 구석이 있었다. 비올렛은 샤를이 가리킨 곳으로 가 동화책을 몇 권 가져왔다. 동화책은 고급스러운 금박이 박혀 있었지만, 샤를이 많이 읽었는지 손때가 묻어 낡은 편이었다.

"어마마마는 사실 이제 이런 건 그만 보고 역사, 정치에 대한 책을 보라고 하세요. 이런 건 왕이 되는 데 전혀 도움이 되지 않는다고요. 나는 아직도 이런 책이 좋은데 말이에요."

그 말에 비올렛이 씁쓸하게 웃었다. 그녀는 샤를이 가여웠다.

"저는 전하의 나이 때도 여전히 이런 책을 읽고 있었답니다."

"정말요?"

사실 글을 몰라 그러했지만. 비올렛이 그 말은 뺀 채 고개를 끄덕였다. 샤를은 한결 안심한 얼굴이었다. 그의 근처에 앉은 비올렛은 동화를 읽어 주기 시작했다. 글을 몰랐던 자신이 이 나라의 왕자에게 동화책을 읽어 주게 된 것은 참으로 모순적이다.

동화책 내용은 너무나 흔해 빠진 이야기였다. 악마에게 납치당한 공주를 구하기 위해 온갖 역경을 뚫고 공주를 구출하는 왕자의 이야기. 이야기를 끝내지 샤를이 말했다.

"정말로 이런 일이 있었을까요?"

"글쎄요."

비올렛이 대답했다.

"어렸을 적, 이런 왕자가 되는 게 꿈이었어요. 왕자가 되어서 멋진 옷을 차려입고, 말룸과 같은 괴물을 처단해 공주를 구하는 거예요."

비올렛이 미소 지었다. 그녀 역시 아주 옛날에는 이런 이야기를 듣고 공주님이 되는 상상을 한 적이 있었기 때문이다. 동화는 언제나 아이들의 우상이다. 그것은 왕족도 천민도 다르지 않다니 친근감이 느껴졌다. 그러나 비올렛은 샤를의 얼굴이 이상하다는 것을 알았다.

"하지만 스승님, 저는 동화 속에 나오는 왕자임에도 이렇게 아무것도 할 수 없어요. 어제 일만 해도 그래요. 저는 스승님께 보호만 받았어요."

침대에 누워 있던 그가 팔을 들어 눈을 가렸다. 그의 콧잔등이 붉게 달아올랐다. 샤를은 울고 있었다. 그의 몸이 흐느낌으로 들썩였다.

비올렛은 그를 가만히 바라보았다. 아이들은 자신이 커서 동화 속 공주와 왕자가 될 거라고 생각한다. 그러나 동화와 현실의 괴리를 겪으며 성장해 나간다. 책 속의 인물과 자신은 다르다는 걸 인지하고, 절대 그들처럼 될 수 없다는 걸 깨닫는 것이다. 비올렛은 그 옛날 자신의 모습을 떠올렸다. 천민이지만 마법사의 도움을 받아 마법처럼 왕자님과 이루어지는 주인공 따윈 될 수 없다는 것을 어린 비올렛은 여섯 살 때, 부모의 죽음으로 깨달았다.

"저는 동화 속 왕자처럼 잘생기지도 않고 용감하지도 않아요. 절대 그렇게 될 수 없을 거예요."

비올렛은 그 흐느낌에 당황했다. 샤를의 부탁대로 동화책을 읽어 준 것은 잘못된 선택이었을까. 아니, 샤를은 처음부터 울고 싶었는지도 모른다. 샤를이 이야기하는 것을 들어 보면, 왕도 왕비도 어린 그에게 언제나 책무만을 강요했다. 마치 어린 비올렛에게 억지로 그랬듯 말이다.

"죄송해요, 멋대로 책을 읽어 달라고 하고 울어서."

눈을 가린 팔 아래로 눈물이 흘러내렸다. 비올렛은 울고 있는 왕자를 내려다보았다. 어린 자신과 같은 울보였다. 참으로 마음이 약한 소년이다. 왜 왕이 걱정하는지도 알 수 있을 것 같았다. 그녀는 처음으로 샤를을 가만히 둘 수 없다 생각했다.

"전하, 팔을 내려 보십시오."

비올렛이 얼굴을 가린 채 울고 있는 소년의 팔을 조심스럽게 내리려 했다. 샤를은 부끄러운지 거부했으나 비올렛이 다정하게 달래듯 그의 머리를 쓰다듬어 주자 팔을 내렸다.

"저기 『성녀와 말룸』이라는 동화책이 보이지요?"

비올렛이 가리킨 것은 아이들이 읽는 아그레시아의 신화였다. 아그레시아와 신, 말룸. 아이들은 신화를 동화로 먼저 접하고는 했다. 어린 비올렛이 가장 먼저 듣게 된 것도 이 이야기였다.

"저는 아그레시아 님처럼 아름답지도 용감하지도 현명하지도 않아요."

비올렛이 말했다.

"신의 사랑을 한 치의 의심도 없이 믿었던 아그레시아 님에 비해 저는 너무도 부족하죠. 하지만 저 역시 말룸을 물리친다면, 저는 누구보다 아름다우며 용감하고 현명한 사람으로 동화책에 기록될 거예요. 어쩌면 제가 천민이라는 것도 사람들은 기록하지 않을지도 모르지요."

비올렛이 말했다. 샤를은 빨갛게 물든 얼굴로 비올렛을 바라보았다. 그의 호박색 눈동자가 반짝거렸다.

"잘생기고 멋진 용사는 원래부터 그런 존재가 아니라 그저 어느 평범한 아버지였을 수도 있고, 아름다운 공주가 사실은 어머니였을 수도 있고, 그렇게 고귀하고 성결하다며 동화책에 기록된 성녀가 사실은 보잘것없는 저였을 수도 있어요. 동화는 모든 것을 아름답게 포장할 수 있어요."

비올렛이 미소 지었다. 사실 따지고 보면 아그레시아도 기사처럼 무력이 있던 것이 아니고 노인처럼 지혜가 있는 것도 아니었다. 아름다움은 석상으로 남아 볼 수 있지만 말이다.

"동화라는 게 다 그런 거예요. 아그레시아의 전설이 사실이었던 것처럼 왕자와 공주의 이야기도 진짜였을지도 모르죠. 신화처럼 천 년도 전에 일어난 일일 수도 있고, 몇백 년 전에 일어난 일일 수도 있고, 몇십 년 전, 몇 년 전 일어났던 일일 수도 있어요."

비올렛은 샤를의 이마를 쓰다듬었다. 샤를이 그녀를 올려다보았다.

"그리고 이미 기록되어 있던 동화가 실은 왕자님의 이야기가 될 수도 있어요. 아니, 어쩌면 왕자님의 새로운 동화가 만들어질 수도 있겠네요."

비올렛이 손바닥을 딱 치며 말했다.

"그렇게 된다면 우리 왕자님이 이렇게 울보라는 것도 얼굴에 귀여운 주근깨가 있다는 것도 기록되지 않고, 아름다운 호박색 눈에 예쁜 노을색 머리를 가진 멋진 왕자님으로 표현될 거예요. 아시겠어요?"

그 말에 샤를이 울음을 멈추었다. 그는 비올렛의 말을 곰곰이 생각해 보는 듯했다.

"완벽한 동화 속 인물은 세상에 존재하지 않아요. 그러니까 그런 인물과 자신을 비교하지 마세요. 조금 특별한 일 하나만으로도 불완전한 인물이 더없이 완벽한 인물로 탈바꿈하니까요. 그게 동화죠."

그 말에 샤를이 그녀의 손에 들린 동화를 보았다. 그리고 얼굴을 찡그리며 말했다.

"정말로 이게 아바마마의 이야기라면 어떡하죠? 어마마마는 세르비아의 공주였거든요. 이게 정말로 두 분의 이야기라면 완벽하게 거짓말인데."

"……."

"사실 우리 아바마마가 왕자였을 때, 잘생기긴 했어도 검은 그렇게 잘 못 쓰셨거든요. 아바마마의 이야기는 아닐 거예요. 그래도 생각해 보니 아바마마가 어마마마를 나라의 검인 대장군을 시켜 구해 냈다고 해도 검을 잘 다루는 용맹한 왕자로 기록될 수 있겠네요. 어쨌거나 아바마마는 이 나라의 용맹한 기사를 '검'으로 다룬 거니까요!"

샤를루스가 자기 나름의 해석을 내놓았다. 그에 비올렛이 환하게 미소 지었다. 샤를은 한결 편해진 얼굴로 말했다.

"죄송해요, 스승님. 항상 스승님 앞에서 저는 울기만 하네요."

"괜찮습니다, 전하."

비올렛이 따스하게 대답했다. 샤를은 말을 이었다.

"저는 동화책 속의 왕자가 될 수는 없을 거예요. 하지만 훗날 제 이야기가 동화가 되어 자식들에게 들려주었을 때, 제 이야기라는 것을 말하지 않아도 동경했으면 좋겠어요. 지금의 제가 왕자를 부러워하는 것처럼요. 하지만 그때 저는 제가 주근깨가 있다는 것도, 잘 우는 사람이라는 것도 동화에 써 달라고 할 거예요."

"어머, 그런 동화는 아무노 써 주시 않을 거예요."

그녀의 말에 샤를이 웃었다.

"그렇다면 제가 그 진실을 다 알려 줄 거예요. 제 아들에게도, 제 아들의 아들에게도, 이 세상 모든 아이들에게도!"

샤를이 두 팔을 벌리며 말하자 비올렛이 웃었다. 아, 다행이다. 그녀는 샤를의 기분이 나아진 것을 보며 안도했다. 그가 웃고 있는 비올렛을 보았다.

"스승님, 이제 제가 좋으십니까?"

그 말에 비올렛이 눈을 동그랗게 떴다. 샤를이 수줍게 물었다.

"어쩐지 스승님과 가까워진 것 같아 좋습니다."

그 말에 그녀는 잠시 할 말을 찾다가 말했다.

"전하 같은 분을 누가 안 좋아할 수 있나요?"

그 말에 샤를이 환하게 미소 지었다. 그는 자신이 조금 전까지 울고 있었다는 것을 잊어버린 듯했다. 비올렛도 마주 보며 얼굴 가득 웃음을 머금었다.

수업을 가장한 샤를과의 담소를 끝낸 비올렛이 왕자의 방 밖으로 나가 복도를 지나자 이자카가 서 있는 모습이 보였다. 아, 또 기다리지 않고 이곳에 왔네. 혹여나 샤를이 이자카를 보면 겨우 그를 달랜 보람이 없어질까 봐 그녀는 왕자의 방문이 닫힌 것을 확인한 후 이자카에게 걸어갔다.

"기다렸다."

"……."

비올렛은 이자카의 말에 대답하기보다는 고개를 돌려 그녀의 옆에 서 있는 남자를 바라보았다. 칼츠 경과 함께 서 있던 에셀먼드 역시도 바깥에서 대기하고 있었던 모양이다. 비올렛이 뒤에 서 있던 칼츠 경을 보며 말했다.

"이게 무슨 일입니까? 왜 에셀먼드 경이 여기 있습니까?"

그에 칼츠 경이 난감한 기색으로 대답했다.

"아, 어…… 부단장님께서 성녀님을 모신다고 하셨습니다."

"하루 만에 다 나을 부상은 아니고, 신관에게 치료라도 받았습니까?"

비올렛이 물었다. 그녀는 체자레를 비롯한 신관들은 신전에 기거하고 있고, 어제 에셀먼드는 자신과 같이 집으로 돌아갔기에 수도에 있는 신전 쪽에 가지 않았다는 것을 알고 있었다.

"맡은 소임을 다하고자 할 뿐입니다."

에셀먼드가 대답했다. 상처 입은 몸으로 근무하다니, 자기 몸은 뭐 무쇠인가? 비올렛은 어이가 없었다.

"경께서 나라에 얼마나 중요한 인물인지 제가 굳이 말씀드려야 합니까?"

비올렛이 차갑게 말했다. 그것은 어제 에셀먼드가 마차 안에서 그녀에게 말한 것이었다. 고집스러운 남자. 그 말을 들은 에셀먼드의 눈썹이 꿈틀했다. 확실히 이 방법은 저 무뚝뚝한 남자에게 효과적인 것 같았다.

"서, 성녀님, 너무 화내지 마시고……."

칼츠 경이 당황하며 말했다. 하지만 비올렛은 팔을 심하게 다쳐놓고도 저렇게 아무렇지도 않다는 얼굴로 서 있는 것 자체가 이해가 가지 않았다. 정말 그는 한 번도 다친 적이 없었던 걸까. 사실 다쳤는데도 저런 얼굴로 있어서 몰랐던 것은 아닐까. 그런 생각을 하면 괴로워졌다.

"소임을 다하는 것은 우선 몸부터 추스르고 하십시오. 또다시 암실자를 맞닥뜨린다면 경께서는 절 완벽하게 지킬 수 없을 것 같습니다."

명백한 도발적 언사에 칼츠 경의 얼굴이 창백해졌다. 에셀먼드가 비올렛을 바라보고 있었다. 대놓고 노려보고 있는 것은 아니었지만, 한눈에 봐도 언제나처럼 무표정한 얼굴이 아니라는 것은 알 수 있었다.

"제 실력을 무시하시는 겁니까?"

에셀먼드가 조금 날카로운 말투로 물었다. 그 말에 비올렛이 차갑게 대꾸했다.

"아니요. 당신을 무시하는 게 아니라, 상처를 숨기고 그렇게 태연한 표정을 짓는 사람에게 신뢰가 가지 않는다는 말입니다. 죽기 직전까지도 괜찮다고 할 것 같아서요. 틀립니까?"

그 말에 에셀먼드가 얼굴을 찡그렸다.

"화살에 독이 발라져 있었다는 걸 들었습니다. 몸도 챙기지 않고 소임을 다하는 것은 어불성설입니다. 몸이 나을 때까지 저택에 돌아가 근신하세요. 혹 폐하나 대장군께서 물으신다면 제가 그러도록 했다고 하십시오."

비올렛은 혹여나 이 일로 왕이나 후작이 뭐라 말한다면 버럭 쏴붙여 줄 생각이었다. 저렇게 부상당한 사람을 업무에 내보내는 게 제정신이냐고. 단호한 그녀의 눈빛을 본 에셀먼드가 조용히 허리를 숙이며 말했다.

"성녀님의 명이시니 그리하겠습니다."

분명 말도 억양도 그대로였으나 어딘지 모르게 비꼬는 것 같은 느낌이 들었다. 화를 내며 사라질 거라고 생각했던 그녀의 예상과는 달리, 에셀먼드는 얄밉게도 정돈된 걸음걸이로 가 버렸다. 남아 있던 칼츠 경이 말했다.

"성녀님."

"칼츠 경도 문제입니다. 다친 사람을 호위로 내세우면 어떡합니까."

비올렛이 얼굴을 찡그리며 말하자 칼츠 경이 난감한 기색으로 머리를 긁적였다. 그는 이리저리 불안하게 눈알을 굴리고 있었다. 비올렛이 이자카 쪽을 바라보니 그도 왜 그런지 모르게 칼츠 경과 비슷한 얼굴을 하고 있었다. 잠시 후, 이자카가 눈썹을 찌푸리며 말했다.

"피아케, 잔인하다."

"네?"

"너, 제대로 짓밟았다."

"무엇을요?"

이자카가 사라진 에셀먼드 쪽을 바라보며 고개를 설레설레 저었다. 칼츠 경도 이자카의 말에 동조했다.

"마음이 상하셨을 겁니다. 아프셔도 성녀님을 지키겠다는 일념 하나만으로 여기까지 오신 건데……."

마치 자신을 나쁜 사람으로 몰아가는 것 같아 비올렛은 화가 났다. 그녀는 처음으로 칼츠 경에게 화를 냈다.

"아픈 건 아픈 거고, 업무 수행 능력은 수행 능력입니다! 혹여 아파서 쓰러진다면 호위 기사로서 어떻게 믿을 수 있답니까!"

"부단장님은 절대 쓰러지지 않습니다."

칼츠 경이 말했다. 그는 다시 볼을 긁적였다.

"하, 하지만 쉬시는 게 나을 것 같군요. 조금 안됐지만 성녀님의 말이 옳습니다."

칼츠 경은 에셀먼드의 강함에 대해 옹호하다 비올렛의 표정을 보고 의견을 바꾸었다. 그녀 역시도 화를 내는 경우가 무척 드문 사람 중 하나였기에, 칼츠 경은 이 아름답고 사랑스러운 성녀님이 화를 낸다는 사실에 얼른 풀어 드려야 한다고 생각했다. 이자카 역시 황급히 그녀의 편을 들어 주며 말했다.

"피아케, 네가 틀린 게 아니다. 맞다."

뭔가 다들 자신의 눈치를 보는 것 같았다. 그것이 조금 거슬리는데 지적하기에는 애매했기에 비올렛은 그 둘을 쏘아보았다. 저 남자가 저대로 집에 돌아가야 할 텐데, 비올렛은 한숨을 쉬었다.

이자카는 항상 담소를 나눌 때면 호위 기사들을 바깥에 둔 채 단

둘이 있는 것을 원했다. 어쩌다 호위 전담 식으로 되어 버린 칼츠 경은 그에 대해 부정적인 반응이었으나, 비올렛의 부탁에 그는 소리를 지르라는 당부로 한발 물러서 주었다. 그들이 대화하는 내용은 다양했다. 이 나라, 그리고 사람들, 풍습 등의 것들이었다. 그러나 오늘은 달랐다. 조금 친밀해졌다 싶었는지 이자카가 돌연 물어왔던 것이다.

"너에 대해 이야기해라."

"저에 대한 이야기요?"

비올렛이 되물었다. 이자카는 탁자 위에 있는 차를 꿀꺽 마셨다. 그거 홍차라 뜨거울 텐데. 이자카가 컵을 보며 얼굴을 찡그렸다.

"이 물, 언제나 먹는 거지만 맛없다."

"저도 사실 별로 안 좋아해요."

비올렛이 대꾸하자 이자카는 그 기회를 놓치지 않고 물었다.

"너는 그럼 어떤 걸 좋아하냐?"

"달콤한 거요. 과일 차 같은 거."

비올렛이 대답했다.

"여자나 어린애들이 단것을 좋아한다더니, 너도 그렇다."

"그런가 봐요."

단것을 좋아하는 건 좋은데, 그걸 드러내는 것은 어쩐지 부끄러웠다. '너도 어쩔 수 없는 여자구나' 또는 '어린아이의 입맛'이라고 말하는 것 같았기 때문이다.

"나도 좋아한다."

"네?"

그녀의 되물음에 이자카가 말했다.

"나도 단 거 좋아한다."

저렇게 곰처럼 큰 덩치를 가진 남자가 단것을 좋아한다니 믿기지 않았다. 비올렛이 잔웃음을 흘리자 이자카가 그 모습을 빤히 바라보았다. 그는 아주 신기한 것을 보는 얼굴이었다. 눈이 마주쳤다. 그리고 초록색 눈에 미소가 서렸다. 이자카는 험악한 인상과는 다르게 비올렛의 말에 곧잘 미소 짓고는 했다. 그리하여 그녀는 이자카가 부담스럽긴 했지만 첫인상과는 달리 위압을 느낄 정도로 무섭지는 않았다.

"왜 웃는가? 웃는 모습을 구경해서 좋지만, 이유가 궁금하다."

"그냥 재미있어서요."

생각해 보면 그녀는 다른 이들에게 이렇게 터놓고 말한 적이 없었다. 에이든과 다니엘이 있었지만 다니엘은 언제나 듣기 힘든 부정적인 말만 했고 에이든은 싫어하는 행동만 했다. 시수일레는 친구라고 말했지만 비올렛은 그녀를 친구로 받아들일 수 없었고, 다른 이들은 그녀의 신분을 니무도 잘 알고 있었다.

아, 왜 이자카에겐 조금 풀어져 있을 수 있는지 알았다. 타인들은 모두 그녀가 '천민'이라는 신분을 가지고 있었던 것을 유념하고 있었다. 그러나 이자카는 달랐다. 생각해 보면 어린 왕자 역시도 그러했지만, 일단 그녀가 스승이었기에 가능한 일이라는 점에서 이자카와 자신처럼 평등한 관계는 아니었다.

"너 웃으니 예쁘다."

"네?"

"또 웃어라."

이것이 이성으로서 느끼는 호감인 것인지 아닌지는 비올렛도 잘 알고 있다. 그는 숨기지 않고 드러낸다. 그리고 그녀를 최고의 여자처럼 말해 준다. 그래서 비올렛은 이자카에게 단것을 좋아한다는, 괜히 말하기 부끄러운 취향을 드러낼 수 있었다.

"또 너에 대해 이야기해 봐라."

그의 재촉에 비올렛이 어물어물 이야기했다. 사실 그녀로서는 이야기할 만한 추억은 없었다.

"제가 천민이라는 거?"

"그건 뭐냐. 이미 들어서 알고 있다. 재미없다."

이자카가 얼굴을 찡그렸다. 조금 심각한 이야기를 할까 했지만, 그가 그녀의 신분에 대해 쉽게 넘겨 버리자 허탈해졌다. 그러나 상관없다는 말에 비올렛의 가슴이 뛰었다.

"알고 있었어요?"

"너에 대한 건 대부분 다 안다."

"그런데 왜 제 이야기를 듣고 싶어요?"

비올렛의 물음에 이자카가 말했다.

"그래도 네가 이야기해 주는 게 더 좋다."

비올렛은 그를 바라보았다. 마치 길들여진 늑대 같았다. 하지만 그녀에 대한 이야기는 한정적이었다. 이미 천민이라고 이야기한 시점에서 그녀의 입에서 나올 이야기는 끝났다고 봐도 무방했다.

"그 검을 든 사내, 정말로 네 오빠냐?"

비올렛이 천민이라는 것은 알았어도 입양이 되어 억지로 형제가 되었다는 것은 모르는 모양이었다. 그녀가 고개를 끄덕였다.

"천민이라서 귀족가에 입양되었어요. 오라버니는 그 집 후계자예요."

"왜 입양되었지?"

"그야 제가 천한 신분이라서……. 아니, 사실 여러 이유가 있었어요, 말 못할."

이자카는 더 캐묻지 않았지만 납득이 안 가는 부분이 있는지 얼굴을 찌푸렸다.

"왜 네가 천한 신분이지? 너는 신에게 선택받았다던 빛의 여인과 같은 사람이 아닌가? 조금 이해가 가지 않는다."

엄격한 아그레시아의 신분 제도를 이자카로서는 이해하기 힘든 모양이었다. 군나르족의 사람들은 신분보다는 강함에 우위를 두는 듯했으니 말이다. 비올렛의 말수가 줄어들자 이자카가 턱을 쓰다듬으며 말했다.

"그렇다면 검을 든 사내는 피가 섞인 오빠가 아니군."

"맞아요."

왜 그렇게 에셀먼드에게 관심을 두지? 의아하게 생각하는데 그가 말을 이었다.

"그 사내는 애송이다."

"그러고 보니 이자카의 나이가 몇인데요?"

그녀의 물음에 그가 대답했다.

"스물 셋이다."

"오라버니와 두 살밖에 차이가 안 나네요."

"두 살 어려도 애송이다."

이자카는 에셀먼드를 어리게 보고 있었다. 언제나 어른 같아 보였던 에셀먼드도 이자카에게는 어려 보이는 모양이었다. 조금 신기한 기분이 들었다.

"또 네 이야기를 해 봐라."

"저에 대해 대부분 아신다면서 왜 자꾸 물어보세요?"

정말로 할 이야기가 없어 비올렛이 난감해하며 묻자 이자카가 말했다.

"하지만 나는 네가 단것을 좋아한다는 것은 모르고 있었다."

"……그렇게 제가 알고 싶어요?"

비올렛이 의아한 얼굴로 물었다. 자신에게 이렇게까지 지대한 관심을 가져 주는 사람은 없었다. 호감을 숨기지 않고 드러내며 그녀에 대해 알고 싶다고 한다. 만약 자신이 가진 새까만 증오를 그가 알게 된다면 어떻게 되는 것일까. 성녀라면서 신에게 품은 저주를 알게 된다면 저 남자는 그녀를 경멸할까, 혐오할까?

선한 미소를 짓고 있었지만 아마 그녀의 마음은 누구보다 세상을 저주하는 악마에 가까울 것이다. 어긋나고 뒤틀려 있다.

사실 비올렛이 이자카에게 이렇게 친절하게 대했던 것은 그녀가 마냥 순진하기만 해서 그런 건 아니었다. 이자카에 대한 개인적 호감도 한몫했지만, 군사 강국 아슈카바드의 칸이 왕도 교황도 아닌 자신을 지지해 준다면, 그것이 설령 이웃 나라라고 해도 아무도 그녀를 막 대하지는 않을 것이다. 그들이 개종이라도 하게 된다면 그녀의 입지도 어느 정도 커질 거라는 계산이 있다.

그녀는 계산적이다. 더 이상 순진하지 않았다. 샤를 왕자나 시수일레가 가지고 있는 순진함은 나약함이 되었다. 그렇다고 어리숙한 모습이 연기는 아니다. 이자카는 예상치 못한 방법으로 그녀를 어리숙하게 만들었다.

비올렛은 자신의 이야기를 말하기 시작했다. 신을 저주하는 비올렛이 아닌, 그저 이상적인 성녀처럼 말했다. 여름 하늘의 광활함, 바람이 불 때 잎사귀의 속삭임, 새들이 얼마나 아름답게 노래하는지, 그 아름다운 정경 속에서 얼마나 지극한 신의 사랑을 느낄 수 있는지. 그러나 그녀는 자신의 비참한 과거 역시 살짝 섞어 말했다. 그것에서 그녀가 무엇을 느꼈고 지금 어떤 감정을 품고 있는지는 철저히 숨긴 채 말이다. 그것을 듣고 있는 이자카의 녹안이 서늘하게 빛났다.

여름에서 가을로 넘어가는 시기를 알리는 것은 샤를 왕자의 12살 생일을 축하하는 파티였다. 이 나라에 한 명밖에 없는 왕자의 생일인 만큼, 나라의 모든 귀족들이 모였다. 이전에는 성인이 아니라는 핑계로 가지 않은 비올렛도 이제는 어엿한 왕자의 스승이 되었으므로 필히 참여해야만 했다.

우선 왕자의 생일이었기 때문에 에이든과 다니엘, 에셀먼드와 후작 모두 정복을 차려입었다. 비올렛 역시 그날따라 앤이 유달리 힘을 써 주어서 화려한 옷에 반짝반짝 빛나는 장신구를 주렁주렁 달았다. 처음으로 삼형제와 후작, 에르멘가르트가 일원들과 동시에 저택을 나가 입궁하는 순간이었다.

"자, 손."

다니엘이 웃으며 비올렛에게 손을 뻗었다. 연녹색 옷을 입은 그는 누가 봐도 매력적인 미소년의 얼굴을 하고 있었다. 그녀가 다니엘의 손 위에 자신의 손을 올리려 하자 에이든이 말했다.

"야, 너는 내가 달라고 할 땐 주지도 않아 놓고서."

에이든이 구시렁거리는 것을 비올렛은 무시해 버렸다. 에셀먼드가 말했다.

"에이든, 궁 안에서 전하나 성녀님께 함부로 했다간 내가 네 업무를 담당하겠다."

"아, 아닙니다. 닥치겠습니다. 조심하겠습니다!"

군기가 바짝 든 에이든을 보고 다니엘이 웃음을 터트렸다. 그는 정말로 형제들을 사랑하는 둘째로 보였다. 한 번씩 비올렛은 다니엘의 그 이중성이 무서웠다. 그것을 눈치챈 다니엘이 그녀의 손을 꽉 쥐었다. 아픔에 비명을 지르고 싶었으나 그녀는 애써 태연한 표정을 지었다.

"뭐라고 말 좀 해 보세요, 아버지, 형. 우리 막내 예쁘지 않아요?"

왜 굳이 그런 것을 물어보는 것일까. 비올렛이 다니엘을 바라보았다. 그에 후작이 말했다.

"아름다우십니다."

"……."

저렇게 억지로 말하지 않아도 별로 관심이 없다는 것 정도는 알고 있다. 후작은 헛기침을 하며 그녀에게 무엇인가 더 말하려 했지만, 그녀가 시선을 돌리자 입을 다물었다. 그것을 지켜본 에셀먼드가 한마디 했다.

"그래, 확실히 앤이 고생했군."

이 사람이 무슨 일로 저렇게 말하는 걸까? 독에 중독되더니 머리까지 독이 퍼진 걸까? 그렇게 생각하는데, 에셀먼드가 다니엘을 보며 미소를 지었다.

"그렇지만 다니엘."

그가 성큼 다가와 비올렛의 뒤에 섰다. 에셀먼드의 그림자가 지자 비올렛은 상처는 다 나아서 저러고 있는 것일까, 조심스럽게 생각했다. 독이 상처의 회복을 느리게 한다는 것은 들어서 알고는 있다.

"궁 안에 들어가서도 이 아름다운 성녀님과 손을 계속 잡고 있을 게 아니면, 손을 놓는 게 좋을 거다."

"……."

"너는 다른 이들을 만나느라 성녀님을 끝까지 챙겨 드릴 순 없을 테니까."

그렇게 말하며 에셀먼드가 비올렛의 반대편 손을 잡아 버렸다. 다니엘의 얼굴이 순간 일그러졌다. 다니엘이 비올렛을 잡았던 손을 꽉 쥐었다 놓았다. 그 악력에 다니엘의 분노가 느껴졌다. 새벽에 찾아와 화를 낼지도 모른다. 걱정 어린 시선으로 다니엘을 바라보자 그는 여느 때와 같이 다정하게 미소 지었다.

"그렇군. 형, 내가 비올렛에게 계속 신경은 못 쓰겠지. 그건 생각하지 못했네."

왜 굳이 다니엘에게서 손을 빼앗은 걸까. 비올렛은 에셀먼드가 의아했다. 설령 다니엘이 그녀를 끝까지 책임지지 못하더라도 그와는 관련 없는 일이 아닌가?

"우아, 너무해. 나는 하루 종일 잡고 있을 수 있는데. 나도 내 동생 손 한번 잡아 보자."

"에이든."

에셀먼드의 차가운 말에 에이든이 눈치를 살금살금 살폈다. 앞서 가고 있던 후작이 마차에 오르자 비올렛도 에셀먼드와 같이 마차에 올라야만 했다. 졸지에 에셀먼드의 손을 잡은 비올렛은 그가 자신을 그 짙은 푸른 눈으로 보고 있다는 것을 알았다.

"다음부터는 앤에게 말해 두겠다."

"무엇을요?"

"그 드레스, 지나치게 성녀답지 않다. 무언가 착각하고 있는 모양인데, 너는 성녀다."

비올렛은 자신의 드레스를 바라보았다. 가슴이 조금 파인 것 빼고는 사실 괜찮았다. 파이면 파일수록 목이 가늘어 보이고 날씬해 보이기까지 하는 모양새로, 그저 유행하는 평범한 디자인이었다.

"성녀의 옷차림이라는 게 어떤 건데요?"

비올렛의 물음에 에셀먼드가 답했다.

"글쎄, 적어도 너처럼 그렇게 맨살을 드러내지는 않겠지."

"제가 아직 신전 소속이 아니라는 건 알고 말씀하시는 거죠?"

비올렛이 그를 바라보자 에셀먼드가 그녀의 눈을 직시했다.

"그래. 하지만 너는 에르멘가르트의 성을 쓰고 있지도 않지."

그 말에 비올렛의 말문이 막혔다. 에셀먼드는 계속해서 그녀를
뚫어져라 보았다.

"너는 가서 무엇을 할 거지?"

"무엇을 할 거냐뇨? 정해져 있는 게 아닌가요? 왕자님께 축하 인
사를 드리고 스승님께 인사한 뒤 그냥 서 있겠죠."

"칸과 같이 있을 건가?"

"아, 이자카도 함께 있겠군요."

비올렛의 말에 에셀먼드가 표정을 굳혔다.

"너도 에이든과 다를 바가 없어. 왜 그를 칸이라고 부르지 않고
그 이름을 부르는 거지? 오해를 살 우려가 있다."

그 말에 비올렛이 짜증을 냈다. 에이든과 다를 바가 없다는 것이
그녀를 자극했다.

"그건 이자카가 원하는 거였어요. 친분이 있기에 그런 것이고요.
그리고 저도 머리는 있어요. 그곳에서 이자카의 이름을 부르지 않을
머리 말이에요. 오라버니는 아직도 제가 어린아이로 보이나 봐요?"

"어린아이로 보였다면 그렇게 말하지도 않았겠지."

"네?"

작게 내뱉은 말에 비올렛이 되묻자 에셀먼드가 입을 다물었다.

그녀는 조금 답답해졌다.

"할 말 있으면 해요. 뭐가 못마땅하고 뭐가 싫은 건지. 도대체 뭐가 문제인 거예요? 아직도 상처가 안 나았어요?"

비올렛이 따져 묻자 에셀먼드가 그녀를 서늘한 시선으로 보았다. 그녀는 그의 눈에 흐르는 감정을 얼핏 본 것도 같았다. 그 실체가 어떤 것인지 알아보려 했으나, 그것은 사라진 지 오래였다.

"오늘은 내 곁에 붙어 있는 게 좋을 거다."

그것은 나지막한 경고였다.

"싫어요."

비올렛이 투덜거렸다.

"갈수록 어리광을 부리는군."

"그러면 그냥 어린애라고 생각하세요."

비올렛이 시원스럽게 인정하자 에셀먼드의 눈썹이 치켜 올라갔다. 그녀는 그의 시선을 외면했다.

마차가 멈추자마자 에셀먼드는 먼저 마차에서 내려 비올렛의 손을 잡았다. 마치 도주 의심자를 잡는 듯한 태도에 그녀는 얼굴을 찡그렸지만, 실내로 들어가자 익숙한 듯 당당하게 얼굴을 정돈했다.

에셀먼드가 에스코트해 주는 건 사실 나쁜 일은 아니었다. 그녀가 후작가에서 어느 정도 자리를 잡았다는 것을 보여 주기 때문이었다.

복도를 지나 대연회장으로 가자 그녀의 성인식보다 더 많은 이들이 모여 있었다. 교황의 기세에 다소 눌려 있지만 왕은 한 나라의 통치자였고, 만약 이변이 없다면 다음 왕은 샤를이었기에 교황파의 귀족들도 많이 보였다.

당연하게도 왕자는 아직 모습을 드러내지 않아 비올렛은 조용히 주위를 둘러보았다. 사람들이 몰려 있는 곳이 보였다. 그 가운데는 그녀가 익히 아는 사람들이 서 있었다.

군나르족 사람들은 모두 구자르트의 예복을 입은 채 서 있었는데, 보통 사람보다 머리 하나는 더 큰 이자카의 모습이 바로 눈에 들어왔다. 확실히 갈색 피부의 군나르족들은 이국적이며 화려한 복식과 전투 민족다운 다부진 체격으로 눈에 띄었다. 비올렛은 이자카를 둘러싼 귀부인이나 영애들이 그에게 말을 걸려고 애를 쓰고 있는 게 눈에 들어왔다.

아무리 이교도라지만 이자카는 아슈카바드라는 아그레시아 면적의 절반에 달하는 땅을 통치하는 칸이었다. 외모 역시 매처럼 날카로운 눈매를 가져 위협적으로 보였지만, 자세히 보면 조각처럼 잘생겼기 때문에 그에게 이성적으로 끌리는 여자들이 많았다. 그러나 이자카는 그 가운데에서 못마땅하다는 표정을 짓고 있었다. 비올렛은 이자카와 눈을 마주했다. 그쪽으로 가려 하자 에셀먼드가 그녀의 팔을 꽉 잡고 놔주지 않았다.

"손 좀 놔주시겠어요, 오라버니?"

"오자마자 바로 이국의 남자에게 달려가는 게 그렇게 좋은 모습은 아닐 겁니다, 성녀님."

에셀먼드가 말했다. 비올렛은 이 사람이 도대체 왜 이렇게 말이 많아졌나 의문스러웠다. 아무리 생각해 봐도 평소의 에셀먼드는 이런 말을 하지 않았다. 아니, 일단은 그녀에게 말도 거의 하지 않았고, 그나마 제일 말을 많이 했을 때는 3년 전이었다. 그런데 왜 이렇게 말을 걸어 대는 것일까. 그것도 부정적으로. 게다가 이런 상황은 또 무엇이란 말인가.

"절 그렇게 생각해 주시는지 미처 몰랐습니다."

그녀가 생글생글 웃으며 말했지만 에셀먼드는 무표정이었다. 후작이 웃으면서 신경전을 벌이는 그들을 의아한 얼굴로 보았다. 에이든은 동료 견습 기사들을 만나러 간다고 가 버렸고, 다니엘 역시 에셀먼드와 비올렛을 힐끗 쳐다보다 자신의 상관에게 인사를 하러 떠났다.

에셀먼드는 후작의 곁에 머물렀다. 사람들은 후작에게 인사를 하고는 후작의 후계자인 에셀먼드에게도 인사했고, 더불어 옆에 있던 비올렛에게까지 인사했다. 후작의 옆에 서 있던 그녀를 무시할 수는 없었기 때문이다. 비올렛은 이 자리가 불편했다. 하지만 에셀먼드의 손 때문에 벗어날 수가 없었다.

그때 사람들이 웅성거리는 소리가 들렸다. 비올렛은 이자카가 결국 자신에게 다가오는 것을 보았다.

"피아케."

사람들이 그녀를 보고 있었다. 에셀먼드와 후작이 먼저 다가가 인사했다.

"칸을 뵙습니다."

이자카는 눈썹을 꿈틀대며 그들을 바라보았다. 일단 그는 후작을 만나는 것이 처음이었으므로 나라 제일의 무장이라는 후작을 평가하는 듯했다. 이자카는 인사를 받으며 고개를 끄덕였다. 그리고 비올렛을 바라보았다.

"왜 오자마자 날 찾아오지 않았던 거지? 기다렸다."

그 말에 비올렛이 난감한 미소를 지었다. 에셀먼드가 손을 꼭 잡고 있기 때문이라고는 차마 말하지 못했다.

"너는 날 담당하지 않나. 나는 네가 없으면 불안하다."

그의 말에 사람들의 시선이 비올렛에게 향하는 것이 느껴졌다. 비올렛에게 대놓고 호감을 표현하는 이자카의 모습에 사람들이 수군거렸다. 비올렛은 이런 일이 일어나면 자신에게 안 좋은 말이 되돌아온다는 것을 알고 있었다. 아까까지 귀부인들에게 둘러싸여 있던 이자카이니 더욱 그러했다. 에셀먼드와 후작은 그런 사정을 알아 그녀에게 주의를 보내 왔다. 비올렛이 말했다.

"송구합니다, 칸. 바쁘신 듯하여 미처 인사드리지 못하였습니다. 이곳까지 오신 것은 감사하오나 저는 아버님과 같이 이곳에 있어야 할 것 같습니다."

그 말에 이자카의 얼굴이 찌푸려졌다.

"이자카, 이자카라 부르라 하지 않았나."

그 말에 비올렛은 난감한 표정을 지었다. 대놓고 드러내는 친분에 사람들의 시선이 떠날 줄을 몰랐다.

"실례합니다, 칸. 제 여식도 할 일이 있습니다. 불안하시다면 칸께서도 일행분들과 같이하시는 게 어떠신지요."

후작마저 그렇게 말하자 이자카는 버림받은 늑대의 얼굴을 하며 비올렛을 바라보았다. 그녀가 살짝 고개를 젓자 그가 못마땅한 얼굴로 고개를 끄덕이더니 가 버렸다. 후작이 사람이 적은 쪽으로 움직이더니 비올렛에게 말했다.

"이교도라지만 무례하기 짝이 없습니다."

"그렇습니까?"

후작은 아주 불쾌한 얼굴이었다. 비올렛이 추문에 휩싸일까 봐 걱정하는 듯했다. 물론 그것은 비올렛에 대한 것이 아니라 '성녀'라는 이름에 오물이 튈지 모른다는 걱정이겠지만.

"에드!"

밝고 명랑한 여자 목소리가 들렸다. 비올렛은 깜짝 놀라 그쪽을 바라보았다. 활기찬 목소리가 들리며 아름다운 연하늘색 드레스를 입은 여자가 다가왔다. 금발에 파란 눈을 한 처음 보는 여자였다. 그녀가 에셀먼드에게 미소를 짓더니 이내 후작의 존재를 알고 놀라 인사했다.

"각하를 뵙습니다."

여인이 우아하게 인사했다. 비올렛은 갑자기 등장한 저 여자가 누군지 생각했다.

"먼저 인사를 못 드린 무례를 용서하세요, 각하. 멀리서 에드 경 밖에 보이지 않았어요."

그녀가 두 뺨에 사랑스러운 홍조를 띠우며 말했다.

"괜찮습니다, 데후바스 백작 영애."

데후바스라면 전대 성녀인 아나스타샤를 배출해 낸 가문이었다. 후작 가문이라고 들었는데 백작으로 강등되기라도 한 건가. 비올렛이 생각했다.

"어머, 처음 뵙겠습니다, 성녀님. 패트리샤 데후바스입니다."

그녀가 활짝 웃으며 다시 한 번 무릎을 살짝 굽혀 인사했다. 비올렛은 그 인사에 미소 지으며 답했다.

"반갑습니다, 영애."

여자는 다른 사람들처럼 호기심 어린 시선으로 비올렛을 관찰하기보다는 에셀먼드에게 집중하는 것을 택했다. 패트리샤는 다니엘과 비슷한 금발에 푸른 눈을 하고 있었다. 에셀먼드가 비올렛의 손을 놓았다. 그동안 꽉 잡혀 있어 답답했는데 막상 그 손이 자유로워지자 지나치게 허전한 느낌이 들었다.

"오랜만입니다, 데후바스 영애."

에셀먼드가 인사를 건넸다. 그가 지금껏 대답을 하지 않은 것은 영애가 먼저 비올렛과 후작에게 인사하기를 기다렸기 때문이라는 걸 비올렛은 깨달았다.

"참 딱딱하기도 하시지."

패트리샤가 아쉬운 듯, 하지만 밝은 목소리로 애교스럽게 말했다. 그 말에 후작이 미소를 지었는데, 비올렛은 그녀를 바라보는 후작의 눈빛이 호의적이라는 것을 알았다.

무슨 이유 때문일까. 가슴이 내려앉는 느낌이 들었다. 아나블라와 비슷한 성격이었지만 패트리샤는 아나블라보다 더욱더 차분하고 명랑하며 쾌활한 분위기를 가졌다. 잘 지냈냐는 그녀의 물음에 에셀먼드가 '예', '아니오' 단답으로 대답했다. 하지만 비올렛은 어렴풋이 알고 있었다. 에셀먼드는 싫으면 자리를 피하는 사람이었다. 저렇게 귀찮음을 무릅쓰고 대화하는 사람이 아니었다. 어쩐지 자리가 불편해졌다.

"경, 저와 함께 저기로 가요. 첫 춤은 제게 신청해 주시지 않겠어요?"

패트리샤가 도발적으로 말하자 에셀먼드는 대답하지 않았다. 이내 그가 뭐라고 대답하려 할 때 후작이 먼저 말했다.

"그렇게 해라. 모시는 데 불편함이 없도록 하고."

"알겠습니다."

에셀먼드가 고개를 끄덕였다. 비올렛은 어쩐지 조금 황당했다. 그들의 뒷모습을 보고 있는데 후작이 말을 건네 왔다.

"참으로 활달하신 분이 아닙니까?"

"그렇네요. 좋은 분이신 것 같습니다."

비올렛의 대답에 후작이 말했다.

"에드의 약혼녀입니다."

깜짝 놀란 비올렛의 얼굴을 본 것인지 아닌지 후작이 말을 이었다.

"저 녀석이 변방에 가 있는 3년 동안 기다려 준 고마운 분이십니다."

그 말에 비올렛은 에셀먼드의 뒷모습을 보았다. 화려하고 아름다운 금발의 여인이 그의 손을 잡고 나서는 모습. 남자와 여자, 동화 속 왕자님과 공주님 같은 모습. 정말로 꿈결 같은 장면이었다. 천민이자 성녀인 비올렛은 절대로 꿈꿀 수 없는 모습을 저들은 만들어 내고 있었다.

"언제부터 이야기가 나온 건가요?"

"이미 에드가 열여섯 살 때부터 이야기는 나왔습니다만, 에드가 3년 동안 변방에 나가 있어 데후바스 가문에 누가 될까 공식적으로 밝히지는 않았습니다."

그 말에 비올렛이 고개를 끄덕였다. 생각해 보니 에셀먼드는 스무 살이 넘었다. 그 말인즉, 이미 혼기가 다 찬 나이라는 뜻이었다. 한 대 맞은 듯 머리가 멍했다. 행여나 도망갈까 봐 자신의 손을 꽉 잡았던 주제에, 그는 패트리샤의 작고 부드러운 손을 정중하게 잡고 있었다. 비올렛은 그것을 지켜보며 생각했다, 후작가에 들어와 행복하게 웃고 있는 그 둘의 모습을.

"제 죽은 아내를 참 많이 닮았습니다."

그래서 후작이 호의적이었던 모양이다. 짙은 검푸른 머리와 화려한 금발이 사람들 사이로 섞여 들었다.

비올렛은 그것을 보다가 눈을 깜빡였다. 때마침 왕과 왕비, 그리고 왕자가 들어왔다. 비올렛은 샤를을 바라보았다. 샤를은 붉은빛이 도는 검은 의복을 입고 있었다. 그는 아주 화려한 옷을 입었으나, 얼굴은 어두워보였다. 왕의 연사가 끝나자마자 사람들은 왕자에게 모여들어 축하 인사를 건넸다.

"저는 나중에 따로 인사드리겠습니다."

왕자에게 가자고 눈짓하는 후작을 향해 비올렛이 말했다. 후작은 알 수 없는 시선으로 그녀를 보다 고개를 끄덕이며 왕에게로 향했다. 이제 그는 왕의 옆에 서 있을 것이다.

"비올레엣!"

그 순간 시수일레가 그녀의 이름을 부르는 소리가 들렸다. 그녀는 사랑스러운 미소를 지으며 비올렛에게 다가왔다.

"어디 아파? 얼굴이 안 좋아."

"아니야, 아무것도."

비올렛이 대답했다.

"왕자님 생신이시네. 왕자님 정말 귀엽다. 그렇지?"

혹여 불경한 말이 될까 시수일레가 속삭이자 비올렛은 고개를 끄덕였다. 시수일레는 그녀가 맞장구를 쳐 주자 신이 난 것 같았다.

"티게르난 공작께서는 아직 오시지 않은 거니?"

"공작령에서 출발해서 시간이 걸리시나 봐."

비올렛의 말에 시수일레가 고개를 끄덕였다.

"와, 세상에. 비올렛, 에셀먼드 경이 데후바스 영애와 같이 있어."

"응, 알아."

"저 두 사람 정말로 약혼했던 거니?"

"후작님 말로는 이야기가 오갔었대."

"그렇구나아."

시수일레 덕분에 비올렛은 별로 보고 싶지 않은 장면을 또 보아야 했다. 비올렛은 춤을 추며 에셀먼드에게 무어라 이야기하는 패트리샤를 보았다. 그녀는 아주 즐거운 듯했다. 에셀먼드는 그녀의 이야기를 들어 주고 있었다. 비올렛을 한심하게 쳐다보는 것과는 달리, 그는 무뚝뚝하나 정중했다.

"하긴 데후바스 영애 정도 집안이면 후작가와 연이 닿을 만하다. 그렇지? 저쪽도 무력으로 유명한 가문이잖아."

"미안. 나는 잘 몰라."

비올렛의 차가운 말에 시수일레가 그녀의 눈치를 힐끔힐끔 보았다. 저렇게 여자와 노닥거릴 거면서 왜 자신에게는 옆에 붙어 있으라고 말했단 말인가. 패트리샤와 같이 있는 것을 현재 진행형으로 보라고? 아니면 뭐, 진짜 '가족'이 될 저 여자와 '가족 놀이'를 하고 있는 비올렛의 차이가 무엇인지 보여 주려는 것일까? 비올렛은 삐딱하게 생각했다. 그러다가 왕자의 주위에 사람들이 어느 정도 가시자 그에게 향했다.

왕과 왕비는 옥좌 아래로 내려와 사람들의 축하 인사를 받고 있었다. 혼자 남은 왕자는 비올렛이 다가오자마자 화색이 돌더니 의자에서 내려왔다. 언제나 앉아서 축하 인사를 받던 왕자가 내려오자 주변에 있던 몇몇 귀족들이 놀란 듯 비올렛을 바라보았다.

"스승님!"

왕자가 활짝 웃었다. 비올렛도 그에게 미소를 지었다.

"왜 이제야 오십니까. 기다렸습니다."

샤를이 투정까지 부리자 그녀는 정말로 그가 남동생처럼 귀여워 보였다. 그는 꽤나 힘든 모양이었다.

"에셀먼드 경은 아직입니까?"

그 말에 조금 나아졌던 비올렛의 기분이 다시 가라앉았다. 그러나 그녀는 애써 표정을 갈무리했다.

"아마 영애와 함께 있느라 정신이 없는 듯합니다."

"정말요?"

그가 눈을 크게 떴다.

"아, 그러고 보니 춤을 췄었군요. 사실 긴장해서 제대로 보지 못했습니다."

샤를이 속닥였다. 그때 이자카와 그의 일행들이 왕자를 향해 다가왔다. 왕자는 다시 자리에 앉았고 비올렛은 어쩌다 보니 그 옆에 서게 됐다. 이자카는 팔을 들어 주먹을 쥔 뒤 왼쪽 가슴을 툭 치는 군나르족식 인사를 하며 말했다.

"생일 축하한다, 어린 칸."

"감사합니다."

짧은 언어였고 무례했지만 모두가 다 그것이 서투른 외국어에서 비롯된 것임을 알았다. 샤를은 이자카의 무례하고도 짧은 인사에 친근한 미소로 화답했다. 비올렛은 샤를과 이자카가 어쩐지 친밀해 보인다는 것을 발견했다. 의외였다. 그녀는 샤를이 이자카를 두려워할 거라 생각했다. 심지어 다른 아그레시아 귀족 사내들도 그러지 않는가? 어쩌면 이 왕자는 사실 대단한 배포를 가진 것이 아닐까? 비올렛은 혼자서 심각하게 고민했다.

"어린 칸, 답답하지 않은가?"

그의 물음에 샤를이 대답했다.

"조금 답답합니다. 하지만 제 생일을 축하하기 위해 모두가 모인 자리이니 불편은 감수해야 합니다."

"나였으면 도망갔다."

그 말에 샤를과 비올렛이 동시에 웃음을 터트렸다. 그 웃음소리에 떨어져 있던 왕과 왕비가 이쪽을 바라봤지만 이자카는 개의치 않았다.

"어린 칸."

"말씀하십시오, 아슈카바드의 칸."

"피아케를 빌려도 되겠는가?"

샤를이 비올렛을 바라보았다. 졸지에 빌려야 할 대상이 된 비올렛도 어리둥절했다.

"사람들이 모두 다 피아케를 데려가려고만 하면 쳐다본다. 피아케가 네 스승이라면 내 스승도 피아케다. 나는 이곳이 매우 답답하고 바깥에 나가고 싶은데 안내자가 없다. 조금 빌려다오."

다행히 가신들은 그 말에 별로 반발하지 않았다. 아무래도 그들은 자신들의 뻔뻔한 주군을 말리는 걸 포기한 듯했다. 샤를이 난감한 웃음을 보이다가 말했다.

"그건 스승님께서 결정하실 문제가 아니겠습니까?"

그 말에 이자카의 시선이 비올렛에게로 향했다. 그는 이곳에서 나가자고 은근히 비올렛을 압박하고 있었다. 어차피 추문은 이미 돌기 시작했을 테고 왕자가 허한 것이니 못 들어줄 제안은 아닐 것이다. 비올렛은 고개를 끄덕였다.

"전하, 그러면 잠시만 다녀오겠습니다."

비올렛과 이자카는 궁에서 나와 조금 더 걸었다. 어차피 왕궁의 경비는 그때의 일 이후로 어떤 때보다 철저했으며 이자카가 함께 있었으므로 안전했다. 비올렛은 사람들의 눈을 피해 조용한 정원으로 돌아갔다. 한적한 곳에 도착하자마자 이자카가 말했다.

"덥다."

이자카의 나라는 따스한 나라라고 한다. 그렇다면 이곳은 춥게 느껴야 하는 게 아닐까?

"너는 안 더운가? 전보다 조금 시원하게 입었지만 여전히 더워 보인다."

비올렛은 그 말에 고개를 갸웃했다. 에셀먼드가 분명히 가슴을 너무 드러낸 것 같다는 식으로 이야기하지 않았나?

"제가 더워 보여요?"

"그래."

이자카가 비올렛의 옷차림을 보았다. 분명히 가슴이 조금 드러난 옷을 입었는데도 별 반응이 없다. 그녀가 이상함을 느끼며 물었다.

"진짜요? 이거 조금 과감한 옷인데."

비올렛의 말에 이자카가 얼굴을 찡그리며 바라보더니 이내 웃음을 터트렸다.

"그게? 그 옷차림은 하나도 야하지 않다."

야하다니. 직설적인 말에 그녀의 볼이 붉게 달아올랐다. 이자카가 비올렛에게 얼굴을 가져다 댔다. 그러고는 팔을 뻗어 그녀의 어깨를 잡았다. 뜨겁고 큰 손가락이 비올렛의 어깨에 적당한 압력을 주며 부드럽게 상처가 있던 곳을 쓸었다.

"이자카!"

그녀가 당황해서 뒤로 물러나자 이자카가 웃었다.

"야한 건 네 하얀 살이다."

"……!"

"아, 그래."

그가 손을 들어 어깨를 꼬집듯이 잡자 그녀가 앗 하고 아픔의 신음 소리를 냈다.

"그리고 목소리. 목소리만 들으면 안고 싶다."

그가 비올렛의 귀에 대고 속삭였다. 그녀가 더욱 놀라 뒷걸음질 치자 이자카가 낮은 웃음을 터트렸다.

"사실이지만 그러지 않을 거다."

사실인데 그렇게 하지 않을 거라고? 심지어 농담이라고 말을 돌리지도 않았다. 군나르족은 전부 다 이런 건가. 비올렛의 머리가 하얗게 물들었다. 잔뜩 경계하는 그녀를 보며 이자카가 달래듯 말했다.

"너는 아슈카바드의 '과감한 옷을 입은' 여인을 보면 벗고 다닌다 할 것이다."

"네?"

"아슈카바드에서 그 옷은 오히려 답답한 편이다."

복식의 차이가 있구나. 도대체 얼마나 파인 옷을 입고 다니길래. 그녀는 상상의 나래를 펼치다 정신 건강에 안 좋을 것 같아 그만두었다.

"너는 아슈카바드의 옷이 잘 어울릴 거다."

"네?"

"아주 예쁠 거냐. 나는 페로자Ferozah, 너키석색 비단옷이 잘 어울리는 사람이 좋은데 그런 사람이 거의 없다. 그런데 너는 잘 어울릴 거다."

"그렇게 확신하며 말하지 말아요."

비올렛이 말했다. 페로자라는 보석은 들은 적이 있으나 실제로 본 적은 없었다.

"페로자는 무슨 색이에요?"

"밝은 바다색이다. 어두운 바다 말고."

"바다요?"

비올렛이 물었다. 사실 그녀는 태어나서 한 번도 바다를 본 적이 없다. 파랗고 짠 물이 있다고 들었는데, 도대체 그런 게 존재하긴 하는 걸까.

"바다도 못 본 건가?"

"네."

그 말에 이자카의 얼굴이 기묘하게 변했다. 그 역시도 난감해하는 것 같았다. 어두운 바다와 밝은 바다는 무슨 차이일까.

"넌 꼭 새 같다."

"……."

"새장 속에 있는 작고 하얀 새 같다."

그 말에 비올렛이 하늘을 바라보았다. 저녁 하늘에 시원한 바람이 불어온다. 청량한 풀벌레 소리가 들린다.

"작은 칸과 이야기했다."

"전하와요?"

비올렛이 물었다. 며칠 동안 생일 연회 준비 때문에 수업에 가지 못했는데, 그때 만난 모양이었다.

"나와 아슈카바드로 가자, 피아케."

갑작스러운 말에 비올렛의 눈이 커졌다. 무슨 말을 하는 거지, 이 남자가? 너무나 갑작스러운 말에 비올렛의 심장이 쿵 내려앉았다.

"이자카, 잊으셨나 본데, 저는 이곳에 머무르며 악마의 자식을 처단해야 할 의무가 있어요."

그 말에 이자카가 이글이글한 눈으로 그녀를 바라보며 말했다.

"나는 네 말을 이해하려 했다. 네가 가르치는 종교를 이해하려 했다."

"……."

"하지만 작은 칸은 이야기했다. 너 역시도 이야기했다. 너는 천한 신분이라 그만큼 대우를 받지 못한다. 오늘도 그렇다. 나는 보았다. 사람들은 너를 무시했다. 심지어 어린 너를 데려갔다는 네

가족들도.”

비올렛은 이자카가 그렇게 예리하게 자신을 보고 있을 줄은 몰랐다. 말을 하면서 그는 화가 났는지 억양이 높아졌다.

“하지만 나는 네 종교가, 너희 나라가 도저히 이해가 가지 않는다!”

“…….”

“너도 그 빛의 여인이라던 여자처럼 악마의 자식을 상대해야 한다. 나는 안다. 그것은 네 사명이자 신성한 의무이다.”

“…….”

“하지만 그건 이상하다. 이 나라를 멸망하게 하는 마물이라면, 나라 전체가 맞서야 하는 것이 아닌가? 그건 너만의 의무가 아닐 것이다.”

비올렛은 이자카가 무슨 말을 하는지 듣고 싶었다. 심장이 두근거리는 고백을 원하는 게 아니었다. 그저 그녀는 제일 듣고 싶었던 말을 하는 사람을 도저히 막을 수 없었다. 누군가가 들을지도 몰라 염려스러웠지만 비올렛은 이자카를 말리지 않았다.

“왜 여자 하나의 뒤에 숨어 있는가. 그렇다면 왜 그 여자를 대우해 주지 않는가.”

비올렛은 이자카가 서툴러 보여도 언어에 대해 대부분 습득하고 있다는 사실을 알았다. 그녀가 군나르족 언어를 배웠다면 그와 훨씬 더 깊은 대화를 했을 수도 있다.

“어느 한 명에게 의지하기만 하는 평화는 게으르다. 누군가에게 시켜서 대신 얻어 내는 평화는 겁쟁이 같은 평화다.”

“…….”

“그런 나라라면 차라리 멸망하는 것이 옳을 것이다.”

그렇게 말하며 이자카는 손을 내밀었다.

"나는 바다를 보여 주겠다. 이 나라가 멸망하고 아슈카바드까지 악의 자식이 온다 해도 힘을 다해 싸우겠다."

"……."

비올렛은 이자카를 보았다. 그의 녹안은 기이한 열기에 휩싸여 있었다. 체자레와 다른 마력을 지닌 오묘한 눈, 그녀가 가장 듣고 싶은 말을 해 주는 사람. 새로운 희망이 있는 것일까. 정말로 모두가 다 싸울 수 있을까. 비올렛은 생각했다. 그리고 말했다.

"생각해 볼게요, 칸."

사실 그녀가 생각해 둔 것은 하나였다. 하지만 그 방법을 아주 절실히 원하면서 동시에 원하지 않기도 했다. 그러던 중에 또 하나의 길이 열렸다. 하지만 그것 역시 같은 결말이 아닐까.

비올렛은 이자카를 먼저 보냈다. 그는 같이 돌아가자고 말했지만 조금 생각을 정리할 시간이 필요했다. 이자카가 돌아간 후 비올렛은 조용히 생각에 잠겨 있었다. 그러던 와중에 미처 듣지 못한 새 울음소리가 문득 들려와 그곳에 정신을 집중했다. 심장이 덜컥 뛰었다. 분명 아무도 없는 것을 확인했지만, 새의 울음소리는 나무 뒤에 서 있는 인간 남자 때문에 짜증난다는 뜻이었다. 고개를 돌려 위치를 확인해 보니, 비올렛의 대답은 들리지 않았겠지만 흥분했던 이자카의 목소리는 충분히 들렸을 수 있을 만한 거리였다.

그쪽으로 황급히 뛰어가 봤지만 아무도 없었다. 잘못 들은 건가? 이자카를 말하는 것일까? 누군가 이곳에 있었다면 뛰어난 무장인 이자카가 눈치 못 챘을 리가 없다. 그렇게 생각하며 망연히 서 있을 때였다.

"누굴 찾으십니까?"

부드러운 목소리가 들렸다. 비올렛이 고개를 돌리자 빙긋 미소 짓는 얼굴이 보였다. 달빛 아래, 붉은 머리색이 루비처럼 반짝였다. 달과 같은 황금빛을 머금은 눈동자가 빛이 났다. 그는 이쪽으로 걸어오고 있었다.

"스승님?"

"네, 접니다. 조금 늦게 도착해서 성녀님을 찾고 있었습니다. 귀여운 제자의 얼굴을 본 지가 너무 오래되어서요."

그가 부드럽게 말했다. 저 나무에 서 있던 사람은 체자레일까? 비올렛이 저쪽 나무를 바라보자 그가 말했다.

"미리 말하지만 거기 있던 사람은 제가 아닙니다."

"그럼 누구죠?"

"글쎄요. 하지만 걱정 마십시오. 당신이 걱정할 만한 입 싼 사람이 아닐 테니."

체자레가 말하며 비올렛에게 다가왔다. '또 인간이 왔어. 짜증나, 짜증나!'리고 울던 새가 '그냥 네기 끼진디.'리고 말하며 포르르 날아가 버렸다. 밝은 달빛이 있음에도 음산한 기분이 들었다. 체자레는 알 수 없는 기묘한 미소를 머금으며 비올렛을 바라보고 있었다.

"저와 잠깐 산책하시겠습니까?"

체자레는 못 본 사이에 더욱더 화려한 옷차림을 하고 왔는데, 적포도주 빛깔의 옷이었다. 가장 들키지 말아야 할 사람에게 들켰다는 생각이 들자 등에 식은땀이 흘렀다.

"누군가에게 의지해서 얻는 평화는 가치가 없다. 그런 나라는 멸망해도 무방하다."

체자레가 노래하듯 읊었다. 비올렛이 체자레를 바라보자 그는 더할 나위 없는 완벽한 미소를 지었다. 잘생긴 얼굴에서 환한 빛이 나 보였다.

"정말로, 마음에 드는 구절이었습니다."

그 말에 그녀는 머리털 하나하나가 곤두서는 기분이 들었다. 그의 지하실이 떠올랐다. 공포와 비명만이 존재하는. 설마 그곳에 이자카도 갇히게 되는 것일까? 비올렛의 얼굴을 본 체자레가 말했다.

"왜 그러십니까? 제가 무슨 무서운 말이라도 했습니까?"

그는 의아한 얼굴이었다. 그러다가 이내 그녀의 창백한 얼굴의 이유를 알고 부드럽게 미소 지었다.

"안심하십시오, 성녀님. 그는 제 지하실로 끌고 가기엔 너무 거물입니다."

"……."

"게다가 그는 성녀님께 해악을 끼치지도 않았잖습니까? 절 나쁘게 생각하시면 서운합니다."

그 말에 비올렛은 체자레를 바라보았다. 사절단이 아그레시아에 방문했던 날, 이자카와의 대화를 기점으로 그는 공작령에 내려가서 돌아오지 않았다. 약 한 달 만의 만남이었다. 그럼에도 여전히 비올렛은 그가 두려웠다.

"다치셨다고 들었습니다. 어깨는 괜찮으십니까?"

"어깨를 부상당한 것도 알고 계십니까?"

비올렛의 날선 물음에 체자레가 말했다.

"저런, 절 의심하는 것 같은데, 그저 작은 정보력입니다. 당신이 어깨를 다쳤다는 걸 비밀로 하고 다닌 것도 아닌데 그러시면 곤란합니다."

왕자가 습격당하면 체자레가 다음 왕위 계승권자가 된다. 그것을 다시 되새김질하자 비올렛의 마음을 읽은 듯 그가 말했다.

"무언가 착각하시고 있는데, 비올렛, 저는 왕이 될 생각이 없습니다."

"……."

"작위는 저에게 이미 가치가 없습니다."

그는 다소 단호한 어조로 속삭였다.

"제가 아닙니다, 비올렛."

체자레가 입꼬리를 올리며 속삭였다. 그것이 진실일까, 거짓일까. 알 수 없다. 하지만 그는 언제나 진실만을 이야기했다. 그것이 잔혹하고 그녀를 망가뜨리는 것임에도. 그리고 오늘도 체자레는 이야기한다.

"그러나 나의 성녀님."

"……."

"어리고 순수한 비올렛."

비올렛의 심장이 두근거렸다. 그는 또 무슨 말을 하려는 것인가.

"당신은 아슈카바드의 칸을 너무 신뢰한 나머지 제 말을 듣지 않았어요. 아니, 생각해 보니 일단 그의 목적을 알아내는 데는 성공했군요."

그가 다정하게 말했다.

"아무도 믿지 않을 거라 생각했는데, 너무나 신뢰를 주시더군요. 아직도 멀었습니다."

"……."

감당할 수 없는 잔인한 진실. 이 사람은 핏빛의 진실만을 이야기한다. 비올렛은 그것을 듣기 싫었다. 지금이라도 귀를 막고 싶었지만, 체자레의 목소리는 악마처럼 간교하고 교활하게 다가와 그녀의 마음을 뒤흔들었다.

"암살자 하쉬샤신은 구자르트에서 온 게 맞습니다. 정확히는 이자카가 아니라 케스투니스의 칸인 타르크에게서요. 내부 공모자는 아쉽게도 우리 쪽 사람이더군요.”

“……”

“쓸데없는 짓을 했습니다. 성녀님의 어깨에 감히 상처가 나지 않았습니까? 가끔씩 제 의중을 멋대로 넘겨짚어 함부로 행동하는 사람이 있어 저도 곤란하답니다. 이 일은 폐하께 넘기도록 하지요.”

교황파 귀족들 중 하나가 타르크 쪽의 내부 공모자라는 것은 비올렛의 추측도 이자카의 추측도 모두 맞았다는 소리였다.

“하쉬샤신의 낙인을 풀고 조금 귀여워해 줬습니다. 그러자 아주 재미있는 소리를 하더군요.”

체자레가 정말로 재미있다는 듯 옅게 미소를 지었다. 비올렛은 피비린내와 악취가 가득했던 그 지하실이 떠올랐다.

“저는 그들이 다른 대단한 것을 원하는 줄 알았습니다. 당신을 지목할 때부터 눈치챘어야 하는데.”

“……”

“처음부터 목적은 당신이었습니다, 성녀님.”

“무슨……”

“타르크는 당신의 죽음을 원하고 이자카는 당신의 생명을 원합니다.”

“생명을 원하다니, 그게 무슨 말입니까?”

비올렛이 물었다. 체자레는 언제나처럼 나른하게 눈을 내리깔고 속삭였다.

“당신이 살기를 원했다는 말입니다. 군나르족의 국가, 구자르트의 목표는 당신이었다는 말이지요.”

“……”

이자카가 자신이 살기를 원한다면 그것은 그것대로 나쁜 게 아니지 않는가. 하지만 왜 이렇게 불안할까.

"개종 따위 당연히 핑계였습니다. 구자르트는 침략 국가입니다. 국토가 비옥한 아그레시아를 넘보고, 거기서 가장 위험 요인인 성녀를 제거하거나 데려와서 그 힘을 자신의 힘으로 바꾸길 원했습니다."

"……."

"현 구자르트는 케스투니스의 칸과 아슈카바드의 칸이 카칸의 자리를 놓고 반목하고 있습니다. 그라함 카칸은 건강에 이상이 생긴 지 오래이지만 아그레시아를 손에 넣는 게 평생의 숙원이었습니다. 카칸의 심중에 들기 위해서 두 칸은 아그레시아를 손에 넣으려면 가장 위협적인 당신을 어떻게든 해결해야 했어요. 당신의 처우에 있어 두 칸들의 생각이 달랐던 겁니다."

비올렛은 체자레를 보았다.

"타르크는 우환을 없애기 위해 당신을 죽이기를 원했습니다. 이자카는 당신을 회유해서 데려오는 것을 원했습니다. 이자카를 보낸 것을 보아, 카칸도 당신을 회유하는 게 우선순위였던 것 같습니다. 당연합니다. 성녀는 자신의 병을 낫게 해 줄 수도 있으니까요."

비올렛은 입술을 꼭 깨물었다. 옅은 배신감이 들었다. 아슈카바드로 가자는 것은 그저 카칸의 환심을 사기 위해 성녀를 데려가려 그리 말한 것인가.

"말은 언제나 번지르르하지요. 성녀님께서 듣고 싶어 하던 말, 행동, 표정. 그는 당신을 유혹했습니다. 저마저도 아까의 언사에 흔들리더군요. 제가 당신과 같은 입장이라면 그를 따라갔을 겁니다."

체자레가 즐거운 듯 말했다. 비올렛은 그를 보았다. 그녀는 하나도 즐겁지 않았다. 체자레는 지금 자신을 농락하고 있는 것일까? 바보라고?

"왜 스승님은 제게 이것을 알려 주십니까?"

울지 않으려 했지만 눈에는 눈물이 고여 있었다. 붉어진 눈시울을 가만히 바라보던 잘생긴 체자레의 얼굴이 일순 씁쓸하게 변했다. 후작의 진실을 말해 주던 때와 같은 얼굴이었다. 그 표정은 그녀가 눈치채기도 전에 금세 사라지고, 입가에는 알 수 없는 미묘한 곡선이 만들어졌다.

"배신은 빨리 당할 때 가장 마음의 상처를 받지 않는 법입니다. 순수한 만큼 나중에 배신당했을 때 받는 상처도, 증오도 상상을 초월하는 법이지요."

"……."

"나만의 사랑법이라고 알아주시겠습니까."

비올렛의 눈가로 체자레가 손을 뻗었다. 맺혀 있던 눈물이 그의 손가락을 타고 주르륵 흘러내렸다. 사랑 따윈 하지 않은 채 사랑한다고 말한다. 체자레는 언제나 이상하다. 누구보다도 비올렛을 사랑하는 것처럼 굴다가도 방치하고, 괴로움 속으로 밀어 넣는다.

"가십시다."

그가 비올렛의 손을 잡으며 다정하게 말했다.

"오셨습니까, 스승님?"

샤를이 방그레 미소를 지었다. 오늘은 샤를이 원하여 오전 수업으로 시간이 당겨졌다. 샤를은 호박색 눈을 반짝거리며 자신의 스승을 맞이했다. 그는 아주 기분이 좋아 보였다.

"어제 피곤하지 않으셨나요, 전하?"

"아니요, 괜찮습니다. 사실 아바마마가 칭찬해 주셔서 의욕이 생겼어요."

"그래요?"

"어제 칸께서 저를 대우해 주시니 저 역시도 높게 평가되었던 것 같아요. 사람들이 모두 아슈카바드의 칸과 친하게 지낸다고 저를 칭찬해 주셨습니다."

이자카. 비올렛은 갑자기 낯설어진 그 이름에 대해 생각하며 물었다.

"칸과는 언제부터 친분이 있으셨습니까?"

"제가 아파서 누워 있을 때부터요. 그분이 저에게 문병을 와 주셨습니다."

"그랬나요?"

비올렛이 웃었다. 샤를은 그런 점에 대해 이야기한 적이 없었다. 생각해 보면 눈앞의 왕자가 전부 다 그녀에게 이야기할 이유는 없었다. 샤를이야 그렇다고 하지만, 이자카 역시 샤를을 만났다는 말은 하지 않았다.

"무슨 이야기를 했나요?"

"이런저런 이야기를 했습니다. 아바마마는 조심하라고 하셨지만 물어보는 건 스승님에 대한 이야기나 제 이야기뿐이었습니다."

"그래요?"

일순 샤를이 이상함을 눈치채고 물었다. 그는 확실히 예리한 편이었다.

"혹시 제가 뭔가 잘못된 이야기를 전한 건 아닙니까? 스승님의 안색이 좋지 않습니다."

그 말에 비올렛이 미소를 지었다.

"아니요, 아무것도 아니에요. 칸께서 저에 대해 무엇을 물어보았습니까?"

"아주 소소한 것뿐이었습니다. 수업은 어떻게 하는지, 그것에 대해 어떻게 생각하는지, 어떤 대화를 가장 좋아하는지, 그리고 언제 화를 내는지."

"……."

"조금 민감한 질문으로는, 신분이 낮다고 들었는데 정말로 사람들이 무시하는 것인지 정도입니다. 혹여나 이 질문에 대한 답이 걱정되신다면, 스승님의 신분이 그렇다 하여도 별로 문제 될 건 없다고 말씀드렸습니다."

그 말에 비올렛이 고개를 끄덕였다. 사실 그녀로서는 칸이 자신에 대해 알기 위해 샤를에게 접근했다는 것이 신경 쓰였지, 그가 자신에 대해 아는 게 마음에 걸리는 게 아니었다. 비올렛은 신비주의자가 아니었고, 남이 알아서는 안 되는 귀중한 비밀을 가지고 있는 것도 아니었다. 샤를이 빙긋 미소를 지으며 말했다.

"그 외에는 자신도 어렸을 적에 저처럼 작은 키였다고, 제게 키가 클 거라고 이야기해 주셨습니다. 검을 드는 게 꼭 좋은 건 아니라며 스승님과 같은 말을 하셨고요."

"그래요?"

비올렛이 미소를 지었지만 샤를은 그래도 불안해 보였다. 자신의 표정이 그렇게 많이 드러나는 건가 고민하며 그녀가 샤를을 안심시켰다.

"전하, 정말로 아무 일도 아닙니다. 칸과 친해지신 것 같아 의아하여 물은 것뿐입니다. 전하도 아시잖습니까."

그 '아시잖습니까'라는 말에 샤를이 납득한 듯 했다. 둘러대려 할 때는 다른 진실을 대는 게 효과적이다. 샤를은 다행히 암살자가 군나르족이라는 것 때문에 비올렛이 걱정한다고 받아들이는 듯했다.

"그래도 칸께서는 다정하신 분입니다. 저번에 우릴 구해 주신 것도 그렇고요. 그는 정말로 좋은 지배자입니다."

샤를이 한결 안심한 얼굴로 말하자 비올렛이 미소를 지었다.

수업을 마치고 밖으로 나가니 에셀먼드가 호위 기사로서 그녀를 기다리고 있었다. 생각해 보니 어제저녁 그렇게 헤어지고 나서 별로 이야기를 나누지 않았다. 체자레의 배려 아닌 배려로 비올렛은 빨리 돌아갈 수 있었으니. 패트리샤와 춤을 추든, 약혼을 하든, 내일이라도 혼인을 하든 알 게 뭐란 말인가.

보통 때 같으면 뭐라 비꼬기라도 하고 싶었겠지만 그럴 의욕도 생기지 않았다. 비꼬는 것 자체가 그에게 진다는 느낌이 들었기 때문이다. 다행히 에셀먼드 역시 그녀의 기분을 알아차린 것인지 아무런 말도 하지 않았다. 일순 비올렛은 에셀먼드가 어딘지 모르게 가라앉아 있다는 느낌을 받았으나 착각이라고 생각했다.

그녀는 이자카의 방으로 향했다. 잠시 심호흡을 한 비올렛은 에셀먼드를 방문 앞에 세워 두고 방 안으로 들어갔다. 그 와중에도 그녀는 여러 가지 복잡한 일을 생각했다. 그러나 방 안에 들어선 순간, 예상치 못한 이자카의 모습에 자신도 모르게 놀라서 소리쳤다.

"이자카!"

그는 또 웃통을 벗은 반라의 상태였다. 그는 팔꿈치를 자신의 한쪽 무릎 위에 얹어 얼굴을 괴고 있었다. 그가 얼굴을 찡그린 채 비올렛에게 말했다.

"덥다."

드러난 울퉁불퉁한 근육이 그의 움직임에 따라 변했다. 두꺼운 팔뚝 위에는 알 수 없는 검은 문신이 새겨져 있어, 반라의 몸이지만 옷을 입은 것 같은 착각이 들게 했다. 사실 그녀가 뭐라고 할 것도 아니었다. 그들의 문화는 그녀와는 달랐으니까.

"어린 칸과 있다 온건가?"

"네."

비올렛이 마련된 소파 위에 앉자, 이자카가 자리에서 일어나 성큼성큼 다가오더니 그녀의 옆에 앉아 미소를 지었다. 보통 때 같으면 그의 호감을 부담스러워하는 선에 그쳤겠지만, 체자레의 말을 들은 이상 비올렛은 그를 완전히 믿을 수는 없었다. 체자레가 원하는 게 이것이라는 걸 알면서도 완전히 그의 마수에 걸려든 꼴이다. 비올렛은 자조적으로 생각했다.

"왕자 전하와 몇 번 만남이 있으셨다고 하던데."

"그렇다."

이자카가 고개를 끄덕였다. 그리고 앞에 있는 음료를 마셨다. 그 피와 같은 붉은 액체를 들이마신 이자카는 말했다.

"어린 칸은 좋은 칸이다."

그가 내리는 감상은 그저 그것뿐이었다. 자신이 예민한 걸까. 비올렛은 생각했다.

"너도 마셔 봐라. 우리가 마시는 음료다."

비올렛은 갑자기 내밀어진 그릇을 들었다. 접시에 있는 붉은 물은 귀한 석류로 즙을 낸 주스였다. 찻잔에 담아서 먹는 것과는 다르게 넓적한 접시에 담겨 있어서 마치 석류 주스가 아닌 석류 수프 같았다.

"달다."

그의 말에 비올렛은 그것을 떠 마셨다. 시큼하면서도 달콤한 석류 즙이 목을 타고 흘러내렸다. 이자카의 말대로 달고 맛있었다. 넓적한 접시에 담긴 것을 천천히 먹느라 입술이 붉은빛으로 물들었다. 일순 주스 한 방울이 그녀의 목을 타고 흘러내려 쇄골까지 흘러내렸다. 비올렛은 당황하여 그것을 수건으로 닦았다. 이자카의 눈이 집요하게 그녀의 새하얀 피부에 붉게 남은 흔적을 바라보았다. 그리고 헛기침을 몇 번 하더니 말했다.

"피아케."

"말씀하세요, 이자카."

"아슈카바드로 떠날 건가?"

그 말에 비올렛은 조용히 그를 바라보았다. 그의 얼굴은 진지했다. 그녀가 듣고 싶은 말을 해 주는 이자카. 그는 진심일까, 거짓일까. 비올렛은 고민했다. 모르는 척 거절할까? 아니, 모르는 척해봤자 소용없다. 어차피 이자카는 알아차릴 것이다.

"카칸께서 그리 원하시던가요?"

"……."

예상치 못한 말에 그는 할 말을 잃은 듯했다. 당황한 그의 모습에 그녀의 얼굴이 실망으로 물들었다. 배신을 당한 건 몇 되지 않지만 그 몇 번도 충분히 죽고 싶을 만큼 고통스러웠다. 사실 이건 배신의 축에도 끼지 않는 일이다. 어쩌면 이자카에게 고마워해야 할 수도 있다. 타르크처럼 제거 대상이 아니라 살려야 할 대상으로 판단해 이용하고 싶어 하는 이자카에 의해 혹여나 죽었을지도 몰랐던 목숨을 건졌으니 말이다.

"붉은 남자가 말했군. 그래, 그놈이 정보를 습득했다는 것을 듣긴 했다."

비올렛의 물음에 이자카가 대답했다. 그 두 눈이 날카로운 빛을 띠었다. 그의 눈에 서린 강렬한 감정이 두려웠으나 비올렛은 지지 않고 말했다.

"차라리 제 능력이 필요하다 했다면 이렇게 실망하진 않았을 텐데 말이에요."

그녀가 씁쓸하게 웃었다. 이자카의 눈빛이 더욱더 어둡게 가라앉았다.

"나는 네게 거짓말을 하지 않았다."

그의 어조는 화가 난 것 같았다.

"그렇죠, 거짓말은 하지 않았어요. 그저 말하지 않았던 것뿐……. 이자카!"

비올렛이 살짝 고개를 숙이자 그녀의 아름다운 하늘색 눈이 이자카의 시야에 보이지 않았다. 그는 커다란 손으로 비올렛의 얼굴을 틀어쥐며 자신에게 끌어당겼다. 웃통을 벗은 반라의 몸에서 느껴지는 열기에 비올렛의 얼굴도 뜨거워졌다. 틀어잡은 손아귀로부터 얼굴을 빼내려고 했지만 그는 강하게 힘을 주며 특유의 녹안으로 그녀의 하늘색 눈을 마주했다. 본디 그는 참지 않는 자였다.

"너 역시 말하지 않은 게 많은 것을 안다. 내가 말하지 않은 게 무슨 잘못인가?"

씨근덕거리는 숨소리가 들렸다. 그 말에 비올렛이 눈을 크게 뜨며 몸을 빼내려 했다.

"이거 놔."

"나는 네게 단 한 번도 거짓말을 한 적이 없다."

이자카가 나머지 손으로 자신 쪽으로 향한 그녀의 허리를 더듬었다. 커다랗고 뜨거운 손의 온기가 드레스 자락 안까지 전해져 왔다. 흘러내리는 듯한 손길이 엉덩이를 내려와 허벅지를 쓰다듬었다.

"이자카!"

비올렛이 다시 이름을 불렀지만 이자카는 말없이 그녀의 입술을 만지작거리며 잠긴 목소리로 조용히 속삭였다.

"너는 날 믿지 않는다."

"……."

"그러나 이상한 데에서는 지나치게 나를 믿는다."

꼭 으르렁거리는 듯한 목소리였다. 허벅지를 꽉 죄는 손길에 그녀가 팔을 뻗어 이자카의 손을 치우려 했지만, 오히려 손 두 개가 허벅지를 쓰다듬던 그의 손 하나에 붙잡혀 버렸다. 이자카의 얼굴이 다가오자 비올렛은 허리를 힘껏 틀었다. 일순 얼굴을 쥐고 있던 그의 손에 힘이 빠져 비올렛은 소파 위에 넘어져 버렸다. 몸을 일으키려 했지만 이자카의 손이 그녀의 손목을 잡아 눌렀다.

비올렛은 그의 호감을 믿으면서도 믿지 않았다. 그녀에게 욕망을 드러내는 이자카의 말을 들으면서도 다니엘이 말하는 것처럼 야만인은 아닐 거라고 그를 신뢰했다. 머릿속에 위험신호가 켜졌다.

"소리 지를 거예요!"

"질러라. 바깥에 있는 것은 그 검을 든 사내놈일 테지."

"……."

"그리고 네가 이런 모습을 보여 주고 싶어 하지 않는다는 것도 잘 안다."

어디서부터 어디까지 알고 있는지는 잘 모른다. 그는 치맛자락을 들어 올렸다. 새하얀 다리가 모습을 드러냈다. 이자카는 계속해서 탐해 왔던 새하얗고 보드라운 살결을 희롱하듯 주물렀다. 그리고 낮게 가라앉은 목소리로 속삭였다.

"카칸의 의지 따윈 상관없다. 너는 나를 모른다. 나의 작은 제비꽃, 나의 작은 새."

"……."

"나는 너를 원한다. 너를 안고 싶다."

그가 낮게 가라앉은 목소리로 말하며 비올렛을 쓰다듬었다. 석류빛을 머금어 붉게 물든 입술에 약탈자의 입술이 겹쳐졌다. 그녀의 입안에 더욱 짙은 붉은 석류 향이 퍼졌다.

"나는 나의 것을 되찾으러 온 것뿐이다."

비올렛은 저 녹안을 어디서 보았는지 기억해 냈다.

목에 뜨거운 숨결이 닿는가 싶더니 또다시 그의 따스한 입술이 느껴졌다. 비올렛은 멍하게 허공을 바라보고 있었다. 그래, 기억났다. 그 소년이다. 분명 그때 그는 작은 소년이었는데! 녹색 눈동자는 분명 낯이 익었다.

"issib dak."

비올렛의 입에서 나온 말에 이자카가 고개를 들었다. 그것은 군나르족의 언어였다. 그녀는 이자카의 두 눈을 바라보았다.

"'나의 것'이라고 했어요, 이자카는. 처음에 봤을 때도, 그리고 지금도."

이자카는 만면에 미소를 지어 보였다. 그는 하던 행위를 멈추고 자신의 아래에서 흐트러진 비올렛의 얼굴을 보았다. 붉은 입술과 하얀 목에서 아찔한 석류 향기가 풍겼다. 그녀는 붉은 입술을 열어 말했다.

"나는 당신의 것인가요?"

분명 단정한 모습이 아니었지만 눈동자만은 또렷하며 단정했다.

이자카는 비올렛의 눈동자 안에 제비꽃 색이 섞여 있다는 것을 알았다. 실로 아름다운 눈동자였다. 그가 미소를 지었다.

"그래, 너는 나의 것이다."

비올렛의 입가에 곡선이 서렸다. 수수한 얼굴에 그려지는 붉은 곡선이 너무도 화려해 이자카는 잠시 입을 다물고 그것을 홀린 듯 바라보았다. 어떤 남자에겐 평범하며 사랑스러운 소녀의 미소였던 그것은, 이자카에겐 너무나 매혹적으로 아름다운 것이었다. 그가 맹목적으로 숭배할 가치가 있는.

"그래서 나는 당신의 '것'으로서 아슈카바드에 가는 건가요?"

"그래."

이자카의 말에 비올렛이 말했다.

"당신의 여자들이 있는 하렘 속에?"

부드러운 미소 안에 차가움이 서려 있었다. 비올렛은 분명 어리숙하며 순진했다. 하지만 동시에 얼음과 같은 날카로움을 가지고 있었다. 그러나 그것은 아무런 문제도 아니었다. 그저 이자카에겐 그녀에게 매혹될 이유가 하나 더 추가됐을 뿐이었다.

"당신의 소유물로서, 당신의 여자로서 당신의 하렘 안에? 당신의 아내들이 일곱 명이었던가요?"

"아홉 명이다. 두 명이 더 추가되었지. 그리고 이젠 열 명이 될 예정이고."

그 말에 비올렛이 낮은 웃음을 터트렸다. 분명 겁에 질려 있음에도 터트린 낮은 웃음에 이자카는 그녀의 입술을 다시 빨아들였다. 석류의 신맛이 혀에 맴돌았다. 비올렛은 이제 저항하지 않았다. 그저 서늘한 시선으로 이자카를 바라볼 뿐이었다. 그 시선에 그는 이상함을 느꼈다.

"당신의 소유물이 되어 당신의 여자들 중 하나로 살아가란 말인 가요?"

열기를 머금었던 이자카가 그 싸늘한 음성에 못마땅한 표정으로 그녀의 눈을 보았다. 비올렛은 일찍이 본 적 없는 얼굴로 그를 바라보고 있었다.

"그것이 싫은가? 너는 자유롭게 될 수 있다."

"자유요?"

비올렛이 되물었다. 그녀는 눈을 내리깔고 신경질적으로 낮게 웃음을 터트렸다. 그것은 비올렛이 숨겨 왔던 본모습이었다. 이자카에게 말하지 않은 속내, 이미 썩어 문드러진 불신과 증오를 양분으로 삼아 봉오리 진 제비꽃, 그것이 비올렛이었다.

"당신이 만든 화려한 감옥 속의 삶을 자유라 부르나요?"

"……."

"바다를 볼 수 있는 감옥, 그것이 자유인가요?"

그 말에 이자카는 낮은 웃음을 터트렸다.

"피아케, 너는 정말로, 가지고 싶다."

욕망으로 번들거리는 녹안이 그녀를 응시했다. 하지만 비올렛은 그것에 겁을 먹기는커녕 그를 더욱 서늘하게 바라봤다. 몇 번이나 입안을 침범 당했고, 몸이 유린될지도 모르는 상황임에도 어찌 되든 상관없었다.

"어디든 마찬가지인 감옥이라면 차라리 내 손에 와라. 나는 너를 가장 아낄 거다. 지금이라도 내 사람이 되어라."

"……."

"아니, 이미 넌 내 거다, 피아케. 지금 내 것이 되어라."

비올렛은 이자카를 바라보았다. 그녀도 알고는 있었다, 이것이 이성적 관심이라는 것을. 그것이 사랑에 기인한 감정인지, 육욕에 기인한 감정인지는 모른다. 이자카는 그녀를 강렬히 원하고 있었고 소유하고 싶어 했다.

사실 흔들리지 않았다면 그것은 자신의 마음을 기만한 것이다. 어쩌면 그녀를 괴롭혀 왔던 감정에서 벗어나 새 삶을 살아갈 수 있을지도 모른다는 희망이 싹텄다.

그러나 그것이 열 명의 여인들이 한 사람의 사랑을 얻기 위해 구걸해야 하는 곳에서라면, 과연 행복할 것인가. 새파란 바다를 보는 것이 자유의 척도가 될 수는 없다. 그 장소가 그녀를 제한한다면 결국 그곳 역시 화려한 감옥일 뿐이다.

비올렛은 다시 이자카를 믿었다. 아니, 그녀에 대한 이자카의 노골적인 갈망을 믿게 된 것이다. 그러나 소유욕을 믿었다고 해서 그의 모든 것을 믿는다는 건 아니었다.

"싫어요."

그래서 비올렛은 그를 밀어냈다. 그것은 그녀가 처음으로 정확하게 표시한 거부 의사였다. 이자카는 그 말에 그녀의 다리를 쓰다듬던 손을 멈추었다.

"피아케."

"그만하세요."

비올렛이 단호하게 말하자 이자카가 대답했다.

"넌 내가 가진 다른 여인들에 대해 질투하는 것인가? 그 여자들은 나를 원했다. 하지만 나는 너를 원했다. 너만이 내가 원하는 유일한 여자다."

"싫어요."

이자카의 말에도 비올렛의 태도는 변함이 없었다. 그녀의 곁에 있는 사람들은 비올렛이 순진하다고 생각한다. 에이든도, 체자레도, 칼츠 경도. 하지만 그 외의 사람들은 비올렛에 대해 험담한다. 꽃의 거리 사람이니 음란할 것이라 그렇게 쉽게 말했다.

반은 맞고 반은 틀렸다. 경험해 보지는 않았지만 그녀는 꽃의 거리의 여인들이 남자들의 허망한 약속에 기대를 품었다가 스러지는 것을 알고 있었다. 언니들 중 하나, 프리지아가 기사를 믿었다가 바로 그 기사에게 도륙당한 것만 봐도 자명한 사실이었다. 그리고 비올렛 역시도 신뢰를 배반당한 '경험자'였다. 갑자기 그 기억이 떠오르자 무엇인가가 울컥 차올랐다.

"이자카, 나는 당신의 것이 되기 싫어요."

그녀가 말했다.

"당신은 내가 당신을 신뢰하며, 신뢰하지 않는다고 말했어요."

비올렛의 눈에는 눈물이 차오르고 있었다.

"그 말이 맞아요. 당신을 믿어요. 그러나 당신을 믿을 수 없어요."

이자카는 그녀의 눈물을 멍하니 바라보았다. 싸늘한 얼굴을 하고 있는데도 그 눈에는 눈물이 아무렇지도 않게 맺히고 있었다. 벼려질 것 같은 서늘한 눈동자에 흐르는 눈물에는 따스한 온기가 있었다. 비록 한두 방울의 눈물이었지만, 그것은 이미 눈에서 나온 액체라기보다는 응축되어 있는 슬픔 그 자체였다. 이자카는 그것을 망연하게 바라보고 있었다.

"피아케."

비올렛은 강제로 끌어올려진 다리를 내리고 치맛자락을 내렸다. 본디 이자카는 가지고 싶으면 손에 넣었다. 여인들도 마찬가지였다. 모두가 강한 남자를 좋아해 그가 원한다면 쉽게 침대에 들어가 하라는 대로 했다. 하지만 이것은 아니었다. 눈물까지 흘리며 싫다고 말하는 존재를 가지고 싶다는 이유로 어떻게 갖겠는가. 아래에 힘없이 누워 있는, 가녀린 열여섯의 여자를 바라보며 이자카는 말했다. 뜨거움이 아닌 강렬함을 담아.

"나는 널 원한다."

"……."

"그러나 너는 날 믿지 않는다."

"……."

"그러니 날 믿게 할 것이다. 나는 증명할 것이다. 이 나라의 멍청한 것들보다 내가 낫다고 생각하면 내게 와라. 그렇게 된다면 네가 올 곳은 감옥이 아니다."

이자카가 손을 들어 그녀의 눈에 새겨진 눈물을 닦으며 이야기했다.

"그곳은 '너의 집'이다."

id-dar, 둥지와 안식처, 집을 뜻하는 그들의 언어였다. 집, 둥지, 안식처. 이다르. 비올렛은 그 단어를 소리 내지 않고 중얼거렸다. 그러나 그 발음이 입에 붙지 않아 허공에 맴돌았다.

그때 문이 열리는 소리가 들렸다. 이자카가 재빨리 자리에서 일어나려 했으나 방에 들어오는 사람이 더 빨랐다.

"……스승님?"

소파 앞에는 샤를이 서 있었다. 샤를의 손에는 책이 들려 있었는데, 아무래도 무엇인가를 물어보려 온 듯했다.

"전하, 그렇게 막 들어가시면 어떻게 하십니까!"

문이 열리며 호위 기사의 목소리가 들렸다. 호위 기사가 이쪽으로 오려 하고 있었다!

"들어오지 마십시오! 스승님과 할 중요한 이야기가 있습니다!"

샤를이 매섭게 소리치며 축객령을 내렸다. 그 말에 들어오려던 기사들이 방 밖으로 나갔다. 다행히 그들의 위치에서 비올렛과 이자카는 보이지 않았다. 문이 닫히고 셋만 남은 상태가 되었다. 샤를이 당황해 목소리를 낮추며 이자카를 힐난했다.

"지, 지금 이게 무슨 짓입니까!"

"시끄럽다, 어린 칸. 예의 없구나."

이자카가 얼굴을 찡그리며 말했다.

"지금, 스승님을, 스승님을!"

"전하."

타이밍도 좋게 비올렛의 눈에서 눈물이 또르르 흘러내렸다. 그것이 샤를의 분노를 자극한 듯했다.

"스승님, 이리 오십시오!"

그가 비올렛의 손목을 잡아끌었다. 허리를 일으킨 비올렛이 발을 디뎠으나, 덩치 큰 남자의 무게에 짓눌려 있어 몸에 힘이 들어가지 않았다. 그녀가 비틀대자 이자카가 그녀를 부축해 주려 손을 뻗었다. 하지만 샤를이 소리쳤다.

"손대지 마십시오, 아슈카바드의 칸!"

샤를이 속삭이듯 소리치며 비올렛의 손을 잡았다. 제법 단단히 그녀를 지탱하는 손에 문득 비올렛은 소년의 성장이 빠르다는 생각이 들었다.

"칸께서 스승님께 접근하시는 걸 오늘부로 허용하지 않겠습니다. 스승님 역시 마찬가지입니다. 칸께서 거하시는 방에 오지 않으셔도 됩니다."

이자카는 여유 있는 표정으로 샤를을 바라보았다. 마치 떽떽거리는 오리를 보는 맹수 같았다. 화를 낼 거라 생각했던 그는 순순히 고개를 끄덕였다.

"스, 스승님께는 치욕적이라 이 일을 표면 위에 올리지 않을 겁니다. 하지만 아십시오, 칸! 당신은 저희 스승님을, 스승님을!"

"덮치려 했지."

그 노골적인 말을 듣자 샤를의 얼굴이 붉게 달아올랐다. 이자카는 그 특유의 표정으로 샤를을 보며 웃었다. 그리고 날카로운 얼굴로 물었다.

"어린 칸, 너도 피아케를 원하는가?"

"워, 원하다뇨! 어떻게 스승님을 원한답니까!"

샤를이 붉어진 얼굴로 소리쳤다. 비올렛은 눈을 동그랗게 뜨고 샤를을 보았다. 소년은 생각 외로 자신의 할 말을 다 하고 있었다. 누가 지금 저 왕자를 소심하며 유약하다 말하겠는가.

"그래, 그렇군. 그럼 다행이다. 네 스승은 내 것이 될 거니까."

"실례되는 말은 하지 마십시오! 사람이 어떻게 사람의 소유가 된답니까! 무례합니다!"

그 말에 이자카가 킥킥거리며 웃었다. 비올렛은 이자카가 샤를을 싫어하지 않는다는 것을 깨달았다. 오히려 그는 샤를을 아주 귀여워하고 있었다.

"가능하다."

"무슨……. 다른 나라에는 노예 제도가 있다더니 그런 뜻입니까!"

샤를이 씩씩대도 별로 아랑곳하지 않고 이자카는 비올렛의 푸른 눈을 똑바로 바라보며 말했다.

"그야 피아케가 이미 날 소유했기 때문이다."

그 말에 샤를의 얼굴이 더욱더 당황으로 일그러졌다. 마치 누나의 사랑 고백 장면을 본 남동생의 얼굴 같았다. 비올렛 역시 떨떠름한 얼굴로 이자카를 바라보았다.

"서로가 서로를 소유하는 게 이상한가?"

"이, 이해할 수 없습니다."

"이해하지 않아도 된다. 어린 칸, 그녀는 반드시 내가 데려갈 거다."

"궁에 말해서 당분간 스승님이 오지 않으시게 할 겁니다. 에르멘
가르트 후작가에도 사병을 보낼 겁니다."

비올렛은 샤를에게 내심 놀랐다. 언제나 위축되었던 소년이 이렇
게 적극적으로 무언가를 지시하는 것은 처음 보았다.

"그래, 그렇게 해라."

무슨 꿍꿍이일까. 비올렛은 생각했다. 이자카는 아주 자신만만
한 얼굴로 여유롭게 웃었다.

비올렛이 방 밖으로 나가자 호위 기사 몇이 서 있었다. 에셀먼드
와 호위 기사들이 그녀를 보았다.

"무슨 일이 있으셨습니까?"

호위 기사 한 명이 묻자 비올렛은 고개를 저었다. 옷매무새도,
머리도 다시 정돈했으니 의심을 사진 않을 거라 생각했지만, 굳은
표정의 샤를을 보고 아무래도 뭔가 있었다는 걸 눈치챈 모양이었
다. 샤를이 말했다.

"스승님께서 편찮으신 모양입니다."

"저런."

비올렛의 표정은 차분했지만 왠지 모를 묘한 분위기를 풍기고 있
었다. 둔감한 남자들은 그저 그녀가 아프겠거니 생각하며 고개를
끄덕였다. 오로지 뒤의 에셀먼드만이 날카로운 얼굴로 비올렛을
보았다.

"에드 경, 오늘은 스승님과 퇴궁하십시오. 그리고 스승님께서는
레기우스 살바나까지 휴식을 취하시길 바랍니다. 요사이 무리하셨

잖습니까."

샤를이 말했다. 어차피 아픈 몸으로 샤를에게 갔다가는 병을 옮길 수도 있는 큰 죄가 되므로 비올렛은 고개를 끄덕이며 감사의 말을 했다. 물론 아프지는 않았지만 샤를이 신경 써 줬다는 걸 잘 알고 있었다.

비올렛은 에셀먼드와 함께 궁을 나섰다. 몸이 아픈 일 따위는 없다. 아픈 척이라도 해야 할까 생각했지만 딱히 그러고 싶지 않았다. 선선한 바람이 불어왔다. 여름이 거의 지나가 해가 빨리 저물어 가는 것을 보며 그녀는 마차에 올랐다. 에셀먼드는 비올렛이 마차에 오르자 같이 탔는데, 그녀는 딱히 그것을 말리지 않았다. 맞은편에 앉은 에셀먼드의 시선이 느껴졌다. 눈싸움도 하고 싶지 않았다. 오늘은 너무 지쳤다. 사실은 언제나 지쳐 있었고, 체자레의 말 이후로는 더욱더 지쳐 버렸다.

사실 아내가 아홉이 있다는 것은 이자카의 잘못이 아니다. 그는 책임감 있는 남자라 그녀의 과업까지 대신 떠맡아 주겠노라고 말했다. 모든 것을 떠안는 성격은 분명 저런 문화에 기반한다는 것을 알고 있다. 군나르족은 일부다처제가 기본이고 권력자들은 언제든지 그들이 원하면 여자를 취했다. 그만큼 자식들이 많을 테니, 그에 가장이 책임감을 가지고 그들을 이끄는 건 너무도 당연한 일이었다. 조금 작은 새장이냐, 큰 새장이냐의 차이라는 것에, 그리고 그것을 확인받았다는 것에 절망을 느꼈을 뿐이다.

하지만 '집'이라는 단어는 굉장히 강렬하게 머릿속에 남았다. 이자카는 그의 옆자리를 감옥이 아니라 집이라고 부를 수 있게 해 주겠노라고 했다. 사실 어떤 차이인지 모른다. 그런 공간이 아직 남아 있을까. 그녀의 집은 이미 불타 없어졌다. 지금 돌아가고 있는 에르멘가르트 후작가 때문에. 그리고……

비올렛은 눈을 떠서 에셀먼드를 보았다. 그는 예상대로 그녀를 보고 있었는데 마치 비올렛을 답답히 여기는 것 같았다. 피하지도 않고 바라보는 걸 보면 뭔가 하고 싶은 말이 있는 모양이었다.

"저한테 무슨 할 말이라도 있나요?"

비올렛의 물음에 에셀먼드는 오히려 되물었다.

"어디가 아프지?"

"……."

그 말에 비올렛은 잠시 동안 눈을 동그랗게 떴다. 정말로 아프다고 알고 있는 걸까? 그러나 다음 질문에 비올렛은 그것이 걱정이 아닌 추궁이라는 것을 깨달았다.

"왜 전하께서 네게 궁 출입을 금하신 건지 그 이유가 궁금하다."

그럼 그렇지, 걱정 따원 기대할 수 없다. 가족의 정 따원 없다. 물론 애정도 없다. 비올렛은 에셀먼드를 보았다.

"칸과 무슨 일이 있었던 거지?"

그 물음이 왠지 그가 제일 궁금해하던 것처럼 느껴졌다. 비올렛은 대답하지 않고 그저 다시 눈을 감았다.

"대답해."

그녀는 그를 무시할 생각이었으나 이어지는 그 말에 다시 눈을 떴다.

"왜 눈물을 보였던 거지?"

차라리 다른 기사들처럼 둔감하면 좋을 것을, 눈물을 흘렸다는 것을 눈치챘다. 에셀먼드는 언제나 그랬다. 굳센 성격의 기사라 한 길만 걷는 것처럼 보이지만, 그는 어딘지 모르게 섬세한 구석이 있었다. 어렸을 적에도, 지금도 눈물을 보였던 것은 그의 앞에서였다. 에셀먼드는 그녀가 울었을 때 어떤 얼굴인지 알고 있다. 언제나 가장 약한 모습을 보여 왔다. 비올렛은 그래서 에셀먼드가 더욱 싫었다.

"칸이 너를 울렸나?"

하지만 이번엔 에셀먼드도 물러서지 않았다. 비올렛은 그가 화가 나 있다는 것을 알았다.

"그래서 화라도 났나 봐요?"

"그래."

시원하게 인정해 버리는 그 말에 비올렛이 오히려 말문이 막혔다. 뭐라고 말을 하려 했지만 에셀먼드에게 답은 그걸로 충분한 것 같았다. 이자카와 무슨 일이 있어 비올렛이 눈물을 보였고, 그에 샤를이 그녀를 배려했다. 그것이 에셀먼드가 알아낼 수 있는 정보였던 것이다. 그에 비웃음을 흘리자 에셀먼드는 나직하게 한숨을 내쉬고 창을 바라보았다.

그러나 막상 반사적으로 싸늘한 미소를 지었음에도 비올렛의 머릿속은 혼란스러웠다. 왜 화가 난 거지? 왜? 그렇지만 그것을 물어보고 싶지는 않았다.

그 순간 시기적절하게도 마차가 멈추었다. 에셀먼드가 손을 내밀었다. 비올렛은 망설이지 않고 그 손을 잡았다. 온기가 전해져 왔다. 그 손을 조심스레 잡고 내리자마자 그녀는 깜짝 놀랐다.

"기다리고 있었어요."

여인이 활짝 웃는 모습이 보인다. 패트리샤다. 샤를의 생일 연회에서와 달리 소탈한 옷을 입은 채 살구색 머리끈으로 머리카락을 묶은 그녀는 활짝 미소 짓고 있었다. 잡고 있는 손이 떨어진다. 왜 항상 이렇게 손을 잡고 있을 때 이런 일이 일어나는 것일까. 식어

가는 온기에 비올렛은 자신의 손을 바라보았다.

"성녀님도 같이 오시네요. 오누이 사이가 좋으신가 봐요. 아차, 또 인사를!"

그들이 사이가 좋지 않다는 건 아마 다른 이들도 알고 있을 것이다. 패트리샤는 완벽한 약식 예법으로 비올렛에게 인사했고, 비올렛은 그것을 받아들였다.

"놀랐지, 형? 데후바스 양이 저녁을 같이 먹고 싶다고 해서 아버지께서 불렀어."

다니엘이 나왔다. 다니엘의 금발과 패트리샤의 금발은 색이 약간 달랐지만 전체적으로 비슷했다. 패트리샤는 정말로 이 집의 가족 같았다. 이방인인 비올렛과는 달리. 문득 이자카의 물음이 떠올랐다. 이곳은 정말로 '그녀의 집'일까?

에셀먼드는 아무 말도 하지 않았다. 그저 패트리샤를 바라보았다. 아마 이제 비올렛은 안중에도 없으리라. 그가 그녀의 눈물에 화가 났다는 것 따위와는 다른 애정을, 감정을 저 여자에게 가지고 있을 것이다. 어쩌면 비올렛과는 달리 패트리샤가 눈물을 보였다는 것을 알면 이자카에게 결투 신청이라도 할지 모르지. 다니엘이 두 사람을 보고 있는 비올렛에게 미소를 지었다. 그녀는 그 미소의 의미를 알고 있었다.

"성녀님께선 같이 식사하지 않으시나 봐요?"

"저는 언제나 따로 먹습니다."

비올렛은 미소를 지었다.

"아, 성녀님이시니 식사를 하실 때 무언가 다른 절차가 있나 봐요. 얼굴을 익히고 친해지고 싶었는데 안타깝네요."

패트리샤가 아쉽다는 표정을 지었다. 비올렛이 고개를 끄덕였다.

"언젠가 차를 같이 마셔요."

"어머나, 정말이죠?"

그 말에 패트리샤가 미소 지었다. 모두가 안으로 들어감에도 비올렛은 그 집 안에 들어가지 않고 현관 입구에 멈춰 섰다. 앤이 걱정하겠지만 저녁을 먹고 싶은 마음 따윈 사라졌다. 너무나 고된 하루였다. 마지막에 패트리샤까지 마음을 어지럽힐 줄이야. 그녀는 정원을 조용히 거닐었다.

봄은 꽃의 계절이라 하지만 여름 역시도 생명력의 계절이다. 태양이 타오르는 여름에 피는 꽃들이 그녀를 반겨 주고 있었다. 비올렛은 그것을 바라보았다. 화려한 장미가 여럿, 글록니시아, 금낭화 등 여러 꽃들이 피어 있었다. 그렇지만 제비꽃은 없다. 그것은 들꽃이므로 이 고귀한 후작가에 심기에는 너무나 하찮기 때문에 없는 것이다. 그것이 비올렛이다.

그녀는 깨달았다. 가족, 그래, 가족이리고 생각할 뻔했다. 하지만 자신은 결코 이곳에 섞일 수가 없었다. 결코 이 정원에 허락되지 않을 제비꽃처럼.

비올렛은 밤하늘을 바라보았다.

"여기서 뭐 해?"

목소리가 들려 바라보니 에이든이 서 있었다. 비올렛은 깜짝 놀라 그를 보았다. 에이든은 피곤한 얼굴이었다.

"왜 이제 와?"

당황해서 물어보자 그가 퉁명스럽게 말했다.

"너 내가 견습 기사라 무시하냐? 전도유망한 기사는 할 일이 많다, 이거야."

그가 비올렛에게 다가왔다. 에이든의 가벼운 말에, 그녀는 인정하긴 싫었지만 우울한 기분이 가셨다고 생각했다.

"무슨 일 있었어?"

둔한 에이든이 눈치챌 정도라면 얼마나 비참한 꼴을 하고 서 있었던 것일까. 누가 보지 않아서 다행이라 생각하며 비올렛은 고개를 끄덕였다.

"야, 무슨 일인데? 말해 봐. 오빠가 도와줄게."

왜 그 '오빠'라는 말에 안도하는지 모르겠다. 가족이라 여기지 않으려 함에도 그 말이 묘하게 안도가 되었다. 그래서 비올렛은 자신도 모르게 입을 열었다.

"그냥."

"그냥?"

"이 정원엔 제비꽃이 없어서……."

에이든의 짙은 푸른 눈이 비올렛을 빤히 바라보았다. 그리고 갑자기 푸하하, 웃음을 터트리기 시작했다. 그 낄낄거리는 방정맞은 웃음이 후작가에 퍼졌다.

"너 시 쓰냐? 낭만주의자야?"

"……."

"가을에 떨어지는 잎새에 눈물짓는 사람이 있다고 들었는데 네가 그런 부류였구나!"

"……."

비올렛의 얼굴이 붉게 달아올랐다. 얼굴의 홍조는 부끄럽기 때문이기도 했지만, 일단 분노가 일 순위였다. 깔깔거리며 웃는 에이든의 얼굴이 그렇게 얄밉게 보일 수가 없었다.

"아이고, 우리 비올렛, 사춘기구나! 질풍노도의 시기를 겪고 있는 동생아."

그는 계속해서 웃었다. 그에 비올렛은 더더욱 분노했다. 기껏 말해 줬더니! 그녀가 성큼성큼 저택 안에 들어가려 하자 에이든이 '같이 가'라고 말하며 따라왔다. 에이든에게 저런 말을 하는 게 아니었다. 아니, 생각해 보니 그의 잘못이 아니었다. 이건 다른 사람 입장에서도 소름 끼치도록 문학적인 표현이긴 했다!

비올렛의 붉은 얼굴은 달아올라 식을 줄을 몰랐다. 다시 현관으로 걸어가자 에셀먼드가 서 있었다. 분명 식사를 하고 있어야 할 텐데 왜 나와 있는 것일까. 에셀먼드는 그녀를 보지 않고 에이든을 바라보았다.

"형, 형! 글쎄, 들어 봐. 비올렛이······."

"시끄러워. 말하지 마!"

비올렛이 손을 뻗어 그의 입을 막았다. 그러나 에이든은 요령도 좋게 그녀의 손목을 틀어잡았다. 별로 힘을 주는 것 같진 않았지만 에이든의 힘은 비올렛보다 훨씬 강해서 그녀는 그 요망한 입을 도저히 막을 수가 없었다.

"아니, 왜 그래. 괜찮아. 귀엽다니까!"

"에이든!"

괜찮긴 뭐가! 이게 에셀먼드 귀에 들어가면 끝장이다. 비올렛은 생각했다.

"말하지 말라니까! 너는 이게 재밌니?"

"느눈이궤 줴밌뉘?"

그가 턱을 쭉 내밀며 깐죽거렸다. 비올렛은 이때 사람에 대해, 아니 에이든이라는 인간에 대해 진심으로 살인 충동을 느꼈다. 오빠만 아니었어도 진짜 죽여 버릴 거다. 그렇게 생각하던 그녀는 자신의 생각에 흠칫 놀랐다.

"데후바스 양이 안에 있다. 예의를 지켜라, 에이든."

에셀먼드의 차가운 음성이 들렸다. 나직한 경고에 에이든이 깨갱 했다. 비올렛은 왜 에셀먼드가 나와 있는지 알았다. 바로 에이든 때문이었구나. 평소대로 하다간 데후바스 영애가 이 집의 격에 대해 의심할 수도 있다. 그렇게까지 잘 보이고 싶은 걸까. 비올렛은 고개를 설레설레 저었다. 붉은 얼굴색이 다시 정상으로 돌아왔다. 에셀먼드와 살짝 눈이 마주쳤지만 그녀는 시선을 피하고 안으로 들어가 버렸다.

방 안에 들어와 바로 침대에 누워 버린 비올렛은 에이든이 부디 에셀먼드에게, 아니 저녁을 먹으면서 모든 사람들에게 그걸 떠들지 않기를 바랄 뿐이었다.

그녀는 몸을 들어 창문을 보았다. 후작가의 정원에도 제비꽃이 피는 날이 올 것인가. 물론 그럴 일은 없겠지. 비올렛은 한참 동안 창문 너머의 정원을 내려다보았다.

이자카의 일로 혼란스러웠기 때문에 비올렛은 샤를의 배려를 받아들여 출궁하지 않았다. 레기우스 살바나까지 3주가 남아 있어 그녀는 그나마 편하게 쉴 수 있을 거라고 생각했다. 하지만 그 예상은 무참하게 깨어졌는데, 집에 있는 비올렛과 친해지겠다는 명목으로 찾아온 패트리샤 때문이었다. 이 아가씨는 사교적인 미소를 지으며 비올렛의 앞에서 차를 마시고 있었다.

"이번 레기우스 살바나가 무척 기대되어요."

요사이 몸이 약해져 누워 있던 후작도 패트리샤는 반기는 눈치였고, 따로 거절할 명분도 없었으므로 비올렛은 그녀의 방문을 받아들일 수밖에 없었다.

10년 만에 열리는, 신의 이름 아래 무력을 겨루는 무투 대회에 패트리샤는 들떠 있었다. 비올렛은 당시 여섯 살이었고, 조금 고립된 마을에 있었기에 이 레기우스 살바나가 얼마나 대단한 대회인지 와 닿지 않았다.

"거기서 가끔씩 가디언도 발탁된다 하더라고요."

역시나 아나스타샤를 배출한 가문답게 성녀에 대해 잘 알고 있었다. 성녀는 성년이 되어 신전에 가게 될 때 가디언이라는 수호자가 생긴다. 성녀의 목숨을 가지고 감히 시험해 보는 사람은 없었으나, 성녀의 위협은 아그레시아의 존망과도 연결된다. 그에 가디언이라는 수호자와 항시 붙어 다녀야 하는 것이다. 그리고 그 영광된 자리가 이 레기우스 살바나에서 정해지는 경우가 왕왕 있었다. 어떤 왕이 기획한 것인지 참으로 재미있는 대회라고 비올렛은 생각하고 있었다.

거대한 규모로 온 나라에 위상이 높은 레기우스 살바나는 성녀의 가디언을 뽑는 것만이 아닌, 평민들의 지배 계급에 대한 불만을 약화시키는 것에도 의의가 있었다. 우선 대회에서 각광받는 자들은 기사 훈련을 받지 않아도 바로 기사가 될 수 있다. 기사가 된다는 것은 귀족의 옆에 나란히 설 수 있음을 의미한다. 그래서 무예가 뛰어난 평민들에게는 혹독한 기사 시험과 기사 수행이라는 과정을 생략하고 준귀족이 될 수 있는 신분 상승의 발판이었다. 개중에 눈에 띈 사람은 왕실 기사단까지는 아니더라도 왕실 수호대에 들어가는 영광을 누릴 수도 있었다.

또한 '신' 앞에서 부딪치는 검, 이것을 '주최'하는 것은 왕이다. 그러므로 이것은 왕과 교황의 보증 아래 이루어지는 신성한 시합이었다. 우승자는 소원을 빌 수 있으며, 왕과 교황은 그 소원을 이루어 주는 것을 자신들의 이름으로 보증했다.

물론 그것이 평민에게 유리할 리는 없다. 어마어마한 수의 경쟁자를 물리치고 예선을 통과하고 나면 본선 때부터는 정규 훈련을 받은 기사들이 참여하게 되어 그들에게 이겨야 한다. 무예를 갈고 닦은 기사들을 제대로 교육받지 않은 평민들이 이길 수 있을 리가 없다. 게다가 예선에 막대한 힘과 심력을 소비한 그들은, 본선의 진짜 기사들의 실력에 압도되어 심지어는 경기를 포기하기도 했다.

따라서 사람들은 이것이 평등하다고 생각하나, 실상은 그렇지 않았다. 역대 우승자들 중에 단 한 사람도 평민은 없었다. 하지만 사람들은 나라의 검인 기사들에 대해 동경과 두려움을 동시에 품게 되며, 굳이 우승하지 않더라도 기사와 겨룬다는 것에 대리 만족을 느꼈다.

게다가 120년 만에 성녀가 나왔다. 가디언이라는 영광된 자리 역시 비어 있다. 천민 출신이지만 이 성녀를 지킬 수 있는 성직의 자리 역시 대단한 것이었으므로 평민들은 신성하고 거룩한 자리를 탐내며 열광하기 시작했다.

"글쎄요, 역대 가디언들은 사실 신전에서 이미 내정되어 있었다 하니 별로 기대는 안 해요."

비올렛이 보기 드물게 차갑게 말했다. 어차피 역대 가디언은 정해져 있었다. 레기우스 살바나에서 발탁된 가디언들 역시 성기사 출신이었다. 비올렛의 가디언도 체자레가 준비한 신전의 성기사단 중 한 명일 터였다. 말만 번드르르하지, 가디언은 성직을 가진 검을 든 기사였다. 그러므로 거기에 지원하고 싶어 하는 귀족들은 없다고 봐도 무방했다.

"어머, 좋은 가디언이 나타날지도 몰라요. 비올렛은 언제나 기대를 하지 않아서 문제예요. 멋진 기사님이 호위해 줄지도 모르잖아요?"

패트리샤는 비올렛의 부정적인 태도를 지적했다. 비올렛은 그에 뭐라고 말하고 싶었으나 입을 다물었다. 어차피 말해 봤자 그것은 열등감으로 보일 뿐이었다. 사실 패트리샤는 얼굴을 마주하는 것만으로도 괴로웠다. 그래서 비올렛은 말없이 차만 마셨다.

"비올렛은 정말로 귀족 아가씨 같아요."

비올렛은 패트리샤를 보았다. 저것이 악의가 서린 말인지, 선의로 하는 말인지 구분이 가지 않았다. 그러나 어떤 의도든 간에 별로 달갑지 않은 말인 건 확실했다.

"어려서 이곳에 와 교육받았으니까요."

비올렛의 말에 패트리샤가 그녀의 얼굴을 바라보았다.

"아버님이 그러시는데 아나스타샤 님은 무척이나 아름다우시고 기품 어린 분이셨다고 해요. 아마 비올렛도 아나스타샤 님을 따라 잡을 수 있을 거예요."

그 말에 비올렛이 미묘한 감정을 느꼈다. 무슨 생각으로 저런 말을 하는 걸까 가늠해 보려는 사이, 문이 벌컥 열렸다.

"비올렛은 아나스타샤 님보다 더 훌륭해요!"

"……."

"……어."

시수일레가 얼굴을 찡그리며 서 있었다. 그녀는 성큼성큼 다가오더니 비올렛의 옆으로 다가갔다. 뒤에 앤이 미안하다는 표정으로 서 있었다. 원래부터 막무가내였던 아이다. 앤이 무슨 수가 있어 말리겠는가.

"어머, 라이셀 양, 오랜만이에요."

"오랜만이에요, 데후바스 양."

시수일레가 얌전하게 인사하고 패트리샤를 보았다. 패트리샤가 싱긋 미소를 지었다.

"그래서 어떻게 아나스타샤 님보다 비올렛 양이 훌륭하다는 거죠?"

"그거야 당연히, 비올렛은 저보다 뛰어나니까요!"

"……."

비올렛이 시수일레를 보았다. 패트리샤는 미소를 지었다. 비올렛은 그것이 비웃음이라는 것을 눈치챘다. 그제야 그녀는 제대로 깨달았다. 호의인지, 아니면 적개심인지는 모르지만 적어도 비올렛은 패트리샤에게 얕보이고 있었다. 성력을 잃어버렸다 공언한 시점에서 역대 성녀 중 가장 강하다는 성녀를 배출한 집안에서 그녀를 그렇게 보는 것은 자명한 일일지도 모른다.

"말이 안 된다 생각하나요? 비올렛은 사정이 있어서 우리처럼 어려서부터 예법을 배우지 못했어요. 하지만 비올렛은 우리 중에 가장 아름답게 걸을 수 있고 제일 똑똑해서 왕자 전하의 스승까지 되었어요. 그리고 그 무섭다는 티게르난 공작 각하의 제자이기도 해요. 공작 각하도, 전하도 비올렛을 얼마나 좋아하시는데요! 태어나서부터 교육받은 아나스타샤 님보다 늦게 교육받았는데도 이 정도인 비올렛이 당연히 더 뛰어난 거 아닌가요?"

"……."

반박할 거리는 많았지만, 일단 시수일레의 '우리'라는 말 안에 들어가는 것은 패트리샤에게 모욕이었다. 그러나 그것이 모욕이라고 표를 내는 것은 비올렛에게 무례가 되므로 패트리샤는 난감한 미소를 지을 뿐이었다. 어찌 되었든 일단 한 방은 먹인 것이다.

"라이셀 양의 말도 타당한 것 같아요. 사실 120년의 기록이 어떤지는 잘 모르니까요. 같은 상황에서 아나스타샤 님께선 어떻게 되셨을지는 모르니 그렇다면 비교가 불가능하다고 하는 게 맞겠군요."

흥, 시수일레가 코웃음을 치고 마련된 의자에 앉아 콧김을 뿜으면서 비올렛의 차를 뺏어 마셨다. 분명 예법에 어긋나는 행동이지만 비올렛은 그 모습이 밉지 않았다. 패트리샤 역시 미소를 지었다. 썩 마음에 들게 굴지는 않아도 패트리샤는 천민 출신인 비올렛에게 친절하고 예의 바른 편이었다. 하지만 그녀 역시 선민의식은 버릴 수가 없는 것이다. 한숨이 나온다.

그때 노크 소리와 함께 문이 열리며 에셀먼드가 들어왔다. 공식적으로 발표는 안 되었지만 어차피 약혼이 아닌 결혼을 할 것 같은 그들이 자주 만남을 가지는 것은 당연한 일이었다. 에셀먼드는 퇴궁한 지 얼마 안 되었는지 기사단의 검은 제복을 입고 있었다. 비올렛은 에셀먼드 옆에 서 있는 다니엘을 보았다.

"어머, 에드, 왔어요?"

패트리샤가 미소를 지었다. 에셀먼드는 언제나처럼 똑같은 표정으로 그녀에게 인사했다.

"라이셀 양도 방금 와서 담소를 나누고 있었어요. 사실 제가 어려서부터 몸이 약해서 친구가 별로 없었는데, 이곳에 오니 즐거워요."

패트리샤의 방긋한 미소에 다니엘이 상냥하게 말했다.

"그렇죠. 비올렛과 시수일레 양은 지켜보면 무척이나 재밌답니다."

비올렛이 눈을 게슴츠레하게 뜨고 다니엘을 보았다. 재밌다니, 그의 비틀린 취향으로선 재밌다는 거겠지. 그녀는 그렇게 생각하며 자리에서 일어났다.

"시수일레, 너는 계속 차 마셔."

"싫어. 네가 없으면 재미없어."

시수일레가 볼을 부풀리며 말하자 비올렛이 한숨을 쉬었다.

"난 별로 차를 마실 생각이 없다."

비올렛이 자리를 비켜 주려 일어난 것을 눈치챈 것인지 에셀먼드가 말했다.

"그런가요?"

비올렛이 무심하게 대답했다. 그러면 둘이서 어디라도 가 버리든지. 하지만 그들에게 나가라 할 수는 없는 노릇이었으니 비올렛이 자리를 비워 줘야 함이 맞았다. 방 바깥으로 나서자 시수일레가 '같이 가'라며 따라왔다. 조금 귀찮았지만 시수일레가 같이 있는 것이 훨씬 나았기에 비올렛은 그녀와 정원을 거닐었다.

"흥, 분명 널 비꼬는 거야."

시수일레가 재잘거렸다.

"자기가 뭐라도 된 줄 알고 그렇게 판단해? 벌써 에드 경이랑 결혼이라도 했다 생각하나 봐?"

에셀먼드와 결혼하게 된다면 분명히 이곳에서 살게 되겠지. 생각해 보니 그렇다. 이 집에서 자식들을 낳아 에셀먼드 역시 후작이 되어 살아갈 것이다. 완벽하고 이상적인 부부가 되어. 그렇다면 이곳은 그들의 '집'이 되겠지. 비올렛처럼 그저 머무르는 장소는 아닐 것이다.

"시수일레, 목소리가 너무 커. 그리고 그런 말 하지 마."

비올렛의 만류에 시수일레는 입을 다물었다. 그녀의 조그마한 입술은 뾰족하게 튀어나와 있었다. 시수일레는 참 특이한 여자아이였다. 천민 출신인 여자아이가 자신보다 귀족의 예법이 더 뛰어나다는 것을 인정하면서도 기분 나빠하지 않는다. 비올렛은 시수일레를 바라보았다. 예전에 라이셀 백작이 자신이 비올렛을 데려갔으면 더욱더 행복했을 거라는 말을 했다. 그것이 진실인지 거짓인지는 모른다. 다만 시수일레가 있어 심심하지는 않았을 거라 생각했다.

"일부러 여기까지 왔는데 데후바스 양과 조금 더 느긋하게 차를 마시지 그랬니?"

"사실 난 널 데리고 나오고 싶었는걸? 데후바스 양은 조금 착한 척할 뿐, 다른 귀족 영애와 똑같아. 물론 아나블라 그 계집애만큼은 아니지만 말이야."

풀벌레 소리가 찌르르 울려 퍼졌다. 비올렛은 시수일레와 함께 계속해서 걸었다.

"요즘 들어 각하께서 편찮으시다던데, 괜찮니?"

시수일레의 말에 비올렛은 어깨를 으쓱했다. 사실 후작의 건강에 약간 이상이 생긴 지는 꽤 되었다. 몇 년 전부터 의원이 정기적으로 드나드는 것을 보아 왔기 때문이다. 비올렛은 딱히 그 병에 대해 알아보려 노력하지 않았으나 후작은 그녀가 관심을 갖는 것조차 내키지 않는 듯, 통증에 시달릴 때면 비올렛을 피해 버렸다. 그것이 언젠가 신전으로 갈 그녀를 신뢰하지 않기에 그러는 것임을 비올렛은 어렴풋이 깨닫고 있었다.

"그래, 대장군 직위에서도 은퇴할 생각이신지도 모르지."

비올렛이 대답했다. 분명 기사단 단장들 중 하나에게 그 지위가 내려질 것이다. 그리고 에셀먼드가 조금 더 자라 나이가 차면 그 지위에 오르게 될 것이다. 그녀와는 별로 상관없는 먼 훗날의 일이었다.

시수일레의 이야기를 일방적으로 들어 주다 보니 한 시간이 훌

쩍 지나 있었다. 싫다는 시수일레를 억지로 집에 돌려보낸 비올렛
은 하아, 한숨을 쉬었다. 어차피 저녁은 혼자 먹으므로 시수일레를
그 조촐한 식사에 초대할 수는 없는 노릇이었다. 그렇다고 시수일
레가 비올렛을 제외한 다른 식구들과 함께 식사하는 것도 모양새
가 이상했으므로 그것은 당연한 일이었다.

시수일레를 보낸 비올렛은 다시 방에 들러 옷을 갈아입은 뒤 연
무장으로 향했다. 요새 조금 소홀히 한 무력을 연습해야 할 것 같
았다. 무언가를 해하는 날붙이를 드는 것은 적성에 맞지 않았으니,
그녀는 활을 들어 과녁을 향해 화살을 쏘았다. 사실 연습해야 할
것은 검술 쪽이었으나 비올렛은 화살이 더 좋았다. 정확도에 따라
손에 피를 묻히지 않고 생명을 바로 끊을 수 있기 때문이었다. 그
녀는 자신의 활을 정돈하며 마음을 가라앉히고 화살을 쏘기 시작
했다. 오랜만에 해서 그런지 과녁 중앙에서 약간 빗나가던 화살이
점차 중앙을 향했다. 그리고 한 발의 화살이 명중했다.

─너는 검을 쓰기엔 너무 손의 힘이 약해.

이런 순간에 에셀먼드의 음성이 떠올랐다. 사실 비올렛도 어렴풋
이 알고 있었다. 그녀는 '너무 약한' 편이 아니었다. 3년 만에 호랑
이 목을 자를 만큼 힘을 가질 정도였으니까. 활을 가르친 것은 그
나름의 배려인 것이다. 그 생각에 집중력이 흐트러졌다. 방금까지
중앙에 명중했던 화살이 과녁을 넘어 나무에 꽂혔다.

"아깝다."

그 말에 비올렛이 화들짝 놀라 뒤를 돌아보았다. 다니엘이 서 있
었다. 그는 바위 위에 턱을 괴고 그녀를 보고 있었다.

"언제부터 와 있었어?"

비올렛이 고개를 돌려 앞을 보고 다시 화살을 쏘았다. 이미 과녁

은 고슴도치처럼 보일 정도로 화살들이 가득했으나 그녀는 개의치 않았다.

"아까부터. 귀여운 동생이 노력하는데 지켜봐 주는 게 오빠의 도리지."

다니엘이 성큼 다가왔다. 그리고 그녀의 허리에 팔을 감았다. 비올렛이 움찔하며 벗어나려 하자 그는 팔에 힘을 세게 주었다.

"다니엘, 기사들이 오가다 널 볼 수도 있어."

"상관없어. 볼 테면 보라지. 비난받는 건 내가 아니라 너니까."

그가 조롱하듯 키득거렸다. 비올렛이 입술을 깨물며 화살을 들었다. 날카로운 화살촉이 횃불에 반짝였다.

"이걸로 손을 찌르기 전에 빨리 손 풀어."

"아, 무서워라."

다니엘이 팔을 풀고 키득거렸다.

"무기를 손에 드는 것조차 싫어하는 네가 화살을 쏘다니, 어지간히 불편한 모양이구나? 넌 말이야, 정말 보는 재미가 있어. 그게 내가 널 사랑하는 이유이기도 하지."

비올렛이 그 말에 실소를 지었다. 다니엘이 그녀의 볼을 쓰다듬더니 자신과 시선을 마주하게 했다.

"왜, 에드 형이 패트리샤를 데려와 질투하는 거야? 아니다, 그 계집애가 뭐라고 말했니?"

그 어두운 빛깔의 푸른 눈은 횃불의 빛을 담은 건지, 아니면 본디 그랬던 건지 번들번들거리고 있었다.

"뭐라 해도 상관없잖아. 그 여자를 데려오든 말든. 왜 나한테 이러는 거야?"

비올렛이 묻자 다니엘이 갑자기 화를 냈다.

"모르겠어? 네가 어떤 표정인지? 비올렛, 다른 사람은 모르지만 나는 다 알아. 티게르난 공작이 네 주변을 둘러싼 상황을 다 알아차리고 있다면 나는 너의 내면과 외적인 상황, 그 모든 것을 알고 있어."

"다니엘."

"절망했지? 그래, 조금이나마 뭔가에 희망을 가졌던 너에게 또 뭔가가 일어났던 거야. 그렇지?"

"다니엘!"

그녀가 소리쳤다.

"아무도 널 구원해 주지 않아. 비올렛, 아무도 온몸을 바쳐 널 사랑해 줄 수 없을 거라고. 넌 그럴 만한 가치가 없으니 말이야. 설령 네가 몸을 바쳐 나라를 구해도 말이야. 꿈에서 깨어났다고 나에게 그렇게 말했잖아? 형이 돌아와서 기대했어? 아니면 소문대로 칸이 네게 구애해서 벗어날 수 있다고 착각한 거야?"

마주하는 시선이 뜨거웠다. 그 독설과 대비되게도 다니엘은 아주 다정하게 비올렛의 이마에 키스했다.

"형은 다음 해 여름에 결혼할걸? 그래서 약혼조차 발표하지 않는 거야. 어차피 결혼할 테니까. 그렇지만 나는 가만히 있을 거야. 나는 둘째라 가문을 잇지 않아도 상관없거든. 다시 한 번 말하지만 비올렛, 나는 널 배신하지 않아."

그가 비올렛의 허리를 끌어안았다. 입술이 닿을 듯 말 듯 했다. 하지만 그녀는 그를 서늘한 시선으로 바라보았다.

"분명히, 너는 내게 진실해."

비올렛이 말했다. 다니엘이 그 말에 빙그레 미소 지었다. 그는 행복한 얼굴이었다.

"넌 내게 유일한 존재야. 그 누구도 대체할 수 없을 만큼."

이어진 비올렛의 말에 다니엘이 환희하며 눈을 번뜩였다. 체자레가 그녀의 타락을 원하면, 다니엘은 그녀의 절망을 원한다. 비올렛은 똑같이 애정을 구하는 이자카를 보며 다니엘에 대해 생각해 보았다.

"하지만 넌 그들과 똑같이 내게 혐오스러운 존재야."

비올렛은 그를 떼어 내며 말했다. 그녀의 자살 시도 이후 다니엘은 어둠을 드러냈다. 그는 밤마다 속삭였다. 곁에 있겠다, 네 곁에 남아 있겠다. 너 같은 천민에겐 누구도 오래 머물러 있지 않을 것이다. 하지만 나는 다르다. 네 오빠가 되어 주겠다. 그래서 비올렛은 다니엘의 말을 믿었다.

그러나 이자카는 그런 비올렛이 천민이라도 딱히 상관이 없다고, 예쁘다 말해 주었다. 다니엘에게 잘 학습되어 이미 절망으로 일그러진 일생을 살고 있던 비올렛의 마음이 쉽게 희망으로 바뀐 것은 아니다. 그러나 이자카의 말은 다니엘의 애정이 잘못된 것이라고 확실하게 말해 주었다.

다니엘이 얼굴을 찌푸리며 비올렛을 노려봤다. 그녀는 그 시선을 피하지 않았다. 그의 외로움을 공감하고 동정했다. 자신을 동정해 주는 다니엘이라도 있어서 다행이라 생각했다. 하지만 지금은, 이자카의 다소 독특한, 그러나 지극히 평범한 애정을 받은 지금은 그녀가 받은 애정을 비교할 수 있었다.

"네가 여기서 벗어날 수 있을 것 같아?"

"아니."

비올렛이 대답했다.

"그런데도 혐오스럽다고? 이젠 나까지?"

다니엘이 웃으며 물었다. 그러나 그 눈만은 분노로 형형하게 빛나고 있었다.

"그럼 이 혐오스러운 지옥에서, 혐오스러운 사람들과 혐오스러운 일생을 살아가자. 영원히."

귀를 막고 싶었지만 그럴 수가 없었다. 누가 악마에 대해 묻는다면 비올렛은 주저 없이 여기 이 남자를 가리킬 것이다. 점점 입지가 사라져 가는 게 느껴지는 이곳. 그녀를 손에 넣으려고 애쓰는 신전. 비올렛을 소중히 여기면서도 묘한 미소로 언제나 그녀를 나락으로 떨어트리는 체자레. 같은 나락에 빠져 절망을 속삭이는 다니엘. 그리고 혼인하는 에셀먼드. 끝은 어떻게 맺을지 정해 났다. 그럼에도 비올렛은 괴로웠다.

3. 전사들의 증명

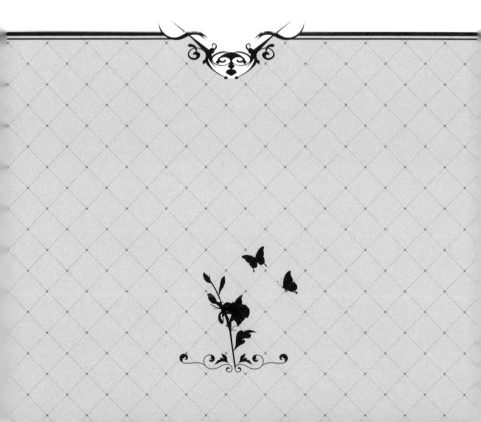

3. 전사들의 증명

10년 만에 정식으로 투기장閘技場의 문이 열렸다. 비올렛이 수도를 왔을 때 이상하게 큰 곳이라 생각했던 이곳은 레기우스 살바나만을 위해 옛 왕이 만든 곳이었다. 투기장에는 어느새 예선을 통과해 본선에 진출할 이들이 모여 있었다.

비올렛의 시선에 군나르족 사람들이 멀리 떨어져 앉은 것이 보였다. 국빈인데 다소 먼 자리에 떨어져 있는 것은 아마도 암살 사건의 여파가 가시지 않았기 때문이리라. 아직도 이자카 일행은 경계되고 있는 것이다. 멀리 떨어져 있어 이자카가 보이지는 않았지만 비올렛은 그가 틀림없이 이 경기를 좋아하고 있을 거라 생각했다.

레기우스 살바나가 시작되고, 비올렛의 금족령 아닌 금족령이 풀려도 이자카는 결국 그녀를 찾아오지 않았다. 그가 믿어 달라는 것은 겨우 그런 것이다. 비올렛은 쓸쓸하게 생각하다 다른 쪽을 둘러보았다.

기사들이 경장을 한 채 앉아 있었다. 기사들 중에는 검푸른 머리카락을 가진 두 얼굴이 보였다. 하나는 에셀먼드였고, 하나는 에이든이었다. 기사들이 참여하는 건 자유였으나 비올렛은 그 둘이 참여한다는 소리는 못 들었다. 생각해 보면 대장군의 아들들이 나가기엔 격이 떨어지는 경기였다. 이기는 것이 당연하며 지면 명예의 추락을 가져오는, 얻을 것이 없는 일이었다.

그렇게 주위를 둘러보던 비올렛은 자신의 바로 옆자리에 앉은 사람들을 보았다. 왼쪽에는 교황 대신 체자레가 있었고, 오른쪽은 국왕이 앉아 있었다. 체자레가 그런 그녀를 귀엽다는 듯 보고 있었다.

"벌써 본선이로군요."

비올렛이 고개를 끄덕였다.

"이번에 가디언 후보들을 풀었습니다. 성녀님께서 마음에 드시는 기사가 있으면 수호자로 삼으십시오. 저는 성녀님의 의견을 존중하겠습니다."

제한된 자유가 무슨 자유일까. 그녀는 건성으로 고개를 끄덕이며 본선에 진출한 평민들을 바라보았다. 그들이 앉은 자리는 높은 단이었으나, 평민들의 얼굴을 보고 대화를 나누기에 그렇게 멀지는 않았다.

"스승님, 저길 보십시오!"

"네?"

바로 앞 열에 앉은 샤를이 비올렛을 보며 미소를 지었다.

"많은 사람이 모였습니다. 사람들의 말을 들어 보면, 저기 긴 칼을 들고 검은 옷을 입은 남자는 델타 왕국을 떠도는 용병인데 창술이 번개처럼 빨라서 델타의 검은 번개라 불린다 합니다. 그리고 저기 저 남자는 검술이 기사만큼 뛰어나다고 소문이 자자하다고 합니다. 또 그 옆에 온몸을 붕대로 휘감은 남자는 아타나스라고 불리는데 기묘한 검술을 쓴다고 합니다. 그리고 검은……"

"샤를."

샤를이 신이 나서 비올렛에게 떠들자 왕이 주의를 주었다. 그는 '핫' 하더니 자신이 지나치게 들떠 있었다는 것을 깨닫고 다시 앞을 보았다. 평민들 앞에서 왕족이 더욱 체통을 지켜야 하는 것은 당연한 일이었다.

비올렛은 가지각색의 남자들을 보았다. 본선에 성기사와 왕국 기사들이 참여한다면 더욱더 치열한 싸움이 될 것이다. 귀족들도 저마다 본선 진출자들을 눈여겨보고 있었다. 평민 기사에 임명하여 봉신으로 삼는다면 뛰어난 무력을 가진 사람을 영입하게 되는 셈이니, 기사 지위를 주는 것에 손해 볼 것은 없었다.

백 명의 본선 진출자들이 서서 왕과 비올렛, 그리고 체자레를 보고 있었다. 레기우스 살바나의 본선은 왕과 교황이 번갈아 본선 진출자들을 불러 그들에 대해 일상적인 문답을 하는 데에서 시작된다. 살고 있는 고향, 가족, 취미, 또는 우승 시 이루고 싶은 소원 등 대화의 주제는 평범했다. 그러나 평생 살아가며 말을 섞을 일이 없을 나라의 우두머리들과의 소탈한 대화는 무척이나 영광된 자리임이 틀림없었다.

물론 교황과의 대화는 실질적으로 불가능하여 교황의 대리인 붉은 추기경 체자레와의 대화였지만, 이 또한 충분한 가치가 있었다. 게다가 이때의 왕과 교황은 너그럽고 인자한 모습만 보이면 되므로, 그들에게 지배자에 대한 좋은 인상을 심어 주기에는 안성맞춤이었다.

이곳에서 비올렛이 할 일은 미소를 지어 주며 축복을 내리는 것밖에 없었다. 비록 천민 출신이지만 아름답게 꾸며 새하얀 옷을 입은 성녀에게 사람들은 선망의 시선을 보냈다.

아그레시아의 수호 성녀다. 나라의 구원자이자 신의 대리인. 어렸을 적 비올렛은 그런 시선에 우쭐함을 느꼈던 적도 있다. 하지만 그때로 돌아간다면 그녀는 망설임 없이 그 우쭐함을 느끼는 심장을 후벼 팔 것이다. 지금의 비올렛은 저 시선에 서린 선망과 기대가 부담스러웠다.

"서, 성녀님을 지키는 가디언이 되고 싶습니다!"

샤를이 말했던 번개 어쩌고 용병이 비올렛을 보며 말할 때, 그녀는 만들어진 미소를 지어 보였다. 그 미소만으로도 용병은 얼굴이 붉게 물들었다. 야, 네 소원은 그게 아니잖아! 옆에서 그런 소리가 들려왔다. 아마 충동적으로 그렇게 말한 게 틀림없었다.

"이런, 패기 넘치는 젊은이로군요. 건투를 빕니다."

체자레의 입에서 젊은이라는 말이 나오는 건 어딘지 모르게 어색했다. 하지만 건투를 빈다는 말이, 어쩐지 저주로 느껴져 비올렛은 속으로 고개를 저었다. 가디언이 되겠다는 사람이 벌써 세 명이었다. 그때마다 체자레는 검은 오라를 뿜으며 건투를 빈다고 했다. 정말 누가 보면 팔불출 스승인 줄 알 것이라고 그녀는 냉소적으로 생각했다. 다음은 인상이 사나워 보이는 근육질의 남자가 걸어왔는데, 그의 소원은 아주 평범한 것이었다.

"아, 아버님의 병을 고치고 싶습니다."

그가 체자레를 보며 말했다. 그러다 문득 비올렛은 깨달았다. 사람들은 소원을 이루고 싶어 할 때 왕을 보지 않고 체자레를 보며 말한다. 그것에 이 나라의 진정한 권력이 누구에게 있는지 실감했다. 왕 또한 권력자인데도 추기경의 눈치를 더 보는 것은, 사람들에게 국왕보다 신전의 영향력이 더 크다는 것을 의미했다. 실제로 하대를 하는 왕보다 존대를 쓰는 체자제를 이 거대한 무투 대회의 본선에 진출한 장정들이 두려워하고 있었다.

"그것은 너무나 시시한 소원입니다. 꿈은 크게 가져야 하는 법이지 않겠습니까? 지금 당장 신관을 파견하겠습니다. 자, 르노."

체자레가 선한 미소를 지으며 옆에 있는 신관에게 지시를 내렸다. 그것만으로도 그 근육질의 참가자는 눈물을 흘리며 기뻐했다. 비올렛은 체자레가 이 레기우스 살바나의 본질을 누구보다 효과적으로 이용하고 있다는 것을 알았다. 이렇게 된다면 그 누구도 신전을 싫어하지 않을 것이다. 아니, 싫어할 수 없을 것이다. 기부금과 공물이라는 명목으로 어마어마한 것을 요구해도 말이다.

그다음으로는 샤를이 특히나 좋아하는 것 같은, 붕대를 감은 남자가 나왔다. 저렇게 얼굴을 칭칭 감으면 눈이나 제대로 보이는 것일까. 비올렛이 멍하게 생각했다.

"검을 든 자여, 이름은 무엇인가."

왕의 말에 동료로 보이는 남자가 대신 대답했다.

"폐하, 그는 말을 하지 못합니다. 그는 '아타나스'라고 하는 남자입니다."

비올렛은 호기심 어린 얼굴로 그를 보았다. 말도 못하는 남자구나. 저 평민 남자는 또 얼마나 어리석은 꿈에 현혹되어 온 것일까. 신관에게 목소리라도 되찾으려 온 것인지도 모르지. 비올렛은 그 남자를 보며 냉소적으로 생각했다.

"본선 진출자는 신분을 밝혀야 함이 옳다. 옆에 있는 동료로 보이는 그대는 저 아타나스라는 자의 신분을 아는가?"

왕이 묻자 옆에 있는 참가자가 어깨를 으쓱하며 고개를 저었다.

벙어리에게 신분을 증명하라는 건 가혹한 일이 아닐까. 나중에 서류로 확인하는 게 더 나을 것 같은데, 왕은 역시나 그런 것을 고려하지 않았다.

"이런. 폐하, 아무래도 말을 못하는 이에게 신분을 증명하라는 것은 너무 가혹한 것 같습니다."

그녀는 체자레와 소름 끼치게 똑같은 생각을 했다는 것을 알고 얼굴을 찡그렸다. 그 말에 왕은 자신의 실수를 깨달았는지 입을 다물었다. 체자레가 입을 열었다.

"그대, 침묵하는 자 아타나스여, 그대를 이 신성한 레기우스 살바나에 참여하게 한 연유는 무엇입니까. 소원을 말하십시오."

붕대를 감은 남자가 고개를 들었다. 화상 자국이라도 있는지 고개를 들어도 틈이 보이지 않았다. 대신 그가 붕대를 감은 손을 까딱했다.

"이런, 말 못하는 자에게 묻다니, 저 역시도 가혹했군요. 옆에 계신 동료 분께서는 그 소원에 대해 알고 계십니까?"

"아뇨, 전혀요."

어차피 말 못하는 벙어리와 무슨 대화를 한단 말인가. 조금 지루해지려는 시점에 붕대를 감은 남자가 비올렛을 바라보았다. 그것은 순식간에 일어난 일이었다. 그 남자가 검을 뽑아 들어 바로 비올렛을 가리킨 것이다. 그에 호위 기사들이 체자레, 비올렛, 왕, 왕자를 에워쌌다.

"나는 증명, 증명을 원한다."

목소리가 새어 나올 리가 없던 붕대 속에서 목소리가 들려왔다. 그것이 익숙한 목소리라 비올렛의 눈이 커졌다. 남자가 검을 들지 않은 한 손으로 얼굴에 감긴 붕대를 풀었다. 한 꺼풀 붕대가 풀리자 두 눈과 함께 맨살이 보였다. 그 남자의 살색은 익히 알고 있는 구릿빛이었다. 그녀를 바라보는 녹안이 보였다. 익숙한 말투, 익숙한 눈. 그리고 얼굴을 감고 있던 천이 완전히 풀리자 익숙한 얼굴이 드러났다.

"이 나라가 나에게 해 줘야 할 증명, 그리고 이 나라의 수호자에게 해야 할 증명, 그리고 내가 네게 해야 할 증명!"

그가 미소를 지으며 비올렛을 바라보고 있었다.

"절대신을 섬기는 어리석은 종족들이여, 나는 너희 교리를 배우며 결론을 내렸다. 너희는 여자의 다리 뒤에 숨어 목숨을 연명하는 비겁한 종교를 가진 나라이다!"

그의 목소리가 쩌렁쩌렁 울렸다. 이자카의 등장에 앉아 있던 귀족들이 술렁이기 시작했다.

"하여 내게 증명하라. 너희의 구원자를 스스로 욕보이는 행위를 하는 너희가 과연 구원자인 성녀를 가질 만한 능력이 있는가! 그리고 이 나라의 구원자를 수호할 힘이 있는가!"

호위 기사들이 그 도발에 참지 않고 검을 뽑아 들었다. 그러나 이자카는 개의치 않고 그 긴 장검을 비올렛에게 겨누며 말했다.

"우린 약탈의 민족, 위대한 정령을 섬기는 구자르트! 너희들이 증명하지 못할 시 나는 이곳에서 우승하여 저 여자를 데려갈 것이다. 이것이 나의 소원이다!"

레기우스 살바나. 신의 가호 아래 모두가 평등하게 검을 맞대는 곳. 그리고 어떤 소원이라도 이루어질 수 있는 것이라면 이루어지는 곳. 나라의 공주과 맺어지길 원했던 가난한 기사의 소원 역시 들어주어야 했던 낭만과 신성의 대회. 그리고 한 남자가 처음으로 이 대회에서 '성녀'를 갈망했다.

그 누구도 성녀를 원한 적은 없었다.

"u jien ser jipprova lilek."

그리고 나는 네게 '증명'할 것이다. 이자카가 비올렛에게 군나르족의 언어로 말을 건넸다. 이자카는 그녀에게 증명하려는 것이다. 그가 믿을 만한 남자인지 아닌지. 단순히 하렘의 여인을 보듯 그녀를 욕망하는 것이 아니라, 진정으로 그녀를 갈망한다고.

정말로 미친 짓이다. 목숨을 잃을 수도 있었다. 아니, 저렇게 공언한 시점에서 이미 이자카는 아그레시아 기사들의 적이 되었다. 체자레가 가만두지 않을 거다.

사람들이 비올렛을 쳐다보는 게 느껴졌다. 말도 안 된다 소리 지르는 자들도 있다. 심지어 본선에 진출한 평민들도 멀찍이 떨어져 적대적인 눈빛으로 그 이민족을 바라봤다. 왕 역시 할 말을 잃었다. 체자레마저도 당황한 얼굴이었다. 그 누가 알았을까. 이민족이지만 그 고고한 자존심을 가진 군나르족이, 그들이 믿지 않는 신의 가호가 서린 대회에 참여하여 감히 성녀를 달라고 요구할 것을.

그것을 거절하게 된다면 대국인 아그레시아의 권위와 종교의 위엄이 동시에 상실될 것이다. 군나르족뿐만이 아니라 다른 나라의 대사들도 이곳에 와 있다. 이 공개적인 곳에서 이자카가 왕을 도발했다. 이것은 그의 책략이었다.

"그것은 성녀의 의지에 달렸다."

왕이 회피하듯 말했다. 왕은 그녀가 거절하기를 바라겠지만 비올렛은 이미 결정을 마쳤다. 이자카의 시선도 검도 한 치의 흔들림이 없다. 아무것도 그를 막을 수는 없다. 홀린 듯 그의 녹안을 바라보았다. 그리고 잔웃음을 터트렸다. 그녀를 어떻게 생각하든 상관없다. 비올렛은 자리에서 일어났다. 겨눠진 검과 자신을 약탈하고 탐하겠다는 그 이교도를 똑바로 바라보며 그 입술을 열었다.

"그래요. 증명하십시오, 아슈카바드의 칸 이자카. 그대 나라의 구성원을 대표하여 나를 약탈할 자격이 있는가. 그대가 나를 수호할 자격이 있는가."

그리하여 이 나라도 이자카도 비올렛에게 증명해야 하는 것이다. 성녀의 나라지만 성녀를 홀대한 이 나라가 과연 성녀를 가질 만한 힘이 있는 것인가. 자격이 있는 것인가. 그녀가 머물 만한 '집'이자 '둥지'가 되어 줄 수 있는 것인가.

비올렛의 대답에 사람들은 모두 경악의 시선으로 그녀를 바라봤다. 성녀가 그렇게 말할 거라 생각하지 못한 듯했다.

이자카가 만족스러운 미소를 지으며 검을 거두어 칼집에 넣었다. 어쩌면 이자카는 처음부터 이 대회를 위해 온 것일 수도 있다. 비올렛이 어떤 사람이건, 그가 어떤 마음이었건 구자르트의 카칸 그리함은 그녀를 원했으니.

그러나 설령 첫 목적부터가 그라함의 명령이었더라도 이자카가 비올렛을 얻으려 목숨을 거는 것은 변함없는 사실이었다. 이 나라도, 이 나라의 어떤 사람도 비올렛에게 목숨을 걸지 않았다. 심지어 환심을 사려는 노력도 하지 않았는 데다가 그녀를 몰아갔다.

흘낏 본 체자레는 멍한 얼굴로 그녀를 바라보았다. 비올렛의 시선을 마주한 그의 입꼬리가 올라가더니 처진 눈매가 반달을 그렸다. 체자레의 기묘한 웃음소리만이 탁 트인 투기장에 울려 퍼졌다. 왕이 체자레를 바라보았다. 그는 자리에서 일어나 비올렛의 손을 잡아 자신의 입술로 끌어와 입을 맞추었다. 비올렛은 그것에 저항하지 않았다.

"제가 그렇게도 믿음을 못 드렸나 봅니다. 그렇지 않습니까, 성녀님?"

그의 금색 눈이 비올렛을 바라보며 미소 지었다. 체자레는 진심으로 즐거운 듯했다. 그는 화려한 얼굴에 매력적인 미소를 지으며 말했다.

"이런 도발을 듣고도 가만히 있는다면, 정말로 아그레시아는 성녀님을 가질 능력이 없는 것이겠지요."

그는 손을 내렸다. 꽉 쥐는 손길이 아파 그녀가 미세하게 얼굴을 찡그렸다. 체자레가 속삭였다.

"꽤나 미움받고 있었군요. 당연하겠지만."

씁쓸한 어투에 그녀가 체자레의 얼굴 보려 했지만, 그는 정면으로 고개를 돌려 이미 이자카를 바라보고 있었다.

"우리 신전은 증명할 것입니다. 물론 그대에겐 증명할 필요가 없습니다만, 성녀님께서 원하신다면 따르는 게 도리."

체자레의 어투는 고압적이었으며 칸에 대한 존중은 더 이상 찾아볼 수 없었다. 언제나처럼 미소를 지었지만 그 미소에는 칼날과 같은 서늘함이 있었다.

"정말 쓸모없는 짓이지만, 당신의 도전을 받아들입니다. 그 대신 아슈카바드의 칸이여, 그대는 이 경기가 그대의 목숨을 앗아 갈 수도 있음을 아셔야 할 것입니다."

"어디 해볼 테면 해보아라."

체자레의 도발에 이자카가 대답했다. 체자레가 그 말에 더욱더 짙은 미소를 지었다.

"그러나 당신의 죽음이 군나르족과 아그레시아의 관계에 영향을 끼쳐서는 안 됩니다. 당신은 당신의 이름과 당신이 속한 나라와 지배하는 곳의 이름, 피와 '영혼', 그리고 그대들이 절대시하는 '위대한 정령'에 걸고 그것을 맹세해야 합니다."

이자카는 그럴 줄 알았다는 듯 미소를 지으며 고개를 끄덕였다.

"그라함의 여덟 번째 아들이자 군나르의 나라 구자르트, 내가 통치하는 아슈카바드, 나의 피와 영혼, 그리고 위대한 정령께 맹세한다. 나, 이자카의 죽음은 절대로 아그레시아와 구자르트의 관계에 영향을 주지 않을 것이다."

이자카가 자신만만하게 대답했다. 이제 그의 목숨은 구자르트와 관계가 없어졌다. 체자레는 본격적으로 선언한 것이다, 이자카를 죽이겠다고.

"그러나 이곳 이외에서 내가 죽는다면 범인은 너다."

"……."

이자카가 말했다. 그에 비올렛의 표정이 허물어졌다. 아그레시아어 공부를 요사이 유행한다는 추리소설로 한 건가. 범인이라는 대사는 뭐란 말인가. 비올렛은 이자카가 머리가 좋은 건지 나쁜 건지 헷갈리기 시작했다. 그러나 이것으로 체자레는 절대로 경기 이외에 이자카에게 손을 쓰진 못할 것이다. 왕도 마찬가지였다. 왕 쪽으로 고개를 돌리니 그가 마지못해 자리에서 일어났다.

"아슈카바드의 칸이여, 그대가 이렇게 나의 나라를 모욕하고 도전하는 것은 그대가 우리나라를 얕보고 있는 게 이유일 것이다."

"……."

"그대는 아그레시아의 낙엽이 다 떨어지는 것을 보지 못할 것이다."

왕이 짧게 말했다. 그리고 나열해 있는 평민들에게 말했다.

"그대들도 이 오만방자한 이야기는 들었을 것이다. 군나르족이 감히 신성 왕국, 아그레시아의 성녀를 탐하고 약탈하려 한다. 그대들은 그것을 두고 보겠는가?"

그들이 함성을 질렀다. 이자카는 그것을 웃으며 듣고 있었다.

"검을 든 기사들이여, 나라가 인정한 그대들의 무용을 보일 때가 왔다. 신성 왕국이 성녀의 뒤에 숨어 평화를 일구었다고 착각하는 어리석은 남자에게 그대들의 힘을 입증해야 할 것이다."

그 말에 어떤 남자가 다가와 왕의 앞에 무릎을 꿇었다. 비올렛은 그 남자를 보고 비명을 지를 뻔했다.

"제가 나서겠습니다!"

"에르멘가르트 경?"

"아직 견습 기사가 무슨 망발이냐!"

후작이 다급하게 소리쳤다. 하지만 왕 아래 무릎을 꿇은 남자, 에이든이 말했다.

"성녀께선 제 누이이십니다. 누이가 구자르트에 끌려가게 생겼는데 그것을 어찌 막아서지 않겠습니까!"

"에이드리언! 송구합니다, 폐하."

에이든은 정말로 화가 난 얼굴이었다. 아, 저 바보. 비올렛이 머리를 감쌌다. 누울 자리를 보고 누우라고 말하고 싶은 마음이 굴뚝 같았으나 에이든은 진지했다. 그를 싫어할 이유가 하나 더 늘었다. 왜인지 모르게 얼굴이 화끈거렸다. 체자레가 그녀의 얼굴을 바라보며 미소 짓는 게 느껴졌다.

"폐하, 제가 나가겠습니다. 윤허해 주십시오."

"그대는 아직 정식으로 검을 든 기사가 아니다."

"하지만!"

에이든이 뭐라 말을 하려 할 때, 갑주가 철걱거리는 소리가 났다. 그것은 왕실 기사단 쪽에서 나는 소리였다. 국왕의 바로 옆에 있던 호위 기사들마저 잠시 그쪽에 시선을 빼앗겼다. 에셀먼드가 절도 있는 걸음걸이로 이쪽으로 걸어오고 있었다.

"일어나라, 에이든."

그가 말했다.

"혀, 형!"

"지금 이게 무슨 추태냐. 타국의 사람들도 신분이 없는 자들도 네 무례를 보고 있다."

"하지만!"

에셀먼드의 서늘한 눈빛이 에이든을 향했다. 에이든이 원망스러운 듯 그를 노려보았다. 그는 형에게 아무 말도 하지 못하고 비올렛을 쳐다보았다. '왜 그걸 수락했어.'라고 묻는 눈빛이었다. 후작은 막내아들의 무례를 수습하려 애썼다.

"송구합니다, 폐하. 제 부족한 자식의 무례를 용서하소서. 이 건은 추후 정예 기사를 선별하겠습니다."

후작은 그렇게 말하며 이자카를 바라보았다. 그 시선이 제법 매서웠다. 이자카는 후작의 시선을 받으면서도 눈 하나 깜짝하지 않았다. 그저 재미있다는 듯 그 얼굴을 지켜볼 뿐이었다. 그때였다.

"제가 나가겠습니다."

그것은 에이든의 다소 앳된 목소리가 아닌, 차가운 남성의 목소리였다. 비올렛은 아래를 내려다보았다.

"에드!"

후작은 상당히 당황한 얼굴이었다. 막내아들에 이어 첫째까지 이런 짓을 할 줄은 예상치 못한 듯했다. 오히려 무릎을 꿇고 있는 에이든이 놀라 고개를 들어 에셀먼드를 바라보았다. 에셀먼드는 에이든 옆에 무릎을 꿇었다. 왕의 정면에는 에이든이 있어 그는 에이든의 옆쪽에 무릎을 꿇었는데, 그 때문에 비올렛의 앞에 무릎을 꿇고 앉아 그녀를 바라보는 것 같았다.

"아우의 말이 맞습니다. 또한 이 나라의 귀족으로서, 나라를 지키는 기사로서, 국민으로서 이것은 묵과할 수 없는 일입니다. 모욕을 씻을 기회를 제게 주십시오."

에셀먼드의 어조는 정중했다. 비올렛은 자리에 앉았다. 체자레역시 우스운 상황이라는 듯 나른한 목소리로 비아냥거렸다.

"경의 도움 없이도 성기사단으로 충분히 해결이 가능합니다. 에르멘가르트 경, 왕실 기사단의 부단장씩이나 되는 경의 업무에 집중하는 게 어떠십니까."

에셀먼드가 체자레를 올려다보며 말했다.

"제가 가진 의무와 업무가 성녀를 지켜 내는 것보다 우선될 수없습니다."

그 말에 체자레는 그저 알 수 없는 미소만 지을 뿐이었다. 비올렛은 에셀먼드를 바라보았다. 그는 흔들림 없는 자세였다. 대장군의 아들이자, 왕실 기사단의 부단장이 직접 나간다고 선언한 것이다. 이상했다. 그러나 묘하게 가슴이 두근거렸다. 어쩌면 비올렛은이런 것을 바라고 있었는지도 모른다.

"성녀님께서 증명을 원하신다면, 증명하겠습니다."

그가 한 치의 흔들림도 없는 눈으로 말했다. 3년 전의 올곧은 눈이 기억난다. 에셀먼드의 파란 눈은 달빛을 담았다. 그는 '그때'도같은 눈으로 비올렛에게 허락을 구했다. 그러나 지금 그는 비올렛이 아닌 그의 주군인 왕을 향해 허락을 구하고 있었다.

"허락한다."

왕이 말했다. 그리고 비올렛 역시 조용히 고개를 끄덕였다. 그가고개를 들었을 때, 비올렛은 에셀먼드가 자신을 쳐다보는 것 같은 착각이 들었다.

"무슨 생각으로 군나르족의 도발에 응한 것인가요?"

다음 날 찾아온 패트리샤가 다짜고짜 비올렛에게 물었다. 언제나 미소 짓던 그녀의 얼굴은 굳어 있었는데, 심지어 적개심마저 묻어 나왔다.

"성녀님의 결정 때문에 기사들에게 비상이 걸렸어요. 지금 무슨 이야기가 돌고 있는 줄 아세요? 성녀님께서 군나르족의 남자에게 마음을 빼앗겼다고, 타락했다는 말까지 나오고 있어요. 성력을 잃은 것은 그 탓이라고!"

예상했던 일이라 별로 놀랍지도 않았다. 비올렛은 조용히 미소 지었다. 그것이 패트리샤를 더 화나게 했다.

"지금 이게 우스운 일인가요? 에셀먼드 경까지 이 일에 휘말렸는데, 당신은 그런 것에 자각이 없나요?"

마치 비올렛에게 훈계라도 하는 말투였다. 비올렛은 패트리샤의 말에 대답하지 않은 채 테라스로 나갔다. 선선한 바람이 불어와 긴 생머리가 바람에 휘날렸다. 패트리샤가 그에 무엇이라 할 때 비올렛이 뒤를 돌아보았다.

"패트리샤 양, 거기서 내가 '아니오, 따라갈 마음이 없다.'라고 대답했어도 폐하와 추기경께서는 도발에 넘어가 줘야 했습니다. 그것이 국격이니까요. 그런 점을 모르시는 게 아닐진대 왜 제게 잘못을 묻는 거죠?"

패트리샤는 그 말에 입을 다물었다. 비올렛이 말하는 것을 몰랐다고 하면 멍청한 것이 되는 것이고, 알았다고 해도 정말로 비올렛의 말이 맞기 때문에 더 말을 이어 갈 수가 없었다. 왕이 성녀에게 결정권을 떠넘겼지만, 이자카가 의문을 제기한 대상이 '나라' 자체인 이상 이 나라는 이자카에게 증명해야만 했던 것이다. 레기우스 살바나가 개최된 이래로 단 한 번도 군나르족 사람들이 참여하지 않았기 때문에 그 누구도 예상하지 못한 일이었다. 피할 방법은 없었다. 비올렛이 회피할 구석은 애초에 없었던 것이었다.

"자각이 있냐고 물으셨죠?"

비올렛은 바람에 흩날리는 머리를 쓰다듬었다. 패트리샤의 금발과는 다른 신비로운 빛깔의 머리 색이 햇빛으로 반짝였다. 쏴아 하는 소리와 함께 나뭇잎이 떨어지는 소리가 들렸다. 가을이 시작되고 있었다.

"자각이 없었으면, 약탈 민족의 나라에는 가고 싶지 않다고 말했겠죠. 그렇다고 대답을 미뤘거나 거기서 소극적인 모습을 보였으면 심약한 성녀라 비난받고 제 출신에 대해, 그리고 이민족에게 겁을 먹은 성녀에 대해 떠들었을 거예요. 게다가 만약 강경한 태도로 아니라고 말했다면, 그것은 세력을 키우고 있는 구자르트에 대한 모독이 되어 추후 아그레시아가 적국으로 간주될 가능성도 있었고요. 그에 비해 성력을 잃은 타락한 성녀라는 간단한 추문은 추기경께서 알아서 처리해 주시겠죠. 별로 오래갈 거라 생각하지도 않습니다."

패트리샤는 비올렛의 시선을 피했다. 그녀는 아무 생각도 없을 거라 생각했던 비올렛이 나름의 판단을 가지고 행동했다는 것을 알자 할 말을 잃어버렸다.

"패트리샤 양은 오히려 에셀먼드 경이 다치는 걸 염려해서 내게 화내는 게 아닌가요?"

비올렛의 물음에 그녀가 입술을 깨물며 말했다.

"그래요, 저는 에셀먼드 경이 걱정돼요. 어째서 당신을 그렇게……."

"그거야 당연히 제가 오라버니의 여동생이니까요."

"그런……."

비올렛의 태연한 말에 패트리샤는 납득하지 못한 듯했다. 그녀의 인식으로는 천민인 여자를, 또 성녀로서 곧 신전에 가게 될 비올렛을 가족으로 받아들인다는 것이 힘들 터였다.

"뭐, 그건 표면적 이유이고, 자존심이 강한 기사니 나라가 모욕을 받았는데 참을 수 없어서 그럴 거예요. 오라버니에게 말씀드려서 말려 보도록 하세요. 당연히 들어주지 않으시겠지만."

비올렛의 냉소적인 말에 패트리샤가 얼굴을 일그러트렸다.

"본래 이렇게 뒤틀린 성격이었나요?"

"뒤틀렸다고요?"

비올렛이 되묻자 패트리샤가 소리쳤다.

"어떻게 당신 같은 사람이 후작가에 있을 수가 있는 거죠? 게다가 에셀먼드 경의 기사도를 그렇게 쉽게 말하다니……."

"그러는 패트리샤 양은 오라버니의 기사도를 제대로 이해한 건가요? 만약 이해했다면 이곳에 와서 날 탓하지는 않았을 거예요. 왜냐하면 그것은 오라버니의 선택이니까."

그 말에 패트리샤가 다시 할 말을 찾지 못했다. 그러나 분한 듯 그녀는 한참 생각하다 비올렛에게 소리쳤다.

"그렇게 '선택'이라는 말로 표현할 게 아니란 말이에요! 아슈카바드의 칸, 그가 얼마나 잔인한 정복자인지 들었다면 성녀님도 그렇게 차갑게 말하지는 못할 거예요."

비올렛은 그저 입을 다물었다. 아타나스라는, 온몸에 붕대를 감은 기사가 기묘하고 현란한 검술로 사람들을 죽음으로 몰아넣었다는 소문은 어제 샤를로부터 들어 알고 있다. 이자카의 전쟁에 대해서는 '잔인하다'라는 말 이외에는 들은 적이 없다. 그런 것을 조사하기 전에 일단 비올렛은 실제로 그의 검술을 본 적이 있다. 심지어 그에게 목숨이 구해지기도 했다. 따라서 그가 얼마나 뛰어난 무장인지 그녀가 더 잘 알고 있었다.

"당신을 보며 느꼈는데, 당신은 마치 에셀먼드 경에게 화가 나 있는 것 같아요!"

"내가 왜 그런 소리를 들어야 하나요?"

패트리샤의 말에 비올렛이 참지 않고 말했다. 그때 문이 열렸다. 노크 소리는 패트리샤의 목소리에 묻혀 들리지 않았던 것 같았다.

씩씩거리는 패트리샤가 물기 어린 눈으로 문 쪽을 바라봤다. 그에 비해 비올렛은 서늘한 표정이었다. 문을 연 것은 에셀먼드였다. 그는 비올렛과 패트리샤를 번갈아 보았다. 눈물이 맺힌 패트리샤에게 시선이 더 머문 것은 당연한 일이었다. 그가 패트리샤에게 다가가 물었다.

"무슨 일이십니까? 방금 큰 목소리가 들렸습니다."

에셀먼드는 비올렛에게 시선조차 주지 않고 패트리샤에게 자초지종을 물어봤다.

"큰 결례를 저질러 부끄럽네요, 에드. 경에 대해 이야기하고 있었어요. 레기우스 살바나 말이에요. 비올렛이 별로 걱정하고 있지 않는 것 같아서요. 아니, 아니, 사실은 에셀먼드 경을 레기우스 살바나에 참여하게 한 비올렛 양이 미워서 그랬어요."

참으로 솔직하고 사랑스러운 대답이었다. 그 어떤 남자가 자신을 생각해서 화를 냈다는 여자를 미워할 수 있겠는가. 에셀먼드가 후우, 한숨을 쉬며 그녀의 어깨를 토닥였다. 아나블라와 같은 과였다면 비올렛도 응수할 생각이었지만, 패트리샤는 그저 전형적이고 평범한 귀족 아가씨였고 에셀먼드를 걱정해서 그런 것이기에 이해 못할 것도 아니었다.

에셀먼드의 시선이 그제야 비올렛을 향했지만 그녀는 긍정의 의미로 입을 다물었다. 그의 시선이 다시 패트리샤를 향했다. 참 다정한 연인의 모습이었다.

저런 장면을 굳이 더 보고 싶지 않아 비올렛은 그들을 지나쳐 빠져나가려 했다. 하지만 에셀먼드가 그녀의 팔을 잡았다. 비올렛은 그것을 잡아 빼려 힘을 줬으나 그는 손에 힘을 빼 주지 않았다. 잡아 세웠으면 세웠지, 왜 놔주지 않는다는 말인가. 그렇다고 거칠게 몸을 움직여 잡아 빼는 것은 이상해서 그녀는 그대로 어정쩡하게 서 있었다.

비올렛은 앞으로 벌어질 상황을 예상하고 예상했다. 분명 그는 사랑스러운 약혼녀인 패트리샤 양에게 비올렛이 저지른 무례를 사과하라 할 것이다. 물론 그녀는 사과하지 않을 생각이었다. 에셀먼드가 비올렛을 보며 입을 열었다.

"그녀가 냉정한 것은 저의 패배를 생각하고 있지 않기 때문입니다."

그 조용한 말에 두 여자는 동시에 그의 얼굴을 보았다. 비올렛은 눈을 동그랗게 떴다. 지금 에셀먼드가 패트리샤 앞에서 자신의 편을 들어 주고 있는 것인가? 비올렛에게서 시선을 돌린 에셀먼드가 패트리샤를 똑바로 보며 말했다.

"나를 걱정하여 눈물을 보이는 것은 나에 대한 모욕입니다, 데후바스 양."

에셀먼드의 목소리가 서늘하게 울려 퍼졌다.

"나는 패배하지 않습니다."

그는 단 한 번도 말하지 않았던 자신에게 붙여진 별명, '무패無敗'를 말하고 있었다.

비올렛은 약혼녀에게도 차가운 에셀먼드를 보고 내심 놀랐다. 분명 후작이 그랬던 것처럼 에셀먼드도 패트리샤가 어머니를 닮은 얼굴이라 다정하게 대할 거라 생각했다. 어깨를 토닥이는 것도 그런 다정함이라 생각했다. 그러나 저 서늘한 표정은 무엇이란 말인가.

비올렛은 에셀먼드와 사이가 안 좋긴 했으나, 그는 결코 그녀를 저런 시선으로 본 적이 없었다. 애초에 비올렛을 대할 땐 온도가 차가웠고 패트리샤에겐 온도 자체가 없었던 것이다.

그러나 아직도 세게 잡혀 있는 손목에서는 기이하게도 뜨거움이 느껴졌다. 그는 절대 놓아주지 않을 것처럼 단호하게 비올렛의 팔목을 잡고 있었다.

"스승님은 투기장에 따로 가시지는 않으십니까?"

비올렛이 수업을 하러 앉자마자 샤를이 기다렸다는 듯이 물었다. 그녀가 어깨를 으쓱하며 말했다.

"예선만 해도 100명이 넘는 민간인과 50여 명의 기사들, 도합 150명이 75개의 경기를 하는데, 그걸 처음부터 보기엔 여러모로 무리가 따르죠."

어떻게 보면 자신 때문에 벌어지는 일인데 다소 무책임해 보일 수 있는 말이었다. 그러나 그녀는 검을 들고 싸우는 것을 싫어했다. 신 아래 평등한 싸움이라고 하지만 때로는 유혈 사태가 벌어지고 심할 때는 살육이 벌어진다. 검을 배운 것치고 나약하다 손가락질 받을 수도 있으나 비올렛이 검을 배운 것은 피할 수 없었기 때문이지, 저렇게 싸우고 승리를 쟁취하기 위해서가 아니었다. 어떻게 그런 걸 보며 즐길 수 있단 말인가.

보통 하루에 다섯 경기가 열렸고, 비올렛은 몇 번씩 얼굴만 내비쳤다. 그러나 에셀먼드와 이자카의 경기만은 보지 않았다. 당연히 이자카 측의 경기 관람을 한다면 구설수에 오를 것이고, 에셀먼드의 경기에 참관하는 것은 어째서인지 그의 행동을 유희거리로 삼는 것 같아 내키지 않았던 탓이다.

"두 사람 다 뛰어나다고 합니다."

"그래요?"

"전 사실 칸의 경기를 본 적이 있습니다. 검에 대해 에드 경께 배워 깨달은 바로는 칸의 검술은 정말로 교묘하고 화려합니다. 그런 건 본 적이 없습니다."

"……"

"압도적으로 이겼습니다. 과연 아슈카바드의 칸입니다. 그는 구자르트에서 뛰어난 무장일 겁니다."

샤를이 말했다. 비올렛은 샤를의 얼굴이 시무룩하다는 것을 알았다. 왜 그런지 물어볼까 했지만 곧 이어지는 말로 그녀는 이유를 알 수 있었다.

"에셀먼드 경은 우리가 암살자에게 당할 뻔했을 때 상처를 입었습니다. 그땐 다른 사람도 같이 있었는데 말입니다."

"전하."

샤를은 에셀먼드와 이자카를 비교하고 있었다.

"만약 정말로 칸이 이기면, 스승님께서는 그곳으로 가시는 것입니까?"

그가 물어 왔다. 샤를의 불안감이 그녀에게도 전해졌다. 이자카가 이기면, 그땐 정말 아슈카바드로 가는 것인가.

"저를 걱정하실 필요는 없습니다. 어차피 말룸이 나타나면 분명 아그레시아에 돌아올 테니까요."

"스승님, 제가 그런 말을 하는 게 아니잖습니까."

샤를이 소리쳤다. 비올렛은 생각보다 이 왕자가 자신에게 지나칠 정도로 호감을 가지고 있다는 것을 깨달았다. 순진한 왕자는, 어린 비올렛처럼 지금의 그녀에게 의지하는 것이다.

"전하께서 걱정하실 건 제가 아니라 떨어진 나라의 국격입니다."

비올렛이 차갑게 말했다.

"전하께서는 제가 같이 있으면 좋겠다고 하셨습니까? 그건 어리광입니다."

마치 누가 말했던 것처럼 비올렛이 단호하게 말했다. 샤를은 그녀의 말을 듣고 충격에 빠진 얼굴을 했다. 비올렛은 샤를에게 다정한 편이었다. 가시를 세워 대했던 다른 이들과는 달리, 이 여리고 순진하며 착하기까지 한 소년에게는 한없이 물러질 수밖에 없었다. 하지만 만약 정말로 이자카를 따라 구자르트로 가게 된다면 샤를은 상심할 것이다. 그렇다면 차라리 마음고생하지 않도록 냉정하게 말해 두는 것이 나았다. 샤를은 이별에 적응해야 했다. 비올렛처럼 비뚤어져서는 안 되었다.

"스승님."

샤를이 눈물을 뚝뚝 흘렸다. 비올렛은 바로 울어 버리는 샤를을 보며 크게 당황했다. 냉정하게 나가려다가도 이런 반응을 보이니 어떻게 할 바를 모르겠다. 어린 자신은 그런 적이 없었기 때문이다. 어린 비올렛은 되도록이면 남 앞에서 우는 것을 삼갔고, 울 때도 혼자 숨어서 울었다. 샤를은 제법 의젓해 보였으나, 한 번씩 이렇게 드러내고 울음을 터트렸다. 아마도 받아들여 주는 사람이 있기에 저렇게 울 수 있는 것이다. 샤를과 어린 비올렛의 차이란 그러했다.

"……."

비올렛이 말없이 샤를을 바라보자 그가 눈물을 쓱 닦더니 억지로 웃어 보였다.

"죄송합니다. 스승님을 곤란하게 했네요. 오, 오늘은 수업을 잘 받을 수 없을 것 같습니다."

그에 비올렛은 그를 위로하려다 포기하고 방 바깥으로 나갔다. 다정하게 말하면 그 다정함에 더 의지할 것이다. 그러다 그녀는 마치 에셀먼드가 자신을 몰아붙였던 것처럼 샤를을 몰아갔다는 것을 깨달았다. 신기한 것은 그러한 자신에 대한 혐오보다, 그 차가운 남자 역시 이런 찝찝한 감정을 느꼈을까 하는 호기심이 일었다는 것이다. 아니, 설마 그럴 리는 없겠지. 비올렛은 고개를 저었다.

"……."

비올렛은 샤를이 말했던 것을 생각했다. 하쉬샤신에게 당했을 때, 이자카는 무사했지만 에셀먼드는 팔을 크게 다쳤다. 비올렛도 알고 있는 바였다. 에셀먼드는 자신이 이길 거라고 했다. 하지만 그가 진다면 어떻게 되는 것일까. 이자카에게 승리는 당연한 것이었다. 그러나 에셀먼드의 패배 역시 생각할 수 없다. 어쭙잖은 각오를 한 것이 아니었음에도 비올렛의 심장이 불안하게 두근거렸다.

"오늘은 에셀먼드 경이 나가나요?"

"아니요, 오늘이 아니라 내일 나가실 예정입니다."

호위 기사 루체 경의 대답에 비올렛은 고개를 끄덕였다. 특별한 이상이 없는 이상 결승에서 만나는 것은 이자카와 에셀먼드일 것이다.

"칸은요?"

"칸 역시 오늘 경기 예정이 없습니다. 경기장에 가 보시려는 겁니까?"

루체 경의 말에 비올렛은 곰곰이 생각하다 고개를 끄덕였다. 사실 에셀먼드나 이자카의 경기를 보고 싶었지만 무패 행진이라는 것은 이미 듣고 있었고, 긴 경기 일정 중에 너무 얼굴을 숨기는 것도 좋은 일은 아니었으니 얼굴을 보여 줄 때가 되었다. 호위가 지루했던 모양인지 루체 경의 얼굴이 환하게 물들었다.

호위 기사 몇몇을 대동하며 그곳으로 향하자 입구 쪽에 누군가가 기웃기웃하며 서 있는 것이 보였다. 평소라면 그냥 지나쳤겠지만, 저 뒤통수의 머리 색이 도저히 간과할 수 없는 색깔인지라 비올렛은 얼굴을 찌푸렸다.

"지금 여기서 무얼 하고 계십니까?"

'너 여기서 뭐 해?'라고 묻고 싶었지만, 일단 주위에 보는 눈이 있으니 예의를 갖추기로 했다. 소년은 비올렛의 물음에 으악 비명을 지르며 뒤를 돌아보았다.

"뭐야, 너였어?"

은발의 신관 소년이 헤헤 해맑게 웃었다. 신관인지라 경계하며 그녀 앞으로 나서려던 호위 기사들은 소년의 미모를 보고 넋을 잃었다. 머리 색과 눈 색은 비올렛이 보는 것과는 다르게 보였지만, 소년은 과거의 비올렛이 여자로 착각할 정도로 아름다운 외모를 지녔다.

"와, 정말 나는 벌써 네가 이민족들에게 끌려가 버린 줄 알고 걱정했어. 그래서 이렇게 뛰쳐나와 버렸지 뭐야."

소년이 계속 무례하게 말하자 호위 기사들이 한마디 하려고 했지만 비올렛은 그것을 말렸다. 어차피 저런 애다. 게다가 신관이라 까딱하다간 교황 측과 문제가 생길지도 모른다.

"왜 여기 있나요?"

"그거야 당연히 구자르트에 네가 끌려갈지도 모른다니까 내가 뛰쳐나온 거 아니야! 그런데 경기가 내일도 있고, 모레도 있어서 뭐부터 볼지 고민하고 있었어."

"준결승과 결승은 적어도 열흘 후에 이루어질 예정입니다. 하루에 다섯 경기씩이니까요. 아직도 많이 남았네요."

"히익, 역시 너무 빨리 왔다."

신관 소년이 투덜거렸다. 그러고는 비올렛을 올려다보며 물었다.

"진짜로 그 이교도 놈이 이기면 네가 가는 거야?"

"이교도 놈……."

비올렛이 그 노골적인 말에 말끝을 흐렸다. 그 아름다운 얼굴에 서린 적개심에 비올렛은 난감한 표정을 지었다. 그것을 눈치챈 것인지 신관 소년은 심각하게 생각하더니 대단한 해결책이라도 나온 양 말했다.

"그럼 내가 죽여 버리면 되지 않을까?"

"말조심하십시오!"

비올렛이 소리쳤다. 정말 큰일 날 소리를 골라 한다. 그래도 근처에 있는 게 호위 기사들뿐이라 다행이다. 이 호위 기사들은 일단 '어린 소년'의 철없는 언동이라 생각할 것이다.

"정말인데. 아니면 그냥 내가 죽으려고 왔어."

"신관인 네가 무슨 수로!"

"어라, 다시 반말했다."

자신의 말에 헤헤 웃는 소년을 보고 비올렛은 두통에 머리를 싸맸다. 호위 기사들을 보니 신관에 대한 경계심이 풀린 듯 피식거리며 서로 시선을 주고받고 있었다. 소년이 벽에 걸린 대전표를 훑어보았다.

"그런데 내가 굳이 나서지 않아도 될 것 같아."

"어?"

"왜냐하면 로디온 경이 저기 있잖아. 오늘 경기하는데."

"로디온 경?"

처음 듣는 이름이다. 비올렛이 얼굴을 찡그리자 그가 부드럽게 웃으며 말했다.

"로디온 경은 성기사단의 기사야. 그중에서도 신전 기사단에 속해 있어. 성도의 가장 뛰어난 기사지."

기사가 있고 왕실 기사단이 있듯 신전도 마찬가지다. 신전을 수호하는 성기사가 있고, 신전 기사단이 따로 있는 것이다. 그중 신전을 수호하는 기사들의 무력이라면 왕실의 제1기사단과 같은 수준일 것이다. 소년은 아무것도 모르는 비올렛을 보며 친절하게 설명해 주었다. 비올렛이 호위 기사들을 보자 그들도 몰랐던 사실인지 고개를 설레설레 저었다. 교황이 신비주의를 고수하듯 성기사단 역시도 신비주의였던 것이다.

"이단 심문관인 그가 나오다니, 우와. 바빠서 얼굴도 못 봤는데, 대단한걸?"

신관 소년은 흥분되는지 팔을 흔들었다. 로디온, 비올렛이 중얼거렸다.

"응, 그래! 우리 저거 보자! 로디온이 얼마나 대단한 기사인지 알려 줄게."

그가 비올렛의 손을 잡으며 말했다. 비올렛이 난감한 표정을 지었다.

"아니, 나는……."

그녀는 어물어물 거절하려고 했다. 사실 경기를 보러 온 것은 맞으나, 이 신관 소년이 너무도 친근하게 다가서는 바람에 자신도 모르게 뒤로 물러나려 하고 있었다.

"가디언."

소년의 입에서 서늘한 목소리가 흘러나왔다. 낯선 목소리에 비올렛이 흠칫하며 소년을 바라보았다. 언제나처럼 부드러운 얼굴. 그러나 그 얼굴과 눈빛엔 위압감이 서려 있었다. 저 금안 때문에 그런 것일까? 정체를 묻고 싶어도 이렇게 사람들이 많은 데에서는 물을 수조차 없었다.

"그는 가디언 후보야. 널 지킬 사람인데 봐야 하지 않겠어?"

그 위압적이며 다정한 말투는 분명 누군가를 닮아 있었다. 비올렛은 입을 다물었다. 가디언. 그래, 가디언. 체자레가 선택한 기사가 로디온 경이라면 일단 봐 두는 게 옳았다. 비올렛이 고개를 끄덕이자 거짓말처럼 신관 소년의 얼굴에 서렸던 그늘이 사라졌다.

"자, 어서 보러 가자!"

소년이 먼저 달려 나갔다. 오랜만에 본 그는 어딘지 모르게 행동이 더 아이 같아졌다. 분명히 어렸을 적에는 이러지 않았는데. 비올렛이 한숨을 내쉬었다.

"괜찮겠습니까? 아무리 신관이라도 성녀님께 너무 무례합니다."

루체 경의 말에 다른 호위 기사들이 동의하듯 고개를 끄덕였다.

"처음 만날 때부터 저런 아이였습니다. 말해 봤자 티게르난 공작에게 크게 혼이 날 뿐이겠죠. 보다시피 나쁜 아이는 아니랍니다."

그녀의 말에 기사들이 고개를 끄덕였다. 체자레가 만약 이 사실을 알았다간 저 신관이 어떻게 될지 알 수 없다. 어차피 도를 넘지 않은 무례였고, 이 정도는 비올렛도 관대히 봐 줄 수 있었다. 그렇게 생각하며 투기장에 들어갔다. 귀족들과 막대한 돈을 지불한 상인 계급, 평민들이 계층별로 앉아 있었다. 왕과 추기경의 자리는 비어 있다. 비올렛은 상석에 다가갔다.

"아, 내가 앉을 자리는 어디지?"

소년이 투덜거렸다.

"저기인가?"

그러면서 체자레의 자리로 가는 것이다. 비올렛이 크게 놀라 그를 붙잡았다. 어찌나 놀랐던지 그만 반말이 튀어나왔다.

"너 무슨 짓이야!"

"우와, 또 반말."

소년이 눈을 깜빡였다.

"추기경께서 이 사실을 알았다간 어떤 일을 당할지 모르셔서 이러십니까, 신관? 도대체 무슨 망발을 하시는 겁니까!"

"어, 이건."

그가 당황해했다. 비올렛은 답답해졌다. 적어도 사람들이 보는 앞에서는 존대를 쓰든지, 조금 더 신관답게 굴어야 했다. 철이 없어도 정도가 있다. 어떻게 교황의 자리에 앉으려 하는가? 이걸 만약에 체자레가 알았다간 정말로 큰 화를 겪을 것이다. 비올렛이 더 화를 내려는 순간이었다.

"그냥 두십시오."

"……."

체자레의 부드러운 목소리가 들렸다. 그 순간 흠칫한 것은 그녀뿐만이 아니리라. 신관 소년 역시도 창백하게 질린 얼굴로 그 목소리가 들린 곳을 응시했다. 체자레를 생각했더니 그가 와 있었다. 그는 언제나처럼 온화한 미소로 서 있었다. 그러나 비올렛은 알고 있었다. 저것이 가장 체자레의 위험한 미소라는 것을.

"자리가 없어서 앉고 싶었나 봅니다. 그렇지요?"

체자레가 위험한 미소를 지으며 소년에게 물었다. 소년은 역시나 체자레가 두려운 듯 말을 더듬거리며 대답했다. 거봐, 내 저럴 줄 알았지. 비올렛이 속으로 한숨을 쉬었다.

"……그, 그렇습니다."

체자레는 다정하게 웃고 있었지만 시선만은 더없이 싸늘했다. 비올렛은 체자레가 이렇게 차가운 표정을 지을 수 있다는 것을 처음 알았다. 아니, 차가운 게 아니라 이건 말하자면 화가 난 것이다.

체자레가 화를 내고 있었다. 비올렛은 체자레가 신관들에게 어떻게 대하는지 제대로 본 적이 없었다. 그는 대부분 공작으로서 행동했기 때문이다. 그도 이렇게 화를 내는구나. 비올렛은 새로운 사실을 깨달았다.

"그렇게 앉고 싶으시다면 앉으십시오. 이 체자레, 말리지 않겠습니다."

"그, 그런 게 아닙니다!"

체자레의 말에 신관 소년이 황급히 거절했다. 당연하게 앉는다는 것은 교황의 자리를 노린다는 뜻이었다. 비올렛이 그 둘을 바라보자 체자레가 하아, 하고 한숨을 쉬었다. 신관 소년을 보는 표정은 마치 골칫덩이를 보는 얼굴이었다.

"가만히 안 있으실 줄은 알았지만, 설마 이렇게 막무가내로 날뛰실 줄은 몰랐습니다. 분명히 레기우스 살바나에 관심이 있으신 것을 잘 알고 있었습니다만."

"……."

"성녀를 빼앗길지도 모르는데 가만히 있는 게 더 이상했죠. 그렇지 않습니까? 그러니 이번 레기우스 살바나의 관람은 원하는 대로 하십시오. 대신 명목은 저를 보조하는 것이어야 합니다."

갑자기 부드럽게 말하는 것을 보니 마치 '달래는' 것 같았다. 그게 소용이 있는 듯 소년은 한결 안심한 미소를 지었다. 비올렛이 보기엔 사실 전혀 안심할 상황이 아닌 것 같았지만 소년은 생각보다 순진해 보였다.

"진짜 허락해 주시는 겁니까, 추기경님?"

"네."

그 말에 신관 소년은 뛸 듯이 기뻐하며 비올렛의 손을 잡고 붕붕 흔들었다. 그녀는 얼굴을 찡그리며 체자레를 보았지만 그는 딱히 소년의 무례한 태도를 제지하지 않았다. 뭘까. 체자레는 저런 유형에게 관대한 건가. 아니면 이 소년이 특별한 것인가. 아니면 또 저렇게 웃다가 나중에는 지하실로 끌고 가 고문을 할지도 모른다. 어느 쪽이든 체자레의 본심을 알 수 없었다. 냉정하게 말하면 이 소년이 행여나 끌려가더라도 그건 자업자득이었다.

"그런데 말입니다, 성녀님."

체자레가 그와 신관 소년을 번갈아 보며 물었다.

"두 분은 이전부터 아는 사이였습니까?"

소년의 얼굴이 창백해졌다. 체자레를 등지고 서서 비올렛을 마주하고 있었던 소년은 그녀에게 필사적으로 무엇인가를 말하고 있었는데, 모른다고 처음 봤다고 말하라는 것이 분명했다. 저번에도 체자레가 있다니 도망간 전적이 있으므로 뻔했다.

"아니요, 오늘 처음 만난 사이입니다. 조금 당황스러웠습니다, 스승님."

"그렇군요."

체자레가 알 만하다는 듯 눈웃음을 지었다. 그러고 보니 체자레도 금안, 소년도 금안이었다. 그는 소년이 금안이라는 것을 알까? 떠보고 싶었지만 이것은 너무나 위험한 주제였다. 게다가 성력이 없는 비올렛은 이 비밀을 몰라야 마땅했다. 소년에 대해 더 캐내고 싶었지만 주변에 사람들이 지나치게 많았다. 이름이라도 묻고 싶었지만 이름을 물어볼 정도의 관심은 없다고 연기하는 것이 나을 성싶었다.

"다음부터는 조금 예의를 갖추어서 성녀님을 대하도록 하십시오. 성녀님께서 곤란해하시지 않습니까?"

체자레의 말에 신관 소년이 못마땅한 듯 얼굴을 찡그렸다. 그러나 이내 얌전하게 고개를 끄덕였다.

"자리를 마련하라 이르겠으니, 오늘은 제 앞에 앉아서 보십시오."

체자레가 비어 있는 아랫단을 가리키자 소년이 고개를 끄덕였다. 비올렛의 옆에 상당히 앉고 싶은 듯 아랫단으로 내려가 의자를 비올렛과 체자레의 가운데로 끌어와 앉았다. 소년이 비올렛을 올려다보며 생글생글 웃었다. 그 시선이 부담스러워 그녀는 도움을 청하듯 체자레를 바라보았으나, 그는 관대하게도 넘어가 주기로 결정한 것 같았다.

"성녀님의 얼굴을 보고 싶어 하는 신관입니다. 그 정도는 너그러이 넘어가 주시길 바랍니다. 그 성안聖顔을 배알하길 원하는 어린 신관들이 얼마나 많이 있는 줄 아십니까?"

"......"

그렇게까지 말하는데 싫어하는 티를 낼 수는 없었다. 비올렛은 그저 입을 다물고 저 소년의 관심이 빨리 식기를 바랐다.

"저기 저 남자를 보십시오."

체자레의 말에 비올렛은 경기장 가운데에 서 있는 남자를 바라보았다. 좀 멀리 떨어져 있었지만 그 남자는 어두운 갈색 머리에 성기사들의 백금 갑주를 입고 있었다. 기사의 맞은편에는 본선 개막식 때 보았던 평민 진출자가 서 있었다.

"저 갑주를 입은 남자가 로디온 경입니다. 성녀님의 가디언이 될 사람이죠."

아까 신관 소년도 그 소리를 했다. 로디온 경은 경건하게 자신의 목에 걸려 있는 로사리오에 입을 맞춘 후, 비올렛과 체자레가 있는 쪽을 올려다보았다. 얼굴은 자세히 볼 수 없었지만 그는 비올렛이 있는 쪽으로 경의를 담아 허리를 숙였다. 그렇게 인사를 한 후 정중히 검을 꺼냈다. 경기를 알리는 호각 소리가 났다.

"잘 지켜보셔야 합니다. 빨리 끝날 테니까요."

체자레의 목소리가 들렸다. 설마 아무리 그래도 그렇게 빨리 끝날까? 그런 생각을 한 순간 그녀는 깜짝 놀라 입을 틀어막았다. 호각 소리와 동시에 그 평민 남자의 팔이 잘려 나가 버렸다. 피가 분수처럼 쏟아졌다. 노란 상아빛을 띤 대리석이 붉은 피로 물들어 갔다. 본선에 진출할 정도면 평민 남자도 분명 충분히 강한 사람일 터였다. 그런데 어떻게 이렇게 압도적일 수 있단 말인가?

"이런, 기사 중의 기사인 그가 내숭이라는 걸 띨 줄도 아는군요."

"……."

그 평온한 말에 비올렛이 체자레를 쏘아보자 그가 눈웃음을 지었다.

"보통은 목숨을 거두지만 성녀님이 계셔서 그 팔을 거둔 것으로 끝난 것 같습니다."

농담이 아니다. 아무리 약한 처방이었다 해도 검술이 장기인 남자의 팔을 자르면 그 사람에게 미래는 없다. 당연한 것이다.

비올렛은 신관 소년이 무표정하게 자신의 얼굴을 관찰하고 있는 것을 보았다. 체자레 역시도 고통에 질려 바들바들 떠는 평민 남자가 시선에 들어오지 않는 듯했다. 그저 체자레는 자신이 내건 최고의 카드의 실력에 만족하는 것 같았다. 그 모습을 보고 비올렛은 다시 한 번 깨달았다. 그녀는 자신을 두 팔 벌려 환영해 준다는 신전에조차 끼어들 수 없을 것이다. 남자의 비명 소리가 그녀의 귀에 들려왔다.

비올렛은 더 이상 경기를 보지 못하고 자리에서 일어나려 했다. 하지만 체자레가 그녀의 손을 잡았다.

"만나고 가셔야 하지 않겠습니까?"

"……."

떨리는 걸 들키지 않으려 비올렛은 서늘한 시선으로 체자레를 바라보았다. 분명히 저 남자는 자신이 느낀 감정을 알고 있을 것이다. 그럼에도 굳이 그녀를 붙잡았다. 이것이 터무니없이 해야 했던 증명에 대한 화풀이로 체자레가 벌인 짓이라면 피하지 않고 받아들이겠다. 비올렛은 그대로 서 있었다.

"봐, 봐, 로디온 경 뛰어나지? 정말로 대단해."

"이런, 성녀님께 말을 낮추시다니. 지금 본인이 어떤 자리에 있는지 깨닫지 못하시는 겁니까?"

체자레의 싸늘한 꾸중에 소년이 굳으며 '아, 맞다. 죄송해요.'라고 말했다. 비올렛이 주의를 줘도 시정하지 않았던 신관이 체자레의 말에 즉각 사과하다니 씁쓸한 일이다.

비올렛이 다시 자리에 앉자 경기를 마친 로디온 경이 걸어 나왔다. 그가 체자레 쪽을 바라보자 체자레가 손짓했다. 그에 남자가 그들이 있는 곳으로 걸어 올라왔다. 한눈에 봐도 무거운 갑주를 입은 기사는 비올렛과 체자레의 앞에 서자마자 무릎을 꿇었다. 마치 신을 보는 듯한 정중한 태도였다. 그는 하아, 탄성을 내쉬며 떨리는 손으로 비올렛의 손을 잡아끌었다.

"나의 신이시여."

그는 아주 소중한 것을 대하듯, 비올렛의 손등을 떨리는 손으로 한 번 쓰다듬고 입을 맞추었다. 그녀 뒤에 있는 후작가 쪽 호위 기사들이 못마땅한 소리를 내는 것이 들렸다. 로디온 경이 고개를 들어 그녀를 바라보았다. 남자는 준수한 얼굴이었다. 머리 색과 눈색이 밤색이라 따스해 보일 거라는 예상과는 달리, 그가 풍기는 분위기는 날카로움을 넘어서 어딘지 위험해 보였다.

소름이 끼치며 손을 빼고 싶었다. 그가 비올렛을 바라보는 시선이 차라리 가디언이 되고 싶다는 순수한 평민의 동경으로 보였다면 어느 정도 납득했을지도 모른다. 하지만 그는 어딘지 모르게 맹목을 담은 채 그녀를 보고 있었다. 그러면서도 비올렛의 뒤에 있는 신인지, 아니면 비올렛 자체인지, 그 무언가를 강렬하게 갈망하고 있었다. 아무도 이 시선을 느끼지 못하는가? 체자레도? 저 신관 소년도? 성녀의 손이 마치 성물이라도 되는 듯 쓰다듬으며 행복해하는 신실해 보이는 성기사는 불과 몇 분 전 평민의 꿈을 짓밟았다.

"당신에 대한 이야기는 많이 들었습니다, 로디온 경."

비올렛이 차분하게 말했다. 그 말에 그가 기쁜 듯 살짝 미소를 지었다.

"왜 팔을 자른 건가요? 당신의 실력이라면 굳이 그런 일을 하지 않아도 이길 수 있었을 텐데."

비올렛의 물음에 그는 한 치의 망설임도 없이 대답했다.

"성녀님께서 생명을 거둬 가는 것을 보면 싫어하실까 저어되어 그리하였습니다."

"……."

"그렇다면 왜 생명을 거두는 건가요?"

이 레기우스 실바나가 목숨을 걸고 싸우는 곳이라는 것은 안다. 하지만 기록상으로는 정말 힘을 조절할 수 없는 경우가 아니라면 기본적으로 '대련'이라는 형식을 취했지, 일방적인 살인은 잘 일어나지 않았다. 우선 기사들 역시 대부분 귀족들이었으니 서로 간에 살상은 암묵적으로 비허용되었고, 기사가 평민을 큰 실력 차로 압도하는 것도 별로 좋은 그림이 아니었으며, 기사들 역시 평민임에도 검을 쓰는 자들을 존중했기 때문이다.

"제가 잘못했다고 말하시는 겁니까?"

"아니요. 규정상 문제 될 것은 없다고 알고 있습니다. 저는 경의 생각이 궁금합니다."

비올렛의 말에 로디온 경이 미소를 지으며 말했다.

"그거야 당연한 게 아닙니까. 저는 성녀님을 무도한 이교도 녀석들로부터 지켜야 합니다. 하지만 그들은 저를 이기겠다 막아서고 있으니 그들은 이미 사악한 이단입니다."

그게 무슨 말도 안 되는! 비올렛은 그 말을 입 밖으로 꺼내고 싶었다.

"성녀님을 지키겠다는 마음 없이, 절 누르겠다는 마음이 있으니 당연히 이단자가 되는 것이 아닙니까?"

"다른 이들이 절 지킬 수 있으리라 생각해 본 적은 없으십니까?"

"없습니다. 저만이 유일하게 성녀님을 지킬 수 있습니다."

그가 아직도 잡힌 손을 만지작거리는 것이 불쾌했다.

"저를 막아서는 이들은 모두 다 이단자들입니다. 저는 그들을 심판할 권리가 있습니다. 만약 그들이 이단자가 아니라면 마땅히 기권하면 될 일입니다."

"로디온 경, 경께서는 너무 오만합니다."

비올렛이 얼굴을 찡그리며 겨우 잡힌 손을 뺐다. 그 말에 로디온 경이 당황한 얼굴을 했다. 당연히 칭찬받을 줄 알았다는 그 태도에 어이가 없었다. 아무도 이것을 제재하지 않은 것일까?

"경에게 목숨을 잃은 이들은 약한 자들입니다. 어차피 이기지 못할 자들의 생명을 빼앗는 것을 저는 좋아하지 않습니다."

"그래서 팔을……."

"팔을 자른 것은, 검사의 미래를 없앤 것 아닙니까? 검이 유일하게 기댈 수 있는 특기인 사람입니다. 생계는 무엇으로 보상할 건가요?"

"만약 그게 문제 된다면 금화 한 자루라도 주겠습니다."

비올렛의 말에 긴장한 얼굴의 로디온이 말했다. 아, 이래서는 대화가 안 된다. 저 남자는 뭐가 문제인지도 모르고 있다. 그녀가 얼굴을 찡그리자 체자레의 웃음소리가 들려왔다. 신관 소년은 묘하게 굳은 얼굴로 비올렛과 로디온을 보고 있었다.

"로디온 경 이외에 누가 이길 수 있단 말이야? 어차피 그 이교도 놈이 결승에 나올 거라면 로디온 경을 결승에 내보내는 게 낫지 않아? 왜 로디온 경이 체력을 낭비해야 해? 경을 막는 그들이 나쁜 게 당연하잖아?"

소년의 순수한 말에 그녀는 신전과는 절대 친해질 수 없다는 것을 깨달았다.

"왜 로디온 경께서 결승에 나가는 게 당연한 겁니까?"

비올렛이 물었다. 당황한 로디온이 그녀의 말에 표정이 일변했다. 이단 심문관이라더니 그가 표정을 굳히자 무섭도록 서늘해 보였다. 그의 두 눈이 이글거렸다.

"나의 성녀님, 나의 신의 대리인이여, 설마 성녀님께서는 저 말고 다른 이가 저를 꺾고 그 이교도 놈과 대적하리라 생각하시는 겁니까?"

그가 웃고 있었다. 분노가 일렁이는 두 눈을 보며 비올렛이 대답했다.

"그건 알 수 없는 일입니다. 왜 그대가 이기는 것이 당연한 것인지 저는 잘 모르겠습니다. 섣불리 승리를 점치는 것이 난 오만하다고 봅니다. 그리고 전 오만이 싫습니다."

"그렇군요. 저는 성녀님께 전혀 믿음을 주지 못하고 있었습니다."

그는 비올렛의 서늘하고도 단호한 얼굴에 충격을 받은 듯했다. 잠시 후, 점차 충격을 회복한 듯 멍한 그의 얼굴에 미소가 지어졌다.

"아아, 그렇군요. 그래요, 성녀님께서 누구를 신뢰하고 계시는지 잘 알았습니다."

"……."

"성녀님께서는 성녀님의 '오라비'라는 작자를 신뢰하고 계시는군요."

"로디온 경."

왜 거기서 갑자기 에셀먼드가 나오는지 모른다. 게다가 방금 전에야 알게 된 로디온 경은 에셀먼드의 존재와 더불어 그가 비올렛의 오라비라는 것도 알고 있었다. 당연한 걸지도 모르지만, 그 점이 소름 끼쳤다.

"나는 에셀먼드 경을 신뢰하는 게 아니라, 누가 될지 모른다고……."

"그를 꺾고, 그 이교도 놈도 꺾겠습니다."

그가 말했다. 비올렛은 왜 로디온에게서 위험한 기운이 느껴졌는지 깨달았다. 그에게선 피비린내가 났다. 이 위험한 남자가 에셀먼드를 꺾겠다고 말하고 있었다.

어차피 왕국 측의 에셀먼드도 이자카를 꺾겠다 말했다. 정말로 이자카를 이기고 싶다면 에셀먼드든 로디온 경이든 차례대로 준결승과 결승전에 나가 이자카를 상대해 그의 체력을 깎아 이기는 방법이 존재했다. 그럼에도 힘을 합치지 않고 서로를 꺾겠다니. 국왕 측과 신전 간의 싸움 아닌 싸움이 일어날지도 모른다.

전혀 예상 못했던 것은 아니었지만 너무나 어리석은 일이라 실제로 일어날 거라 생각하지는 않았다. 이런 데에서조차 이들은 합의가 안 되는 것이다. 에셀먼드가 아니었다면, 비올렛은 차라리 둘이 자멸해 버리라며 독설을 퍼부으면서 그들을 비웃었을 것이다.

"맹세는 그쯤 하십시오, 로디온 경."

체자레가 미소 지으며 말을 건넸다. 아까부터 말이 없던 이유는 그들의 대화를 즐겁게 관찰했기 때문일 것이다.

"성녀님께서는 살상을 좋아하시지 않습니다. 그러니 아까와 같은 장면은 조금 주의하시길 바랍니다."

"추기경 예하께서 그렇게 말씀하시니, 알겠습니다."

그 말에 로디온 경이 정중하게 고개를 숙였다. 혹여 만약 신전에 가게 된다면 어떻게 되는 것일까. 저 로디온 경조차 그녀의 말을 듣지 않았다. 비올렛은 찜찜한 얼굴로 그가 돌아가는 것을 지켜보았다.

"에셀먼드 경께서 고전하시겠습니다. 이런, 로디온 경이 대전표를 바꿀 예정인가 봅니다. 하긴 누군가를 준결승으로 깔아 주기에는 두 기사 모두 자존심이 강하니까요."

로디온이 대진표 쪽에 다가가 무어라고 말하고 있었다. 만약의 분란을 피하고자, 기사들은 단 한 번 대진표를 바꿀 권리가 있었다. 그러나 형평성을 위해 부전승으로 올라가는 자와 경기를 한 번 더 해야 하는 규칙이 있으므로 잘 쓰지 않는 권리였다. 이윽고 이자카와 같은 조에 있던 로니온의 이름표가 에셀먼드가 있는 조로 옮겨졌다.

체자레가 이 상황이 재미있는 듯 웃음기 어린 목소리로 말했다. 신관 소년은 뭔가 말하고 싶어 했으나 체자레 때문에 참는 것 같았다. 비올렛은 자리에서 일어났다.

"벌써 가는 겁니까?"

신관 소년이 말을 건넸다. 로디온 경을 보는 것이 목적이었으니 그것은 끝났다. 체자레는 경기를 더 볼 생각인 것 같았다. 그러다 비올렛은 문득 물어보고 싶었다.

"스승님."

비올렛이 그를 '스승'이라고 부르는 것은 공식적이 아닌 개인적인 질문을 하겠다는 뜻이었다.

"네, 물어보십시오, 나의 제자."

체자레가 친근하게 그 스승과 제자 놀이에 응해 왔다.

"성하는 왜 이곳에 오지 않으시는 겁니까? 제가 제 입으로 말하기는 그렇지만, 힘을 잃었어도 저는 성녀이고 까딱하면 구자르트에 끌려갈지도 모르는데 어떻게 보면 이것은 중대사가 아닐는지요? 그럼에도 말씀이 없으신 채 몸을 숨기시는 이유는 무엇입니까?"

그 말에 체자레가 빙그레 미소를 지었다.

"그거야 그분에게도 그분의 사정이 있지 않겠습니까? 하나, 안심하십시오. 그분은 비올렛을 너무도 사랑하시니."

"……."

"당신이 모르는 곳에서 이전부터 당신을 지켜보고 있었을지도 모른답니다. 그렇지요?"

그는 앞에 앉아 있는 신관을 바라보며 물었다. 그 말에 신관의 금안이 기이한 빛을 머금었다. 두 쌍의 금안이 기묘한 미소를 머금고 그녀를 바라보았다. 설마 하는 생각이 들었으나 그것은 터무니없는 가정이라 비올렛이 고개를 저었다.

"꼭 나타나서 입장을 표명하는 것만이 모든 것은 아니랍니다. 굳이 성하가 나오실 필요 없이 제 선에서 처리할 정도로 쉬운 일일수도 있지요."

"으, 으음. 그렇지만 내가 보기엔 나올 필요는 있는 것 같은데."

신관 소년이 중얼거렸다. 체자레가 그 소년의 귀에 입을 가져다 대었다.

"제가 보기엔 신관은 말을 아껴야 할 것 같습니다. 그렇지 않습니까?"

"……."

신관 소년이 시무룩한 얼굴로 입을 다물었다. 저 신관, 도대체 뭐가 있을까. 비올렛은 자리에서 일어났다. 그러나 사실 금안을 가진 신관 소년의 존재보다는 에셀먼드와 로디온 경이 싸운다는 게 마음에 걸렸다. 빠른 속도로 사람의 팔을 잘라 내는 게 얼마나 대단한 일인지 안다. 저항 없는 호랑이의 목을 자르는 것과는 다른 일이다.

평민 남자가 실려 나가고 경기장엔 그가 흘린 붉은 피만 흥건하게 고여 있었다. 그에 비올렛이 얼굴을 찡그렸다. 아직도 가끔씩 피를 보면 숨을 쉴 수가 없었다. 꽃의 거리에서 짜부라진 언니들의 머리와 에셀먼드의 검에 의해 머리가 잘린 육체가 뿜어내던 피가 아직도 기억에 남아 있다. 그녀는 주먹을 쥐고 호흡을 골랐다.

복도로 나가던 비올렛은 이자카를 맞닥뜨렸다. 그녀로서는 그를 너무도 오랜만에 마주해 깜짝 놀랐다. 이자카는 비올렛을 본 것만으로도 얼굴에 미소를 시었다.

"오늘은 경기가 없다고 들었는데요?"

"보러 온 거다."

이자카가 말했다. 그러고 보니 그는 칼을 차고 있지 않았다.

"그러면 아까도 보고 있으셨어요?"

"그래."

그 말에 비올렛이 고개를 끄덕였다. 뭐라고 더 말을 할까? 로디온 경에 대해 어떻게 생각하는지 물어볼까? 비올렛이 생각하는 사이 이자카는 미소를 지었다.

"결승까지 열흘 정도 남았다. 그 이후론 네 표정이 다시 그렇게 되는 일은 없을 거다."

"……"

"걱정하지 마라."

무엇을 걱정하지 말라고 하는 걸까. 비올렛은 고개를 갸웃했다. 더 물어보고 싶었지만 뒤에 서 있는 호위 기사들이 걸려 그를 붙잡을 수가 없었다.

집에 돌아가면서도 비올렛은 로디온, 에셀먼드, 이자카에 대한 생각을 떨쳐 버릴 수가 없었다.

저택 입구에서 현관으로 걸어가는 길에 비올렛은 후작과 마주쳤다. 후작과 비올렛은 마주해도 이렇다 할 대화는 한 적이 없었다. 심지어 후작은 저택에 살고 있는 그녀보다 저택을 방문하는 패트리샤와 이야기를 더 많이 나누었다.

"날씨가 많이 찹니다."

갑작스러운 후작의 말에 약간 당황한 비올렛은 고개를 끄덕이며 물었다.

"그러는 후작님께서는 어찌하여 바깥에 나와 계십니까? 건강에 주의하셔야 하지 않으십니까?"

그 물음에 그가 잔잔한 미소를 지었다.

"성녀님께서 제게 그런 말을 하시는 것도 꽤나 오랜만입니다."

"……."

"제 낡은 육신 따윈 죽어 없어져 버리길 바라지 않으십니까."

그 말에 비올렛은 입술을 깨물었다. 이제 보니 저 남자의 얼굴에 힘이 빠져 있었다. 6년, 6년을 이곳에서 살았다. 처음 만났을 때, 다소 젊어 보이던 후작의 얼굴은 확실히 나이가 들었다. 주름살이 많아졌으며 하얗게 센 머리도 군데군데 눈에 들어왔다. 건강이 악화되었다는 것은 알고 있었다.

"제가 후작님이 죽어 없어지길 바란다고 한들, 후작님께서 그렇게 되실 분입니까?"

그녀의 말에 후작이 미소 지었다. 무얼까, 이것은. 조금 이상했다. 또다시 해가 지고 있었고 어느덧 가을이 그들의 정원에 성큼 다가와 여름의 초록을 붉게 물들이기 시작했다. 분명 한여름의 강렬하게 타오르던 태양은 점점 힘을 잃어 갈 것이다. 후작 역시 꼭 타오르던 여름의 태양처럼 강렬했던 적이 있었다.

"이 일이 끝나면 저는 이제 대장군직을 내려놓을 겁니다."

"……."

비올렛이 그를 바라보았다.

"오랫동안 과분한 일을 했습니다. 폐하를 위해 더욱더 힘을 써야 하는 것이 맞으나, 이제 그것은 아들의 역할이겠지요. 중립인 데후바스 백작가와 혼약을 맺을 것이니 폐하께도 이득이 될 겁니다."

"……."

비올렛은 하늘의 해를 바라보았다. 이제 해는 지평에 걸려 있었다.

"에드는 잘할 겁니다."

"……."

"그는 저와 달리 좋은 남편, 아버지가 되면 좋을 텐데요."

"왜 저에게 이런 말씀을 하십니까?"

비올렛이 서늘하게 물었다.

"생각해 보니 저번에도 그랬습니다. 첫째 오라버니의 혼약 건은 제가 알아야 할 이유도 없고 별로 상관도 없는 일입니다. 왜 그 이야기를 꺼내시는 건가요?"

그 말에 후작이 입을 다물었다. 서늘한 침묵이 그들 사이를 휘감았다.

"모르시는 게 당연한 일일지도 모르겠습니다. 아무것도 말하지 않고 표현하지 않았으니."

"……."

"별로 알 필요 없는 이야기입니다. 늙은이가 말이 많아진 것뿐입니다."

그 말에 비올렛은 얼굴을 찡그리며 자신이 예민하게 반응했음을 깨달았다. 숨을 고른 그녀가 물었다.

"만약 제가 구자르트로 가게 된다면 어떻게 할 작정이십니까?"

"폐하께서는 내심 좋아할지도 모릅니다. 성녀님이 신전 측에게 활용되는걸 보느니 남에게 버리는 게 더 나은 법이니까요. 그 대가로 구자르트 쪽이 군사적 지원을 약속한다면 유사시 교황에 대비할 수 있을지도 모르지요."

그 말에 비올렛은 입을 다물었다. 후작은 언제나 거짓말을 하지 않고 노골적인 진실만을 말했다.

"어차피 성녀님께서는 말룸을 퇴치하실 겁니다. 아그레시아에 등장한 말룸을 없애지 않는 이상, 말룸은 국경을 넘어 분명히 어마어마한 피해를 미치니까요. 약탈 민족도 약탈할 것이 생겨야 약탈할 가치가 있으니 그 점은 분명히 할 겁니다."

비올렛은 어이가 없었다. 신전에 넘겨줄 바에는 차라리 이민족들의 손에 넘겨주겠다, 이 말인가. 처음에는 반대했던 국왕도 그녀가 다른 국가에 거주하게 됨으로써 발생하는 이점에 대해 알아차렸음이 틀림없다. 성녀가 없어져서 곤란한 것은 교황이지, 국왕이 아니다. 그렇다면 로디온과 에셀먼드의 예정된 경기도 없어진 것이 아닐까. 생각하자마자 후작이 말했다.

"하지만 에셀먼드가 나간 이상, 이런 건 소용없을 겁니다."

"……."

"그래서 국왕 폐하는 그 녀석을 마음에 들어 하지 않습니다."

"……."

"성녀님을 보면, 가끔씩 성녀님을 데려오지 않았다면 어떻게 되었을지 상상하곤 합니다. 늙은이의 쓸모없는 후회 중 하나죠."

비올렛은 얼어붙었던 심장이 쿵 내려앉는 느낌이 들었다.

"그렇죠. 차라리 죽어 버렸으면 좋았을 텐데 말입니다."

비올렛이 애써 입꼬리를 올리며 말했다. 서로 후회하고 있다. 후작도 자신도. 그러나 그녀는 약한 소리를 늘어놓는 후작이 적응되지 않았다.

후회하고 있을 거라 생각했지만 후작의 입에서 그런 말이 나온 것은 처음이었다. 그가 그렇게 느끼리라는 것을 예상했음에도 그렇게 말하자 비올렛은 충격을 받았다. 차라리, 그래, 차라리 구자르트에 가는 쪽이 나을지도 모르겠다고 그녀는 생각했다. 이자카가 말했던 집. 역시나 이곳은 그 '집'이 될 수 없었던 것이다.

"내 아들은 성녀님을 지켜 낼 겁니다. 그렇게 키웠고, 그런 길밖에 모르는 녀석입니다."

비올렛은 후작의 뒷말을 더 듣지 않고 저택 안으로 들어갔다. 저 남자와는 이야기하고 싶지 않았다. 후회라는 단어가 얼마나 끔찍한지는 그녀가 더 잘 알고 있었다. 비올렛은 저택에 들어가기 전 저물어 가는 해와 같은 색의 나뭇잎을 바라보았다. 이 레기우스 살바나가 끝나고 얼마 지나지 않아 겨울이 시작될 것이다.

붉은 피가 바닥을 핥듯 느릿하게 번져 간다. 비올렛은 피를 망연

하게 서서 지켜보고 있었다. 떨어진 팔은 자신이 품은 붉은 액체를 마치 비명을 지르듯 남김없이 쏟아 내었다. 웃음소리가 들렸다. 악마의 킬킬거리는 웃음소리가 들리는 쪽을 바라보자 로디온 경이 웃고 있었다. 붉은 기가 도는 그의 갈색 눈동자가 반달 모양으로 휘었다. 로디온이 들고 있던 칼은 방금 벌어진 죄의 흔적을 증명하듯 붉은 피가 뚝뚝 떨어지고 있었다. 웃음소리와 더불어 핏방울 떨어지는 소리가 귀에 지나치게 크게 들렸다. 흥분한 그의 목소리가 울렸다.

"증명했습니다, 증명해 냈습니다!"

웃음소리가 울려 퍼졌다. 비올렛이 오른쪽으로 고개를 돌렸다. 쓰러져 있는 남자가 눈에 들어왔다. 검푸른 머리 색이 보였다. 고통에 비명도 지르지 못하고 꿈틀거리는 육체의 주인이 누구인지 깨닫자마자 그녀는 비탄의 비명을 질렀다.

"아가씨, 일어나 보세요, 아가씨!"

앤이 그녀를 깨웠다. 일어나 보니 벌써 아침이었다. 가을이 깊어져 해가 늦어진 걸 생각하면 꽤나 늦잠을 잔 것이었다. 앤이 다른 하녀에게 세숫물을 다시 떠 오라 시키고, 이미 떠 온 세숫물을 천에 적셔 이마의 식은땀을 닦아 주었다.

"악몽을 꾸셨나 봐요."

비올렛은 아무 말도 하지 않았다. 악몽을 입 밖으로 꺼낸다면 그것이 현실로 벌어질 것 같았기 때문이다. 꿈에서 에셀먼드가 로디온 경에게 팔이 잘렸다는 이야기를 할 수 있을 리가 없었다. 경기는 오늘이었다. 에셀먼드의 상대는 이자카라 생각했지만, 로디온 경이라는 악몽 같은 성기사가 있을 줄은 몰랐다.

"경기까지 얼마나 남았을까."

잔뜩 잠긴 목소리가 목에서 나왔다. 입술이 바싹바싹 말라 있었다.

"두 시간 정도네요."

"그래."

비올렛이 대답했다. 시계를 보니 열 시다.

"오라버니는?"

"어느 분을 말하시는지요?"

"첫째."

"에드 도련님은 이미 나가셨어요. 덧붙이자면 둘째 도련님은 아직 댁에 남아 계시고 에이든 도련님은, 아시잖아요, 벌써 따라가셨답니다."

"그래."

비올렛이 멍하게 말했다. 남아 있어 봤자 다니엘과 머리싸움만 하게 되겠지. 예전엔 다니엘의 말을 참아 넘겼으나, 지금은 별로 듣고 싶지 않았다. 어떻게 보면 이것은 이자카가 가져다준 변화일지도 모른다.

최대한 수수하게 옷을 차려입은 비올렛은 경기장으로 향했다. 꿈이 자꾸 떠올라 마음이 무거웠다. 마차에 앉아 창에 기대며 밖을 바라보았다. 레기우스 살바나 덕분에 언제나 부족하다던 국고가 채워질 모양이었다. 온 나라 사람들이 모인 것을 보면 그러했다. 참 좋은 구경거리가 아닌가. 저 구경거리가 되어 저마다 목적을 위해 검을 들고 싸우는 이들을 떠올리며 그녀는 한숨을 내쉬었다.

오늘은 에셀먼드와 로디온 경의 준결승이었다. 사실 이자카와 다른 기사의 준결승도 오늘 이루어질 예정이었으나, 이자카, 로디온, 에셀먼드, 이 세 명과의 경기를 포기한 기사들이 꽤나 있었으므로 결과적으로 하루에 치러지는 경기 횟수가 줄어들어 결국 이자카의 준결승이 앞으로 당겨졌다.

어제 준결승의 결과는 물론 이자카의 승리였다. 위대한 정신이라는 정령이 그를 따르는 자를 가호하기라도 하는 듯, 이자카는 상처 하나 없이 아주 당연하게 승리를 거머쥐었다. 그때 그는 여유로운 얼굴로 비올렛을 바라보았다.

"왔구나!"

그녀가 발을 들이자마자 신관 소년이 헤헤 웃으며 비올렛에게 달려들었다. 이 신관 소년의 해맑음에도 익숙해졌다. 비올렛이 냉담한 태도를 보여도 하얀 소년은 개의치 않고 똘망똘망한 눈으로 그녀를 바라보고는 했다.

"오셨습니까, 스승님?"

샤를이 비올렛을 맞아들였다. 비올렛의 차가운 대답 이후에 소원해진 샤를은 경기장에 잘 오지 않았고, 어제 준결승에도 빠졌으나 에셀먼드의 경기는 빠질 수가 없었는지 자리해서 그녀를 보며 아는 체했다. 왕과 체자레는 아직 오지 않았지만, 이 둘이 와 있는 것을 보면 곧 올 예정인 것 같았다. 생각해 보니 샤를과 이 신관 소년의 조합은 또 처음이었다. 샤를은 겁을 먹은 듯 비올렛을 보았다.

"네. 빨리 발걸음 하셨네요, 전하."

비올렛이 평소처럼 대답하자 샤를이 안도의 한숨을 내쉬었다. 옆에 있던 신관 소년이 얼굴을 찡그렸다. 샤를을 곱지 않은 뾰족한 시선으로 보는 것이 아무래도 이상한 질투라도 하는 것 같았다.

"야, 너는 왜 나를 무시하는 건데?"

"무시하는 게 아닙니다."

비올렛이 말했다. 그러자 샤를의 시선 역시 근처에 앉은 신관 소년에게 향했다. 그는 스승에게 스스럼없는 말투를 사용하는 신관의 존재가 황당한 듯했다.

"아, 이제 이 경기만 끝나면 로디온 경이 이교도 놈을 끝내겠네. 사실 그 이교도 놈 정말 무서웠어. 로디온 경도 주의해야겠는걸?"

"말씀을 삼가십시오, 아직 경기는 벌어지지 않았습니다. 게다가 이민족이긴 하나 그는 타국의 칸입니다. 신관이 어찌 그리 말을 함부로 하십니까?"

샤를이 얼굴을 찡그리며 신관에게 말했다. 그러자 신관이 '이것 봐라?'라는 표정으로 변했다. 지금 보니 신관 소년이 샤를루스보다 키가 약간 컸지만 그다지 큰 차이가 아니라 비슷비슷했다.

"글쎄요, 로디온 경이 뛰어난 건 보면 아실 겁니다. 에셀먼드 에르멘가르트라고 했나요? 왕실 제1기사단의 부단장이죠? 이기려면 기사단장급은 데려왔어야 한다고 봅니다. 아, 물론 그래도 이길지 발시는 모르지만요, 진하."

이 신관 소년은 샤를에게는 예의 발랐다. 그럼에도 그 말투나 표정이 꼭 체자레를 닮았다. 신전에서 가르치는 게 저런 건가. 저렇게 웃으며 사람을 복장 터지게 하는 것? 비올렛은 신관 소년을 보고 생각했다. 샤를이 입을 열었다.

"그건 결과를 보지 않으면 모를 일이 아닙니까? 그리고 왜 스승님께 말을 낮추십니까? 성녀께선 한 종교의 지도자인 교황과 같은 계급인데 어떻게 그리 말을 함부로 하십니까? 교황 성하께서 이 일을 아신다면 경을 칠 겁니다."

"그 교황 성하는 별생각이 없을 거라 생각합니다만? 그 교황 성하에 대해 아십니까?"

"모릅니다. 신관께서는 교황 성하에 대해 누구보다 잘 아시는 모양입니다?"

"글쎄요? 내가 안다고 해도 어차피 전하는 못 믿으시는 거 아닙니까? 들어서 무슨 소용입니까?"

신관 소년이 실실 웃으며 대꾸했다. 그에 샤를이 약이 올랐는지 얼굴이 붉게 달아올랐다. 비올렛은 샤를이 저렇게 노골적으로 사람을 싫어하는 걸 처음 봤다. 아이들 싸움인 것 같으나 일개 신관이 아무래도 왕자를 저렇게 농락하는 건 보기 좋지 않았다. 아무리 신권에 비해 왕권이 떨어졌다 해도 말이다.

"그만하십시오."

"스승님! 스승님이 말씀 좀 해 보십시오, 벌써 로디온 경이 이긴다고 말하지 않습니까. 에셀먼드 경은 뛰어난 기사입니다. 그렇지요?"

"로디온 경에 대해 봤잖아. 그렇지?"

그러나 사실 이 둘의 싸움은 그 거창한 신권도 왕권도 없었다. 그저 또래인 두 남자아이의 '유치한' 싸움만이 있을 뿐이었다. 이것은 꼭 '너네 아빠보다 우리 아빠가 더 쎄!' 라고 말하는 싸움이 아닌가. 예전 마을에서 보았던 사내아이들의 싸움과 영락없이 똑같았다. 비올렛은 이 유치한 싸움을 적극적으로 말려야 할 필요성을 느꼈다.

"신관께서는 저보다 나이가 많으심에도 어떻게 전하께 그리 무례하게 말씀하십니까. 사과하십시오. 나이가 어려 보이는 외양을 지녔다고 어린 전하와 같이 행동하는 건 부끄러운 일입니다."

"어, 그래? 나이가 많은 내가 어린 전하를 참아 드려야 하나? 그럼 그렇게 할게."

왜 이야기가 그렇게 되는 걸까. 신관 소년에게 이해를 강요하려던 것은 아니었지만 신관 소년의 어른이니까 참아준다는 태도에 오히려 샤를의 기분이 상해 보였다.

비올렛이 멈추지 않고 신관 소년을 꾸짖었다.

"그리고 신관께서는 추기경께서 자꾸 주의를 주시는데도 제게 무례하시군요. 전하께서는 나이가 어리심에도 예의에 부족함이 없으십니다. 그런데 하물며 신을 섬기는 신관께서 도대체 무슨 무례이십니까?"

그 말에 반대로 신관의 입이 쭉 튀어나왔다. 입이 툭 튀어나왔던 샤를이 히죽 올라가려는 입꼬리를 억지로 꾹 눌러 참는 것이 보였다.

"성녀님께선 아이들을 잘 돌보시는군요."

옆에서 목소리가 불쑥 튀어나왔다. 비올렛이 깜짝 놀라 옆을 보니, 체자레가 팔짱을 끼고 서 있었다. 그는 미묘한 표정을 지으며 비올렛과 둘을 보고 있었다.

"신관께서 어디에 있는지 찾았더니, 이런 곳에서 전하께 무례를 범하고 있었습니까? 아무래도 벌을 받아야 할 것 같습니다."

그 말에 신관 소년의 얼굴이 하얗게 질렸다. 최소한 지하실에 가둬 두는 것은 아닌 것 같았으니, 어떤 벌을 받아도 자업자득이었다.

"죄송합니다, 전하. 아무래도 신전 밖 출입이 없는 어린 신관이다 보니 저렇게 가끔 무례를 범하곤 합니다."

체자레가 흐트러짐 없는 예법으로 허리를 살짝 숙이자 샤를이 떨떠름하게 그 사과를 받아들임으로써 분위기는 진정된 듯했다.

샤를의 좌석은 국왕의 앞에 위치했고, 소년의 좌석도 체자레의 앞이었다. 그 말인즉슨, 그 둘은 같은 열에 의자를 두고 앉아 있었단 말이다. 비올렛은 그들이 서로 노려보고 있다는 것을 알았다.

신관 소년은 성격이 서글서글했으며 샤를 역시 친절한 편이었다. 그럼에도 왜 저들은 충돌하는 것인가. 아무리 생각해 봐도 답이 안

나왔다. 얼굴을 찡그린 채 조마조마한 표정으로 그 꼬마들을 바라보고 있자 국왕이 들어왔다.

어수선한 분위기가 가시고 국왕의 지시로 경기 시작을 알리는 호각이 울려 퍼졌다. 신관 소년과 샤를에게 빼앗겨 풀렸던 긴장이 다시금 그녀를 옥죄어 왔다. 심장이 떨렸다.

투기장에는 로디온 경과 에셀먼드가 서로 마주 보며 서 있었다. 왕국의 문양이 있는 검은 갑옷과 신의 문양이 있는 백금색 약식 갑옷. 서로 상반되는 색이 햇빛에 번쩍였다. 그들은 왕과 체자레, 그리고 성녀에게 차례대로 인사했다.

에셀먼드의 시선이 비올렛에게 오래 머무르는 게 느껴졌다. 그녀는 문득 조심하라 말하고 싶었지만 차마 그러지는 못했다. 무슨 말을 하려 망설이느라 비올렛의 시선이 에셀먼드에게 오래 머물렀지만 그는 별로 그것에 의미를 두지 않는 듯 다시 고개를 돌려 상대를 마주 보았다. 그들이 서로를 보는 것만으로도 기이한 긴장감이 경기장을 잠식했다.

비올렛은 아까부터 사람들이 숨소리 하나도 주의해서 내는 것을 알았다. 저들은 왕이 내건 기사와 교황이 내건 기사였다. 이것은 그들의 자존심을 대변했다.

대대로 국왕의 검이었던 에르멘가르트 가의 후계자인 에셀먼드가 직접 나선 이상 그는 꼭 이겨야만 했다. 후작은 왕이 그를 좋아하지 않는다고 했다. 아마 이곳에서부터 에셀먼드는 그의 자리를 증명해야 할 것이다.

그들이 동시에 검을 뽑아 들었다. 분명히 그 소리가 들릴 거리는 아니었지만 비올렛은 검집에서 검을 뽑는 서늘한 소리가 들리는 착각이 들었다. 검이 번쩍임과 동시에 칼과 칼이 맞부딪치는 소리가 울려 퍼졌다. 그동안 비올렛이 보았던 경기와는 차원이 달랐다.

서로의 검과 서로의 기세가 맞부딪친다. 그저 대련처럼 '이겨라' 라고 대놓고 응원하기엔 너무나 무시무시한 기세였다. 출전한 성 기사는 성 로디온 한 명인데 왜 평기사들이 기권했는지 알 만했다. 그가 휘두르는 검은 너무나 흉악한 검이었다.

합을 주고받는 흉폭한 소리가 끊임없이 울려 퍼졌다. 검을 맞부딪치는 에셀먼드 역시 만만치 않게 날렵한 솜씨로 그 검에 응수하고 있었다. 비올렛은 주먹을 꽉 쥐었다. 손이 바들바들 떨렸다. 왜 하필 오늘 그런 꿈을 꿨는지 자신이 원망스러울 뿐이었다.

치열한 공방이 계속되고 있다. 비올렛도 어느 정도 검을 배웠지만 저 둘은 절대로 따라가지 못했다. 그녀는 에셀먼드에게 시선을 고정했다.

에셀먼드는 여섯 살부터 검을 잡았다고 했다. 그리고 혹독하게 훈련한 결과, 이런 모습이 되었다. 열한 살부터 후작을 도와 영지 일을 배우기 시작했고, 열셋에 기사 수행에 들어가 기사들과 생사고락을 함께했으며, 비올렛이 왔던 열다섯에 왕실 제 1기사단 시험에 통과하여 입단했던 사람이다. 에셀먼드가 강한 것은 당연하다. 그러므로 그는 져서는 안 되었다.

무거운 쇳덩어리의 울림이 더욱더 격렬해진다. 너무나 빠르고 격렬한 싸움에 비올렛은 이 경기가 어떻게 돌아가는지조차 알 수 없었다. 그저 손을 모아 자신도 모르게 누군가의 안위를 빌 뿐이었다. 끼긱거리며 검이 맞닿은 채 힘겨루기가 벌어졌다. 그리고 갑자기 로디온 경이 한두 발 물러서 검을 흘려보냈다. 그에 에셀먼드의 중심이 살짝 무너졌을 때, 로디온 경이 정확하게 일직선으로 검을 휘둘렀다.

"꺄아아악!"

패트리샤의 비명 소리가 들렸다. 비올렛은 자신도 모르게 자리에서 일어났다. 아, 꿈과 똑같다. 로디온 경은 피가 흐르는 검을 들고 있었다. 꿈과 다른 것은 그가 웃음소리를 내지 않았다는 것이다.

비올렛은 에셀먼드를 보았다. 그의 팔에서 피가 떨어지고 있었다. 똑똑 떨어지는 피, 그리고 로디온 경. 싸늘한 고요가 그들을 감쌌다. 어떻게 된 건지 모른다. 하지만 지금 에셀먼드가 팔을 다쳤다는 사실만은 명확했다. 꿈처럼 '잘리지 않았다는 것'에 안도해야 하는 것인가. 비올렛은 이쯤에서 경기가 재개될 것이라 생각했다. 결과는 팔을 다친 에셀먼드의 패배일지도 모른다. 그때 진행자가 승리의 깃발을 손에 든 채 에셀먼드에게 다가갔다. 갑자기 왜?

그와 동시에 털썩 소리가 들렸다. 그 소리는 에셀먼드가 낸 소리가 아니었다. 왜냐하면 그는 놀랍도록 꼿꼿이 서 있었기 때문이다.

로디온 경이 무릎을 꿇고 바닥에 검을 꽂은 채 바들바들 떨고 있었다. 그의 가슴팍에는 선혈이 낭자했고, 그 피가 바닥을 적시고 있었다. 분명 그는 일직선으로 에셀먼드의 팔을 자르려 했다. 그럼에도 어떻게 그 사이에 로디온 경의 가슴팍을 공격했단 말인가. 믿기지 않는 결과에 비올렛이 멍하게 서 있었다.

"축하하심이 옳지 않겠습니까?"

체자레의 목소리가 들려왔다. 그는 싸늘한 눈으로 로디온을 바라보다 비올렛을 향해 미소 지었다.

"성녀님의 오라비가 이겼습니다."

팔에서 피를 뿜어내면서도 에셀먼드는 표정 하나 변하지 않았다. 그는 자신의 왕을 바라보았다. 비올렛은 왕이 못마땅해하면서도 내심 기뻐하고 있다는 것을 알았다. 왕이 바로 옆에 앉았기에 꼭 자신을 바라보는 것 같아 비올렛은 그 시선을 마주하지 못하고 고개를 돌렸다.

와아, 함성 소리가 들렸다. 샤를 역시 그 고함 소리에 가세하고 있었다. 에셀먼드는 자신이 입은 상처에도 불구하고 완벽한 승리자로서 그곳에 서 있었다. 그러나 비올렛은 그것에 기뻐하지 못하고 에셀먼드의 행동을 바라봤다. 하쉬샤신에 의해 팔을 다쳤을 때도 그는 멀쩡한 척 서 있었다. 그런데 지금은 다치지 않은 한 팔로 상처를 감싸고 있었다. 로디온 경이 뭐라고 소리를 지르고 있었지만 에셀먼드는 그것을 싸늘하게 무시하고 투기장 바깥으로 벗어났다.

함성이 가라앉고 분위기가 식어 가자 비올렛은 자리에서 일어나 에셀먼드가 있을 대기실로 내달렸다. 팔의 상처, 상처를 봐야 한다. 분명 심각한 상처였다.

뛰어가던 비올렛의 발걸음이 느려졌다. 반쯤 열린 대기실 문 사이로 패트리샤가 그의 옆에 서 있는 것이 보였다. 무엇을 말하는지 정확히 들리지는 않았지만 그녀는 조곤조곤 따스한 걱정의 말을 하며 웃옷을 벗은 에셀먼드의 상처를 젖은 물수건으로 닦아 내고 있었다.

한 걸음, 한 걸음만 가면 방 안으로 들어가 에셀먼드의 상처를 볼 수 있었다. 그러나 비올렛은 쉽사리 발걸음을 떼지 못했다. 저곳은 자신이 들어갈 자격이 있는 곳인가?

아마 패트리샤는 오늘 조심하라고 걱정 어린 염려를 해 주었을 것이다. 그 누구보다, 심지어 비올렛보다도 그의 승리를 바랐을지도 모른다. 이 대책 없는 싸움으로 몰아간 비올렛이라는 존재는 그의 상처를 걱정할 자격이 있는 것일까. 아니, 서로를 그렇게나 미위했는데 걱정한다는 것 자체가 웃기는 일이 아닐까.

서 있던 에셀먼드와 눈이 마주쳤다. 그의 얼굴이 찡그려졌다. 비올렛은 예상했던 그의 표정 변화에 미련 없이 그곳을 벗어났다. 에셀먼드를 찾는 사람들을 피해 조용히 경기장 밖으로 나왔다. 바보 같다고 생각했다. 쓸쓸한 미소를 지으며 그녀는 자신을 찾는 호위 기사들이 올 때까지 파란 하늘을 멍하게 바라보았다.

저택에 도착해 조용히 방 안에 들어온 비올렛은 무슨 일이 있냐는 앤의 물음에도 답하지 않은 채 멍하게 앉아 있었다. 에셀먼드의 상처가 자꾸 떠올랐다. 정말로 팔을 베어 내려는 듯 정확히 갑주 틈새를 깊숙이 베어 낸 상처를 패트리샤가 창백한 얼굴로 닦아 주고 있었다. 분명 엄청난 상처였다. 물론 신관들이 치료해 줄 테지만 후유증은 남을 것이다.

비올렛은 문득 에셀먼드가 자신을 보고 얼굴을 찌푸렸던 것을 떠올렸다. 그래, 알고 있다. 그녀만 없었어도 이 싸움은 일어나지도 않았을 테고, 잘해야 본전인 그 싸움에 에셀먼드가 나올 일도 없었다.

"……."

물론 이 일을 시작한 것은 이자카였으니, 변명하자면 그녀는 얼마든지 변명할 수 있었다. 그럼에도 이렇게 기분이 더러운 것은 비올렛을 지켜 내기 위해 출전한 사람들과 다친 사람들, 그리고 상처를 입은 에셀먼드 때문일지도 모른다. 누군가 '고귀한' 사람의 결정 하나 때문에 힘없는 사람들이 죽고 다치는 것 일체를 혐오했으나, 정작 그 원인이 자신이 되어 버렸다. 에셀먼드가 보이는 경멸도 이해가 갔다.

"……."

그렇게 생각하던 비올렛은 다시 얼굴을 싸늘하게 굳혔다. 에셀먼드는 그런 표정을 지을 자격이 없었다. 그럼에도 비올렛이 그를 마음껏 증오하는 이유는, 에셀먼드의 그런 냉정한 태도에 있었다.

일어난 사실만을 추려 내자면 샤를이 읽는 동화책으로 써도 될 일이다. 왕자가 악마로부터 공주를 구해 냈듯이 기사가 이민족에게 끌려갈 뻔한 성녀를 구해 내는 이야기. 얼마나 아름다운 이야기인가. 기사와 성녀가 서로 증오를 품고 있는지도 모른 채 말이다.

갑자기 저택이 소란스러워졌다. 에셀먼드가 돌아온 듯했다. 내일은 레기우스 살바나의 결승인데 에셀먼드가 부상을 입다니, 저택이 소란스러울 만도 했다.

이자카는 아슈카바드라는 곳을 지배하는 칸으로서 엄청난 무위를 가졌다고 했다. 에셀먼드 역시 마찬가지였다. 그 역시 3년 동안 나가 있던 전쟁에서 무패의 영웅이라 불릴 정도로 활약을 보여 나라의 모든 기사들이 그를 동경하며 따랐다. 그는 자신에게 붙여진 무패의 기사라는 칭호처럼 자신에게 패배는 없다 단언했다. 그러나 과연 어떨까. 암살자들과 맞서며 상처를 입은 에셀먼드와 오히려 더 많은 암살자들을 상대했으면서도 상처 하나 없던 이자카.

비올렛은 하아, 한숨을 쉬며 숄을 걸치며 바깥으로 나갔다. 마음이 심란할 땐 랑이를 찾았으나 그 고양이는 어느새 다 자라서 짝을 찾느라 바빠 찾을 수가 없었다.

밖은 어두워져 있었고, 달빛은 맑았다. 그러나 후작가는 어쩐지 이상한 고요에 잠겨 있었다. 그럴 만도 한 것이 이 싸움은 합법적으로 살인이 용납된다. 게다가 상대는 아그레시아의 귀족이 아닌 타국의 칸이다. 체자레가 이자카를 죽이겠다고 위협한 이상, 이자카도 에셀먼드를 죽일 자격도 얻는 셈이었다. 체자레는 이런 상황을 의도한 것일지도 모른다. 어쩐지 점점 이 저택에 있는 게 힘들어지고 있다. 비올렛은 그렇게 생각하며 풀 냄새를 맡으면서 정원을 거닐었다.

"……."

에셀먼드에게 가 볼까 생각했지만 그런 거부를 받은 이상 가는 것도 이상했다. 더군다나 패트리샤가 와 있을지도 모른다. 비올렛은 생각 없이 정원으로 향했다. 후원을 선호하던 그녀였으나, 대대적으로 후원에 뭔가를 심어 자라게 하므로 출입을 삼가라는 앤의 말을 들었기 때문이었다.

"야, 비올렛!"

에이든이 급하게 그녀를 발견하고 뛰어왔다. 비올렛은 눈을 동그랗게 떴다. 저택에서 그가 일부러 그녀를 찾으러 오는 경우는 별로 없었다. 무슨 변고라도 있는 것인가? 막상 비올렛을 불러 세웠음에도 에이든은 그녀의 얼굴을 보며 입을 다물었다. 한참 뒤에 그는 하아, 하고 한숨을 내쉬었다.

"할 말이라도 있는 거야?"

비올렛의 물음에 에이든이 얼굴을 찡그리며 뭐라고 말하려다 입을 다물었다. 그가 망설이다가 말했다.

"만약 형이, 형이 진다면 정말로 구자르트에 가는 거야?"

그러한 질문을 샤를도 물었다. 이쯤 되면 에셀먼드가 불쌍할 지경이었다. 그 누구도 에셀먼드가 이긴다고 생각하지 않는 것이다. 심지어는 그 동생조차도.

"오라버니가 그 소리를 들으면 좋아하시겠다."

"시끄러."

비올렛이 빈정거리자 에이든이 짜증스럽게 대꾸했다. 그런 반응을 보이는 에이든도 오랜만이었다. 왜 모두가 에셀먼드의 패배를 점치는 것일까. 비올렛의 가슴이 두근거렸다.

"그 칸 녀석은 네가 자기 신부가 되길 바라. 성녀를 수호하고 말고는 관심이 없어."

"알아."

비올렛이 대답했다. 어차피 이미 다 알고 있던 사실이었다. 그 담담한 태도에 에이든은 답답한 듯 소리쳤다.

"처음부터 너에게 눈독 들이고 있었다니까? 부인이 아홉 명인데 널 어떻게 보낼 수가 있겠어!"

그 말에 비올렛이 미소를 지었다. 그 반응에 에이든이 소리쳤다.

"뭐라고 말을 해 봐! 성녀로 가는 건 핑계라는 것 정도는 나도 알아. 그 녀석은 널 열 번째 신부로 맞이하려는 거잖아! 어차피 성녀가 순결해야 한다는 법칙은 없으니 그렇다 치더라도, 네가 거기서 행복해질 수 있겠어?"

"글쎄, 어쩌면 여기보다는 행복할 수도 있겠지."

"……."

비올렛의 담담한 목소리에 에이든의 말문이 막혔다. 그가 입술을 깨물고 말했다.

"너, 이미 각오하고 있구나."

"이미 처음부터 각오는 했어. 그리고 이자카 역시도 국왕과 협상해서 날 데려가면 되었던 것을 요란스럽게 목숨까지 걸며 증명하겠다고 했지."

비올렛의 말에 에이든이 물었다.

"그러면 형은, 우리는 어떻게 하라는 거야? 너는 슬프지 않아? '집'을 떠나는 거야!"

비올렛은 그 말에 차갑게 조소했다. 이곳은 에이든에게나 '집'이었다.

"……집? 이곳이 집이던가?"

비올렛이 물었다. 그 말에 에이든의 얼굴이 창백하게 물들었다. 충격을 받은 얼굴이었다. 잠시 말문이 막힌 그는 짙은 푸른색 눈으로 그녀를 바라봤다. 순간 구름이 지나가며 잠시 달이 사라지고 세상이 까만 어둠에 물들었다.

"넌 정말로 이곳을 집이라 생각하지 않았구나."

"……."

시야가 어두워 에이든이 어떤 표정을 하는지 보이지 않았지만, 비올렛은 그를 잘 알고 있었다. 이제 에이든은 화를 내겠지. 폭언을 퍼부을지도 모른다. 어쩌면 에이든이 열네 살이었을 때 비올렛에게 그랬던 것처럼 천민 근성이라고 또 비웃을지도 모른다. 다시 달이 모습을 드러내고 에이든의 얼굴이 보였다. 얼굴이 번들거렸다. 그는 울고 있었다. 계집애처럼 우는 것을 질색하는 녀석인데. 비올렛은 자신도 모르게 눈을 크게 뜨며 그를 보았다.

"뭘 더 어떻게 해야 할지 모르겠어."

에이든이 화를 내면 곧바로 코웃음 칠 준비가 되어 있던 비올렛은 오히려 눈물을 흘리는 그의 모습에 등골이 곤두서는 느낌을 받았다. 오히려 그녀가 에이든에게서 한 발자국 물러났다.

"왜 네가 울어."

"그럼 너 같으면 화를 내겠냐!"

"화 잘 내잖아."

비올렛의 말에 그가 소리쳤다.

"내가 너한테 화를 낼 입장은 못 된다는 것 정도는 잘 알고 있거든!"

억지로 울음을 참는 소년의 얼굴에 비올렛은 눈을 내리깔았다. 불편했다. 에이든이 눈물 흘리는 걸 본 적이 없으니 더욱 그러했다.

"난 네 오빠일 거야. 네가 싫어해도, 네가 날 미워해도, 끝까지 네 오빠가 되어 줄 거야. 네가 만약 그곳에 가기 싫다면 내가 무슨 수를 써서든 막을 거야."

언제나 에이든은 못 믿을 소리만 한다, 언제나. 다니엘처럼 책략을 조언하거나, 에셀먼드처럼 그녀를 억지로 움직여 행동하게 하지 않고, 그저 가슴을 펑펑 치며 믿으라 말한다. 하지만 단 한 번도 그녀는 그것을 믿은 적이 없었다. 비올렛은 자신이 에이든에게 상처를 많이 주었다는 것을 알고 있다. 그럼에도 에이든이 티를 내지 않는 것은, 그가 상처받을 입장이 아니라는 것을 아는 양심 정도는 있어서 그러는 것도.

오빠라, 오빠라 말하다니. 정말로 그녀를 가족이라 생각했던 건가?

"그렇게 말할 바에는 오라버니를 마음으로라도 응원하는 건 어때? 성력이라는 힘을 쓰는 원천도 의지니, 네 의지가 오라버니의 승리를 가져다줄지도 모르지."

그 말에 에이든의 얼굴이 굳었다. 왜 그러지? 그는 다시 한숨을 내쉬었다. 비올렛은 에이든이 꾹 참고 있다는 느낌을 받았다. 어쩌면 그녀가 물어본다면 무엇을 숨기는지 알려 줄지도 모른다. 하지만 도저히 물어볼 수가 없었다. 그는 에이든의 말만으로도 충분히 벅찼다. 그마저 에셀먼드의 패배를 확신하는 상황에서, 이제는 헤어지게 될지도 모르는 사람을 향한 호기심 따위는 쓸모없다고 생각했다.

"비올렛."

다시 방으로 돌아가려는 비올렛을 향해 에이든이 말한다.

"널 너무 탓하지 마."

그가 단 한 번이라도 저렇게 진지한 적이 있던가? 그녀를 쳐다보는 그 얼굴은 분명히 에셀먼드와 닮아 있었다. 과연 그는 에셀먼드의 동생이었다. 마치 에셀먼드가 말하는 것 같은 착각마저 들 정도였다.

차분하게 걸음을 옮긴 비올렛은 에이든의 시야에서 벗어날 때까지 어느 정도 거리를 벌리자 저택 안으로 뛰어 들어갔다. 들어가자마자 다니엘과 눈이 마주쳤는데, 그의 옆에는 패트리샤가 있었다. 패트리샤는 비올렛을 차가운 눈초리로 보더니 그녀에게 인사조차 하지 않은 채 쌀쌀맞게 스쳐 지나갔다. 다니엘이 비올렛을 보며 아주 짙은 미소를 지었다. 그녀는 다니엘이 무척이나 행복해하고 있다는 것을 알았다.

"영애를 따라가야 하는 거 아냐? 바래다주러 나온 것 같은데."

"멋대로 하라지. 저 제멋대로 아가씨."

분명 아름답고 순진한 귀족 여인임에도 다니엘은 그런 여자가 혐오스러운 듯 얼굴을 찡그리며 씹어뱉듯이 말하고는 비올렛에게 미소를 지어 주었다.

"이제 그 군나르족 남자에게 몸이 팔릴 시간인가?"

"다니엘."

"아, 미안. 하지만 그런 너를 생각하니 기분이 좋아서. 넌 아주 잘 지낼 거야. 뻔뻔하게 이곳을 나가서 여자들과 싸움하며 그 짐승 같은 놈의 손길만을 애타게 원하며 그렇게 살아갈 거야. 이곳에선 천민, 저곳에선 여러 암컷을 거느린 짐승의 짝짓기 상대. 아주 재미있겠지."

그는 행복해 보이기도 했지만, 동시에 비올렛을 향해 강한 저주를 퍼부었다. 다니엘은 비올렛이 군나르족에게 가는 것을 용납할 수 없는 듯했다.

비올렛이 무엇을 더 말하려 하자 다니엘은 패트리샤를 쫓아 나갔다. 뭘까. 비올렛은 얼굴을 찡그렸다. 그녀가 다니엘에게 역겹다 말하며 그를 피한 사이에 그 역시 독이 오를 대로 올라 있었다. 비올렛은 한숨을 쉬며 방을 올라갔다. 방 안에 있던 앤 역시도 어두운 표정을 짓고 있었는데, 모두가 다 그녀가 구자르트로 떠날 거라고 생각하는 게 분명했다. 비올렛은 우선 앤을 안심시키기로 했다.

"앤, 내가 어딜 가더라도 너를 데려가진 않을 거야. 너무 걱정하지는 마."

그 말을 들은 앤의 얼굴이 일그러졌다.

"지금 그걸 걱정하세요?! 만약 아가씨가 간다면 따라갈 테니 걱정 마세요. 아가씨는 혼자가 아닐 테니까."

"……."

앤이 화내는 건 오랜만이라 비올렛은 눈을 깜박였다. 앤은 그 모습을 보고 한숨을 쉬었다.

"그러고 보니 앤도 오라버니가 질 거라고 생각해?"

앤과 에셀먼드는 어느 정도 친한 사이라고 알고 있다. 형제에 이어 이 불쌍한 첫째 도련님은 하인에게까지 신뢰받지 못하는 것일까.

"도련님은 무패의 기사예요. 패배란 절대로 생각할 수 없는 분이시죠."

앤이 비올렛을 앉힌 후 머리에 묶인 리본을 풀어 부드럽게 머리를 빗어 주었다.

"하지만, 그래도 이번은 첫 패배가 될 거예요. 그리고 그건 가장 뼈아픈 패배가 되겠죠."

앤의 얼굴은 사뭇 진지했다. 그에 비올렛은 정말로 실감했다. 에셀먼드는 내일 경기에 이길 수 없다는 것을. 이것은 패배가 약속된 싸움이었다.

"후작께서 무슨 말은 없으셔?"

비올렛은 마지막 희망을 가지고 앤에게 물었다. 생각해 보면 그저 패배로 끝나는 게 에셀먼드에게 좋을지도 몰랐다. 국왕이 원하는 건 신전을 찍어 누르는 것이고, 에셀먼드는 일단 성기사에게 승리했다.

그러나 떨어질 국격은 어떻게 할 것인가? 일단 에셀먼드가 진다는 것은 국격이 떨어지는 일이었으니 국왕은 그런 점도 생각해야 했다. 아니면 그런 것도 생각하지 못할 정도로 국왕은 어리석을까? 모르겠다. 후작에게선 아무 연락도 없는 것을 보면 그 나름대로 대비를 하고 있으리라 생각했다.

"아가씨, 주무세요. 아가씨 곁은 끝까지 따라갈 거예요. 저는 염려 마세요."

"……."

비올렛은 자신이 어린 비올렛으로 돌아간 기분을 느꼈다. '그날' 이후로 비올렛은 앤에게마저 마음을 완전히 열지 못했으며, 앤은 그것을 받아들였다. 그렇게 비올렛과 앤은 예전처럼 가까워지지 못했다. 그런 상황인데도 구자르트에 따라간다는 것은 쉬운 결심이 아니었다. 영지에 내려갔을 때 고향, '집'에 왔다고 좋아했던 그녀의 모습이 눈에 선했다. 그곳에 다시는 가지 못할지 모르는데도 저렇게 선뜻 말할 줄은 몰랐다.

"고마워, 앤."

비올렛이 진심을 담아 말했다. 어차피 앤을 데려갈 생각은 없었다. 앤이 비올렛을 마주 보며 미소를 지었다.

"아가씨가 원한다면 아가씨 곁을 지킬 거예요. 아셨죠?"

앤이 따스하게 말했다. 그에 비올렛은 앤이 진실로 에셀먼드의 패배를 점치고 있다는 것을 깨달았다. 정말 내일이면 비올렛의 거취가 결정되는 것이다. 결심은 하고 있었으면서도 막상 떠날지도 모른다 생각하니 어딘지 모르게 허한 기분이 들어 에셀먼드에 대해 생각했다.

어렸을 적, 에셀먼드는 무척이나 커 보였다. 하지만 겨우 변성기가 막 지난 열다섯의 소년이었다. 그때 그는 비올렛에게 싸늘했다. 어린 그녀는 그것이 자신의 신분 때문이라고 생각했다.

"무엇을 어떻게 하겠다고."

비올렛이 중얼거렸다. 한때 열여덟이었던 남자의 얼굴이 떠올랐다. 어쩌면 그 역시도 에이든과 닮은, 무책임한 빈이 있었을지도 모른다. 그리고 다니엘처럼 음습한 구석이 있있을지도.

그러나 비올렛에게 그는 너무나 어리석은 바보였다. 그 누구도 믿어 주지 않는데 내일 경기에 임하려 한다. 그녀가 어린애였으면, 그는 바보였다. 샤를이 읽던 동화 속 왕자와 공주는 어쩌면 이런 지독한 어리광쟁이와 멍청이였을지도 모른다.

해가 밝았다. 다행히도 로디온 경과의 경기 때처럼 악몽은 꾸지 않았다. 결승이니만큼 최고로 아름답게 보여야 했다. 비올렛은 다른 하녀들의 수발을 받으며 거울을 바라보았다.

선잠을 자 몸은 피로한 게 느껴졌지만 정신만은 맑았다. 아직 정식 성녀가 아니기에 성복이 아닌 드레스를 입어야 했지만, 비올렛은 언제부터인지 다소 보수적인 디자인의 하얀 계열의 옷을 선호했다. 흐릿한 눈썹이 덧그려지고 새하얀 속눈썹에 검은 마스카라가 발렸다. 창백한 얼굴에 은은한 다홍 분이 칠해지자 그녀의 얼굴은 생기를 되찾았다. 준비를 끝마친 비올렛은 마차에 탔다. 아마그녀가 가장 늦게 출발한 듯 저택 안에는 아무도 없었다.

투기장에 도착하자 체자레도 왕도 어쩐 일인지 미리 와 있었다. 비올렛은 왕과 체자레 둘 다 의미심장한 미소를 짓고 있다는 것을 알았다. 그것은 그녀를 향한 시선이었다.

샤를과 신관 소년이 비올렛에게 인사했다. 어쩐지 둘의 표정이 똑같아 보였다. 신전과 국왕 측의 싸움이 아닌 국가와 타 국가의 싸움이라 그런 듯했다. 둘 다 표정으로 '가지 마'라고 말하는 것 같아서 비올렛은 자신도 모르게 살짝 미소를 지었다.

하늘은 파랗고 공기는 선선했다. 그때 노랫소리가 들렸다. 비올렛이 그곳을 보니, 새하얀 옷을 입은 아이들이 나와서 노래를 부르고 있었다. 신전 측에서 파견된 아이들인 듯했다.

"성가를 부르는 합창단입니다."

노래에 어떠한 힘이 있는 것인지는 몰라도 소리가 증폭되어 멀리 멀리 퍼져 나갔다. 소년들로만 이루어진 이 합창단은 비올렛이 처음 듣는 음악을 노래했다. 그것은 어딘지 모르게 신성하면서도 어두운 음악이었다. 그러나 너무나 아름다워 사람들은 꿈을 꾸듯 그 소년들이 부르는 음악을 감상했다.

"무슨 노래인지 궁금하십니까?"

소년들의 중성적인 목소리는 서로 다른 음역대를 노래했지만 통일된 느낌을 주었다. 비올렛은 이렇게 아름다운 노래를 처음 들었기에 고개를 끄덕였다. 하다못해 저들이 무엇을 노래하는지는 알고 싶었다.

"레퀴엠Requiem입니다."

"……?"

레퀴엠? 그게 뭐지? 비올렛이 되물었다.

"진혼곡鎭魂曲 말입니다."

그 말에 비올렛의 얼굴이 창백하게 물들었다. 지금 이 소년들의 노래는, 말하자면 죽은 사람을 위해 부르는 노래란 말인가. 비올렛이 무어라고 말하려 할 때 체자레가 검지를 입에 가져다 대었다.

"그렇지만 아름다운 곡이지 않습니까. 이 곡이 진혼곡이라는 것을 아는 이들은 별로 없답니다."

"……."

"저는 아름다운 것이 좋습니다. 그게 장송곡이든 아니든 저 노래가 아름답다면 상관없는 일이 아닙니까."

"무슨 소리를 하시는 겁니까?"

"어차피 둘 중 하나의 목숨은 없어질 겁니다."

체자레가 웃으며 경기장 위에서 노래를 부르는 하얀 소년들을 바라보았다. 천상의 목소리로 노래하고 있는 소년들은 모두 다 꿈결처럼 아름다운 외모들이었다. 모두가 다 그 아름다운 노래에 신전의 위세와 권위를 실감한다. 그것이 누군가의 혼을 위로하는 검은 죽음의 노래라는 것을 모른 채.

이자카는 그 노래가 장송곡인지 성가인지 별로 관심이 없는 듯 노래하는 소년들을 쓰윽 훑어보더니 비올렛을 쳐다보며 자신만만한 미소를 지었다. 이윽고 에셀먼드가 나왔다. 언제나 정시에 나왔던 에셀먼드치고는 조금 늦은 등장이었다. 그는 언제나처럼 속을 읽을 수 없는 무표정과 절도 있는 걸음걸이로 그의 주군, 왕을 향해 무릎을 꿇었다. 흘낏 본 왕의 얼굴은 차가웠다. 그러나 묘한 미소를 머금고 있었는데, 어쩐지 그 얼굴이 체자레와 비슷해서 비올렛은 소름이 끼쳤다.

"……."

호각 소리가 들리고 귀를 울리는 환호성이 들렸다. 아마 이곳에 있는 이 모두가 다 에셀먼드를 응원할 것이다. 아그레시아의 검인 베오른 에르멘가르트의 후계자, 에셀먼드 에르멘가르트. 비록 본선부터 참여하긴 했지만, 왜 본선부터 참여했는지에 대해 사람들의 불만을 눌러 버린 대장군의 아들이자 기사.

그가 자신의 검을 뽑아 들었다. 이자카 역시 자신의 샴시르를 들었다. 마치 초승달처럼 휘어진 검신은 에셀먼드의 검보다 길었으며 새하얀 광택을 지녔다.

서로 간에 무어라 대화를 나누는지 이자카의 입이 움직이는 게 보인다. 서로 빈틈을 보며 기다릴 거라는 예상과는 다르게 이자카가 다짜고짜 검을 휘둘렀는데 '휘리릭' 하는 소리가 귀빈석까지 들린다는 착각이 들 정도로 에셀먼드를 향해 빠르게 찔러 들어왔다. 그러나 에셀먼드는 그것을 가볍게 막아 냈다. 환호성을 지르던 사람들의 외침이 점점 멎어 들었다. 그리고 금속과 금속이 맞부딪쳤다.

모두가 에셀먼드의 패배를 점쳤음에도 그는 꽤나 잘 막아 내고 있었다. 오히려 불필요한 동작을 넣는 이자카가 조금 떨어지나 싶을 정도로. 그럼에도 지금 그 공방이 계속 이어지는 이유는, 에셀먼드가 나서서 공격을 하지 않기 때문이었다.

비올렛은 에셀먼드의 팔이 이상하다는 것을 발견했다. 방어만 하지, 공격을 할 수 없는 데에는 분명 이유가 있었다. 방어만 했기에 상대적으로 빠른 이자카의 검보다 에셀먼드의 검이 더 잘 보였는데, 그는 평소보다 비틀린 자세로 검을 잡고 있었다.

'휘릭' 하는 소리가 들리며 계속 철과 철이 맞부딪쳤다. 결국 에셀먼드가 구석에 몰렸다. 그는 이자카의 검을 아슬아슬하게 피했지만 한 쪽 뺨엔 이미 생채기가 나 있었다. 불안했다. 이자카는 뭐라고 에셀먼드에게 말하는 듯했다. 하지만 에셀먼드는 입을 다문 채 경기에 집중했다. 땀에 젖어 머리카락이 얼굴에 달라붙은 에셀먼드의 모습이 보였다. 그것은 시합이 주는 열기 때문이라기엔 무엇인가 이상했다. 그것은 이자카 역시 마찬가지로 판단한 듯했다.

문득 이자카가 틈새를 보다 에셀먼드의 어깨를 들이받았다. 쿵 소리가 나며 에셀먼드가 뒤로 물러났다. 그는 하마터면 뒤로 쓰러질 듯 휘청했으나 가까스로 중심을 잡고 서 있었다. 이자카는 뒷걸음질 치며 그를 바라보고 있었다. 그는 대단히 분노한 듯 얼굴을 일그러트리며 에셀먼드에게 무엇이라고 소리쳤는데, 비올렛 역시 이자카의 분노의 이유를 알아차렸다. 에셀먼드가 입은 것은 검은 갑주라 잘 보이지는 않았지만, 바닥의 하얀 대리석은 거짓말을 하지 않았다. 피가 뚝뚝 떨어지고 있었다. 분명 신관에게 치료받아야 했을 어깨가 하나도 낫지 않은 것이다.

이자카가 다시 한 번 소리친 것은 그와 동시였다. 그는 아주 커다란 모욕을 받은 듯 붉게 달아오른 얼굴로 고함을 쳤다. 그리고 이글이글한 두 눈으로 체자레 쪽을 바라보았는데, 비올렛이 고개를 돌려 체자레를 보니 그가 묘한 미소를 짓고 있었다. 비올렛의 심장이 쉴 새 없이 두근거렸다.

호각 소리가 두 번 울렸다. 이자카가 요청하여 경기를 중단한 것이다. 앞으로 두 시간 후 경기는 재개된다. 왕이 자리에서 일어났다. 그는 체자레와 함께 있는 것보다는 편한 곳에서 휴식을 취하려는 듯했다. 왕이 떠나고 어수선한 상황에 비올렛은 처음으로 이성을 잃고 얼굴을 일그러뜨리며 체자레에게 소리쳤다.

"이게 무슨 장난질입니까!"

목숨을 잃을 수도 있다! 누가 봐도 깊은 상처를 입었다! 지금 저 갑옷에서 피가 새어 나올 정도면 얼마나 깊은 상처인지 차마 짐작조차 가지 않았다!

"로디온 경께서 단단히 복수를 결심하셨나 봅니다. 이단 심문관인 로디온 경을 거스르다간 이단으로 몰려서 죽기 십상이거든요."

비올렛의 흥분에도 불구하고 체자레가 평온한 표정으로 말했다. 사람들은 에셀먼드의 상처에 대해 수군거리고 있었다. 신전을 욕하는 자들도 있었다. 그에 비해 체자레의 얼굴은 평온하기 그지없었다.

"그게 지금 잘된 거라고! 경기가 아닙니까! 목숨을 잃을 수도 있습니다. 스승님, 어째서 이렇게!"

"성녀님께서 제게 이토록 화를 내시다니, 재미있군요."

체자레가 미소 지었다. 성녀와 추기경 사이에 언쟁이 오가자 떠들썩하던 사람들이 서서히 그쪽을 바라보기 시작했다. 비올렛의 얼굴은 분노로 붉게 물들어 있었다.

"그렇다면 성력을 다시 쓰시면 되실 일이 아닙니까?"

"무슨 말씀을 하십니까? 저는 성력을 쓰지 못한다고 말했을 텐데요!"

"그렇다면 저대로 두는 수밖에 없군요."

"이건 스승님께서 흔히 말씀하신 아름다운 일이 아니지 않습니까!"

"이미 로디온 경이 패한 시점에서 신전은 오명을 뒤집어썼습니다. 이단 심문관을 두려워하는 신관들을 제가 어떻게 움직이겠습니까?"

"스승님!"

비올렛이 답답해서 소리쳤다. 체자레가 그녀를 찔러 들어올 거라는 예상은 했었다. 하지만 이런 상황에서 이렇게 행동할 거라 예상하지는 못했다.

"스승님은 제가 아슈카바드에 가는 것을 원합니까?"

"그게 사랑스러운 제자의 소원이라면, 응당 들어줘야죠."

"……."

"아슈카바드 측에서 조건을 제시했습니다. 성녀님께서는 아슈카바드 소속이 되지만, 말룸 퇴치만 하시면 되십니다. 성녀님, 사실 성녀님이 계실 자리는 어디에도 없었습니다. 120년 동안 성녀의 부재에 왕도, 교황도 당신을 잊은 지 오래입니다. 당신의 자리는 없었단 말입니다. 이미 알고 계시지 않으셨습니까. 그리하여 중도를 선택하셨고요."

"……제게 그렇게 성력을 쓰게 만들고 싶으신 모양입니다."

충격을 받은 비올렛이 굳은 얼굴로 체자레를 보았다.

"어차피 비올렛, 당신의 역할은 말룸을 퇴치하는 것입니다. 그것만 된다면 어떻게 되든 상관없는 거예요."

분노에 찬 비올렛의 뺨에 체자레의 차가운 손이 겹쳐졌다.

"서운하십니까?"

그가 비올렛에게 속삭였다. 알고 있었다. 비올렛도 너무나 잘 알고 있었던 사실이다. 그럼에도 체자레에게, 잔인한 그녀의 스승에게 이 이야기를 들으니 마음이 조각나는 것 같았다.

"그렇지만 당신을 영원히 빼앗기겠다고 말한 적은 없습니다."

그 말에 그녀의 눈이 커졌다. 체자레의 금안이 휘어지며 비올렛을 바라보았다.

"뺏긴다면 다시 뺏어 오면 될 일입니다. 당신을 지금 잃는다고 평생 잃는 게 아니에요. 어차피 말룸을 없애는 건 당신이 될 테니까요."

그의 금안이 반짝였다. 체자레는 비올렛을 보내 주더라도 다시 되찾아올 생각이었던 것이다. 그는 비올렛을 이자카 측에 보낼 각오까지 하고 에셀먼드를 치료해 주지 않았다. 비올렛에게 선택을 하게 한 것이다. 그녀가 그를 치료하면 신전 측에 스스로를 넘기게 되고, 치료하지 않으면 에셀먼드의 필패이다. 체자레는 비올렛이 성력이 없는 척 연기하고 있다는 것 따위는 잘 알고 있었다. 성력이 그를 상회한다는 것도 잘 알고 있었고. 그러나 이런 식으로 시험받게 될 줄 알았으면 어쩌면 처음부터 신전에 가는 게 옳았을지도 몰랐다.

그녀는 아직도 애송이였다. 체자레가 왜 아직도 그녀에게 어리다고 말하는지, 그녀의 발버둥이 보인다고 하는지 알았다. 그녀를 몰아넣을 것은 아무것도 없다고 생각했다. 그것은 얼마나 큰 오만이었나.

비올렛은 뒷걸음질 쳤다. 체자레는 묘한 미소를 지으며 순순히 그녀를 놔 주었다. 아무리 그렇다고 해도 국왕이 이런 사실을 몰랐을 리는 없다. 이 경기는 레기우스 살바나며 이 왕국에서 가장 큰 무투 대회다. 주최하는 곳은 '나라'이며 모든 것은 '왕실'에서 전담한다. 그러므로 신관들이 치료를 거부했고 에셀먼드가 치료를 받지 못했다는 사실을 국왕은 알고 있으리라. 그런데 국왕은 오히려 미소를 짓고 있다.

아무리 교황이 최고 권위자라 해도 국왕이 명령한다면 그 명령을 거역할 신관은 없다. 그렇지만 왕은 에셀먼드를 방치했다.

왜? 그렇게 생각했던 비올렛은 손으로 입을 막았다. 군나르족은 체자레에게 제시했던 조건을 국왕 측에도 제시했다고 후작이 말했다. 굳이 에셀먼드가 이길 필요는 없다. 오히려 체자레에게 가서 민중을 현혹시켜 왕권을 낮출지도 모르는 존재를 군나르에 보내는 게 더 낫다고 판단한 국왕, 에셀먼드를 마음에 들어 하지 않던 국왕, 그리고 비올렛이 저 밖을 나도는 것을 원치 않았던 국왕!

국왕 역시 이 상황을 자신에게 유리하게 이용하고 있었다. 떠들썩한 소리들 가운데 에셀먼드의 상처를 '신관'이 일부러 치료하지 않았다고 수군거리는 것이 들렸다. 이미 그들은 신전이 의도적으로 에셀먼드를 치료해 주지 않은 것을 눈치챈 것이다.

체자레가 비올렛을 데려가려는 목적이었다면, 국왕은 이자카에게 비올렛을 주어 골칫덩이를 제거하고 신전에 대한 여론을 나빠지게 하며, 에셀먼드의 패배를 정당화시키는 게 목적은 아니었을까? 누가 봐도 저렇게 팔을 다친 에셀먼드가 지는 것이 당연했으니 따로 국격에 손실이 가지는 않을 것이다.

구역질이 났다.

에셀먼드의 상처는 심각하다. 하지만 신관은 치료해 주지 않았다. 그 심한 상처에 패배해도 그것을 탓할 자들은 그 누구도 없을 것이다. 이미 에셀먼드는 로디온 경과의 시합에서 뛰어난 실력을 보여 주었다. 성녀를 빼앗겼다는 것은 다소 수치스러운 일이겠지만, 그것은 치료를 해 주지 않은 '신전' 때문이 될 것이다. 그 정도로 국왕은 신전을 증오하는 것이다. 선왕이 교황에게 무릎을 꿇었을 때부터 그 증오는 고스란히 이어져 내려오고 있었다.

왜 어제 후작가의 분위기가 이상했는지 깨달았다. 왜 에셀먼드의 패배를 다들 그렇게 확신했는지도. 그들은 모두 알고 있었던 것이다. 에셀먼드의 실력을 알고 있음에도 그의 곁에 있는 사람 모두가 패배를 점쳤던 것은, 저런 상처를 입고 승리할 리가 없기 때문이다. 에이든이 몇 번이고 무언가 말하려다 망설였던 것은 비올렛에게 성력을 쓰도록 부탁하려던 것일 테다. 후작이 비올렛에게 부탁하지 않은 것은 국왕의 명령 때문일 것이다.

하, 하하. 웃음밖에 나오지 않았다. 한참을 조소한 비올렛은 에셀먼드가 있을 곳으로 뛰어갔다. 비올렛은 정말로, 정말로 이곳 아그레시아가 증오스러웠다. 아니, 이런 것도 세상이라고 창조한 그 절대신이라는 작자도 지긋지긋했다.

비올렛은 복도에서 눈물 바람으로 뛰어오는 패트리샤를 보았다. 그녀는 비올렛을 보더니 멈춰 섰다. 그러고는 표정을 굳히며 싸늘하게 말했다.

"더 가지 말아요. 에셀먼드 경께서는 아무도 들이지 말라 하셨어요."

그녀가 훌쩍였다. 하지만 비올렛은 그 말을 무시하며 그녀를 지나쳤다.

"비올렛, 제 말을 무시하나요?! 경께서는 출입을 금하셨어요. 당신은 갈 자격도, 갈 능력도 없단 말이에요!"

그 말에 비올렛이 입을 열었다.

"자격과 능력을 재단할 권리를 누가 준 거죠, 데후바스 양?"

서늘한 그녀의 얼굴에 데후바스가 입을 다물었다. 그녀는 비올렛에게 무례를 저지르고 있다는 것을 잘 알고 있었다.

"에셀먼드 경은 당신을 들여보내 주지 않을 거예요."

"누가 이 나라에서 높은 사람인지 시험해 보고 싶다면, 그렇게 하도록 하죠."

비올렛은 냉소적으로 말하고 그곳으로 뛰어갔다. 긴 복도 끝의 문 앞에 서 있는 칼츠 경과 루체 경이 보였다. 칼츠 경은 비올렛을 보고 난감한 얼굴로 말했다.

"들어가실 수 없습니다."

"언제부터 경들께서 절 막을 권한이 있었죠?"

비올렛이 차갑게 말했다. 하지만 칼츠 경은 괴로운 얼굴이었다.

"보여 주고 싶지 않아 할 겁니다. 저희들에게도 그랬으니까요."

"제가 보고 싶습니다."

참 웃긴 사람이다. 고집이 있는 줄은 알았는데 이렇게 멍청할 줄은 몰랐다. 지금까지 저 남자는 얼마나 괜찮지 않은 상처를 숨기며 살아온 것일까. 비올렛은 입술을 깨물었다.

"누구의 명령이 우선입니까?"

비올렛의 서늘한 말에 칼츠 경이 한숨을 푹 내쉬었다. 그들은 이미 그녀가 물러나지 않을 걸 알아차렸다. 그들이 머뭇대며 문을 열자 비올렛이 망설이지 않고 대기실 안으로 들어갔다.

넓은 방 안에는 소파가 놓여 있었다. 쾌적해 보이는 방이었지만 피비린내가 진동하고 있었다. 에셀먼드는 웃통을 벗은 채 등을 돌리고 서 있었다.

"아무도 들이지 말라고 했을 텐데?"

싸늘한 그 목소리에 비올렛은 한숨을 내쉬었다. 새하얀 붕대에 붉은 피가 비치는 게 보였다. 그는 갑주를 벗고 붕대를 새로 갈려고 한 것 같았다. 에셀먼드가 뒤를 돌아보았다. 그리고 얼굴을 찌푸렸다. 그는 비올렛에게 시선을 고정했고, 그녀 역시 그것을 피하지 않았다. 둘은 한참 동안 서로를 마주 보았다.

"당신이나 나나."

비올렛이 말했다. 그것은 처음으로 에셀먼드를 오라버니라고 지칭하지 않은 말이기도 했다. 귀족이라고 대단한 줄 알았더니, 이렇게 이용이나 당한다. 그녀는 노골적으로 노려보는 에셀먼드에게 다가갔다.

"나 따위가 당신에게 무엇을 해 줄 수 있을지는 모르겠지만, 우선 팔을 주세요."

"……지금 무슨 소리를 하는 거지?"

비올렛은 그의 인내심에 감탄했다. 표정은 여전한 냉정한 에셀먼드 그대로인데, 정면으로 본 어깨의 상처는 심각했다. 만약 여기서 이자카가 제대로 검을 휘둘렀다면 그는 팔을 영원히 잃었을지도 모른다.

정말로 여기까지구나. 비올렛은 허탈한 한숨을 내쉬었다. 체자레의 수에 넘어가는 것은 분했지만, 치료를 한다고 해서 이기는 것도 아니었지만, 그녀는 자신이 원하는 대로 하기로 했다.

"어떻게 되든 끝이니까."

비올렛이 쓸쓸하게 중얼거리며 그의 앞에 무릎을 꿇고 얼굴을 마주했다. 비올렛은 조심스럽게 손을 뻗었다. 하지만 그녀의 손은 에셀먼드의 커다란 손에 의해 우악스럽게 붙잡혔다. 어찌나 세게 쥐었던지 손이 으스러질 것 같았다. 그는 냉정을 잃은 듯했다. 처음으로 보이는 거친 행동에 비올렛이 움찔 놀라자 에셀먼드가 손목을 쥔 손에 힘을 뺐다.

"지금 무슨 짓을 하려는 거지?"

"보면 몰라요? 치료하려는 거잖아요. 이 상태로 검을 쓰면 정말 팔을 영영 못 쓸 수도 있어요."

그 말에 에셀먼드가 말했다.

"숨기고 있는 거 아니었나? 네가 이걸 드러낸다면 어떻게 되는지 알고 있을 텐데?"

"신전에 끌려가겠죠. 빨리 끌려가냐 늦게 끌려가냐의 차이예요."

에셀먼드는 다시 냉정한 상태로 돌아와 차분하게 그녀의 얼굴을 살펴보고 있는 상태였다. 그에 설득이 되었다고 착각한 비올렛이어서 손을 치워 달라고 에셀먼드를 바라보자, 그의 얼굴이 삽시간에 분노로 일그러졌다. 그 노골적이고 알기 쉬운 표정 변화에 비올렛이 의문을 표하기도 전에 그가 그녀를 끌어당겼다. 살짝 허리를 숙이고 있던 비올렛은 갑작스럽게 끌어당기는 힘에 앞으로 넘어질 뻔했다. 힘을 뺐던 손목에 다시 힘이 들어가 비올렛이 작게 저항했지만 그것을 뿌리칠 수가 없었다. 에셀먼드가 비올렛에게 얼굴을 가까이 가져다 댔다. 어둡게 가라앉은 푸른 눈이 비올렛을 담았다.

"너는 내가 무엇 때문에 이 우스꽝스러운 대회에 나간 건지 알고 있나?"

그의 목소리는 낮게 가라앉아 있었다. 비올렛은 이 자세가 민망해 시선을 피하며 말했다.

"그야 나라와 가문, 그리고 오라버니의 명예를 위한 게 아닌 가요?"

그에 에셀먼드가 하, 실소를 짓더니 이내 고개를 숙이며 웃음을 터트렸다. 비올렛은 갑작스러운 그의 웃음이 어딘지 모르게 허탈해하는 것처럼 느껴졌다. 그 감정의 연유를 파악하기에는 시간이 촉박했다. 이런 대화를 나눌 시간이 없었다.

"오라버니, 상처를 치료해야 해요."

에셀먼드에게 잡힌 손목을 잡아 빼며 치료하려는 순간 비올렛은 자신을 붙잡은 그 손에서 강한 악력을 느꼈다. 에셀먼드가 고개를 들었다. 비올렛은 그의 눈동자가 언제나처럼 품고 있는 냉기가 아니라, 분노의 열기로 가득 찼다는 것을 깨달았다. 뒤로 물러나려 했지만, 에셀먼드는 그녀의 손목을 잡고 놔주지 않았다. 그리고 그가 입을 열어 소리쳤다.

"너는 대체 나를 얼마나 비참하게 만들 생각이지?!"

"오…… 라버니?"

그 말에 에셀먼드가 소리쳤다.

"그래, 나는 빌어먹게도 네 오라비이며, 이 나라의 기사이다. 그리고 너는 이 나라의 건국 신화의 화신이며 신의 대리인이지. 벗어날 수 있을 거라 생각했나? 이 나라의 의무에서? 네가 있어야 할 '이곳'에서?"

비올렛은 멍하게 그 말을 듣고 있었다. 에셀먼드가 처음으로 화를 내고 있었다. 물론 그가 짜증을 내는 것은 보았다. 하지만 이렇게 이성을 잃고 화를 내는 건 태어나서 처음이었다. 아니, 정확히 말하면 그를 만난 후 처음이었다. 평민 여자와 노파의 목을 자를 때도 그는 소름 끼치도록 서늘한 얼굴이었다. 하지만 지금 그 얼굴은 완벽하게 화가 난 사람 그대로의 얼굴로 일그러져 있었다. 비올렛은 그 화의 연유를 몰랐다. 아니, 일견 그는 비올렛을 '원망'하는 것 같기도 했다. 비참하다니, 그가 왜 비참하단 말인가? 그가 비참해질 어떤 감정이라도 있었던 사람인가?

"……."

"신전 속에서 교황의 꼭두각시가 되어, 그렇게 살고 싶은가? 아니면 이민족에게 이용당하는 삶을 누리고 싶은가? 하지만 난 그걸 두고 보지 않을 거다. 너는 네 길을 스스로 개척해 나가야 할 것이며, 네가 스스로 설 때까지 의무에서 달아나지도 도망치지도 못해. 나는 널 그렇게 놔두지 않을 거고, 놔주지 않을 거다. 네가 나를 용서하지 않더라도 나는 평생!"

스스로 일어서라고 한다. 놔주지 않을 거라고 한다. 그러면서 이곳에 있으라고 말한다. 평생이라고 말했다. 그러나 그 '용서'와 '평생'이라는 단어를 듣는 순간, 비올렛도 참을 수가 없었다. 에셀먼드가 써서는 안 될 단어가 있다면 그것은 '용서'와 '평생'이라는 단어였다.

"그렇게 당신을 용서 못하는 나를 평생을 잡아 두고 싶었다면."

비올렛의 얼굴이 분노로 붉게 달아올랐다. 그녀는 몸을 일으켜 에셀먼드를 노려보았다.

"3년 전에는 왜 떠났던 건가요!"

비올렛의 눈에서 눈물이 떨어졌다. 모른다. 저 사람은 모른다. 알지 못하니 저런 말을 할 수 있는 기다. 얼마나 괴로운지 몰랐기에! 그녀가 3년 동안 얼마나 힘들었는지.

다니엘의 목소리를 따라 그를 증오하기로 했다. 미워하기로 했다. 용서하지 않기로 했다. 그렇게 내린 결론이 그녀 스스로 끝을 내는 것이었다.

검술 수련은 후작이 직접 지도해 주는 것이었다. 어린 여자아이임에도 불구하고 후작은 사정을 봐주지 않고 꽤나 혹독하게 가르쳤다. 그리고 그녀는 그것을 따랐다. 생각해 보면, 아무것도 안 한다고 투정을 부리는 것이 그의 입장에선 더욱더 곤란한 일이 될 수도 있었다고 생각한다. 그러나 어린 그녀는 거기까지 생각하지 못한 채 이를 악물고 그것에 따랐다. 검을 배울 수 없다고 고집을 부리는 건 지는 거라고 생각했던 것도 같다.

아무리 귀족 여자아이보다 체력이 나쁘지는 않았어도 비올렛은 여자아이였다. 그러나 후작은 가혹했다. 몸살이 날 정도로 뛰었고, 손에 물집이 터져 피가 날 만큼 검을 휘둘렀다. 검을 쓰는 행동에 망설임이 있다는 것을 알자 후작은 그녀에게 생물을 살해하라고까지 했다. 자신의 딸이라 칭하며 호의적이었던 것은 마치 한때의 꿈이라는 것처럼, 그는 돌변하여 비올렛을 몰아붙였다.

에셀먼드는 한 번씩 그녀를 보러 왔다. 비올렛은 에셀먼드를 무시했다. 그러나 그는 끈질겼다. 그녀가 도망가기라도 할 것처럼 지켜보고는 했다. 검술에 대해 조언을 하는 것도 아니었다. 그렇다고 힐난하지도 않았다. 다그치지도 않은 채 그냥 서 있었다. 억지로 죽여야 했던 토끼를 붙들고 울고 있던 비올렛을 위해 손수 무덤을 만들어 주었다. 여러 번이고 계속 말없이. 어느 날은 차라리 활을 쓰라고 했다. 그리하여 생명을 죽이는 감촉이 생생히 전해지는 검보다 활을 더 쓰게 되었다.

그 누구도 증오로 새까맣게 타들어 가는 비올렛의 마음을 신경 쓰지 않았다. 신을 저주하는 것도, 세상을 저주하는 것도 그 누구도 알아주지 않았다. 시수일레를 만났으나, 그것으로 백작 부인의 본심을 알았다. 그래서 더욱 마음을 닫았더니, 에이든마저 비올렛을 천민이라 칭하며 그녀를 차갑게 무시했다. 곁에 있던 것은 다니엘이었다. 그러나 다니엘은 비올렛의 증오를 풀어 주지 않고 은근히 부추겼다.

그렇게 지옥 같은 세월이 지났다. 그리고 겨울, 열세 번째 생일이 지난 어느 날이었다.

아주 맑은 달밤이었다. 후작은 비올렛이 활을 씀에도 검술 역시 지독하게 훈련시켰기에, 그날도 그녀는 지쳐 있었다. 흙투성이가 된 비올렛은 조용히 달을 바라보았다. 그날따라 달은 유달리 맑고 예뻤다.

그럼에도 어떤 감정도 느끼지 못했다. 예쁘다는 순수한 '느낌'도, 그것을 보며 파생되는 기쁨조차도 느낄 수가 없었다. 하늘을 바라보던 비올렛이 멍하게 손을 바라보았다. 손바닥에는 피가 묻어 있었다. 오늘도 그녀가 죽여 버린 동물의 무덤을 만들어 주고 오는 길이었다. 생각해 보면 그때 비올렛의 정신은 붕괴되기 일보 직전이었다.

추운 날씨임에도 밤이면 으레 피워 놓는 연무장의 모닥불이 비올렛을 반겨 그 곁에 가만히 앉아 있었다. 타닥타닥 타들어 가는 붉은 불꽃과 손에 묻어 있는 붉은 피를 比교하며 둘이 무엇이 다른 것인지 고개를 갸웃했던 것도 같다.

그때 에셀먼드가 나타났다. 예전에는 그를 격렬하게 거부했다. 하지만 한 번도 그 요구는 받아들여진 적이 없었다. 비올렛은 그에 체념했다. 에셀먼드의 얼굴은 언제나처럼 고요하고 아무 표정이 없었다. 비올렛은 에셀먼드에게 시선도 주지 않았다.

―미안하다.

절대로 들릴 수 없는 말이었다. 비올렛은 그 말이 어떤 말인지 몰랐다. 그 단어는 절대로 그녀가 아는 에셀먼드 에르멘가르트에게서 나올 수 없는 말이었기 때문이다.

―미안하다.

그는 말했다. 눈물도 보이지 않았다. 샛노란 달빛을 담은 눈은 희미하게 빛이 났다. 비올렛은 그제야 그의 얼굴을 마주 보았다. 그는 그녀의 앞에 무릎을 꿇고 있었다.

─아버지를 더 이상 원망하지 마라. 왜냐하면 네 마을을 지워 버리라 명령을 내렸던 것은 바로 나였으니.

그 말뜻을 알아들은 비올렛이 정신을 차렸다. 방금 무엇을 들은 거지? 그가 지금 마을을 지워 버리라 명령했단 소리인가? 어떻게 그 사실을 일 년 동안이나 감출 수 있는가! 비올렛이 그를 노려보았다. 에셀먼드는 비올렛이 내비친 증오를 담담하게 받아들였다. 죽여 버릴까. 그렇게 생각했던 것도 같다. 비올렛의 주위에 위험한 바람이 휘몰아쳤다.

─나는 네가 발견되었던 그날, 처음으로 내 사람의 목을 베었다. 이 손으로.

그는 본인의 이야기를 했다. 이야기는 길지 않았다. 차라리 변명의 기미가 보였다면 변명하지 말라며 소리라도 질렀을 텐데, 그것이 아니라는 것을 알아서 그녀는 입을 다물고 듣기만 했다.

어렸지만 기사가 된 그가 형처럼 따르던 기사가 있었다. 그의 이름은 윌. 비올렛은 그 이름이 낯설지 않았다. 어디선가 들어 봤다고 생각했다. 윌이라는 기사는 특유의 서글서글한 성격으로 무뚝뚝한 에셀먼드를 형처럼 챙겨 주었다고 말했다. 에셀먼드는 그를 신뢰했다.

그리고 어느 날, 처음으로 에셀먼드가 후계자 수업의 일환으로 대규모 군사를 이끌 일이 생겼다. 바로 영지에 출몰한 산적 소탕 건이었다. 영지 일을 맡아서 하고 소규모 인원을 다루는 것은 해 봤지만 백이 넘는 군대를 이끄는 것은 처음이었다. 그리하여 에셀먼드는 전적으로 옆에 있는 윌의 의견을 묻고 그에 의지했다.

월은 꽃의 거리가 위험하다고 했다. 범죄의 온상, 몸을 파는 더러운 여자들, 그 아이들이 산적이 되는 것이라 말했다. 산적들과 창녀들은 분명 관련이 있을 거라고 했다. 월이 꽃의 거리에서 산적으로부터 여자아이들을 매입했다는 증거까지 가져왔다. 그리하여 에셀먼드는 그것을 믿었다. 그는 더러움의 온상을 없애는 게 가장 효과적인 방법이라고 생각하여 꽃의 거리를 지도에서 지우라 명했다. 그러나 그곳에서 비올렛이 발견되었다.

그 후, 같이 일했던 봉신인 블룸버그 남작이 잡아 온 산적들이 꽃의 거리는 인신매매의 장이었을 뿐 어느 것 하나도 관련이 없다고 말했다. 하지만 이미 일은 벌어졌다. 에셀먼드의 결정 하나에 죽은 목숨은 다시 돌아오지 못한다.

그는 추궁했다. 그리고 월이 꽃의 거리에 자주 들락거렸다는 것을 알았다. 조사에서 드러난 건, 월이 영지에 올 때마다 꽃의 거리를 들락날락하며 오히려 그들에게 뇌물을 받았다는 것, 그리고 점주들이 그것을 빌미로 협박을 해 왔기 때문에 그 마을을 지도에서 지웠다는 더러운 사실이었다.

에셀먼드는 그의 목을 베었다. 직접 그의 손으로.

―네게는 평생 사죄할 거다.

정말로 증오스럽게도, 그렇게 말하는 그는 눈물 한 방울도 보이지 않았다.

―네 소중한 마을이었을지도 모르는 그곳을 습격하도록 명령했던 것은 내 오만과 어리석음에 따른 결과임을 안다. 용서하라고는 하지 않을 거다.

그래, 그는 오만했고 어리석었다. 월이라는 기사를 신뢰한 마음이 어리석었고, 그가 믿는 사람이 본인과 같은 마음일 거라 믿었던 게 오만했다. 에센먼드가 그 결정을 내렸던 것은 열다섯. 그가 아무리 뛰어난 후계자였다 해도 어린 그가 했던 결정은 결코 돌이킬 수 없는 것이었다. 에셀먼드가 그 기사에 대해 말하는 것은 책임을 회피하기 위해서가 아니었다. 그는 변명하는 자가 아니다. 오히려 변명하려 했으면 끝까지 이것을 후작의 탓으로 숨겨야만 했다. 에셀먼드는 진실만을 말했고 열셋, 이 어린 소녀에게 판단을 맡겼다.

　―그러니 네게 평생을 바치겠다.

　달빛을 담은 맑은 짙은 푸른 눈이 보인다. 밤하늘과 같은 색. 그 눈이 비올렛을 담았다. 그에게 저주라도 퍼붓고 싶었다. 어떤 일이 벌어졌는지 아냐고, 얼마나 많은 사람이 죽었는지 아냐고. 너도 목이 잘렸어야 했다고. 하지만 그럴 수가 없었다. 그렇게 폭언을 퍼부을 수가 없었다. 평생을 바치겠다고 말하는 사람을 절대로 저주할 수가 없었다. 미안하다고 말하는 남자를 결코 밀어낼 수가 없었다.

　그 이후 에셀먼드는 그녀가 있던 곳에 나타나지 않았다. 아무 대화도 그들 사이에는 오가지 않았다. 비올렛도 그를 찾지 않았다. 여전히 버거운 하루하루가 더욱 힘들었던 건 비올렛의 주변에 있었던 에셀먼드가 보이지 않았다는 사실이었다. 그녀는 자신이 실은 에셀먼드를 찾고 있다는 것을 깨달았다. 그를 보고 싶었다.

　비올렛은 그리하여, 언제나 아침이 되면 검술 훈련을 핑계로 나가는 그를 지켜보았다. 추운 겨울이었지만 그것은 계속되었다. 괴로웠다. 언니들을 죽이라고 명령을 내린 것이 에셀먼드라는 것이 너무나.

　그러나 그는 미안하다고 말했다. 평생을 바치겠다고 말했다. 미움을 버릴 수가 있었다. 용서할 수가 있었다. 삶에 용서라는 새로운 선택지가 생긴 것이었다. 편해지고 싶었다. 사람을 미워하기가 너무 힘들었다. 누군가를 증오하는 마음은 그것을 가지는 것만으로 그녀를 지옥에 몰아넣었다. 누군가를 믿고 싶었다. 그리고 누군가를 용서하고 싶었다. 다시 웃고 싶었다.

그리하여 비올렛은 다니엘에게 에셀먼드를 불러 달라고 부탁했다.

—너, 형이 얼마나 나쁜 짓을 했는지 알고는 하는 소리야?

—응. 오라버니는 내게 다 말했어.

비올렛이 다니엘의 다정한 어조에 말했다.

—말도 안 돼.

다니엘이 말했다.

—이건 말도 안 된다고! 그 형이 네게 미안하다고 했다고? 모든 걸 말했단 말이야?

다니엘은 창백한 얼굴로 입술을 깨물었다. 그는 있을 수 없는 일이라 말했다. 절대 믿을 수 없다는 듯 몇 번이고 중얼거렸다. 사과를 했다고? 형이? 비올렛 역시 믿을 수 없었던 일이기에 다니엘의 혼란을 이해했다.

—오라버니를 불러 줘, 다니엘.

비올렛의 의사는 확고했다. 다니엘은 고개를 끄덕였다. 그녀는 후원에서 에셀먼드를 기다렸다. 달밤에 눈이 내렸다. 어쩐지 가슴이 떨렸다. 에셀먼드가 어떤 반응을 보일지 몰랐다. 이제 신경 쓰지 말라고, 나에게 평생을 바치지 않아도 된다고, 감사하다고, 그렇게 말하려고 했다. 그가 있으면 분명히 힘든 생활도 견딜 수 있을 것이다. 그는 오라버니니까.

무거웠던 마음이 홀가분해진다. 고양이도 선물로 주었고, 이대로 있어도 된다고 말했다. 무서운 티게르난 공작의 성에서도 그녀를 데리고 나와 주었고, 그녀가 죽인 온갖 짐승들도 같이 파묻어 주었다. 힘든 순간을 언제나 함께해 주었다. 그러니 이제는 그녀가 이대로 있어도 상관없다고 말하면 된다. 비올렛은 오랜만에 미소를 지었다.

하지만 그는 나오지 않았다. 무슨 일이 있는 것일까. 비올렛은 고민했다. 오랫동안 후원에 서 있던 그녀는 앤에게 끌려 들어갔다. 눈 내리는 겨울밤 늦게까지 서 있던 것 때문에 미약하게 열이 났다.

비올렛은 자리에서 일어나 부끄러움도 모르고 에셀먼드의 방을 찾았다. 그러나 그녀를 맞이한 건 떠난 그의 물품을 정리하는 사용인들이었다.

—비올렛, 진지하게 묻는데, 에드 형에게 네 용서 따위가 중요하다고 진심으로 생각했던 거니?

—…….

—나는 형에게 말했어, 분명히.

다니엘이 조용히 말했다. 에셀먼드는 콘차카족과의 전쟁에 자원했다고 했다. 언제 끝날지도 모르는 그 전쟁에서 국경을 수호한다고. 모든 전쟁이 그러하듯 기약조차 없었다.

—평생을 바치겠다고? 웃기지도 말라 해. 형은 후계자인걸. 가문과 폐하께 평생은 바쳐도 겨우 너한테 바칠 평생은 없을걸? 그러기엔 형은 너무 바쁘고 잘난 사람이거든. 네가 말 잘 듣는 사람이 되라고 거짓말을 한 거야.

—…….

—그러나 어쩌니, 비올렛? 거짓말은 바로 들통이 나는구나. 형은 국왕 폐하의 눈에 들고 싶어서 일부러 자원한 거야. '자원'해서 갔다는 게 중요한 거야. 알지, 비올렛?

다니엘이 다정하게 그녀를 안았다. 그 손길을 저항하지 않고 그대로 받아들였다. 믿을 수 없었다. 사과하겠다고 했다. 평생을 바치겠다고 했다. 미안하다고 말했다. 설령 진심이었다 하더라도 그것은 그가 마음 편하기 위한 변명에 불과했다. 그녀는 기만당하고 배신당한 것이다.

진정한 사과는 말로만 하는 것이 아닌, 앞으로 무엇을 어떻게 하느냐에 달려 있는 것이다. 하지만 에셀먼드는 자신이 편해지고자 미안하다는 말을 끝으로 그녀를 피해 떠나 버렸다.

분명히 아름다웠을 햇빛이 잿빛으로 물들었다. 비올렛은 다시 자신이 지옥에 떨어졌다는 것을 믿을 수가 없었다. 용서하고 한결 편해지려고 했다. 하지만 용서할 수가 없었다. 용서는 그녀의 마지막 자존심이었으니. 그는 그 자존심을 짓밟고 떠나 버렸다. 그래서 또다시 그녀는 미움의 나락으로 빠져들었다. 미워하고 또 미워했다.

그가 떠나고 두 번째 맞이한 꽃이 피고 풀 냄새가 물씬 나던 열넷의 여름날, 비올렛은 애타게 그를 기다리는 자신을 발견했다. 매일매일, 어렸을 적 에셀먼드를 기다리던 곳에서 그를 기다리고 있었다.

그리고 비올렛은 깨달아 버렸다. 자신이란 인간은 정말로 구제 불능이었다. 인정하기 싫었다. 수치스러울 정도였다. 어떻게 그것을 인정한단 말인가. 이렇게나 그를 미워하는데 이렇게나 그를 그리워하고 있었다. 있어서는 안 되는 일이었다. 하지만 이미 그 마음이 정해져 버렸다.

세상에 혼자 남았다고 생각했던 그녀에게 먼저 손을 뻗어 준 사람이었다. 웃지는 않지만 분명 퍽 따스한 사람이었다. 두려움에 떨던 그녀를 지켜 주었다. 그 얼굴, 그 목소리, 그 눈빛, 그리고 언제나 손을 잡아 주던 거친 손의 감촉이 그리워 견딜 수가 없었다. 그것이 그립고도 그리워 이토록 가슴이 아팠다.

그리움에서 비롯된 기다림은, 피 한 방울 섞이지 않은 자신의 오라버니를 마음에 담았기에 그런 것이다. 그렇게나 비정한 남자를 마음에 담고 말았다.

영원히 돌아오지 않을 그를 기다리며 비올렛은 마음에 종지부를 찍기로 했다. 그녀가 없어서 곤란할 세계라면, 차라리 곤란해하면 된다. 멸망할 세계라면, 그녀의 죽음 뒤에 멸망하는 게 옳았다. 이 가문도, 후작도, 그 형제들도, 에셀먼드도!

햇빛이 내려쬔다. 창을 열어 풀내음을 한참 동안이나 맡던 비올렛은 주저 없이 몸을 던졌다. 이 부끄러운 감정이, 이 수치스러운 마음이 들키지 않기를, 죽음이라는 끝으로 영원히 숨겨지길 바라며.

이미 그에 대한 마음은 비올렛의 가슴에 지독히 아릿하게 스며들어 있었다. 편지 위에 떨어진 눈물방울로 번져 버리고 만 잉크의 색깔처럼, 서러운 빛깔로 서글프게.

비올렛은 에셀먼드를 보고 3년 동안 기다렸다고 말하고 싶었다. 하지만 그것은 너무나 비밀스러운, 이미 끝내기로 마음먹었던 감정이기에 말할 수가 없었다. 말하게 되면 정말로 돌이킬 수 없을 것 같아서 그저 원망만 할 뿐이었다.

에셀먼드는 언제나처럼 냉정한 두 눈으로 비올렛을 보고 있었다. 그도 알 것이다. 비올렛이 얼마나 대답을 요구했는지. 얼마나 원망을 표현했는지. 그럼에도 그는 재회한 지금까지도 그것을 무시하고 있었다.

"내가 왜 그것을 말해야 하지?"

그래, 이런 사람이었다. 순식간에 뜨거워졌던 피가 싸악 식어 내리는 느낌이었다. 3년 전에 왜 떠났겠는가. 떠나고 싶어서 떠났을 것이다. 정말 비올렛에게 말할 필요가 없었던 일일 터였다. 에셀먼드가 3년 전 무엇을 맹세했건 간에 그는 정말로 평생을 함께할 맹세는 하지 않았던 것이다.

그것을 다시금 깨닫자 눈에서 눈물이 흘렀다. 에셀먼드는 가만히 비올렛의 얼굴을 보고 있었다. 지독한 냉기가 어린 시선으로, 늘 그녀를 바라보던 것처럼.

다니엘의 말처럼 그녀가 용서를 하고 하지 않고는 애초에 그에게 중요한 것이 아니다. 지금 그가 검을 들어 싸우는 것은 아까 말한 이유뿐만이 아니다. 성녀를 이곳에 잡아 두기 위해, 체자레가 원하는 바를 이루지 못하게 하기 위해, 그저 명분을 위해 싸우는 것이다. 그가 검을 드는 이유에는 성녀만 있을 뿐, '비올렛'은 당연히 없었다.

비올렛은 입술을 깨물었다. 에셀먼드가 화를 냈다고 해서 지나치게 감정을 드러냈다.

"이것이 당신이 말한 사죄인가요?"

비올렛이 조용히 물었다. 이제 화는 나지 않았다. 화를 낸다면 정말로 이성을 잃어버릴 것 같았기 때문에 화를 가라앉히기 위해 노력했다. 이 사람에겐 자신의 관심조차 거슬리는 것이다. 그래서 저런 얼굴을 하는 것이다. 비참하게 만든다고? 그래, 결국 그에게 가장 하찮던 그녀에게마저 받는 동정은 얼마나 비참할까.

"알았어요."

그가 목숨을 잃을지도 모른다는 사실에, 팔을 잃고 미래를 빼앗길지도 모른다는 사실에, 그 역시 또 다른 권력자들의 장기짝이라는 사실에 분노해 이곳으로 뛰어왔다. 하지만 그는 고고한 자존심을 지키려 한다. 그것을 알아 이용당하면서도 결국 아무것도 말하지 않는다. 왜 그가 3년 전에 사라진 것인지, 왜 이렇게도 미련한지. 아니, 이제는 그것도 별로 중요한 일은 아니었다.

"어차피 그것도 말로만 했던 걸 잘 알고 있으니까."

그래서 그만큼 더 미워했던 거니까. 비올렛은 자리에서 일어났다. 결과가 어떻게 끝나든 이젠 그녀의 손에서 떠났다. 그는 그녀의 도움 따윈 애초에 원하지도 않았다. 그가 '비참한'이라는 수식어를 붙인 이상 어차피 그가 생각한 것이라고는 뻔했다.

"아슈카바드에 가더라도 내 의무를 누구에게 떠맡길 생각은 없어요. 그건 걱정 마세요."

끝은 이미 정했으니. 비올렛은 뒷말을 생략했다. 그녀는 에셀먼드에게서 몸을 돌렸다. 방을 나갈 때까지 절대 뒤를 돌아보지 않았다. 문을 열자 칼츠 경과 루체 경이 그녀를 바라보았지만, 그들에게도 따로 인사하지 않았다. 복도를 걸었다. 그리고 본래의 자리로 다시 가 앉았다. 시간은 삼십 분 정도 남아 있었다.

"스승님! 에셀먼드 경은 괜찮은 겁니까?"

샤를의 물음에 비올렛이 고개를 저었다. 팔을 잃을 수도 있다. 기껏 방어만 할 수 있는 그가 도대체 어떻게 이기겠는가. 비올렛이 한숨을 쉬듯 말했다.

"전하, 에셀먼드 경은 질 겁니다."

"말도 안 돼!"

신관과 샤를이 동시에 소리쳤다. 피곤했다. 체자레가 준비한 레퀴엠이 귀에 맴돌았다.

비올렛은 구자르트에 갈 것이다. 행복하냐, 행복하지 않느냐는 어차피 처음부터 중요하지 않았다.

사람들은 너무나 당연히 그녀가 '살아갈 것'을 원한다고 생각한다. 그러나 비올렛이 꿈꾸었던 것은 정반대였다. 살아갈 욕망이 있다면 죽음으로 가는 욕망도 있는 법이다. 애초에 끝은 그렇게 생각했다. 그녀를 죽일 수 있는 게 없다면, 어쩌면 말룸에게는 죽을 수 있지 않을까? 죽음에 대해 희망을 가진 비올렛이었다.

자신에게는 어떤 기적도 일어나지 않을 것이다. 아슈카바드에 가겠다고 말했던 자신이 아득하게 느껴졌다. 이자카의 말에 왜 희망을 품었던 건가? 비올렛은 그저 멍하게 푸른 하늘을 바라보았다. 시간이 지나 다시 경기가 재개되었다.

에셀먼드와 이자카가 다시 마주해 검을 빼 들었다. 호각 소리가 들리며 그들이 다시 맞붙기 시작했다. 이자카의 검이 곡선을 그렸다. 그리고 에셀먼드가 그것을 완벽하게 막아 냈다. 캉 소리와 함께 비올렛은 옆을 보았다. 어떻게 된 거지? 그녀가 체자레를 바라보자 그가 턱을 괴며 말했다.

"아, 어쩔 수 없는 분이시군요."

체자레가 그렇게 말하며 비올렛을 바라보면서 장난스럽게 미소 지었다. 비올렛은 에셀먼드를 바라보았다. 그는 거침없이 검을 휘두르고 있었다. 그때 그녀를 호위하고 있던 칼츠 경이 소리쳤다.

"성녀님, 이제 걱정하실 필요 없습니다!"

"이미 알고 있어요."

비올렛이 멍하게 중얼거렸다. 저 몸놀림, 검광, 소리. 알 수 있다. 아까까지 금방이라도 쓰러질 것 같았던 남자가 아니었다. 곡선을 그리는 이자카의 검술을 그저 단순한 동작만으로 양단해 버린 에셀먼드가 연속해서 들어오는 검을 피해 허리를 숙였다. 재빠른 동작과 함께 허리를 펴는 대신에 자신에게 날아오는 검을 있는 힘껏 받아치고 나갔다. 금속과 금속이 맞붙는 경쾌한 소리가 울려 퍼졌다.

"기뻐하십시오, 성녀님. 이제 이깁니다."

칼츠 경이 들뜬 어조로 말했다. 아직 승부는 점칠 수 없다. 비올렛은 기대 있던 의자 등받이에서 허리를 떼어 앞을 바라보았다. 모두가 다 똑같은 표정이었다. 환한 얼굴로 에셀먼드를 바라보았다. 승리에 대한 굳은 믿음으로. 무엇일까. 무엇이기에 그저 상처가 나았을 뿐인데 이렇게 확신에 찬 얼굴로, 모두가 희망에 찬 얼굴로 에셀먼드를 바라보고 있을까.

"하지만 칼츠 경, 오라버니는 분명히 하쉬샤신의 습격 때 상처를 입었어요."

"승리는 상처로 점칠 수 없습니다, 성녀님."

칼츠 경이 말했다. 비올렛은 이자카를 바라보았다. 그는 환한 미소를 짓고 있었다. 몇 합이 지났는지도 모른다. 커다란 금속이 부딪치는 소리만이 끊임없이 들릴 뿐이었다.

"하쉬샤신은 군나르족입니다. 따라서 군나르족의 검술을 씁니다. 그리고 부단장님께서 군나르족과 검을 제대로 맞댄 건 처음이셨을 겁니다."

"……."

"그러니 익숙한 쪽과 익숙하지 않은 쪽에서 차이가 벌어졌던 것입니다."

이자카의 검이 에셀먼드의 어깨를 스쳐 지나갔다. 베는 것이 주특기인 샴쉬르와, 에셀먼드가 들고 있는 양날 검이 계속해서 부딪쳤다. 하쉬샤신은 군나르족이 만든 암살단이다. 그리고 확실히 이자카는 그들의 정체를 알고 있었다. 그들의 검술과 공격에 익숙했기 때문에 상처를 하나도 입지 않았던 것이다. 반면에 에셀먼드는 그들에게 익숙하지 않았다. 그러니까⋯⋯.

"부단장님은 절대로 패배하지 않습니다."

칼츠 경이 말했다. 에셀먼드의 검이 큰 원을 그렸다. 햇빛에 검광이 번쩍여 비올렛이 잠시 시야를 잃었다 다시 찾았을 때, 그녀는 무릎을 꿇은 이자카를 발견했다. 쿨럭, 그는 피를 토해 냈다. 그러나 그럼에도 웃고 있었다.

환호성이, 함성이 그녀의 귀를 때렸다. 절대 패하지 않는 기사, 에셀먼드가 이겼다. 절대 이길 수 없을 거라 생각했던 그에게 기적이 일어났다. 비올렛은 자신도 모르게 덜덜 떨리는 손으로 입을 막았다. 아직도 꿈같아 믿겨지질 않았다.

체자레 쪽을 보니 그 역시 박수를 치고 있었다. 모두가 에셀먼드를 바라보고 있었다. 에셀먼드는 그럼에도 승리에 도취되는 젊은 청년 특유의 혈기 어린 흥분도 없이 그저 냉정한 얼굴로, 아주 당연한 것을 해냈다는 듯이 그의 주군을 향해 인사를 올렸다. 그리고 마지막으로 비올렛을 뚫어져라 바라보았다. 마치 어떠냐고 묻는 것 같았다. 무엇을 바라는 건지 모른다. 여전히 차갑고 무뚝뚝하며 아무것도 말하지 않는 주제에 무엇을 보여 주려 한 것인가. 비올렛은 자신이 에셀먼드의 승리를 강하게 염원하고 있었다는 것을 깨달았다.

어떤 의도에서 이런 행동을 했건 지금 에셀먼드는 비올렛을 지켜 냈다. 그녀는 자신도 모르게 자리에서 일어났다. 비올렛이 경기장으로 내려가는 계단에 다가가자 산만하게 웅성거리던 사람들이 말을 멈추고 그녀를 바라보았다. 계단을 내려갈 때마다 은발이 햇빛을 받아 살짝 흔들리며 반짝거렸다. 조용해진 객석에 그녀의 발소리만이 들릴 뿐이었다.

이윽고 계단을 다 내려가 경기장 입구로 다가가자 병사들이 길을 터 주었다. 이 대립의 가장 큰 주제는 성녀였고, 그 성녀는 이제 이 민족들 손에 끌려가지 않아도 되게 기사 에셀먼드에 의해 지켜졌다. 그녀는 이 레기우스 살바나의 주인공이었다. 비올렛이 경기장 가운데로 가자 그가 그녀의 앞에 무릎을 꿇었다.

"아그레시아의 기사 에셀먼드 에르멘가르트, 당신을 지켜 낼 자격이 있다는 것을 증명하였습니다."

"……."

"이곳은 당신의 나라입니다."

에셀먼드가 비올렛의 손을 잡아 손등에 경건히 입을 맞췄다. 이 순간 비올렛은 마치 그가 자신만의 것이 된 듯한 착각에 휩싸였다. 여인에게 하는 기사의 의례적인 인사임에도 불구하고 그 입맞춤에 가슴이 터질 듯이 뛰었다.

사람들을 의식했는지 조금은 오래 그의 입술이 닿았다 떨어졌다. 에셀먼드의 두 눈이 다시 비올렛에게 향했다. 그는 가끔씩 무슨 감정을 담고 있는지 모르는 눈으로 그녀를 바라보고는 했다. 아까도 그러했으며 지금도 그러했다. 어두운 푸른 눈에 혼을 빼앗기듯, 비올렛은 그것을 한참 동안 바라보았다. 서늘하다 생각했던 눈동자에도 승리의 여운 때문인지 열기가 담겨 있는 것 같았다.

"아프다."

비올렛은 하아, 한숨을 쉬며 붕대를 감은 채 누워 있는 남자를 바라보았다. 역시나 남자는 반라의 몸으로 붕대를 감은 채 겉옷도 걸쳐 입지 않았다.

"피아케, 조금은 내게 신경 써라."

꼭 징징거리는 것 같은 그 말투에 비올렛이 얼굴을 찌푸렸다.

"신관에게 치료받았다면서요."

비올렛이 다시 한 번 한숨을 쉬었다. 그럼에도 아픈 척하며 누워서 신경 써 달라는 이자카를 보니 관심을 받고 싶어 하는 강아지처럼 느껴졌다.

"괜찮나 해서 와 봤더니, 정말 괜찮은 모양이군요."

비올렛이 자리에서 일어나려 하자 이자카가 몸을 일으켜 그녀의 손을 잡았다. 덕분에 비올렛은 멈춰 서야 했다. 이자카는 잠시 동안 그녀의 얼굴을 바라보았다.

"참 예쁘다."

한참 동안의 침묵 끝에 그가 말한 건 고작 그것이었다. 그럼에도 그 두 녹안은 너무 진지해서 비올렛의 두 뺨에 홍조가 서렸다. 이자카는 손을 뻗어 그녀의 볼을 매만졌다. 비올렛은 그 손길을 얌전히 받아들였다. 짙은 감정이 눈에 스며들었다.

"그 검을 든 사내는 오지 않는 건가?"

"네. 오라버니라면 대회가 끝나자마자 바로 업무에 복귀하셨어요."

대회에 참여하느라 업무를 하지 못했으니 바로 경기가 끝난 당일에 업무에 복귀했다. 비올렛은 에셀먼드를 떠올렸다. 축하연이라도 벌일 법하건만, 그는 더 돌아볼 필요도 없다는 듯 현실로 돌아가 버렸다.

"그 녀석답다."

그가 비웃으며 말했다. 그 움직임에 상처가 쓰라린지 그가 고통스러운 듯 얼굴을 찌푸렸다. 비올렛이 깜짝 놀라 이자카를 보았지만, 그는 진지한 얼굴로 그녀를 보고 있었다.

"그는 네 진짜 오라비가 될 수 없다."

"무⋯⋯?"

"네가 진짜 여동생이었다면 그 남자는 너를 나에게 넘기느니 주저 없이 그 붉은 괴물에게 널 넘겼을 것이다. 그러나 검을 들었다. 그것은 누군가를 위해서가 아니다. 자신의 욕심이 있어 그런 것이다. 그는 욕심이 있었다."

"무슨 소리를 하는 거죠?"

욕심이라니? 비올렛은 이자카가 헛소리를 하고 있다고 생각했다. 아니면 정말로 단어가 헷갈리던가. 이자카가 그녀를 보며 피식 웃었다.

"그 사내는 고생이겠군. 아니, 이제야 알았다. 그 사내는 일부러 아무것도 드러내지 않는 것이다. 어리석다."

"이자카, 무슨 말씀을 하십니까?"

"아니, 알 필요가 없다. 굳이 알려 주고 싶지 않다. 어떤 멍청한 짓인지는 몰라도 그 사내는 절대로 드러내지 않고 숨길 것이다."

그는 나지막히 중얼거리고는 창밖을 바라보았다. 높고 푸른 하늘이 보였다. 바람이 싸늘하게 그의 밀빛 머리를 살랑였다.

"이제 춥다."

이자카가 말했다.

"돌아가야 할 때가 왔다."

그는 다시 한 번 말했다. 그리고 고개를 들어 비올렛을 바라보며 다시 물었다.

"그래서, 너는 아직도 이 나라에 남아 있을 것인가? 나는 널 데리고 갈 수 있다. 물론 너를 숨겨서 데려가야 하지만."

여전히 집요하다. 포기를 모르는 남자. 비올렛이 얼굴을 찡그리며 말했다.

"이미 당신의 증명은 패배로 결정 난 게 아니었나요, 이자카?"

이자카가 그녀의 말에 호탕하게 웃었다. 시원스러운 입매에 호선이 그려졌다. 그는 비올렛의 뺨을 어루만졌다.

"아, 너는 끝까지 차갑다, 이 날씨처럼."

패배에 대해 말하면 에셀먼드처럼 화를 낼 거라고 생각했다. 그러나 이자카는 의외로 호쾌하게 자신의 패배를 인정했다.

"피아케, 내가 네게 했던 것은 나는 널 이용하지 않을 것이라는 '증명'이었다. 내가 데리고 있는 아홉 명의 여자들에겐 걸 수 없는 내 목숨을 네게 걸겠다는 증명."

"……."

"그러나 내 제안과 그 경기는 다르다. 약탈이 떳떳한 적이 있었는가? 난 그저 널 훔쳐 가면 된다. 어차피 그들의 허락은 내게 필요하지 않다."

이자카는 미소를 지으며 비올렛에게 말했다.

"너 역시 그 사실을 알고 있을 터. 내 패배로 네 선택을 왜곡하지 마라."

"……."

"너는 '처음부터' 여기 남고 싶어 했었던 거다."

드물게 '왜곡'이라는 어려운 표현을 쓰며 이자카가 말했다. 그는 모든 것을 알고 있는 표정이었다. 그에 비올렛이 밀려오는 죄책감에 고개를 숙였다. 그는 처음부터 다른 길을 제시하며 바다를 보여주겠다고, 새장에 갇힌 새인 그녀를 해방시켜 주겠다고, 집을 만들어 주겠다고 했다. 체자레가 제시한 의혹에 대해 자신의 마음을 증명하겠다며 목숨까지 걸었다.

아니라고 말하고 싶었다. 분명히 벗어나고 싶었던 마음은 있었던 것이다. 하지만 그것은 패트리샤와 결혼하여 그 집에 살 에셀먼드를 볼 수가 없었기 때문이다. 그래, 아주 간단한 질투였던 것이다. 그래서 벗어나고 싶었다. 그래서 흔들리긴 했다. 아주 잠시 동안 그 덕분에 비올렛은 행복을 꿈꿀 수 있었다. 분명 이자카는 좋은 사람이었다.

"어렸을 적 너를 본 적이 있다, 피아케."

"알아요."

그녀가 한 평민 소년에게 배신당해 팔려갈 뻔했을 때, 그녀를 사려던 군나르족 소년이 이자카였다. 얼굴은 자세히 기억나지 않았지만 그 녹안만은 유달리 기억에 남았었다. 그러나 동일 인물이라고 생각하지 못했던 것은 분명 이유가 있었다.

"나는 그때 작은 체구였다. 모든 형제들 중에 열두 번째 계집애와 비슷할 정도였다. 난 오만했지만 카칸의 자리에 오르고 싶지는 않았다. 아니, 오를 용기가 없었다는 것이 맞았다. 왜냐하면 무예도 뛰어난 편이 아니었기 때문이다. 내 체구가 작아서 나는 언제나 경쟁을 포기했다. 그저 나는 내 어미의 가족들의 힘이 강해서 살아남았다."

그래, 열여덟 살이어야 했을 그때의 이자카는 기껏해야 열다섯쯤되는 소년으로 보였다. 그러나 지금 그는 기골이 장대한 전사였다. 비올렛은 이 남자가 사실은 수동적으로 살았다는 게 믿기지 않았다.

"형제는 적이 되어 카칸의 자리를 노리며 서로를 죽였다. 열두 명의 형제 중에 타르크는 날 미워했다. 그는 강했고, 내 어미와 그

가족은 죽었다. 그래서 나는 도망쳐 나의 사람들과 함께 그곳에 간 것이다. 너희 나라는 안전했으니."

"왜 이런 이야기를 저에게 하는 거죠, 이자카?"

"내가 말하고 싶기 때문이다."

그가 진지하게 말했다.

"그러나 이곳에서 성녀라는 존재를 발견했다. 널 데려가 그라함께 바친다면 나는 칸의 자리를 얻을 것이고, 타르크와 대등하게 싸울 수 있을 터였다. 다행히 내 부하는 돈이 많았고, 너를 사들인다 했다. 그리고 나는 너를 보러 갔다."

이자카는 그때의 일을 회상하듯 비올렛을 바라보다가 살포시 미소를 지었다.

"예뻤다."

그는 언제나 직설적이었다.

"예쁘고 귀여웠다. 어느 것 하나 안 예쁜 곳이 없었다. 모두가 다 예뻤다. 그리고 나보다 너무 작았다."

그때 분명 머리는 헝클어진 상태였고 행색은 엉망이었는데, 이자카는 그걸 예쁘다고 기억하고 있었다는 건가.

"그러나 잊을 수 없었던 건 그렇게 작은 너 역시도 치열하게 살 길을 만들었다는 것이다."

이자카가 손을 뻗어 비올렛의 손을 매만졌다. 그때 비올렛은 상처를 내서 바닥에 피를 흘려 자신이 있는 곳을 알렸다. 겨울에 새싹이 돋아날 리가 없다. 하지만 그녀의 피는 땅에 활기를 불어넣어 죽은 듯 잠들어 있던 작은 새싹을 피워 냈다.

"……."

"네 행동은 무의미했다. 피를 떨어뜨리는 것은 들킬 위험이 높았다. 네 피에 돋았던, 너보다 작은 풀들은 모두 너를 찾으려던 말에 짓밟혀서 알아보기 어려웠다. 그게 당연한 것이다. 그것은 찾아내기에 너무 작았다."

생각해 보면 그처럼 무모한 행동도 없었다. 핏방울 하나에 커다란 꽃이 피어난다면 그것은 그것대로 들켰을 것이고, 작은 새싹을 피워 낸다면 그것이 발견될지 알 수 없었다.

"그리고 넌 결국 들켰다."

그래, 들켰다. 그에 분노한 남자는 비올렛의 뺨을 내려치고 단도로 목을 찔러 죽이려 했다.

"그러나 너는 구해졌다."

"……"

이제 죽는구나 싶었을 때, 기적과도 같이 에셀먼드가 와 주었다.

"그게 검을 든 사내였다. 처음 볼 때 한 번에 알아보았다. 그 녀석도 날 알아보았지."

이자카는 말했다.

"네 의미 없는 행동은 결국 너를 구하게 만들었다. 포기하지 않았던 것이다."

그것은 사실 마지막 발악에 가까웠다. 그 누구라도 그 상황이었다면 비올렛처럼 행동했을지도 모른다. 그것은 특별한 것이 아니었다. 하지만 이자카는 그것이 퍽 인상적이었는지 아직까지도 잊지 않고 있었다. 비올렛에게조차 그것은 아득한 기억이었다.

"그래서 나는 널 원했다."

"……"

"너같이 작은 생명조차 안간힘을 쓰는데, 나는 아무것도 하지 않았다. 그리고 그 검을 든 사내 역시 부하들을 이끌며 너를 구해 냈다. 나처럼 마냥 지켜졌던 게 아니었다. 난 부끄러웠다."

에셀먼드도, 이자카도 서로를 알아봤던 것일까. 문득 그 둘이 만났을 때 분위기가 심상치 않았던 게 떠올랐다. 정말로 둘은 서로를 알아차렸던 것이다.

"나는 너처럼 발버둥 쳤다. 넘어질 뻔한 적도 많았고 죽을 뻔한 적도 많았지만 힘을 냈다. 무예도 단련했다. 나는 작았지만 생각보다 강했다. 그리고 몸도 커졌다. 나는 살아남아 칸의 자리에 올랐다."

스물셋인 이자카는 그렇게 자신의 과거를 말했다.

"그 검을 든 사내에게서 널 뺏어 오고 싶었다."

하지만 비올렛은 에셀먼드의 것이 아니었다. 그저 그의 가문에 끌려 들어와 살고 있는 사람에 불과했다. 그러나 이자카가 보기에 에셀먼드의 행동은 그녀를 '소유'한 것으로 보였을지도 모른다 생각했다. 그들은 서로를 소유한 사이가 아니었음에도 이자카는 그렇게 보고 있었다. 비올렛의 얼굴을 본 이자카가 여유롭게 웃음을 지었다. 그의 미소는 시원스러웠으나 어딘가 힘이 없어 보였다.

"그러나 졌다. 처음부터 의미 없는 행동을 의미가 있게 만들어 버린 사내에게는 질 수밖에 없었다."

"······."

"네가 틔운 새싹은 너무나 작았다. 누구나 다 밟고 지나가 버릴 수도 있었다. 그러나 그 작은 것을 발견해 냈던 건 결국 그 사내다. 나는 그 새싹을 결코 발견하지 못했을 거다. 지금도 완벽하게 발견하지 못하고 있다."

무슨 소리를 하는지 모르겠다. 왜 갑자기 새싹 이야기가 나오는 걸까. 비올렛은 대화의 맥락을 도저히 따라잡을 수 없었다. 이자카가 진 것은 그저 에셀먼드보다 무예가 떨어져서 그런 게 아닌가?

여하튼 그가 비올렛에게 영향을 받아 다시 돌아가 칸의 자리에 도전했다는 것은 알았다. 이자카는 말을 이해하려 낑낑대는 비올렛의 얼굴을 보고 킥킥거렸다. 그녀는 그에 새치름한 표정을 지으며 말했다.

"그건 발버둥이었어요. 그냥 죽을 수 없어서 쳤던 발버둥."

"안다. 그건 누구나 다 할 수 있는 일이지."

이자카가 말했다.

"그러나 네가 예뻐서 네 발버둥이 기억에 남았다."

그 노골적인 칭찬에 뭐라 말하지 못하고 비올렛은 하아, 한숨을 쉬었다.

"완벽한 패배다."

그것은 꼭 비올렛에게 하는 말 같았다.

"그러나 아깝다."

이자카가 다시 그녀의 얼굴을 빤히 바라보았다.

"너무 아깝다."

"이자카."

비올렛이 그 어색한 분위기를 어떻게 해 보려고 말을 건넸다. 하지만 그는 빙그레 미소를 지었다.

"너는 이곳에서 행복할 수 없을 거다. 그러나 날 따라갔다간 행복하지 않을 거다."

"……."

"어느 쪽이더라도 행복이 없다면 네 선택을 따르는 게 옳다."

그 말에 비올렛의 눈시울이 갑자기 뜨겁게 달아올랐다. 하지만 울 수는 없었다. 왜 갑자기 눈물이 나는지 모른다. 그에게 미안함을 느끼는 건지, 아니면 이제 헤어지기 때문에 우는 건지. 눈물 젖은 눈으로 이자카를 올려다보자 그가 말했다.

"정말로 안타깝다. 날 따라가면 다시는 그 눈에 눈물이 흐르지 않게 할 것인데 말이다……."

방을 나온 비올렛은 앞에 서 있는 신관 소년을 마주했다. 기사들도 머리를 싸매고 고개를 설레설레 흔들고 있는 것을 봐서 막무가내로 그녀를 기다린 듯했다.

"그 이교도 놈과 이야기는 다 끝났어?"

"어, 응."

눈물을 흘렸던 걸 들켰으려나. 신관 소년이 비올렛의 얼굴을 빤히 쳐다보았다. 그리고 생긋 웃으며 그녀의 손을 잡았다.

"너, 무슨 짓이야?"

비올렛이 깜짝 놀랐다. 분명 어린 소년이었는데도 힘은 장사라 그녀는 그 손에 끌려갈 수밖에 없었다. 비올렛은 그것을 막으려던 호위 기사들을 눈짓으로 제지했다.

"나 칭찬 안 해 줄 거야?"

"뭘?"

"그 기사를 치료해 준 건 나인걸?"

비올렛이 그 말에 얼굴을 찡그렸다. 에셀먼드의 어깨의 상처를 치유한 게 이 신관 소년이라니. 하아, 한숨을 쉬었다.

"추기경께서 널 혼내시지 않았니?"

"응. 사실 그 남자를 치료한 것은 추기경님도 잘했다고 해 주셨어."

호위 기사들이 수군거렸다. 아무래도 에셀먼드의 승리에 공헌한 이 소년에 대해 경계가 풀어진 듯했다.

"왜 어젠 말하지 않았어?"

"네가 금방 돌아갔잖아. 나도 그동안 멋대로 행동한 것에 대해서 추기경께 한 소리 들었단 말야."

소년이 방글방글 미소 지었다. 언제나 쌀쌀맞게 그 시선을 회피하던 비올렛이었으나 소년의 시선을 마주하며 처음으로 환하게 미소 지었다. 그녀의 미소가 환해질수록 반대로 신관 소년의 얼굴이 굳어 갔다. 그는 충격을 받은 듯 딱딱한 표정을 지었는데, 그녀는 그 얼굴을 볼 수 없었다. 왜냐하면 비올렛이 그의 목을 끌어안았기 때문이다.

"고마워."

신관 소년이 그녀에 대한 호의로 그러했다는 것을 안다. 분명 체자레가 가만두지 않을 거라는 것을 알았을 텐데도, 아니 설령 몰랐다 하더라도 그런 행동을 해 준 것은 충분히 감사할 만한 일이었다.

그러다 비올렛은 자신도 모르게 소년을 끌어안았다는 것을 알았다. 너무 고마워 마음을 주체할 수 없어서 행동으로 나와 버렸다. 당연하겠지만 이 소년이 어려 보였기에 스스럼없이 할 수 있었던 행동이다. 비올렛이 활짝 미소 지으며 바라보자, 소년이 차갑게 굳은 얼굴로 그녀를 관찰했다. 그 황금색 두 눈에 깊이 서린 것은 순수함보다는 오래 묵어 왔던 어떤 것이었다. 왜인지는 모르지만 비올렛은 신관 소년이 화를 내고 있다는 것을 알았다.

"저기."

이름을 부르려 했지만 이름도 모른다. 비올렛은 그것을 깨달았다. 잠시간의 기이한 정적 후, 신관 소년이 말했다.

"한 번도 웃어 준 적이 없던 네가, 정말로, 기사 한 명 때문에 웃어 줄 수도 있네."

"……."

어쩐지 다니엘을 생각나게 하는 어조였다. 불안감을 느낀 비올렛의 심장이 두근거렸다. 뭐지, 왜 갑자기…….

"아니, 맞아. 그 웃는 얼굴이 보고 싶어서 했던 행동이지만. 그렇지, 이상하군."

갑작스러운 분위기 변화에 비올렛이 뭐라 말하려 할 때, 신관 소년이 다시 헤벌쭉 웃었다.

"이젠 이 나라에 계속 있는 거다. 다른 데에 가면 곤란해, 비올렛!"

그 말에 서늘한 긴장이 사라졌다. 비올렛이 안심한 듯 미소 짓자 소년이 그녀의 볼에 입을 맞추었다.

"야!"

깜짝 놀란 비올렛이 항의했지만 신관 소년은 저 멀리 뛰어가 버렸다. 변함없이 알기 힘든 녀석이다. 그녀는 한숨을 쉬었다. 호위 기사들을 보니 그들도 조금 이상한 신관 아이라고 생각하는 것 같았다.

"그리 원하시던 칭찬은 받았습니까?"

체자레가 미소 지으며 물었다. 교황 대리로 참여했기에 성복만 입어야 했던 그는 레기우스 살바나가 끝나자마자 다시 화려한 옷으로 갈아입었다. 그의 귀에는 루비 귀걸이가 반짝이고 있었다.

"언제나 생각하지만 추기경께서는 참으로 사치를 좋아하시군요."

신관 소년이 말했다.

"이것도 제 '행복'이니까요."

그 말에 소년은 귀걸이로 향하던 관심을 껐다. 그는 얼굴을 찌푸

리고 있었는데, 체자레는 어딘지 모르게 못마땅한 소년의 얼굴을
보고 있었다.

"왜 그러십니까? 칭찬을 받으러 가셨던 거 아닙니까? 설마 성녀
님께서 뭐라고 하신 겁니까?"

"아니요. 미소를 지었습니다."

"오호라, 정말 진귀한 것을 보셨군요. 저도 그 자리에 있었어야
했는데, 아깝습니다."

체자레가 미소를 지었다. 그들은 궁을 벗어나 초록이 피어난 정
원을 걷고 있었다. 새들이 짹짹거리며 그들 주변에서 맑은 울음을
터트렸다. 주변에 아무도 없는 것을 깨달은 신관 소년의 얼굴이 점
점 차갑게 굳어 갔다.

"이젠 더 이상 못 참겠습니다, 추기경."

"……."

체자레가 입가가 부드럽게 휘었다. 소년의 황금색 눈이 서늘하게
가라앉았다. 그것이 어떤 감정인지도 모른 채 소년은 그저 분노했
다. 그럼에도 소년의 주위를 둘러싼 새들은 평화롭게 재잘거릴 뿐
이었다.

"그녀를, 그녀를 데려와야겠습니다."

소년이 지극히 딱딱하게 말했다. 소녀에게 지어 주었던 무방비
한 미소도, 특유의 순수함도 소년의 얼굴에서는 찾아볼 수 없었다.
그의 황금빛 눈에는 어린 생명 특유의 생동감 있는 순수함이 아닌,
고여 있는 자 특유의 흐릿함만이 남아 있었다.

"그래도 괜찮으시겠습니까? 억지로 데려왔다간 성녀님께서 상처
입으실 겁니다."

"부모를 죽이고 살아 있던 터전을 파괴했던 그 무뢰배 같은 놈들

에게 벗어나는 게 상처 입을 일입니까? 모두 죽여 버리는 겁니다."

그에게서 뿜어져 나오는 살기에 새들이 푸드덕 하고 날아올랐다. 온화한 표정으로 새를 바라보았던 소년은 더 이상 존재하지 않았다.

"비올렛을 해방시킵시다. 그리고 원래 있어야 할 장소로 데려오는 거예요."

고압적으로, 앞에 서 있는 붉은 추기경에게 소년이 '명령'했다. 붉은 추기경은 입술에 살포시 미소를 띠운 채 어린 교황의 표정을 살펴봤다. 텅 빈 두 눈동자가 갈망하는 것은 오로지 하나였다. 바로 성녀. 그리고 지금의 성녀는 비올렛이었다.

"그것을 원하신다면 당연히 해 드리겠습니다. 성하."

체자레의 금안이 열기를 품으며 반짝거렸다. 소년, 아니 교황 린도는 그것을 보며 목표를 떠올렸다.

목에 감겨 오는 여린 팔의 감촉, 향기, 그리고 미소까지. 그러나 그것은 그의 것이 아닌 다른 사람의 것이었다. 성녀는 다른 사람을 위해 미소 지으며, 감사하다 기뻐해서는 안 된다. 비올렛이 웃을 수 있는 장소는 신전이어야만 했다. 성녀는 오로지 그의 곁에서 웃어야 하는 것이다. 왜냐하면 그는 너무나 힘들게 기다렸기 때문이다. 새파란 하늘, 그녀의 눈 색을 닮은 하늘을 보며 린도는 아름다운 얼굴에 미소를 지었다.

"와아, 이제 함께할 수 있겠구나, 비올렛."

4. 가장 고귀한 이가 가장 비천한 자에게

4. 가장 고귀한 이가 가장 비천한 자에게

"어차피 그네들의 목숨은 가치가 없습니다. 살려 주십시오!"

가치가 없다고 했다. 그러나 그곳에서 상처 입은 채 누워 있던 소녀는 가치가 없는 목숨인가. 그 어린 소녀는 성녀가 아니었다면 지워져도 상관없을 만큼 하찮은 목숨이었던가.

살려 달라고 빌고 있는 남자의 비굴한 모습이 보인다. 이미 한 행동을 마냥 후회만 할 수는 없다. 잘못을 했다면 그에 따른 처분을 내려야 한다. 후회만 한다면 더욱더 후회할 만한 일들만 가득 찰 것이다. 용서 없는 소년의 검이 주저 없이 목을 가른다. 기사들이 그 참상에 눈을 질끈 감고 고개를 돌렸다. 전날까지도 친하게 대화했던 남자의 목을 베고도 냉정한 표정을 유지할 수 있는 소년이 그 순간은 비정상적으로 보였다. 에셀먼드는 숨 한 번 헐떡이지도 않은 채 목이 없는 시신을 치우라 명했다.

처형은 끝났다. 피를 씻어 냈지만 아직도 그 비린내가 달라붙는 것처럼 끔찍했다. 사람을 죽여 보지 않은 것은 아니다. 기사 수행 당시, 그는 길 가던 도둑이나 여인네를 겁탈하고 살해하던 살해범을 검으로 무자비하게 죽였다.

에셀먼드는 역하게 풍기는 비린내에도 아랑곳하지 않고 억지로 몸을 움직여 마차에 올라탔다. 뒤처리를 끝냈으므로 한시라도 빨리 성녀를 데리고 수도로 올라가야 했다.

건너편 의자에는 서글프게 잠든 소녀가 있었다. 짙은 푸른 눈이 누워 있는 소녀의 얼굴을 한참 동안이나 바라보았다.

소녀는 자신이 지은 죄와 잘못의 증거였다. 소녀의 하얀 몸 역시 역한 피로 물들어 있었으나, 옷은 깨끗이 갈아입혀져 있었다. 문득 소년은 충동적으로 손을 뻗으려 했지만 그럴 수가 없었다. 짙게 밀려오는 피 냄새가 그를 막았다. 피에 물든 붉은 두 손으로 소녀를 오염시킬 수는 없었다. 소녀의 얼굴도, 손도, 발도 자신과 다르지 않았다. 누가 저자들을 천하고 더럽다 했는가? 누가 저 똑같은 '인간'들을 도륙했는가? 그는 자신이 세상에서 제일 끔찍했다.

"하아."

에셀먼드는 그제야 얼굴을 일그러트렸다. 그러나 그것을 누가 보기라도 할까 봐 손바닥으로 가렸다. 그는 한참 동안이나 잠들어 있는 소녀 앞에서마저도 일그러진 얼굴을 가렸다. 눈을 감은 소녀가 절대 그 얼굴을 볼 수 없음에도 수도에 도착할 때까지, 계속.

에셀먼드는 눈을 떴다.

그는 침대 위에 누워 있었다. 그날의 기억이 아직도 선연하게 떠올랐다. 눈을 몇 번 깜빡이던 그는 몸을 일으켜 밖으로 나가 이제 제법 쌀쌀해진 새벽 공기를 마시며 후원을 거닐었다. 에셀먼드는 문득 자신이 초록 싹을 밟은 것을 알고 뒤로 물러났다. 바람에 살 랑이는 작은 풀. 그때 쓰러져 있던 소녀처럼 가냘프고 금방이라도 톡 꺾여 부러질 것 같은 그것을 그는 한참 동안이나 보고 있었다.

이자카가 떠난 것은 낙엽이 지는 가을의 어느 날이었다. 비록 그 가 엄청난 물의를 일으키고 구자르트가 내세운 개종이라는 것 역 시 핑계라는 사실이 드러났지만 표면적으로 그들은 대사였기에, 아그레시아는 끝까지 그들을 국빈으로 대접했다.

왕과 체자레는 이미 작별 인사를 끝냈다. 이자카를 안내했던 비 올렛이 성벽까지 배웅하는 일을 맡았는데, 전적이 있어서인지 그 녀의 뒤에는 기사단의 절반이 서 있었다. 배웅치고는 꽤나 험악하 고 긴장된 분위기였다. 하지만 가는 사람과 배웅하는 자만은 태연 한 얼굴이었다.

"자, 받아라."

이자카가 상자를 내밀자 비올렛은 그것을 받아 들었다. 옆에 서 있는 에이든과 에셀먼드가 눈에 띄게 긴장한 기색을 보였으나, 그 녀만은 태평했다.

"열어 봐도 돼요?"

"그래. 네가 열지 않으면 네 뒤의 두 사내놈들이 먼저 열 것 같 다. 기분 나쁘다."

이자카가 대놓고 불쾌하다는 듯 그들에게 말했다. 에이든이 이를 뿌득 가는 소리가 들렸다.

비올렛은 상자를 열었다.

"어?"

"페로자다. 그때 말했던 돌."

그것은 하늘의 색도 아니었고 책에서 나왔던 것처럼 초록색도 아니었다. 페로자에 대해 말해 찾아봤지만 파란색이며 초록색이라는 글 때문에 고개를 갸웃했었던 기억이 났다.

"바다의 색은 여러 가지지만 나는 이 밝은색을 가장 좋아한다."

바다는 푸른색이라고 했는데, 이런 예쁜 색도 있구나. 엄지손톱만 한 보석들은 백금으로 화려하게 세공되어 반짝이고 있었다. 이게 바다의 색이구나.

"어두운 바다색은 무슨 색인가요?"

"글쎄."

이자카는 얼굴을 찡그리다가 그녀에게만 들릴 목소리로 작게 속삭였다.

"그래, 저 검을 든 사내의 눈 색이다."

"네?"

"그렇군. 그대로다."

비올렛은 당황했다. 바다라는 게 궁금하여 그 색이 뭔지 알고 싶었지만 정작 그 색이라는 게 매일 보던 눈 색이라니, 어쩐지 허탈했다. 그녀는 고개를 끄덕였다.

"고마워요, 이자카."

비올렛은 상자를 닫고 미소를 지었다. 그러자 이자카가 그녀를 빤히 바라보았다. 마지막까지 열렬한 시선에 비올렛의 볼이 붉게 물들었다.

문득 그녀는 이자카에 대해 생각이 미쳤다. 성녀를 데려가는 게 목적이지만 에셀먼드에게 저지당했다. 게다가 칸이라는 자가 다른 나라의 기사에게 패했다. 그래도 그는 괜찮은 것일까?

"그런데 정말로 날 데려가지 않아도 괜찮은 거예요?"

"괜찮지 않다면 같이 가 줄 건가?"

이자카가 말을 하고서 킥킥거렸다. 에이든이 '흐흠' 하고 크게 헛기침을 했다. 어차피 장난이라는 것을 알고 있기에 비올렛은 고개를 설레설레 저었다. 후자의 질문도 물어보고 싶었지만 아무래도 이자카의 자존심이 걸린 문제라 그녀는 입을 다물기로 했다.

"붉은 괴물 녀석이 준 선물이 있으니 괜찮다."

이자카는 눈짓으로 어떤 수레를 가리켰는데, 마치 짐승을 가둬 둔 우리를 보는 것 같았다. 비올렛은 그 불길한 것에 시선을 주었다. 아마 저것은······.

"저주의 인을 먹어 언제나 죽어 나자빠지기만 한 놈들 중 몇 명을 처음으로 살릴 수 있었다. 성력이란 참으로 편리하다. 이제 진실의 인을 박아 놓고 말하게 하기만 하면 된다."

이자카가 미소를 지었다. 무서운 소리를 아무렇지도 않게 하는 그를 보며 비올렛은 그도 역시 권력자 중의 하나라는 것을 실감했다. 무엇을 말하는 건지는 묻지 않았다. 별로 알고 싶지도 않았다. 비올렛이 두려워하는 기색을 보이자 이자카는 그 모습을 잠시 보다 일부러 더 장난스럽게 말했다.

"목걸이를 차 봐라."

"여기서는 조금 곤란해요."

앤이 옆에 있다면 가능하겠지만 혼자 목걸이를 목에 거는 것은 조금 복잡했다.

"그럼 내가······."

"아니에요!"

남자가 목걸이를 채워 주는 건 이곳에서는 구속의 의미가 있었다. 이자카는 그에 시무룩한 표정을 지었다. 안 되는 건 안 되는 거다.

"그러면 나중에 목걸이 한 것을 보여 다오."

"나중에요? 그렇다면 또 오실 건가요?"

이자카는 말없이 미소만 지었다. 그리고 비올렛에게만 들리게 조용히 말했다.

"그때 다시 물어볼 거다. 네가 이곳에 있고 싶은지, 아니면 나를 따라갈지."

"네?"

"i li se jmorru biex issib dak tieg ħ i."

나는 나의 것을 데리러 간다, 반드시. 그가 그녀의 귀에 속삭였다. 첫 만남과 끝, 그는 똑같은 말로 그것이 또 다른 재회의 시작이 될 거라는 듯 말하며 말에 올라탔다. 이상했다. 단 한 번도 그녀의 삶에 이처럼 강렬하게 다가왔던 사람은 없었다. 그런 사람이 간다고 생각하니 마음 한구석이 텅 빈 것 같았다.

"그때 헤어졌을 때 너는 아무것도 몰랐지만, 지금은 이렇게 귀여운 표정도 짓는다. 다음번엔 나를 따라갈 수도 있지 않겠는가?"

그는 그렇게 말하다가 에셀먼드를 바라보았다. 이자카와 에셀먼드 사이에 무슨 일이 있었는지는 모른다. 검을 맞대며 그들은 뭔가 입을 움직였었다. 기껏해야 욕설을 내뱉었을지도 모른다. 하지만 작별의 순간, 이자카는 에셀먼드를 바라보았다.

"válečník!"

이자카가 소리쳤다. 그는 에셀먼드를 '전사'라고 지칭하고 있었다.

"i darbiet inti, i ma jag ħ tux up!"

아무리 군나르족 언어를 공부해도 알아듣기 힘들 때가 있는데,

마지막이 그러했다. 이자카는 비올렛을 배려해서 항상 공용어를 쓰거나 천천히 말했지만, 에셀먼드를 대상으로는 배려하지 않고 강한 억양으로 빠르게 말했다. 그러나 에셀먼드는 이것을 알아들은 것 같았다.

"마음대로 하십시오."

에셀먼드가 말했다. 변함없이 냉정한 얼굴로. 그러나 이자카는 그것에 만족한 듯 미소를 지으며 말 머리를 돌렸다. 그리고 그는 두 번 다시 뒤를 돌아보지 않았다. 갈색 피부의 남자들이 사라져 간다. 다시 만날 수 있을까. 아니, 아마 평생 다시 만나지 못하겠지. 비올렛은 생각했다. 상자 안에 있는 목걸이만이 그의 증표였다. 그녀는 한숨을 내쉬었다. 가장 큰일이 끝난 것 같았다.

배웅을 끝낸 비올렛과 에이든, 에셀먼드는 사이좋게 마차에 탔다. 사이가 좋다는 것은 물론 에이든의 생각이었고, 비올렛과 에셀먼드는 아무 말도 하지 않고 있었다. 오로지 에이든만이 그나마 예전에는 가시 돋친 말이라도 주고받았던 그들이 이제는 서로를 무시하는 수준까지 오자 당황해했다.

"드, 드디어 그 녀석이 갔네. 그 목걸이 예쁘다. 그렇지?"

에이든의 말에 비올렛은 고개를 끄덕였다. 그래도 호응은 해 준다는 게 기쁜 것인지 그가 말을 이었다.

"그 목걸이 하고 싶지 않아? 내가 해 줄까?"

"에이든."

에셀먼드가 입을 열었다.

"마차에서 그런 쓸데없는 짓 하지 마라."

"네, 네."

에이든이 한숨을 내쉬며 대답했다. 비올렛은 자신의 옆에 앉은 에이든의 얼굴을 보았다. 이 페로자의 색이 연한 바다색이라면, 에셀먼드의 눈동자는 어두운 바다의 색이라고 했다. 그렇다면 같은 눈을 가진 에이든 역시 마찬가지 아니겠는가. 골똘히 생각에 잠겨 있던 비올렛이 에이든을 마주 보았다.

"……."

에이든은 갑작스럽게 눈을 똑바로 마주해 온 비올렛의 얼굴을 당황해서 바라보았다. 그녀는 얼굴을 찡그리며 생각했다. 논리적으로 도무지 이해가 가지 않는다. 어떻게 바다는 저 눈 색과 페로자의 색을 동시에 가지고 있는 걸까. 세상은 알 수 없는 것투성이다.

생각에 잠긴 비올렛이 입을 꼭 다물고 그 바다색이라는 눈동자를 응시하자 에이든의 얼굴은 시간이 지날수록 붉게 달아오르기 시작했다. 비록 기사로서 훈련받기는 했어도 체질적으로 피부가 하얀 편이었던 그는 얼굴이 못 봐 줄 만큼 붉은 색으로 변했다.

"야, 할 말이 있으면 말을 해. 생일이 다가오니 그러는 거냐?"

"어차피 생일 선물은 쓸데없는 거잖아."

"그, 그래도 이번은 다를 텐데?"

"필요 없어. 나도 네 생일은 안 챙길 테니까. 움직이지 말고 가만히 좀 있어 봐."

비올렛이 단언하며 에이든의 눈을 빤히 바라보았다. 호수나 강의 색은 본 적이 있다. 그 색들은 투명하고 때로는 나무에 비쳐 초록의 색을 띠곤 했다. 하늘과는 다른 깊은 푸르름을 어떻게 커다란 물이 지닐 수 있단 말인가. 비올렛은 저 푸르름이 드넓게 펼쳐진 초원을 상상했다. 그리고 그 초원을 다시 호수로 상상했다. 그렇게 대입해 보니 바다가 어느 정도 그려졌다. 그녀는 얼굴에 살짝 미소를 띠었다.

"내가 뭐 잘못했니, 비올렛? 뭔가를 내가 실수했나 보구나. 그래, 뭐가 뭔지는 잘 모르지만 오빠가 무조건 잘못했다."

에이든이 포기한 듯 비굴하게 말했다.

"그렇게 서로 애타게 바라본다면, 또 추문이 일지 않겠나?"

비올렛이 그 말에 정신이 퍼뜩 들어 에셀먼드를 바라봤다. 얼핏 에이든의 얼굴이 귀까지 빨개진 것이 보였다.

"남매끼린데 그걸 가지고 불손한 상상을 하는 쪽이 더 추잡한데요."

그녀가 차갑게 일갈했다. 기껏 우울한 기분을 풀었더니 이런 소리나 듣고 있다. 어차피 이제 서로 간에 암묵적으로 말하지 않기로 한 거 아니었나. 아니, 사실 대화를 하지 않기로 한 것은 그녀 혼자만의 결심이었다. 하지만 결국 또 반응해 버리고 말았던 것이다. 싸늘한 시선이 비올렛에게 향했다. 그러나 그녀는 당당했다. 그 경직된 분위기에 이상한 소리가 들렸다.

"크, 크크크크큭."

음습한 그 소리에 혹여나 말룸이라도 나타났나 소름이 끼친 비올렛이 소리의 근원을 찾아 시선을 돌리니 에이든이 웃음소리를 흘리고 있었다.

"형, 들었지? 남매라고 했어!"

"……."

저 바보는 지금 그걸 듣고 기뻐하고 있었단 말인가! 비올렛이 멍하게 에이든을 바라보았다. 에셀먼드 역시도 세상에서 가장 한심한 놈을 보는 표정으로 에이든을 보고 있었다. 이상한 데에서 저남자와 비슷한 감정을 느끼다니, 이것도 이것대로 기분이 나빴다.

"크으, 비올렛, 이 오빠는 너무나 기쁘단다."

"……."

"……."

"그래, 이제 좀 오빠의 얼굴을 보고 싶어졌나 보구나. 네 커다란 눈이 조금 부담스럽긴 하지만 얼마든지 봐도 된단다. 자, 비올렛, 내 얼굴을 보렴."

비올렛은 자신이 얼마나 미친 소리를 했는지 깨달았다. 에이든은 기분이 갑자기 좋아졌는지 목소리를 높여서 이것저것 이야기하기 시작했다.

"아, 그런데 형!"

"……."

술에 취한 남자를 바라보는 시선으로 에셀먼드가 에이든을 보았다.

"그때 그 남자가 뭐라고 했어?"

듣고 보니 그게 궁금하긴 했다. 비올렛도 내심 궁금해서 에셀먼드를 바라보자 그가 답했다.

"포기하지 않을 거라 하더군."

"……."

에셀먼드의 시선이 비올렛과 마주했다. 그에 무엇을 포기하지 않겠다는 건지 생각하던 그녀는 심장이 내려앉는 줄 알았다. 어쩐지 이자카가 왜 그런 말을 했는지 알 것 같았다. 어떻게 들킨 건지 모르지만, 아무래도 그녀가 품었던 마음을 이자카가 눈치챈 것 같다. 비올렛은 에셀먼드의 시선을 피했다. 이자카는 끝까지 짓궂은 사람이라고 그녀는 생각했다.

이자카가 돌아가고 나서 이튿날, 시수일레가 찾아왔다. 그녀는 다짜고짜 비올렛을 끌어안았다.

"나는 네가 정말 끌려가 버리는 줄 알았지 뭐야!"

시수일레가 생글생글 웃으며 말했다.

"아, 다행이야. 나는 비올렛이 열 번째 첩이 된다고 생각했어! 말로는 성녀를 데려간다 하지만 그 사람 눈빛이 그렇게 이글이글했는데, 내 눈을 속일 순 없었다고!"

"그래그래."

비올렛이 건성으로 대답했다.

"어떻게 그런 뻔뻔한 남자가 다 있지? 열 번째 신부가 되어 달라고 그렇게 구애를 하다니 말이야. 그 사람에게 아홉 녕의 부인이 있다는 걸 듣고 얼마나 놀랐는지!"

"이미 떠났잖아. 그리고 그렇게 말하지는 않았어."

이자카의 공개 선언으로 그가 비올렛을 탐내고 있다는 것이 드러났고, 이성적으로 몇 번이고 접근했으니 그런 말이 나돌 만도 했다. 시수일레가 하는 말을 들어 보면 어떤 이야기들이 퍼져 나가는지 알 수 있었다. 그래도 이렇게 찾아와 주는 그녀가 고맙다고 해야 하나. 비올렛이 살포시 미소를 지었다. 그 미소에 시수일레가 눈을 동그랗게 떴다.

"비올렛, 기분 좋아?"

"아니. 나는 평소와 같은데?"

비올렛의 무미건조한 대답에도 시수일레는 뭐가 그렇게 기쁜지 이것저것 재잘재잘 떠들었다.

"어라! 랑이야!"

시수일레가 야옹거리는 고양이를 보며 말했다. 비올렛은 고양이를 내려다보았다. 아, 털 날리잖아. 그녀가 짜증스럽게 생각했다. 이 고양이는 천연덕스럽게 야옹 하며 시수일레의 다리에 얼굴을 비볐다.

—인간아, 인간아. 자, 거기 저 맛있고 달콤한 하얀 덩어리를 다오.

케이크 크림을 달라는 소리였다. 어휴, 저 성격이 어딜 가냐. 비올렛이 고양이를 보며 고개를 저었다.

—이 바보 같은 여자야! 너희들이 먹고 있는 것을 내놓으란 말이다. 내가 친히 얼굴을 문대 주지 않느냥. 어서!

그 말투에 내포된 것이 많아 봤자 들리는 건 그냥 '야옹'이었다. 시수일레가 고개를 갸웃했다.

—내놔라, 어서 내놓지 못하겠느냥!

야옹야옹 애절한 고양이 울음소리를 듣던 시수일레는 고민하다 결국 답을 내렸다.

"아! 먹을 걸 달라는 걸까?"

그녀가 하얀 케이크를 보며 말했다. 우유 크림이 들어간 거니 저건 먹을 수 있으려나. 시수일레가 말을 알아들었다는 것을 알았는지 고양이는 꼬리를 일자로 세웠다.

"아이, 귀여워라. '주세요'라고 부탁하는 거구나?"

—그래, 멍청한 인간 여자. 드디어 내 말을 듣는군.

참나, 서로 간에 대화가 통하는지 안 통하는지 모르겠다. 그렇게 둘의 교감 아닌 교감을 보던 비올렛이 말했다.

"쟤 임신했어. 그거 주면 안 돼."

"……."

그 말에 시수일레의 손이 멈췄다.

"아, 그래? 그러면 이런 건 먹으면 안 되겠다."

냐아아아앙! 불평하는 울음소리가 들렸다. 이번에는 시수일레도 알아듣기 쉬운 듯 그것에 킥킥 웃었다.

─야, 이 극악무도하며 잔인한 집사야! 너는 이 배 속의 아이들을 살리기 위한 엄마의 고군분투가 안 보이느냥? 먹을 거 구하기 힘들단 말이다냥! 생선을 먹으려 할 때 독수리가 확 채 가 버리기나 해라!

요사이 어딘가에 새끼를 낳을 아지트를 만들었는지 방에 들어오지도 않는 고양이를 내려다보며 비올렛이 고개를 설레설레 저었다. 시수일레는 배가 튀어나온 고양이를 보며 귀엽다고 말했다. 그러나 이 고양이는 꼬리를 바닥에 탁탁 두드리며 불쾌함을 표현하고 있었다. 물론 비올렛의 귀가 지잉 울릴 만큼 많은 투덜거림이 고양이의 입에서 나오고 있었다. 그에 그녀는 얼굴을 찡그렸다. 궁궐에 있는 오빠 고양이랑 성격이 판박이다.

"비올렛, 어디 아프니?"

갑자기 다시 어두워진 비올렛의 얼굴을 보며 시수일레가 조심스럽게 물었다.

"아, 아니야."

그녀의 대답에 시수일레가 안심하며 웃었다. 시계를 보니 다섯 시가 넘었다. 곧 있으면 해가 질 시간이었다. 비올렛이 가기 싫다는 시수일레를 배웅했다. 후작가 사람들이 올 시간이었기 때문이다. 시수일레가 탄 마차를 바라보며 비올렛은 어쩌면 패트리샤가 올지도 모르겠다고 생각했다. 에셀먼드의 차가운 반응 때문인지

요즘 들어 그녀의 방문이 뜸했다.

쌀쌀한 바람이 불어온다. 들어갈까, 들어가지 말까 생각하다 오늘은 랑이의 아지트를 찾아내야겠다는 생각을 했다. 이대로 가면 겨울에 새끼를 낳게 된다. 경계심이 많아서 사람들이 안 보이는 곳에 새끼를 낳는 것은 이해한다. 그러나 만약 잘못되면 새끼가 죽고 만다. 차라리 가서 먹을 걸로 설득하는 게 좋지 않을까.

그런 가벼운 생각을 하며 오랜만에 정원이 아닌 후원을 뒤져 보기로 했다. 앤이 뭔가를 심은 지 얼마 안 됐으니 화단에 출입을 금하라 했지만, 이쯤 되면 가 봐도 되지 않을까. 가만히 고민하던 비올렛은 저 멀리서 에셀먼드와 에이든이 마차에서 내려 다가오는 것을 보고 재빨리 등을 돌려 걸어갔다. 저들을 딱히 마주하고 싶지 않아서였다. 그러나 뛰어가면 도망가는 것으로 보일까 봐 비올렛은 일부러 천천히 걸어갔다.

그러고 보니 레기우스 살바나에서 우승했는데, 에셀먼드는 어떤 소원을 빌었을까? 소원이라 해 봤자 저 남자라면 분명 가문의 영예라든가 국왕이 직접 내린 검이나 지위, 훈장 같은 것을 소원하지 않았을까? 아니, 고지식한 남자니 명예를 지킨 것으로 만족할지도 모른다. 그렇게 생각하며 저택 뒤를 돌아 후원에 다다른 비올렛은 보이는 풍경에 순간 멍하게 서 있었다.

"……."

이게 다 뭐지. 비올렛은 생각했다. 이성적인 생각이 들지 않고 가슴이 빠르게 두근거렸다. 쌀쌀한 바람에 풋풋한 향기가 불어오는 것도 같았다. 하지만 짙은 향은 아니다. 코를 가져다 대야 겨우 향을 내어 주는 그런 소심한 꽃의 향기였으니.

"……."

봄이 아니라 늦가을이다. 이런 일이 일어날 리가 없었다. 하지만 비올렛은 이것이 가을에도 종종 피어난다는 것을 알았다. 그녀는 그것을 퍽 반가워했었다. 그러나 비올렛마저도 이렇게 많은 꽃들은 본 적이 없었다. 보라색 물결이 살랑살랑거리고 있었다. 마치 다시 만나 반갑다고 말을 건네는 것 같았다. 왠지 눈물이 날 것 같았다. 감수성이 풍부한 여린 소녀의 모습이라 해도 상관없었다.

비올렛은 신발을 벗었다. 벗은 신발이 아무렇게나 흐트러졌지만 그녀는 상관하지 않고 치마를 걷고 그 땅을 조심스럽게 밟았다. 귀족들 사이에선 들꽃이라며 취급조차 해 주지 않는 이 꽃이 이곳에 있는 게 너무나 이질적이라, 그 어린 날 발을 간지럽히던 보드라운 꽃잎의 감촉을 느끼지 않으면 실감이 나지 않을 것 같았기 때문이다. 사뿐사뿐, 보라색 물결 안에 자리한 비올렛은 그 꽃을 내려다보며 자신도 모르게 환한 웃음을 지었다. 마치 아이로 돌아간 것 같았다.

후원에 제비꽃들이 피어 있다.

지는 노을에 주홍빛으로 물든 보라색 물결이 하늘하늘 그녀의 가슴을 울렸다. 나라에서 제일로 손꼽히는 지체 높은 귀족 가문에 이 꽃이 있었다. 화려한 꽃들을 정원에 심는 게 귀족의 품위로 받아들여지기 때문에 있을 리가 없는, 절대로 '이 저택에서만은' 볼 수 없으리라 생각했던 제비꽃들이 피어 있었다.

얼마나 섬세하게 관리하는 것인지 한 송이, 한 송이 다 아름답기 그지없었다. 소박하고 풋풋하지만, 그렇다고 아름다움을 잃지 않는 제비꽃. 너무나 기뻐 눈물이 날 것 같았다. 이 작은 꽃들은 마치 너는 이곳에 있어도 된다고, 이곳은 너의 집이라며 하나하나 작은 목소리로 속삭여 주는 것 같았다. 너무나 다정한 속삭임에 비올렛은 그곳을 거닐다 무릎을 꿇었다. 드레스 자락이 흙으로 물들어도 상관없었다. 왜냐하면 이것은 그럴 만했으니, 아니 이것은 '그런' 꽃이었다.

제비꽃을 닮은 보라색 눈동자를 가졌다 해서 아버지에 의해 비올 렛이라 이름 붙여졌다. 그것이 꽃의 거리의 여자들을 지칭하는 천한 이름이라 해도, 성녀의 이름이라기엔 너무나 소박하며 천박한 이름 이라는 소리를 들어도 비올렛은 그 이름을 좋아했다. 자신의 눈앞에 있는 꽃을 보자, 그동안 잃어버렸던 게 되돌아 온 것 같았다.

"미안해. 하지만 너희가 너무 반가워서 그래."

비올렛은 그렇게 속삭이며 꿇어앉아 꽃을 한두 송이 꺾었다. 절 대 시들게 하지 않을 생각이다. 그렇게 생각하며 한 아름 꽃을 안 아 들었다. 그리고 아주 사랑스러운 것을 본 양 끌어안고 미소 지 었다.

"마음에 드나 보다?"

그 목소리에 비올렛이 고개를 들었다. 에이든이 서 있었다. 그는 멋쩍은 듯 머리를 긁적거렸다. 그제야 비올렛은 이게 누구의 작품 인지 깨달았다. 예전에 그녀는 제비꽃이 없다고 에이든에게 말했 다 비웃음 당한 적이 있다. 저 바보 같은 녀석이 그저 놀릴 거리를 찾아 신이 났을 거라 생각했는데, 그 말을 마음에 두고 있었던 것 이다. 그녀를 이렇게 깜짝 놀라게 해 주려고…….

"그렇게 만드는 데 얼마나 힘들었는지 알아? 화훼상이 곤란해하 더래. 가을에 피어나게 하느라 정원사가 고생 좀 했어. 들꽃이 그 토록 피워 내기 힘들 줄이야 누가 알았겠……."

에이든이 말을 하다 말고 입을 다물었다. 비올렛이 미소를 짓고 있었다. 지는 해에 주홍색으로 물들어 두 뺨의 수줍은 색채는 보이지 않았지만, 입술에 서린 호선은 마치 옛날의 소녀가 잘 지어 주던 미소와 비슷했다. 그 옛날의 잃어버렸던 미소, 그리고 따스하게 빛나는 푸른 눈동자.

드레스는 흙으로 이미 더러워졌으며 신발도 벗어 맨발이었다. 꽃을 꺾느라 손에도 얼굴에도 흙이 묻어 있었다. 비올렛은 지금껏 봤던 얼굴 중 가장 천민다운 모습이었다. 그러나 활짝 미소 짓는 그 모습에 어딘지 모르게 세상에서 가장 아름다워 보이게 하는 마력이 있었다. 에이든이 그것에 기뻐하며 머리를 긁적이면서 씨익 미소 지었다.

다른 것을 준비한다더니 정말로 특별한 선물을 준비했구나. 에이든은 단 한 번도 비올렛의 마음에 든 선물을 한 적이 없었지만 처음으로 마음에 쏙 들었다. 눈물이 날 정도였다.

"처음으로 마음에 들었어."

"어?"

"네가 준 선물치고 처음으로."

에이든은 비올렛의 말이 마음에 안 든다는 듯 얼굴을 찡그렸다. 그는 누가 보기라도 할까 싶어 두리번거리더니 하아, 한숨을 내쉬며 말했다.

"그래, 그동안 해 줬던 선물이 필요 없었다, 이거지?"

비올렛은 그 말에 대답하지 않았다. 사실 그녀는 되도록이면 거짓을 말하지는 않는데, 굳이 정직히 대답해서 이 분위기를 깰 생각은 없었다.

"아니, 뭐, 하아."

왜 자꾸 한숨을 내쉬는 거지. 내가 좋다는데. 그렇게 피워 내기 힘든 꽃이었나?

"응? 왜 그래?"

"아니, 아니야."

에이든은 그렇게 말하며 다시 주위를 두리번거렸다. 그러다 누군가를 찾는 듯했다. 뭔가 바쁜가? 모처럼 어울려 주려 했더니 말이야.

어? 그녀는 움찔하며 시선을 돌렸다. 누군가가 자신을 쳐다보고 있는 것 같았다. 착각인가?

비올렛은 얼굴을 찌푸리다 꽃을 보곤 미소 지었다. 화병에 꽂아 두어야겠다. 그녀는 생각했다.

발밑에 그녀의 무게에 눌린 꽃들이 있었지만 비올렛은 잘 알았다. 아무리 밟혀도 제비꽃은 시들지 않는다는 것을.

정말로 굳게 닫혀 있을 거라 생각했던 마음이 겨우 이것 하나에 풀려 가기 시작하고 있었다. 고마워, 고마워, 에이든, 언제나 고마워. 비올렛은 나지막이 속삭였다.

후원에 제비꽃이 피었다. 누구나 함부로 들어갈 수 없는 저택의 뒤쪽, 에르멘가르트 후작가의 비밀스러운 후원에 보라색 제비꽃Violet이.

"스승님, 오늘도 기분이 좋아 보이십니다."

샤를의 말에 비올렛이 오히려 물었다.

"제가 요즘 기분이 좋아 보였나요?"

"네. 다릅니다. 왜냐하면 언제나 처져 있던 입꼬리가 올라가 있으니까요."

"정말요?"

비올렛이 물었다. 샤를이 열렬하게 고개를 끄덕였다. 그런가. 요사이 특별하게 달라진 것은 없었다. 퇴궁할 때 후원에 가서 제비꽃을 보는 것 정도랄까? 계절이 겨울로 다가섬에도 제비꽃은 정원사의 극진한 보살핌 덕인지 생생하게 피어 있어 그녀는 오랫동안 제비꽃을 볼 수 있었다.

그렇다고 고작 꽃 하나에 그렇게 표정이 변할 수도 있는 것인가. 비올렛은 생각했다. 앤도 비슷한 말을 했다. 아가씨가 정말 기분이 좋아 보여 너무나 기쁘다고.

"아, 비가 올 것 같네요."

"그러네요."

샤를이 창을 바라보며 말했다. 자줏빛 벨벳 커튼 뒤로 보이는 하늘에는 꺼멓한 먹구름이 가득 차 있었다. 어두운 하늘은 어딘지 모르게 음산해 보이기까지 했다.

"말룸은 언제 오는 걸까요?"

그래, 마치 말룸이라도 나타난 것처럼.

"글쎄요."

비올렛이 답했다. 말룸을 육안으로 본 사람들은 이제 존재하지 않는다. 입에서 입으로 내려오는 괴물. 그것은 과연 나타나는 것일까? 정말로 나타나 세상에 종말을 고하는 것일까?

"왜 하필 이 나라인 걸까요?"

샤를의 말에 비올렛이 그를 보았다.

"왜 말룸은 언제나 우리나라에만 나타나는 걸까요? 성녀 역시도 그러합니다. 기록으로 보면 언제나 아그레시아에서만 나타납니다."

그것은 비올렛 역시 느끼던 의문이기도 했다.

"말룸은 자신의 대적자를 가장 먼저 죽이러 나타난다고 했습니다. 여긴 아그레시아의 가호가 있는 나라이며 신에게 선택받은 나라이기 때문에 성녀가 나타나는 거니까요."

"그렇다면 성녀가 이곳에 없다면 말룸은 다른 곳에서 나타나는 걸까요?"

"아니요. 21대 성녀인 아피아체레가 타국에 있었을 때, 말룸이 나타날 징조가 보였던 적이 있습니다. 말룸은 아그레시아를 우선적으로 노리는 거지, 성녀를 따라가는 건 아닙니다."

사람들이라고 이런 생각을 안 해 봤을 리는 없다. 말룸이 성녀를 따라오는 것이라면 성녀를 타국에서 양육하는 것은 어떤가 하는 시도로 바깥에서 길러졌던 아피아체레. 그러나 아그레시아의 남동부 지방에 말룸이 나타날 징조인 이형의 생물 크리처들이 나타나 그녀가 급히 귀국한 전적이 있다.

말룸이 만약 조금 더 이성적이며 머리가 좋았다면 주변국들을 먼저 파괴했을 것이다. 하지만 언제나 말룸은 마치 아그레시아를 증오하는 것처럼 집요하게 아그레시아에 나타났으며, 아그레시아의 성녀에 의해 처단되었다.

"참 이상합니다. 타국에 나타나는 것이 먼저가 아닐까요? 매번 성녀에게 당하면서도 똑같은 행동을 합니다. 꼭 죽을 자리를 찾아서 오는 것처럼요."

"그들은 이지가 없다고 합니다. 그저 신을 저주할 뿐."

말룸은 이지가 없다. 그렇기 때문에 말룸의 어마어마한 힘에도 성녀들은 하나같이 살아남았다. 크고 작은 상처가 났다는 기록은 있었지만, 그래도 성녀들은 전부 무사히 생존했다. 어두운 하늘을 보며 비올렛은 생각에 잠겼다.

"그래도 스승님, 저는 스승님께서 잘 해내실 수 있을 거라고 생각합니다."

"……."

샤를의 밝은 목소리가 들렸다.

"다른 성녀님들도 해내신 겁니다. 스승님도 잘하실 수 있을 겁니다. 어, 음, 성력은 다시 찾을 수 있을 겁니다."

샤를의 희망찬 목소리는 비올렛을 현실로 돌아오게 했다. 그녀가 말룸을 격퇴할 것이라 믿어 의심치 않는 태도였다. 비올렛은 샤를의 해맑은 얼굴을 지켜보았다. 그녀가 해야 할 역할은 이미 정해져 있었다. 그것에 대해 확고한 목적의식 따위는 없지만, 동화 속 영웅을 우러러보는 아이의 맑은 표정에 찬물을 끼얹을 수는 없는 노릇이었다. 그래서 비올렛이 할 수 있는 것은 미소를 짓는 것뿐이었다.

수업을 마친 비올렛이 후작가에 도착하지 이슬비가 드문드문 떨어지고 있었다. 어느새 겨울이 다가옴을 알리는 것인지, 하늘에서 내리는 빗방울은 제법 싸늘했다. 비올렛은 그에 별로 상관하지 않고 후원으로 향했다. 후원에는 여전히 제비꽃들이 피어 있었다.

아무리 오래 피었던 제비꽃이라도 이제 본격적인 겨울이 다가오면 모두 다 시들 것이다. 생각 같아서는 영원히 피어 있게 하고 싶었지만 비올렛은 힘을 숨기고 있는 입장이니 어쩔 수 없었다. 그렇다면 하다못해 시들어 가는 모습이라도 매일매일 지켜보자. 그것이 그녀가 생각한 일이었다.

비올렛은 제비꽃을 지켜보았다. 어둑한 하늘 아래 핀 제비꽃은 선명한 보랏빛을 내고 있었다. 그런 제비꽃을 보노라면 마치 떨어지는 빗방울에 행복해하는 것 같아서 별로 비를 안 좋아하는 비올렛마저도 하늘에서 내리는 비가 갑자기 좋아졌다.

이상했다. 후원에 심겨 있는 제비꽃의 존재만으로도 마음이 따스해졌다. 빗줄기가 조금 거세졌다. 그것이 비올렛의 머리와 드레스를 적셨다. 그녀가 해야 하는 행동은 저택 안에 들어가 우산을 가져오거나 앤을 부르는 것이었다. 하지만 비올렛은 가만히 있었다. 제비꽃 앞에서 그녀는 교육받은 여성으로 서 있고 싶지 않았다. 풀벌레 소리와 함께 '토독' 하는 빗소리가 귀에 울렸다. 그것은 마치 노랫가락과도 같았다. 앞으로 이 제비꽃을 얼마나 볼 수 있을까. 겨울이 다가오면 제비꽃은 시들 거라 생각하니 한순간도 놓치는 게 아까웠다.

비올렛의 바람과는 달리 비는 더욱더 세차게 내렸다. 그제야 당황한 그녀가 하늘을 보았다. 그때 뒤에서 우산이 씌워졌다. 아, 앤인가? 아니면 에이든? 그렇게 뒤를 돌아볼 때였다.

"그게 비를 잊을 정도로 마음에 드십니까?"

후작이었다. 그가 후원에 나와 있었다. 후작이 비올렛에게 이렇게 다가온 적은 별로 없었다. 다가오더라도 짧게 끝났다. 저번에는 에셀먼드의 결혼에 대해 이야기를 나누었다. 후회한다고 했다. 그런 그와 대화를 나누는 것은 어색했다. 자신을 데려온 것을 후회하는 남자에게 무엇을 바란단 말인가. 비올렛이 뒤로 살짝 물러났다. 후작이 팔을 뻗어 그녀를 잡아 우산 안으로 집어넣었다.

"비가 차갑습니다. 감기 걸릴 겁니다."

그렇게 말하며 후작은 비올렛이 보던 꽃을 바라보았다.

"제비꽃이라는 게 이렇게 아름다운 줄 몰랐습니다. 사실 아들 녀석이 정원을 갈아엎자고 하며 제비꽃을 심자고 했을 때는 그 녀석이 제정신이 아닌 줄 알았습니다."

"……"

하긴 후작가의 저택이다. 간단히 한두 송이라면 몰라도 이 정도를 바꾸려면 후작의 허가가 필수였다. 멀쩡한 후원을 갈아엎자 했을 테니 후작이 제정신이 아니라 생각한 것도 이해할 수 있었다.

"그래도 이유가 있는 것 같아 허락하였습니다. 보람이 있군요. 이렇게 운치 있는 꽃이었다니 말입니다."

제비꽃을 보며 그는 말했다. 빗방울이 토독거리며 우산에 튀었다. 날은 어두워져 갔지만 후작은 제비꽃을 보며 살짝 미소를 짓고 있었다.

"참 사랑스러운 꽃입니다."

그렇게 말하며 후작은 비올렛을 보았다. 마치 그 사랑스럽다는 말의 대상이 제비꽃이 아닌 그녀인 것처럼. 비올렛은 그가 하는 양을 멍하게 지켜보았다. 후작은 그녀에게 우산을 내밀더니 허리를 숙여 꽃을 꺾었다. 후작이 손수 꽃을 꺾으리라 생각하시는 못했다. 태생부터 귀족적이던 그가 이런 들풀에 손을 댈 줄이야.

"저 역시 임무 수행이나 전쟁을 나갔을 때 분명 이런 꽃들을 많이 봤을 테지요. 하지만 언제나 저는 그 꽃을 지나치거나 짓밟았을 겁니다. 이 한 송이 꽃의 아름다움도 모르고 살았다니, 인생을 헛살았군요."

그는 자신의 손에 비해 지나치게 작은 꽃을 보고 말했다.

"제비꽃은 봄에 피는 꽃이라지요? 봄에도 심으라 말해야겠습니다."

후작의 말에 비올렛이 눈을 크게 떴다.

"제 생일 선물을 미리 드리는 겁니다. 아들 녀석의 생일 선물을 빼앗아 버렸지만. 어떻습니까. 성녀님께서 마음에 들어 하시는 선물은 한정적인데 말입니다."

후작은 피식거리며 웃었다. 그러자 그의 입가에 주름이 졌다. 문득 비올렛의 심장이 두근두근 뛰었다. 왜 이런 말을 하는 것일까. 그녀가 알던 후작은 이런 말을 하는 남자가 아니었다. 그저 과묵하고 조용하게 자신의 일을 처리해 나가는 사람이며, 자신을 따르지 않는 사람에게는 한없이 냉혹해지는 사람이었다. 비올렛에게 그랬던 것처럼.

콜록, 후작이 기침했다. 손을 뻗을까 망설이던 비올렛은 우산을 들지 않은 손을 들어 그의 어깨를 잡았다. 후작의 건강이 좋지 않다는 소리를 여러 번 들었기 때문이다.

"들어가셔야 하는 것이 아닙니까? 후작님께선 들어가서 쉬셔야 합니다."

"하."

콜록거리는 그가 낯설었다. 왜 그러는 걸까. 불안함이 들었다. 비올렛을 보며 후작이 말했다.

"이제 저는 제 직위를 내려놓을 겁니다. 조금은 시끄러워지겠지요."

나라의 군권을 통솔하는 대장군의 자리를 내려놓고 휴식을 가지겠다고 했다. 후작의 건강은 괜찮은 것일까? 아니, 걱정할 필요가 없는 일이다. 왜 저 남자를 걱정하는가. 그녀는 그저 자신의 앞날만 걱정하면 되었다. 그러나 비올렛의 머릿속은 그녀의 의지를 배반하고 후작이 대장군직을 사임한 이후의 상황을 분석하고 있었다. 아직 에셀먼드가 나라의 군권을 통솔하는 대장군의 지위에 오르기에는 너무 젊었다. 국왕의 검이라 불렸던 후작가는 어떻게 되는 것일까.

비올렛은 그제야 깨달았다. 이래서 후작은 데후바스가를 에셀먼드와 혼약으로 묶으려 했던 것이다. 왕이 에셀먼드를 탐탁지 않게 여기는 이상, 중립파인 데후바스와의 끈이 필요했다.

"아마 다른 사람들이 보면 우릴 정다운 부녀라고 할지도 모르겠습니다."

뜬금없는 말에 비올렛이 후작을 올려다보았다. 그는 미소 짓고 있었다. 비는 계속 투둑투둑 떨어졌다. 우산을 후작에게 씌워 준 채 그를 부축하고 있는 비올렛. 누가 봐도 다정한 부녀지간의 모습이었다. 어쩌면 어린 비올렛이라면 그에 활짝 미소 지었을지도 모른다. 하지만 지금은 알고 있다. 그가 말하는 다정한 부녀 관계란 허상일 뿐이었다. 비올렛이 건조한 말투로 말했다.

"들어가요, 후작님."

"우리 가문 사람들은 모두가 다 어리석군요. 표현이라고 한 것이 고작 이것, 후원에 핀 제비꽃이라니."

무슨 말일까. 그러나 후작은 애매모호한 표정을 지으며 들어갔다. 비올렛은 그를 따랐다. 사용인들에게 따스한 타올을 받은 후작은 비올렛의 젖은 머리를 닦아 주었다. 그러나 그의 손은 힘이 없었다. 사용인들이 모두 비올렛과 후작을 쳐다보았다. 따스한 온기가 느껴지는 보드라운 타올. 그것이 어떤 의미인지 헤아려 보고 싶다. 왜 그는 갑자기 이렇게 다정해졌는가?

"앤에게 말해 따스하게 목욕하십시오."

콜록, 잔기침을 하며 후작이 말했다. 비올렛은 납득이 가지 않는 그의 행동을 멍하게 지켜보았다. 그 순간, 콜록콜록거리던 후작의 입에서 피가 나오며 그의 무릎이 굽어졌다. 그가 들고 있던 하얀 수건이 바닥에 떨어졌다. 수건에는 피가 묻어 있었다. 비올렛은 짧은 비명을 지르며 같이 무릎을 굽혀 그를 부축했다. 그녀는 눈을 크게 뜨고 후작을 바라보았다. 뭐라고 말해야 할지 몰랐다. 후작의 건강이 악화되었다는 것은 익히 알고 있었다. 그러나 후작을 증오하는 비올렛은 그를 걱정할 자격이 없고, 후작 역시 그녀의 걱정을 받을 자격이 없었다. 그럼에도 왜 이렇게 가슴이 내려앉는 기분이 드는가?

"어서 침실로 옮기세요!"

비올렛이 소리쳤다. 사용인들이 그녀의 말에 일사불란하게 움직이기 시작했다. 침실로 옮겨진 후작은 조용히 누워 있었다. 머리를 만져 보니 열이 있었다. 언제부터, 대체 언제부터 이렇게 악화되었단 말인가. 비올렛은 입술을 깨물었다. 의원이 올 때까지 그녀는 후작의 침대 옆에 있었다. 후작이 미웠으나, 그 미운 감정은 둘째 치고 도저히 그를 차갑게 내치고 나갈 수 없었다.

"방에 돌아가셔도 됩니다. 앤이 욕실에 목욕물을 준비해 두었다고 합니다."

하, 비올렛이 미약한 한숨을 내쉬며 입술을 깨물었다. 그 말을 전한 집사를 포함한 사용인들은 그녀가 여느 때처럼 관심을 끄고 방으로 돌아갈 거라 생각하는 것 같았다.

"지금 이 상황에 제가 목욕을 하리라 생각하십니까!"

화가 난 비올렛이 사용인들에게 소리쳤다. 그녀의 날카로운 모습에 처음으로 사용인들의 시선이 두려움을 담은 채 비올렛을 보았다. 이 저택 안의 성녀는 단 한 번도 이렇게 화를 낸 적이 없었던 것이다.

"후작께서 몸이 좋지 않으시다면, 바깥으로 거동하시게 하면 아니 되었습니다! 집사는 무엇을 하신 겁니까!"

"……면목 없습니다."

집사가 비올렛의 분노 섞인 일갈에 정중히 대답했다. 그녀도 안다, 자신은 이 집의 구성원이 될 수 없다는 것을. 심지어 그녀조차 이곳을 집으로 여기지 않았다. 얼굴을 아는 사용인들도 앤이나 요리사인 잭 이외에는 얼마 없을 정도였다. 그럼에도 비올렛은 이 집 안에 양녀로서 존재하고 있었다.

"의원은 아직입니까?"

그녀가 날카롭게 물었다.

"지금 오고 있다고 합니다."

시종 중 한 명이 무릎을 꿇고 말했다. 어떻게 할까. 비올렛은 고민했다. 분명 성력을 쓴다면 좋아질 거다. 물론 성력이 만능은 아닌지라 상처를 치료할 수는 있지만 병은 완벽한 치유가 애초에 불가능했다. 그저 병을 견딜 만할 생명력을 줄 수 있을 뿐이었다. 차라리 처음부터, 처음부터 그녀에게 성력으로 치유받았다면 쉽게 나았을지도 모른다. 이런 상황까지는 오지 않았을 것이다.

"왜……."

신관에게 간다면 그의 건강 상태가 체자레에게 노출될지도 모른다는 것에서 후작은 완고했다. 그렇다면 비올렛이, 나라 제일의 성력을 가진 성녀가 집에 있었음에도 어째서 후작은 그녀에게 아무 말을 하지 않은 것인가. 비올렛은 이 순간 에셀먼드가 누구를 닮았는지 절실하게 깨달았다. 그녀는 입술을 깨물었다.

그때 문이 열렸다. 의원인가? 비올렛은 자리에서 일어났다. 급하게 온 듯 비를 맞은 에셀먼드가 서 있었다. 그는 그녀에게 흘낏 시선을 주더니 후작에게 다가갔다.

"의원은?"

"곧 온다고 합니다."

에셀먼드의 말투는 차분하고 조용했지만 그는 존재만으로도 사람들을 긴장하게 하는 능력이 있었다. 에셀먼드는 후작을 물끄러미 바라보았다. 그는 병든 아버지를 걱정하여 얼굴을 일그러트리거나 슬픔으로 얼굴을 찡그리는 효자의 모습과는 거리가 멀었다. 그저 평소와 같은 얼굴로 있는 사실만을 담담하게 받아들일 뿐이었다.

비올렛과 에셀먼드는 조용히 후작의 곁에 있었다. 둘은 어떤 대화도 나누지 않고 후작의 얼굴만 바라봤다.

이윽고 의원이 헐레벌떡 도착했다. 너무 늦었다며 화라도 내고 싶었지만, 에셀먼드가 비올렛의 어깨를 잡고 천천히 고개를 저었다. 그녀는 자신이 지나치게 흥분하고 있다는 사실을 깨달았다. 그들은 사용인들을 물렸고 후작의 용태에 대해 들었다.

"폐병입니다."

그렇게 말하는 의원의 표정은 누가 봐도 암담해 보였다.

"얼마나 남았지?"

에셀먼드의 말에 비올렛이 깜짝 놀라 그를 보았다. 의원이 고개를 숙이며 대답했다.

"길어 봐야 삼 개월가량 남았습니다."

그 말을 들은 비올렛의 다리에 힘이 풀렸다.

"알았다. 아버님을 보고 있어라."

에셀먼드가 대답했다. 그리고 옆에 위태롭게 서 있는 비올렛을 보더니 얼굴을 찌푸리며 말했다.

"너는 이제 방으로 돌아가라."

"지금 무슨……."

이방인 취급을 당하는 것에도 이골이 났다. 비올렛은 화를 내려 했으나 에셀먼드가 하아, 한숨을 내쉬며 말했다.

"거울을 봐라."

자리에서 일어나 벽에 걸려 있는 거울을 보자 파리한 얼굴이 보였다. 그녀도 상당히 비를 맞아 젖은 상태였다. 물에 젖은 머리카락이 몸에 붙어 있었다. 아마 목욕을 하라는 건 이 때문인 모양이었다. 그럼에도 비올렛이 단호하게 고개를 젓자 에셀먼드가 서늘하게 말했다.

"이 집에 병자를 한 명 더 늘릴 셈인가?"

"어차피 저는 죽지 않아요."

비올렛이 고집스럽게 말했다. 에셀먼드가 누워 있는 후작을 바라보더니 일어나 그녀의 손목을 잡았다. 마침 에이든과 다니엘이 방으로 들어왔다. 심각한 표정의 둘은 에셀먼드와 비올렛의 험악한 분위기에 의아한 표정으로 그들을 보았다. 물론 두 사람 중 누구도 그 상황을 설명해 주지는 않았다.

"아버님을 보고 있어라."

그 둘은 얼결에 고개를 끄덕였다. 그리고 비올렛은 에셀먼드에게 끌려갔다.

"이것 좀 놔요! 그리고 당신도 비에 젖은 건 마찬가지잖아요!"

"지금 너와 내가 같은 상황이라 생각하나?"

"어차피 난 병에 걸려도 죽지 않잖아요!"

그 말에 에셀먼드가 말했다.

"죽지 않는다는 네 자살 시도로 사람들이 얼마나 고생했는지는 익히 들었다. 민폐 끼치지 마."

그 말에 비올렛의 표정이 창백하게 변했다. 그게 누구 때문인데. 그녀의 입술이 파르르 떨렸다. 마치 서늘한 얼음 칼로 가슴이 찔린 기분이 들었다. 하지만 지금이 누굴 탓할 때가 아니라는 것 정도는 알고 있었다. 에셀먼드를 쏘아보던 그녀는 잡힌 손을 뿌리쳤다.

"좋아요. 어차피 내가 후작님의 옆에 있었던 것 자체가 말이 안되는 상황이긴 했죠."

"그 말이 아니란 걸 너도 잘 알고 있을 텐데."

비올렛의 빈정거림에 에셀먼드가 대답했다. 그녀는 자신의 몸이 정말 잘게 떨리고 있는 것을 알아차렸다. 거울로 본 상태 역시 정상은 아니었으니 그녀는 이내 반항하기를 포기했다. 뭐라 더 항의하고 싶었지만 그럴 명분도 없었다.

비올렛은 욕실로 들어가 따스한 물에 몸을 담갔다. 내키지 않았지만 이것이 맞는 일이었다. 비가 내리고 있었다. 아마 이 비로 날씨는 추워질 것이고 겨울이 성큼 다가오겠지. 제비꽃의 꽃잎도 떨어질 것이다.

그렇게 멍하니 젖은 몸을 닦으며 옷을 갈아입을 때였다. 저택에 소란이 일었다. 고함 소리와 검이 부딪치는 소리가 났다. 비올렛의 가슴이 뛰었다. 후작이 쓰러지자마자 기다렸다는 듯이 무엇인가 몰아닥치고 있었다. 허락도 없이 문이 열렸다. 백금 갑주를 입은 검을 든 남자들이 들어왔다. 앤이 짧게 비명을 지르다 이내 비올렛의 앞을 막아섰다. 비올렛은 채 옷을 다 입지 못해 얼른 단추를 잠가야만 했다.

"이곳은 성녀님이 거하시는 방입니다. 제아무리 기사라고는 하나 무례하게 무슨 짓입니까!"

앤이 날카롭게 소리쳤다. 그 말에 금발의 기사 한 명이 말했다.

"성녀님? 이곳에 성녀가 어디 있습니까? 내 눈에는 성녀를 사칭한, 신께 대역의 죄를 지은 여인의 모습만이 보일 뿐입니다만?"

그 말에 앤이 소리쳤다.

"그게 무슨 말도 안 되는 소립니까!"

"앤."

비올렛이 앤을 불러 진정시켰다. 검을 든 사람들이다. 이들은 처음부터 무력으로 진압할 생각이었다. 자칫하다 앤이 찔릴 수도 있었다. 비올렛의 만류에 앤이 물러났다. 그때였다.

"이게 무슨 무례입니까, 캐스피언 경?"

"……."

익숙한 목소리가 들려왔다. 이곳에서 절대 들려서는 안 되는 목소리였다. 백금색의 갑옷을 볼 때부터 그를 생각했었지만 그저 오해이기를 바랐다. 적색의 성복을 입은 추기경이 활짝 미소를 지으며 다가왔다.

"아직은 '혐의'일 뿐입니다. 혹여나 진짜 성녀일지도 모를 분을 이렇게 대하셔서 되겠습니까?"

체자레가 차가운 얼굴로 성기사들에게 물러가라 명했다. 앤 역시도 그의 손짓에 물러났다. 체자레가 눈웃음을 지으며 비올렛을 보았다. 제대로 말리지 못한 그녀의 머리에서 물이 뚝뚝 떨어지고 있었다. 그는 채 잠그지 못한 쇄골 언저리의 잠옷 단추를 잠가 주었다.

"설명이 필요하시겠죠?"

"이를 말이라고 하십니까."

비올렛이 이를 악물고 그를 노려보며 말했다.

"그러니까……."

체자레가 코앞에 섰다. 새하얀 잠옷을 입은 그녀의 어깨를 붉은 피로 감싸듯, 붉은 옷을 입은 그가 몸을 숙여 비올렛의 귀에 달콤하게 속삭였다.

"당신에게 복수할 기회를 드리려는 겁니다, 나의 성녀님."

체자레가 빙긋 웃으며 자신이 입고 있는 겉옷을 벗어 비올렛에게 씌워 주었다. 이 상황과는 다르게 너무나 평온한 목소리로 그가 이야기를 시작했다.

그 이야기가 모두 끝난 후, 비올렛은 손이 묶인 채 방 밖으로 끌려 나갔다. 바깥에는 후작가의 모두가 붙잡힌 채 서 있었다. 얼마나 많은 병사들이 있는지 모른다. 그녀를 잡아 가는 죄목은 비올렛이 성녀를 사칭한 '가짜 성녀'라는 것이었다. 창과 칼의 위협에 에워싸인 채 호송되는 그녀는 후작가의 입구 쪽에 끌려나온 후작을 보았다. 아까까진 열에 의식을 잃었던 후작이 눈을 부릅뜬 채 꼿꼿이 서 있었다. 그는 죄인처럼 끌려나온 비올렛을 보더니 낮게 가라앉은 목소리로 물었다.

"이게 지금 무슨 짓이오, 티게르난 공작."

후작의 목소리는 반쯤 쉬어 있었으나 분노로 타오르는 듯 뜨거웠다. 비올렛마저 그 찌릿찌릿한 위압감을 느낄 정도였다.

"저는 추기경으로서 이곳에 와 있습니다, 후작. 성하의 명령입니다. 후작께서는 감히 가짜 성녀를 세워 신성의 권위를 훼손하셨습니다."

"……지금 책임지실 말을 하시고 계십니까? 이 나라의 성녀님이십니다. 이마의 성흔, 생김새가 그러합니다."

"생김새는 조작이 가능합니다."

체자레의 말에 후작이 그를 노려보았다. 그녀가 알아차렸던 것처럼 후작 역시 체자레의 진정한 목적이 무엇인지 알아낸 듯했다. 체자레는 비올렛이 성력을 드러내는 것을 원하고 있다. 그리고 비올렛은 그것을 숨기느냐, 드러내느냐를 선택할 수가 있다. 그녀의 머릿속엔 방 안에서 체자레가 했던 말이 떠다녔다.

—가족의 원수를 갚아야 하는 것 아니었습니까? 당신에게 기회를 드리겠습니다.

그가 속삭였다. 그때 금색 눈동자는 더없이 요사스럽게 빛났다.

—당신은 그저 가만히 침묵하시기만 하면 됩니다. 그렇다면 모든 것은 다 끝날 테니까요. 당신이 손에 넣고 싶었지만 손에 넣을 수 없는 것들, 모두가 당신 것이 될 수도 있습니다. 당신의 손에 넣을 수 없다면, 적어도 망가트리는 것은 가능하지요.

가족의 원수, 그리고 가질 수 없는 것에 대한 갈망. 아아, 그는 어쩌면 이렇게 악마 같은가. 붉은 추기경의 성복을 입은 체자레는 비올렛에게 미소를 지었다. 이대로 침묵하면 에르멘가르트 가문은 파멸이다.

—왜 이런 짓을 하는 거죠?

비올렛이 물었다. 만약 그녀가 성력을 드러내 후작의 무고를 증명한다면, 반대로 교황 측도 그만큼의 위험부담을 가지는 것이다. 그럼에도 어째서 그들은 이런 행동을 하는 것일까. 성녀를 궁지로 몰아넣은 교황 측을 사람들이 더 이상 신뢰할 리가 없다. 그럼에도 체자레는 왜, 어째서 이런 요란한 수단을 쓰는 것이냐 말이다.

체자레는 그녀의 물음에 대답했다.

—성하가 그것을 원하시니까요.

교황이 그것을 원한다고 했다. 왜 갑자기 에르멘가르트 후작가를 교황이 노리는지는 알 수 없다. 그것이 데후바스와 에셀먼드의 혼약 때문인지, 아니면 다른 이유가 있는 것인지…….

비올렛은 끌려가며 다른 사람들을 보았다. 우선 에셀먼드를 비롯한 후작가의 사람들은 모두 각자의 방에 구금된 듯했다. 교황의 군대가 분명히 진을 치고 있을 것이다. 그러나 가주인 후작만은 그녀와 함께 끌려갈 것이다. 비올렛이 후작을 바라보았다. 그의 머리카락은 식은땀으로 젖어 있었다.

　—안심하십시오. 그렇다고 당신에게 성녀를 사칭한 죄를 묻는 일은 없을 겁니다. 그저 당신은 그늘에서 조용히 해방된 삶을 살아가면 되는 것입니다.

　만약 성력이 있다는 것이 드러나면 어떻게 될까. 이대로 신전에 끌려가게 될 것이다. 그리고 교황의 의지에 따라 꼭두각시가 되어 이용당할지도 모른다. 왜냐하면 그녀는 어떠한 기반도 없는 천민이었으므로. 비올렛이 이곳에 있기를 고집했던 이유는 그저 그 누구에게도 이용당하고 싶지 않아서였다.

　성녀는 왕에게 딱히 가치가 없다. 성녀는 교황이 추구하는 신성을 증명하는 존재였기에 그녀가 두각을 드러내면 드러낼수록 신앙의 권위만 상승되기 때문이었다. 그래서 고귀한 태생의 성녀가 왕을 지지해도 그것은 별로 큰 효과가 없는 일이었다. 비올렛이 왕측에 몸을 담은 것은 왕에게 그녀가 필요 없기 때문이었다. 그러므로 그녀를 둘러싼 권력은 평등하게 유지될 수 있었다.

　신전 측도 비올렛이 어떻게 움직일지 모르기에 함부로 움직일 수가 없다. 왕 측이 교황의 입지를 부정하거나 신전을 규탄하며 교황과 적대하는 극단적인 행위를 하지 않는 것도 권력의 저울추를 가운데에 두기 위한 행위 중 하나였다. 그렇지만 비올렛이 진짜로 신전에 가게 된다면 어떻게 되는 걸까.

　그렇게 된다면, 성녀의 존재를 의도적으로 드러내지 않는 국왕과는 달리 교황은 적극적으로 그녀의 존재를 활용할 것이다. 결국 신전에 눌리는 무력한 왕가보다는 교황의 오른팔이자 왕위 계승권자인 체자레에게 힘이 실릴 것이다.

체자레가 정말로 왕이 되고 싶은 건지 아닌지는 모른다. 그러나 교황파 귀족들은 그가 왕이 되는 것을 원한다. 체자레의 수명이 얼마나 될지는 알 수 없다. 만약 그의 젊음이 영원하다면 그들은 영원한 젊은 왕을 가지게 되는 것이다. 지금도 교권보다 왕권이 낮은 게 사실이나 왕이 할 수 있는 것과 교황의 역할은 차이가 있었고, 왕을 압박하는 것보다는 차라리 그들 가운데에서 왕이 나오는 게 편한 일이었다.

샤를.

비올렛은 입술을 꽉 깨물었다. 샤를, 그래, 샤를이 위험했다. 그 환하고 순수한 얼굴이 떠올랐다. 함께했던 세월은 1년도 채 되지 않았지만, 생각해 보면 자신은 그 왕자를 꽤나 아꼈다.

에르멘가르트 가문, 왕위 계승……. 비올렛의 머릿속이 복잡하게 얽혔다.

체자레는 후작과 비올렛을 교황 성으로 끌고 가지 않고 왕성으로 데려갔다. 체자레는 후작에 따른 예우로 모든 시시비비가 정확하게 가려지면 그때야 죄인으로서 후작을 교황 성으로 호송한다고 말했지만, 어떻게 보면 이것은 수도 안 모든 귀족들에게 보이는 경고였다.

"말도 안 되오. 그것이 어떻게 조작이 가능하다는 것이오!"

라이셀 백작이 말했다. 그는 '대리 성녀'를 세웠다는 후작의 혐의를 부인했다.

"분명 성녀님께서 발견된 그 당일에 성스러운 빛이 터졌소. 에르멘가르트 영지민 대다수가 그것을 목격했단 말이오!"

"그것은 발광석으로도 얼마든지 조작이 가능한 겁니다."

체자레가 미소를 지으며 말했다.

"애초에 성녀라 주장하는 소녀가 가진 것은 성흔, 눈 색, 머리 색입니다. 하지만 이것은 얼마든지 바꿀 수 있습니다."

"눈 색을 어떻게 바꾼단 말이오!"

국왕파 쪽 귀족 중 한 명이 반격했다. 체자레가 고갯짓을 하자, 성기사단 중 한 명이 아이들을 끌고 왔다. 묶여 있던 비올렛은 깜짝 놀랐다. 아이들의 눈은 비올렛과 같은 옅은 하늘을 닮은 푸른 눈이었다.

"저런 눈을 가진 사람을 발견하지 못할 건 아니지요. 아그레시아에는 저런 눈 색을 가진 사람이 없지는 않습니다. 머리 색을 염색하고 이마에 성흔을 새긴다면, 성녀를 사칭하는 것도 가능한 일입니다."

그들은 체자레가 치밀하게 이것을 계획하고 있었다는 것을 알았다. 무서운 사람이었다. 비올렛이 성력이 없다고 말했을 때 그가 이러한 계획을 꾸며 실행에 옮겼다면? 레기우스 살바나 때도 느꼈지만 체자레는 그녀를 '봐주고' 있었다. 그녀의 발버둥은 맹수 앞에 팔랑이는 나비와도 같았다.

왜 그동안 그녀를 방치한 것인가. 비올렛은 그를 도무지 그녀의 상식 내에서 이해할 수가 없었다. 체자레는 언제나 그렇다. 예상외의 일에도 그것에 따른 대응책을 차분히 마련하며 여유롭게 웃는다. 모든 진실을 알며 그녀를 조종한다. 그녀를 아주 애정하는 것처럼 굴다가도 그녀를 괴롭힌다. 그러다가도 비올렛이 바라 왔던 가장 매력적인 제안을 하며 그녀를 꼬드기는 것이다. 도대체 그가 원하는 게 무엇인가. 왕위일까. 비올렛은 알 수가 없었다.

"성녀님께서는 '힘을 잃었다.'라고 하며 자신을 증명할 만한 그 어떤 행동도 하지 않았습니다. 황폐한 대지에 초록의 싹을 틔우는 것이요? 꽃을 피우는 것이요? 그것은 사실 재능이 있는 신관이라면 어렵지 않은 일입니다."

"신관은 모두 남자지 않소!"

"글쎄, 그것은 사실 신전 측이 우선시하는 성별이 '남성'이라 남자만 데려오는 것이지, 사실 여자들도 찾아보면 신관이 될 만한 재질을 많이 가지고 있습니다. 신을 모시는 여인은 성녀 하나만으로 충분하니까 굳이 뽑지 않는 겁니다."

체자레는 이리저리 웃으며 비올렛과 비슷한 눈 색의 여자아이들의 머리를 다정하게 쓰다듬었다. 아이들은 눈을 데룩데룩 굴리는 불안한 표정들이었다.

"그리고 일례로 성녀는 신어神語를 단 한 번도 말하지 않았습니다."

그것은 비올렛도 몰랐던 사실이었다. 그녀가 눈을 크게 뜨며 체자레를 바라보니 그가 미소를 지었다.

"문헌으로 남아 있는 기록에 의하면, 역대 성녀들이 성력을 발현하는 수단은 신어였습니다. 하지만 여러분은 그녀가 신어를 말하는 것을 보신 적이 있습니까?"

그 말에 비올렛을 향한 시선이 따갑게 느껴졌다. 신어를 쓰는 성녀들에 대한 기록은 있었다. 하지만 그것은 나중에 신전에 가면 배울 덕목이라 생각했지, 그녀가 배우지도 않고 써야 하는 것은 모르고 있었다.

"그만."

왕이 손을 들었다. 비올렛은 옥좌 위에 앉은 왕이 그녀를 노려보고 있다는 것을 알았다. 그것은 더러운 것을 보는 얼굴이었다. 비올렛은 그 얼굴을 보며 차라리 자신은 정말로 후작에 의해 심어진 대리 성녀라고 주장할까 생각했다. 그녀는 이런 시선을 받을 이유가 없었다. 자신들 멋대로 권력을 위해 이용하고는 또 가짜라고 팽을 당하는 상황이다. 여기서 그녀가 '가짜'라는 것을 밝히면 그만한 모욕은 없으리라.

"공작, 그대가 그렇게 말한다면 응당 그럴 만한 증거는 있겠지."

왕의 금안과 체자레의 금안이 맞부딪쳤다. 체자레가 빙긋 웃으며 말했다.

"이를 말입니까, 폐하."

그는 살짝 허리를 숙이며 말했다.

"왜냐하면 성녀 후보가 한 명 더 계시기 때문입니다."

체자레가 알현실의 입구 쪽을 손으로 가리키자 하얀 제복을 입은 성기사단이 들어왔다. 사람들은 모두 그들에게 시야를 빼앗겼다. 심지어 비올렛마저도 눈을 동그랗게 뜬 채 그 여자를 바라보았다.

새하얀 은발을 길게 늘어뜨린 여성이 사뿐한 발걸음으로 이곳으로 오고 있었다. 여성의 얼굴은 베일에 가려 잘 보이지 않았으나, 이마에는 비올렛과 똑같은 푸른 성흔이 박혀 있었다. 여자가 한 걸음 걸을 때마다 은사 문양이 섬세하게 짜인 새하얀 옷이 부드럽게 펄럭였다. 그녀의 걸음은 아주 우아했으며 아름다운 곡선을 그려 저절로 사람들의 이목을 잡아끌었다. 베일 너머로 희고 고운 얼굴이 눈에 들어왔다. 붉은 입술 역시도. 성기사들은 아주 정중하게 그녀를 대했다. 거기에는 로디온 경도 있었다. 그녀는 알현실을 쭉 둘러보았다. 그리고 비올렛에게 머물렀다. 아주 오랫동안 비올렛을 바라본 그 여자는 드러난 붉은 입술에 미소를 지었다.

"반갑습니다, 신의 대리인이시여."

"……."

마치 비올렛을 희롱하는 것처럼 그녀는 비올렛에게 인사했다.

그리고 왕을 바라보았다.

"이 나라를 지배하는 왕이시여, 인사드립니다. 저는 라즈니라는 이름을 가진 신의 사자입니다."

그녀의 목소리는 낮았지만 부드럽고, 비올렛과는 다른 힘이 있었다. 비올렛은 충격을 받은 표정으로 체자레를 보았다. 그는 비올렛에게 눈길조차 던지지 않고 라즈니를 보고 있었다. 라즈니가 걸어오더니 묶여 있던 후작을 보았다.

"추기경, 나는 아직 진정한 신의 대리인인지 입증이 되지 않은 사람입니다. 이것은 너무 과한 처사가 아닙니까?"

그녀가 차가운 목소리로 체자레를 힐난했다. 비올렛이라면 절대로 체자레를 향해 저렇게 말할 수 없을 것이다. 저 여자는 알 수 없는 카리스마로 비올렛으로서는 절대 당해 낼 수 없던 체자레를 엄하게 꾸중하고 있다.

"폐하, 저는 신의 대리인이라 감히 주장하지 않을 겁니다. 저기계신 신의 대리인이라 주장하는 분과는 다르게 저는 제 자신에 대한 확신이 없으니까요."

라즈니는 부드럽게 말하며 비올렛에게 다가왔다. 그녀는 비올렛을 한 번 보고 싱긋 웃으며 그녀 옆에 서 있는 후작을 향해 말했다.

"обновување."

알 수 없는 언어가 들려왔다. 청색이 도는 은빛이 터지듯 발광하더니 후작에게로 흘러들었다. 그 찬란한 빛에 잠시 눈이 멀었다 시야가 돌아오자, 어느새 회복한 후작의 얼굴이 눈에 들어왔다. 폐병이 낫지 않은 듯 숨소리는 거칠었지만 안색은 한결 편해 보였다. 후작 역시 자신에게 일어난 기적에 경악하고 있었다. 비올렛은 저

것이 체자레가 말하던 '신어'라는 것을 알았다.

"아프신 분께 측은지심도 없으십니까? 저는 그렇게까지 제 자리를 입증하고픈 욕심은 없습니다, 추기경."

라즈니는 차갑게 말했다. 한 가지 가정이 흔들리기 시작했다. 어렸을 적 의심하고 의심하다가 겨우 받아들였던 절대적 사실이 또다시 무너져 내리고 있었다. 어쩌면, 체자레는 비올렛이 성녀가 아니라는 것을 알고 있었던 게 아닐까? 천민 태생인 비올렛이 애초에 신에게 선택받았다는 것 자체가 이상했다. 비올렛은 신어를 모른다. 알지 못한다. 체자레가 그것을 가르쳐 주지 않았다. 아니, 그 어느 누구도 비올렛에게 그것을 '알아야 한다.'고 말하지 않았다.

사람들의 시선이 점점 바뀌어 가는 게 느껴진다. 긴가민가했던 사람들도 모두 다 후작의 옆에 서 있는 비올렛을 바라보고 있었다. 시선은 점점 더 짙은 혐오로 바뀌어 그녀를 몰아간다. 비올렛과 같은 의심을 그들 역시 감히 품고 있는 것이다. 불신의 시선이 화살처럼 날아와 비올렛의 몸 여기저기에 꽂혔다.

"어서 이분들을 풀어 주세요. 이 분이 자신의 존재를 입증할 때까지 저는 성녀가 아니며, 그들은 죄인이 아닙니다."

라즈니는 정말로 화가 난 듯했다. 그러나 비올렛은 그것이 이미 결과를 알고 있는 자의 여유라는 것을 알았다. 사람들은 모두 그녀를 '진짜 성녀'로 대했다. 설령 이것이 납득이 안 가는 명령이더라도 성녀의 힘은 절대적인 힘이 있었다. 심지어 왕조차도 갑작스럽게 들어온 그 여자가 명령을 내리는데도 따로 반박하지 않고 있었다. 그리고 그 체자레마저도 그녀의 의견에 따라 고개를 숙였다.

"무례를 용서하십시오, 후작. 저는 이런 것을 원하던 게 아니었습니다."

"……."

라즈니는 아주 정중하게 인사했다.

"그리고 대리인이시여, 그대도 노여움을 푸십시오."

라즈니가 팔을 뻗어 비올렛의 손을 잡았다. 따스한 손의 온기. 정말로 그녀를 걱정하는 듯 부드러웠다. 비올렛은 가장 완벽한 대답을 생각하려 노력했지만 '가짜 성녀'라고 의심을 받는 이상 어떤 것을 말해도 트집을 잡힐지 몰랐다. 아직은 아무것도 모른다. 그 어떠한 것도 함부로 행동할 수가 없다.

"아닙니다. 합리적인 의심이라 생각합니다. 괘념치 마십시오."

비올렛이 차분하게 대답했다. 비올렛과 후작은 성기사단의 호위를 받아 저택으로 돌아갔다. 말이 호위였지, 이것은 혹여나 달아날까 봐 감시를 하는 것에 지나지 않았다. 마차 안에서 신음 소리를 내는 후작을 보며 비올렛은 입술을 깨물었다. 괜찮아졌을 리가 없다. 신어를 써도 기껏 할 수 있는 건 기력을 약간 회복하는 것뿐이었다. 그리하여 비올렛은 아까의 후작이 얼마나 강한 정신력으로 서 있었는지 알 수 있었다.

—열흘.

체자레가 입을 열었다.

—열흘 내에 아그레시아의 모든 귀족들이 모일 수 있습니다.

비올렛은 그의 말을 멍하게 듣고 있었다.

—그때는 모든 이들에게 수도 아르비나의 광장에서 입증하셔야 합니다. 어쩌면 그간 없었던 성력이 새로 생길 수도 있겠지요.

그것은 열흘의 유예가 주어진다는 것을 의미했다. 애초에 체자레는 무엇을 바라는 것일까. 비올렛에게 자유를 주겠다는 의도는 이해했다. 라즈니 같은 여자가 성녀라면 자신은 정말 성녀의 책무를 다하지 않아도 되는 것이다. 그리고 에르멘가르트 후작가는 가짜 성녀를 데려와 혹세무민하려 했다는 누명을 쓴 채 몰락한다. 물론 거기서 비올렛이 진짜 성녀냐 아니냐는 이미 중요하지 않았다. 이젠 어느 게 진실인지 그녀마저 몰랐다.

"……."

비올렛이 탄 마차 바퀴가 구르고 굴렀다. 탁탁거리는 소리와 진동이 이따금 바퀴에 돌이 걸린다는 것을 알게 했다. 그 진동에 흔들리는 자신의 머리카락을 바라보았다. 은색의 신성이 깃든 머리카락, 푸른 이마의 성흔, 잃어버린 제비꽃의 눈동자. 비올렛은 자신의 머리를 꽉 쥐었다.

저택 앞에 마차가 서자 에셀먼드가 바로 나왔다. 저택 주위는 이미 성기사단에게 포위당한 상태였다. 저택 내에 주둔하고 있는 기사들은 이미 쫓겨난 지 오래일 것이다. 사용인들이 불안에 떨고 있었다. 아마 눈치 빠른 시종들은 성기사단의 몇몇에게 어찌 된 일인지 들었을 것이다. 아니, 어쩌면 에셀먼드도 들었을지 모른다.

에셀먼드가 후작을 부축했다. 비올렛은 그것을 멍하게 바라보았다. 그녀는 에셀먼드가 자신을 빤히 바라보고 있다는 것을 알았다. 따라가지 않을 거냐 물어보는 것 같았지만 그녀는 고개를 저었다. 만약 다른 결심을 하게 된다면 자신은 후작을 돌볼 자격이 없었다. 에셀먼드가 그녀의 거절을 알고 후작을 데려갔다.

비올렛은 한숨을 내쉬었다. 하늘은 비가 개어 있었고 맑은 달빛이 떠 있었다. 등불 하나하나에 의지해 비올렛은 저택의 뒤를 빙글 돌았다. 누군가 따라오는 기척이 느껴졌지만 분명 감시자인 성기사단 중 하나일 것이다.

"……."

후원의 제비꽃들은 모두 짓밟혀 있었다. 기사들의 군홧발이 배려 없이 그 제비꽃들을 짓밟은 것이다. 어차피 떨어질 꽃들이었다. 그러나 참혹하게 떨어진 꽃들을 보며 비올렛은 입을 다물었다. 이것을 피워 내느냐, 피워 내지 않느냐는 비올렛의 선택에 따라 달라진다.

이 제비꽃처럼 많은 사람이 짓밟혔다. 그 불길에 따라 어머니가 산적들에게 겁탈당한 채 죽음을 맞이했고, 그것을 막아서던 아버지는 비굴하게 산적들에게 목숨을 구걸하다 목이 베였다. 이제는 희미해져 버린 기억 속에서 비올렛은 활짝 웃고 있었다. 비록 천출이고 무시당했지만, 그래도 웃을 수 있는 나날들이었다. 우는 날보다 웃는 날들이 더 많은, 아주 평범하고 소중한 나날들.

그러나 이곳 사람들은 그것을 짓밟는 것에 대해 어떠한 감정도 없다. 죄책감도 없이, 그저 그것이 지배와 통치라 말하며 당연한 거라고 이야기한다. 백을 구하기 위해 하나를 희생시킨다. 그렇다면 백을 구했다는 자부심보다는 잃어버린 하나에 대한 죄책감을 가져야만 했다. 체자레의 말대로 후작이 다른 선택을 했다면 비올렛은 평범하게 살아갈 수도 있었다. 꽃의 거리에 팔려 가지 않을 수도 있었다. 이런 무서운 곳에서 외롭게 살아가지 않을 수도 있었다.

그녀의 두 눈에서 눈물이 뚝뚝 떨어졌다. 후작이 아프다는 사실에 사라질 미움이었다면 그녀는 4년 내에 그를 아버지처럼 따랐어야만 했다. 짓밟힌 제비꽃들은, 그들에게 짓밟혀 스러져 간 사람들이었다. 후작은 제비꽃을 보지 못했다고 했다. 사실은 세상 어디에나 피어 있는 것이 제비꽃인데도 그것을 바라보지 못했다면, 후작의 무관심에 이런 꽃들이 얼마나 많이 짓밟혔을지는 보지 않아도 자명했다. 비올렛은 무릎을 꿇고 꽃밭에 앉아서 그 꽃들을 멍하게 바라보고 있었다.

"후작가에 참 품격 없는 꽃을 피웠어. 그렇지?"

다니엘이 비올렛에게 걸어왔다. 단정하게 머리를 빗어 올린 그는 후원에 피었던 꽃을 발을 비벼 짓밟았다. 비올렛이 그를 올려 보자 다니엘이 비틀린 미소를 지었다.

"네가 거짓일지도 모른다더라?"

"……."

비올렛이 아무 말도 하지 않자 다니엘이 그녀와 같이 무릎을 꿇고 쭈그려 앉아 시선을 마주했다. 깊고 깊은 바다색 눈동자가 그를 응시했다.

"네가 성녀라는 걸 증명해, 어서."

"성력을 숨기라고 내게 조언을 해 준 건 너야, 다니엘."

비올렛의 대답에 다니엘이 말했다.

"그건 내가 무사할 수 있다는 가정에서 그렇지. 아버지를 곤란하게 하고 싶었거든. 나는 둘째라 형처럼 죽지 않을지도 모르지만 너처럼 천한 사람이 되고 싶지는 않단 말이야."

그는 초조해 보였다. 비올렛은 다니엘을 물끄러미 바라보았다. 그도 분명 다정한 오빠였던 시절이 있었다. 그것이 우월감에 기반한 감정이라는 것은 잘 알고 있다. 그녀를 사랑한다 말하고서 그는 지금 바닥을 드러내고 있었다. 죽기 싫다, 너처럼 천하게 몰락하기 싫다고. 어쩌면 그것은 당연한 일일지도 모른다.

"다니엘, 내가 널 왜 가까이 둔 줄 알아?"

비올렛이 하늘의 달을 보며 말했다. 서늘한 푸른 눈이 그녀를 향했다. 다니엘은 뜬금없는 말을 하는 비올렛을 보며 눈을 가늘게 떴다.

"그야 난 너에게 유일한 진실의 동반자잖아."

그가 자신의 설득이 통했다 생각했는지 부드럽게 대답했다. 비올렛은 고개를 저으며 대답했다.

"너는 진실을 말해 준다고 날 꼬드겼지만 사실 알고 있었거든. 네가 그때 토미를 넘겼던 것도."

에셀먼드가 떠나고 난 후, 다니엘은 비올렛에게 폭언을 하며 접근해 왔다. 솔직한 진실을 알려 주겠다고. 그 진실이 진저리 나게 싫었지만 그녀는 다니엘을 근처에 두었다. 아무도 곁에 없어 외로웠기 때문에.

어쩌다 보니 영지에 몇 번 묵었던 적이 있었다. 그때 우연히 듣게 되었다. 성을 관리하는 블룸버그 남작과 다니엘의 대화를 들어 버린 것이다. 토미를 체자레에게 넘긴 것은 에셀먼드가 아니라 바로 다니엘이었다.

배신감을 느꼈다. 다니엘마저 그녀를 농락하고 있었다. 그러나 비올렛은 그를 곁에 두는 것을 선택했다. 그가 말하는 것은 대부분 진실이었고, 아주 솔직한 현실을 이야기해 주었으니 그를 멀리 두지 않았다.

비올렛의 말을 들은 다니엘의 얼굴이 비틀렸다. 그는 그녀를 낯선 여자처럼 보고 있었다. 비올렛이 환하게 미소를 지으며 말했다.

"나는 말이야, 다니엘, 널 곁에 둠으로써 마음껏, 마음껏 이곳을 증오할 수 있었거든."

그녀의 두 눈에 금색의 달빛이 머금어졌다. 싸늘한 눈빛이 그를 향했다. 다니엘마저도 예외가 아니었다. 그저 그녀가 다니엘을 가까이 둔 것은, 이 에르멘가르트 후작가를 증오하기 위해서였다. 다니엘이 그녀를 장난감으로 이용했다면, 비올렛도 그를 이용했다.

"매일 네 말을 들으며 너를 증오하고 후작가를 증오했어. 오라버니를 증오하고 에이든을 바보 취급했지. 너는 언제나 증오할 만한 이유를 만들어 주었고, 그것은 진실이었지. 아, 물론 사랑한다는 말에 마음이 약해졌다는 건 부정하지 않을게. 난 많이 외로웠거든."

비올렛이 조곤조곤하게 말했다. 다니엘이 굳은 얼굴로 그녀를 바라봤다.

"이래도 날 사랑하니, 다니엘? 네게 주어진 입장을 잘 이해해 주길 바라. 나와 같이 천하게 되기 싫다고?"

비올렛이 미소를 지었다.

"네 희망 사항과는 관계없이 내가 여기서 침묵하느냐, 움직이느냐에 따라서 너는 그렇게 되는 거야. 내가 어떻게 해 주길 바란다면 내게 말을 곱게 써야지."

그녀의 어조는 결코 짙은 감정이 서린 말투가 아니었다. 마치 감정이 없는 것처럼 사근사근하고 부드러웠다. 그러나 맑은 달빛을 담은 푸른 눈만은 얼음장처럼 싸늘했다.

"난 너희가 모두 증오스러워."

언제나 고분고분하게 그의 말을 듣고 있던 비올렛이 그런 말을 하자 다니엘의 얼굴은 놀라움으로 물들었다. 그리고 그는 웃음을 터트렸다. 그러다 별안간 얼굴이 악귀처럼 돌변하더니 비올렛의 목을 두 손으로 조르며 그녀를 눕혔다.

"네까짓 게 감히, 감히!"

그가 이를 악물었다. 쓰러진 비올렛의 눈에 얼굴 옆에 흐트러진 제비꽃들이 들어왔다. 다니엘은 그녀 위에 올라탄 채로 목을 조르고 있었다. 숨이 막혔다. 짓이겨진 제비꽃의 풀내가 코를 찔렀다.

비올렛은 다니엘을 바라봤다. 그는 목이 졸리는 그녀보다 더욱더 일그러진 얼굴을 하고 있었다. 밀어내려 했지만 밀어낼 수가 없었다. 숨을 쉬지 못해 얼굴이 붉게 달아오른다. 어차피 죽지는 않을 거다. 다니엘도 그것을 알고 있다. 그래서 이렇게 필사적으로 목을 누르는 것이다. 비올렛은 무의식적으로 다니엘을 밀었지만, 그는 이 순간 비올렛을 죽여 버리려고 온 힘을 다해 짓누르고 있었다.

그때 '스릉' 하는 금속성 소리가 들리며 그녀의 얼굴에 무언가가 튀었다. 따스한 그것은 붉은 피였다. 목을 조르는 손에 힘이 풀렸다. 콜록콜록, 기침을 하는 비올렛을 누군가 잡아 일으켰다. 다리에 힘이 풀렸지만 그 손이 강하게 그녀의 허리를 받치고 있었다.

"으아아악!"

다니엘이 바닥을 굴렀다. 어깨가 붉게 물들어 가고 있었다. 비올렛은 재빨리 자신의 허리를 받친 사람을 보았다. 로디온 경이 눈에 불을 뿜은 채 쓰러진 다니엘을 노려보고 있었다. 그의 이름을 부르고 싶었지만 갑자기 호흡이 가능해지자 그녀는 콜록거리며 기침하기 시작했다. 이따금 구역질을 하느라 눈에 눈물이 맺혔다.

"괜찮으십니까?"

로디온의 물음에 비올렛은 고개를 끄덕였다. 다니엘이 으윽, 신음 소리를 흘리며 일어났다.

"감시를 하려면 감시를 하란 말이야! 너희들이 어떤 짓을 해도 아직 우리는 에르멘가르트 후작가……."

"고작 긁힌 상처 하나에 엄살 부리지 마라, 에르멘가르트 영식."

로디온이 차갑게 다니엘의 말을 끊었다.

"그, 그래. 너희는 비올렛을 성녀로 인정하는 거야. 그래서 성녀를 수호하려 지금 이런 짓을!"

다니엘이 소리치자 로디온이 검을 들며 말했다.

"저 여자를 성녀로 생각하고 아니고가 문제가 아니라, 네놈이 쓰레기같이 굴어서라는 걸 아직도 모르는가 보군! 다음번엔 그 교만

한 혀를 잘라 주길 바라는 것인가?"

그 말에 다니엘이 입술을 깨물었다. 로디온은 에셀먼드의 팔을 벤 적이 있었다. 그도 강한 기사였으며, 성기사단이 지금 이 저택을 포위한 상황에서 그에게 대들었다간 앞날이 암담할 것이 뻔했다. 설령 지금은 손대지 못하더라도 대리 성녀를 세우는 것은 이단의 행위였으므로, 일이 잘못되면 악명 높은 로디온에게 끌려가 어떤 일을 겪게 될지도 모른다. 다니엘은 이를 으득 갈며 도망치듯 저택 안으로 들어갔다.

비올렛은 허리에서 느껴지는 감촉에 로디온의 곁에서 떨어졌다. 아까 누가 따라오는 기척을 느꼈었는데 그게 바로 로디온 경이었다니. 비올렛의 몸이 경직되었다. 로디온 경은 위험한 사람이었다. 아직도 그녀의 손을 만졌을 때의 눈빛을 기억했다.

"저, 저는 괜찮습니다. 이 팔을 풀어 주십시오."

비올렛이 움직이자 그는 허리에 감은 팔을 풀고 그녀를 제대로 마주 보았다. 그 눈빛은 아직도 변함이 없었다. 그녀가 성녀가 아닐지도 모른다는 의혹이 듦에도, 모든 이들이 라즈니를 성녀라 믿음에도 그 눈빛이 올곧게 비올렛을 본다는 것이 이상했다.

"날이 많이 춥습니다, 성녀님."

"로디온 경도 그녀의 성력을 보시지 않았습니까. 성녀는 제가 아니라 그 여자 분일지도 모릅니다. 어찌 성녀라 부르십니까?"

"당신이 아는 사실을 내가 모른다고 생각하지 마십시오. 그 여자는 절대 성녀가 아닙니다."

그가 낮은 목소리로 말했다.

"어째서 그렇게 생각하십니까?"

로디온은 그 말에 대답하지 않았다.

"추기경께서 당신의 감시를 명하셨습니다. 고작 이런 일을 시키실 분이 아닙니다. 당신의 호위를 명하신 게 분명합니다."

그는 자신의 적색 망토를 벗어 그녀에게 둘러 주려 했다. 하지만 그의 붉은 망토는 체자레를 연상시켰다. 어쩐지 그것에서 피비린내가 나는 착각이 들어 비올렛은 그것을 거절했다.

"전 당신을 지킬 사람입니다."

그녀의 거절은 로디온을 불쾌하게 만든 듯했다.

"저를 경계하셔서 좋을 것은 없을 겁니다."

그러면서 한 걸음 다가왔는데 그것이 몹시 위협적이었다. 그는 음산한 눈빛을 흘리며 성녀 비올렛을 강하게 원하고 있었다. 그녀가 한 발자국 뒤로 물러서며 말했다.

"저택에 들어가겠습니다."

"제가 모시겠습니다."

어차피 방 안에 따라오지는 않을 것이다. 신경이 날카로워지긴 했으나 그래도 이렇게 일단락되어 다행이었다. 비올렛은 들어가는 길에 에셀먼드를 마주했다. 그는 비올렛을 바라보다가 뒤에 있는 로디온을 차갑게 노려보았다.

"내가 동생의 팔을 찔러 꽤나 분노하신 것 같군, 에르멘가르트 경?"

로디온이 에셀먼드를 보며 빈정거렸다. 에셀먼드는 그의 말을 무시한 채 비올렛에게 손을 내밀었다. 그녀는 에셀먼드의 눈빛을 보았다. 그의 시선은 비올렛의 목을 향해 있었다. 그의 서늘한 시선이 곧바로 분노를 머금었다.

"그렇게 된 일이었군."

에셀먼드가 중얼거리듯 말하며, 그의 손을 잡을까 말까 망설이고 있던 비올렛의 손을 잡아 들었다.

"잠깐! 어떻게 성녀님께 사사로이 접촉할 수 있단 말인가."

로디온이 으르렁대며 말했다.

"난 그녀의 오라비다, 로디온 경."

에셀먼드가 고저 없는 음성으로 대답했다. 차가운 손에 에셀먼드의 따스한 손바닥이 느껴졌다. 비올렛은 에셀먼드가 로디온을 보다가도 이따금 그녀의 목 언저리에 시선을 주고 있다는 것을 알았다. 로디온이 낮게 가라앉은 목소리로 말했다.

"이곳은 성녀님이 계시기에 적합한 곳이 아니야. 네 동생 놈을 보고 알아챘다. 네 동생 놈은 무례하며 오만하다. 오라비라고 했나? 나는 동생의 목을 조르며 모욕하는 오라비는 일찍이 본 적이 없다. 에르멘가르트가는 쓰레기군. 왜 성하가 직접 나섰는지 이해가 간다."

그 말에 에셀먼드가 차갑게 대답했다.

"그녀가 성녀가 아니라는 게 네놈들의 주장 아니던가? 그리하여 네놈이 절대 들어올 수 없는 이곳에 들어와 있는 것이고."

"흥, 나는 내 감을 믿는다. 성녀로 판단되든 아니든 이분은 신에게 선택받은 사람이다. 다른 사람은 몰라도 나는 알고 있다. 그러나 이곳은 전혀 이 분께 좋지 않아. 지옥 같은 곳이지. 에셀먼드, 열흘 후에 네놈의 일가가 교황 성에 처박혀 처형을 당하든, 아니면 그 하찮은 목숨을 온존하든 이분은 이제 이곳을 떠날 것이다."

그 말을 제대로 다 듣지도 않고 에셀먼드는 비올렛을 안으로 끌고 들어갔다. 그의 표정은 보이지 않았다. 다만 에셀먼드가 그녀의 목을 바라보고 있는 것은 분명했다. 그의 시선에 비올렛의 시선도 보이지 않는 자신의 목을 향했다. 그는 비올렛을 그녀의 방에 무작정 데려갔다. 비올렛이 머뭇거리자 어깨를 밀어 그녀를 소파 위에 앉혔다.

"묻겠다."

"……."

무슨 말을 하려는 것일까. 에셀먼드는 어쩌면 체자레의 수작을 눈치채고 묻는 것일지도 모른다. 아니면 진짜 성녀냐고 물어보려는 것일까. 아니면…….

"다니엘이, 전에도 이런 적이 있었나?"

"……."

너무나 의외의 물음에 비올렛은 깜짝 놀라 눈을 크게 떴다.

"그 녀석이 너에게 폭언을 했나? 아니, 그 정도로 너에게……."

"……."

너무나 이상한 물음이었다. 다니엘의 행동에 대해 물어보다니, 이제 와서 무슨 관심이 생겼다고 묻는단 말인가. 비올렛이 멍하게 그를 보았다. 없던 것은 아니었다. 목을 조른다는 극단적인 행동은 아니었지만 그녀의 어깨를 꽉 쥐거나 손을 압박하거나, 목을 조를 것처럼 위협적으로 행동했다. 너는 천민이며 사랑받을 자격이 없다. 그것이 만약 로디온 경이 말하는 '폭언'이라면 그것은 폭언이 맞았다.

"모르고 계셨던 건가요?"

오히려 비올렛이 되물을 정도였다. 그에 에셀먼드가 하, 작은 숨을 내뱉었다. 그것은 기가 찬 듯 웃는 느낌이라 비올렛은 그다음에 들어올 중요한 질문을 기다렸다. 그러나 에셀먼드는 이상했다. 비올렛의 시선을 피한 그가 한 손을 들어 입을 틀어막았다.

그의 손 사이로 괴로운 음성이 새어 나왔다. 그는 빨라진 호흡을 고르고 있었다. 한참 동안 그의 씩씩거리는 숨소리만 들려왔다. 그러다 에셀먼드의 시선이 그녀를 향했다. 왠지 그의 눈시울이 붉다 생각했을 때, 고함 소리가 비올렛의 귀를 울렸다.

"도대체, 너는 언제까지 어린 시절 그대로 머물 생각이지!"

비올렛은 그의 분노에 당황했다. 왜 화를 내는 것일까. 그는 화를 낼 이유가 없었다. 오히려 이런 반응이 새삼스러운 것이다. 에셀먼드가 감정적이 된 것은 이번이 두 번째였다. 첫 번째는 이자카와의 결투를 앞두고 다쳤을 때, 그리고 지금.

그는 언제나처럼 표정이 없었다. 아니, 표정이 없었지만 그 눈은, 항상 감정이 없던 두 눈은 무언가를 담은 채 무너져 내렸다.

"결국, 나는 무엇을 위해……."

그는 시선을 돌렸다. 그리고 그녀의 두 눈을 바라보다 등을 돌려 바깥으로 나섰다. 쾅, 문이 닫히는 소리에 비올렛은 움찔했다. 무슨 일이 벌어진 건지, 왜 그가 화를 낸 건지 이해가 가지 않았다. 어린 시절에 머물고 있다니. 그녀는 지금 충분히 성장했고, 어른으로서 마주하고 싶지 않은 선택을 강요받고 있었다. 그는 알고는 있는 것일까, 그녀가 어떻게 행동하느냐에 따라 이 가문의 존속이 달려 있다는 것을.

"……."

에셀먼드가 나가고 앤이 들어왔다. 앤은 울 것 같은 표정이었다. 그녀는 이야기를 들은 것인지 차가운 수건과 연고를 가져와 비올렛의 목에 발랐다.

"다니엘 도련님이 정말로 그런 일을 저지른 거예요?"

비올렛은 피곤한 듯 눈을 감으며 고개를 끄덕였다. 앤이 하아, 한숨을 쉬는 소리가 들렸다.

"다니엘 도련님이 한 번씩 저녁마다 들렀다는 걸 알아요. 하지만 저는 아가씨가 다니엘 도련님께 유일하게 마음을 열고 계신 줄 알고……."

그녀는 말끝을 흐렸다.

"앤, 그건 별로 중요한 일이 아니야."

비올렛이 앤을 달랬다. 그러자 앤이 울컥해서 소리쳤다.

"어떻게 중요한 일이 아닐 수가 있어요! 아가씨가, 제가 모시고 있는 아가씨가, 제가 모시는 사이에, 이런 일을 당했을지도 모른다는데!"

비올렛은 입을 다물었다. 앤이 마치 에셀먼드처럼 그녀에게 화를 내고 있었다. 지금 그녀는 이 후작가를 몰락시킬 생각을 하고 있는데도. 비올렛은 그 사실을 말해야 할까 생각하다가 입을 다물었다.

"너 혼자 편해지겠다고 그러니?"

이젠 얼굴도 제대로 기억나지 않는 여자가 물었다. 질척한 피 웅덩이에서 기어 나온 여자는 비올렛의 목을 졸랐다. 목을 조르는 힘은 강하지 않음에도 숨이 막혔다.

"넌 절대 편해질 수 없어."

피에 젖은 붉은 머리카락을 한 여자가 비올렛의 귀에 속삭인다.

"아아, 윌, 왜 나를 배신했나요, 윌!"

통곡하는 여인이 구멍이 뚫려 피가 철철 흐르는 가슴을 잡고 울부짖는다. 이따금 찾아오는 그녀들은 여느 때처럼 비올렛을 괴롭히기 시작했다.

"비올렛, 우리를 배신하지 마. 너 혼자 용서하고 편해진다면, 우리의 원통함을 누가 알아주겠어?"

"우릴 배신하지 마."

"죽여 버려."

"비올렛, 비올렛, 너무 아파."

"사랑해, 비올렛."

"우릴 잊지 마."

"복수해."

이따금씩 붉은 핏빛의 꿈속에 나오는 그녀들은 비올렛의 목을 조르고 팔을 압박하고 가슴을 짓누른다. 그리고 그녀의 귀에 속삭인다. 복수해, 증오해, 사랑해. 그들의 죽음을 잊은 게 아니다. 잊은 게 아닌데도……

"비올렛."

다정한 목소리에 그녀는 일어날 수 있었다. 그녀를 둘러싼 여자들은 온데간데없이 사라졌다. 어머니의 따스한 음성이 구원처럼 아득하게 느껴졌다. 그러나 그녀는 어머니의 바로 앞에서 멈춰야 했다.

어머니의 모습은 피투성이다. 마지막으로 보았던, 배와 폐를 찔려 컥컥거리다 죽어 가는 고통스러운 얼굴에는 원한이 가득하다. 문득 비올렛은 손에 따뜻한 감촉을 느껴 손을 보았다. 그녀는 비명을 지르고 싶었다. 아버지의 머리가 손에 들린 채 그녀를 보며 울고 있었다. 살려 달라고.

일어나니 회색빛 하늘은 비를 쏟아 내고 있었다. 숨을 헐떡이던 비올렛은 자신의 두 눈에서 눈물이 떨어진다는 것을 알았다. 유예 기간이 시작된 이후부터 그녀는 계속 이런 꿈을 꾸고 있었다. 이따금 꾸었던 꿈이 더욱더 검붉은 피의 색채를 띠고 비린내를 풍기면서 비올렛에게 충고하고 있었다. 잊지 마라. 잊지 마라. 어머니의 치욕을, 아버지의 원한을. 잊지 마라. 들꽃처럼 스러져 간 여자들의 가여운 영혼을.

어두운 하늘을 보며 비올렛은 생각에 잠겼다. 유예 기간 중 닷새가 지났다. 그녀는 방 안에서 두문불출하고 있었다. 후작이 병중이라 비올렛에게 신경 쓰는 이들은 적었다. 있어 봤자 사용인들은 비올렛과의 접촉을 피하려 했다.

아마 그들도 이제 알고 있을 것이다. 비올렛이 성녀를 사칭한 혐의를 받고 있다는 것, 가문이 위험하다는 것을. 신성 모독이 되어 교황의 명령하에 이 거대한 가문의 모든 것이 무너질지도 모른다는 것을 알고 있을 것이다. 불안에 떨고 있는 사용인들이 보인다. 몇몇 사용인들은 함부로 탈출하려다가 저택을 에워싼 기사들에게 저형당했다고 했다.

비올렛은 창문 너머의 황량해 보이는 후작가를 보았다. 정원사는 이럴 때도 틈틈이 정원을 관리했다. 이 아름다워 보이는 정원은 어떻게 될까? 후원의 짓밟힌 제비꽃과 같을까. 그녀는 멍하게 생각하며 그것을 보았다.

"아가씨, 식사하세요."

앤이 일부러 밝게 말했다. 비올렛은 앤을 보았다. 두렵지 않은 것일까. 만약 자신이 가짜 성녀가 되길 원한다면 앤이 무사할 리가 없다. 물론 비올렛은 그녀를 외면하진 않을 것이다. 그러나 그녀가 원한다고 해서 앤의 목숨을 살릴 권한은 없었다.

"앞으로 오 일 남았어."

비올렛의 말에 앤은 입을 다물었다. 비올렛의 입에서 구체적으로 날짜가 나온 것은 처음이었다. 앤도 그것이 무슨 의미인지 알고 있을 터였다.

"아가씨는 앞으로 어떻게 되는 건가요?"

비올렛이 창을 보다 말했다.

"죽지는 않을 거야. 비록 가짜 성녀라고 말할지라도."

체자레는 약속을 어기는 자가 아니었다. 가짜 성녀라 매도당해도 그녀를 구할 구명줄은 마련할 수 있을 테니, 어쩌면 비올렛은 성녀의 의무로부터 자유로워질 수도 있었다. 이마의 성흔과 머리카락만 어떻게 한다면 정말로 그렇게 될 수도 있었다. 차라리 이자카와 함께 도망가는 게 나았을까 생각했지만, 대신 이 사람들은 죽거나 비참한 꼴을 면하지 못할 것이다. 그렇게 생각하고 있는데 앤이 한숨을 내쉬며 말하는 것이다.

"아, 다행이네요."

비올렛은 그 말에 심장이 내려앉는 느낌이 들었다. 방금 앤이 무슨 소리를 한 거지? 다행이라고 했다. 분명히.

"저는 아가씨가 혹여나 교황 성의 고문실에 끌려가실까 봐……. 아, 다행이다."

"……."

비올렛은 앤을 보았다. 그것은 그녀가 원하는 반응이 아니었다. 아니야, 차라리 날 원망했어야지. 자신이 진짜이든 아니든 상관없이 저주를 퍼부었어야지.

"앤."

비올렛이 앤의 이름을 불렀다. 그녀에게서 몇 년 동안 불렸던 이름이지만, 앤은 그 부름에 여태껏 불러 왔던 것과는 다른 울림이 있다는 것을 눈치챘다.

"나 때문이라는 거 알잖아."

"……."

앤은 대답하지 않았다.

"화나지 않아? 나는 성녀로서 알아야 했다던 신어도 몰라. 나는 날 증명하는 데 온 힘을 써야 해. 지금이라도 신어를 공부해야 할지도 몰라. 하지만 나는 아무것도 하지 않고 있어. 어쩌면 내가 널 거짓으로 속였을지도 모르고, 네가 어떻게 될지 알면서도 일부러 성력을 감추고 있는지도 몰라. 네가 아가씨로 모셨던 나는 성녀가 아니라 정말로 천한 여자일 수도 있어."

비올렛의 말에 앤이 말했다.

"제가 언제 아가씨를 성녀님이라 모셨나요? 내 아가씨라서 모셨지."

안 된다. 비올렛은 두근거리는 심장을 제어하려 애썼다. 정말로 이야기를 더 들을 수는 없다. 앤은 똑똑하다. 앤은, 알고 있을 것이다. 많은 것을 알면서도 침묵했다.

"죽을 수도 있단 말이야. 고문실에 끌려가는 건 내가 아니라 나를 모셨던 너일 수도 있어. 집사인 네 아버지도 무사하지 못할 거야."

"그것이 이 가문을 모셔 왔던 것에 대한 대가라면 받아들여야죠."

"어째서?!"

비올렛이 화를 냈다. 그 담담한 말투에 화가 났다. 아니다, 이럴 때 받아들이는 게 아니라 원망을 해야 한다. '모셨다'라는 것 때문에 저지르지도 않은 잘못으로 고통받고 목숨을 잃을 수도 있다. 어떻게 그것을 받아들인단 말인가.

"작은 여자애의 인생을 빼앗고, 억지로 검을 쥐게 하고, 사랑을 빼앗고, 꿈조차 꾸지 못하게 하고."

"……."

"아가씨는 언제나 짓밟히는 작은 것들을 가엾게 여기셨죠. 그리고 그것을 아무렇지 않게 짓밟는 높은 사람들을 싫어하셨어요."

비올렛은 앤이 자신을 파악하고 있다는 사실을 알았다. 그날, 후작가에 증오를 품은 이후로 비올렛은 앤과 깊은 대화를 나눴던 적이 없었다. 그럼에도 앤은 그녀가 어떤 생각을 가지고 있는지 알고 있었던 것이다. 그것이 관심이라는 것일까.

"작은 여자애는 아무 의사도 없이 이 삭막한 곳으로 끌려와 다정하고 예쁜 마음이 너덜너덜해지도록 상처받고 외로워했죠. 작고 여리며 약하다는 이유만으로 거대하고 강한 존재가 자신을 마음대로 망가트리는 것을 당연하게 받아들여야 한다면."

앤이 다가와 그녀를 끌어안았다.

"그렇다면 그 거대한 존재 역시 작고 여린 존재에게 파괴될 수 있다는 사실을 받아들여야 마땅해요, 아가씨."

따스한 온기가 느껴졌다.

"한 여자아이를 너무나 괴롭고 외롭고 슬프게 한 죄니까, 죗값을 치르는 거니까."

앤이 다정하게 속삭였다.

"가문을 잘못 모신 죄로 받아들이는 게 아니에요. 높은 사람에게 순응하는 게 아니에요. 아가씨의 갈 곳 없는 미움을 풀어 드리지 못한 죗값을 받는 거예요. 너무나 슬프고 아픈 그 마음을 차마 어루만져 주지 못한 제 잘못을, 모든 것을 알면서도 말하지 않은 제 죄의 대가를 받는 거죠."

비올렛의 두 눈에서 눈물이 떨어졌다. 울 자격은 없다. 그런데도 눈물이 나오고 흐느낌이 새어 나왔다. 따스한 품이 느껴졌다. 앤은 언제나 따스했다.

"그러니까 아가씨, 아가씨가 모든 것을 짊어지고 괴로워하실 필요는 없어요. 아가씨가 어떤 선택을 해도 그건 당연한 거니까."

비올렛은 차마 흐느끼지도 못하고 오래도록 눈물만 흘렸다.

에이든이 찾아온 건 오후였다. 에이든은 비올렛을 보고 머뭇대다 그녀의 옆에 앉았다. 그는 애써 밝은 말투로 말했다.

"아, 날씨 구리다. 그렇지?"

비올렛이 아무런 말을 하지 않자 에이든은 재미없다며 투덜거렸다. 앤은 그 둘을 위해 차를 내온다며 자리를 비켜 주었다. 집안이 위기에 처해 있는데도 에이든만은 그대로였다.

"에이든."

이름이 불리는 것은 너무 오랜만의 일이라 에이든은 잠시 눈을 껌뻑였다. 어쩐지 찾아오는 불길한 예감에 그는 입술을 깨물었다. 비올렛은 다정한 얼굴이었다. 에이든은 제비꽃을 본 이래로 그녀가 눈에 띄게 나긋해졌다는 것을 알아차렸다. 언제나 날이 서 있던 얼굴에서 처음으로 평화가 보였다. 비올렛은 다시 웃고 있었다.

"왜 불러?"

그가 퉁명스럽게 대답했다. 그녀는 에이든과 대화를 나눌 때면 자신이 어린 시절로 돌아간 듯한 느낌이 들곤 했다. 언제나 애써 끌어모았던 증오가 사라져 버릴 것만 같아 비올렛은 에이든이 거북했다. 에셀먼드가 그녀의 분노를 일으켰다면, 에이든은 죄책감을 불러일으켰다. 에이든은 가장 오빠다운 오빠였다. 비올렛이 아무 말도 하지 않자 에이든은 비가 내리는 창을 봤다. 아, 날씨 정말 더럽게 안 좋네. 혼자 중얼거리던 그가 그녀의 얼굴을 보며 말했다.

"너한테 잘못한 게 많이 있어."

에이든의 말투는 덤덤했다.

"물론 너에게 잘못한 게 많아서 넌 내가 어느 걸 말하는지 모르겠지."

그 말에 비올렛이 고개를 들어 에이든을 보았다. 그가 얼굴을 찡그리며 말했다.

"나 말이야, 네가 우리 영지 꽃의 거리 출신이라는 걸 들었을 때 알고 있었어."

"뭘?"

"형이 잘못해서 거길 지워 버리라 지시했었던 거. 형이 사실 무척이나 너에게 큰 잘못을 저질렀다는 걸 알고 있었어. 그리고 나는 그것을 숨겼지. 그땐 네 얼굴을 차마 볼 수 없어서 널 피해 다녔어."

그는 차마 고개를 들지 못한 채 자신의 죄를 고백하고 있었다.

그것은 너무나 작은 죄였다. 배신감을 느낄 가치도 없는, 사실 알려 줄 필요도 없는 잘못. 그때 에이든이 그녀를 피해서 외롭긴 했지만 그것은 비올렛에게 '죄'로 인식되는 것이 아니었다.

"왜 숨겼어?"

비올렛이 물었다.

"너랑 겨우 친해졌는데, 네가 날 미워할까 봐."

그가 담담히 말했다. 그 말에 거짓은 없다. 에이든은 거짓말을 한 적이 없었다. 다니엘이 품는 감정과는 반대로 그는 이 집을, 이 가문을, 형제들을 사랑했다. 비올렛은 그에 미소 지으며 말했다.

"……괜찮아."

에이든이 투명한 사람이었기에 비올렛은 너무나 잘 알고 있다.

에이든은 그런 것들을 사랑한 만큼 비올렛도 사랑하고 있었다.

"형은 너에게 아무 말도 하지 말라 했어. 다니엘 형은 어깨를 다쳐서 너를 향해 욕을 퍼붓고 있지. 나는 다니엘 형이 무척 다정한 줄 알았어. 네게 화가 많이 났더라. 네가 일부러 성력을 숨겨서 우릴 함정에 빠트린 거래."

에이든의 말투가 더욱더 어둡게 가라앉았다.

"그게 사실이야?"

그의 물음에 비올렛은 대답할 수 없었다. 에이든의 얼굴에는 눈물이 맺혀 있었다. 긍정도 부정도 할 수 없는 대답. 그가 한숨을 내쉬었다. 그러다 키득거리며 웃었다.

"그런데 정말 이상하다."

에이든이 말했다.

"우리 집이 엄청 위기에 처한다는데, 이상하게도 너한텐 자꾸 미안한 마음이 들어."

"……."

"너한테 차라리 잘못했다고, 날 봐서라도 살려 달라 빌고 싶은데 이젠 그럴 마음조차 들지 않아. 모르겠어. 네가 미워지려다가도 못 미워하겠어. 난 그사이에 네게 정이 많이 들었나 봐. 너는 안 그래?"

에이든의 말에 비올렛이 입을 다물었다. 그녀는 입을 열어 네가 말한 그 감정을 나 역시 고스란히 가지고 있노라고 말하고 싶었다. 그러나 비올렛은 아무 말도 하지 않고 그저 그를 방 안에 남겨 두고 밖으로 나갔다.

복도는 어두웠고 저택의 곳곳마다 죽음이 지척에 깔려 있는 것 같았다. 금방이라도 저택에 드리운 검은 그림자가 비올렛을 덮쳐 올 것 같았다. 계단 아래로 내려가자 그녀는 의외의 인물을 마주했다. 그 인물은 이 저택과 어울리지 않는 밝은 금발을 가지고 있었다. 여자는 새파란 눈동자로 비올렛을 노려보았다.

"지금 이곳에서 얼굴을 들고 다닐 여유가 있나 봐요?"

그녀가 빈정거렸다. 패트리샤는 울었는지 얼굴이 붉게 달아올라 있었다. 비아냥거림에도 비올렛의 표정에 변화가 없자 패트리샤가 표독스럽게 소리쳤다.

"가짜 성녀인 주제에, 지금까지 어떻게 모두를 기만할 수 있었죠?!"

그 말에 비올렛은 안도의 한숨을 쉬었다. 그녀는 차라리 이런 저주를 바랐다. 에이든이나 앤과 같은 따스한 포옹과 진심이 아닌, 분노 섞인 말투와 저주. 오히려 기대했던 저 소리를 들으니 마음이 편해졌다.

"후작 각하의 모습을 보세요. 병이 악화되신 게 안 보이세요? 의원도 고개를 저어요. 당신 때문이야, 당신 때문에 약해지셨다고!"

패트리샤가 소리쳤다.

"당신, 당신은 결코 용서할 수가 없어요! 당신이 가짜 성녀라면, 내가 당신을 내 손으로 없애 버릴 거야. 에셀먼드 경이 죽는다면, 당신 때문에 교황의 손에 죽는다면 가만두지 않아!"

그녀가 온몸으로 소리친 덕분에 그 목소리는 쩌렁쩌렁 울려 퍼졌다. 덕분에 사용인들이 나와 비올렛과 패트리샤의 대치를 보고 있었다.

"데후바스 영애."

소름 끼치도록 서늘한 목소리가 복도에 울려 퍼졌다. 에셀먼드였다. 저택의 꼭대기 층까지 울려 퍼진 패트리샤의 신경질적인 목소리는 에셀먼드의 귀에까지 닿았으리라. 그녀는 눈물 맺힌 눈으로 그를 보고 있었다.

"약혼은 무산된 걸로 알고 있습니다. 지금 여기 온 이유를 모르겠군요."

"무산되다니요? 잠정적으로 미뤄진 겁니다! 그리고 성기사단도 날 들여보내 주었어요."

약혼이 무산되다니? 비올렛은 패트리샤가 눈물짓는 것을 바라봤다. 생각해 보니 당연한 일이었다. 궁지에 몰린 에르멘가르트 후작가와 데후바스 백작가가 약혼 관계를 유지할 리가 없었다. 그러나 패트리샤는 약혼을 잠정적으로 미룬 것이라 고집을 피우고 있었다.

"저 여자, 저 여자 때문에 지금 이렇게 엉망이 된 거예요. 각하께서는 저 여잘 데려온 것을 후회하실 거예요."

후회. 후회라는 단어가 비올렛의 가슴 깊이 스며들었다. 패트리샤의 말이 맞았다. 후작은 그녀를 데려온 것을 후회한다고 했다. 아마 지금도 마찬가지일 것이다. 그녀가 화근이 되어 멸문의 위기에 놓이게 될 줄 누가 알았겠는가.

"에셀먼드! 난 저 여자를 용서하지 않을 거예요. 저 천한 여사가!"

"그……."

"적당히 하십시오!"

그 말을 한 것은 에셀먼드가 아닌, 비올렛을 뒤따라온 에이든이었다. 그녀의 뒤에 서 있던 에이든의 씩씩거리는 숨소리가 들렸다.

"형의 책임이니까 내보내려면 빨리 내보내."

에이든이 차갑게 말했다. 분노하는 에이든은 놀랍게도 정말로 에셀먼드와 비슷한 표정이었다. 그것을 보고 있던 에셀먼드가 고개를 끄덕였다.

"다들 지금 미쳤나요? 당신, 차라리 추기경께 가서 모든 게 당신의 소행이었다고 말해요. 당신이 후작을 속였다고! 그래야 후작가가 무사할 수 있어요! 모두가!"

패트리샤가 절규하듯 소리쳤다. 그녀를 호위하던 성기사단 중 몇 명이 그녀의 팔을 잡고 억지로 끌고 갔다. 아마 로디온 경의 명령임이 틀림없었다. 에셀먼드는 조심히 모시라는 말과 함께 그녀에게서 차갑게 등을 돌렸다.

"에드, 제발 나를 봐요. 4년이나 기다렸는데, 이제 정말 조금 남았는데! 이럴 수는 없어요."

패트리샤의 목소리가 점점 멀어졌지만 에셀먼드는 정말로 단 한 번도 그쪽을 돌아보지 않았다. 그의 시선은 비올렛에게만 향해 있었다.

그녀는 에셀먼드가 상당히 흐트러진 모양새를 하고 있다는 것을 알아차렸다. 물론 일반적으로 이러한 상황에서는 매무새를 단정히 한다는 게 이상할지도 모른다. 하지만 에셀먼드는 그런 일반적인 사람이 아니었다. 언제나 벼려져 있는 칼과 같은 남자였던 것이다. 그러나 평소와는 달리, 에셀먼드의 머리는 약간 헝클어져 있었다. 또한 잠을 제대로 자지 못했는지 얼굴에는 어두운 기색이 역력했고 얼굴선 역시 광대가 보일 정도로 날렵해졌다.

"만약 우리가 살아 있을 수 있다면 진짜로 저런 여자랑 결혼할 거야, 형?"

에이든 역시 상당히 짜증이 난 듯 에셀먼드에게 물었다.

"그래야겠지. 데후바스 백작가니까."

에셀먼드가 냉정하게 대답하자 에이든이 한숨을 쉬었다. 그러다 비올렛에게 생각이 미쳤는지 그녀를 보며 말했다.

"많이 놀랐냐? 나도 놀랐다. 뭐 저런 여자가……."

에이든의 말에도 비올렛은 가만히 서 있었다. 패트리샤의 절규가 머리에서 떠나지 않았다. 에이든의 질문에 방금 에셀먼드가 했던 대답 역시도. 자신이 정말로 성녀라는 것을 입증한다면 에셀먼드는 저 여자와 결혼하게 될 것이다. 후작의 남은 수명이 얼마 되지 않은 것을 보면 결혼은 빠르게 이루어지겠지. 그것을 볼 자신이 있을까. 억누르려 했지만 마음이 터져 나왔다.

손에 넣을 수 없다면 차라리 망가트리는 것. 비올렛은 눈을 감았다. 사실은 그것을 바라고 있었던 것이 아닌가. 너무나 미워서, 사랑할 수가 없어서, 그래서 망가트린다. 그를, 에셀먼드를. 그녀는 감은 눈에 지그시 힘을 주었다. 몸이 덜덜 떨렸다. 그런 추악한 자신이 너무나 싫었다. 그러면서도 탐욕스러운 마음이 그녀의 마음을 하나하나 잠식해 나갔다.

에셀먼드가 비올렛에게 등을 돌렸다. 아무 말도 하지 않은 채, 복도 너머로 사라진다. 그 뒷모습은 언제나 익숙하다. 그는 비굴하게 그녀에게 구걸하지 않는다. 그렇다고 원망하지도 않는다. 그저 그녀의 선택을 조용히 받아들일 뿐.

―당신은 그저 가만히 침묵하시기만 하면 됩니다. 그렇다면 모든 것은 다 끝날 테니까요. 당신이 손에 넣고 싶었지만 손에 넣을 수 없는 것들, 모두가 당신 것이 될 수도 있습니다. 당신의 손에 넣을 수 없다면, 적어도 망가트리는 것은 가능하지요.

체자레의 목소리는 악마의 속삭임과 같이 머릿속에 울려 퍼졌다. 결코 다가설 수 없는 사람, 결코 가질 수 없는 남자. 만약 가질 수 없다면 망가트리는 게 나은 것이 아닐까. 비올렛은 멍하게 그 모습을 보며 생각했다.

문제의 날 전날이었다. 비올렛의 걸음은 후작의 방을 향했다. 후

작의 방에는 병색이 짙은 신음소리만이 가득했다. 에이든이 후작의 곁에 있었다.

"어……."

에이든이 목소리를 흘렸다. 그는 매우 놀란 표정이었지만 비올렛이 쉿 하고 소리를 막자 고개를 끄덕였다.

"나가 있어 줄래?"

"왜? 아니, 나도 같이 있을게."

에이든이 눈치 없이 말하다가 비올렛의 분위기를 보고 한숨을 쉬며 바깥으로 나갔다. 밤은 고요했고 빗소리만이 울렸다. 며칠간 비는 단 한 번도 그치지 않았다. 후작은 생기 없는 얼굴로 누워 있었다. 그는 계속해서 기침을 해 댔는데, 가끔씩 각혈을 하는 듯 입술에는 피가 말라붙어 있었다. 왜 이 지경까지 참았던 것일까.

"오셨습니까."

비올렛이 성력을 쓰려 조용히 후작에게 손을 가져다 대자 후작이 그 손을 잡고 그녀를 말렸다. 어차피 성력을 쓰더라도 신어로 제대로 된 성녀라는 것을 입증하지 못한다면 가짜 성녀이므로 이젠 성력을 감추는 것도 소용이 없었다. 그럼에도 후작은 한결같이 고집스러웠다. 가래 끓는 소리를 내며 기침을 하던 후작이 말했다.

"말할 정신은 있습니다, 성녀님."

비올렛은 그를 내려다보며 말했다.

"열흘 동안 단 한 번도 저를 부르지 않으셨습니다."

"……."

"왜 부르지 않으셨습니까?"

그 말에 후작이 말했다.

"그거야, 이렇게 찾아와 주실 줄 알고 있었으니까요."

비올렛은 후작의 말에 입을 다물었다. 그는 숨을 쉬기 힘든 듯 몇 번이고 숨을 골랐다. 그리고 죽어 가는 얼굴로 그녀를 바라보았다. 이 남자가 저렇게 약했었나? 분명 처음에 봤을 땐 그는 거대한 산과 같아 보였다. 그때와 달리 지금 이 남자는 비올렛 앞에서 무너져 내렸다. 그러나 생명의 불꽃이 꺼져 가고 있었음에도 그의 눈만은 바위처럼 단단하고 강직한 빛을 띠고 있었다.

"절 미워하셔도 됩니다. 당신은 저를 사랑할 의무가 없습니다."

"……."

"당신을 거뒀다 해서, 당신이 절 미워할 권리가 없어지는 건 아닙니다."

후작은 눈을 감았다. 비올렛이 입술을 꼭 깨물었다. 에셀먼드나 후작이나 똑같았다. 자신의 잘못을 변명하지 않은 채 판단을 오롯이 그녀에게만 맡긴다. 말라붙은 입술이 계속해서 떨린다. 그는 손을 들어 비올렛에게 말했다.

"후회합니다. 언제나, 당신을 데려온 걸 후회합니다."

"……."

"나는 언제나 후회합니다."

후작은 저번에도 그런 말을 한 적이 있었다. 콜록, 그가 다시 한번 기침했다. 욱 하며 구역질을 하자 그녀가 얼른 후작을 일으켜 세웠다. 몇 번 기침을 하자 가래 끓는 소리가 사라지고 다소 말하기가 편해진 듯했다. 한결 나은 목소리로 그가 말을 이어 나갔다.

"당신을 대할 때면 늘 어떻게 대할지 모르겠습니다. 아들들에게도 좋은 아비가 아니었습니다. 하물며 당신에게 내가 어떻게 좋은 아비가 될 수 있었겠습니까."

"……."

"처음에는 천민이 경험하지 못했던 생활을 하게 해 준다면 당신을 웃게 하는 것 정도는 쉬울 줄 알았습니다. 그렇게 적당히 만족시키면 당신은 이곳에 딸로서 적응하고 우리를, 폐하를 위해 살아갈 거라 생각했습니다. 그러나 갈수록 어려워져서, 당신을 웃게 하는 방법을 도무지 알 수 없게 되어 버렸습니다."

"그건……."

후작은 몇 번 거칠어진 숨을 골랐다. 그리고 그 푸른 바다색의 눈으로 비올렛을 보며 말했다.

"성녀님, 나는 아직도 그때의 결정을 잘못이라 생각하지 않습니다. 그것은 후작인 나에게 당연한 것이었습니다."

비올렛은 그 말에 입술을 깨물며 그를 바라보았다.

"그러나 그 일로 나를 미워한다면 차라리 원 없이 미워하게 만드는 게 당신을 위한 길이라 생각했습니다. 차라리 잘되었다고 생각했을지도 모릅니다. 그렇게 대하는 게 내겐 가장 쉬웠으니까요."

후작은 그 혹독한 검술 훈련을 회상했다. 그는 비올렛이 그에게 증오를 품자 돌변해서 그 잔인한 배움을 강요했다. 기사들도 심하다고 고개를 절레절레 저을 정도로. 그래서 비올렛은 후작을 마음껏 미워할 수 있었다. 마음껏 울 수 있었다. 그것은 그 나름의 배려였던 것인가.

"당신이 나에게 저질렀던 짓은 절대로 용서될 수 없어요. 그래서……."

후작은 그 말을 듣고 웃었다. 앉아 있던 비올렛과 몸을 일으킨 후작의 눈높이가 맞았다. 그는 전에 본 적이 없는 따스하고 온화한 얼굴로 그녀를 보고 있었다.

"그래도 됩니다. 억지로 용서하려 노력할 필요 없습니다. 원망은 모두 내게 향하면 됩니다."

"……."

"차라리 미워한다고, 저주한다는 소리를 듣는 게 내겐 편했습니다. 그래야 우리 사이는 쉬워지니까요. 하지만 이젠 내 생명도 얼마 남지 않았군요. 나도 마음이 많이 약해졌나 봅니다."

후작의 말에 눈물이 흐를 것 같았지만 비올렛은 그것을 삼켰다. 그리고 후작을 쏘아보았다.

"그동안 왜 병에 대해 말하지 않은 건가요? 처음에 제가 치료했더라면 병은 나았을 거예요."

적어도 그녀가 성년이 된 1년 전에라도 그것을 말했다면 이렇게까지 악화되지 않았을 수도 있다. 왜 이렇게 이 남자는 미련한 짓을 한 것인가.

"그렇게 된다면 당신이 신전에 끌려가 버리지 않습니까."

"……."

비올렛은 입을 다물고 후작의 얼굴을 보았다. 겨우 그런 이유 때문인가. 죽을병인 걸 알면서도 비올렛에게 부탁하지 않은 이유가 겨우 그녀를 보내지 않기 위해서?

"바보 같은 말 하지 말아요. 지금 나를 속이는 거죠? 지금, 그러니까, 내가 선택을 바꾸게 하려고 수작을 부리는 거잖아요!"

비올렛이 소리쳤다. 후작은 그녀가 그렇게 말하면서도 입술을 파르르 떨고 있는 것을 보았다.

"당신은 너무 착하게 자랐습니다. 너무 다정해서…… 당신을 데려온 걸 후회합니다."

후작의 숨이 다시 거칠어졌다. 비올렛의 눈시울이 다시 한 번 뜨겁게 달아올랐다. 착하다고? 착하니까 봐 달라고 수를 쓰는 것이다. 인정할 수 없다. 이렇게 다정한 건, 그렇게 해서는 안 되는 것이다. 후작은, 그래, 그녀에게 뻔뻔하게 가문을 살려 달라 요구하면 되는 것이다. 늘 그랬던 것처럼!

"미안합……."

"하지 말아요!"

미안하다고 말하면 안 된다. 사과해서도 안 된다. 사과를 해 버리면 더 이상 마음 놓고 미워할 수가 없지 않은가! 마음 놓고 미워하게 해 주겠다면서 왜 이제 와서 사과하는가! 그렇게 된다면 선택 또한 마음껏 하지 못한다. 그녀는 고개를 흔들었다. 얼굴이 일그러지고 눈물이 떨어진다.

"미안합니다."

"말하지 말라고 했잖아요!"

비올렛이 신경질적으로 소리 지르며 흐느꼈다. 너무나 늦었다. 후작은 욕심을 부린다. 이렇게나 욕심을 부리고 있었다.

"내가 당신의 삶을 망가트렸습니다."

눈물을 흘리는 후작을 보며, 그 얼굴에 서린 회환과 슬픔을 보며, 그리고 그 눈빛에 서린 인정할 수 없는 애정을 보며 비올렛의 목울대가 위아래로 움직였다. 약해지면 안 된다. 그녀는 마음을 다 잡으려 계속 되뇌었다.

"그러니 살려 주십시오."

그래, 그렇게 말해야 한다. 후작은 그렇게 말해야만 했다. 이렇게 그녀의 마음을 약하게 해 파고들어야만 옳았다. 비올렛이 그의 태도에 안심하며 그를 비웃으려 할 때였다.

"에드를 미워하지 마십시오. 그 녀석은…… 당신을 결코 버린 게 아니었으니."

후작이 '진실'을 말하자 비올렛이 눈을 크게 떴다. 두 눈에 눈물이 흘러내렸다. 그녀는 후작을 끔찍하다는 듯 쳐다봤다. 그녀가 자리에서 일어났다. 너무나 빨리 일어나느라 의자가 뒤로 쾅 넘어졌다. 눈에는 눈물이 흘러내리고 있었다. 그것은 멈추지 않을 게 분명했다. 끝까지 끔찍하고 증오스러운 사람이었다. 후작은 언제나, 언제나. 비올렛은 그를 쏘아보았다. 후작이 콜록거리며 괴롭게 기침하고 있었지만 그녀는 그를 도와주지 않았다. 그저 도망치듯 방 밖으로 뛰쳐나갔다.

방을 나온 비올렛은 손바닥으로 얼굴을 감쌌다. 이 집안의 사람들은 그랬다. 끝까지 미워하지 못하게 만들었다. 차라리 냉혹하려면 끝까지 냉혹해야 했다. 애매한 다정함은 오히려 그녀를 더 괴롭게 했던 것이다.

입을 막아도 흐느낌이 계속 새어 나왔다. 인기척이 들려 고개를 늘었더니 울고 있는 그녀 앞에 에셀먼드가 서 있었다. 눈물은 계속해서 흘러내리고. 그는 항상 그랬듯이 무표정으로 그녀를 관찰하듯 바라보고 있었다. 세상에서 제일 증오스러운 남자, 저주스러운 남자. 그녀가 입술을 피가 나도록 꽉악 깨물었다. 에셀먼드가 비올렛에게 손을 뻗었다. 그러나 그녀가 지금 가장 닿고 싶지 않은 사람이 있다면 바로 에셀먼드였다. 비올렛은 그의 손을 피해 자신의 방으로 달아나 버렸다.

비가 내림에도 광장에는 사람들이 가득했다. 어둑한 하늘, 한낮인데도 해는 잿빛 먹구름에 뒤덮여 밤처럼 어두웠다. 먹구름 뒤에 서려 있는 희미한 금색의 빛만이 지금이 낮이라는 것을 알렸다. 비가 제법 많이 내렸지만 그 누구도 비올렛에게 우산을 씌워 주지 않았다. 오늘은 감히 성녀를 사칭한 마녀 비올렛을 심판하는 날이었다.

사람들이 어떤 생각을 하는지 비올렛은 충분히 알고 있다. 왜냐하면 비올렛도 했으니. 일정 계급 이상의 여인들만이 성녀가 되었던 기록과는 다르게 비올렛은 천민 중에서도 몸을 파는 창녀들 사이에서 신에게 선택되었다. 그렇다고 본태생이 천하지 않다는 것은 아니다. 그녀의 어머니와 아버지는 고기를 도축하여 다듬는 도살업을 했으니, 알면 알수록 그녀의 천한 신분이 드러났다. 애초에 그런 여자가 성녀라는 게 이상했다.

한 걸음 한 걸음 걸어갈 때마다 악의를 담아 수군거리는 소리가 들린다. 출신이 너무나 천해서 이국의 칸을 유혹했다가 실패했다든지, 후작가 내에서 여러 남자들을 꼬드겼다든지, 건방지기까지 해서 감히 귀족을 무릎 꿇렸다든지 등의 악의적인 소문이 비올렛의 귓가에 여과 없이 들렸다. 품위, 얼굴, 출신, 이 모든 것이 그들의 험담할 거리였다. 하지만 그녀는 의연했다. 오히려 비올렛의 곁에 있던 로디온이 참을 수 없다는 듯 이따금 이를 갈 뿐이었다.

후작은 혐의자였을 뿐 죄인은 아니었고 병중이기에 오늘 이 자리에 호송된 것은 장남인 에셀먼드와 그 형제들이었다. 물론 후작이 몸져 누워 있는 방은 당장이라도 그를 포박하여 호송할 수 있도록 기사들이 에워싸고 있으리라. 운명의 시간이 되자 나머지 에르멘가르트 일가는 모두 성기사단의 손에 끌려 나왔다.

비가 어깨를 적시고 있었다. 광장은 심판대에 가까운 순으로 귀족, 부유층, 평민이 서 있었다. 이따금 광장에서 연설을 하기 위해 마련된 탑에는 왕과 왕비, 왕자가 서 있었다. 비올렛은 샤를이 자신을 바라보고 있다는 것을 알았다.

오랜만에 얼굴을 본 라즈니는 초라한 비올렛의 처지와 반대되었다. 비에 흠뻑 젖어 머리카락이 볼품없이 구불거리는 비올렛과는 달리, 극진하고 깍듯하게 모셔져 산뜻해 보였다.

라즈니라는 여자는 무척이나 귀한 피를 지니고 태어났을 거라는 목소리가 이곳까지 들렸다. 그녀는 비올렛을 보고 있었는데 입꼬리가 축 처져 있어 이 상황을 꽤나 불쾌해한다는 것을 알았다. 먹구름이 낀 까만 하늘을 올려다본다. 비가 비올렛의 이마와 머리에 뚝뚝 떨어졌다.

붉은 성복을 입은 체자레가 아그레시아의 10명의 대신관들과 함께 나타났다. 열 명의 신관이 모이는 것은 진귀한 일이라 장내는 조용했다. 이 진풍경에 평민들은 물론이거니와 거지들마저도 광장 끄트머리에 모여 그들을 보려고 아우성쳤다. 아그레시아의 모든 귀족들과 대신관들, 그리고 '성녀 후보들'이 모인다는 것은 그들이 일생 볼 수 없는 대사건이었다.

체자레는 광장의 가운데에 선 비올렛과 라즈니를 보았다. 그리고 그들 앞에는 에셀먼드를 비롯한 에르멘가르트 일가가 서 있었다. 다니엘이 비올렛을 노려보는 것이 느껴졌다. 에이든 역시 군중들의 시선에 눈을 감고 있었다. 에셀먼드는 그저 조용히 서 있었다. 하늘이 더욱더 어두워졌다.

"추기경, 언제까지 비를 맞고 있어야 하는 건가요?"

라즈니가 서늘하게 말했다. 체자레는 그들을 만족스럽게 지켜보다 미소를 지으며 말했다.

"시작해 봅시다."

열 명의 신관이 비올렛과 라즈니를 번갈아 보았다. 누가 봐도 깨끗하며 젖지 않은 옷을 입은 라즈니와, 비에 젖어 몸에 딱 붙어 버린 옷을 입은 비올렛은 확실히 비교되었다. 젖은 머리카락과 비에 젖어 드러난 몸매, 유달리 빨갛게 보이는 입술은 정순하고 아름다운 라즈니의 모습과 달리 너무나도 천하고 속되게 보였다.

"이 자리는 두 명의 성녀 후보가 나타난 것에 대해 진실을 가리고자 마련된 자리입니다."

체자레가 말했다.

"에르멘가르트 후작은 '가짜 성녀'를 세워 신권을 훼손하고 이 나라의 근간을 흔들고 있다는 의혹을 가지고 있습니다. 왜냐하면 여기 계신 오른쪽의 후보자께서는 확실히 성녀의 증거를 보여 주고 계시기 때문입니다."

사람들의 시선이 라즈니에게 꽂혔다. 베일 너머 아름다운 선을 가진 얼굴이 눈에 띈다. 그녀는 화사하게 웃었다. 그 아름다움과 기품에 사람들은 모두 시선을 빼앗겼다. 베일에 가려진 얼굴이지만 그녀는 분명히 비올렛과는 달랐다. 범접할 수 없는 여유가 있었다.

"자, 라즈니, 당신의 힘을 보여 주십시오."

그렇게 말하자 라즈니가 빙긋 웃어 보였다.

"запалка."

그녀가 가볍게 말하자 빛이 발하며 그녀를 에워쌌다. 어둑한 광장에는 빛이 따스한 바람이 되어 사람들 사이를 지나갔다. 싸늘한 비 때문에 빼앗겼던 온기가 다시 그들 사이에 흘러내렸다. 젖어 있던 옷들이 마르고 있었다. 물론 비올렛도 그에 포함되었다.

그러나 막상 그것을 느끼는 비올렛은 별 감흥이 없었다. 그녀는 그저 에셀먼드를 보고 있을 뿐이었다. 비는 계속 쏟아져 내려 기껏 말린 비올렛의 옷을 다시 적시고 있었다.

"그녀는 신어를 사용할 줄 알며, '성녀'라는 이름에 마땅한 힘을 보여 주고 계십니다. 모두가 다 성녀님의 힘을 느끼셨으리라 믿습니다."

서늘한 초겨울에 부는 훈풍에 사람들은 모두 신의 온기를 처음으로 체감했다. 수도에 있는 사람들에게 종교는 그저 학문에 불과했기 때문에 그들은 신성을 접할 기회가 거의 없었다. 그러던 중에 성녀가 처음으로 공식 석상에 나와 힘을 쓴 것이다. 게다가 저 아름다운 성녀는 멀리 있는 평민인 자신들마저도 따스한 힘으로 어루만져 주었다. 이것이 성력이다. 이것이 신의 힘이다. 사람들은 경외 어린 시선으로 라즈니를 보았다.

"그리고……."

사람들의 시선이 체자레의 말에 바로 옆에 있는 초라한 비올렛에게 꽂혔다. 그 시선이 라즈니와 다를 것은 말할 것도 없었다. 천민 출신, 창녀임에도 감히 성녀를 사칭한 발칙한 여자, 신의 저주를 받아 마땅할 여자.

"비올렛, 당신의 자리를 증명해 주시길 바랍니다."

여기서 자신은 성녀가 아니라고 대답한다면 어떻게 되는 것일까. 침묵한다면 어떻게 되는 것일까. 비올렛은 다시 하늘을 멍하게 바라보았다. 회색의 하늘은 결코 맑게 개이지 않았다. 옆에 서 있는 라즈니의 새하얀 성복만이 이곳에 있는 유일한 색깔인 것 같았다. 그 순백의 색에 어쩐지 눈이 부셨다.

"당신이 아무 행동도 하지 않으면 에르멘가르트 후작가는 이대로 신성 모독죄를 뒤집어쓰게 됩니다. 물론 그 죄가 신성 왕국에서 얼마나 무거운 죄인지는 알 거라 믿습니다."

체자레의 엄숙한 목소리가 들렸다. 그러나 비올렛은 침묵했다.

저 멀리서 평민들의 목소리가 들렸다. 아마 그녀를 매도하는 소리일 것이다. 그 원초적이며 노골적인 단어들은 평민들에게서 전해져 와 귀족들에게까지 전염되었다. 사람들은 비올렛을 상처 주는 말이 더러우면 더러울수록 라즈니를 떠받드는 것이라고 착각이라도 하는 듯했다.

더러운 창녀 비올렛. 사람들이 말한다. 그러나 이것은 상관없다. 모든 이들이 그녀를 비난해도 이것은 익숙하게 겪어 왔던 일이다. 입을 다물면 모든 것이 완료될 것이다.

성녀라는 것은 결코 좋은 자리가 아니다. 그 고귀한 자리를 라즈니가 떠맡게 될 것이며 에르멘가르트 후작가는 멸문할 것이다. 스러져 갔던 부모에 대한 복수가 이루어질 것이고 삶의 터전을 빼앗겼던 그녀의 분노도 충족될 것이다. 저 모욕은 별로 중요하지 않았다.

몸져 누워 있는 후작을 떠올렸다. 이제 와서 비굴하게 미안하다고 말했던 그 남자를. 분명 비올렛을 데려왔을 적에는 커다란 몸을 가진 산과 같은 거대함이 있었으나, 이제 그에게는 병들어 누워 죽어 가는 자의 초라함만이 존재했다.

에이든을 바라봤다. 차마 말하지 않고 있으나 그 시선에 서린 간절함을 잘 알고 있다. 다니엘을 바라봤다. 그는 그녀를 저주하고 있었다. 자신의 일이 아니었다면 다니엘은 비올렛을 비난하는 사람들 가운데 속해 있었을 것이다. 그녀는 마지막으로 에셀먼드를 바라보았다. 그는 후계자답게 얄밉도록 단정한 얼굴이었다.

소유하지 못하면 망가트릴 수 있다 했다. 이제 그는 철저하게 망가트려질 것이다. 그의 고고함은 땅에 곤두박질치겠지. 패트리샤와의 결혼 따위 꿈도 못 꿀 것이다. 모든 것을 잃은 채 마지막 남은 목숨마저 잃어버릴 것이다. 그의 맑은 시선이 비올렛을 향한다.

순간, 사람들의 비난 소리가 아득히 멀어졌다. 이것이 마지막 기회다. 그녀가 어떻게 하느냐에 따라 이 모욕과 비난은 비올렛뿐만 아니라 에셀먼드에게도 향할 것이다. 그의 맑은 명예도, 새파란 미래도 짓이겨질 것이다. 무패의 기사라던 그의 고명高名은 사라지고, 기사로서 검과 같이 고고하던 이상은 녹슨 검이 되어 철저하게 유린되다 부러질 것이다. 그것을 과연 할 수 있겠는가?

아니, 절대로 할 수 없다.

강제로 침묵하게 했던 마음이 드디어 입을 열었다. 그것은 억눌렸던 세월만큼 커다란 목소리로 아우성쳤다. 이미 한 차례 타올랐던 마음은 까맣게 죽어 있었다.

그를 나락으로 떨어트릴 수가 없다. 이곳은 이렇게나 아프고 괴로운데, 그 역시 이곳을 겪게 할 수는 없었다. 에셀먼드는, 그녀가 좋아하던 사람은 그래서는 안 되었다.

후작의 설득은 성공했다. 비올렛은 결코 에셀먼드를 배신할 수가 없었다. 후작은 비겁하고 졸렬하다. 숨기려면 끝까지 숨겼어야지, 결국 이런 상황이 오니 진실을 말했던 것이다.

―폐하의 명이었습니다. 당신을 버린 게 아닙니다.

그 말을 듣고 비올렛은 앤에게 달려가 그것이 진실인지 물었다. 그동안 진실을 알 기회가 많았지만 그녀는 그것을 물어보지 않았다. 아니, 물어볼 수가 없었다. 그저 그가 자신을 버렸다는 비참한 결과만 마주할까 봐. 이것은 후작의 탓만은 아니었다. 용기가 없어서 그저 편하게 증오하기만 했던 그녀의 태만이 낳은 결과이기도 했다.

―폐하께서는 교황을 볼 수 있는 유일한 기회를 날려 버린 도련님께 분노하셨어요. 그래서…….

왕명으로 억지로 차출된 기사. 그것은 대장군 가문의 불명예이므로 '자원'이라는 형태로 에셀먼드는 새파란 나이에 전쟁터로, 목숨을 잃어버릴 수도 있는 피의 소용돌이 속으로 걸어가야만 했던 것이다. 그때 에셀먼드는 지금의 그녀보다 불과 두 살 많은 나이였다. 겨우 열여덟이었던 것이다.

버린 게 아니다. 처음부터 그는 그곳에 갈 마음이 없었다. 어쩔 수가 없었던 것이다. 그 눈 내리는 날, 비올렛을 일부러 만나지 않은 게 아니다. 처음부터 만날 수가 없었던 것이다.

3년간 전쟁터에서 힘든 나날을 보냈어도 그는 그런 말은 한마디도 하지 않았다. 언제나처럼 변하지 않는 모습 그대로였다. 변한 것은 까맣게 타들어 가 썩어 버린 비올렛의 마음뿐이었다. 어깨에 입은 상처를 아무렇지 않게 숨겼던 것처럼 그는 언제나 모든 것을 숨겨 왔던 것이다. 심지어 비올렛 때문에 전쟁터에 나가는 것마저도.

그것은 분명히 비올렛을 배려한 따스한 마음이었다. 증오스럽게도 다정한 남자. 그런 그를 어떻게 자신이 있는 곳과 같은 지옥으로 데려오겠는가. 그는 그가 있어야 할 곳에 있어야만 했다.

라즈니가 기껏 말려 주었음에도 세차게 쏟아지는 비는 비올렛의 옷도, 머리카락도 흠뻑 적셨다. 눈물은 비에 가려 보이지 않았다. 뜨거워진 눈시울로 에셀먼드를 바라보던 그녀가 이윽고 입을 열었다. 비올렛이 처음으로 보이는 행동에 사람들은 일제히 침묵했다.

"저는 신어를 모릅니다."

비올렛은 말했다.

"그것을 알아야 했다는 것을 아무도 알려 주지 않았으니까요."

그 어리석은 말에 사람들은 모두 일제히 웃음을 터트리며 그녀를 비난했다. 노골적인 욕설과 비난 섞인 음성을 듣고 비올렛은 눈을 감았다. 그녀는 자신의 곁에 선 로디온을 흘낏 보았다. 그는 이 상황에 당장이라도 검을 들어 그들의 목을 베고 싶어 했다. 참으로 이상하지 않은가? 저 남자가 자신의 결백을 믿어 주는 유일한 사람이라는 게.

"그러나 단 하나, 증명할 수 있는 게 있습니다."

그녀의 또렷한 목소리는 묘한 힘을 머금고 광장에 울려 퍼졌다.

"로디온 경."

비올렛이 부드럽게 말했다. 그 목소리에 서린 기이한 힘에 사람들은 또다시 말을 멈추고 그녀를 보았다. 왜 갑자기 옆에 서 있는 성기사의 이름을 부르는 것일까. 그 기행에 사람들은 모두 그녀의 행동, 숨소리 하나에 집중했다. 그 행동은 무언가 다른 것이 있었다. 비올렛의 얼굴은 진지하며 엄숙했다.

"이리 와 주십시오."

비올렛의 말에 로디온 경이 그녀의 말을 따랐다. 그리고 그녀가 로디온 경의 검을 빼낸 것은 순식간이었다. 로디온 경은 그것을 그대로 두었다. 그는 비올렛을 믿는 절대적인 '신자'였으므로. 그러나 그는 그녀의 행동에 당황해했다.

"성녀님!"

비올렛은 그 말을 무시했다. 로디온의 검은 폭이 좁고 얇아 다행히 비올렛이 다루기에 버겁지 않았다. 검을 빼 든 여린 여자의 모습은 어딘지 모르게 처연한 구석이 있어 사람들은 침묵한 채 그녀를 보았다.

"무슨 짓을 하려는 겁니까!"

"지금 이게 무슨 짓이야!"

체자레와 라즈니는 그녀가 하는 행동에 당황해 동시에 소리쳤다.

하지만 그것이 다른 의미로 다가왔던지 성기사들은 그에 맞추어 움직였다.

"성녀님을 지켜라!"

그들은 라즈니를 에워쌌다. 하지만 그것을 못마땅하게 본 라즈니가 소리쳤다.

"물러나십시오!"

그녀는 비올렛에게 다가서려 했지만 이미 성기사단에게 가로막혔다. 하나, 그것은 비올렛에게 이미 관심 밖의 일이었다. 라즈니가 어떤 태도를 취하건 그녀는 하등 관심이 없었다. 그녀는 검을 바라보았다. 결국 선택을 한다면 하나밖에 없는 것이다. 그녀는 검을 자신에게 겨누었다. 그리고 체자레의 얼굴을 향해 애처로운 미소를 머금었다. 이젠 돌이킬 수 없었다.

"성녀는 죽을 수가 없으니까요."

그녀는 그렇게 말하며 검을 들어 망설임 없이 배를 찔렀다.

푹 소리가 나며 피가 쏟아졌다. 사람들은 차마 아무 말도 하지 못했다. 비올렛의 입가로 울컥 붉은 피가 흘러내렸다. 결국 입증하지 못해서 도망치려 자결인가. 그 끔찍한 장면을 보며 누구나 다 똑같은 생각을 했다.

"아, 안 돼!"

누군가의 목소리가 들렸다. 그 안타까운 비명 소리는 비올렛의 마음을 슬프게 했다. 이것이 그녀가 할 수 있는 대답이었다. 비올렛은 신어를 모른다. 그것이 체자레가 깔아 놓은 연막이라면, 다른 것으로 증명하면 된다. 이런 식으로 말이다. 신관들은 신체의 위협에 죽을 수 있었다. 하지만 성녀는 죽을 수가 없었다. 그것은 열넷의 여름날, 자살 시도 후에 깨달은 사실이었다. 그때 비올렛은 그 여인의 음성을 들었다. '넌 죽을 수 없단다.'라고 안타까워하는 그 음성을.

그러나 비올렛은 포기하지 않고 죽음을 갈망했다. 이 나라가 아니라 이 세상이 너무나 미워서 견딜 수가 없었다. 그러나 죽을 수 없기에 말룸에게 죽으려 했다. 후에 세상이 어찌 되든 관계없이 그렇게 복수하려고 했었다. 이 세상은 비올렛에게 너무나 불친절하며 잔인했으니.

의식이 아득해진다. 어두운 하늘이 하얗게 물드는 것 같은 착각이 들었다. 따사로움이 느껴졌다.

"두 번 다시 그런 과격한 행동을 하지 말라 했건만."

여인의 목소리가 들렸다. 꺼져 가는 의식 속에서 검고 긴 생머리를 가진 여인이 그녀에게 다가왔다. 눈을 감아 눈동자를 볼 수 없었지만 그 얼굴에는 슬픈 그늘이 자리해 있었다. 진정으로 비올렛을 가엾게 여기는 얼굴로 그녀가 천천히 다가왔다. 꿈속의 여인은 다정하게 말했다.

"넌 죽을 수가 없단다."

"알아요. 그렇지만 날 증명하는 건 이런 것밖에 없는걸."

"너를 증명한다고?"

"내가 신에게 선택받은 성녀라는 걸 증명할 수 있는 건 내가 죽지 않는다는 것밖에 없어요. 나는 신어를 모르니까."

"신어를?"

여인은 속삭였다. 그 투명한 환영은 주변에 서 있는 사람들을 둘러보았다. 눈을 감고 있음에도 마치 보이는 듯한 태도였다. 여인의 얼굴이 붉은 남자를 향했다. 잠시 동안 환영인 그녀와 체자레의 시선이 마주했다는 착각이 들었을 때, 그녀는 고개를 돌리며 슬픈 얼굴로 말했다.

"가르쳐 주지 않은 게 아니야. 그것은 스스로 깨닫는 거란다. 너는 신을 부정하고 저주했지. 심지어 성력을 쓰려 하지 않았어. 너는 나마저 만나는 걸 원하지 않았어. 그래서 나는 네게 다가갈 수 없었다. 하지만 이제는 알게 될 거야. 너는 진정한 신의 대리자란다."

이젠 물러설 수 없었다. 이것이 어떤 선택인 줄 알면서도 비올렛은 그것을 택했다. 사실 알고 있다. 그녀가 미워한 것은 세상이었지, 후작가가 아니었다. 후작과 에셀먼드가 그런 선택을 한 데에는 이유가 있었기 때문이다. 세상의 인과는 복잡하고 유기적 관계로 이루어져 있다.

그리고 그녀의 선택 역시 마찬가지이리라. 그녀의 결정 하나에 많은 사람들이 목숨을 잃는다. 그것은 어렸을 적에 에셀먼드가 뼈저리게 알려 준 교훈이었다. 그러나 그것은 숭고한 핑계. 그저 그녀는 자신의 선택으로 도저히 에셀먼드를 짓밟을 수 없었다.

비올렛의 눈에서 눈물이 흘렀다. 이제 이 선택으로 그녀는 완벽하게 그와 단절된 삶을 살 것이다. 이젠 이런 마음을 가진 걸 용서받을 수 없는 것이다.

비올렛은 왜 자신이 그동안 신전에 가지 않았는지 깨달았다. 기다리고 있었던 것이다. 그를 애타게 기다리고 있었다. 중립을 원하는 것은 그저 구실에 불과했다. 에셀먼드를 끝까지 보고 싶어서. 그가 오는 것을 기다리고 싶어서 후작가에 머물고 있었던 것이다.

쿨럭, 다시 피를 토해 냈다. 하지만 더 이상 고통스럽지 않았다. 그보다 묘한 쾌감이 자리 잡았다. 선택의 짐을 내려놓았다는 것에 대한 편안함. 결국 그녀가 택한 것이 가장 택하고 싶지 않았던 그에 대한 마음이었다는 모순이 너무 우스웠다.

"신을 저주한 가여운 아이."

비올렛의 슬픔을 알아차린 걸까. 그녀의 음성은 연민으로 떨리고 있었다. 여인의 하얀 손이 비올렛의 상처 부위를 쓰다듬었다. 격통이 사라져 간다. 비올렛의 귀에 여인이 그 입술을 가져다 대었다. 여인은 그 꿈결과 같은 아름다운 목소리로 다정하게 속삭였다.

"자아, 날 따라 해 보렴, 나의 아이야."

검을 타고 비올렛이 흘린 피가 흘러내린다. 그녀가 입고 있던, 비에 젖은 옷이 피로 물들어 간다. 순간 비가 그쳤다. 그러나 바닥에 서린 물기에 피는 빗물과 섞여 널리널리 퍼졌다. 흘러내린 피가 땅을 적시고 적시고, 또 적신다.

비올렛은 배에 꽂힌 검을 뽑았다. 상처 부위에서 피가 강처럼 흐르고 있었다. 보통 배를 찌른 검엔 장기가 딸려 나와야 했으나 검은 깔끔하게 뽑혔다. 피가 분수처럼 쏟아져 나와 비올렛의 다리를 물들였다. 이제 그녀가 입고 있던 흰 옷은 붉은 옷이 되어 갔다. 사람들은 그곳에서 어떠한 언어를 중얼거리는 여자의 음성을 들었다.

칼에 찔려 자결을 선택한 천민 여자는 분명히 죽었어야만 했다. 하지만 그녀의 입에서 나오는 음성은 죽어 가는 이 특유의 신음 소리가 아니었다. 그 붉은 입술에서 새어 나오는 말은 사람들의 마음을 어루만져 주는 신의 말이었다. 그 목소리는 크지도 작지도 않았으며 마치 마음속을 울리는 듯한 강한 힘이 있었다.

땅을 타고 피는 계속 흘러내렸다. 그러나 이 어두운 하늘, 어두운 배경에 그 선명한 핏빛만은 신이한 신성을 머금은 채 죽음의 부정함이 아닌 생명의 성스러운 색채를 띠었다. 그것은 그녀가 흘리는 성혈聖血이었다. 아까부터 불지 않던 바람은 이상하게도 비올렛

의 주변에만 맴돌아 새하얀 그녀의 머리카락을, 피가 묻어 더럽혀
진 순백의 드레스 자락을 흩날리게 했다. 비올렛은 여인이 속삭이
던 신어를 말했다.

"Изгледа, Боже мој гледа сите."

신이시여, 저들을 굽어살펴 주시옵소서.

그 마음의 울림에 사람들이 당황하는 순간, 밝은 은청색 빛이 폭
사되었다. 군중은 한순간 시야를 잃었다. 그 휘광은 오랫동안 그
들의 시야를 앗아 갔다. 그러나 그 빛 속에서도 그들이 두려워하지
않았던 것은 오로지 마음속에 울리는 다정하고 따스한 목소리가
그들을 안심시켜 주었기 때문이다. 그것은 거리가 가깝건 멀건 상
관없이 그들의 가슴속에 스며들었다. 모든 생명들은 그 울림을, 신
의 언어를 받아들이고 신을, 그들을 창조한 창조주를 찬미했다.

그 빛이 사그라들자 사람들의 눈에 보이는 것은 먹구름이 없어진
맑은 하늘이었다. 하지만 하늘은 어째서인지 한낮이어야 하는 시
간임에도 불구하고 검은 밤하늘이었다. 깨끗한 저녁 하늘이 그들
의 눈앞에 펼쳐졌다. 그럼에도 세상이 환하게 밝았던 것은 폭사되
었던 은청색의 가는 빛줄기들이 원을 그리며 마치 별처럼 하늘을
돌고 있었기 때문이다.

빗물에 희석되어 흘러내린 비올렛의 피가 바닥의 돌 틈 사이사
이로 스며들었다. 새파란 식물들이 급속도로 돋아나 그들이 밟고
있는 토대를 잠식해 나갔다. 비올렛의 주변을 중심으로 앙상한 초
겨울의 풍경이 급격하게 변하기 시작했다. 그녀에게서 나온 빛들
이 태양 대신 사람들을 따사롭게 비쳤으며, 오색의 꽃들이 피어났
다. 하늘에는 상서로운 무지개색의 빛의 장막이 펼쳐지고, 은청빛
의 광휘는 검은 밤하늘 위를 수놓으며 휘몰아쳤다. 비올렛은 자신

의 귀에 속삭이는 여인의 음성을 그대로 따라했다.

Јас сум на изгреј сонцето.

—Јас сум ноќ на двор.

Јас сум пламна живот.

—Јас сум на двор да одат мртвите.

Јас сум светлината

—Јас сум на темнинат

Јас сум Бог, Кој те создал.

—Јас сум Бог да те води во ништо.

나는 떠오르는 해이니라.

—나는 저무는 달이니라.

나는 타오르는 생명이니라.

—나는 꺼져 가는 죽음이니라.

나는 유동遊動의 불꽃이니라.

—나는 극지極止의 얼음이니라.

나는 너희들을 창조한 신이니라.

—나는 너희들을 허무로 이끌 신이니라.

Сепак.

На мни едно дете е дете кое изберат да нас.

그러나

이 아이는 '우리'에게 선택 받은 아이.

Пофалби.

Богослужба.

с т р а в.
찬양하라.
경배하라.
두려워하라.

С п а с и т е л о т и у н и ш т у в а ч н а в а с.
너희의 구원자이자 파괴자를.

수도의 모든 존재가 생명의 빛을 얻고 신의 은총을 받았다. 가난한 병자들도, 몸져누워 있던 어느 고귀한 귀족도, 야생의 굶주린 동물들도, 인간에게 사육된 배부른 가축들도 모두 창조주의 경이를 맛보았다. 겨울로 넘어가는 계절에 시들어 간 탐스럽고 화려한 장미도, 누군가에 의해 짓밟혔던 하찮은 제비꽃도 모두 생명의 기운을 가지고 아름답게 피어났다. 그들은 그녀가 말하는 신어를 똑똑히 들었다. 이 마음에 울리는 노래가, 울림이 신의 언어가 아니라면 과연 무엇이란 말인가.

그 누가 '감히' 신성을 의심하랴. 그 고결함을, 그 성스러움을! 그 아름다운 빛이 신의 빛이 아니라 거짓이라고 누가 말할 수 있으랴.

밤하늘이 사라지고 고고한 태양이 다시 모습을 드러내며 황금빛이 도래했다. 이 광장은 그녀에 의해 아득한 낙원과 같이 변해 있었다. 바람에 흔들리는 초록의 잎사귀가 여름의 소리를 내며 바람에 흩날린다. 색색의 꽃들이 피어 봄처럼 생명을 찬미한다. 새들은 타오르는 아름다움을 목청껏 노래한다. 일찍이 그 누구도 들어 보지 못한 지고至高의 아름다움으로.

이곳은 그들이 바라던 낙원, 태초에 태어난 인간이라면 신분과 상관없이 누구나 꿈꾸었을 평화롭고 따스한 이상향이었다.

태양이 나타났음에도 빛의 선은 아직도 하늘에 원을 그리며 움직였고 사람들을 따스하게 비추었다. 사람들은 넋을 잃었다. 심지어는 그 지극한 아름다움에 눈물을 흘리며 흐느끼기 시작한 자들도 있었다.

그들은 그 아득한 낙원을 강림시킨 성스러운 존재를 바라보았다. 이미 그녀가 천민 태생이라는 것과 조금 전까진 거짓된 성녀라고 의심을 받았던 것은 생각하지 못했다. 아니, 알았음에도 고결한 그녀에게 차마 '천하다'와 '거짓된'의 수식어를 붙일 생각을 하지 못했으리라. 그들은 그저 눈물을 흘리고 있었다. 종교에 회의적이었던 수도의 사람들이, 심지어는 신학자들마저 처음으로 맛본 신의 기적과 그 위대함의 여운에서 벗어나지 못하고 있었다.

"아, 아아…… 신이시여! 나의 신이시여!"

로디온이 눈물을 흘리며 무릎을 꿇었다. 그는 이마가 땅에 닿도록 고개를 숙였다. 흥분으로 떨리는 목소리는 사람들에게 서서히 전염되었다. 사람들이 그를 따라 하나둘 무릎을 꿇었다. 사람들은 더 이상 비올렛을 천한 여자로 보지 않았다. 세상 그 누구보다 아름다운 신성의 소녀였고 현신한 신 그 자체였다. 여전히 그녀의 몰골은 라즈니와는 달리 초라했지만 그녀의 성스러움은, 그녀의 거룩함은 절대로 저 여자와 비할 바가 못 되었다. 그것은 흉내 낼 수 없는 신위神威였다.

그 옆에 서 있던 라즈니가 진실한 성녀를 알아보고 무릎을 꿇었다. 체자레가 무릎을 꿇었다. 대신관들이 무릎을 꿇었다. 오로지 왕만이 무릎을 꿇지 않은 채 비올렛을 바라보고 있다. 에셀먼드도 에이든도 다니엘도 무릎을 꿇었다. 그녀만이 진정한 신의 대리인이다. 그것만이 명백한 사실이었다.

"신의 대리자시여!"

"아아, 성녀님!"

"신이시여!"

사람들이 그녀를, 신을 부르짖었다. 그들은 비올렛을 찬양하기 시작했다. 그러나 그들이 숭배하는 것은 '비올렛'이 아닌, 신이 선택한 '성녀'였다. 그녀는 신의 대리자였다. 다른 그 누구도 대체할 수 없는 세상에서 가장 고귀한 자리.

비올렛이 하늘을 바라보았다. 먹구름이 아닌 새파란 하늘이 그녀를 어루만져 주고 있었다. 비올렛은 그녀가 만든 이 초록의 숨결이 살아 있는 낙원에서 모두의 경배를 받았다. 그 옛날, 초대 성녀 아그레시아가 그러했듯이.

새하얀 빛이 서서히 사그라들었다. 비올렛은 한참 동안 무릎을 꿇은 이들 가운데에서 홀로 오롯이 서 있었다. 눈에서는 쉴 새 없이 눈물이 흐르고 있었다. 그것은 '성녀'로서 흘리는 신에 대한 경외의 눈물이 아니라 슬픔에 젖어 흘리는 눈물이었다. 이젠 끝났다. 살아오며 감히 품어 버렸던 미움과 사랑, 그 모든 것이.

흐릿한 창밖을 바라보던 남자는 별안간 태양이 사라진 하늘을 올려다봤다. 마치 천둥이 치듯 빛이 번쩍이며, 하늘에는 별과 같은 은청빛의 빛줄기들이 원을 그리며 돌았다. 그 빛에 그의 구릿빛 피부가 빛이 났다.

"무녀는 저것을 흉조라 주장합니다. 확실히 태양이 사라지고 밤이 도래한 것이 길조는 아닐 성싶습니다."

그 뒤에 서 있던 남자가 말했다. 창밖을 보고 있던 남자의 드러난 반라의 상체가 꿈틀거리며 움직였다. 남자가 팔을 내리며 뒤에 서 있던 남자를 바라봤다.

"이 빛들의 구심은 아그레시아 쪽이 아니던가. 그리 흉조는 아닐 거다."

"어째서 그렇게 생각하십니까, 칸?"

칸이라 불리던 남자가 있는 이곳 아슈카바드에서는 아그레시아가 자세히 보이지 않았다. 그러나 이 빛 덩어리들은 누군가의 머리색을 생각나게 했다.

"분명 저건 피아케의 빛이다. 그 체자레 티게르난에게 당한 것이다."

"그렇다면 하오크haok, 일종의 전서구로 매와 닮은 구자르트의 새. 매보다 빠르며 두뇌가 뛰어난 편이라 전사들 사이에서 사용됨를 써서 라이니그에게 성녀를 구출하라 전할까요?"

"아니, 그럴 필요 없다. 어찌 되었건 이제 교황의 손에 떨어졌으니 몸을 낮추는 게 좋을 것이다."

이자카가 말했다. 그동안 열기를 띠며 그녀를 대하던 태도와는 다르게 무미건조한 말투였다. 이자카의 신하는 그 가증스러운 태도에 기가 차서 물었다.

"그렇게 말씀하시는 것치고는 너무 사람들을 많이 보냈던 것 아닙니까, 칸?"

"그거야 내가 가지 못하니 당연한 거 아닌가? 그 녀석들은 어설퍼. 겨우 모여야 나 하나다. 당장이라도 내가 가고 싶었지만 그 숫자를 보며 참은 것이니 고맙게 여기거라."

그 말에 부하는 얼굴을 찌푸리며 이자카를 보았다.

"칸, 맞는 말씀이지만 조금 가혹합니다. 라이니그는 겨우 고향에 왔는데 다시 아그레시아로 가야 한다고 말했다가 마누라들에게 얻어맞았답니다."

"그거야 그 녀석이 약해서 맞는 거다. 내가 그것까지 보살펴야 하는가?"

"결국 헛걸음한 셈이 아닙니까? 오면 또 맞을 겁니다. 그리고 그렇게 사람을 보낸다면, 차라리 지금이라도 성녀를 납치하는 게 옳지 않겠습니까? 칸께서 처음으로 관심을 내보이셨던 여자이지 않습니까."

이자카가 다시 창으로 시선을 던졌다.

"만약 그녀가 그 전사로부터 벗어나고 싶어 그의 몰락을 선택했다면 나는 그것을 기꺼이 도왔을 거다. 그 붉은 괴물 놈이 그녀에게 어떤 마수를 뻗칠지 모르니 빨리 해치우고 그녀를 빼 왔겠지."

"……."

그들의 칸 이자카는 항상 체자레 티게르난을 가장 경계했다. 아그레시아에서 가장 피해야 할 위험인물이 있다면 그것은 왕도, 베일에 싸인 교황도 아닌 붉은 괴물 체자레 티게르난이라 말했다.

"이것 역시 그녀의 선택이다. 참 우습게도 그녀는 언제나 자의가 아닌 타의에 의해 자신이 가장 원해 왔던 선택을 해 버리니, 나는 그 선택에 간섭할 수 없다."

알 수 있다. 그저 하늘에 떠오른 빛이었지만 그것이 무엇을 말하는 것인지. 이자카는 넋을 잃고 그 하늘을 바라보았다. 은청색의 빛은 여전히 반짝이고 있었다.

"참 서글픈 색이로다."

사람들이 정신을 차린 것은 한참 후였다. 훈기를 머금었던 바람이 다시 겨울의 삭풍이 되었을 때 사람들은 일어섰다. 그들은 자신들이 무릎을 꿇은 대상이 아까까지 욕보이며 천시하던 성녀라는 것도 잊어버렸다. 경멸을 담던 눈들에 자리 잡은 경외를 보며 비올렛은 씁쓸함을 느꼈다. 그녀는 이곳에서 가장 냉정해 보이는 왕을 바라보았다.

"폐하, 이제 후작가의 혐의는 벗어야 하지 않겠습니까."

비올렛의 말에 사람들은 제대로 현실을 직시했다. 아, 후작은 누명을 쓴 것이다. 지금 그들이 모여 있는 이유는 후작이 가짜 성녀를 내세웠다는 의혹을 받았기 때문이다. 그러나 그것은 말도 안 되는 것이었다는 게 밝혀졌다. 왕은 알 수 없는 표정으로 그녀를 바라보더니 말했다.

"성기사들은 에르멘가르트 일가에 대한 포박을 풀어라."

성기사들은 왕의 말에 눈 하나 깜짝하지 않았지만 체자레의 눈치를 보고 그들을 풀어 주었다. 감히 거짓된 성녀를 세워 신성을 모독했을지도 모른다는 혐의를 받았던 그들은 드디어 혐의에서 풀려났지만, 그런 것치고는 어느 누구도 밝은 표정을 짓지 않았다. 그 삼 형제는 몸을 제대로 가누지 못하고 비틀거리는 비올렛에게 시선을 주고 있었다.

"추기경, 이제 이걸로 후작에게 혐의가 없다는 건 인정해야 할 것이오."

왕의 말에 추기경이 대답했다.

"이를 말입니까."

그의 어조는 너무나 부드러웠다. 잠시 동안 정적이 내려앉았다. 정신을 차린 사람들이 이제야 '정상적인 사고 판단'을 하며 이 장면을 보고 있었다. 가짜 성녀와 진짜 성녀는 서로 뒤바뀌었다. 그러한 의혹을 제시한 신전은 이것을 어떻게 책임질 것인가.

비올렛이 고개를 돌렸다. 피에 젖은 옷을 입었지만, 신성의 빛은 그녀만을 비치는 듯 그녀의 은발은 다시 고개를 내민 햇빛에 반짝거렸다. 이제 보니 '가짜 성녀'인 라즈니의 머리 색깔은 비올렛의 머리색처럼 순수한 은색이 아닌, 붉은 기가 도는 은발이었다.

비올렛이 라즈니에게 다가갔다. 성기사단 단원들은 자신들이 비올렛과 대치하며 라즈니를 지키고 있다는 것을 깨달았다. 그들은 모두 자신들이 어떤 대역의 죄를 범했는지 깨달았다. 라즈니는 다가오는 비올렛을 피하지 않았다. 비올렛은 그녀에게 다가가 그녀의 베일을 벗겼다. 새하얀 베일이 땅에 떨어져 바람에 휘날렸다.

"왜 이런 장난을 꾸민 겁니까?"

비올렛이 그 여자의 얼굴을 지켜보다 체자레에게 고개를 돌려 물었다.

"라즈니пажни라는 것은, 신어를 풀이하자면 '가짜'가 아닙니까. 처음부터 이러실 생각으로 이런 시답지 않은 장난질을 꾸미신 겁니까?"

그 말에 사람들이 웅성거렸다. 가짜 성녀의 이름이 '가짜'라니, 이것은 처음부터 계획되었던 것인가? 비올렛의 목소리에는 은은한 분노가 배어들어 있었다. 체자레는 언제나처럼 알 수 없는 미소만 머금을 뿐이었다. 여자의 눈동자는 금색이었고, 그녀가 익히 아는 이의 얼굴이었다. 그 외모는 비올렛과 비교가 못 될 정도로 아름다웠다.

"송구합니다, 신의 대리자시여."

라즈니가, 신관 소년이 미소 지으며 말했다. 그러나 비올렛은 그 말을 무시한 채 추기경을 바라보았다. 라즈니의 입술이 뛰어나왔다.

"구국을 위해서라면 믿으시겠습니까?"

체자레가 대답했다. 군중이 웅성거렸다.

"말룸이 곧 다가올 이 위험한 때, 성녀님은 어째서인지 성력을 쓰지 못하고 계셨습니다. 이대로 가다간 아그레시아뿐만 아니라 다른 나라들도 위험에 처하게 됩니다. 하여, 조금 과격한 행동을 취했습니다. 당신은 다시 한 번 각성해야만 했습니다. 용서하십시오, 성녀님."

추기경이 비올렛의 앞에 다가와 다시 한 번 무릎을 꿇었다. 그것은 신성에 대한 예가 아니라 성녀에 대한 예였다. 다소 굴욕적인 자세일 수 있음에도 그 누구도 그것이 굴욕이라 생각하지 않았다. 왜냐하면 그것은 너무나 당연한 행동이었으니. 왜 성녀를 대하면 무릎을 꿇어야 하는 예법이 있는지, 그들은 비올렛을 보고 실감하고 있었다.

"나라를 위해서?"

비올렛이 말했다.

"나라와 당신을 위해서."

체자레가 대답했다.

"그래서 이런 짓을 꾸미신 겁니까."

"네."

"나는 신어를 몰랐습니다. 내가 잘못될 거라 생각하지는 않았습니까?"

"신의 대리자가 확실한 당신이라면 반드시 깨달을 수 있을 거라 생각했습니다. 역대 성녀들은 따로 가르침이 없어도 모두 다 신어를 자유자재로 구사할 수 있었으니까요."

비올렛은 입을 다물었다. 만약 신어를 몰라 증명하지 못했다면? 너무나 위험부담이 큰일을 벌이지 않았는가.

자그마치 후작가가 연계되어 있는 일이었다. 까딱하다간 죄 없는 후작가가 멸문을 당할 수도 있었다. 제아무리 신전이라 해도 그런 일을 대놓고 꾸며서는 안 되는 것이다. 교황파에 서 있던 귀족들에게 크나큰 반발을 살 수 있는 일이었다. 구국을 위해서라는 핑계를 대고 있었지만 이것은 '모략'이었다.

"내가 몸을 담은 후작가는 추기경이 꾸민 일에 누명을 썼습니다. 그 명예는 땅으로 떨어졌고, 내 오라버니들은 모두 혐의를 입은 채 죄인으로서 이곳에 서 있었습니다. 추기경께선 그것을 책임질 각오를 하셨습니까?"

"물론입니다."

체자레가 시원스럽게 대답했다. 억울할 정도다. 비올렛이 그렇게나 선택을 강요받고 괴로워했는데도, 그리고 그 결과로 체자레가 제시한 길과 다른 길을 선택했음에도 체자레는 그것을 '당연하게' 받아들였던 것이다.

그는 신의 여인에게 손을 뻗어 그 손에 입을 맞추더니 일어났다. 그리고 사람들을 둘러보더니 마지막으로 탑에 서 있던 왕을 바라보았다. 어째서인지 체자레는 왕을 오랫동안 바라보고 있었는데, 그는 환하게 미소를 지었다.

"마침 모두가 다 와 있겠다, 번거로울 일이 없어서 좋습니다."

왕 역시 체자레의 두 눈을 피하지 않았다. 다소 불손한 태도임에도 그 누구도 추기경을 지적할 수 없었다. 그는 왕을 무릎 꿇린 자였으니.

"이 일에 책임을 통감합니다. 신과 성녀, 이 나라의 왕께 고합니다."

그의 부드러운 음성이 광장에 울려 퍼졌다. 신관들도, 교황파 귀족들도 불길하게 수군거렸다. 오로지 라즈니만이 무심한 얼굴로 체자레를 볼 뿐이었다.

"나, 체자레 티게르난은 왕위 계승을 포기합니다."

아직도 신성의 충격이 가시지 않았던 사람들 사이에 경악이 퍼져나갔다. 심지어 왕조차도 그의 그런 말을 예상하지 못한 듯했다. 교황파의 토대를 이루는 것은 왕의 숙부이자 '공작'인 체자레의 왕위 계승권이었다. 그럼에도 체자레는 그것을 너무나 쉽게 포기했다. 무슨 생각일까. 그가 생각 없이 그런 말을 할 리가 없었다.

"이날, 이 순간부터 저는 황금의 눈을 가진 왕족으로서의 모든 권리를 '다시 한 번' 포기합니다. 저는 왕족이 아닙니다."

체자레는 다시 한 번 왕 쪽을 보며 미소를 지었다. 국왕의 얼굴이 눈에 띄게 일그러졌다. 그는 무엇인가 말하려다 표정을 갈무리하고서 입을 열었다.

"받아들이겠다."

체자레는 그다음으로 비올렛을 바라보았다. 왕위 계승권에 대한 것에 대해 말할 권리가 비올렛에게 있는 건가. 그녀의 눈동자가 흔들렸다. 하지만 체자레의 눈동자는 대답을 종용하고 있었다.

"받아들이겠습니다."

이것이 국왕파인 후작가에 대한 체자레의 선물이라면 받아들일 수 있었다. 비록 체자레가 왕이 될 생각이 없다고 한들 그와는 별개로 신전 측 세력들은 그를 왕으로 만들 생각이 있었다. 벌써 대경하여 서로 쑥덕이는 그들을 보며, 비올렛은 체자레가 어느 누구에게도 이러한 사실을 알리지 않았다는 것을 알았다. 참 비겁하다. 비올렛은 깨달았다. 그는 처음부터 왕이 될 생각 따윈 없었던 것이다. 결국 그는 실질적으로 잃은 것이 아무것도 없었다.

아니, 그에게 포기하면 안 될 만한 중요한 것이 있기는 할까?

"이리 오십시오."

체자레가 라즈니를 불렀다. 라즈니는 그 부름을 무시하고 찬찬히 비올렛을 바라보았다. 그는 비올렛을 본 게 퍽 반가운 듯 그 아름다운 얼굴에 미소를 머금고 있었다. 하지만 그녀는 그의 시선을 싸늘하게 무시했다.

그 누구도 성녀 행세를 한 라즈니를 탓하지 않았다. 이미 그녀는 처음부터 자신이 성녀가 아님을 밝히고 있었다. 처음부터 비올렛을 신의 대리자라 지칭했고, 그녀에게 먼저 인사했다. 그러면서도 성녀로 비견될 만한 성력을 가지고 있었다. 모두가 그런 힘을 가지고 있는 신전을, 교황을 두려워했다. 이토록 신전은 무시무시한 존재였다.

"조만간 데리러 갈게, 비올렛."

라즈니가 비올렛의 귀에 부드럽게 속삭이고 체자레에게 걸어갔다. 성녀에 대한 재판은 끝이 났다. 모든 것이 이제 끝난 것이다. 비올렛은 맑게 갠 하늘을 보며 눈을 질끈 감았다. 흩어지는 사람들의 행렬이 보였다. 체자레가 순백의 옷을 입은 신관들과 라즈니를 데리고 광장을 벗어났다. 그는 스쳐 지나가면서 잠시 에셀먼드에게 멈추어 있었다. 무슨 소리를 들은 건지는 모르지만 에셀먼드의 시선이 비올렛을 향했다.

국왕은 샤를에게 이것을 똑똑히 보라고 말했다. 그 '천한' 성녀 때문에 그는 가장 아끼는 가문을, 그의 검을 잃을 것이라고. 술에 취해 말했던 아버지의 말을 떠올렸다. 라즈니와는 다르게 천하게 취급받아 매도되는 그녀를 보았다. 샤를은 그런 그녀가 안타까워서 참을 수가 없었다. 거짓이 아니다. 다정하지 못한 게 아니다. 창녀가 아니다. 악녀도 아니다. 더러운 여자가 아니다. 그저 조금 무뚝뚝하지만 다정한 그의 스승일 뿐이다.

라즈니의 성력으로 비에 차가워진 그의 몸이 따스해졌다. 그것은 분명한 신의 기적이다. 그럼에도 샤를은 비올렛에게서 눈을 뗄 수 없었다. 샤를은 절대 비올렛이 거짓이라 생각하지 않았다. 그는 알고 있었다. 분명 비올렛은 신에게 사랑받고 있었다.

신어라는 것은 모를 수도 있다. 성녀가 신어를 알아야 한다는 것은 샤를도 모르고 있었다. 사람들은 그것을 알고 있었는가? 성녀의 필수적 조건이 '신어'라는 것을 알고 있었는가? 아니, 모르고 있었음이 틀림없다. 추기경이 그렇게 만든 것이다. '신어'를 모르는 사람은 성녀가 아니라고 그렇게 못 박은 것이다.

왜 사람들은 함부로 그녀에 대해 이야기하는가. 왜 그녀를 몰아가는가. 그저 천한 핏줄이라 칭하며 그런 이유로 너무나 쉽게 그녀가 '가짜'일 거라 생각한다. 국왕도 왕비도 모두 그녀가 가짜라고 말하며 분노했다.

사람들은 이상하다. 그렇다면 그녀가 샤를에게 해 왔던 모든 게 '가짜'가 되어 버리는 것일까. 위에서 내려다보니 그 질척하고 절제

되지 못한 분노가 사람들 사이에 퍼지는 것이 보였다. 그런 시선을 받고도 비올렛은, 그의 스승은 그저 초연하게 서 있을 뿐이었다.

샤를은 수줍은 소년이었다. 그러나 이 순간만은 소리치고 싶었다. 더럽다 매도하지 마라 명하고 싶었다. 그러나 그것은 허망한 울림이라는 것을 잘 알고 있었다. 그가 그렇게 말했다간 그녀는 분명히 왕자마저도 꾀어 낸 여자라 또 손가락질을 받을 것이다.

이 세상은 이상하다. 부조리하기 그지없어 차마 의문을 품는 것조차 이상했다. 침을 튀기며 그녀의 타락을 욕하는 그들이, 그렇게나 평민들과 '다르다'고 말하며 자신들을 차별화시키던 귀족들이 저기 뒤에서 욕하는 평민들과 다를 것은 무엇인가.

그때 비올렛이 검을 들었다. 그리고 망설임 없이 검으로 배를 찔렀다. 그녀의 고통에서 비롯된 신의 기적을 보며 샤를 역시 눈물을 흘렸다. 추적추적 내리는 비는 온데간데없이 사라지고 아득하고 따사로운 낙원만이 이곳에 남았다.

사람들은 모두 눈물을 흘리며 발 빠르게 태도를 바꾸어 비올렛을 성녀라고 신의 대리인이라 찬양한다. 아까까지만 해도 그녀에게 차마 입에 담지 못할 욕지거리를 하던 그들이 그렇게 변해 버린 것이다. 저러한 모순적이며 역겨운 모습을 보기 위해 비올렛은 자신의 배를 갈라 자신이 거짓된 자가 아님을, 성녀임을 증명해야만 했다.

샤를 역시 비올렛이 보여 준 기적에 무릎을 꿇은 사람 중에 하나였다. 그것은 신에 대한 경외였지, 비올렛에 대한 경외는 아니었다. 그녀는 그저 다정하고 따스한 그의 신학 스승일 뿐이었다.

샤를의 시선은 피로 붉게 물들어 버린 옷을 입은 비올렛에게 가 있었다. 조금 떨어져 있어 얼굴이 자세히 보이지는 않았지만 그녀의 얼굴은 태연해 보였다. 그러나 샤를은 눈물지었다. 아팠을 것이다. 무척이나 아팠을 거다.

사람들의 손가락질이, 사람들의 비난이, 사람들의 시선이, 그녀의 배를 꿰뚫은 상처가. 그럼에도 아무렇지도 않기까지 얼마나 많은 아픔이 있었을까.

샤를은 울었다. 스승은 이렇게까지 사람들에게 증명을 해야만 했다. 성녀를 성녀라 말하지 않고, 성녀임을 '증명'해야 그제야 납득한다. 일찍이 성녀임을 증명해야 했던 이러한 일은 벌어졌던 적이 없다. 체자레가 의혹을 제시할 수 있었던 것은 그녀가 '천민 태생'이기 때문이었다. 천민 태생이라고 너무나 '당연하게' 믿지 않는 것이다. 왜 사람들은 비올렛의 아픔을 생각하지 않는 것일까.

검을 들어 비올렛을 찌른 것은 그녀 자신이 아니었다. 그렇게 몰아간 주변이었다. 샤를은 그런 세상이 원망스러웠다. 그리고 그런 세상을 지배하는 왕의 아들이라는 게 처음으로 부끄러웠다. 샤를은 너무나 마음이 아파 입술을 깨물었다.

그렇게 그의 스승은 자신이 성녀라는 것을 증명해 냈고, 체자레 티게르난은 그 책임으로 왕위 계승권을 포기했다. 모든 것이 정리되어 가는 그때, 국왕이 샤를에게 으르렁거리듯 말했다.

"보아라, 샤를. 저 공작 놈이 수를 쓴 것을!"

왕이 은은하게 분노 어린 음성으로 샤를에게 말했다. 샤를은 자신의 아버지가 노기를 띠며 티게르난 공작을 보고 있다는 것을 깨달았다.

"저 천한 놈이 무슨 생각으로 계승권을 포기했는지는 모르지만, 내가 보위에 올라 있는 동안 기필코 저놈을 죽여 버릴 것이다."

이를 부득부득 갈며 나오는 낮은 음성에 샤를은 눈을 동그랗게 떴다. 부왕의 반응이 그로서는 생각하지 못했던 의외의 반응이었기 때문이다.

"저놈은 일부러 이런 일을 벌여 수도 사람들에게 성력을 보인 것이다. 성녀도 추기경과 한패가 확실하다. 지금 저 천한 피로 태어난 연놈들에게 나라가 농락당하고 있다."

아버지는 저 모습이 슬프지 않은 건가? 그녀에게 연민 따윈 없는 것인가?

"네가 보위에 오르기 전에 저놈을 죽일 것이다. 죽여 버리고 말 것이다."

"아바마마."

샤를이 그를 불렀지만 국왕은 샤를의 목소리가 들리지 않는 듯 이를 갈며 집요하게 티게르난 공작을 보고 있었다.

"일부러 이런 일을 벌인 것이다. 내가 그간 쌓아 왔던 그 모든 것을, 체자레 티게르난이 단 한 번에 무너뜨린 것이다. 수도의 사람들은 다시 신앙을 숭배할 것이다."

그가 이를 악물며 음산하게 중얼거렸다. 샤를루스는 처음으로 자신의 아버지가 이질적으로 느껴졌다. 언제나 옳다 믿어 왔던, 절대적이라 생각했던 가치관이 흔들리기 시작했다.

아아, 아버지 역시 잘못되었던 것이다.

스승님 역시 또 하나의 피해자였다. 그럼에도 '천한 신분'이라 말하며 그녀를 원망하는가? 왜 그래야 했는지 정말로 생각하지 못하는가? 그녀는 자신이 몸담았던 후작가를 지키기 위해 자신의 자유를 포기한 것이다.

샤를루스는 아래를 내려다보았다. 추기경과 그 가짜 성녀를 비롯한 일행들은 돌아갔고, 후작 일가는 방금 국왕이 보낸 마차에 타고 있었다. 그의 스승이 보였다. 새하얀 드레스가 끔찍하게 붉은색으로 젖어 있었다.

그때 또 국왕이 비올렛을 향해 천하다며 중얼거렸다. 샤를은 성녀에게조차 비난의 말을 퍼붓는 아버지를 낯선 사람을 보는 것처럼 보았다. 그리고 왕이 그렇게 욕하는 성녀의 초라한 모습도. 누구보다 섬겨져야 할 신의 대리자는 어쩌다 저렇게 된 것인가. 왜 성녀의 이름을 건 나라는 성녀를 보호해 주지 않는가.

내가 왕이 된다면 절대 이런 일이 벌어지지 않게 할 것이다.

샤를은 처음으로 자신이 왕이 되는 미래를 가정하며 목표를 가졌다. 분노에 침몰된 이 나라의 국왕이자 자신의 아버지인 사람의 모습이 보였다. 붉게 핏발 선 눈, 저급한 언어를 내뱉는 입. 이 순간 샤를의 눈에 보이는 사내는 아버지도 왕도 아닌, 신전에 대한 분노와 신분에 대한 편견에 사로잡힌 어리석은 한 남자에 불과했다. 그리고 그 모습은 자신이 되고 싶은 왕의 모습이 절대 아니었다.

샤를은 오늘 스승이 흘린 눈물과 피를 가슴속에 새기자 다짐했다. 눈물 섞인 호박색 눈이 또렷한 빛을 찾아가고 있었다.

모두가 후작가의 사람들을 극진히 모셨다. 혐의가 풀린 그들은 왕이 보낸 마차를 타고 후작가로 가는 도중이었다. 에셀먼드는 어쩐지 비올렛과 마차를 타는 것을 고집했는데, 비올렛은 이전처럼 그것을 거절하지 않았다.

마부의 채찍질에 마차가 굴러갔다. 에셀먼드의 시선은 노골적으로 비올렛을 향했으나, 그녀의 신경은 자신의 몸에 쏠려 있었다.

비올렛은 눈꺼풀을 들 힘도 없었기에 눈을 감고 핑그르르 돌아가는 의식을 어떻게든 잡아 눌렀다. 이렇게라도 하지 않으면 금방이라도 쓰러질 것 같았다. 숨이 거칠어졌다. 검으로 배에 구멍을 뚫었으니, 상처가 치유됐더라도 당분간은 몸져누울 것이다. 창밖으로 몸을 던져 자살을 시도했을 때도 그러했으니. 그러나 몸이 심상치가 않았다. 성혈을 매개로 신어를 쓰며 보였던 거대한 신위神威의 후유증인 것 같았다.

얼마 지나지 않아 마차가 멈추었다. 광장은 수도의 중간에 있었으므로 금세 후작가에 당도할 수 있었다. 에셀먼드가 내리고 비올렛도 비틀거리며 마차를 나섰다. 에셀먼드가 내미는 손을 바라보던 그녀는 그것을 잡지 않았다. 후작가에는 어쩐지 기이한 침묵이 자리해 있었는데, 사용인들의 표정은 모두 엄숙했다. 아직 남아 있던 성기사단의 사람들 역시 그녀를 신기한 것을 보는 눈으로 바라보고 있었다. 그러나 그녀에 대한 외경의 시선과는 달리 후작가의 분위기는 무엇인가가 이상했다.

하지만 비올렛은 분위기 따위에 신경 쓸 겨를이 없었다. 어서 방에 들어가야 한다, 어서. 비올렛은 저택 안으로 발걸음을 재촉했다. 당장이라도 뛰어가고 싶었지만 그럴 힘도 없었거니와 넘어지기라도 했다가는 금방 무너질 것 같았다.

피에 젖은 드레스에서 나는 비린내가 코끝을 자극할 만큼 역했다. 비올렛은 빨리 몸을 씻고 싶었다. 가까스로 방에 들어온 그녀를 맞이하는 것은 빈방이었다. 앤이 있어야 했는데 이상하게도 보이지 않았다. 생각을 이어 갈 틈도 없이 그곳이 자신의 공간이라고 안심하는 순간, 몇 걸음 지나지 않아 꾹 참아 왔던 구역질이 왈칵 밀려들어 왔다.

다리에 힘이 풀렸다. 검으로 배를 찔렀을 때 배 속에 고였던 피가 역류해 입에서 쏟아졌다. 비릿한 맛이 입안에 가득 퍼졌다. 그것이 더 역겨워 비올렛은 한참 동안이나 울컥거리며 피를 토했다. 숨을 내쉴 수도 없었다. 귀에 가득 찬 것은 땅바닥에 흩뿌려지는 토사물의 소리였고 몸 안의 모든 것을 게워 내려는 내장의 비명 소리였다. 쓰러질 것처럼 몸이 휘청거리는 그녀를 누군가 받쳐 들었다.

"의원을 불러라, 어서!"

에셀먼드의 목소리였다. 살짝 시선을 들어 문을 보니 문이 열려 있었다. 그의 품 안이라는 것을 알았지만 밀어낼 힘도 없었다. 그 와중에도 그를 밀어내려고 바들바들거리는 손을 뻗었으나, 결국에는 그의 옷깃을 잡았다. 그녀는 에셀먼드의 품에 얌전히 안겨 있었다. 이 정도 욕심은 부려도 되는 거겠지. 그녀는 조소했다.

"여, 여기 왔습니다!"

의원은 어째서인지 너무나 빨리 그녀에게 당도했다. 에셀먼드 역시 마찬가지 의문을 가졌다.

"어떻게 그대가 이리 빨리 당도한 거지?"

비올렛의 눈이 느릿하게 깜빡였다. 숨을 쉬기 힘들었다. 이제 보니 코에서도 피가 나왔다. 몸이 바들바들 떨리고 있었다. 몸이 정상이 아니었다. 거대한 성력을 쓴 후유증이 본격적으로 나타나고 있었다. 아마 에셀먼드가 이런 행동을 할 정도면 그녀의 상태는 심각하리라.

"각하께서 신의 품으로 돌아가셨습니다."

그 말을 끝으로 비올렛은 의식을 잃었다.

후작은 창문으로 쏟아져 내리는 은청색의 빛을 바라보았다. 이상하게도 그때만은 그는 건강한 사람이었다. 한참 동안이나 그 신의 기적을 몸소 체험하던 그의 두 눈에서 눈물이 흘러내렸다.

"다정한 분, 사랑할 수밖에 없는 분."

그녀가 택한 것은 용서에 기반한 마음이 아닐지도 모른다. 하지만 그것은 분명히 후작에게는 용서였고 구원이었다. 후작은 타오르는 빛의 아름다움을 보았다. 그는 그것이 비올렛이 행한 것이라 믿어 의심치 않았다.

―폐하의 명령을 따라라. 나 역시 찬성했다. 거부할 명분은 없다.

―아버지, 저는…….

―네가 어떤 마음을 품고 있는지 내가 모를 거라 생각하지 마라, 에드. 너는 내 아들이다.

후작이 차가운 음성으로 말했다. 에셀먼드는 입을 다물었다. 그가 변명하지 않고 반항하지 않은 것은 언제나처럼 누군가에게 피해가 갈까 싶어서였다. 혹독한 후계자 수련을 참아 냈던 게 몸이 약한 다니엘에게 이런 일을 시킬 수 없어서였듯이, 자신의 마음 역시도 누군가에게 누가 될까 봐 표현하지 못한 것이다. 언제나 아들의 침묵은 자신을 변호하기 위한 수단이 아닌, 누군가를 위한 것이었다.

슬픔, 고통, 외로움을 호소하는 것은 사치다. 그들은 나라의 거대한 땅을 책임지고 기사들을 이끌며 나라를 지키는 수호자였으니 그들의 피 역시 철이 되어 흘러야만 마땅했다. 그에 후작은 에셀먼드를 자신이 배웠던 것처럼, 아니 그것보다 더욱 혹독하게 수련시

컸고, 에셀먼드는 완벽한 후계자가 되었다.

—죄책감에 만들어진 그릇된 마음이다.

—저는 갈 수 없습니다. 그 아이의 곁에 있어야 합니다. 약속을 지켜야 합니다.

—그렇다면 내가 성녀님께 말하는 방법이 있겠구나. 공작가에서 성녀님을 데려온 덕분에 폐하가 진노하시어 너를 보내는 것이라고. 너를 사지로 보내라는 설득을 하라 부탁드려야겠구나. 그렇게 되면 만족하겠느냐, 에드?

언제나 후작이 택하는 것은 이런 방법이었다. 그의 부친도, 그의 조부도 모두 다 이런 방법을 택했던 것이다. 그리하여 고통의 비명은 목 뒤로 숨겨졌으며, 사람임에도 감정이 사라진 것처럼 철저히 드러나지 않았다.

—다니엘이 네가 그 아이에게 진실을 말했다고 했다.

—…….

—어떤 생각인지는 모르지만 그건 자식을 잘못 키웠던 내 잘못이지, 네 잘못이 아니다, 에드. 너는 그 아이에게 평생을 바쳐선 안 된다. 너는 이 가문의 후계자다. 폐하를 보필할 사람이야.

—……그럴 순 없습니다.

에셀먼드는 언제나 그의 말을 따랐다. 그리고 따르게 될 것이다. 언제나 그가 그렇게 만들었다.

—그 아이는 널 보고 싶지 않아 한다. 널 피해 다니는 걸 보면 모르겠느냐? 널 보는 건 괴로움일 것이다. 네가 그 애를 위한다면 사라지는 게 좋다. 잊지 마라. 그녀는 이 나라의 유일무이한 고결한 성녀이고 너는 그 아이의 오라비다.

에셀먼드는 고개를 숙였다. 고개를 숙인 그의 얼굴이 어떠했는지 후작은 알 수 없었다. 짐작만이 가능할 뿐이었다.

—나와 폐하를 실망시키지 마라. 이것은 불명예이니 표면적으로는 자원의 형태로 그곳에 가게 될 것이다. 그곳에 있다 보면 네 그릇된 마음도 사라지겠지.

—…….

—어떻게 해야 할지 알 것이다. 다니엘이 그 애를 잘 돌봐 줄 거야. 너와 나와는 달리 그 아이는 네 어미를 닮아 다정한 아니니까 말이다.

—아버지.

후작은 에셀먼드의 대답을 듣지 않은 채 냉정하게 고개를 돌렸다. 그리고 아들은 충실하게 폐하와 그의 명령을 따랐다. 후작은 남아 있는 여자아이를 보았다. 상처입고 눈물짓는 그 여리고 약한 존재는 철저하게 파괴당했다.

그리고 후작은 깨달은 것이다.

여자아이는 계속 기다리고 있었다. 절대 보고 싶어 하지 않았던 게 아니다. 피해 다녔던 게 아니다. 그저 시간이 필요했을 뿐이다.

오지 않을 사람을 기다리는 그 뒷모습이 서글펐다. 절망하고 또 증오하는 와중에도 자신이 무엇을 원하는지도 모른 채 애가 탄 소녀의 모습이 애처로워 후작은 한참이고 바라보았다.

그 그리움이 소녀 혼자만 품은 것이 아닐 수도 있음을 알았지만 후작은 침묵했다. 그것은 가문을 이끄는 가주라면 아주 당연히 해야만 했던 일이다. 마음을 억누르고, 또 억눌러 그것이 터지게 되더라도 그들이 할 수 있는 것은 억누르며 숨기는 것밖에 없었다. 그는 그렇게 배웠고 그렇게 가르쳤다. 이루어지지 못하며 서로를 갈망할 거라면 처음부터 엇갈리는 게 나았다.

그러나 마음은 자라고 자라 이렇게 터져 버렸다. 이것은 그녀의 슬픔이었다. 성결한 신의 기적이 아닌, 그녀의 사랑이었다. 그녀의 자애가 아닌, 슬픔이 만들어 낸 기적. 그녀의 까맣게 죽은, 터져 나온 마음이었다. 후작은 알 수 있었다.

후작은 그 아름다운 신성함을 보며 손을 뻗었다.

"죽지 마십시오."

어렴풋이 알고 있었다. 비올렛은 말룸을 상대로 죽음을 택할 거라는 것을. 자살 시도 후에 그렇게 죽음을 간절히 바라면서도 살아갔던 것은 그녀가 본인이 죽을 방법은 단 하나밖에 없다는 것을 알았기 때문이다.

세상이 그녀의 인생을 철저히 기만하며 나락으로 빠트렸다면, 그 세상 역시도 그녀에 의해 철저하게 파괴될 수 있는 법이다. 그것이 인과였으니, 후작은 그것을 받아들이려 했다.

후작은 한 번도 비올렛을 성스럽다 여긴 적이 없었다. 그녀는 평범한 여자아이의 사랑스러움을 지니고 있었다. 전대 성녀들도 어쩌면 저렇게 사랑스러웠을지도 모른다. 그러나 비올렛은 분명 다른 성녀들과는 다른 처연함을 지니고 있었다. 그것은 그가 만들어 버린 것이다.

빛이 사그라들며 기적이 사라진다. 후작의 몸에 다시 힘이 빠진다. 후작은 그 아름다운 빛을 보며 미소를 지었다. 두 번째 광휘가 터져 나왔다. 그리고 그는 빛에 휩싸였다.

인생이 스쳐 지나간다. 그의 아버지처럼, 조부처럼 똑같은 침묵을 입에 걸고 충성을 하며 살아왔던 그의 덧없는 인생 전부가. 다정한 소년이었던 에셀먼드가, 몸이 약했던 다니엘이, 어머니를 잃고 관심을 끌기 위해 장난을 쳐야만 했던 장난꾸러기 막내아들이,

그리고 슬픔에 물들어 있는 제비꽃 같던 여자아이가 스쳐 지나간다. 분명 아내가 있었으면 이 아이들을 모두 다 품었으리라. 그러나 어머니인 아내는 없고 아버지가 아닌 가주인 그만이 남았으니, 그것이 비극이라.

세상에서 가장 아름다운 이상향을 바라보던 후작이 눈을 감았다. 용서는 없다. 속죄도 없다. 구원은 없다. 그러나 다정한 여자아이의 마음이 새하얀 빛이 되어 그의 가는 길을 배웅했다. 그는 평온과 안식을 얻었다.

제비꽃처럼 소박하며 아름다운 인생을 살아야 한다.

어머니는 부드럽게 미소 지었다. 비올렛은 그 따스한 품에 안겨 있었다. 이제는 얼굴도 잊어버릴 것 같은 그 여자는 엄마라는 이름으로 그녀를 언제나 사랑해 주었다.

비올렛이라 이름 지었더니, 봄날이 오면 어디에서나 피어 있는 너를 볼 수 있어 좋구나. 아버지는 언제고 그렇게 말하곤 했다. 아버지라는 이름을 가진 그는 그녀의 눈 색을 따 그녀의 이름을 비올렛이라 지었다. 봄이 되면 길가에 피어 있는 흔하디흔한 풀, 그러나 아버지가 나갈 때면 어느 곳에나 피어 있어 아버지를 미소 짓게 만드는 앙증맞은 작은 꽃.

─참 사랑스러운 꽃입니다.

그렇게 말하며 산처럼 커다란 남자가 미소를 지었다. 제비꽃의 존재를 알아 제비꽃이라 이름 지어 준 부모와는 다르게 그 남자는 본래부터 제비꽃을 모르고 있었다.

―제비꽃은 봄에 피는 꽃이라지요? 봄에도 심으라 말해야겠습니다.

그는 애정 어린 시선으로 그 꽃을 바라보았다. 이미 비올렛에게서는 제비꽃의 색은 찾아볼 수 없음에도.

―제 생일 선물을 미리 드리는 겁니다. 아들 녀석의 생일 선물을 빼앗아 버렸지만. 어떻습니까. 성녀님께서 마음에 들어 하시는 선물은 한정적인데 말입니다.

봄에는 꽃이 심길 것이다. 그가 그렇게 명했으니. 하지만 왜 그 꽃을 볼 수 없다는 생각이 드는 것일까. 남자는 어떤 생각을 가졌던 것일까. 알 수 없었다.

―아마 다른 사람들이 보면 우릴 정다운 부녀라고 할지도 모르겠습니다.

그저 이름 지을 수 없는 사람이었다. 어머니도 아니고 아버지도 아니었다. 그녀를 입양했던 귀족이었으며 딸로 여긴다 하면서 누구보다 괴롭게 했던 모순된 사람이었다.

―찌르십시오.

단도를 주며 단호하게 말하던 그를 보며 입술을 깨물었다. 후작은 말했다.

―찌르지 않으면 이 동물을 산 채로 불에 태울 겁니다.

―…….

그는 냉혹하게 말했다. 부녀라고? 웃기는 소리였다. 아버지라면 절대 그리해서는 안 되었다.

―무언가를 얻기 위해서는 무언가를 포기해야 하는 법입니다.

그로 인해 부모를 잃은 그녀에게 미안하다는 말도 없이 후작은 그렇게 말했다.

비올렛이 공간을 인지하자 그녀의 눈앞에 보라색의 제비꽃 초원이 펼쳐져 있었다. 그녀는 자신의 '눈'을 인지하자 눈물이 흘러내리고 있다는 것을 알았다. 제비꽃 초원에 후작이 서 있었다. 노을 지는 하늘, 주홍색으로 물든 그 하늘. 비가 오는 날씨가 아닌 봄의 따스한 온기가 가득한 세상. 후작은 그 자색의 물결을 바라보며 미소 짓더니 사라졌다. 비올렛은 그것을 보며 손을 뻗었다.

그리고 그녀가 한 말은 가지 말라는 말이었다.

"……아."

비올렛은 눈을 떴다. 그러다가 비명이 튀어나오는 입을 막았다. 온몸을 바늘로 찌르는 것 같았다. 아팠다. 너무나 아팠다. 이곳이 어디지? 누군가를 부르고 싶었지만 목소리조차 나오지 않았다. 그녀는 이를 꽉 깨물고 덜덜 떨며 일어났다. 이곳은 자신의 방이었다. 한참 동안 심호흡을 하던 비올렛은 침대에서 내려가려다 굴러떨어졌다. 또다시 온몸이 격통으로 뒤덮였다. 비올렛은 비명을 지르려던 입을 애써 틀어막았다. 식은땀이 흘러내렸다.

"아가씨!"

앤이 들어왔다. 앤은 침대에서 떨어진 채 숨을 헉헉대던 비올렛을 일으켜 세웠다. 땀이 계속 얼굴에 맺혔다.

"아가씨, 쉬세요. 쉬셔야만 해요."

"후작님은 어떻게 됐어?"

비올렛의 물음에 앤의 얼굴이 굳어졌다. 그리고 비올렛은 깨달았다. 꿈이 아니었다.

"장례는 다 끝나고, 이제 관을 운반할 예정이에요."

"……."

비올렛은 주먹을 말아 쥐었다. 입술을 꽉 깨물려 했지만 그럴 힘조차 없었다.

"가야겠어."

"응?"

"거기, 무덤으로."

비올렛이 윽, 하는 소리를 내며 몸을 일으키려 했다.

"앤, 검은 드레스를 가져와, 어서. 내가 입어야지."

앤은 한숨을 쉬며 잠시 동안 밖에 나갔다 왔다. 가까스로 몸을 일으킨 비올렛이 창밖을 바라보았다. 맑은 날씨였다. 초겨울이 아니라 봄이라 해도 믿을 정도로.

앤은 어찌어찌 힘겹게 비올렛에게 검은 드레스를 입혔다. 며칠 동안 자다 일어났으니 씻어야 마땅했으나 그럴 겨를이 없었다. 시간은 원래부터 비올렛 따윈 기다려 주지 않았다.

"미안해, 앤. 부축 좀 해 줘."

몸이 비올렛의 의지를 배반했다. 창문으로 뛰어내렸을 당시에도 회복하는 데 오랜 시간이 걸렸다. 게다가 어마어마한 성력까지 써 댔다. 장례가 끝났다면 기껏해야 삼 일이 지났다는 말이다. 몸을 회복하려면 멀고도 멀었다. 한 달, 아니 두 달은 몸져누워야만 했다.

"아가씨, 쉬셔야 해요. 안 될 것 같아요."

"그래, 쉴 거야. 그래도 봐야겠어, 그 남자의 마지막은……."

비올렛이 입술을 꽉 깨물었다. 앤이 부축해 주었으나 비올렛은 다리에 힘이 풀려 자꾸 주저앉았다. 그때 문이 열렸다. 에셀먼드가 들어왔다. 그는 검은 예복을 입고 있었다. 바닥에 거의 나동그라진 비올렛을 보던 에셀먼드가 앤에게 물었다.

"깨어났어도 충분히 휴식이 필요하다 했는데 왜 지금 이런 차림이지? 누가 옷을 갈아입게 한 거냐, 앤?"

그 말은 분명히 비난을 담고 있었다. 이대로 가다간 앤이 혼날지도 모른다.

"내가 그렇게 해 달라고 했어요."

앤이 뭐라 말하려 하는 것을 막아서며 비올렛이 말했다. 침대를 지탱해서 일어나려 했지만 침대보가 미끄러졌다. 덕분에 비올렛은 다시 한 번 앞으로 고꾸라졌다. 은색의 머리카락이 흩어졌다. 이를 으득 깨물었다. 그에겐 그 꼴이 너무나 우습게 보일 터였다. 에셀먼드는 아마 여느 때처럼 그녀를 억지로 쉬게 하고 물러날 것이다. 하지만 그는 비올렛과 시선을 마주했다. 그리고 헝클어진 그녀의 머리를 정돈하더니 어깨를 잡고 번쩍 일으켜 세웠다.

"자, 잠깐."

비올렛이 그에 기대서 서자 에셀먼드가 제대로 서지 못한 채 덜덜 떨고 있는 그녀의 팔을 보더니 눈썹을 모으다 그녀를 안아 들었다. 갑작스러운 접촉에 비명이 나올 뻔했으나 그럭저럭 참을 만했다.

"……."

"클래하들에게 운구運柩는 기다리라 전해라."

"네, 주인님."

앤이 뛰어갔다. 에셀먼드는 천천히 걸었다. 주인님이라니. 그래, 그렇구나. 그가 이제 새로운 후작이었다. 그녀가 자는 사이에 상속은 이미 다 끝난 모양이다. 이젠 에셀먼드가 에르멘가르트가의 가주이자 후작이었다. 정말로 닿지 못할 사람이 되었구나. 비올렛은 생각했다.

에셀먼드는 걸음을 서두르지 않았다. 하긴 장례의 절차는 이제 이 집의 주인인 그가 마음대로 정해도 무방했다. 몸에 힘이 들어가지 않아 비올렛이 상당히 무거울 텐데도 그는 힘든 기색이 없었다.

"바쁠 일도 많으실 텐데, 다른 분께 맡기세요."

비올렛이 말하자 에셀먼드가 그녀를 내려다보았다.

"네 몸은 누구나 함부로 손댈 수 있는 몸이 아니다."

그가 차갑게 대답했다. 비올렛은 그 말에 실없이 미소 지었다. 그 웃음에 에셀먼드가 바라보는 시선이 느껴졌다. 그의 앞에서 웃은 적이 단 한 번도 없었구나.

"웃는 게 이상해요, 오라버니? 하긴 이상하기도 하겠군요. 오늘 같은 날."

비올렛의 물음에 에셀먼드는 대답했다.

"아니."

딱딱한 대답. 그러나 대화는 이루어지고 있었다. 비올렛에게는 언제나 품어 왔던 독기가 빠져 있었다. 얼마 남지 않은 이곳에서의 생활을 날이 선 채로 보내기엔 아까웠다. 이미 일은 벌어졌고, 그녀는 이제 신전에 가야 했다. 이제 남은 시간 동안 하고 싶은 것을 하면 된다.

사용인들이 비올렛과 에드를 보며 길을 터 주었다. 저택 내 작은 예배당에 그가 들어갔다. 검은 옷을 입고 서 있는 후작가의 가신들 몇이 보인다. 에셀먼드의 등장만으로도 주목받을 만한 일인데 비올렛이 그 품에 안겨 있었다.

그날 수도에 있던 사람들은 신의 기적을 기억한다. 외경을 담은 눈빛이 비올렛에게 향했다. 그러나 그녀의 눈에는 단상 위에 있는 검은 관만이 보였다. 그 관에 다가간 에셀먼드가 부드럽게 그녀를 내려 주었다. 몸은 여전히 움직이기 힘들었지만 비올렛은 힘을 내 관 위에 손을 얹었다. 맨들맨들한 그 관에 그녀의 손자국이 남았지만 그 누구도 신경 쓰지 않았다.

비올렛은 한참 동안이나 관을 바라보고 있었다. 에셀먼드는 그녀를 응시하다가 뒤로 물러났다. 신을 저주했던 새하얀 예배당에 관이 놓여 있었다. 에셀먼드가 시킨 모양인지 발걸음 소리가 들리며 사람들이 우르르 빠져나갔다.

"내가 졌어요, 후작님."

사람이 없어 고요한 예배당에 비올렛의 목소리가 울려 퍼졌다.

"보고 계셨나요? 내가 졌단 말이에요. 당신의 의도를 알면서도 넘어갈 수밖에 없었어요."

비올렛은 말했다.

"저, 어려서부터 죽은 사람을 많이 봤어요. 엄마, 아빠가 죽는 것도 봤고 꽃의 거리에서도 언니들이 많이 죽었어요. 사실 저한테는 안나라는 언니가 있었는데, 저를 정말로 못살게 굴었어요. 그땐 너무 화가 나서 안나 언니가 없어졌으면 바랐었죠. 그런데 그 언니가 어느 여름날에 그곳을 지나가던 귀족 도련님한테 맞아 죽었어요."

비올렛이 숨을 들이켜며 말을 이었다.

"그런데 죽는다는 게 참 이상해요."

비올렛이 헌화되어 있는 꽃들을 바라보았다. 그녀의 성력 때문인지 수도에는 싱싱하고 아름다운 꽃들이 피어, 한겨울임에도 선명한 색들의 꽃이 관 주변을 장식했다.

"그 사람이 어떤 짓을 해도 꼭 좋은 사람처럼 기억에 남거든요."

관 위에 얹은 손을 말아 쥐었다.

"그래서 분명히 잘못한 건 내가 아닌데, 분명히 나는 정당하게 화를 낸 건데 그런 것조차 후회하게 되거든요. 내가 잘못한 것처럼 느껴졌어요……. 꼭 언니가 내겐 친절했던 사람처럼 기억에 남아

서, 언니가 더 이상 없다는 게 너무 슬퍼서 밤낮을 울었어요."

비올렛이 다시 한 번 이를 악물었다. 참았던 눈물이 터져 나왔다.

"이상해요. 그런데 이번에도 또 내 잘못인 것 같아요. 내가, 여길 너무 미워해서……."

그녀는 모든 것을 자애롭게 바라보는 성녀 아그레시아의 얼굴을 보았다. 눈물이 흐르지 않도록 고개를 들었지만 눈물은 허용 범위를 넘어서 그녀의 뺨을 타고 흘러내렸다.

"곰 인형 선물 받은 거, 후작님께서 새로 사 오신 걸로 바꾸셨다는 거 나중에 알았어요. 아무리 그래도 리본 색은 바꾸셨어야죠."

"……."

"제가 인형을 마음에 안 들어 한 줄 아셨죠? 사실 너무 예뻐서 아꼈던 것뿐이에요. 그것도 모르시고 다른 걸로 몇 개나 더 사 주시고. 전 그런 게 싫었어요."

비올렛이 속삭였다.

"생일 다음 날에도 잭한테 케이크를 다시 만들라 명령하셨다면서요? 케이크는 생일에 먹어야 의미가 있는 거예요. 잭이 얼마나 고생하는지도 모르셨죠? 후작님은 그런 건 관심도 없으셨잖아요. 저는 그런 게 진저리 나게 싫었어요."

그녀가 숨을 들이마셨다. 차오르는 울음기 때문에 온몸이 뻣뻣하게 굳어 다시 몸이 아파 왔지만 그녀는 홀린 듯이 말하고 있었다. 마치 후작이 그곳에 있는 것처럼.

"사실 후작님이 제 편을 들어 저 대신 화를 내 주셨을 때 너무 기뻤어요. 왜냐하면 후작님이 입으로 날 딸이라 말해 주셨잖아요. 그게 얼마나 행복한 말이었는지 몰라요. 이 집에 있어도 된다고 말해 주는 것 같아서……."

비올렛이 흐느끼며 숨을 다시 한 번 몰아쉬자 눈물이 뚝뚝 관 위에 떨어졌다.

"아프다 말했어야죠. 신전에 보내는 한이 있더라도 말하셨어야죠. 하다못해 신관이라도 부르셨어야죠. 뭐예요, 저보고 불쌍해하라고 그렇게 죽으신 건가요? 평생 죄책감에 시달리라고, 그렇게······."

흐느낌이 새어 나왔지만 비올렛은 그것을 꾹 삼키려 노력했다. 그만큼 몸이 고통을 호소했지만 어쩐지 마음이 찢어지는 것 같았다.

"일부러 미워하라고 그렇게 행동하셨다면서 왜 눈에 보이게 잘해 주신 건가요. 마음대로 미워하지도 못하게. 그렇다면 적어도 조금 더 살아 있어 줄 수 있었잖아요. 그렇게 죽는다고 모든 게 용서되는 게 아니란 말이에요. 그러면 너무 쉽잖아요······."

그녀의 마지막 말은 흐느낌에 묻혔다. 후작은 차라리 잘못했다고 말하지 말았어야 했다. 그러면 그들의 관계는 조금 더 달라졌을 것이다. 아낌을 받았다는 것도 안다. 챙김을 받았다는 것도 안다. 후작은 자신이 냉혹하다 생각했지만, 그는 어설펐다. 그저 알면서도 모르는 척했을 뿐이다. 그녀는 한참 동안 관을 내려다보았다.

쓰러지고 나서 후작의 꿈을 꾸었을 때, 비올렛은 제비꽃 너머로 멀어지던 후작의 뒷모습을 보았다. 그때 그녀는 그 모습이 마지막이라는 것을 알았다. 그래서 자신도 모르게 가지 말라 소리쳤다. 그가 진저리 나게 싫었음에도 증오스러웠음에도 후작을 붙잡았던 것이다. 그 말을 들은 후작은 딱 한 번 뒤를 돌아보았다. 마지막으로 본 그는 미소 짓고 있었다. 그 옛날처럼 너무나 다정하게.

"봄에 피는 제비꽃, 정말 보고 싶었단 말이에요."

비올렛이 관 위에 엎드려 흐느꼈다.

"비올렛!"

침대 위에서 몸을 쉬고 있던 비올렛에게 손님이 찾아왔다. 시수일레였다. 그녀는 좋아하는 화려한 색의 드레스가 아닌, 어두운 검보라색 원피스를 입고 있었다. 비올렛은 미소를 지은 채 시수일레의 포옹을 받아들였다.

"괜찮아? 몸이 많이 아프다고 들었어. 사실 각하, 아니 전 후작님 장례식에 왔었는데 네가 없어서 각하께 물어보니 몸이 아프다고 하시지 뭐야. 이제야 방문을 허가해 주셨다고."

"그렇구나."

비올렛이 대답했다. 시수일레는 비올렛을 바라보았다. 소중하고 가련한 친구의 얼굴은 정말로 성녀처럼 보였다. 그녀를 감싸던 뾰족한 가시들이 모두 사라졌다.

"응."

마치 낯선 사람을 보는 것 같다. 비올렛이 이런 표정을 지을 리가 없었다. 시수일레는 비올렛을 한참 동안이나 낯선 이를 보는 것처럼 바라보았다. 아팠던 탓인지 그녀의 얼굴은 갸름해졌고 팔도 깡말랐으나 날카롭다기보다는 온화한 인상을 주었다.

"아직도 아파?"

"응?"

"아직도 많이 아파?"

"아니, 이젠 좀 괜찮아. 걸을 수도 있어."

그렇게 말하며 비올렛이 자리에서 일어났다. 하지만 다리에 힘이 들어가지 않아 금세 침대 위로 주저앉았다. 시수일레의 얼굴이 굳었다. 신의 기적을 몸소 행하는 것은 이런 고통을 기반으로 했다. 기적을 일으킨 지 일주일이 지났다. 그럼에도 이제 겨우 설 수 있을 정도라니.

신이 있다면 먼저 뛰어가 내 친구 왜 괴롭히냐며 엉엉 울며 떼를 쓸 거다. 검으로 몸을 찌른 것도 모자라서 회복도 더디다니. 무심하다. 자신의 사랑을 받는 존재인데, 이런 것 정도는 깔끔하게 회복시켜 줘야 하는 게 아닌가? 시수일레는 신에게 자기 기준으로 엄청 험한 욕을 퍼부었다.

"괜찮은 거지?"

"응. 봐, 괜찮다니까."

예전의 비올렛이 아닌, 한결 힘이 빠진 모습을 보며 시수일레의 눈에 눈물이 차올랐다. 괜스레 서러워졌다.

"왜 울어?"

비올렛의 물음에 시수일레는 고개를 저었다. 왤까. 분명 비올렛은 살아 있는데, 후작가는 무사한데 이렇게 눈물이 차올랐다. 그녀의 목을 끌어안은 채 울음을 터트리자 비올렛이 다정하게 그녀의 등을 쓰다듬었다. 언니처럼 차분하고 침착하게.

"넌 좋은 애야, 시스."

그 다정한 어조에 시수일레는 더욱더 크게 울고 싶었다. 시수일레는 흐느꼈다. 전대 후작의 죽음도 이렇게 슬프지는 않았다. 독기가 빠져 버린 비올렛의 얼굴은 어딘지 모르게 아름다웠고 서글펐다.

"우리 헤어지는 거 아니잖아, 비올렛."

시수일레가 울먹이며 말했다.

"소속만 신전에 있는 것뿐이지, 언제든지 왕궁에 오고 싶으면 오는 거잖아. 완전히 헤어지는 거 아니잖아."

시수일레의 말에 비올렛이 끄덕이며 대답했다.

"그래도 지금보다는 많이 못 볼걸. 왜냐하면 너희 어머니, 아버지가 막을 거니까."

친구는 여전히 지나치게 현실적이었다.

"그게 어떻게 그렇게 되는데! 난 나중에 순한 남편이랑 결혼할 거야. 절대로 널 만나는 걸 말리지 못하게 할 거라고."

"그래."

"그래도 이럴 때는 빈말이라도 언제든지 만나러 온다고 해 줘야지. 그렇게라도 말해 줘야지. 안 그러면 미움받는단 말이야."

"알잖아, 시스."

비올렛이 미소 지었다.

"난 너 이외에 친구란 없는걸."

그 말에 시수일레는 더욱더 크게 울음을 터트렸다. 언젠가 이런 날이 온다는 건 알았다. 생각해 보면 그녀와 헤어질 거라는 걸 알면서도 친구가 되고 싶었다. 하지만 그때도 비올렛은 여전히 자신이 알고 있는 고고한 모습 그대로 있을 줄 알았다.

막상 정말로 헤어지게 되니 눈물만 나올 뿐이었다. 이제 이 후작가에 자리 잡은 비올렛은 사라지게 된다. 신전의 손에 들어가 성녀로서 살게 되는 것이다.

비올렛은 이별을 준비하고 있었다.

"그만두지 못하겠어?"

"싫어."

"안 무겁니?"

"무거워. 그만 좀 먹어라, 돼지야. 항상 혼자 밥 먹더니 조절도 못하냐?"

"……."

"농담이고, 좀 먹어라. 솔직히 이렇게 가벼울 줄은 몰랐다. 이건 좀 심각한 수준이야."

비올렛을 안아 든 에이든이 말했다. 그는 휴직계를 냈는지 그녀를 매일같이 찾아왔다. 그러면서 운신이 불편한 비올렛을 자꾸 들어서 옮겨 주었다. 이제 가까운 거리는 걸을 만할 정도지만 에이든은 가차 없었다.

"괜찮으면 좀 더 많은 곳을 데려가는데. 내가 맛있는 데를 알거든. 그런데 음, 안 되겠지? 난 이렇게 들고 갈 수 있을 것 같은데."

"안 되지."

비올렛의 칼 같은 즉답에 에이든이 중얼거렸다.

"그런데 꼭 이렇게 날 들어서 옮겨야 해? 이거 불편해."

"그래? 그럼 업어 줄까?"

"그러다 오라버니에게 혼날걸."

그 말에 에이든이 말했다.

"혼내라지. 아무리 그래도 그렇지, 바쁘다고 코빼기도 안 비치냐."

"원래 그런 사람이잖아."

에셀먼드는 작위를 승계받은 지금, 바쁜 탓인지 집에 거의 들어오지 않았다.

에이든은 그녀를 티 테이블 앞에 앉혔다. 비올렛이 신의 기적을 보인 이래로 아그레시아는 유례없이 따스한 겨울을 보내고 있었다. 비올렛은 선선한 바람이 불어오는 창을 바라보았다. 에셀먼드와는 아마 그것이 마지막 작별 인사겠지. 그녀는 씁쓸하게 생각했다.

그때, 후작의 입관일에 에셀먼드는 관 위에 엎드려 한참을 울고 있던 비올렛을 다시 안아 들었다. 그녀는 그가 불편해 견딜 수가 없었다. 에셀먼드는 그녀를 의자 위에 앉혔다. 그대로 관이 영지로 향하는 것을 바라봤다. 그는 이제 역대 땅의 주인들이 묻혀 있는 곳에서 영원한 안식을 갖게 되리라. 에셀먼드는 다시 그녀에게 팔을 뻗었다.

─또 안으려고요?

비올렛의 물음에 에셀먼드가 그녀를 보며 되물었다.

─싫은가?

─아니요. 조금…….

비올렛이 머뭇거리자 그녀의 미묘한 얼굴을 보고 에셀먼드가 물었다.

─오라비가 여동생을 안는 게 이상한 건가?

어렸을 적, 그는 분명히 그 말을 했었다. 그때 그녀는 조금 더 작았고 에셀먼드 역시 그렇게 크지 않았다. 그래, 에셀먼드는 그녀를 '여동생'으로 아끼고 있었는지도 몰랐다. 그것이 죄책감에 기반된 감정인지, 애정인지는 모르나. 고개를 설레설레 젓자 에셀먼드가 팔을 뻗어 그녀를 안아 들었다. 하늘은 어둑해졌고, 날씨는 추웠다. 그러나 어째서인지 에셀먼드는 그녀를 안아 들고 후원으로 향했다.

─…….

왜 그러는지는 몰랐다. 그녀가 신성으로 피워 냈던 제비꽃들의 꽃잎이 추위에 떨어지고 있었지만, 에셀먼드는 제비꽃밭 위에 그녀를 앉혀 놓고 그도 걸터앉았다. 후작이 가는 길에 눈물을 보였던 비올렛과는 다르게 그의 친아들인 에셀먼드의 얼굴은 평상시처럼 고요했다.

슬픈가? 괴로운가? 물어보고 싶었다. 하지만 아무것도 대답하지 않을 사람이란 것을 알기에, 그리고 그것을 물어볼 만한 사이가 아니기에 그녀는 입을 다물었다.

왜 편지를 보내지 않았나. 왜 떠나야 했던 이유를 숨겼나. 묻고 싶은 것은 많았다. 감정뿐만이 아니라 그가 왜 화를 냈었던 것인지, 왜 그렇게 고통을 무덤덤하게 숨기려 드는 것인지도 궁금했다.

그는 그저 침묵한 채 앉아 있기만 한다. 차가운 바람이 불었다. 에셀먼드는 비올렛의 존재를 깨달은 듯 물끄러미 바라보더니 겉옷을 벗어 둘러 주었다.

—들어가고 싶나?

고개를 젓자 에셀먼드가 다시 정면을 바라보았다. 방금 전까지 그가 입고 있던 겉옷에서 온기가 묻어 나왔다. 더불어 그의 향기도. 체자레의 짙은 향수 냄새와는 다른 청량한 냄새가 마음을 편하게 했다.

위로를 구하지 않았다. 눈물을 보이지도 않았다. 바람만이 그의 단정한 머리를 이따금 흩트릴 뿐이었다. 그가 왜 후원에 핀 제비꽃밭에 그녀와 걸터앉아 있는지 이해할 수 없었다. 검은색 드레스에 짙은 꽃향기와 풀 냄새가 물들었다. 한참 후에 비올렛이 말했다.

—오라버니라 부를 수 있는 날도 얼마 남지 않았네요.

유예 기간은 한 달도 채 안 남았다고 했다. 그 말에 에셀먼드가 비올렛을 보았다. 그 짙은 푸른 눈동자는 여전히 그녀의 마음을 설레게 했다.

―앞으로 다시는.

―……?

―다시는 그런 짓은 하지 않았으면 좋겠군.

―뭘 말하는 거예요?

에셀먼드가 그녀의 배를 가리켰다. 그래, 그녀는 스스로 자신의 배를 찔렀다. 하지만 어차피 해결하기만 하면 되는 게 아닌가. 게다가 죽지도 않고.

―어차피 안 죽어요.

그녀의 말에 에셀먼드가 엄한 얼굴로 보았다. 아, 이제 보니 그래도 어느 정도 이 사람에게 애정을 받고 있었나 보다. 비올렛은 생각했다. 그녀가 괴로웠던 건, 에셀먼드를 증오했던 마음과 더불어 그에게 그러한 애정 이상을 원하고 있었기 때문이었다. 게다가 그가 다른 여자와 맺어지다니, 그것이 비올렛에겐 너무나 괴로웠던 것이다. 용서하지도, 그렇다고 그와 맺어질 수도 없었기에 그렇게 그녀의 속은 타들어 갔다.

그러나 이제 끝났다. 성력을 드러내기로 마음먹었을 때, 비올렛은 그러한 마음을 끊기로 결심했다. 그녀는 신전에 들어갈 것이고, 이제 후작이 된 그는 후계자를 낳기 위해 패트리샤를 들일 것이다. 국왕과의 사이는 어떨지 모르지만 국왕도 에셀먼드가 후계자라면, 또 데후바스 쪽을 끌어들인다면 어쩔 수 없이 그를 받아들일 것이다. 이젠 그를 전쟁터로 내모는 멍청한 짓은 하지 않을 터다.

―나에게 평생 사죄한다고 했죠?

비올렛이 이야기를 꺼냈다. 목소리가 떨리려는 것을 애써 다잡았다.

―어떻게 하실 거예요?

바보 같긴. 왜 그런 질문을 한 것인지 스스로도 이해가 가지 않았다. 그 맹세로 어떻게든 그를 붙잡으려 하는 것이 너무나 구차했다. 비올렛은 자신을 바라보는 에셀먼드의 시선을 느꼈다. 그와 눈이 마주치자 에셀먼드가 진지한 표정으로 말했다.

―내 나름의 방법으로 최선을 다해야겠지.

그는 그녀의 물음을 비웃지 않았다. 너 같은 걸 걱정이나 할 것 같냐며, 그에겐 네 용서 따윈 중요하지 않다며 비웃듯 말했던 다니엘의 말은 정말 거짓이었던 것이다. 에셀먼드는 그가 지키겠다던 평생의 사죄를 잊지 않았다. 어쩌면 말없이 전쟁터로 떠난 것도 그 맹세의 일부일지도 모른다. 이 사람에게 무슨 짐을 지우려 한 것인가. 한숨을 내쉰 비올렛이 말했다.

―이제 됐어요.

―왜지? 그것 때문에 괴로워한 게 아니었나?

에셀먼드가 그녀를 빤히 바라보았다. 비올렛이 고개를 저었다.

―내가 괴로워서 사죄를 하는 거라면 이제 됐어요. 이제 괜찮으니까. 난 신경 쓰지 않아도 돼요.

그에 에셀먼드는 아무 말도 하지 않았다. 사실 대답을 기대하고 말을 꺼낸 것은 아니었다. 어딘지 모르게 공기가 더 서늘해지는 기분이 들었다. 에셀먼드가 입을 열었다.

―들어가지.

그리고 그것이 그들이 나눈 마지막 대화였다. 국왕에게 공식적으로 작위를 승계받은 에셀먼드는 그 이후로 얼굴을 거의 마주할 수 없었다. 이따금 보이는 그의 얼굴은 그녀가 보기에도 피곤해 보였다. 그때의 밤이 마지막 인사일 것이다. 그것에 불만은 없다. 매

일 그의 얼굴을 쳐다보며 애틋해했다면 그것은 그것대로 이상했을
것이다.

"호랑이는 데려갈 거야?"

에이든의 물음에 비올렛이 다시 현실로 돌아왔다. 그날 밤의 일
은 어째서인지 잘 잊히지 않았다.

"안 데려가면 마차에 숨어들걸."

랑이 역시 뭔가가 변했다는 것을 알고 불안에 떨고 있었다. 우선
성기사단이라는 낯선 존재가 자신의 영역을 몇 번이고 침범한 상
태에서 전 후작의 죽음으로 변화된 분위기에 극도로 예민해져 있
는 상태였다.

"새끼까지 데려갈 거야?"

"그래야겠지'?"

마차에 태우는 것도 예민한 고양이에겐 힘든 일이겠지만 어쩔 수
없었다. 랑이는 비올렛을 신뢰했고, 다른 이에게는 절대 마음을 열
지 않을 것이다. 이렇게 하나하나 정리되어 간다. 아마 비올렛이
있었다는 흔적도 사라질 것이다.

"앤은?"

"응?"

"앤은 어떻게 할 거야?"

"당연히 여기에 남아 있어야지."

비올렛이 대답했다.

"앤이 그걸 납득했어?"

"아니. 펄펄 뛰었지."

그녀가 피식거리며 웃었다. 그래서 아직도 앤과는 냉전 중이었다.

"내가 앤의 인생까지 뺏어 갈 수는 없잖아."

만약 앤이 따라오게 된다면 신전 소속이 되어 영원히 결혼하지 못할 몸이 될 것이다. 그녀의 인생이 비올렛 때문에 제한되어 버리는 건 너무 가여운 일이 아닌가.

"앤은 그렇게 생각 안 할걸."

"하지만 나는 그렇게 생각하는걸. 앤은 언제나 내 생각이 우선이니 꼭 들어줄 거야."

에이든이 비올렛을 보았다.

"너 달라졌다."

"응?"

"그때로 돌아간 것 같은 느낌이 들어."

"……."

"그런데 또 보면 '그때'는 아닌 것 같아."

초록 잎사귀를 투과한 햇빛이 다이아몬드처럼 반짝거렸다.

"아, 성년이 지났는데 축하도 제대로 못했구나, 에이든. 선물을 사야겠네."

"어?"

"그러고 보면 성년식도 제대로 하지 못했구나. 전 후작님께서 병중이셔서……."

"아니, 난 별로 상관없어."

에이든이 어깨를 으쓱 하며 말했다. 비올렛은 에이든을 보며 조용히 말했다.

"그래도 이곳에서 내가 줄 수 있는 마지막 선물이잖아?"

"야!"

에이든이 얼굴을 찡그리며 소리쳤다. 그는 또 뭔가 울컥한 것 같아 보였다.

"예전엔 지나치게 힘이 들어가 있더니 이젠 힘도 없어 보여. 꼭 죽을 사람 같단 말이야, 너."

"……."

비올렛은 조용히 차를 기울였다.

"나 안 죽어. 그냥 신전에 가는 거야."

"이상하다고. 유품이야, 뭐야? 왜 갑자기 챙기지도 않던 성년 선물을 챙겨 준다는 건데. 그때처럼 또 검으로 자해라도 할 생각이야?!"

"……그건 너무 아파서 다신 못할 거야."

"아프면 하지를 마! 왜 그런 짓을 해서 자꾸 사람 심장 떨어지게 만들어! 가끔 가다 내 꿈자리가 사나워지는 건 알고는 있냐?"

그가 소리쳤다. 그 말에 서린 따스한 걱정과 염려를 알고 비올렛이 웃었다.

"왜 그래. 그래서 살았잖아."

"야!"

"알았어. 안 할게."

"진짜지?"

"응."

"그래, 알았어. 믿어 볼게."

에이든이 팔짱을 끼며 고개를 끄덕였다.

"에드 오라버니도 그런 말 했었는데, 다시는 그런 짓 하지 말라고."

"그거야 당연한 거 아니냐? 아, 정말, 형이 널 얼마나 생각하는데."

에이든이 소리쳤다. 당연한 건가, 그런 게. 비올렛은 생각했다. 당연한 것이라면 왜 눈치채질 못했던 걸까. 아니, 이젠 상관없는 일이다. 그녀는 입술을 깨물었다.

"사흘 후네."

"그래."

에이든이 한숨을 내쉬었다.

"다니엘은 아직도 누워 있어? 어깨는 나았어?"

"당연히 나았지. 겨우 긁힌 상처인걸. 다니엘 형은 네가 미운 모양이야. 하지만 그건 형의 잘못이라고. 왜 형이 화를 내는 건지 이해를 할 수가 없어. 나도 다니엘 형이 그런 줄은 몰랐다니까."

에이든은 쌓인 게 많았던지 투덜거렸다.

"에드 형과 다니엘 형은 보면 언제나 으르렁거려. 에드 형 역시 별로 용서하고 화해할 생각은 없어 보여. 에드 형은 한 번 돌아서면 가차 없는 사람이니까."

"그래."

어차피 사이좋은 형제는 아니었던 것으로 보이니, 비올렛은 자신이 형제 관계를 망쳤다고 자책하기보다는 터질 게 터졌다고 생각하고 있었다.

"물론 나도 화났다고."

에이든은 얼굴을 찌푸렸다.

에이든이 나가자 앤이 쌀쌀맞은 얼굴로 하녀들과 같이 목욕물을 준비해 비올렛을 씻겨 주었다. 앤은 화가 나 보였지만 그래도 매만지는 손길이 너무나 다정해서 비올렛은 그 손길에 살짝 웃음을 터트렸다. 그에 앤이 흥, 콧방귀를 뀌다가 이내 참지 못하고 미소를 지었다. 비올렛의 얼굴에 서린 미소에 하녀들이 깜짝 놀라 서로를 바라보더니 멍한 얼굴로 그녀를 보았다.

비올렛의 거동이 불편했기에 목욕은 생각보다 오래 걸렸다. 그동안 몸을 닦는 것으로 목욕을 대신해 왔던 비올렛은 간만에 제대로 목욕을 마치자 나름 상쾌한 하루를 보낼 수 있었다.

"좋으세요?"

"응."

비올렛의 말에 앤이 마주 보며 미소를 지었다. 하녀들 역시 어디가 불편하지 않느냐고 물었다. 비올렛은 하녀들의 친절이 부담스러웠지만, 어차피 가는 마당에 낯을 가릴 필요 없다 생각해서 나름 다정하게 그녀들을 대했다. 생각해 보니 저 하녀들도 비올렛에게 호기심을 가지고 다가오려 했던 건데, 너무 방어적으로 대했던 것 같았다.

하녀들의 부축을 받은 비올렛은 앤이 내준 달콤한 디저트를 먹었다. 제대로 씻고 향긋한 옷으로 갈아입고서 디저트까지 먹으니 기분이 개운해졌다.

축 처져 있던 하루하루였지만 오늘 하루는 나쁘지 않았다. 앤은 다른 하녀들을 시켜서 움직이지 못해 뭉쳤던 근육을 마사지해 주었고 손톱도 다듬어 주었다.

비올렛은 앤의 속셈을 알고 있었다. 이렇게 나는 아가씨를 잘 모시니 데려가 달라 말하고 있는 것이다. 하지만 비올렛은 애써 그것을 모르는 척, 시큰둥한 표정을 지었다. 그러자 앤 역시 비올렛이 일부러 그런다는 것을 깨닫고 그녀를 눕힌 후 다시 쌀쌀맞은 얼굴로 방 바깥으로 나가 버렸다.

침대 시트를 깨끗한 것으로 갈아 보송한 냄새가 났다. 마사지를 했기에 몸이 풀려 노곤고곤해져 비올렛은 금세 잠이 들었다.

깊게 잠이 든 비올렛은 배를 찌르는 듯한 통증에 잠에서 일어났다. 커튼 사이로 언뜻 보이는 달이 한창 높이 떠 있는 것으로 보아 새벽인 듯했다. 그녀는 한참 동안 배를 부여잡고 있었다.

　검에 찔린 상처를 회복하는 데도 시간이 들었고 신의 기적을 재현한 후유증은 아직도 엄청났다. 지금 와서 생각하니, 자칫 잘못했다간 정말 살아 있는 시체가 되었을 수도 있었다는 것을 깨달았다. 만약 이런 상태에서 말룸이 나타난다면 꼼짝없이 당할 수밖에 없다. 그때 문이 벌컥 열리며 누군가가 들어왔다.

　"……누구세요?"

　비올렛이 움직이려 했다. 다리를 조금 움직일 수는 있었지만 아직도 몸을 움직이는 것은 힘들었다. 그래도 그녀는 낑낑거리며 몸을 일으키는 데 성공했다.

　"앤?"

　앤인가? 설마 화를 풀어 주기라도 하려는 걸까? 그런데 이 새벽에? 비올렛이 살짝 미소를 지었다. 발걸음의 주인공이 창가에 드리워진 커튼을 걷었다. 푸른 달빛이 얼굴을 비추었다. 비올렛의 얼굴이 서서히 굳었다.

　"앤이 아니라 미안하네."

　그 다정한 목소리에 비올렛이 몸을 움찔했다. 달밤에 금발이 반짝였다. 다니엘이 서 있었다.

　"……."

　"몸은 괜찮니?"

　다니엘은 부드럽게 미소 지으며 물었다. 그러더니 비올렛의 침대에 다가갔다.

　"저런, 아직 제대로 움직이지 못하는가 보구나. 하긴 우리의 성녀님이니 어련하시겠어."

　그는 비올렛의 침대 위에 걸터앉아 그녀를 내려다보았다. 다리를 움직여 이 자리를 피하고 싶었지만 그렇게 하다가는 다니엘을 자극할 것 같았다. 다니엘은 어딘지 모르게 텅 빈 눈동자를 하고 있었다. 순간 비올렛은 그의 눈이 정상이 아니라 생각했다.

"아, 아름답더라. 그때 너."

"……."

"세상이 환해 보였어. 난 신을 믿지 않는데 그 순간 신의 존재를 절감했지. 그리고 그런 대단한 대리인이 바로 너였구나."

다니엘이 손을 뻗어 비올렛의 은빛 머리를 쓰다듬었다. 시선이, 은근한 시선이 느껴졌다. 그가 마치 눈으로 핥듯이 그녀의 얼굴과 목덜미를 쳐다보았다. 그는 이따금 이렇게 비올렛을 바라보았고, 그 시선을 마주할 때마다 알 수 없는 오한을 느꼈다.

"왜 온 거야?"

"왜라니?"

다니엘이 의아하다는 듯 눈을 깜빡였다.

"동생이 아프다는데 당연한 거 아니야?"

심장이 두근거리며 뛰었다.

"와, 이젠 너도 날 그렇게 보는 거야? 참 이상하네. 저택의 사람들도 모두 날 그렇게 봐."

그는 고개를 갸웃하며 비올렛의 목덜미를 보았다.

"목이 졸린 자국이 남았다던데 남은 것도 아니었잖아? 깨끗하네."

그가 비올렛의 목덜미에 손을 가져다 댔다. 그러자 그녀가 움찔했다.

"왜 그래?"

다니엘이 물었다. 그는 기분이 상한 듯 얼굴을 찡그리고 있었다. 다니엘의 눈빛이 번들거렸다. 눈빛에 담긴 짙은 감정에 비올렛은 움찔할 수밖에 없었다. 그가 비릿한 미소를 머금었다.

"그거 말이야. 네가 요란하게 증명한 거."

"……."

"에드 형을 위해서 그런 거지?"

"……."

이전의 비올렛이라면 그 말을 필사적으로 부정했어야만 했다. 에셀먼드를 증오하며 그를 위한 것이 아니고 자신을 위한 것이었다고 말했어야만 했다. 그러나 비올렛의 대답은 이전과는 달랐다.

"그래."

그녀는 자신의 마음을 인정했다. 그러자 다니엘이 하, 하더니 웃음을 터트렸다.

"아, 어리석은 비올렛, 넌 정말 멍청해서 웃음이 나올 정도야. 증오하기 위해 날 이용했을 정도면 끝까지 침묵했어야지!"

살려 달라며 성녀임을 드러내라고 말하던 다니엘은 또다시 이중적인 면모를 보이고 있었다.

"이제 우리 후작 나으리는 그 이상한 계집애랑 결혼할 생각인데, 어떻게 생각하니?"

"괜찮아."

다니엘의 도발에 비올렛이 담담하게 말했다.

"괜찮다고?"

그가 되물었다. 그의 손이 위험하게 목덜미를 쓰다듬었으나, 비올렛은 두려워하는 표를 내지 않으려 노력했다. 그녀는 아직 제대로 움직일 수 없으니 그를 자극해서는 안 됐다.

"알고 한 거야. 결혼해서 행복해도 아이를 낳아도 이젠 괜찮아. 오히려 홀가분해."

"뭐?"

다니엘이 눈을 크게 뜨며 충격을 받은 듯 그녀를 보았다. 비올렛은 알 수 없는 쾌감을 느끼며 말을 이었다.

"그가 나한테 잘못을 저질렀다 해서 그 사람이 행복해지면 안 된다는 건 아니야. 난 이미 그것에서 벗어나기로 했으니까."

"너."

"그만큼 그 사람을 좋아했다는 걸 깨달았어. 미움으로 붙잡아 두려 하고 있었던 거야. 오라버니를, 에셀먼드를."

"너!"

다니엘이 소리치며 그녀를 밀어 눕혔다. 비올렛의 눈동자에 흔들림은 없었다. 몸은 덜덜 떨렸지만, 다니엘에게 질 생각은 없었다.

"너만의 지옥에 있는 건 나뿐이야. 나는 내 지옥에 누군가를 초대하지 않을 거고 누군가의 지옥에도 초대받지 않을 거야. 너랑 나는 달라, 다니엘."

비올렛을 쳐다보는 다니엘의 두 눈이 희번덕거렸다. 그는 한참 동안이나 으르렁거리듯 그녀를 바라보았다. 그러다 킥킥거리며 미소를 지었다. 기분 나쁜 웃음소리는 한동안 계속되었으나 좀 더 시간이 지나자 그가 고개를 들었다. 헝클어진 금발이 보였다. 에셀먼드와 똑같은 바다색 눈을 하고 있었지만 형제임에도 그와는 이토록 다른 눈빛이었다.

"그래, 비올렛."

그가 말했다.

"그렇게 형을 좋아하면, 그 마음을 그대로 가지면 돼. 그렇게 네가 죽을 때까지, 그 마음을 간직하고 살아."

다니엘이 비올렛의 얼굴을 부드럽게 쓰다듬었다. 그의 눈빛이 흐

릿해졌다. 그는 상처받은 얼굴이었다. 얼굴을 일그러트리던 표정
이 돌변했다.

"다니엘?"

불안감을 느낀 그녀가 그의 이름을 불렀다. 다니엘은 제정신이
아니었다. 눈빛이 어둡게 가라앉았다. 그녀가 본 것은 다니엘의 광
기였다.

"사랑해, 비올렛. 정말로 그 누구보다 사랑하고 있어."

"다니엘!"

그의 두 눈이 음험한 빛을 품었다. 비올렛은 그의 팔에서 벗어나
려 했지만 평소보다도 못한 근력은 제 역할을 해내지 못하고 있었
다. 심장이 쾅쾅 몸을 울리며 세차게 뛰었다. 다시 피를 토할 것 같
은 메스꺼움이 들었다. 계속해서 몸을 틀었지만 야속하게도 몸은
제대로 움직이지 않았다.

"나에게 더럽혀진 몸으로 형을 계속 좋아하도록 해. 그 깨끗한
신전 속에서, 평생 형을 사랑하는 지옥에서 나와 함께 살아."

"싫어, 하지 마! 소리를 지를 거야!"

"질러도 상관없어. 형은 아직 돌아오지 않았고 에이든 녀석은 바
깥에 나갔으니. 사용인들이 본들 무슨 상관이겠어. 죽여 버리면 되
지."

제정신이 아니다. 지금 이런 짓을 벌이는 것을 교황 측에서 알았
다간 또다시 후작가가 위험에 처할 수도 있었다. 체자레의 귀에 들
어간다면 도대체 그는 어떤 반응을 보일까. 분명 그는 이번에야 말
로 주저 않고 후작가 사람들을 도륙할 것이다.

그런 것을 알면서도 다니엘은 이런 짓을 저지르는 것인가. 비올
렛이 애써 반항했지만 팔이 힘없이 꺾였다.

다니엘이 그녀를 찍어 누른 손을 풀어 옷자락을 더듬었다. 그것을 손으로 막으려 했지만 제대로 힘이 들어가지 않는 손은 그에게 아무런 장애물이 되지 않았다. 찌익 소리가 나며 비올렛의 잠옷이 찢겼다. 예상치 못하게 바깥의 공기를 접한 피부에 오소소 소름이 돋으며 심장이 더욱더 세차게 뛰었다.

"이러지……."

비올렛의 목소리는 그녀의 숨을 갈망하는 사내에게 넘어갔다. 지분거리는 손길이 드러난 살결을 괴롭혔다. 발버둥 치려 했지만 다시 두 팔이 이미 다니엘에게 잡혀 있었다.

그는 게걸스럽게 그녀의 숨결을 탐했다. 아주 오래도록 집요하게. 입안을 휘젓는 혀의 감촉이 불쾌해 얼굴을 틀었지만 다니엘은 비올렛의 입술을 잔인할 정도로 천천히 음미하고 있었다. 견디다 못한 그녀가 그의 입술을 세차게 깨물었다. 비릿한 피가 입안에 맴돌았다. 다니엘이 피로 붉게 물든 입술로 웃으며 그녀의 귓가에 속삭였다.

"꽤나 짜릿했어, 비올렛. 이런 거 형과 하고 싶었겠지? 어떡하니? 형은 다른 여자와 할 텐데."

그는 마치 책 속에 나오는 흡혈인 같았다……. 그가 긴장으로 딱 붙어 있는 비올렛의 다리를 무릎으로 비집어 열었다. 그 수치스러운 자세에 그녀가 명백한 혐오의 표정을 짓자 다니엘이 속삭였다.

"왜, 꽃의 거리에서 이런 거 많이 봐 왔잖아? 너도 나중에 하기로 되어 있던 거 아니었어?"

"그만해, 제발!"

온몸이 부서질 듯 다시 아파 왔다. 하지만 다니엘은 그녀의 애원을 무시한 채 잠옷 치맛자락을 들어 올렸다. 드러난 허벅지를 지분

거리는 손길에 소름이 오소소 돋았다. 다른 손 역시 비올렛의 가슴을 탐하고 있었다. 이 순간 그녀는 다니엘의 품 속에 갇혀 그의 진득하고 더러운 욕망을 푸는 인형이었다.

왜 저런 사람을 곁에 두었는가.

왜냐하면 그는 다정했기 때문이다. 비올렛에게 가장 먼저 손을 내밀어 준 친절한 사람이었다. 그러나 그는 자신이 빠져 있던 지옥에 다른 사람을 억지로 처넣으며 희열을 느끼는 사람이었다. 비올렛이 괴로워하는 것을 보며 기뻐하는, 그런 가학적인 남자다.

비올렛은 그녀를 보며 욕정하는 다니엘을 보았다. 그의 두 눈은 그녀에게 취해 풀려 있었고 옷 역시 풀어 헤쳐져 있었다. 그것에 생리적인 혐오감이 들었다. 그래, 다니엘의 말이 맞았다. 저런 남자의 모습은 사실 너무나 많이 보았다. 원하지 않음에도 철저하게 유린당하며 눈물짓던 가녀린 꽃들과 그 꽃을 아무렇지 않게 짓밟은, 가학심으로 똘똘 뭉친 잔인한 괴물들을 정말 많이 봐 왔다. 그 얼굴과 다니엘의 얼굴이 겹쳐졌다. 그 역시 괴물이다.

오라버니가 아니다. 에셀먼드나 에이든 같은 애정을 가진 사람이 아니다. 이 남자의 '사랑' 또한 정상이 아니리라.

비올렛은 다니엘에게 나름 상처가 있다고 생각해 그가 다소 신경질적이고 가학적인 말을 하는 것을 감내해 왔다. 하지만 지금 그가 하는 행동은 철저하게 사람을 지옥으로 빠트리기 위해 벌이는 짓이었다. 비올렛은 결심했다. 에셀먼드를 증오하길 포기했다면 이제는 다니엘을 견디는 것도 포기했다.

"다니엘."

이제껏 듣지 못한 부드러운 목소리에 다니엘이 고개를 들어 비올렛을 보았다. 그리고 숨이 멎은 듯 움직임을 멈추었다. 붉은 입술,

그의 시선에 자리한 것은 붉은 입술이었다. 그의 입술을 짓씹어 터트린 피로 물든 그녀의 입술은 요염한 붉은 곡선을 그리고 있었다.

가장 순수하며 고결해야 할 소녀는 성녀의 모습이면서도 남성을 유혹하는 마성의 미소를 짓고 있었다. 달빛이 어슴푸레하게 비치며 흐트러진 옷매무새 너머로 그녀의 굴곡진 몸이 보였다. 그 아찔할 정도의 아름다움에 그는 넋을 잃었다. 그녀는 다니엘의 얼굴을 쓰다듬었다. 다니엘은 그 손길을 막지 않았다. 비올렛의 살에서는 너무나 달콤한 향기가 났다.

다니엘은 아까까지 비올렛이 격렬하게 저항했다는 것도, 혐오감 어린 시선으로 그를 보았다는 것도 생각할 수 없었다. 그녀가 지어주는 미소, 그 미소만 계속 볼 수 있다면 아무것도 생각하지 않아도 살 수 있을 것 같았다.

그녀의 손가락이 다니엘의 목젖을 쓸며 옷깃 속으로 내려갔다. 그 황홀한 미소에 다니엘은 환희했다. 이대로 더…… 비올렛의 손길을 더욱더 받아들이고 싶었다. 그 은근한 손길은 다니엘의 두꺼운 옷 단추를 풀고 얇은 셔츠를 드러나게 했다. 그의 셔츠 속으로 비올렛의 손이 들어갔다. 따스한 손가락의 감촉이 간지러웠으나 다니엘은 그 손길을 받아들이고 있었다. 그것은 최고의 유혹이었다. 다니엘은 참을 수가 없었다. 그녀의 손바닥이 다니엘의 배를 부드럽게 쓸었다. 그리고 비올렛의 손에서 빛이 터져 나왔다. 갑작스러운 빛에 사내의 몸이 튕겨 나갔다.

회복이 안 된 상태로 사람을 상처 입히는 성력을 썼기 때문에 몸에 큰 부담이 왔다. 울컥, 아직 제대로 회복되지 않은 내장에서 피가 다시 역류한 듯 구역질이 나기 시작했다. 아니, 어쩌면 이 상황에 대한 구역질일지도 모른다.

꽃의 거리에서 지독하게 보아 왔던 남자를 유혹하는 미소, 은근한 손놀림. 꽃의 거리에서 얻은 것이 있다면 이러한 것들일지도 모른다. 그랬기에 사람들은 비올렛의 출신을 손가락질했을 것이다. 사실 그녀로서도 배운 것이 이런 것뿐이고 그것에 거리낌이 없었으니, 슬픈 일이었다.

"ㅇㅇㅇㅇㅇㅇㅇ윽!"

다니엘은 비명조차 지르지 못하고 배를 감싸 안았다. 그의 배에는 불로 지진 듯한 상처가 아직도 지직거리며 타들어 가고 있었다. 다니엘이 비올렛을 노려보았다. 두 눈에는 당장이라도 그녀를 찢어발기고 싶다는 살의만이 그득했다. 비올렛은 움직이지 않는 몸을 다시 일으켰다.

"이 더러운 년!"

비올렛의 얼굴은 전보다 더 서늘한 빛을 머금었다. 그녀도 지지 않고 독을 품은 채 외쳤다.

"더 이상은 나도 용서하지 않을 거야. 내가 이 나라의 성녀라는 것을 기억해. 티게르난 추기경에게 말해서 그 악명 높은 지하 감옥에 널 가둬 고문하게 할 테니까."

비올렛은 다니엘이 다시 덤벼든다면 용서하지 않을 생각이었다. 다시 성력을 써서 혼수상태로 앓아눕는 한이 있더라도 그가 원하는 대로 하지 않을 것이다.

다니엘도 그것을 깨달은 듯했다. 그는 배신감을 느끼는 얼굴로 비올렛을 노려보며 배를 움켜쥐고 고통의 신음 소리를 흘렸다. 비올렛은 배신감을 느끼는 건 오히려 자신이라고 말하고 싶었다.

그때 문이 벌컥 소리를 내며 열렸다. 신경전을 벌이고 있던 둘이 동시에 문을 바라보았다. 들어온 방문객은 잠시 아무런 말도 못하고 두 사람을 바라보았다. 반라의 몸으로 상처를 입은 남자, 그리고 흐트러진 모습으로 침대에 앉아 있는 여자.

방문객은, 아니 이 집의 주인은 잠시 동안 생각에 잠겨 있는 듯했다. 그리고 가장 먼저 망토를 벗어 옷이 찢어져 거의 반라가 된 비올렛의 몸을 덮었다. 사실 이불을 덮어도 될 일이었지만 그 역시도 이성을 찾지 못하여 그런 행동을 했을 수도 있다. 비올렛은 너무나 수치스러워 망토를 덮어 주는 짙은 푸른 눈동자를 마주할 수가 없었다. 그녀는 입술을 깨물었다.

알 수 없는 위압감이 이 방을 집어삼켰다. 에셀먼드가 이번에는 다니엘 쪽으로 고개를 돌렸기에 그녀는 그의 표정을 볼 수 없었다.

"다니엘."

다만 알 수 있는 것은 형제의 이름을 부르는 그 목소리에 너무나 거다란 분노기 담겨 살기마저 느껴진다는 점이었다.

'스릉' 하는 소리와 함께 검이 뽑혔다. 그와 동시에 방 안을 가득 채우던 살기가 폭사되었다. 그의 손에서 뽑힌 검은 주인의 의지를 따라 망설임 없이 다니엘을 찌르려 했다.

"오라버니!"

비올렛이 소리쳤다. 그러자 그가 휘둘렀던 검은 다니엘의 코끝 바로 앞에서 멈추었다. 다니엘이 식은땀을 흘리며 에셀먼드의 검을 바라보았다. 방 안에는 그가 헉헉거리는 숨소리만이 들렸다. 에셀먼드가 비올렛을 바라보았다. 어둡게 가라앉은 파란 눈이 보였다. 그녀는 그 두 눈에서 실망과 분노를 느낄 수 있었다. 그는 명백하게 상처받은 이의 얼굴을 하고 있었다. 에셀먼드가 다시 다니엘 쪽으로 고개를 돌렸다.

"이 순간만큼…… 내가…… 네 형이라는 것이 수치스러웠던 적이 없다.”

그가 처음으로 자신의 친동생에게 광포한 살기를 드러냈다. 그 씹어뱉듯 한 말이 얼마나 많은 감정을 내포하고 있는지 알 수 없었다. 다니엘은 에셀먼드가 겨눈 검에 차마 움직이지 못한 채 형을 보고 있었다.

“지금 이 순간부터 네게서 에르멘가르트의 성을 박탈한다. 너는 이제 이 가문의 일원이 아니다. 설령 네가 ‘에르멘가르트’라는 성을 그대로 쓰더라도 그것은 ‘같은 성’을 가지는 것뿐, 너는 내 다음 후계가 될 자격도 방계가 되어 가문의 권세를 누릴 자격도 없다.”

“형!”

“에르멘가르트 후작으로서 명한다. 이제 다니엘 에르멘가르트는 존재하지 않는다. 우리 가문에 네 이름은 영원히 존재하지 않는다.”

“형!”

“나는! 오늘부로 네 형이 아니다!”

그가 사자의 울부짖음과 같이 커다랗게 고함쳤다. 감정을 잃은 그의 목소리가 허망하게 비올렛의 방에 울려 퍼졌다.

“내 검이 인내를 잃기 전에 사라져라.”

다니엘이 덜덜 떨었다. 에셀먼드가 검을 치우자 다니엘은 고개를 들고 뒤도 돌아보지 않고 황급히 사라졌다. 방 안에는 검을 든 에셀먼드와 비올렛만이 남았다. 에셀먼드의 시선이 그녀를 향했다. 그 시선이 무서운 예기를 띠었다. 그 시선은 차갑기만 했다.

“……앤을 부르겠다.”

아, 나는 마지막까지 이런 모습을 보여 주는구나. 비올렛은 생각했다. 다니엘이 어떤 죗값을 치루든 상관없었다. 그러나 그에게 이런 추한 모습을 보여 버렸다. 자괴감이 그녀의 몸을 타고 흘렀다.

틀어막은 입에서 콜록거리며 기침이 새어 나왔다. 또다시 입에서 피가 배어 나오고 있었다. 에셀먼드는 그것을 바라보다 이내 바깥으로 나갔다. 어두운 방 안, 하얀 시트에 핏물이 튀었다. 앤의 목소리가 들렸다. 비올렛은 다시 의식을 잃었다.

"아가씨, 정신 차려 보세요, 아가씨."

앤이 몸을 닦아 주는 것이 느껴졌다. 성력을 썼던 탓일까. 몸에 다시 열이 나 피를 토했다. 앞으로 열흘 후면 신전으로 가는 것이 예정되어 있었지만, 다시 악화되어 버린 몸 상태에 앤은 어찌할 바를 몰랐다.

"다니엘 도련…… 아니, 그 남자는 떠났다고 해요."

"……"

식은땀을 흘리며 비올렛이 눈을 깜빡였다. 분명 그녀는 잘못한 게 없다. 잘못한 게 없는데도 죄책감이 들었다.

"첫째 오라버니는?"

"아시잖아요."

앤이 말했다. 비올렛은 말라붙은 입술로 고개를 끄덕였다. 분명 그는 평소와 같이 행동하고 있겠지. 그러나 비올렛은 분명히 그의 눈에 있던 한 조각의 감정을 목격했다. 그것은 짙은 배신감과 슬픔이었다.

"용서할 수 없어요. 친오빠처럼 따랐던 아가씨를, 어떻게, 어떻게……."

"모두가 이 일을 알고 있어?"

비올렛의 물음에 앤이 고개를 저었다. 그녀는 안도의 한숨을 내쉬었다.

"앤, 나는 괜찮아. 별로 신경 쓸 필요 없어."

정말이었다. 의외로 비올렛은 크게 타격받지 않았다. 아무것도 겪지 않은 순진한 아가씨였다면 이 일이 상당한 충격으로 다가왔겠지만, 3년 정도 꽃의 거리에 머물렀던 경험을 떠올리면 큰 충격을 받을 만한 일은 아니었다.

다니엘을 생각하면 소름 끼치도록 싫었고 배신감마저 느꼈지만 그저 그뿐이었다. 그나마 그것을 다행이라 해야 하나. 비올렛이 씁쓸하게 생각했다. 우선 몸이 아프지 않았다면 이야기는 또 다를지도 몰랐다.

"나 생각보다 약하지 않아."

"거짓말 마세요, 아가씨."

앤의 눈에 눈물이 맺혔다.

"앞으로 계속 같이 있을 거니 각오하셔야 해요."

"알았어."

앤을 데려갈 마음은 없었지만, 비올렛은 그녀를 위해 그렇게 대답했다. 겨우 붙잡았던 의식이 멀어졌다. 멀어진 의식 사이로 누군가가 다녀간다. 에이든과 시수일레의 목소리도 들렸다. 작별의 시간에는 조금 더 많은 시간을 보내고, 조금 더 멋진 이야기를 하고 싶었다. 하지만 몸은 꾸준히 회복을 요구했으며, 그녀는 계속 의식을 잃었다. 신은 아무래도 그녀에게 작별마저 허용치 않으려는 듯했다.

검은 의식이 몸을 지배할 때면 이따금 악취와 악기惡氣가 그녀를 괴롭혔다. 붉은 두 눈이 그녀를 지켜본다. 예전부터 지켜보고 있던 시선이었으나 지금에 와서는 너무나 강대해졌다. 선잠과 깨어나지 않는 의식속에서 비올렛은 며칠 동안 계속 괴로워했다.

"삼켜라."

낮은 목소리가 다정하게 들렸다. 따스한 감촉이 차갑게 식어 내린 얼굴에 닿았다. 갑작스럽게 입술이 벌려졌다. 부드럽고 말캉한 감촉이 느껴지며 비릿한 맛이 퍼졌다.

비올렛은 그것이 무엇인지 알았다. 피였다.

누구의 피일까. 밀어내고 싶었지만 비올렛은 그것을 삼켜야 한다는 것을 본능적으로 알고 있었다. 온몸에 서린 고통이 스르륵 사라져 갔다.

의식의 저편에서 그녀를 응시하며 괴롭혔던 붉은 눈동자가 그 열기를 거두었다. 꿀꺽꿀꺽, 그녀는 힘겹게 그것을 삼켰다. 예상대로 입에 머금어 뜨거워진 붉은 피는 비올렛의 생명이 되었다. 냉기만이 돌던 몸에 온기가 피어났다. 피를 준 남자는 부드럽게 비올렛의 이마를 쓸었다.

피는 몇 번이고 계속해서 입에서 입으로 전해졌다. 비올렛은 그것을 삼켰다. 손에 따스한 온기가 느껴졌다. 그 손의 감촉을 잘 알고 있다. 딱딱한 굳은살이 박인 손, 너무나 그리워했던 다정한 손길. 어쩌면 그는……

비올렛이 눈을 뜨자 창을 통해 아침 햇살이 가득 쏟아져 내리고 있었다. 그것이 눈을 따갑게 찔렀기에 비올렛은 커튼을 치려 몸을 일으켰다. 그러다 몸이 움직이는 것을 발견했다. 이상하게도 몸이 가뿐했다. 침대에서 내려가자 다리가 조금 떨렸지만 그녀의 몸을 제대로 지탱해 주었다.

"……아가씨?"

앤이 문을 열고 들어왔다. 그녀는 깜짝 놀라 비올렛을 보았다. 비올렛이 제 발로 서 있었다.

"앤, 어제 누가 왔었어?"

비올렛의 물음에 앤이 고개를 저었다. 이상한 꿈을 꾸었다고 생각했다. 따스한 꿈이었다.

"이제 그 시간이네요."

"……."

아, 그래. 이제 신전에 가야 할 시간이 다가왔다. 비올렛의 얼굴이 굳었다. 정말로 짓궂은 신이 아닌가. 돌아갈 때가 되어서야 이렇게 몸이 회복되다니 말이다. 마치 신전으로 걸어 들어오라는 것 같았다. 비올렛은 치지 못한 커튼을 바라보았다. 새들이 짹짹거리는 맑고 청명한 겨울 아침이었다.

"그동안 고마웠어, 앤."

머리를 하나하나 정돈해 주는 앤에게 비올렛이 말했다. 작별이라고 하지만 어쩐지 와 닿지가 않는다. 거의 7년 동안 같이 있었던 사람이다. 떨어진다는 사실이 와 닿을 리가 없다.

"아가씨, 정말로, 정말로 제가 없어도 되는 건가요? 저는 같이 있고 싶어요."

앤이 심각하게 굳은 얼굴로 말했다. 비올렛은 단호하게 고개를 저었다.

"그건 싫어. 아마 오라버니는 앤이 계속 여기 있는 것을 원할걸."

"네?"

"후작님 말이야. 이제 후작님이라 불러야지."

"후작…… 님이요."

앤이 말을 흐렸다. 어두운 얼굴을 하고 있는 그녀를 보며 비올렛이 말했다.

"네 진짜 아가씨는 나중에 생길 거야. 오라버니, 아니 후작님이 결혼을 하고 애를 낳으면 어여쁜 딸이 태어나겠지. 그러면 그때 내게 해 주었던 것처럼 돌봐 주면 돼. 앤은 친절하니 분명 너를 좋아할 거야."

"아가씨."

그녀는 무언가를 말하려다가 입을 꼭 다물었다. 그리고 고개를 푹 숙였다. 거울에 비친 앤은 붉은 얼굴로 아무것도 말하지 않았다. 그저 비올렛의 목을 끌어안을 뿐이었다.

무엇을 하느냐, 무엇을 하지 않느냐는 정하지 않았다. 신전에서 어떤 행동을 할 것인지, 그녀에게 무엇을 요구할 것인지도 몰랐다. 이세 운명이 어떻게 흘러갈지도 몰랐다. 중요한 것은 비록 타의에 의한 것이기는 해도 자신이 그것을 선택했다는 것이다. 훌쩍이는 앤의 뒤로 죽은 자가 입을 새하얀 수의가 보였다. 곧 입어야 할 그 옷을 그녀는 한참 동안 바라보고 있었다.

결별 의식에 많은 사람들이 모였다. 하지만 비올렛이 알고 있던 이들은 너무나 적었다. 시수일레가 훌쩍이고 있었다. 다니엘은 당연하겠지만 이곳에 올 수 없었고, 에이든은 보이지 않았다. 에셀먼드 또한 마찬가지였다. 사람들은 어째서인지 모두 어두운 얼굴을 하고 있었는데, 비올렛은 자신이 그렇게 우울해 보이나 생각했다. 비올렛과 눈을 마주한 라이셀 백작 부부가 시수일레를 보며 고개를 끄덕이자 그녀가 뛰어가 비올렛의 목을 끌어안고 울었다. 비올렛은 그 포옹을 부드럽게 받아들였다.

"다시 볼 수 있는 거지?"

"물론이지."

비올렛이 대답했다. 참 다정한 친구였다. 자신에게 너무나 과분했던. 그녀에게 짜증을 냈던 것은 시수일레가 그것을 받아 줄 것을 알고 있기 때문이었다. 이토록 자신은 어렸다.

자신의 상처만이 너무 크다 생각해서 시수일레의 입장을 헤아리지 못했다. 라이셀 백작 부부가 비올렛과 어울리는 것을 막았어도 그녀가 꾸준히 다가왔다는 것을 생각했어야만 했다. 그녀가 비올렛을 대하는 태도는 처음부터 변함이 없었다.

조금이라도 마음을 열고 다가갔다면 더욱더 행복한 나날을 보낼수도 있었겠지. 그러나 이젠 이미 늦었다. 그것이 후회스러웠고 이소녀에게 너무나 미안했다.

비올렛이 시수일레를 끌어안았다. 만약 신이 기도를 들어준다면, 우리의 기도가 들린다면 이 소녀에게는 잔인하지 않기를. 이여자는 행복하기를, 원하던 사랑을 얻고 평범한 행복을 이룩해 나가기를 기도했다.

"신의 축복이 있기를 바랍니다."

"신의 축복이 있기를 바랍니다."

비올렛과 라이셀 백작 부인이 인사했다. 젊었던 백작 부인의 얼굴엔 세월의 흔적이 드러나 보였다. 아, 언제 이렇게 시간이 지났던 것인가. 미워하고 원망하는 데 시간을 모두 써 버린 것 같았다.

"미안해요, 성녀님."

그 말에 비올렛은 미소 지었다. 백작 부인의 눈시울이 붉어졌다. 이제 속세의 비올렛은 사라지고 진정한 성녀 비올렛만이 남는다. 아직 완벽한 성녀가 아님에도 비올렛은 성자처럼 웃고 있었다. 무엇을 해도 다 받아 줄 것처럼 자애롭게. 그것이 얼마나 서글픈 슬품을 뒤로한 채 피어난 것인지 모두가 알고 있었다. 백작 부인이 시수일레처럼 울음을 터트렸다. 이상했다. 영원히 사라지는 것도 아닌데 말이다.

그래도 날 위해 울어 주는 사람이 있구나. 내가 간다니 슬퍼해 주는 사람이 있구나. 언제나 날을 세우며 살았던 자신이었기에 주변엔 아무도 없다고 생각했다. 저 멀리 앤이 울고 있는 모습이 보였다. 이상하게도 하녀들 몇몇도 울고 있었다. 잭은 '아이고 성녀님, 우리 성녀님 간식은 누가 책임져 주냐.'고 한탄하며 눈물을 슥슥 소매로 훔치고 있었다. 에르멘가르트 가문 소속 기사들 몇이 서서 안타까운 눈으로 비올렛을 보고 있었다. 자신은 분명 이곳을 싫어했다. 그럼에도 떠난다 생각하니 놀랄 만큼 다정하며 나름의 추억이 있는 사랑스러운 곳이 되어 버렸다.

그때 에셀먼드가 눈에 보였다. 그 뒤를 에이든이 따라왔다. 에셀먼드는 푸른색이 섞인 하얀 예복을 입었고, 에이든은 군청색 옷을 입고 있었다. 예복의 색들은 모두 다 그들의 머리색과 잘 어울렸다. 사람들이 그들을 보고 수군거렸다. 아, 이제 되었다. 비올렛은 미소를 지었다.

에셀먼드는 여전히 냉정한 표정이었다. 마지막인데 웃어 주었으면 했다. 비록 가슴에 품은 비밀스러운 마음을 조금씩 점점 버려야 할지언정, 마지막인 지금 조금이나마 웃어 준다면 그 웃음을 평생 간직하고 사는 것도 나쁘지 않을 텐데. 비올렛은 그들이 있는 곳으로 다가갔다. 언제나 어두운 색 위주의 옷을 입던 에셀먼드가 밝은 옷을 입자 그의 준수한 얼굴이 부각되어 보였다.

"밝은 색 옷이 오히려 더 잘 어울리시네요."

비올렛의 칭찬에 에이든이 그녀를 바라보며 미소를 지었다. 에이든의 그 웃음소리는 누가 들어도 억지로 밝은 척하는 웃음이었다.

"그렇지? 나도 형이 이런 밝은 색이 잘 어울리는지 처음 알았어."

그의 목소리는 울음을 참는지 떨리고 있었다. 에셀먼드는 자신의 옷을 물끄러미 내려다보다 비올렛을 보았다. 그리고 딱딱하게 굳어 있던 입술에 약간이나마 곡선을 그렸다.

아, 그가 웃었다.

마음을 버리려 했는데 그것에 심장이 세차게 뛰었다. 어울린다고 하니 좋아해 주는구나. 처음부터 마음을 열고 그를 믿었더라면 어쩌면 더욱더 많은 모습을 간직할 수 있지 않았을까. 아니, 이것이 무슨 소용이랴. 그는 이제 다른 이에게 미소를 지을 것이다. 냉정한 그의 성격상 누군가에게 활짝 웃어 줄지는 모르겠다. 그러나 어쩌면 죽은 후작이 그녀에게 그랬듯, 그도 사랑스러운 자식에게는 이따금 그런 미소를 지어 줄지도 모른다. 다정한 사람이니 아이들은 이 사람을 분명 좋아하겠지.

마지막이 비록 엉망이었을지라도 괜찮다. 그녀 때문에 그는 스스로 형제를 버려야만 했다. 비올렛이 이따금 느낀, 이 집에 와서 화를 만들었다는 죄책감과는 별개로 이 남자는 그런 생각은 하지 않을 것을 안다.

언제나 한결같은 사람. 그래서 좋아했다. 그러니 이 사람의 인생을 지켰다는 것에 자부심을 가지며 영원히 살아갈 수 있다. 불행을 불러들였던 그녀는 이곳에서 사라지는 것이다.

비올렛은 이제껏 보지 못한 환한 미소를 지으며 에셀먼드를 보았다. 그가 살짝 지었던 미소를 그녀가 평생 마음에 담아 두고 살아가려 하듯이, 그도 비올렛을 떠올릴 때마다 독기에 차 저주를 퍼붓던 지난날의 모습이 아니라 이렇게 웃는 모습을 기억해 주길 바랐다.

일자로 깔린 푸른 비로드를 따라 늘어선 사람들을 바라보며 비올렛은 그 위를 걸었다. 에르멘가르트가의 상징인 포효하는 늑대 깃발 앞에 선 비올렛은 붉은 추기경이 눈앞에 와 있는 것을 보았다. 체자레에게 다가가자 그는 거동이 불편한 수의를 입느라 제대로 정돈되지 않은 비올렛의 머리를 정돈해 주었다. 그의 향수 냄새에 머리가 아찔했다.

"몸이 회복되어 다행입니다. 후작께 약을 드렸는데, 제대로 마시고 기운을 차리신 것 같군요."

체자레가 미소 지었다. 아, 약을 주었나. 그렇지만 그 약을 먹은 기억은 없는데. 아니, 앤이 가져온 약 중에 있었을지도 모른다. 그러나 그것은 중요하지 않은 일이었다. 어차피 그가 약을 준 목적은 이렇게 쉽게 그녀를 데려가기 위함이 아니던가.

그런데 체자레는 어딘지 이상했다. 그는 비올렛을 손에 넣을 수 있어 기쁜 얼굴을 하고 있어야만 했다. 하지만 체자레는 묘하게 굳은 얼굴을 하고 있었다. 알 수 없는 시선이 그녀에게 향한다. 그것은 동정일까. 어쩌면 체자레도 이것을 겪었을지도 모른다.

"이제 베일을 쓰십시오."

비올렛은 마지막으로 뒤로 돌아 그들을 바라보았다. 다시 만날 수 있음을 안다. 영원한 이별이 아닌 것이다. 그럼에도 그것이 서글펐던 것은 이제 품어 왔던 마음을 버리리라 결심했다는 것에 있었다.

마지막으로 무엇이라 말하고 싶었다. 하지만 아직도 그녀는 너무나 어려서, 지금도 에셀먼드가 말한 그대로 아직 다 자라지 않은 나약한 겁쟁이라 아무 말도 할 수 없었다.

눈시울을 붉히지 않으려 했다. 신전의 시녀들이 가져온 수의의 베일을 뒤집어썼다. 그녀의 눈은 시야가 가려지기 전까지 에셀먼드 쪽으로 향해 있었다. 마지막으로 보는 그의 얼굴은 언제나와 같았다. 정말로, 마지막까지 냉정한 사람이었다. 비올렛은 속으로 씁쓸하게 웃었다.

이제는 완전히 시야를 가려 버린 천은 무척이나 두꺼워 앞을 전혀 볼 수가 없었지만, 이상하게도 숨쉬기에는 아무런 지장이 없었다.

본디 이것은 성인이 된 성녀가 신전으로 가기 전에 치르는 의식이었으며, 신관들이 속세와 인연을 끊는 결별 의식의 기원이었다. 약 100여 년 만에 다시 열리는 이 의식은 어째서인지 엄숙하다는 느낌보다는 서글픔만이 존재할 뿐이었다.

"나, 신의 대리인 비올렛 에르멘가르트는 오늘부로 신의 대리자가 됩니다. 속세의 모든 인연을 끊고 속세의 모든 권리를 포기합니다."

비올렛 에르멘가르트. 그녀는 난생처음으로 그 이름을 써 보았다. 후작이 남겨 준 유산 같은 성을 버리기 위해 처음으로 사용했다. 이젠 후작은 아버지가 아니다. 에셀먼드도 오라비가 아니다. 에이든도 가족이 아니다. 이 집에서 떠나야 하는 것처럼 이곳에 머무르게 했던 기본적인 '성'이 사라졌다.

"이 순간부터 저는 비올렛 에르멘가르트가 아닌, 아그레시아의 성녀 비올렛입니다."

그녀는 자신의 죽음을 낭랑한 목소리로 선언했다. 죽음을 상징하는 수의를 입은 채. 이제 비올렛은 성녀다. 신에게 매여 사랑도 결혼도 용납되지 않는 진정한 신의 대리인으로서의 삶을 살아가는 것이다. 이전 성녀들은 어떠했을까. 아그레시아는? 아나스타샤는 어떤 마음으로 이것을 받아들였을까? 알 수 없다. 그러나 그 서글픔은 아마 누구나 느꼈을 것이다. 비올렛은 문득 새파란 하늘이 보고 싶었다. 하지만 이 하얀 베일 때문에 하늘을 볼 수가 없었다.

아아, 이제 번민하던 마음도 끝난다. 이곳을 눈에 담는 것도 마지막. 다시는 돌아갈 수 없다.

"마지막으로 후작, 작별 인사를 하십시오."

체자레의 말에 에셀먼드가 움직이는 듯했다. 그때 수군거리는 목소리가 들렸다. 검은 그림자가 그녀에게 다가오는 것이 느껴졌다. 뚜벅거리는 소리. 비올렛의 심장이 쿵쿵 뛰었다.

그러다 심장이 멎는 느낌이 들었다. 몸을 감싸는 압력이 느껴졌다. 후작이, 그가, 비올렛을 꽉 껴안았던 것이다. 그렇게 애정을 담아서. 그의 호흡이 빨라지는 것이 느껴졌다. 비올렛의 눈에서 결국 눈물이 터졌다. 의연하려 했지만 울음으로 등이 떨렸다. 에셀먼드는 그녀의 등을 부드럽게 쓰다듬어 주었다. 따스한 포옹은 오랫동안 지속되었다. 그리하여 비올렛은 절감했다. 이것이 정말로 마지막이라는 것을. 이제 그를 기억할 수 있었다. 얼굴과 미소뿐만이 아니라 온기까지 기억할 수 있으니. 정말 오늘은 행복한 사람이었다.

그때 옆에서 발소리와 함께 쇠붙이가 부딪치는 소리가 들렸다. 그것은 벨트에 매인 검의 소리로, 옆에 온 사람은 기사인 듯했다. 오른쪽으로 걸어온 사내는 에셀먼드와 그녀의 포옹을 멈추게 했다. 분명 이런 일을 할 사람은 로디온 경밖에 없었다.

비올렛이 걸음을 떼려 하자 부축하려는 듯 로디온 경이 그녀의 손을 잡아 왔다. 그러자 어쩐지 에셀먼드와의 일이 떠올랐다. 생각해 보면 언제나 에셀먼드와는 손을 잡았다.

처음 왕궁에서 만났을 때도 아나블라의 괴롭힘에 나가지 못하게 된 애녹시 글로리에 혼자 서재에 틀어박혀 있을 때도 무도회 때도 모두 다. 그의 손, 그 손 때문에 비올렛이 마음을 품게 된 것인지도 몰랐다. 그렇게 생각하니 마음이 안정되어 로디온 경의 손도 에셀먼드의 손처럼 다정하게 느껴졌다.

그의 손을 잡고 비올렛은 무언의 작별 인사를 했다. 그녀의 오라 비들에게, 이 저택의 모든 것들에게.

야옹거리는 고양이 울음소리가 들렸다. 시녀들의 손에 소중하게 들렸을 그 고양이들은 신전에서 다시 보게 될 것이다. 이것 역시 에셀먼드가 그녀에게 주었던 선물이다. 이 미물들의 울음은 그와 이곳을 추억할 수 있게 하겠지.

잊을 거라고, 버린다고 말하면서도 비올렛은 필사적으로 잊고 싶지 않아 하고 있었다. 그러면서도 잊는 것을 갈망하고 있었다.

시간이 지나면 아픈 마음도 퇴색된다는 것을 안다. 3년 동안 꾹 눌러 참던 마음이 다시 흘러넘쳐 버렸지만, 언젠간 그 마음도 말라붙어 버릴 거라 믿어 의심치 않는다.

잘 있어요. 비올렛이 속으로 중얼거렸다. 그녀가 떠나는 이 집이 그에게 행복의 보금자리가 되길 바랐다. 그 어린 날, 그가 비올렛 에게 해 주었던 평생을 바친다는 맹세만으로도 그녀는 그 미움에서 벗어날 수 있었으니, 자신에게 지어 주었던 작은 미소 이상으로 더욱더 활짝 웃을 수 있을 만한 삶을 살기를.

로디온 경이 조심스럽게 그녀를 마차로 올려 주었다. 꽤나 커다란 마차였는지 시녀 둘이 양옆에 타서 비올렛의 수의를 정돈해 주었다. 로디온 경도 뒤이어 마차에 올라탔다. 바퀴가 굴러가는 소리가 들린다. 아무것도 보이지 않아 답답했다. 그러나 베일에 가려진 게 다행인 것은 그녀가 지금 눈물을 흘리고 있다는 것을 아무도 모르게 했기 때문이다.

베일이라는 것은 어쩌면 신의 품으로 들어가는 자들을 위해 마련된 장치였을지도 모른다. 이전의 성녀들도, 신관이 될 소년들도 모두 이 베일 뒤에서 눈물을 삼키고 있었으리라. 비올렛은 조용히 눈물을 흘렸다.

또다시 그녀의 세상이 끝났다.

이제 자신의 앞에 기다리는 것이 무엇인지는 모른다. 교황이 어떤 사람인지도 모르고 유일하게 아는 인간인 체자레는 믿을 수 없었다.

시야가 차단되니 비올렛은 자신의 내면에 집중할 수 있었다. 결국 자신이 바라는 것은 무엇이었을까. 그녀는 말룸에게 죽으려 했었다. 지금이라도 삶을 살아가야 할 이유를 찾아낼 수 있을까. 아직 아무것도 알 수 없다. 그저 알 수 있는 건 이제 그녀가 머물 곳은 교황의 옆이라는 것뿐이었다.

"성녀님, 추기경 예하께서 드리라 하셨습니다."

시녀중의 한 명이 약병을 내밀었다.

"이것이 무엇입니까?"

"귀잠에 드는 약입니다."

"성하께서 특별히 하사하신 말로 일정이 더 빨라질 예정이오나, 몸 회복이 덜 된 성녀님껜 분명 무리가 갈 것입니다. 하여 이 약을 드시고 잠에서 일어나시면 성에 당도해 있을 겁니다."

비올렛은 망설이다 그 병을 들이마셨다. 수도에서 교황령까지는 약 삼 일 정도 걸린다. 그것을 눈을 뜨고 지내는 것은 고문임이 틀림없다. 아마 그 시간 동안 더욱더 슬퍼질 것이다. 약효는 그대로 드러나 졸음 기운이 퍼졌다. 비올렛은 꾸벅꾸벅 졸았다. 뒤이어 시녀들이 그녀를 폭신한 소파 위에 눕히는 감촉이 느껴졌다.

"도착하였습니다."

잠이 들었나 싶더니 도착한 것은 금방이었다. 로디온 경이 내미는 손을 익숙하다는 듯 잡은 비올렛이 마차에서 내렸다. 내리자마자 다리가 풀려 넘어질 뻔한 것을 그가 잡아 주었다. 손에서는 따스한 염려와 온기가 느껴졌다.

"지금은 낮인가요?"

"네, 그렇습니다."

그녀를 모시던 시녀 한 명이 말했다.

"겨울인데 따스하네요."

"교황령은 성하의 가호를 받아 언제나 이런 날씨가 계속됩니다."

그러고 보니 달콤한 꽃향기가 그녀의 코를 찔렀다.

"잠은 푹 주무셨습니까?"

체자레의 목소리가 들려왔다. 아이러니하게도 유일하게 익숙한 사람인 체자레의 목소리가 들리자 안심이 되는 것은 어쩔 수 없었다. 이곳은 냄새도 온기도 낯설었던 것이었다.

"제가 손을 잡아 드릴까요?"

그렇게 말하자 로디온 경이 손을 꽉 쥐었다. 덕분에 비올렛은 고개를 절레절레 저었다. 마치 로디온이 그것은 자신의 임무라고 말하는 것 같았기 때문이다. 고지식한 성기사는 체자레에게 자신의 일을 떠넘기는 것을 원하지 않는 듯했다.

체자레 역시도 그것을 알았는지 웃음기를 머금은 목소리로 알겠다고 말한 뒤 그녀를 대예배당으로 데려갔다.

"이제 이곳에서 성녀님께서는 완벽한 신의 대리자가 되었으며, 신전에 이름을 올려 신전 소속이 되었음을 다시 증명할 것입니다."

체자레가 말했다. 어디선가 부드러운 음악 소리가 들렸다. 레기우스 살바나 때 들었던 아름다운 목소리의 하모니. 그 대합창은 마치 이곳이 천국처럼 느껴지게 했다.

교황 성은 무척이나 복잡한 구조였기 때문에 몇 번이나 넘어질 뻔한 비올렛을 로디온이 잡아 주어야 했다. 한참을 걸어가니 거대한 문이 열리는 소리가 들렸다. 음악 소리는 바로 그곳에서 나고 있었다. 넋을 잃을 만큼 아름다운 목소리였다. 비올렛은 그 아름다운 울림에 잠시 동안 눈을 감았다.

그녀에게 보이는 것은 새하얀 천밖에 없었지만 진한 색은 대충 구분할 수 있었다. 알록달록한 색깔, 아무래도 색유리들을 이어 붙인 스테인드글라스가 있는 곳에 온 듯했다. 그러나 색유리는 너무나 호사스러운 물건이라 왕궁의 예배당에도 이렇게 다채로운 색은 없었다. 얼마나 커다란 유리가 그곳에 있는지 알 수는 없었으나 비올렛은 색유리만으로도 교황 성의 위세를 짐작할 수 있었다.

그녀가 디딘 곳이 폭신했다. 아무래도 이곳은 비로드 위인 듯했다. 그녀는 로디온이 이끄는 대로 걸음을 떼었다.

한 걸음, 어린 소녀의 악몽이 스쳐 지나간다. 너무나 끔찍했던 일을 당한 비올렛은 후작가에 와서 울고 있었다.

한 걸음, 신관에게 끌려갈 뻔해 도망갔던 비올렛에게 왕자 같은 사람이 나타났다. 이름은 에셀먼드. 그는 왕자가 아닌 그녀의 오라비라 말했다.

한 걸음, 엄격한 훈육에 심한 매질을 당한 그녀를 그가 발견했다. 그는 아무도 알아차리지 못했던 비올렛의 상처를 눈치챘으며, 앤을 만나게 해 주었다.

한 걸음, 납치되었던 그녀가 흘린 피로 자라난 초록의 새싹을 발견해 구하러 와 주었다. 이자카의 말대로 그 누구도 발견하지 못했을 그 작은 새싹을 발견한 것은 에셀먼드뿐이었다.

한 걸음, 고립되었던 비올렛에게 손을 내밀어 주었다. 그 순간 그는 가혹한 현실에서 그녀를 구한 동화 속의 마법사였다.

한 걸음, 그는 비올렛의 소원을 들어 애녹시 글로리 축제에 같이 나가 주었다. 그때 그녀는 그가 거스름돈도 모르는 도련님이라는 것을 알게 되어 친근하게 느껴졌다.

한 걸음, 공작의 성에서 겁을 집어먹은 비올렛의 부탁을 들어주어 집으로 귀환했다. 왕명을 어기는 것이라, 그 자신이 어떻게 될 줄 알면서도…….

한 걸음, 아기 고양이를 선물받았으면서도 정작 그에게는 아무것도 주지 못해 미안해하던 비올렛에게 그대로 있어 달라 말해 주었다.

한 걸음, 그녀에게 사죄를 했다. 평생을 바치겠다고 맹세했다. 왕의 명령에 억지로 떠나야 했으면서도 스물한 살이 된 지금까지도 맹세를 지킬 생각을 하고 있었다.

이제 그녀가 품었던 원망과 미움의 세상도, 애달픈 외사랑이 가득 찬 괴로운 세상도 끝이 났다. 그 세상이 지옥이라 한다면, 이젠 또 다른 지옥이 그녀를 기다리고 있을 것이다.

비올렛은 로디온 경과 어느 지점에서 정지했다. 눈물이 계속해서 턱을 타고 흘러내렸다. 그들의 발걸음이 멈춰 서자 그와 동시에 신성한 노랫소리가 멎었다. 적막이 감도는 가운데 체자레가 말했다.

"선언하십시오."

체자레의 말에 비올렛은 앞을 보았다. 천 너머로 비치던 알록달록한 색은 없어지고, 다시 새하얀 어떤 것만이 앞에 서 있었다. 아마 그것은 어렸을 적 체자레에게 들었던 거대한 아그레시아의 동상일 것이다. 이곳에서 비올렛은 다시 한 번 선언했다.

"나, 성녀 비올렛은 신에게 내 삶을 바칠 것을 맹세합니다. 내 삶은 신에게 귀속될 것이며, 신의 뜻은 나의 뜻이 되고 신의 의지는 곧 나의 의지가 될 것이니, 나는 신이 내린 신성한 사명을 다하며 신이 내린 은총을 모든 신민들에게 베풀 것입니다."

비올렛의 목소리는 고요한 예배당에 차분하게 울려 퍼졌다.

"가디언, 그녀의 베일을 벗기고 가디언으로서 충성 맹세를 하십시오."

드디어 이 베일에서 해방될 수 있었다. 이제 남은 것은 왕국에 내려온 '고대의 술術'로 이루어진 가디언의 충성 맹세뿐이었다. 이 이후, 비올렛과 로디온은 맹세의 각인을 새겨 서로 연결될 것이다.

그의 손이 베일로 향했다. 하얀 천이 천천히 걷어 올려지는 동안, 비올렛은 눈을 깜빡거렸다. 로디온 경의 얼굴이, 아니 로디온 경이어야 '할' 남자의 얼굴이 보였다. 그리고 그녀는 꿈을 꾸는 것이 아닌가 생각했다. 심장이 미친 듯이 뛰기 시작했다. 숨을 쉴 수가 없었다. 신이시여, 신이시여, 신이시여, 제발! 멈춰 주세요! 그녀는 애타게 속으로 외쳤다.

색유리의 오색찬란한 빛을 정면으로 받은 그 남자는, 비올렛이 그토록 원했던 남자였다. 잊으리라 결심하던 남자가 그녀의 앞에 서 있었다. 늘 그랬듯이 아무것도 알아낼 수 없는 그 냉정한 표정으로 아무 언어도 담지 않은 채. 그녀가 떠나온 후작가에서 그랬던 것처럼 그렇게.

체자레와 왕은 자신들 앞에 무릎을 꿇은 기사를 바라보았다. 그

들은 처음으로 똑같은 표정을 짓고 있었다. 언제나 여유로웠던 체자레의 얼굴에 미소가 사라져 있었다. 그는 살기마저 띤 채 에셀먼드를 바라보고 있었다. 왕 역시도 마찬가지였다. 그 역시 분노를 억지로 가라앉히고 있었다.

"하, 하하! 그리하여 그렇게도 기를 쓰고 이기려 했던 것입니까! 이러한 목적이 있어서! 로디온 경도 그 이국의 칸도!"

체자레가 날카로운 웃음을 터트렸다. 그의 여린 제자도 모르는 얼굴의 금안이 무섭도록 섬뜩한 빛을 띠었다.

"전도유망한 부단장께서, 고개를 숙이고 가디언에 들어가시겠다? 폐하, 내가 이것을 받아들여야 하는 것입니까?"

그가 으르렁거리는 목소리로 왕에게 물었다. 왕 역시도 똑같은 태도였다. 두 지배자들의 분노에도 불구하고 기사는 고개를 들었다. 그는 그 맑고 깊은 파란 눈으로 말했다.

"나라를 지배하는 왕과 신앙을 이끄는 교황의 대리인께 다시 한 번 요구 드립니다."

정중하게, 그러나 강한 어조로 남자는 말했다.

"신 앞에서 맹세했던 '레기우스 살바나'의 약속을 이행하여 주십시오."

그의 푸른 눈은 결코 흔들림이 없었다. 레기우스 살바나, 신성한 무술을 이루는 대회의 우승자는 교황과 왕의 맹세에 따라 어떤 소원이든 이룰 권리를 갖는다. 그리고 이 남자는, 검의 명예를 짊어질 사내는 단 한 가지, 누군가에겐 지나치게 소박하며 누군가에게는 지나치게 과분한 소원을 이루어 달라 말했다.

"저의 소원은 성녀 비올렛의 '가디언'이 되는 것입니다."

그 누가 저 남자의 피가 철로 이루어졌다 하겠는가. 그 누가 저 남자를 차가운 얼음과 같다 하겠는가. 무릎을 꿇은 남자의 두 눈에 서린 것은, 붉은 피로 이루어진 뜨거운 불꽃과도 같은 갈망이었다.

'왜?'라는 의문을 가지고 물어보기도 전에 새하얀 제복을 입은 남자가 검을 뽑아 들어 가운데에 박아 넣었다. 캉 하는 소리가 대예배당 안에 울려 퍼졌다. 어찌나 검이 땅에 깊게 박혔던지, 검은 손잡이밖에 보이지 않았다. 그 옆에는 아마 다른 가디언들이 무수히 박아 넣었을 검의 흔적들이 보였다. 에셀먼드가 절도 있는 동작으로 무릎을 꿇었다. 그것은 기사의 서약과도 같은 예식이었다.

"신과 신의 대리자 앞에서 맹세합니다."

이건 꿈일지도 모른다. 그러나 그는 그녀가 상상조차 하지 않았던 언약을 입에 담고 있었다.

"나의 이름은 에셀먼드 에르멘가르트. 그러나 오늘부로 에르멘가르트의 성은 버릴 것이며,"

비올렛의 눈에는 눈물이 맺혔다. 이것이 체자레의 약을 먹고 꾸는 꿈이라면 정말 끔찍한 꿈이다. 정말로 악취미인 것이다. 어서 빨리 깼으면 좋겠다고 그녀는 멍하게 생각했다.

"당신의 검이며 방패가 될 것입니다."

그는 손을 뻗은 채 비올렛의 손등에 입술을 맞추었다. 그 입술은 꿈이나 환상치고는 델 것처럼 뜨거웠다.

"당신의 곁을 '다시는' 떠나지 않으며,"

그 말에 비올렛이 고통스럽게 외쳤다. 신이시여, 감사합니다. 이제 됐어요. 그러니 제발 절 깨어나게 해 주세요! 제발! 나중에 깨어나면 맞이하게 될 허망한 현실이 두려워 비올렛은 빌고 또 빌었다. 제발, 어서 나를 누가 좀 깨워 줬으면 좋겠다. 이런 덧없는 꿈에서 누가 제발 나를 구해 줬으면…….

"신께서 허락하실 나의 시간을 모두 다 바쳐 당신을 수호할 것을 맹세합니다."

가슴이 거세게 쿵쿵 뛰었고 입가로 흘러나오는 숨도 그만큼 거칠어졌다. 하지만 에셀먼드는 얄미울 정도로 그대로였다. 그러나 비올렛은 그의 두 눈빛에 서린 간절함을 보았다. 그것이 어떤 것에 기반한 간절함인지는 모른다. 하지만 그 눈빛은 그녀를 옭아맸다. 그것은 차가우면서도 뜨거운 푸른 불꽃이었다.

"나는 당신의 '가디언' 에셀먼드입니다."

비올렛도 안다. 이것은 꿈이 아니다. 그녀의 간절한 상상이 맺은 환상이 아니다. 만약 환상이었다면 이런 잔인하고 지독한 꿈을 꾸는 게 아니라 조금 더 행복한 꿈을 꾸었으리라. 성녀도 기사도 아닌 그들이 이곳에서 남녀로서, 부부로서 맺어지는 지극히 평범하고 행복한 환상.

그러나 이것은 꿈이 아닌 현실. 순백의 웨딩드레스는 사자의 '수의'였고 붉은 사랑 대신 푸른 '수호'를 맹세하며, 아름다운 반지 대신에 차가운 '검'으로 영원을 맹세한다.

이런 잔혹한 현실이 꿈일 리가 없다.

아아, 바보 같은 남자. 끝까지 어리석다. 이젠 사죄하지 않아도 된다 했건만 이 남자는, 이 멍청한 남자는 결국 그녀에게 평생을 걸쳐 사죄할 방법을 찾아낸 것이다. 필요 없다고 하지 않아도 된다 했건만 작위를 버리면서까지 그의 인생을, 빛나는 미래를 바치려 하는 것이다.

에셀먼드가 비올렛의 얼굴을 바라보았다. 간절함을 담은 두 눈은 어서 맹세를 허락하라 재촉하고 있었다. 그녀는 이 맹세를 받아들이지 않고 에셀먼드를 돌려보낼 수 있었다. 그것이 옳았다. 지금 후작 위를 계승한 것은 에셀먼드가 아닌 에이든일 것이다. 하지만 에이든은 후계자로 길러진 사람이 아니었다. 그를 돌려보내야만 했다.

멀리서 에셀먼드의 행복을 지켜보리라 생각했다. 그러나 그의 행복은 비올렛의 슬픔이었다. 이제 더 이상 슬퍼하지 않아도 된다. 그의 고고하며 순수한 맹세를 보며, 비올렛의 마음은 행복으로 환하게 물들었다. 세상에서 가장 깨끗한 이 신성의 장소에서 가장 깨끗해야 할 성녀가 가장 추악한 마음을 품어 버린 것이다.

비올렛은 난생처음 충족이라는 감정을 느끼고 환희하고 있었다. 기뻤다. 기뻐서 어쩔 줄 몰랐다. 그녀의 마음은 처음으로 느끼는 지극한 행복에 젖어 있었다. 입술이 파르르 떨렸다.

그러나 이 사람은 이곳에 있어서는 안 될 사람이다. 성녀의 곁은 너무나 초라한 장소다. 그는 나라의 검이 되어야 했다. 겨우 그녀의 검이 되어서는 안 된다. 그녀의 옆에 있다간 그의 미래마저 가로막히게 된다. 혼인을 하지 못하는 것은 당연하다.

하지만 그것이 너무나 기뻤다. 그녀를 선택한 것이 기뻐 견딜 수가 없었다. 언제나 선택받지 못했던 삶에 처음으로 그녀를 선택해 준 사람이 나타난 것이다.

익숙하지 않은 환희라는 것을 경험한 몸과 마음은 그녀를 쉴 새 없이 유혹했다. 겨우 억눌러 막아 놓으려던 마음이 범람해 흘러넘쳤다. 멈출 수가 없었다. 왜 나타난 것인지 원망스럽기까지 했다. 하지만 이 남자는 억울할 정도로 초연했다.

"이 서약으로 당신은 나, 비올렛에게 영원히 매인 몸이 될지니."

그만해, 안 돼. 그를 위해서는 거절해야만 해. 제발. 비올렛은 속삭였다. 목소리 역시 파르르 떨리고 있었다. 그러나 태어나서 처음으로 지극한 기쁨을 느껴 버린 그녀의 마음은 몸을 지배하고 이성마저 차지해 버렸다.

"나의 시간과 생명, 그리고 운명을 당신의 검에 맡깁니다."

차분한 목소리가 파문이 일듯 떨렸다. 이제 돌이킬 수 없다. 태어나서 처음으로 간절하게 원했던 것이다. 너무나도 원해서 망가뜨리고 싶어 했을 만큼 간절하게 원하던 것. 이것을 받아들이는 것이 남자의 남은 인생을 망쳐 버릴 수 있다는 것을 알면서도 그녀는 그 저열하며 불결한 탐욕의 불길에 몸을 맡겼다. 이것이 그를 소유할 수 있는 유일한 방법이기에.

비올렛의 눈에서 눈물이 떨어졌다. 그가 꽂은 검에서 푸른빛이 발하더니 바닥에 박힌 틈에서 알아서 빠져나왔다. 검의 형상이 갈라지는가 싶더니 그 조각이 비올렛의 손등에, 그리고 에셀먼드의 손등에 들어가 박혔다. 따끔한 감촉과 동시에 손등에 초승달과 같은 문양이 새겨졌다.

그로서 성녀와 수호자는 영원한 신의 맹세에 얽매였나니, 그것은 세상에서 가장 고결한 맹세였다.

역사는 밝혀 낸 사실을 기록하고, 동화는 꿈을 이야기한다. 그러나 사실을 말하는 역사도 이따금 피와 권력의 싸움이 아닌 아름다운 꿈을 그

려 내고는 한다. 이것은 동화가 아니라 '사실'로 기술된 가장 유명한 기록
으로, 역사상 가장 고귀한 기사 에셀먼드가 역사상 최초이자 최후의 가
장 천한 성녀 비올렛에게 행했던 아름답고 숭고한 맹세였다.

-3권에서 계속-

외전. 별궁의 붉은 소년

외전. 별궁의 붉은 소년

"어디를 가십니까, 왕손 저하!"

트라이덴이 밝은 웃음을 터트리며 뛰어다녔다. 올해 일곱 살인 트라이덴은 왕족임에도 불구하고 그 나이대의 남자 아이들이 그렇듯 지나치게 활발했다. 다람쥐처럼 재빠르게 뛰어다니는 소년은 깔깔거리며 요리조리 도망 다녔다.

조부인 국왕 폐하가 앓아누우시고 아버지 아스토르가가 곧 즉위할 거라는 소문이 궁에 돌았다. 그 때문인지 트라이덴 역시 혹독한 수업을 해야 했고, 그에 따른 스트레스가 쌓일 대로 쌓인 상태였다.

한참의 추격전과 심리전 끝에 그가 다다른 곳은 그로서도 처음 와 보는 곳이었다. 아마 말로만 듣던 그 별궁이지 싶었는데, 화려하면서도 생기가 없어 보이는 참으로 이상한 곳이었다. 그는 눈을 동그랗게 뜨고 그곳을 훑어보았다.

출입이 금지되었다는 소리만 들었지, 어디에 위치했는지는 알 수 없어 막상 이곳에 오게 될 줄은 몰랐다. 너무 멀리까지 온 모양이었다. 그는 머리를 긁적이며 별궁 주변을 돌아보았다. 궁이라는 것은 언제나 사람들이 몰려다녀 활발했으나 이곳은 너무나 적막했다. 그 적막에 그는 너무나 두려워져 사람을 찾아 뛰어다녔다.

"누, 누구 없어?!"

그것이 부끄러운 일임을 알았으나, 트라이덴은 그만큼 겁에 질려 있었다. 한참을 사람을 찾아 뛰어다니던 트라이덴은 누군가에게 부딪혀 땅바닥을 구르고 말았다.

"아야!"

트라이덴이 소리쳤다. 아까까진 사람을 찾아 돌아다녔으면서도, 왕의 손자이자 왕자의 아들인 자신이 체통 없이 누군가와 부딪쳐 넘어졌다는 게 수치스러워 견딜 수가 없었다.

가, 감히 누가 왕손의 길을 막는가? 내 당장 요절을 내어 버릴 것이야! 그는 아픈 무릎을 추스르며 분기를 담아 빨갛게 물든 얼굴로 일어났다. 그러다 그 주인공을 본 그는 금세 분노를 잊어버렸다.

"어디 다치지 않았나요, 왕손?"

잘 정돈된 목소리가 사근사근하게 감겨들었다. 기품 있는 발음과 말투. 그러나 목소리는 분명 그처럼 앳된 소년의 것이었다. 그가 그림처럼 웃어 보였다. 트라이덴보다 서너 살 더 많아 보이는 잘생긴 소년이 조용히 미소를 머금고 있었다.

트라이덴은 그렇게 아름다운 소년은 처음 보았다. 햇빛을 받은 머리색은 가넷처럼 붉고 선명했으며, 눈 역시 진한 황금색이었다. 적막하고 음침해 보이는 별궁과는 다르게 굉장히 아름다운 얼굴이라 그는 잠시 넋을 잃었다.

"어……."

"이런, 머리를 다치신 겁니까?"

햇빛을 머금은 따스한 황금색 눈동자가 걱정스럽게 트라이덴을 빤히 쳐다보았다. 소년은 걱정스럽게 손을 뻗어 트라이덴의 이마를 쓸어 그와 얼굴을 마주했는데, 그 덕분에 그는 소년의 얼굴을 관찰할 수 있었다.

소년의 눈꼬리는 트라이덴과 달리 축 처져 초식동물 같은 느낌을 주었다. 이 소년은 왼쪽 눈 아래에 눈물점이 콕 박혀 있었는데, 그 때문인지 묘한 인상을 주었다. 트라이덴은 일순 아무 말도 할 수 없었다. 소년은 아버지도 닮았으며 초상화 속 젊은 국왕 폐하와도 닮아 있었다.

"누, 누구십니까?"

너무나 똑같은 모습. 자신처럼 적발에 금안을 가진 사람에게 처음엔 놀라움이 들었으며 그다음에 느낀 것은 경계심과 적개심이었다.

"저는 체자레라고 합니다."

부드러운 미성이 들렸다. 그리고 눈앞에 서 있는 이 체자레라는 소년은 다시 한 번 꽃처럼 아름답게 미소 지었다. 하얀 눈과 함께 햇빛이 모두 그만을 비추는 것 같았다. 분명 강렬한 붉은 머리카락을 하고 있는 소년이었지만, 그의 미소는 새하얬다.

"아이고, 왕손님!"

트라이덴을 따르는 시종 한 명이 뛰어와 그의 손을 잡았지만, 왕손의 시선은 앞에 서 있는 소년에게서 떠날 줄을 몰랐다.

"여기 있으시면 안 됩니다. 전하께서 노하십니다."

"왜? 왜 안 돼?"

그가 물었다. 시종은 이 눈앞에 서 있는 소년에게 시선 한 줌도 주지 않고 무지막지한 힘으로 트라이덴을 끌었다. 저곳이 바로 절대 가지 말라고 하던 별궁이구나. 하지만 괴물이 살고 있을 거라는 생각과는 달리, 그 안에 살고 있는 사람은 너무도 아름다웠다. 끌려가면서도 트라이덴의 시선은 붉은 소년을 떠나지 않았다.

"어머니, 아버지를 닮은 사람을 보았습니다."
"그게 무슨 말입니까, 왕손?"
어머니가 다정하게 물었다. 트라이덴은 어머니의 눈이 불안으로 떨리는 것을 알아채지 못하고 환하게 웃으며 말했다.
"저보다 형이었습니다! 아주 잘생긴 얼굴이었습니다. 어쩌다가 부딪혀서 넘어졌는데 제게 다치지 않았냐고 물어봤습니다. 이마도 쓰다듬어 주었고요."
어머니의 얼굴이 싸늘하게 식었다. 트라이덴은 어머니의 얼굴이 이렇게 차가워 보이는 건 처음이라고 느꼈다. 트라이덴의 심장이 두근거렸다.
"왕손, 절대 그자를 다시 만나서는 아니 됩니다. 전하께서 노하실 겁니다."
어머니가 단호하게 말했다. 그가 어떤 장난을 쳐도 언제나 웃던 어머니가 이렇게 화를 내는 것은 처음 봤기에 트라이덴은 충격을 받았다.
"무슨 말씀이십니까?"
"다시는 만나서는 아니 됩니다. 아시겠습니까?"
그 차가운 말에 그는 자신도 모르게 고개를 끄덕였다. 여태껏 보지 못했던 어머니의 무서운 얼굴에 가슴이 선뜩했지만, 사실 그렇다고 해서 호기심이 사그라들지는 않았다. 그리하여 그는 틈만 나면 별궁 쪽을 돌아보았다.

그리고 다시 기회를 잡았다. 봄이 오자 왕궁이 애녹시 글로리 준비로 눈코 뜰 새 없이 바빴던 것이다. 왕손을 전담하는 시종들 역시 일손이 부족한지 그를 방치해 두는 시간이 길어졌다. 트라이덴은 그들을 안심시키는 법을 잘 알고 있었다. 그는 태연한 얼굴로 바깥으로 나섰고 호위 기사들이 따라왔다.

"에르멘가르트 경은 할바마마와 함께 있어?"

"그렇습니다."

호위 기사 중 한 명이 대답했다.

"대장군은 영지로 내려가지 않는대? 애녹시 글로리잖아."

"내려가시지 않을 예정인가 봅니다. 대장군의 아드님이 올해 여덟 살이 되거든요. 아마 의식을 주관하는 건 그 아드님일 것 같습니다."

"그래? 나와 나이가 같네?"

그에 호위 기사 중 한 명이 미소를 지었다. 보아하니 그는 에르멘가르트 가문의 추종자인 듯했다.

"아마 저하의 기사가 될 겁니다. 어쩌면 왕손께서 왕위에 오르실 때, 대장군이 되어 왕손을 보필할지도 모르죠."

"그래?"

자신의 기사가 생긴다니, 게다가 동갑이라니, 왕이 되어도 같이 있다니! 생각만 해도 기분이 좋았다. 그러다 문득 그 다정했던 별궁의 소년은 나이가 몇인지 궁금해졌다. 유일한 왕족인 트라이덴의 주변엔 또래 사내아이들이 전무했고, 친구도 존재하지 않기에 그는 형제를 원했다. 그러나 동생은 싫었다. 멀리서 본 아이는 빽빽 울기만 하고 이것저것 돌봐 주어야 하기 때문에 너무나 귀찮았다. 그래서 트라이덴은 형이 있었으면 좋겠다고 간절히 생각했다. 그러나 이미 자신이 태어나 버린 이상, 형이 생기는 것은 불가능했다. 그러나 머리색도 같고 눈 색도 같으면 형이 되기에 안성맞춤이 아 닌가. 그는 헤헤 웃으며 벼르고 별렀던 계획을 실행에 옮겼다.

"저하, 어디 가십니까?"

호위 기사 둘이 그를 따라왔다. 예상대로 이들은 기존 호위 기사 들과는 달리 신참인 모양이었다.

"잠깐 바람 좀 쐴 거야. 같이 있어 줄 거지?"

그가 순진한 미소를 짓자 호위 기사들이 고개를 끄덕였다. 궁 안 을 돌아다니겠다는데 그를 막을 구실은 없었다. 트라이덴은 정신 없이 이곳저곳을 누비고 다녔다. 그러자 호위기사들이 이 긴장을 푸는 것이 느껴졌다. 트라이덴은 아주 자연스럽게 별궁으로 발을 내디뎠다. 예상대로 별궁 입구에는 경비병이 한 명도 없었다.

"이곳은 어디입니까?"

"글쎄, 들어가면 안 되는 곳은 아니잖아? 금지된 구역이라면 기 사들이나 경비병이 막았겠지."

트라이덴의 천연덕스러운 말에 어리숙한 기사들이 고개를 끄덕 였다. 그리하여 그는 너무도 쉽게 별궁에 발을 들였고, 또 그곳을 산책했다. 왜 아무도 없는 걸까 하는 생각에 이리저리 고개를 두리 번거리다 트라이덴은 고르지 못한 대리석 바닥에 걸려 윽 하고 넘 어졌다. 그는 대리석 바닥에 그대로 이마를 찧었다.

"저하!"

호위 기사 중 한명이 트라이덴에게 달려왔다. 진짜, 왜! 이곳에 만 오면 넘어지는 것인가! 머리가 아팠다. 뜨거운 무언가가 주르륵 흐르는 것을 보니 이마가 찢어져 피가 흐른 모양이다. 그는 덜컥 겁이 났지만 애써 울지 않으려 입술을 깨물었다. 그런 그를 부축하며 '우린 죽었다.'라고 중얼거리는 호위 기사의 목소리가 들렸다.

"이게 무슨 일입니까?"

어, 그 소년의 목소리다. 체자레. 그 부드러운 목소리에 그는 이마가 찢어지는 아픔도 잊고 고개를 들었다. 소년이 이쪽으로 급하게 뛰어오고 있었다.

"전하! 가시면 아니 되십니다."

그 뒤에서 중년 여자가 그를 말렸다.

"하지만 왕손께서 다치지 않으셨습니까!"

붉은 소년이 소리치며 트라이덴에게 뛰어왔다.

"괘, 괜찮으십니까?"

잘생긴 얼굴은 막상 몸을 다친 트라이덴보다 더 창백했다. 그가 기사들을 도와 트라이덴을 부축하려 손을 뻗자 호위 기사들이 재빨리 소년을 막아섰다.

"정체를 알 수 없는 분께서는 왕손께 접근하실 수 없습니다."

"무엄하십니다. 아무리 그러셔도 왕자 전하를 막으시다니요!"

그를 뒤따라온 중년 여인이 소리쳤다.

"왕자 전하?"

그들이 서로 얼굴을 바라보며 입을 열었다. 앉아 있던 트라이덴 역시 피로 달라붙은 이마의 앞머리를 쓸어 넘기며 앞에 서 있는 소년을 보았다. 체자레의 새하얀 얼굴이 붉게 물들었다.

"유모, 그런 건 말하지 마십시오. 저는…… 알잖습니까."

"참으로 너무하십니다. 왕손 저하께서 멋대로 오신 걸 가지고 왜 전하께 책임을 물으신답니까. 아무리 피가 절반만 섞였어도 폐하의 피가 섞인 동생인 것을요!"

"유모!"

소년이 참지 못하고 소리쳤다. 여자는 고개를 숙이며 흐느꼈다. 그 불편한 분위기에 호위 기사들 중 하나가 말했다.

"그냥 우린 죽었습니다. 진짜로요."

"오자마자 퇴직이라니."

하지만 그 말에도 아랑곳하지 않고 트라이덴은 자신의 바로 앞에 다가온 붉은 소년, 체자레를 보았다. 체자레는 미소 지으며 물었다.

"왕손께서는 볼 때마다 넘어지십니다. 어찌하면 좋을까요."

그 말에 트라이덴의 두 뺨이 붉게 달아올랐다. 체자레가 넘어진 트라이덴의 옆에 무릎을 꿇었다. 호위 기사들은 더 이상 그를 막지 않았다. 그의 부드러운 손이 트라이덴의 이마에 얹어졌다. 그 감촉이 너무나 따스해 트라이덴은 이마의 고통도 잊었다.

"쉬, 조금 아플 겁니다."

부드럽게 달래는 목소리에 이어 따끔하는 느낌이 들었다. 새하얀 빛이 터져 나오면서 이마의 상처는 흔적도 없이 사라졌다. 트라이덴은 이마를 만져 보았다. 피로 젖어 만지면 아파야 할 이마는 놀랍게도 고통 하나 없이 매끈했다.

"전하, 어찌하여 그러십니까. 능력은 함부로 쓰는 게 아닙니다. 또 오해를 받지 않습니까."

그 '유모'가 못마땅한 듯 말했지만 체자레가 차분한 음성으로 답했다.

"성녀님의 부정한 자식이거나 아바마마의 부정한 자식이거나, 어차피 저를 향한 수식어는 같습니다. 그럴 바에는 차라리 앞에 있는 제 조카님의 이마를 치료하는 게 낫지 않겠습니까?"

"……."

체자레가 미소 지었다. 언제나 무언가에 쫓기듯 성격이 급한 아버지와는 달리, 그는 침착하고 다정해 보였다.

"그쪽이 내 숙부라고?"

그 말에 체자레가 눈을 동그랗게 뜨며 트라이덴을 보았다. 할바마마나 아바마마에게 딱히 이야기를 들은 적이 없었다. 그가 태어난 이후로 할바마마는 아프고, 아버지가 대리청정을 하게 되어 더욱더 그러했다.

"역시 제 존재를 모르고 계셨군요."

그 씁쓸한 얼굴이 애처로웠다. 트라이덴은 미안함을 느꼈다. 그냥, 이 아름다운 사람을 몰랐던 것이 자신의 커다란 잘못인 것처럼 느껴졌다.

"하지만 괜찮습니다. 혹여나 절 만났다는 사실이 알려진다면 왕자 전하께서 혼이 나실지도 모릅니다. 저와 대화하는 건 별로 좋지 않아요. 욍손께서는 실수라도 이쪽으로 오시면 안 됩니다."

"왜, 왜요!"

트라이덴이 처음으로 소리쳤다. 체자레가 아버지와 자신과 닮은 눈을 아래로 깔아 내리면서 씁쓸하게 말했다.

"제 반쪽은 천한 피가 흐르고 있으니까요."

소년의 입술은 부드러운 곡선이 걸려 있었고, 그 눈은 자애롭게 그를 바라보고 있었다. 목소리는 언제나처럼 다정함과 따스함을 머금고 있었다. 하지만 어딘지 모르게 흐느끼는 것 같았다.

오지 말라고 단호하게 말하는 소년의 얼굴이 트라이덴의 머릿속에서 떠나지 않았다. 그렇게 따스한 빛으로 자신의 이마를 치료해 줬는데, 생각해 보면 기사들에게 급하게 끌려가느라 고맙다는 말도 하지 않았다. 트라이덴은 얼굴을 찡그리며 천장을 바라보았다.

천한 피라는 건 과연 무엇일까. 사실 트라이덴은 살아오며 '천하다'라는 단어는 배웠지만 직접적으로 '천한 것'은 보지 못했다. 시종과 시녀들도 어느 정도 계급 이상이었으며, 그가 만나는 자들 모두 귀족이었기 때문이다.

"유모, 도대체 별궁에 있는 체자레라는 남자는 왜 혼자 있어? 그가 정말 아버지처럼 왕자야? 왕족이 왜 천한 신분이야?"

"아이고, 우리 왕손님, 그런 건 왕자 전하 앞에서 말씀하지 마십시오."

"어머니도 그렇고, 유모도 그렇고, 왜 그래?"

그가 퉁명스럽게 말하자 유모가 심각한 얼굴로 말했다.

"그분께 절대 다가가지 마십시오. 어머니가 천한 여자입니다. 말룸을 무찌르고 고행을 떠나신 아나스타샤 성녀님과 닮았다고 하는데, 생김새로 성녀님과 동일 선상에 두는 것도 불경입니다."

"그래?"

"그 여자는 노틸레스 왕국의 노예 출신입니다. 그것도, 아주 더러운 일만 하는 노예 출신이죠."

"어떤 더러운 일?"

그 말에 유모는 할 말을 찾지 못했다. 아이가 알기에 지나치게 이른 것이었기 때문이다. 그녀는 헛기침을 몇 번 하더니 말을 돌렸다.

"비록 폐하의 피가 섞였다고는 하나, 그 피가 너무나 더러워 그 누구도 다가가고 싶어 하지 않습니다. 전하께서도 폐하가 병석에 누우시자마자 그분을 별궁으로 떼어 놓는 일부터 하셨어요. 그 요망한 여자가 폐하를 꼬드겨 생긴 일입니다. 천한 핏줄은 어디 가지 않습니다. 다시는 가까이 하지 마십시오."

하지만 천하다기엔 그는 아바마마를 닮았고, 비록 좋은 옷은 입진 않았지만 왕족처럼 우아했다. 트라이덴은 정말로 그가 천민이라는 것이 상상이 가지 않았다. 피라는 게 눈에 보이는가? 어떻게 똑같은 피를 천하다, 천하지 않다고 구분할 수가 있는가? 오늘 자신의 이마에서 흘린 피는 천하지 않은가?

피부 아래 흐르는 피는 다 똑같이 붉은데 그 누가 그 소년을 천박하다 말할 수 있단 말인가. 와 닿지도 않았고 반발심만 들었다. 그래서 트라이덴은 결심했다. 체자레는 오늘부터 그의 형이다. 그는 가지고 싶은 것은 모두 다 가졌다. 체자레가 형이 되는 것도 마찬가지다. 고집을 피우면 아버지도 어쩔 수 없겠지!

"여길 또 오시면 어떻게 합니까."

이 다정한 제자레도 이번에는 조금 화가 난 듯 엄한 얼굴로 트라이덴을 책했다. 하지만 그는 저것이 어머니가 자신을 혼낼 때처럼 억지로 지어 보이는 엄한 표정이라는 것을 알고 있었다. 그래서 트라이덴은 어머니에게 하는 것처럼 싱긋 미소를 지었다. 그것은 어머니에게 잘 통하는 수법이었고, 체자레에게도 아주 잘 통했다. 한참 동안 그 얼굴을 바라보던 체자레가 한숨을 쉬며 미소를 지었던 것이다.

"참으로 어쩔 수 없는 분이십니다. 왕손은 제가 더럽지도 않으십니까?"

"더럽다는 건 이런 걸 말하는 게 아니야?"

그는 몰래 담장을 넘어오느라 진흙탕에 빠진 자신의 부츠를 가리키며 말했다.

"하지만 형은 깨끗한걸. 하나도 더럽지 않아."

일순 놀란 듯 눈을 크게 뜬 체자레가 그를 한참이나 바라보았다.

그의 처진 눈은 금방이라도 울 것 같았는데, 울음을 터트릴 거라 생각하던 모습 대신 아름다운 미소를 지었다. 왜 그러지? 역시 형이라 부르면 이상한 건가? 아니면 다시 존댓말을 써야 했나. 그가 고민할 때 체자레가 미소를 지으며 말했다.

"왕손께서는 참 다정하시군요. 하지만 전하가 아시면 별로 좋아하시지 않을 겁니다."

"할바마마는?"

그 물음에 체자레의 얼굴이 굳었다. 하지만 트라이덴은 아직 아이였고, 그런 표정의 변화에 둔감했다.

"할바마마는 병석에 누워 계시는데, 보러 가지 않아? 같이 보러 가자."

할바마마라는 말에 체자레가 몸을 움찔했다. 그리고 그는 억지로 미소 지으며 말했다.

"아바마마는, 글쎄요. 저는 만나 뵈어서는 안 될 분입니다."

"그, 그런가?"

단호한 거절에 트라이덴이 머뭇대자 그가 다시 미소를 지었다. 체자레는 환하게 웃고 있었는데, 진심으로 트라이덴을 봐서 기뻐하는 게 느껴져서 그도 미소를 지었다.

"형을 만나고 싶었어."

"저를 말입니까?"

"그렇잖아. 내 작은 아버지라는 건 믿어지지 않지만, 그래도 형인걸!"

"아, 형이라니······."

"형이잖아. 어떻게 형인데 숙부라 불러! 조금 더 큰, 아버지만 한 사람이 숙부지. 안 그래?"

그 말에 체자레가 키득거리며 웃었다.

"그 말이 맞습니다. 저도 왕손이 조카라기보다는 동생으로 생각됩니다."

"정말? 진짜?"

"네, 정말입니다."

밤하늘의 달과 같은 은은한 미소였다. 체자레의 미소에 트라이덴도 같이 미소를 지었다. 외로운 두 소년들이 만났다. 별궁의 붉은 소년이 따스하게 미소 지었다.

"형이라고 불러도 돼?"

"이미 부르고 계시지 않습니까."

그 말에 트라이덴이 배시시 웃었다. 그러다 그는 시무룩한 표정을 지었다.

"아, 여기까지 오는 거 정말 힘들었는데, 또 언제 다시 올 수 있을까. 벌써 돌아가야 할 시간이야. 안 그러면 유모가 내가 없어진 걸 발견하고 말 거야."

그 말에 체자레 역시 아쉬운 표정을 짓더니 갑자기 무언가 생각난 듯 '아!' 하고 탄성을 질렀다. 그의 황금색 두 눈이 반짝반짝 빛나고 있었다.

"정말 저를 다시 만나고 싶으십니까, 왕손?"

"당연한 거 아니야? 나는 형이랑 놀고 싶어. 겨우 형이 생겼는데 이렇게 만나기 힘들다니……."

트라이덴이 투덜거리자 체자레가 그의 눈치를 보며 조심스럽게 물었다.

"그러면 제가 찾아가도 될까요? 왕손께서는 그저 창만 조금 열어두시면 됩니다."

생각해 보니 그랬다. 체자레가 찾아오면 되는 것이다! 트라이덴이 열렬히 고개를 끄덕였다. 그 말에 더더욱 기뻐하는 체자레의 얼굴은 처음 봤던 차분한 모습이 아니라 장난기 어린 '형' 같았다. 그들은 장난기 가득한 얼굴로 악동들의 미소를 교환했다.

"우, 우와…… 읍!"

잠자다가 창에 내려앉은 그림자에 트라이덴은 비명을 지르려다 턱, 입이 막혔다. 귀에 속삭이는 목소리가 들렸다.

"소리를 줄이세요, 왕손. 접니다."

자세히 보니 체자레였다. 후, 하! 그는 숨을 헐떡였다. 말로만 듣던 암살자라도 되는 줄 알았다. 아직도 심장이 두근두근거렸다. 그 와중에도 달빛을 등진 체자레의 금색 눈은 빛을 발하고 있었는데, 그 모습에는 다른 이들이 절대로 흉내 낼 수 없는 묘한 아름다움이 있었다.

"형, 빠져나오기도 힘들 텐데 어떻게 여기까지 찾아왔어?"

아무리 생각해도 이상했다. 경비병이나 호위 기사들이 근처에 없다 하더라도 트라이덴의 방까지 어떻게 몰래 들어온단 말인가. 체자레가 비밀스러운 미소를 지으며 속삭였다.

"그거야 저는 성력이 있으니까요."

"성력이? 그건 신관들만이 있는 거 아니야?"

체자레가 미소를 지었다.

"아닙니다. 사실 성력이라는 것은 신의 힘을 빌려 쓰는 게 아니라 사람별로 조금씩 잠재되어 있는 재능입니다. 그 재능은 신을 향한 맹목적인 사랑을 뭉친 의지로 강해지죠. 저 같은 경우에는 그런 능력을 받아 태어났고요. 하지만 보통 사람들은 그것을 모른 채 수련하지 않고 세속에 찌들어 그것을 잃어버리고 맙니다."

"그, 그러니까 성력이 누구에게나 있다는 거야? 그건 처음부터 신이 주는 게 아니야?"

체자레가 고개를 끄덕였다.

"신이 주신 개인의 잠재력의 차이는 있겠습니다. 하지만 그것은 신앙이라는 마음을 단련시키는 믿음의 힘으로 강해지는 것이지, 결코 무작정 신의 힘을 빌리는 게 아닙니다. 처음부터 신께 어마어마한 성력을 부여받은 성녀님을 제외하고 말입니다."

"우와아. 그러면 나도 성력이 있을까?"

그 순진한 물음에 체자레가 고개를 끄덕였다.

"아그레시아 왕족들은 조금이나마 신성력을 가지고 있습니다. 아마 왕손께서도 가능하실 겁니다."

"에이, 정말로? 그럼 나도 형을 만나러 갈 수 있을까?"

해맑게 떠드는 그 모습을 보고 체자레가 말했다.

"음, 사실 왕손께서는 별로 가지고 계시지는 않는 것 같습니다."

"뭐야, 기대했잖아!"

그 말에 체자레가 잔잔하게 웃었다. 소년이지만 그의 미소는 잔잔한 달빛과도 같았다. 서로 마주 보며 웃는다는 게 이렇게 기분 좋은 일인 줄 몰랐다. 트라이덴은 정말로, 이 체자레라는 소년이 좋아졌다. 흘러넘치는 기쁨에, 트라이덴은 자신이 진정 외로웠다는 것을 깨달았다.

트라이덴이 고된 하루를 끝내고 방으로 돌아오면 언제나 체자레가 그를 기다리고 있었다. 그가 자신의 여러 문제점에 대해 털어놓을 때면 체자레는 상냥한 얼굴로 그의 이야기를 들어 주고 때로는 충고를 하기도 했다. 심지어 체자레는 그보다 학식도 뛰어나 그가 물어보는 것은 뭐든지 답해 주었다.

"형, 형은 나중에 뭐가 될 거야? 형의 소원은 뭐야?"

트라이덴의 물음에 체자레가 미소를 지었다.

"글쎄요, 소원이라는 건 없고…… 저는 아나스타샤 님의 행적을 쫓고 싶습니다."

"성녀님? 왜?"

체자레는 하늘을 보았다. 그리고 빛조차 내지 못하는 그믐달을 보며 말했다.

"아그레시아의 건국신화는 다정하고 따뜻합니다. 성녀님들의 이야기를 보면 성녀님들은 모두 고행을 떠나셨다고 해요. 분명 말룸을 격퇴한 성녀님은 부와 명예를 누리며 행복하게 살 수 있으실 텐데, 더 낮은 곳으로 내려가 조용히 여생을 마감하신다고 합니다."

사실 트라이덴은 성녀가 말룸을 처치한다는 것만 알았지, 그 후 성녀들이 고행을 떠나는 것에 대해서는 모르고 있었다.

"아나스타샤 님이 사라진 이래로 80년이 지났습니다. 그리고 다음 성녀님도 말룸도 나타나지 않고 있죠. 다들 아나스타샤 님이 무언가를 했을 거라 생각합니다. 저도 그렇게 생각하고 있고요."

"맞아. 성녀가 나타날 때가 되었는데 나타나지 않는다고 신관들이 걱정하는 걸 들었어."

"저는 아나스타샤 님에 대해 개인적으로 흥미가 많아요. 어쩌면 폐하처럼 아나스타샤 님도 살아 계시지 않을까 하는 근거 없는 믿음도 듭니다. 만약 살아 계시지 않더라도 그분의 행적을 쫓아 마지막 흔적까지 보고 싶어요."

"그렇게까지 해서 뭐 하게?"

"사실 알고 싶은 게 있습니다."

"알고 싶은 거?"

그 말에 체자레가 잠시 망설이더니 조용히 말했다.

"그분이 정말로 제 어머니이신가 하는 것 말이에요."

"으응? 진짜 그래?"

트라이덴도 이젠 들어서 알고 있다. 이 별궁의 붉은 왕자는 할아버지와 아나스타샤의 아들일 수도 있다는 사실을. 그도 그런 것이, 가끔 뵌 할아버지는 늘 아나스타샤를 찾고는 했다. 또한 아나스타샤에 대한 그 집착도 어마어마해서 신전에 있는 아나스타샤의 석상을 모두 수집하셨다고 했다.

"그렇지만 형. 성녀님과 할바마마의 나이가 같다면 성녀님도 할미니 아냐? 어떻게 애를 낳아?"

그 말에 체자레가 고개를 저었다.

"그건 모르는 일입니다. 아바마마는 10년 전만 해도 무슨 일에서인지 세월의 풍파를 피해 가셨기에 절 가지는 것도 가능하셨던 겁니다. 만약 아바마마와 아나스타샤 님이 같은 힘을 가졌다면, 그분 역시 그렇지 않을까 생각합니다."

그렇구나. 트라이덴은 고개를 끄덕였다. 할아버지가 오랫동안 젊은 외모였다는 것은 트라이덴도 들었던 사실이다. 그렇게 따지면 신의 축복을 받은 성녀도 그럴 수 있었다.

"만약에 성녀님이 형의 진짜 엄마라면, 형은 더 이상 천한 신분이 아니라는 소리네?"

트라이덴의 얼굴이 환하게 물들었다.

"글쎄요. 어느 쪽이든 부정한 아이라는 건 변함이 없……."

"아니야! 어떻게 성녀님이 엄마인데 부정할 수 있어? 폐하와 성녀님의 아들이면 나라에서 제일 센 사람 아니야?!"

그 말에 체자레가 멍하게 그 얼굴을 바라보았다. 그리고 입을 막고 웃음을 터트리기 시작했다. 언제나 어둡게 가라앉아 있던 체자레의 얼굴에 그렇게나 밝은 웃음이 그려진 것은 처음이었다. 어쩐지 비웃음인 것 같아 트라이덴은 볼을 빵빵하게 부풀렸다.

그러나 체자레의 웃음소리가 어찌나 맑았던지, 그 웃음을 짓는 얼굴이 어찌나 아름답던지, 또한 눈에 눈물이 맺히는 것을 닦아 내며 그를 바라보는 시선이 어찌나 가슴이 따스할 정도로 애정 어린 눈빛인지 트라이덴은 차마 화를 낼 수도 없었다.

"아, 왕손께 이야기하길 잘했습니다. 제가 너무 웃어서 기분 나쁘셨습니까?"

트라이덴이 고개를 저으며 말했다. 하나도 기분 나쁘지 않았다. 형이 이렇게 웃는데 왜 기분 나쁘단 말인가? 뭐 때문인지 모르지만 앞으로 이렇게 많이 웃게 해 줄 거야! 트라이덴이 생각했다.

"형은 미소 짓는 게 아니라 웃는 게 더 잘생긴 것 같아."

"정말이요? 저는 왕손이 더 남자답고 잘생긴 것 같습니다."

"아니야. 형이 더 잘생겼어."

"아닙니다. 저는 왕손이……."

그러다 그들은 다시 서로의 얼굴을 마주 보며 웃음을 터트렸다.

똑똑, 노크 소리가 들렸다. 그러자 체자레가 황급히 침대 아래로 쏙 숨었다.

"저하, 무슨 일이 있습니까?"

"아니, 그냥 읽고 있는 책이 너무 웃겨서."

호위 기사가 벌컥 문을 열었다. 체자레와 트라이덴이 긴장된 시선을 서로 주고받았다.

"뭐야, 너? 왕족의 방문을 허가 없이 함부로 열고 들어와도 돼?

나는 지금 경을 들인 적이 없는데?"

"아, 아니······ 죄송합니다."

트라이덴은 화가 난 말투로 호위 기사를 쫓아냈다. 체자레가 침대 아래에서 기어 나왔다. 언제나 단정하게 하나로 묶었던 기다란 머리가 헝클어져 있었다. 그에 트라이덴은 킥킥거리며 웃음을 참았다.

"왕손, 밤늦게 수고해 주시는 기사님들께 그렇게 함부로 대하시면 안 됩니다."

"그게 다 형을 위한 거잖아!"

트라이덴이 속닥였다. 체자레가 어쩔 수 없다는 미소를 지었다. 체자레는 그의 눈 색처럼 따스하게 트라이덴을 보다 무언가 생각이 난 듯 소리쳤다.

"아, 소원! 생각났습니다. 왕손을 오래오래 지켜보고 싶어요."

그 말에 트라이덴이 눈을 동그랗게 떴다. 날 지켜보는 게 소원이라고?

"진짜?"

"왕손은 왕이 되겠죠? 저는 그 나라를 지켜보고 싶습니다."

그 말에 트라이덴의 가슴이 벅차올랐다. 너무나 든든한 느낌이 들었다. 세월이 지나 그가 왕이 되고 할아버지가 되어도 나라를 지켜봐 준다고 말했다. 그때도 체자레는 형으로서 자신의 곁에 남아 줄 것이다. 그렇게 생각하니 가슴이 벅차올랐다.

"진짜지?"

"네."

"약속이야, 형. 꼭이야, 꼭!"

침대 밑에 있느라 어색한 폼이긴 했지만 체자레는 한 손으로 바

닥에 짚은 채 새끼손가락을 들어 올렸다. 침대 위에 앉은 트라이덴
역시 허리를 숙여 새끼손가락을 가져다 댔다. 자그마한 손가락들
이 작은 약속을 만들어 냈다. 약속을 맺은 것은 화려한 인장이 새
겨진 서문도 계약의 맹세도 아닌 아이들의 자그마한 손가락이었지
만 그 맹세처럼 소년들에게 엄숙하며 절대적인 것은 없었다. 트라
이덴은 이제 더 이상 외롭지 않았다.

그날은 트라이덴의 생일이었다. 트라이덴은 시무룩한 표정으로
아바마마의 옆에 앉아 자신에게 선물을 바치는 무리들을 바라보았
다. 그에게 이 생일 연회는 색다를 것 없는 지루한 행사의 일환이
었다. 게다가 자신의 생일 파티에 자신이 가장 좋아하는 형이 없다
는 것도 마음에 안 들었다. 그 전날에 어마마마에게 체자레도 초대
해 달라 이야기를 꺼냈다가 혼이 나서 그런지 트라이덴의 기분은
연회가 끝날 때까지 저조했다.
"여기가 어디라고 찾아오려고 그랬답니까?"
"그러게 말입니다. 반쪽이나마 왕족의 피가 흐르고 있어 전하께
서 봐주시는 것도 모르시고······."
그게 무슨 말일까? 트라이덴이 눈을 동그랗게 뜨며 그들의 말을
주의 깊게 들었다.
"참 주제도 모릅니다. 폐하의 피가 흐른다 하여 천민의 피가 없
어진 것도 아닌데 말입니다."
"전하께서 노하셔서 쫓아내 망정이지, 하마터면 왕손 저하의 연
회가 망쳐졌을지도 모릅니다."

설마 체자레가 자신을 찾아오려 했던 것일까? 트라이덴은 주위를 둘러보았다. 아바마마는 어디 간 것인지 보이지 않았다. 모두가 기묘한 조소를 띠며 누군가를 비웃고 있었다.

주위를 살폈지만 그는 체자레를 찾아볼 수 없었다. 트라이덴은 울음을 터트리고 싶었다. 화도 내고 싶었다. 하지만 그 뒤에 올 아바마마의 화가 무서웠기에 꾹 참아야만 했다. 그의 머릿속에서는 체자레가 떠나지 않았다.

연회가 끝나고 침실 문을 열기 전 트라이덴은 방 안에 체자레가 와 있지 않을까 하는 기대가 들었다. 그러나 방 안은 나오기 전과 같았다. 하아. 한숨을 쉬며 침대에 걸터앉았을 때 소곤거리는 소리가 들렸다.

"왕손."

"엥?"

"여깁니다."

침대 아래서 익숙한 소리가 들렸다. 트라이덴은 화색을 띠며 몸을 굽혔다. 마치 고양이처럼 침대 아래에 들어와 있는 소년의 얼굴이 보였다. 트라이덴은 너무나 기뻐 와 하고 함성을 지를 뻔했다. 그들은 한참 동안 킥킥거리며 웃었다.

"형은 침대 아래가 그렇게 좋아?"

"글쎄요. 요새 왕손의 침대 아래가 별궁보다 더 편한 것 같습니다."

트라이덴이 와하하 웃었다. 체자레가 침대 아래서 살아 준다면 더없이 든든할 것 같았다. 그는 침대에서 끙끙거리며 힘겹게 기어 나왔다. 그리고 침대 위에 앉아 있는 트라이덴에게 손을 내밀었다.

"생일 선물을 가져왔습니다."

"선물?"

체자레의 손에 내밀어진, 조그마한 푸른 돌이 달린 목걸이를 보며 트라이덴은 얼굴을 찡그렸다. 뭔가 특별한 건가 했더니 그저 목걸이였다!

"에엥? 그건 여자애들이나 차는 거잖아."

트라이덴이 콧방귀를 뀌었다. 그는 자신을 가장 잘 알아주는 형이 저런 선물을 주었다는 것을 믿을 수가 없었다.

"그래도 받아 주세요. 제 성력을 아주 조금 담았거든요."

"진짜? 성력을 보석에 담을 수도 있어?"

체자레가 미소 지으며 고개를 끄덕였다.

"네. 다른 물체라면 어렵지만 보석에 담는 것은 가능하답니다. 보석은 힘을 저장하는 저장고로써의 기능도 있다고 합니다."

"신기하다."

사실 성력을 담는다는 것은 처음 들어 보는 소리였다. 보석에 성력을 담는 것도 엄청난 일이라 만약 신관들이 알면 기겁을 할 일이었지만, 트라이덴은 그저 그것을 물끄러미 쳐다보고 있었다.

"제가 드릴 건 이런 것밖에 없으니까요. 마음에 안드시면 보관만 하셔도 됩니다."

그 결정타에 트라이덴은 반성했다. 사랑하는 형이 선물을 주기 위해 생일 파티에 왔다가 쫓겨나면서도 여기까지 왔는데, 자신은 저 목걸이가 계집애 같다고 해 버렸다! 이렇게 못될 수가!

사랑하는 형을 꼭 기쁘게 해야 한다고 생각하며 트라이덴은 재빨리 목걸이를 걸었다. 형이 아버지에게 냉대받아 선물을 사 줄 능력이 없다는 걸 알았어야 했다. 이 목걸이도 그가 줄 수 있는 최선이리라.

"아냐, 찰 거야! 봐, 나쁘진 않지?"

"여자애 같군요."

"뭐?!"

트라이덴이 빽 소리치자 체자레가 킥킥거리며 웃었다. 트라이덴은 씩씩거렸지만 목에 건 목걸이는 풀지 않았다. 형의 힘이 담긴 목걸이라니, 세상에서 단 하나뿐인 선물이 아닌가. 다른 귀족들이 준 공물이나 선물보다는 체자레의 힘이 담긴 선물이 좋았다. 형이 준 선물이다. 헤헤, 그는 히죽거리며 웃었다.

사실 빨리 발각되지 않은 것이 이상한 일이었다. 왕자의 방에서 다른 이의 웃음소리가 들린다는 괴이한 소문이 왕궁 내에 퍼졌고, 이제 드디어 섭정이 된 제1왕자인 아스토르가가 그들이 이야기하고 있는 장면을 보게 되는 것은 시간문제였다. 창가에 앉은 체자레와 웃고 떠들고 있는 트라이덴. 그 모습을 본 아스토르가는 다짜고짜 다가가 체자레의 긴 머리채를 잡고 뺨을 내려쳤다. 자비 없는 폭력으로 체자레가 바닥을 굴렀다.

"아바마마!"

트라이덴이 체자레에게 다가가 소리쳤다.

"천한 것! 아바마마에 이어 이제는 왕손까지 건드리려 하다니! 네 이놈, 트라이덴! 네가 지금 어떤 짓을 한 것인지는 아느냐!"

"……."

그 분노 어린 노호성에 트라이덴은 몸을 움츠렸다. 아버지는 가끔 가다 이렇게 그를 혼내곤 했는데, 트라이덴은 그럴 때마다 두려워 견딜 수가 없었다. 하지만 자신이 당하는 것이 아니라 체자레가 당하고 있었다. 트라이덴이 수그린 고개를 들고 소리쳤다.

"이게 무슨 짓입니까. 형은 아바마마의 동생이지 않습니까! 제 숙부입니다."

"동생? 숙부?"

아스토르가가 되물었다. 그러더니 신경질적인 웃음을 터트렸다.

"창녀에게서 태어난 놈을 동생으로 둔 적은 없다. 같은 피가 섞인 게 불쾌하고 더러울 뿐. 그 얼굴조차 역겨워 참을 수가 없다! 저 놈이 네 목을 노릴 수도 있었음을 어찌 모르는 것이냐! 저 더러운 천민과 어울리면 안 된다, 트라이덴!"

아스토르가의 뒤에는 평민인 시종들이 있다. 어떻게 평민들이 보는 앞에서 왕족이 뺨을 맞을 수가 있단 말인가. 트라이덴은 그것을 볼 수 없었다. 트라이덴이 체자레를 부축하려 다가갔지만 그는 부축해 주려는 트라이덴의 손을 밀어냈다.

"괜찮습니다, 왕손."

"천한 놈이 어찌 그 더러운 손을 왕손에게 대는 것이냐!"

"아바마마!"

"시끄럽다!"

아스토르가가 성큼성큼 다가와 체자레의 목을 틀어쥐었다. 중년 남자의 손아귀에 잡힌 어린 소년은 사정없이 그 손에 이끌려 올라갔다. 아스토르가가 살기 어린 얼굴로 그의 목을 더욱더 세게 잡았다. 소년의 가녀린 목은 금방이라도 부러질 것 같았다.

"내 이 자리에서 너를 죽이고 말 것이다. 아바마마의 비호를 받아 기고만장했던 네놈은 이제 끝났다."

"저, 전하, 부디……."

체자레의 얼굴에 피가 몰려 붉게 달아올랐다. 아버지의 악귀 같은 모습에 하얗게 얼어붙어 있던 트라이덴이 다시 아버지에게 달려들었다.

"전하! 그만하십시오!"

소란을 듣고 달려든 왕자비를 보고 아스토르가는 손을 놓았다. 배려 없이 손을 놓았기 때문에 체자레는 다시 바닥에 떨어져야 했다.

"폐하의 아드님이십니다! 그렇지 않아도 궁금해하시는 걸 제가 겨우 말려 놓았습니다. 이 사실이 폐하의 귀에 들어갔다간 엄청난 일이 일어날지도 모릅니다!"

왕자비의 말에 아스토르가가 흥, 한숨을 쉬었다.

"저놈을 어서 다시 별궁으로 가둬라. 네놈에게 베풀 자비는 없다. 네놈은 죽을 때까지 거기서 살거라. 백성들이 천민을 먹이려고 세금을 내는 것이 아니니 죽을 때까지 앞으로 한 끼만 주거라."

일어나지도 못하는 소년의 양팔을 호위 기사들이 잡아 들었다. 그들은 이 작은 소년에 대해 안타까워하는 듯했지만 소년을 죄인처럼 질질 끌고 나갔다.

트라이덴은 이 엄청난 사실을 믿을 수가 없었다. 아버지는 역정을 잘 내시는 편이었지만, 이렇게 악귀 같은 얼굴을 하지는 않았다. 그는 체자레의 몸이 닿은 것도 혐오스러운지 시종을 시켜 손을 닦았다. 아버지가 트라이덴을 노려보자 그는 흠칫 놀라며 그 눈을 피했다.

트라이덴에게도 며칠 동안 금족령이 내려졌다. 그는 울어도 보고 소리도 질러 보았다. 하지만 아버지의 의지는 굳건했고 트라이덴은 너무도 무력했다.

"천한 놈은 천한 행동을 할 것이다. 천한 놈은 이유가 있어 천하다고 부르는 법이다. 저놈은 언젠가 우리 뒤통수를 칠 것이야. 알겠느냐, 트라이덴? 저놈을 믿으면 안 된다."

"하지만 아버지의 동생이잖습니까! 제겐 숙부란 말입니다!"

트라이덴이 울며 소리치자, 아스토르가가 말했다.

"나는 그 천한 놈을 핏줄로 인정하지 않는다. 너는…… 아니다."

마침내 금족령이 풀렸을 때, 트라이덴이 가장 먼저 했던 일은 바로 할바마마를 찾아가는 것이었다. 그가 국왕을 찾아간 것은 예상 밖이었는지, 병사들은 그 누구도 트라이덴을 제지하지 않았다.

"할바마마!"

시체처럼 누워 있는 노인을 향해 트라이덴이 다가갔다. 그의 나이는 백 살을 이미 넘겼고 모두가 살아 있는 게 기적이라고 말하는 상황이었다. 10년 전만 해도 현 국왕 데메트리우스는 젊고 강건한 왕이었다 하지만, 불과 10년 만에 이렇게 늙어 움직이지도 못했다.

"아나스타샤?"

그가 물었다. 그는 초점이 없는 텅 빈 눈으로 이리저리 고개를 돌려 아나스타샤라는 이를 찾았다. 할바마마는 어느 때에서부터 인지 정상으로 사고하시다가도 전대 성녀인 아나스타샤만을 찾으셨다.

"할바마마! 저 트라이덴입니다."

"그렇군, 아나스타샤가 아니군."

그가 콜록거리며 기침했다.

"무슨 일이냐."

텅 빈 눈동자로 그가 자신의 손자를 보았다. 눈이 다시 보이기 시작한 것일까? 하지만 국왕은 그저 소리 나는 쪽으로 고개를 고정시킨 것뿐이었다. 탁한 금안은 시력이 없음에도 음산했다.

"숙부가, 체자레 숙부가 구금되었습니다. 밥도 하루에 한 끼밖에 안 주겠다고 하셨어요. 이러다가 형은 굶어 죽을지도 모릅니다!"

"체자레?"

일순 눈에 초점이 돌아오는 듯했다.

"아바마마 좀 말려 주십시오. 아바마마는 체자레 숙부를 미워합
니다. 제발."

"그래, 그 아이."

그의 금색 눈에 눈물이 흘렀다. 그는 눈을 깜빡였다.

"그 아이에게 못할 짓을 했구나."

왕은 한참 동안 눈물을 흘렀다.

"그리고 그녀에게도……"

왕은 바들바들 손을 들었다. 그러나 손은 허망하게 내쳐질 뿐이
었다.

"이것도 나의 업보이자 저주겠지. 나이는 먹어 가고 몸은 움직여
지지 않는데 숨은 쉬어진다니 말이야……"

그가 중얼거렸다. 그리고 트라이덴을 바라보며 말했다.

"내 혈육아, 너는 다정하구나."

그 말이 체자레와 닮아 있었다. 그 말에 트라이덴이 간절한 얼굴
로 할바마마를 보았다.

"걱정 말거라. 그 아이를 위해 안배해 둔 것이 있으니……"

그가 기침했다. 그 말에 트라이덴의 얼굴이 환하게 물들었다.

트라이덴이 체자레를 다시 만났을 때, 그는 새하얀 수의를 입고
있었다. 처음으로 별궁이 아닌 본궁에 있는 그는 머리부터 발끝까

지 죽은 자에게 입히는 수의를 입은 채 얼굴 역시 베일로 감쌌다.

체자레의 유모가 울음을 꾹꾹 눌러 참는 것이 보였다.

"저게 뭐지?"

트라이덴이 아무나 옆에 있는 사람에게 물어보았다. 그의 옆에 서 있던 스승 중 한 명이 말했다.

"신관이 되는 의식입니다."

"왜 옷을 저렇게 입고 있는데? 아니, 지금 왜 저러는 건데? 신관이 된다고?"

"왕자 전하 스스로 선택하신 일입니다. 이제는 체자레 왕자 전하께서는 더 이상 왕자가 아니십니다. 그는 왕위 계승권을 스스로 포기했습니다."

"그게 무슨……."

할바마마는 병상에 누워 있어 섭정왕인 아버지 아스토르가 앉은 옥좌 앞에 체자레는 신관들의 부축을 받아 무릎을 꿇었다. 체자레는 얼굴까지 가리는 베일을 썼으므로 앞이 보이지 않는 듯했다. 아스토르가는 차가운 금색 눈으로 그를 바라보았다.

"저, 체자레 루고 켄셀라이그는 오늘부로 신의 종이 됩니다. 속세의 모든 인연을 끊고 모든 권리를 포기합니다."

오랜만에 듣는 체자레의 목소리에 트라이덴이 그에게 뛰어가려 했다. 하지만 왕자 옆에 서 있는 기사들은 미리 언질을 받았는지 그를 꼭 붙잡고 놓아주지 않았다. 트라이덴은 이 성안에 있는 모두를 바라보았다. 애정 따위 없는, 별궁에 외로이 고립되어 있는 소년을 향한 시선은 싸늘했다. 경멸, 혐오가 뒤범벅된 그 시선. 심지어는 신전에서 온 신관들도 꺼려하는 얼굴이었다.

왕손인 자신에게 그들은 어떠했던가. 단 한 번도 저런 표정을 지어 보인 적이 없었다. 할바마마는 뭐 하는 것일까. 설마 이게 안배라는 것일까? 그는 배신감이 들었다.

어른들은 이상하다. 체자레는 여기 있는 그 누구보다 왕족 같은데 천하다고 한다. 체자레는 천하지 않았다. 누구보다 고귀하며 따스한 그의 형이자 숙부이다. 체자레가 얼마나 따뜻하고 다정한 사람인지 알아보려 하지도 않은 채, 그저 천한 피라고 매도한다. 트라이덴은 억울하며 답답했다.

"이 순간 저는 체자레 루고 켄셀라이그가 아닌, 신의 종인 견습사제 체자레입니다."

"형! 혀엉!"

트라이덴의 목소리에 체자레가 움찔하는 게 보였다. 왕족의 성인 '켄셀라이그'라는 성을 포기하고, 체자레가 된다고 하였다. 이제 혈육으로서의 인연도 끊어져 버린 것인가.

트라이덴은 몸을 틀었다. 몇몇 사람들이 붙잡으려 했지만 트라이덴이 향하는 곳이 체자레가 아닌 그의 방이라는 것을 알고 붙잡지는 않았다.

복잡한 예식이 끝이 나고 체자레가 신관들의 손을 의지하여 한 걸음 한 걸음 힘겨운 걸음을 뗄 때였다. 이 하얀 베일은 시야를 완전히 가려 그는 장님이 될 수밖에 없었다. 속세와의 이별, 죽음을 뜻하는 수의를 산 자가 입고 걸어 나간다. 완벽한 신의 종이 되기 위해.

"혹여 왕손 저하를 보신 분이 계십니까?"

갑작스러운 소란이 일어났다. 방으로 돌아갔다고 생각했던 왕손이 보이지 않았다.

트라이덴은 궁을 돌아다니는 것을 좋아했고, 자신만이 아는 장소가 잔뜩 있었다. 체자레와 함께 오고 싶었던 곳이 많았지만, 그들이 만나는 것은 항상 그의 방이었으므로 트라이덴은 언제나 그것이 아쉬웠다. 그러나 지금 그는 그 누구도 자신을 찾는 것을 바라지 않았다.

궁 안에 있는 모두가 꼴 보기 싫었다. 심지어 체자레마저도. 이렇게 말도 없이 가 버리는 게 어디 있느냐 말이다.

멍청한 기사들은 그가 방에 돌아갔으리라 생각했겠지만, 체자레가 준 목걸이에 담긴 신비한 힘은 창에서 뛰어내려도 그를 다치지 않게 해 주었다. 이 걱정 많은 다정한 형이 담아 준 힘은 그가 다치지 않길 기원했고, 그를 지켜 주었다.

왕궁의 남쪽 정원 틈새를 잘 비집고 들어가면 개구멍이 있다. 그리고 그 나무 사이로 들어가 흙을 만지작거리면 그 안에 자그마한 비밀 공간이 나온다. 유사시를 대비한 비밀 통로로 만들다 만 것인지 밀폐된 자그마한 방이 있었고, 트라이덴은 가끔 가다 이곳에 머무르고는 했다. 너무 오래 있다 보면 숨이 막혀 와서 자주 있지는 않았지만 오늘은 끝장을 볼 생각이었다.

모두가 보기 싫었다. 어마마마도 아바마마도, 형도!

트라이덴이 무릎을 꿇고 앉았다. 후텁지근한 공기 때문인지 솔솔 잠이 왔다.

한참 후, 무심코 잠이 들었던 그가 깬 이유는 후텁지근한 날씨와 습기 그리고 텁텁한 공기 때문이었다. 아직 어린 트라이덴은 밀폐된 공간이라는 게 무엇인지 잘 이해하지 못했고 공기가 통하지 않으면 숨이 막혀 죽는다는 사실조차 제대로 몰랐다. 갑자기 호흡이 곤란해지자 그는 아무나 소리쳐 불렀다. 그는 이곳이 비밀 공간이라는 것도 잊은 채 살려 달라 소리쳤다.

무서웠다. 무엇을 해야 할지 몰라서 더욱 무서웠다. 이곳은 깜깜해 나갈 공간이 어디 있는지 보기도 힘들었다. 그 행동은 이 작은 방의 공기를 더욱더 소모시켜 시간이 지나면 지날수록 숨쉬기가 더욱 답답해졌다. 의식이 희미해지려 할 때, 자신의 바로 위에 있는 입구가 열렸다.

"왕손!"

목소리가 들렸다. 그것은 체자레의 목소리였다. 갑작스러운 빛에 시야가 겨우 식별되자 엉망인 그의 몰골이 눈에 들어왔다. 언제나, 침대 아래에서조차 깔끔하던 체자레의 모습이 평소와 달랐다. 그의 머리는 헝클어져 있었고 새하얗고 깨끗한 옷에는 흙이 덕지덕지 묻어 있었다. 심지어 그 아름다운 얼굴에도. 트라이덴은 그의 얼굴을 보자 안도로 가슴이 뛰었다.

"어서 손을 잡으십시오, 왕손."

내밀어진 손을 잡고 올라가자 살 것 같았다. 하늘엔 노을이 지고 있는 것으로 봐서 이곳에 온 지 다섯 시간은 지난 것 같았다.

"괜찮으십니까? 다치신 데는 없나요? 다행입니다. 목걸이에 남은 성력이 저를 당신이 있는 쪽으로 인도했습니다."

체자레가 트라이덴을 보려 했지만 위로 넘긴 베일이 자꾸 흘러내려 시야를 가렸다. 체자레는 그 베일을 홀렁 뒤로 던져 버렸다.

"형."

트라이덴의 금안에 눈물이 차오르기 시작했다. 체자레가 그것을 보며 엄한 표정으로 얼굴을 찡그렸다. 화를 내고 싶었던 트라이덴이었으나, 정말로 죽을 뻔했다는 공포심에, 가장 믿을 수 있는 형이 자신을 구해 줬다는 사실만으로 안심이 되어 어린아이처럼 울음을 터트렸다. 체자레가 입술을 살짝 깨물며 소리쳤다.

"어찌 이렇게 어리석으십니까!"

"그거야 형이 간다기에……."

"……."

"형이 작별 인사도 하지 않고 쫓겨나듯 간다고 해서, 그게 싫어서, 아바마마도 싫고 할바마마도 싫고 어마마마도 싫고 형도 싫고, 다 싫어서……."

트라이덴의 말에 체자레의 엄한 얼굴이 풀려 갔다. 이 순간 체자레 역시도 차마 그에게 화를 낼 수는 없었던 것이다. 그런 체자레의 얼굴을 본 트라이덴이 울음 섞인 목소리로 원망을 터트렸다.

"왜 신관이 되는 걸 택한 거야! 이제 우린 만날 수 없단 말이야. 형은 교황 성에 있을 거고, 나는 이곳에 있을 거고. 이제 우리 같이 이야기도 못해. 별도 같이 볼 수 없고, 책도 읽을 수 없고. 형한테 오늘 일어났던 일도 말할 수 없고, 형의 꿈도 들어줄 수 없단 말이야. 정말 왕위 계승권 때문에 그걸 전부 포기한 거야? 난 그런 것 따윈 필요 없어. 왕은 형이 해도 돼. 하지만 형, 제발 나랑 같이 있자……. 여긴 너무 외로워. 제발……."

체자레는 망연한 표정으로 트라이덴의 우는 얼굴을 바라보았다. 트라이덴 역시 왕궁 안에서 외로움에 지쳐 가고 있었다. 장난기 어린 성격도 그것을 대변했다. 아버지는 언제나 강압적이었으며 어머니는 그를 이해해주지 못했다. 자신을 온전히 바라보고 이해해주는 것은 형, 체자레 뿐이었다. 트라이덴은 한참을 울며 가지마라는 말만 반복했다. 이윽고 트라이덴이 진정되어 훌쩍이고 있을 때, 체자레의 입술이 열렸다.

"트라이덴, 약속한 거 기억하고 있죠?"

"……."

아, 이름을 불렀다. 언제나 체자레에게 왕손이라고 불렸던 그다. 하지만, 체자레가 처음으로 그의 이름을 불렀다. 약속, 그래, 약속. 그 약속을 왜 물어본단 말인가. 트라이덴이 고개를 들어 물어보기도 전에 체자레가 그를 꽉 안았다. 그리고 절규하듯 말을 뱉어 냈다.

"나도 싫었습니다. 트라이덴! 나도 싫었어요. 아바마마가 싫고 형님이 미웠고 날 천민이라 손가락질하는 사람들이 너무나 미워 견딜 수가 없었습니다. 하루하루가 지옥이었습니다. 나는 모두가 미워 그들이 불행하기를 바랐습니다. 정말로, 마음속 깊이, 그렇게요!"

다정한 말, 토닥거리는 부드러운 손길과는 다르게 체자레는 처음으로 격렬하게 말을 내뱉었다. 그러나 트라이덴은 체자레가 처음으로 격정적인 분노를 드러냄에도 형을 잃는 것이 슬퍼 울기만 했다.

"하지만 트라이덴, 당신을 만나 사랑할 수 있었어요. 트라이덴은 나 때문에 살아갈 수 있다고 말했나요? 하지만 정작 구원을 받은 건 저였습니다. 태어나서 불행했지만, 당신을 만난 짧은 시간 동안 너무나 행복했습니다. 신에게 감사드리고 신의 사랑을 믿었습니다. 당신은 신께서 내게 내려주신 유일한 구원이었어요."

울음을 터트리는 트라이덴을 꼭 안아 볼 수는 없었지만, 트라이덴은 자신의 머리카락 위로 체자레의 뜨거운 눈물이 떨어지고 있다는 것을 느꼈다.

"너무도 사랑하고 싶었습니다. 미워하고 싶지 않았습니다. 그래서 이 길을 선택한 겁니다. 마음껏 사랑할 수 있게, 나는 이제 아바마마를 용서하고 형님을 사랑하고 이렇게 당신의 이름을 부르고, 당신을 사랑할 수 있습니다. 이젠 형님도 나를 경계하지 않을 테고, 제가 혹여 당신의 앞길에 방해되지 않을 테니 이 선택이 너무도 행복합니다."

"하지만 이젠 형이 형이 아니게 되잖아!"

"우리가 형과 동생이라는 건, 단순한 피가 이어져 있기 때문이 아닙니다. 신께서 맺어 주신 인연이니까, 우리가 서로를 숙부와 조카로 여기는 것과는 다르지요. 멀리 있어도 당신은 제 사랑하는 동생입니다."

트라이덴이 고개를 들었다. 체자레의 얼굴이 보였다. 다정한 금빛 눈에 어린 사랑이 보인다. 그때처럼 한결같은.

"이젠 천한 신분이 아니게 되었으니, 이름도 불러 줄 수 있지 않습니까. 저는 비로소 자유로워진 겁니다. 축복해 주셔야죠, 트라이덴."

그 부드러운 미소에 트라이덴이 흐느꼈다. 울음을 참으려 했지만 참을 수가 없었다. 어떻게 축복하겠는가.

"저는 약속을 지키러 가는 거예요. 언젠가 당신이 다스릴 나라를 이렇게 서로의 영역에서 지켜볼 수가 있잖아요? 영원히 헤어지는 게 아닙니다."

"……."

"난 사랑할 수 있어서 행복합니다. 이제야 서로 제자리를 찾은 것 같아요. 별이 보고 싶다면 우리 같은 하늘을 바라봅시다. 재미있는 책의 이야기나 당신의 일과는 이제 편지로 주고받아도 돼요. 조금 늦어지겠지만 그만큼 더 많은 이야기를 담을 수 있을 거예요. 나중에 제가 대신관이 되어 수도에 거하게 되면 자주 만나 볼 수도 있을 겁니다. 아, 그렇군요. 어쩌면 추기경이 될 수도 있겠군요. 그러니 울지 말아요."

트라이덴의 울음이 잦아들자 체자레가 손을 들어 그의 머리를 쓰다듬었다. 그리고 그것은 트라이덴의 가장 슬픈 기억이었다. 그는 체자레라는 자신의 형에 대해 결코 잊을 수 없었다.

"사랑합니다."

체자레는 그렇게 말하며 트라이덴의 이마에 입을 맞추었다.

신의 애정은 체자레의 애정과 이렇게 닮아 있는 것일까. 그러나 체자레가 신전으로 떠나고 나서도 아바마마는 여전히 성녀를 싫어했다. 신전 역시 싫어했다. 할바마마는 이지를 잃었고 그의 임종이 가까워졌을 때, 트라이덴의 신학 스승이 도착했다. 그의 눈앞에는 익숙한 얼굴이 서 있었다. 자신의 형의 모습이.

반갑다고 말하며 환하게 웃던 그의 얼굴을 기억한다. 그것은 트라이덴에게 가장 기쁜 기억이었다.

할바마마의 붕어 이후로, 그의 유언장에 새로운 성姓인 '티게르난'과 선왕의 사유지였던 땅의 지배권을 공작 작위와 함께 체자레에게 물려준다는 유언이 드러나 궁은 발칵 뒤집혔다. 공작 위라는 것은 왕족에게만 물려주는 것으로서, 그것을 갖게 되면 왕이 인정한 '왕족'이라는 뜻이니 체자레가 다시 왕위 계승권자가 된다는 것을 의미했다. 당연하겠지만 선왕이 내린 유언은 절대적으로 지켜져야 했다. 그것이 바로 할바마마가 준비했던 '안배'였던 것이다.

하지만 그것은 상관없었다. 많은 문제 끝에 체자레가 공작이 되었어도 그들은 여전히 형과 동생이었으니. 공작 위를 얻은 그가 다시 왕위 계승권을 포기하지 않은 것이 이상했지만 체자레는 한결같았다.

그들은 점점 자라면서 그들 사이에 있는 것들이 아무런 효력도 발휘하지 않는다는 것을 깨닫게 되었다. 그가 왕자라는 것도 체자

레가 공작이라는 것도 남들은 그것이 대단한 것처럼 행동했지만
그들에게는 그것이 자신을 나타내는 말 중 하나에 불과했다. 체자
레가 다시 신전으로 돌아가고 여행을 떠난 것을 알았을 때도 트라
이덴은 걱정하지 않았다. 신전과 아바마마 사이의 마찰이 있다는
것을 알았을 때도 그러했다.

그가 스물둘이 넘었을 때, 일은 일어났다. 차가운 눈, 무릎 꿇은
왕, 그리고 그 앞에 서 있는 추기경. 트라이덴은 부들부들 떨었다.
이 상황을 믿을 수가 없었다. 힘없이 매달리던 그 연약한 소년을
기억한다. 하지만 그 연약한 소년은 누구보다 화려한 옷을 입고,
맨발로 절을 하는 왕의 앞에 묘한 미소를 머금고 서 있었다. 그러
나 그의 눈빛은 더없이 싸늘했다.

왜?

이젠 대답해 주지 않는다. 싸늘하고 알 수 없는 시선이 트라이덴
을 향했다. 그들은 형제가 아니었나? 하지만 체자레는 대답해 주지
않았다.

"교황께서 들어오라고 하십니다."

체자레의 앞에 무릎을 꿇은 아스토르가의 얼굴은 창백했다. 어
리고 천한 피를 지닌 이복동생 앞에 무릎을 꿇은 그 굴욕감은 아마
트라이덴이 상상도 못할 것이다. 그의 옆에 있는 에르멘가르트 경
이 주먹을 바르르 떨었다. 왕권이 신권에게 패배하는 순간, 그 역
사적인 치욕의 순간을 그는 잊지 못한다.

아바마마를 사랑할 수 있다고 말했잖아. 나를 사랑한다고 했잖
아. 미웠으면 차라리 처음부터 밉다고 했어야지.

트라이덴은 바들바들 떨었다. 하지만 그게 아니라는 것은 안다.
언제 어디서부터 일이 이렇게 이루어진 것일까. 체자레는 어쩌면

처음부터 이러려던 것은 아니었을까? 사랑할 수 있어서 신전으로 들어갔다고? 이런 복수를 하려는 게 아니라? 교황의 탐욕을 위한 앞잡이가 되기 위한 게 아니라? 아스토르가의 견제를 피하고 세력을 키워, 왕을 무릎 꿇리게 하고 자신을 제치고서 왕이 되기 위한 게 아니라? 그래, 그래서 선왕이 하사했던 공작 작위를 거절하지 않은 것이다. 혹 나중에 문제가 될 수 있음에도 왕위 계승권을 포기하지 않은 것이다. 트라이덴은 자신이 믿고 있던 모든 것이 무너져 내리는 느낌을 받았다.

교황이 마음만 먹는다면 체자레는 차기 왕이 될 수 있었다. 교황파의 세력은 너무도 강하여, 이제는 통제할 수 없을 지경이었다. 체자레가 천민이라고 손가락질했던 귀족들은 이제 다음 보위는 트라이덴이 아니라 체자레가 이어야 할지도 모른다고 했다. 공작 위를 받는 시점에서 그는 반쪽이나마 왕족이었으니 말이다. 그는 공작 위가 내려질 것을 알고 신전에 간 것일까? 알았다면 어떻게 알았던 것일까? 정말로 체자레는, 아바마마의 말대로 죽은 선왕을 조종했던 것이 아닐까? 어쩌면 이 모든 것은 저 붉은 악마에 의해 철저하게 계획되었던 것은 아닐까? 바로 이 순간을 위해서!

배신감과 더불어 지독한 혐오감이 들었다. 그리고 그를 천하다 한 사람들이 왜 그를 경계했는지 트라이덴은 알 수 있었다. 천민은 이유가 있어 천하다는 생각이 들었다. 자신은 그 천함을 구별해 내지 못하고 그가 흉내 낸 고귀함에 속아 넘어간 것인가. 언제나 천민들은 사악하여 서로를 속이고 약탈한다는 말들이 머릿속에 맴돌았다.

아아, 당신 역시도 그런 천민 중에 하나였구나. 귀하고 소중한 마음을 주니, 차가운 배신이 되어 돌아왔다. 그래서 저 천한 놈 앞에서 아버지가 비굴하게 비는 것이다. 왕위는 자신의 아들이 잇게 해 달라고. 그리고 자신 역시 교황 앞에서 빌어야 할 것이다. 마치 '천민'이 왕에게 그러하듯.

트라이덴은 분노하기 시작했다. 모든 이들은 꿍꿍이가 있을 것이다. 그는 체자레를 혐오하기 시작했다. 그리고 그가 있는 신전 역시도. 신 따윈 없다. 신이 지닌 애정은 없는 것이다. 사랑한다고 했는가? 그토록 허망한 말이 어디 있을까.

트라이덴은 그 순간을 잊을 수 없었다. 그의 증오를 더욱 불태운 것은 굴욕의 순간부터 변하지 않는 체자레의 모습이었다. 선왕처럼 늙어 가는 트라이덴을 농락하기라도 하는 것처럼.

트라이덴은 체자레와 마주치면 마주칠수록 더욱 깊은 증오를 품었다. 그러나 체자레는 그의 증오 따윈 상관없는 사람처럼 굴었다. 그 굴욕을 당한 아버지는 미쳐 버려 성화와 성물에 불을 지르고 모든 성녀의 석상들을 깨부순 뒤 피를 토하며 유언을 남기고 죽어 버렸다. 그는 선왕의 증오를 이어 받아 그 증오를 신전에게, 체자레에게 향했다. 체자레는 언제나처럼 묘한 미소를 머금으며 그의 공격을 받아쳐 냈다.

그리고 어느 날, 마치 트라이덴을 농락하듯 '천민 성녀'가 나타났다.

-외전. 별궁의 붉은 소년 終-

BLACK LABEL CLUB 025
후원에 핀 제비꽃 2

1판 1쇄 발행 2016년 4월 25일
1판 3쇄 발행 2017년 11월 24일

지은이 성혜림
펴낸이 신현호
편집국장 김은주
편집부장 예숙영
편집 김수민
편집디자인 한방울
영업·관리 김민원 조인희
물류 이순우 최준혁

펴낸곳 ㈜디앤씨미디어
출판등록 2002년 5월 1일 제117-90-51792호
주소 서울시 구로구 디지털로 26길 111 JnK디지털타워 503호
대표전화 (02)333-2513 팩스 (02)333-2514
전자우편 dncbooks@naver.com
디앤씨북스 블로그 http://blog.naver.com/dncbooks
디앤씨북스 로맨스 카페 http://cafe.naver.com/dnc2007

ISBN 979-11-264-3132-8 (04810)
     979-11-264-3130-4 (세트)